〔法国〕马丁·杜·加尔 ◎ 著
胡菊丽　邢洁 ◎ 译

蒂博一家

（一）

颁奖辞

诺贝尔委员会主席 霍尔斯陶穆

一九三七年瑞典文学院将诺贝尔文学奖颁给了杜·加尔，他把生命中大部分时间都放在创作小说《蒂博一家》上。这部作品无论是浩繁的卷帙还是丰富的内容，都堪称巨著。作品塑造的不同类型的人物，就如同陈列在画廊中的画像般栩栩如生。这部作品紧紧围绕第一次世界大战后法国人民的心理，融合当时一些社会问题，展现了那个时代法国社会各阶层人民的生活。这部作品最大的特点就是充分展现现实生活。这类小说，在它的发源地被称为"大河小说"。

这个名词指的是，相对于其他类别的小说，有一类小说不大注意结构的叙述方式，它像一条贯穿整个旷野的河流，蜿蜒而下，将两边的景物都倒映出来。这类小说的本质是，不论是主要情节还是细节，注重的都是真实地反映一切而非刻意追求结构上各部分的均衡。用河水打个比方，河水自由地穿行，没有固定的模式，不受形式的束缚，只有河底的暗流偶尔会影响河流表面的水纹。

这个时代并不平静,机器的飞速运转,加快了生活节奏,扰乱了生活原本的平静安详。但让人觉得不可思议的是,小说作为一种文学形式却向相反的方向发展,越来越受到人们的喜爱,渐渐成为一种潮流。小说让忙碌的人们找到了一个可以放松心情的幻想空间,从心理学方面分析,我们可以称之为对现实生活中挫折困苦的精神慰藉。而这部小说的作者,却花费了很长的时间和大量的笔墨,揭露现实生活的病痛与不安。

读者可以在这部内容丰富的小说里,看到固有的、无法回避的悲剧现实,从而得到心灵的慰藉。小说以英雄的姿态,大口吞咽下现实生活中的各种痛苦,让读者鼓足勇气勇敢面对。书中浓缩的美感,可以唤醒读者丰富的情感。所有这些都是小说《蒂博一家》的特征。

小说中的主要人物有三个:父亲和他的两个儿子。小说用一种特殊的技巧介绍了父亲的背景和责任,在表现两个儿子和小说中的许多配角时,则采用了喜剧的方式。作品没有做任何铺垫,只是通过对话描写,便将这些人物活灵活现地呈现在了我们面前,就如同我们眼前正上演着一幕精彩逼真的舞台剧。读者能十分迅速地从中找到能引起自己共鸣的内容。每个人的人生都会遇到一些意想不到的事情,作者在语言和行动方面刻画了主角形象,以自己敏锐的洞察力和独到的分析,使读者受益良多。然而,马丁·杜·加尔并没有满足于这些。他指出,思想、感情和意志在没有被说出口、没有变成切实的行动之前,是有可能发生变化的。有时,像习惯、虚荣心这些外在的因素,甚至仅仅一个笨拙的举止,便足以改变态度和个性。这些全靠作者通过分析人物后从侧面烘托来完成。马丁·杜·加尔用绝妙的文笔描写了思想和行动之间的这种关系。马丁·杜·加尔在刻画人的性格的艺术方面做出了最独特且最重要的贡献。从审美观点来看，这并不总是优点，因为假如分析的结果和故事的结果根本没什么关系，那么，分析便会显得累赘。

作者在描写父亲的性格时便用了这种内省的手法，但父亲的性格并不复杂。小说一开始，他便登场，整部小说中他的性格表现得很完整。他依然生活在陈旧的观念和价值当中，眼下生活中的事情，根本无法改变他那根深蒂固的想法。

他是上流社会中产阶级中的一员。他十分看重自己的身份和地位，是教会忠实的仆人和慷慨的慈善家。但是他其实像生活在自己的上一代人中间，这让他和自己的下一代产生了激烈的冲突。但这种冲突，却并不常让他和儿子发生争吵。因为老人觉得自己身份尊贵，自己的观念无懈可击，他觉得自己根本没必要和儿子们争论。因此，父辈和儿子之间的对抗，作者并没有花费太多笔墨来展现。

老人十分顽固，他从没想过要改变自己。他坚信自己的任何做法都是无可挑剔的，无论是谁的说法都没法动摇他的观念。这种性格，让他对未来自己深陷孤独的悲剧丧失了预见和知觉。

而作者却采用了喜剧的手法来处理这种性格。在他弥留之际，对自己的命运感慨万千，不由自主地将自己最深的情感流露于外，这是因为面临死亡，长期忍受的苦闷终于得以纾解。这种情感，虽然细微到难以被人察觉，但作者细致的描写仍旧让读者感动。作者以其敏锐的洞察力，在这个瞬间发现并展示出了老人内心深藏的情感。

父亲和长子之间的冲突在书中并没有特别强调。长子昂图瓦纳·蒂博是一名医生，他一直专心于自己的工作。对于父亲固执的想法和表现，他倒并不大在意。在他身上，强烈的履行医生职责的责任感，让他没时间纠缠于道德观念。他谨慎而有分寸，完全能掌控自己的想法，他一点也没有反抗的欲望，甚至没有时间想它。由此看来，他是个有上进心的人，前途无限光明。尽管偶尔他会分心，但很快便又会沉浸于工作中。

昂图瓦纳是他那个时代受人尊敬的知识分子的代表，他有学识，有谋略，不偏执，不固执己见。他相信，个人的力量是不足以改变时代的，所以他不会成为革命家。

比他小几岁的弟弟雅克就完全不同了。他的原型可能就是作者，他是这部小说的主要人物。他按自己的想法评价外面的世界，虽然父亲对他的教育负有一定的责任，但他的天性让他成长为一个革命家。小说开端，他是一个在教会学校上学的十四岁的少年。虽然他懒散、不愿上学，但是他聪明机灵的表现又让人们没法对他生出厌烦之心。感情炽烈的少年时期，他找到了一个朋友。他们通信，在信件中互诉衷肠。后来这件事被祭司们发现，他们严加干涉，对两人进行了严厉的惩罚。生活在严格的监控之下，雅克感到无比压抑，对于这种屈辱他绝对无法忍受。发生了这样的事，他必然无法避免被父亲怒不可遏地训斥一番。面对这个无比苛刻的世界，他感到恐惧和愤怒，想尽一切办法逃脱监管挣脱束缚。可是，越是想挣脱，就越能深切体会自己对抗现实的无望，为了幸福和自由，这对年轻的朋友打算私奔到非洲。可最终他们在马赛被警察抓了回来，计划也随之落空。

雅克回到家中，那个固执的父亲对他施以严苛的惩罚，把他关进教养院的一间监禁室里，他认为，这是对儿子最好的教育方式。但恰恰是他的这个决定，激起了儿子更强烈的逆反心理。这段对雅克个性发展的描绘是整部作品中最感人的章节。

后来哥哥向父亲再三请求,雅克终于被从教养院放了出来。尚让雅克感觉一丝安慰的是,父亲允许他继续上学。他生来就长了一副聪慧的头脑,所以几乎没费什么气力就考取了别人费尽心思也无法考上的高等师范院校,这是一扇通往上层社会的门,但他对这些毫无兴趣,反而更觉得内心空虚。不久之后他再一次像少年时期一样逃往非洲,这次他成功了。他在小说中消失了很长一段时间。

他再一次出现在故事中,是昂图瓦纳找到他在瑞士的住址,他是从一个革命者那里打听到的。昂图瓦纳把弟弟带回父亲的床前,可惜他回来晚了,已经没有机会和父亲和解了,老人已到了弥留之际,根本无法知道小儿子就在自己的床前,这让雅克心中无比痛楚。

以上就是读者了解到的雅克这一形象,对于他的心路历程,作者在此阶段并没有详细描写。但读者可以看出,作者对他的才能和性格是十分赞赏的。

情节继续发展,便达到了这部鸿篇巨制的高潮部分,时间来到第一次世界大战爆发前的一九一四年夏天,父亲去世后不久,雅克不愿再待在巴黎,只身来到日内瓦。他加入了社会主义和共产主义团体,他们的使命是号召群众起义,以阻止战争的爆发。小说的失败之处体现在对这些鼓动家的描绘,不管作者的出发点是怎样的,但却只留给读者一种印象:这部分人并没有承担起他们宣扬的使命。

当雅克离开日内瓦返回巴黎执行任务时,他在人们心目中的形象就更加高大了。这个阶段他的成长体现在道德上而不是理智上。尽管他的行动没有引起巨大的反响,但他却让自己的灵魂得到了救赎。作者对雅克七月末待在巴黎的日子——这段挣扎在希望和绝望

5

之间的日子的细致描写，可以说是这部作品中最杰出的部分。通过小说，作者还原并激活了那段时间的历史。但对于一般民众而言，他们对政治的了解是无力而盲目的，甚至常因政治陷入悲剧而不自知。虽然小说的字里行间并没有体现作者强烈的政治倾向，但却完全可以看出他是以宽容的态度，真实地描述这段时期社会各阶层的面貌的。

小说中出现了一段插曲，与这段动荡的社会现实形成对比，那就是雅克与昔日恋人的重逢。数年前，年少的他不顾一切地爱上了这个女孩儿，几乎为了她放弃了所有。这次重逢，爱情之火重又燃起，尽管这是一段短暂的插曲，但足以为小说蒙上一层具有悲剧美感的面纱。

雅克对政治的全部幻想被宣战的布告骤然击碎。他陷入无限绝望中，但很快又为自己重新创造出新的梦想，他毫不犹豫地离开了巴黎，离开了他深爱的姑娘。

和中学时代逃离学校一样，雅克又一次开始了冒险活动，两次行动都同样带有浪漫主义色彩和缺乏现实感的烙印。他果敢地在瑞士印刷了许多反战言论，但行动很快就结束了，原因是他搭乘的飞机坠毁了，不但所有的印刷品被烧光，还致使雅克全身烧伤，坠落在了撤退的法国军队中间。此时，他那战败的屈辱感已没那么强烈，折磨他的反倒是肉体上难以忍受的痛苦。最终一个实在不愿拖着这个倒霉鬼继续前行的同胞，用一颗子弹帮他结束了痛苦。本来他就认为这个从天而降的人是间谍。

对于这个悲剧的处理，作者采用了一种辛辣的讽刺的笔触。但是他讽刺的并不是小说的主角，他是想说明，一个抱有理想主义的人,在面对残酷的现实时,势必会痛苦受伤。由此看来,马丁·杜·加尔的辛辣反倒没什么不合理。整部作品结构严谨、思维缜密,但整个插曲的叙述却是冗长细密的,甚至影响了作品的连贯性,琐碎得几乎到了让人难以接受的地步。

雅克·蒂博这个英雄主义式的人物,给人留下了难以磨灭的印象。这个沉默寡言的人,有着高洁的品性和让人瞩目的沉静。他意志坚强,勇气可嘉,这些品性都足以震撼人心。作者用强有力的语言,精确细致地刻画了雅克这一形象。马丁·杜·加尔对人类灵魂做出了愤世嫉俗的、锐利的分析,这种分析极其细致精准。整部作品都洋溢着作者对理想主义的崇敬之情。

致答辞

马丁·杜·加尔

我十分荣幸参加这么隆重的盛会,承蒙皇太子殿下的大驾光临,也感谢这么多著名人士的出席。主席刚刚对我的一席过奖之词,更让我觉得感动。此时的我,就如同一只在白天被唤醒的猫头鹰,来到了阳光之下,一直习惯黑暗的眼睛突然面对光明,几乎目眩。

我为瑞典学院将这一殊荣赐给我而感到无比骄傲。我一直觉得,这份盛情几乎让我无法承受,我一直在问自己,该如何面对这份幸运呢?

首先我想到了我的祖国,作为法国文坛中的一员我无比荣幸。声名卓著的瑞典学院,对法国文坛一直青睐有加,这让我心怀感激。据我了解,这次获得提名的作家中有好几位是我的同胞,他们的能力都在我之上,文学成就也是我远不能及的,这让我不禁思索:我怎么会如此幸运地被评审委员会选中,站在这个光荣的地方呢?

起初,虚荣心这个家伙在我的耳边说了几句恭维的话,让我不禁飘飘然了。我甚至还不止一次在心里问自己，瑞典学院将这项无上的荣誉授予我这样一位自认为"不受教条束缚的人"，是否在某种意义上说明了，在如今这样一个每个人都有"信仰"和"主张"的时代，他们仍希望存有一些具有质疑精神和不受教条束缚的人呢？这类人精神独立，不受任何党派思维的左右，他们关注于自己的内心世界，时刻保持一种人类最客观、最宽容、最公正的"探究"精神。

我还曾想，突然降临的这份荣誉是不是对我所重视的某种原则的承认？对于一个没有独立见解的人来说，"原则"是一个无比庄严的词语。但我必须承认，我在艺术创作过程中为自己设定了一些原则，并且一直在矢志不渝地实现它们。

年轻时，哈代是我的偶像。此时此刻我的心情，就如同他在作品中所说的"对于一个人来说，生命的价值似乎并不在于它的美，而在于它的悲剧性"。所以，我的小说，首要目的就是展现生活的悲剧性，人生其实就是一幕为实现宿命而奔忙的悲剧。

说到这些，我不得不提起托尔斯泰不朽的榜样力量，他的作品对我有决定性的影响。他似乎就是为写小说而生的，他的笔触深入人的灵魂深处，他的热情，又让他笔下的人物活灵活现。小说家对作品中的某个人物的一生倾注感情，发挥个人所能将人物的个性塑造得独一无二，就这一点而言，托尔斯泰堪称文学大师。他作品中的人物，都携带着他的人生经验，代表他向变化无常的人生发出质问。瑞典文学院此次把奖项颁给我，也等于间接认可了托尔斯泰的成就，对于这一点，我感到无比欣慰。

虽然在这个欢庆的场合提及一些让我们纠结的痛苦想法，让我感到不安，但请允许我以一个比较阴郁的设想结束。通过文学院此次授奖,我想读者大概注意到了《一九一四年夏天》是一部悲剧作品。这一部是整本小说的第七部分。我自己不便评价这部小说的价值,但至少我知道自己创作这部作品的意图:在这部小说的第三部至第五部内容中,我试图展现一九一四年世界大战爆发前欧洲的不安气氛,试图展示各国政府懦弱、迟疑、冒失和纵容的真实状态。我尤其想要展现的是原本爱好和平的人们面对即将到来的浩劫时的麻木和无辜。这是一场实实在在的浩劫,导致900万人死亡、1000万人伤残。而浩劫当中的无辜百姓是那么茫然、无助,他们甚至连掌握自己命运的能力都被剥夺了。

世界上最具权威的文学审查委员会以无可争议的权威给予我支持,颁发给我这项无上的荣誉,我想此举将对我的作品的推广起到无法预测的推动作用,我希望这部作品能为读者所喜欢,以大范围地传播反战思想。

之所以要说这些话,是因为我生长在西欧,这里喧嚣的炮火,让我的故土无法看到和平。诺贝尔奖创始人阿弗列德,在他生命中最后几年的时间里,把他最大的希望寄托在了各国和平相处上。今天我很荣幸得到此奖项,我认为我获奖的作品不仅为文学出了一分力,也为世界和平尽了一分心。至今,世界仍在炮火的侵扰下流血不止,一支支枪管不知制造了多少悲剧,这些让我无比痛心与不安。希望人们能够阅读并讨论我的《一九一四年夏天》这本书,希望它能提醒所有人——忘记战争痛苦的老人和并未经历过战争的年轻人——回忆并谨记过去惨痛的教训。

目录

第一卷　灰色笔记本　1

第二卷　教养院　111

第三卷　美好的季节　269

第四卷　诊断　575

第五卷　索莱丽娜　669

第六卷　父亲的死　799

第七卷　一九一四年夏天　957

第八卷　尾声　1785

附录一　马丁·杜·加尔年表　2055

附录二　"诺贝尔文学奖大系"书目　2057

第一卷　灰色笔记本

1

在沃吉拉路街角处。蒂博父子顺着学校的楼房向前走着,一路无话。就在这个时候蒂博先生首先停住了。

"嗯,这次,昂图瓦纳,怎么说呢,就是这次,真的是有些过头了!"

旁边的年轻人什么话都没说。

学校大门紧闭。今天是星期天,更何况现在还是晚上九点。守卫的门房稍微将门拉开了一条缝。

"您知道我弟弟现在去哪里了吗?"昂图瓦纳大声问道。

那一位眨着眼睛。

蒂博先生跺着脚。

"你把那个比诺神父找过来。"

门房把这二位带到了会客厅,从口袋里取出支蜡烛,将灯点亮了。

过了一阵子,怒气冲冲的蒂博先生瘫坐在椅子里,嗫嚅着叨咕着:"这次,看吧,哎,就是这次啊!"

"恕我冒昧，先生。"就在刚刚不久悄悄进来的比诺神父说道。他身材不高，只有将腰板挺起来才能勉强把手搭在昂图瓦纳的肩上。

"你好，年轻人！出了什么状况？"

"我弟弟现在人在哪儿？"

"雅克吗？"

"今天他一整天都没在家！"蒂博先生大声嚷嚷道，这个时候他已经站起来了。

"可是他还能去哪儿啊？"神父说，并没感到多么吃惊。

"他就是在这儿呢！他在你们这里关禁闭！"

神父把两只手插到了腰带下：

"雅克没有被关禁闭。"

"怎么？"

"雅克今天一整天都没有在学校露过面。"

事件变得有些离奇了。昂图瓦纳的眼神死死地盯着神父。蒂博先生耸了一下肩膀，将臃肿的脸转向神父，他的眼皮看起来总是沉重得抬不起来！

"昨天雅克还跟我们说，他得关上四个来钟头的禁闭。今天早起，他和往常一样出了家门。大概十一点钟的样子，我们正好去望弥撒，那个点他应该已经到家了，家里他只找到了做饭的阿姨，跟她说中午不用等他回家吃饭了，因为他要进行八个小时的禁闭，并非只有四小时。"

"简直就是瞎说。"神父说。

"到了晚上我不得不离开家，"蒂博先生继续往下讲，"将我编写的专题文章交到《两大陆评论》杂志社那里去。经理款待了我，直到晚饭时间我才回到家,那个时候雅克都还没有回来。晚上八点半了我也没见他一点影子,我开始担心了,派人去找昂图瓦纳,他正好在医院里执勤。之后我们就一起过来了。"

神父将嘴唇紧紧地闭着,蒂博先生微眯着眼睛,眼神里的光芒直直地刺向神父和他的儿子。

"你看呢,昂图瓦纳?"

"哦,父亲,"他说,"如果这次出逃真的是事先有预谋的话,那么就把其他的意外情况全都排除了。"

他的这种态度倒让人冷静了些。蒂博先生随手拿过一张椅子坐了下来,他整个脑袋都在飞快地寻觅着各种蛛丝马迹;但是他臃肿的脸已经将整个脑袋挤得没有可以活动的空间,显得一点反应都没有了。

"照这样来看,"他重复着说道,"应该怎么搞才好呢?"

昂图瓦纳静思不语。

"看来今天晚上是没什么办法了,只能等等看吧。"

很明显也只有这样了,但是,明摆着这件事情不能这样强行解决,想起后天就要在布鲁塞尔举行的道德学代表大会,他已被邀请去主持法语组,于是怒火腾地上来了。他一下站起身来。

"我要报警,让警察出动去把他找回来!"他大声嚷道,"毕竟法国还是有警察的吧?难道做了坏事的人他们都逮不着吗?"

他的礼服耷拉在肚子的两边,下巴那儿的皱纹一直都紧绷在领子那里,整个下巴朝前一拱一拱的,像极了一匹拉紧了辔头的马。

"啊,这个臭小子,"他想着,"万一他要是被火车撞死呢?"就那么一瞬间,所有的一切又都平复了下来:他不久就要站在大会上

3

讲话，或许还能成为副主席……但是与此同时他又看见了那个浑小子躺在担架上；之后在灯烛通明的教堂内，他的眼神里写满了一位不幸父亲丧失爱子的伤痛，还有人们对他的同情……这让他感到万分羞愧。

"要这样心绪不宁地度过整晚！"他拉高音调说道，"这简直是酷刑，神父，这对于一个父亲来讲，一个钟头一个钟头地这样熬实在是太残酷了。"他向门口走了过去。神父将手从腰带下面拿了出来。

"对不起。"他垂下眼帘。

室内的灯光映亮了他的脑门儿，眼睛被额前乌黑的头发遮挡了一半，狡黠的脸庞被灯光照射得一览无余，脸形从上到下越来越窄，两块三角形状的红晕染在了脸颊边。

"我们本来有些犹豫不定在今天晚上告诉你们这件事是不是合适，关于你们家孩子的一些事情……可是就是最近的一些……让人感到有些遗憾……总而言之，我们感觉，这其中应该是有一些预兆……如果您可以稍作停留的话，先生……"

比诺方言的口音更渲染了他的踟蹰，蒂博先生没有说什么，又坐回到了椅子上，像是一块沉重的石头压在身上一般，紧锁眉头。

神父继续说："先生，近期我们观察到您的孩子犯了一些很严重的错误……性质非常严重……我们甚至以退学作为威胁。啊，当然也只是吓唬吓唬他。他半点都没有跟您提及吗？"

"您难道不晓得他有多会撒谎吗？就像平时那样，他什么都没有和我讲。"

"小孩子虽然犯了些比较严重的错误，可是他本性还是很好的。"神父继而又讲，"我们一致认为，就这一次的错误，只是由于一时的冲动和意志有些不坚定才会这样的：只是因为受到了某些坏孩子的影响而已。哎，在一般的国立中学，这样的人有很多的……"

蒂博先生有些不安了，瞧了一眼神父。

"先生，事情是这样的，星期四那天……"他思考了片刻，然后又用十分快乐的口气说道，"不对，对不起，是前天，对，是星期五那天，就在周五早上去上自习的时候，还没到中午，当我们去自习室，和平时一样……"他对着昂图瓦纳眨了一下眼睛，"当我们转动门把手的时候，门被紧紧锁死了，我们使了很大劲儿才把它打开。

"刚进去，就看见了雅克，我们让他坐的地方正对着门口。我们朝着他走了过去，将他桌子上的字典挪开，他被我们一下逮了个现行！我们把那本书拿在手里，那是一部翻译过来的意大利小说，作者是谁有些记不得了，只记得书的名字：《巉岩上的处女》。"

"真的是太不像话了！"蒂博先生叫嚷着。

"孩子尴尬的神色里貌似还隐藏了些其他的事情，我们已经很有经验了。吃饭的时间到了，钟声响起，我们让老师领着孩子们去餐厅，当学生们全都走了之后，我们把雅克书桌里的东西拿了出来，那里藏匿了另外两本书，卢梭的《忏悔录》；更要不得的是，请见谅，先生，还有一本十分下流龌龊的小说——《穆雷神父的过失》。"

"啊，这个臭小子！"

"我们打算关上书桌的时候，忽然脑子一转，将手往课本后面一摸，翻出了一个灰色的笔记本，刚一瞧没什么东西，可是打开仔细一看，我们大概看了刚开始几页……"神父用一种十分活跃而没有一点温柔的眼神看着这两人，"我们可算是知道了。马上将这个东西放在了一个相对保险的地方，等到午休的时候，我们拿出来查看。

这几本书可以算得上做工精致了，就在书脊和书页里标着一个名字的开头字母，而那本灰色的笔记本，是一个很重要的物证，这是用来双方相互通信的笔记本，上面有两种完全不同的字体：雅克本人的和另外一个人的，另外那个人的字我们不熟悉，是以一个大写的'D'为名字的。"他停顿了一下，随即压低声音讲道，"这个本子里面的一些沟通语气和内容让人对这种友谊是何性质非常肯定。先生，刚开始，我们还曾一度以为这种隽秀的字体出自一位姑娘之手，抑或是一位女人之手……到最终，我们查看了具体的内容，才晓得，这种没见过的字是来自雅克的一个同学，并不是我们这里的学生。上帝保佑，那是一个男孩子，肯定是雅克以前的同学。为了印证我们的猜测，就在当天我们去询问了为人刚正不阿的学监基亚尔先生，"他转身对着昂图瓦纳说道，"他做事从不讲什么情面，对于寄宿生的一些伎俩他也特别清楚。整件事情没多久就水落石出了。签名为'D'的那个是个男孩子，姓丰塔南，达尼埃尔·德·丰塔南，是一个上三年级的捣蛋鬼，是雅克的同学。"

"丰塔南！很好！"昂图瓦纳大声说道，"你知道的，父亲，就是那个整个夏天住在拉菲特别墅区的，离那片森林很近的那一家人是吧？就是，就是，自打入冬以来，每次晚上回家的时候，都能看到雅克坐在家里看诗集，应该就是这个丰塔南借给他的。"

"什么？借书？你怎么没有早点跟我说？"

"当时我觉得没什么。"昂图瓦纳答道，眼睛直直地盯着神父，好像就要和他对着干一样。忽然，一抹笑容一闪而过，将他专心思索的面庞一下映亮。"那是维克多·雨果的诗集，"他接着说道，"还有拉马丁的诗集。所以当时我把他的灯给没收了，逼他去睡觉。"

神父开始没说什么，不久之后忽然讲道：

"有一点是：这个丰塔南是个新教徒。"

"我知道这个。"蒂博先生有些难受地嚷道。

"虽然也是一个很好的学生，"神父转脸又说道，试图想要说明他没有任何的偏倚，"基亚尔先生告诉我们：'这个孩子已经不小了，看起来也很正经，却欺骗家里人！他母亲看起来也是一个很严谨的人。'"

"哦，他母亲……"蒂博先生打断了他的话接着往下说，"虽然有些人看起来很正派，可是事实上并不是这样的！"

神父有些影射意味地说道："没人不明白新教徒的正派背后暗藏着的是什么！"

"他那父亲不管怎么样都是一个道德败坏的人……在别墅区那里，几乎没有什么人想招待他们家的，能打个招呼就已经很好啦。啊，你弟弟完全可以显摆显摆，他是多会挑选朋友的！"

"不管怎么说，"神父继续说，"当我们从中学回来之后就完全明白了。我们正打算把学校的风气好好整治整治，就在昨天，也就是星期六，自习刚刚开始，雅克这个小家伙就闯进了办公室里。真是活脱脱地闯进来的。他整张脸都刷白刷白的，牙齿咬得紧紧的。他刚闯进门，也没问一句，直接朝着我们大声嚷嚷起来：'有人把我的书和信全都给偷了！'……我们对他说，他这样径直闯进来是很没有礼貌的事情，但是他完全没听到。他的眼神无比澄明，气得发疯，他扯着嗓子大声吼道：'是你们把我的笔记本偷了，就是你们这些人！'"神父傻傻笑着做着补充说明，"他甚至威胁我们说：'如果你们胆敢拿走我的笔记本偷看，我就要自杀！'我们尽量保持镇定

7

来对待他的这种行为。他根本就没有给我们可以说话的机会。'我的笔记本在哪里?还给我,不然我就把这里的所有东西全都砸烂。'我们还没来得及拦他,他就已经把办公桌上一个水晶镇纸——你瞧见过吧,昂图瓦纳?那是去皮德多姆的时候以前的学生带过来的纪念品——直接朝着炉边的大理石上面砸过去。这些都还算了,"神父赶紧又填了两句,来回答蒂博先生模糊的手势,"我们之所以会把这些细节全都告知你们,是想要告诉你们一点,你们心中那个可爱的孩子已经冲动到了什么地步。他在地上打滚不肯起来,真的就像是一个精神病人发病一样。我们只好把他抓住,将他揉到平时背书的小房子里,就是和我们办公室连着的那一间,上了两把锁。"

"啊,"蒂博先生举起拳头讲道,"这几天他就像是变了一个人一样!您去问问昂图瓦纳吧,我们还从来没瞧见过他会因为一件再普通不过的不开心的事情发如此大的火气呢,他的脸都涨红了,简直都快背过气了!"

"这个嘛,但凡是蒂博家的人脾气都很不好。"昂图瓦纳不以为然地说道,神父只能讨好地笑着。

比诺神父继续又往下说:"一个小时之后,当我们想放他出来的时候,他就坐在桌子的旁边,两只手支着头,用那种恶狠狠的眼光看着我们,眼睛里一滴泪水都没有。我们要求他向我们道歉,他理都没理我们。他跟着我们回到办公室,头发看起来有些乱,眼睛直勾勾地望着地面,神情十分固执。我们对他说把地上那些镇纸的碎片拾起来,却还是不能让他说句话。之后我们便把他带到了礼拜堂里,只留下他和上帝独处几个小时。之后我走过去,跪在他的身边,就在这个时候我们感觉到他可能哭过了,但是整个礼堂的光线十分暗，我们无法确定是不是真的。我们轻声将祷告文读了十来段，之后我们对他进行说教，对他说，一个品行很坏的孩子把他的善良纯洁给污染了，这会让他父亲十分烦扰。他把手臂环抱在胸前，挺起身子抬起头，眼睛瞧着祭坛，对于我们这番话好像一点都不屑。看见他这副态度，我们让他回自修室。他在椅子上一直静坐着，呆呆地直到晚上，手臂始终都没有放下来过，书本一页都没有翻开。他这种态度让我们没有再想去搭理。和平时一样，大概七点钟的样子，他走了——也没有过来和我们打声招呼。"

"整个事情就是这个样子的，先生。"神父总结道，眼里还闪现着兴奋的光彩，"我们本想等中学学监对那名叫丰塔南的坏小子进行惩处，甚至直接退学的通知能够下达时，再将这些情况告知于您，这是自然的。可是看到您今晚这么不安……"

"神父先生，"蒂博先生把他的话打断，就像是刚刚跑完一大段路似的，"我很惊讶，我应该对您提吗？当我想到这种性子还能给我们做出什么更料想不到的事情时……我感觉很惊讶。"他一个劲儿地反复说道，嗓子发出的声响就好像是在深思时才有的响动，几乎听不到什么声音。他一点都不动，脑袋向前耷拉着，手定在那里几乎察觉不出是否在颤抖，只是满是花白胡须的下嘴唇和一撮山羊胡子轻微晃动着，他眼皮低垂着就像是在熟睡。

"浑蛋！"他突然大声嚷了起来，下颌微微向前，就在这个时候犀利的眼神猛地射出一道光来，这足够说明一点，误以为他长时期处于死气沉沉的状态是完全错误的。他再一次把眼睛闭上了，昂图瓦纳把身体扭转过去，年轻人并没有立刻回他，他捋着自己的胡子，紧锁眉头，眼睛只瞧着地面说道：

"我要去医院,省得第二天找我麻烦,但凡得空我就去找这个丰塔南好好问问。"

"得空了?"蒂博先生毫无表情地重复一句,他站起身,"这些日子我会整晚都睡不着觉。"他叹了一下气,朝门口走了过去。

神父跟随在他后面。在门口那里,大胖子朝着神父伸出了肥大而无力的手。"我感觉不可思议。"他感叹地说道,并没有把眼睛睁开。

"我们去向上帝祷告,请求它来帮助我们。"比诺神父绅士地说道。

父子两个人一路无话。街道上一个人都没有,已经没有了半点风的气息,整个夜晚宁静而安详。现在正好是五月上旬。

蒂博先生对这个逃走的小子很挂心:"他如果在外面的话应该不会感觉到特别冷。"由于情绪有些波动他有些脚软。他不再往前走,眼神落在了他的儿子身上。他十分得意他的大儿子,他以有这个儿子为荣;尤其是这个晚上特别欣赏他,因为对于小儿子表现出来的这种行为特别厌恶,也因此增加了对小儿子的厌恶。并不是说他不爱他这个小儿子,但凡雅克能够满足他的这种引以为豪的心理,就足够唤醒他的怜爱之情;但是他的小儿子所做出的种种荒唐事情总是能够刺激到他最为灵敏的自尊心。

"但愿发生的所有事情不会太过难堪!"他低声地自语道。他朝着昂图瓦纳走过去,声音都有些变了:"如果今晚你不去值班我就很开心了。"他因为自己无意间将自己的想法泄露了出去而感到有些窘迫。听到这话他的大儿子感觉更窘迫了,没有回应。

"昂图瓦纳……要是今天晚上你能陪在我旁边我就真的很开心了,我的孩子。"蒂博先生嘟囔着说,估计这都是从来没有的事,第一次他把他孩子的手臂挽了起来。

2

周末这天,丰塔南太太正午回到家的时候,看到有一张她孩子留在客厅的小字条。

她问贞妮:"达尼埃尔留下了一张字条,上面写着他去贝尔蒂埃家吃午饭,他回家的时候你没在家吗?"

"达尼埃尔?"贞妮几乎都把身子贴在了地上,试图想要抓住那只缩在椅子底下的小狗。她还没容得站起身。"不在,"她说道,"我没瞧见他在!"她一下就将皮斯抓住了,欢快地跳回了自己的房间里,百般温柔对待这只小家伙。

午饭时间她从房间里出来了:

"我的头有些疼。肚子不怎么饿,想自己一个人在房间里躺一下。"

丰塔南太太扶她躺在床上,把窗帘全都拉了起来。贞妮用被子蒙住自己,但就是不能入睡。已经过去好几个钟头了。白天的时候,丰塔南太太有很多次把自己有些凉的手贴在这孩子的额头那里。到了晚上,在兴奋与忐忑之间,孩子有些不行了,一下将母亲的手拉住,亲吻着她的手背,眼泪不停地往下淌。

"孩子,你兴奋过度了……你应该有些发热。"

七点的钟敲过了,之后便是八点的钟声响了起来。丰塔南太太想和儿子一起吃晚饭。达尼埃尔以前从来没有一声不吭就不回来吃晚饭,特别是在周末的时候绝对不会扔下母亲和妹妹两个人独自吃晚餐的。丰塔南太太将手臂支在阳台的边上。夕阳下的傍晚如此安宁。顺着天文台那边两旁的树望过去,很少有人从那边经过。在层层树丛中间,夜幕正浓。在亮起的路灯映衬下,有很多次她都误以为是达尼埃尔回来了。卢森堡公园那里已经响起了铜锣鼓的声音。栅栏的门早已经关闭了。夜色笼罩了大地。

她拿起帽子戴在头上，径直去了贝尔蒂埃家：就在前一天他们一家已经去了乡下，达尼埃尔在编瞎话！

丰塔南太太嘴里没什么实话，可是对于达尼埃尔来说，她的心肝宝贝竟然也说谎，这是达尼埃尔第一次说谎！刚刚只有十四岁就学会了撒谎吗？

贞妮还没有入睡，她把耳朵竖起来仔细地听着所有的响动，她轻声地唤着她母亲：

"达尼埃尔呢？"

"他已经睡下了。他以为你已经睡了，就没有再惊动你。"她声音平静而没有半点波澜。何苦还让孩子担心呢？

夜色渐浓，丰塔南太太把过道的门打开了一条小的缝隙，她想这样就能够听到自己的孩子什么时候回来，之后她坐在了扶手椅上。

一整夜过去了，清晨的一抹曙光悄悄地射进了房子。门外有人按门铃。丰塔南太太一个箭步奔过去，她是想去前厅开门，可是这是一位留着小胡子的陌生小伙子……什么事？

昂图瓦纳自报家门，他原本想要在开学之初见一见他。

"这样啊，只是不凑巧的是……我家孩子今早不待客。"

昂图瓦纳的肢体语言表现出了吃惊：

"很抱歉我还是坚持我的态度，太太……我亲弟弟就是您家小孩儿很好的玩伴，只是他昨天就消失不见了，我们很担心。"

"不见了？"她放在白色纱巾包裹着的脑袋上的手一瞬间颤动了一下。她将客厅的房门打开，随之昂图瓦纳尾随着走了进来。

"达尼埃尔昨儿也没着家,先生,其实我心里也很着急。"她的头自始至终都低垂着,就在这个时候抬起头,又补充了一句,"恰巧是这个时候,我丈夫现在人没有在巴黎。"

这位女士的脸上闪现出淳朴、诚实的表情来,这是昂图瓦纳之前从来没有瞧见过的。她独守了一整个晚上,焦躁不安,这在年轻人看来,是第一次出现这种坦率的表情,表情的变换就像是天空中彩色的云朵一样变幻无常。两个人相互看了对方很久,却也没有看清楚。两个人都只是各自想着各自的事情。

昂图瓦纳感觉雅克的出逃并没有什么,只是他内心有一种想法驱动着他很想来看一下"另外一个"小共犯。可是貌似如今事情有些不那么简单了,还不如说他感到越来越有意思。自从整件事发生以来已经出乎他的意料,他眼神有些忧郁,方方正正的胡须下面,下嘴唇始终被牙齿咬着不松。

"您家小孩儿是昨天几点从家里出走的?"他问。

"挺早的,可是他不一会儿就又回家了啊……"

"啊!十点半到十一点之间的样子吧?"

"差不多。"

"和我们的雅克一样!看起来他们这次是一起出走的。"他说了自己的论断,口气简练,有些开心。

就在这个时候,半开的门一下全都打开了,一个外衣也没披一件的孩子不小心摔倒在地上。丰塔南太太惊声大叫了一句。昂图瓦纳这个时候把这位摔倒的小孩儿扶了起来,双手将孩子揽在怀里,顺着丰塔南太太的指引,将小姑娘抱到房间的床上。

"您不用插手了太太,这里有我,我是一位医生,请拿些凉水过来，您家里有乙醚吗？"过了没多久，贞妮醒了，她母亲瞧着她笑，可是孩子的眼神依旧木讷。

"好了，可以了，应该不会有事了，"昂图瓦纳说，"现在马上让她睡觉。""能听得到吗，亲爱的？"丰塔南太太轻声说道，手本来是放在小姑娘略微有些出汗的额头上的，这个时候滑到了眼睛那里，将眼皮轻轻盖住。

两个人各自站在床的两面，动也不动。乙醚很容易散发开来，这让整间屋子全都是这种味道。昂图瓦纳先是看着那双心醉的双手和延展开去的手臂，之后，又将眼神悄悄放在丰塔南太太包在头上快要滑下来的纱巾上面，她一头金色的长发，可是里面已经掺杂了几根银丝，她看起来有四十岁上下的样子，虽然个人气质和感情变化的无常还是属于一个少妇的。

贞妮看样子是已经快睡着了，丰塔南太太将放在孩子眼睛那里的手抽了回去。两个人悄声地离开了，她将门半掩着，转过身来对年轻人说道：

"谢谢你。"

她将手伸了出去，用男人的方式，昂图瓦纳迎合上去，却不敢亲吻一下那双手。

"这个孩子神经太过敏感，"她解释说，"她大概是听到了狗在叫，认为是哥哥回家了，所以就跑了出来，从昨天早上，她就开始难受，已经烧了一整夜了。"

两个人坐了下来。丰塔南太太从内衣里把她家叛逃的孩子胡乱写的字条拿了出来，拿给昂图瓦纳看。她和其他人处事，总是凭第一感觉判断，她从第一眼便感觉这个年轻人可以信任。这样的脸庞，她心里揣度着："是不太能够做得出什么恶劣下流的事情的。"他头发有型，脸上的胡须多又密，深褐色的发色之间，一双眼睛十分有神，额头白皙方正，勾勒出了他整个容颜。他把信叠好还给了她，就好像是他在想着信里刚刚看过的东西，可事实上他在想着聊点什么比较好。

"依照我来看，"他婉转地说道，"他们两个人的出逃与实际的事情之间是有关联的，只是很凑巧，他们的这种友情，让老师瞧出来了。"

"瞧出来了？"

"是啊，就是在一个小本子里发现了两个人写的信。"

"两个人写的信？"

"他们两个人在上课的时候相互通信。这样来看，信里的内容不一般。"他没有再看她，"这样来说，这两个犯了错的孩子可能会被勒令退学。"

"犯了错的人？这在我看来，实在看不出来这有什么错的，相互写信也会有错？"

"这样来想，信里的口气有些……"

"信里的口气？"她有些搞不懂。

她十分憨厚，并没有留心观察到昂图瓦纳的情绪开始变得有些躁动不安。她忽然摇了一下头："所有的这一切全都扯不到一起，先生。"她的声音开始颤抖。这样来看他们两个人之间好像陡生了一层什么，开始变得有些远了。她站起身来："退一步讲，就算是两个人想要跑到什么其他的地方去，也是有这个可能性的；即便达尼埃尔之前从来没有和我提过这个……"

"蒂博。"

"蒂博？"她有些诧异地说道，还没有把她的话讲完，"看，真是怪了，我女儿昨天夜里说梦话叫的就是这个名字。"

"她之前应该听她哥哥提起过这个名字。"

"不是的，我和您讲，达尼埃尔之前从来没有提过。"

"那她又是从哪里听到的呢？"

"噢，"她说道，"像是这种现象很常见！"

"什么现象？"

她立在那里，神色十分严峻，有些漫不经心：

"臆想现象。"

她对这种事情的解释和语气对于他而言闻所未闻，年轻人十分好奇地打量着她。丰塔南太太的脸庞不仅严肃，而且焕发着光彩，嘴角隐藏着一个信徒才有的笑容，对于这种事，信徒经常习惯性地挑衅着别人的质疑。

两个人又默不作声了。昂图瓦纳脑袋里闪现出了一个想法，那种精神气儿又回过神来了。

"很抱歉，太太，您刚刚是和我说，您的女儿夜里喊出了我弟弟的名字？昨天一整天她都烧得一塌糊涂？您儿子有什么话不会都对您的女儿讲吧？"

丰塔南太太态度和蔼地回道："先生，这个倒是不用质疑，如果您对我的孩子们有所熟悉的话，就会知道他们如何待我。他们兄妹两人向来什么都会对我讲的……"她一下停住了：就在刚刚达尼埃尔的行为已经否定了这句话。"但是，"她转脸又说道，言语里夹杂了些傲气，与此同时转身走向了门口，"如果贞妮还没睡着，您可以过去问一下她一些事情。"

小姑娘眼睛睁着,将滑嫩的脸庞倚靠在枕头上,整个脸都已经红透了。双手拥着小狗,它那乌黑的嘴沿着床边划过。

"贞妮,这位是蒂博先生,你晓得的,这是达尼埃尔一位好朋友的亲哥哥。"

孩子瞧了一眼这位不速之客,眼神里闪现出了一丝警备。昂图瓦纳走到床边,握住小姑娘的手腕,另外一只手将怀里的怀表拿了出来。

"跳得还有些过快。"他说完,为她把脉,这一系列动作之下,他有一种满足感悄然而生。

"她多大啦?"

"就快十三岁了。"

"真的?我还真是看不出。原则上讲,一定要坚守着随时察看寒热的起伏,不过也不用太过担忧。"他笑着看着小姑娘,之后离床稍远一些,换成另外一种口气说道,"你见过我弟弟吗,小姐?他叫雅克·蒂博。"

她微微皱眉,以示否定。

"真的?你哥哥从来没有对你提及他的好朋友?"

"一次都没有。"她说。

"但是,"丰塔南太太语气坚定地说道,"就在昨天夜里,你回想回想,当我把你叫醒的时候,你说你梦到很多人都在追赶达尼埃尔和他的朋友蒂博。我确定你说的就是这个名字,蒂博。"

小姑娘好像在努力地想,但最后她说道:

"我不知道这个人。"

"小姐,"昂图瓦纳很久没有说话,忽然说道,"我过来这边是想

17

问你母亲一个细节的,她回想不起来了,这是为找到你哥哥所必须要知道的事情。他穿的是什么样的衣服?"

"我不晓得。"

"昨天早上的时候你没有见过他吗?"

"见是见了,只是在吃早饭那会儿,他都还没有把衣服穿好。"她转身看向母亲,"你只需去瞧瞧他柜子里少了哪些衣服,不就全都清楚了?"

"另外还有,小姐,这件事十分紧要,你哥把信放在家的时候具体是几点?九点,十点,还是十一点?那个时候你母亲不在,有些不确定……"

"我不清楚。"

他能听得出贞妮有些生气了。

"这样,"他有些灰心地摆了一下手说道,"要这样我们就很不容易找到他去哪儿了。"

"等一下,"她抬手抓住他说道,"十点五十分。"

"确定吗?你确定?"

"是。"

"当他和你待在一块儿的时候,你看表了吗?"

"没。可是那个时候我正在厨房里想要找一些面包屑,打算画画,就在这个时候我哥哥回了家,我听到闷响,相当于看到他了。"

"嗯,很好。"他想了想,何苦再这么折腾这么个小姑娘呢?他的想法是错的,她也什么都不清楚,"现在,"他接着往下说,换成了医生的角色,"被子盖好,好好睡一觉。"他把被子往上拉了拉,将放在外面的手放进被子里,笑了一下,"安心睡吧,等你醒了,你哥哥也就回来啦!"

她目不转睛地看着他。他无法忘记这双小眼睛里闪现出的一切:对于这些所谓的宽慰完全无视,内心非常不安,如此境况下表现出这样的情绪,让人看了就感觉很难过,他不禁奉拉下了眼帘。

"您是对的,太太,"刚回到客厅,他就说道,"这小姑娘什么都不知道,她也很难受,可是她却什么都不知情。"

"她不知情,"丰塔南太太把年轻人的话重复了一遍,静静思考着,"可是她知道……"

"她知道?"

"她知道。"

"什么?她的回答,正好相反的是……"

"是我,她刚才说的……"她语气缓慢地说道,"可能是我在身边的缘故……我有一种感觉……我不晓得怎么说……"她一屁股坐了下来,又忽地站起,脸上流露出一点不安的神情。突然她嚷嚷着说道:"她是知道的,现在我很确定!我还感觉到,她是死也不会说出来的。"

就在昂图瓦纳走后不久,她原本想遵从他的想法去拜访一下学监基亚尔先生的,却特别想要了解一些东西,于是她先去翻看了《巴黎名人录》:

蒂博(奥斯卡-玛丽)——荣誉团的尊贵骑士——曾任厄尔的议员——儿童道德教育联盟副主席——社会防犯罪事业协会创建者和经理——巴黎教区天主教慈善事业部司库——大学路(六区)四号乙。

3

　　就在年轻人走后两个多小时,丰塔南太太来到了学监的办公室,她从学监那里出来之后心里像火烧一样,不知道自己应该找谁去诉说,第一个就想到了蒂博先生,可是本能告诉她不能这么做,但是她已经管不了那么多了,和一些时候一样,刺激的好奇和一种掺和了勇敢因子的决心驱动着她向前。

　　蒂博家此时正在进行家庭会议。比诺神父早就到了大学路这边,比韦卡尔神父还要早一些。他是巴黎大主教的一位身份特殊的秘书,蒂博先生的精神导师和好朋友,刚刚接到通知。

　　书桌前面坐着蒂博先生,看样子是要主持整个会议过程。很显然他没怎么睡好,脸色比平日里更显苍白。他左边坐着他的秘书——沙斯勒先生,戴着眼镜,有着灰白汗毛的小矮人。昂图瓦纳自己站在那里思考着什么,将身子倚靠在桌子旁边。就连"小姐"也是到会的,即便家务很多,她的披肩也是那种黑梅里诺斯的料子,集中精神,一声不吭,将身子斜倚在椅子的边缘,略微灰色的头发披散在发黄的前额上,一双小眼睛转来转去,从一个神父身上换到另一个人那里。这二位就坐在火炉旁边的两个高坐背的椅子上。

　　昂图瓦纳把之前听到的东西说完之后,蒂博先生只剩下叹气声了。他看见四周的人有着和自己一样的想法便稍许宽慰了些,想把自己内心的感受生动地展现出来,个别字句让他十分激动。可是在会的有他的精神导师,这让他开始自我省察:对于这个出走的孩子他尽到了一位父亲应尽的职责了吗?他有些愧对。他的精神有些游离开来:希望这个没正经的臭小子一切平安!

"就像是丰塔南家那样的坏小子，"他转身站起来怒吼着说道，"就不应该把他送进监狱里改造吗？怎么能放任我家的孩子去受到这样的污染？"他把手背在身后，眼皮耷拉着，来来回回地在桌子后面走。即便嘴上没说什么，可是一想到他没办法去参加代表大会便让他十分暴躁。"对于青少年的一些问题的研究我已经有二十多年经验了，我以各种方式进行着抗争，比如组织防罪协会、印发宣传小册子，以及每届代表大会上的报告！甚至做得多很多！"他把身子转过去看向两个神父，"在克卢伊的少年教养院里我建造了十分特殊的一栋楼，与孤儿不同的是，那里是专门为犯罪儿童特别开辟的，在那里能够拥有特殊的照料吗？哎，我讲的东西有些让人难以接受：这栋楼经常是没人住的！这难道要我去逼迫那些为人父母的强行将他们的孩子囚禁在那里面吗？我费尽心力地想让国家教育系统去关注这一行为，但是，"他无奈地耸了一下肩膀，噌地从座位上站起身来，用最后一句为自己的言论做一结尾，"难道说不信仰上帝的学校里的各位先生女士会在意整个社会是否康健吗？"

就在这个时候，仆人将一张名片拿了过来。

"她，过来这边了？"他旋即转脸对仆人说道，"她想做什么？"他这么对仆人说，还没等仆人回答转而又说道，"昂图瓦纳，你过去瞧瞧。""你是一定得见她的。"昂图瓦纳瞟了一眼名片说道。

蒂博先生就要怒发冲冠了，可是他努力控制住自己的脾气，转脸对两个神父说道：

"是丰塔南太太！这应该怎么弄，先生们？无论她是什么身份，对于女人是不能不顾及基本的礼貌的吧？毕竟这是一位母亲啊！"

"什么？母亲！"沙斯勒先生小声叨咕，声音压得很低，像是自言自语。

蒂博先生忽而说道:"有请这位太太到里面来吧。"

当仆人将客人带进屋里的时候,他挺身站了起来,礼貌性地做出回应。

丰塔南太太没有想到竟然会有这么多人在这里。她站在门口踟蹰了片刻,时间短到其他人都没有察觉到,之后面向小姐走了过来一点。那位早已离开了椅子,面带惊异的眼光上下瞧着这个新女信徒;她之前眼神里藏匿着的无神早已经不见了踪影,这让人感觉她不再是一只山羊,而更像是一只老母鸡。

"不用介绍,这位应该就是蒂博太太吧?"丰塔南太太低声地说道。

"不是的,太太,"昂图瓦纳连忙说道,"这位是韦兹小姐,她与我们一起走过了十四年的光景——自从母亲走了之后——就是她将我弟和我两个人抚养长大。"

蒂博先生按次序把屋里的男人一一做了介绍。

"先生,很抱歉搅扰了。"丰塔南太太说,对于看向她的眼神感到有些局促,可是依然感觉自在得意,"以我来看,自打今天早上……我们的难题都是一样的,先生,我有一个想法,就是……我们都联合起来,这样可否?"她的笑容里含着和善却阴郁的味道,可是她的眼神在观察着蒂博先生的神色,却只碰见了一个合着双眼的不真实的面具。

之后她便用余光努力找寻昂图瓦纳的影子。即便距离刚刚见面时间间隔不是很久,可是她心底里有一种欲望想要看到这张阴郁而又正义的脸孔;而对于他来说,自从她进了这个门,他便潜意识里感觉到两个人之间会有某种说不出的牵连。他朝她靠近:

"太太，家里的那个小家伙，她有没有好转一点？"

蒂博先生把他的话生生打断了，他不安地耸了耸肩膀，这个耸动的动作似乎是很想甩掉整个下巴一样。他转过身子朝向丰塔南太太，语气认真地说道：

"太太，我想要对您说一句，没有谁比我更了解您现在的心境了，就像我刚刚和这个年轻人所讲的那样，一想到出走的这两个可怜的小家伙，总是让人焦躁不安。但是，太太，我可以很肯定的是，联合起来一起行动是否欠妥当？自然是一定要找到他们的，必须得把他们找到。只是，我们分开来去找的话效果不是更佳吗？我想说的一点是，我们是否应该考虑到新闻、记者之类的，多防备他们些？假设今天我和您讲的话是以一个地位强迫他对于报纸、舆论等多忌惮的人的口气，那就请您不要太过意外。这是为我自己吗？自然不是了。上帝可以见证，对于另外一派的言辞我是不会放在心上的。可是，通过我个人和我的名字，是不是就会关系到我个人所代表的公司呢？而且，我一想到我自己的孩子，我就觉得应该设法避免卷入这样的事情中去，难道还能允许其他名字与我家的名字放在一起？我最开始担当的不是应该想方设法地去避免有一天其他人将一些关系强制扣在他的头上，我晓得这种情况偶发性很大，可是就性质而言，如果我可以直接说出来的话，会有很大的——伤害？"他朝着韦卡尔神父说出自己的这种想法，与此同时他把眼睛微微睁开了一点，"在座的各位，你们是否会同意这种态度？"

丰塔南太太脸色变得惨白惨白的，她开始不停地瞧着两位神父、老小姐和昂图瓦纳。她瞧见的全是默不作声的脸孔。她大声喊道：

"照我说，先生……"可是她的嗓子有些紧张，她努力想让自己接着说下去,"照我说,基亚尔先生的质疑……"她再次停下了。

"这个基亚尔先生看起来也没什么,就是,感觉没什么!"她嗓子眼儿里听起来全都是苦笑的味道。

蒂博先生的表情阴晴不定,他把自己无力的手朝着比诺神父晃了晃,看样子是想让他出来作证。神父像小狗一样兴奋地进入了状态。

"我们完全可以这样和您说,太太,您连您家儿子身上所担负的东西都还没有明白,就断然谢绝基亚尔先生让人有些尴尬的建议……"

丰塔南太太上上下下打量了一遍比诺神父,她经常顺从自己的内心,便将身子朝向了韦卡尔神父。他看她的眼神有些味道。他定在那里动也不动,剩下仅有的几撮头发也像刷子似的支棱在头顶上,在这衬托下,他的脸显得更长了,年龄看起来有五十岁左右的样子。他有一种感觉,像是新教徒在呼唤他,便说道:

"太太,但凡是我们今天在这儿的人都知道,对于这次的见面,对您来讲心里肯定很难受。我们承认您对于您儿子的信任……真是让人叹服……"他又补充了一下,食指无意识地颤动了一下,这已经是他改变不了的习惯了,拿到嘴边,只是没有停下来。

"只是,太太,真实的事情是……"

"真实的事情,"比诺神父含带着些许激情接着说道,就好像同时已经将他定格,"必须要说一句,女士,事情的真相是残忍的。"

"别往下说了,先生。"丰塔南太太转过身子低声说道。

可是神父却没有停下来的意思:

"但是,这是事实,"他大声嚷道,戴在头上的帽子掉了下来。他从腰间摸索出了一个有着红色开口的土灰色的小笔记本,"您仔细看看,尽管这对于您来说是多么残忍,可是我们感觉这是非常应该的,您就会稍微能敞亮些的。"

这个时候他已经向着她的方向靠近了一些，想要让她拿这个本子。可是她站了起来：

"我一个字都不看，先生们，当着这么多人的面来窥探孩子的内心世界，却又不告诉他，他也接受不了！我不想让他遭受这样的事情！"比诺神父挺着身子戳在那里，伸向她的胳膊停在半空中，嘴角显现出一丝尴尬的笑容。

"我们并不一定非得这么做。"最后他的话语里有些讥讽，将这个小本子搁在桌子上，把掉在地上的帽子拾了起来，走到另一边坐了下来。这一刻昂图瓦纳恨不得一把掐住他的肩膀，一下甩到外面去。他的眼神里有些不悦，与此同时正好与韦卡尔神父的眼神相撞，得到了相通。

可是丰塔南太太这个时候已经转变了想法，轻轻挑起的眉梢有一丝挑衅的神色。她走向了蒂博先生，他一直窝在椅子里。

"所有的都是不太合规矩的，先生，我过来也只是想对您说一句，您是怎么想的，我老公现在这个时候去了巴黎，只剩下我一个人定了想法。我想要对您提出一点的是，这件事去求助于警察是稍欠妥当的……"

"警察？"蒂博先生有些着急地说道，激动得噌地一下站了起来，"但是，太太，难不成您感觉现在各地的警察还没有采取行动吗？就在今天早上，我已经给警察局打了电话，强烈要求那边不惜采取任何措施，小心行事……而且我也给拉菲特别墅区的区政府去过电话了，防止这两个小家伙偷偷躲在某个很熟悉的角落。已经知会了各个铁路部门、边防站、登陆码头，采取措施。可是，太太，我想要尽可能地不要搞得尽人皆知——我们也不想只是为了小小地惩戒一下这两个家伙，就给他们的手上戴上镣铐，被警察押着，牵到我们面前！难道说这么做的目的就是想让他们一直都记在心里，在我们国度里还会有一些正直的外在，去赞同我们的威严吗？"

丰塔南太太什么话都没说，行了礼，向门口走了过去。蒂博先生冷静下来了：

"不过，太太，敬请宽心，但凡得到消息，我们马上派人去给您捎话。"

她点了一下头，走了，昂图瓦纳陪在她身边送她出去，蒂博先生跟在她的后面。

"女胡格诺教徒！"她前脚一走，比诺神父就讥讽地说道。韦卡尔神父不自觉地做了个手势表示责怪。

"嗯？女胡格诺教徒？"沙斯勒先生嘀咕道，一连往后退了好几步，就好像他一脚踩在了圣巴托罗缪之夜的水洼里。

4

丰塔南太太回到家中，贞妮似睡非睡地蜷缩在被子里，她将已经烧得红透了的小脸抬了起来，眼睛一个劲儿地盯着母亲，之后又将眼睛闭上。"把皮斯带走，它吵得我没法睡着。"

丰塔南太太转身回到了自己的卧室，脑袋一片空白，独自坐定，手套都没想到去脱掉。是否感冒也要侵袭她？"我需要静下心，需要坚韧，需要坚定信心……"她低头祈祷上天。等到她站起身来，她知道她下面要做的事情了：把她丈夫找回来。

她从前堂经过，在关着的门前停顿了一会儿，之后一手推开了房门。这间房相对于其他房间而言更加凉快，现在还没有人住进来，房间里溢满了一股马鞭草、柠檬一类植物的芳香和略微带有一些潮湿的衣服还未干掉的霉味，她把窗帘卷起。房子的中间放着一张桌子，灰尘肆虐在有着吸墨纸的垫板上，可是桌子上什么都没有，没有纸，也没有任何留言。旁边的家具锁眼里插着一把钥匙，她把抽屉打开，里面堆放着一摞信，夹着几张照片，一把小扇子，一角有一只很平常的墨黑色的绢制手套，被攒成了团……她的手一下停在那里僵住了。她回想起了一件事情，一瞬间失了神，眼神望着远方……就在两年以前，有一个夜晚，她从码头坐公交车经过的时候，她确定，将腰板挺了挺，她一眼便瞧见了自己的老公热罗姆，身边还环抱着一个女人。很确定，他俯下身对着这个在凳子上流泪的女人，从这个时候开始，千百次冷漠的幻想因为这次见到的情景而萦绕在她心里，愿意再次勾描其中的故事：那女人庸俗不堪，看起来十分困苦，她将整个帽子掀起来，从超短裙下面仓促摸索出一块很大的白手帕。特别是热罗姆表现出来的神情！哎，看她丈夫的样子，她就能八九不离十地猜出了那个夜晚对于她丈夫来说是什么样的状态！自然有些可怜，她是了解他的，实际上他的性子有些柔弱，感情很丰富，内心里也会有些不开心，就是因为这件事情自己就变成了这件上不了台面来的事的对象；有一些冷漠，就是这样的，他将身体稍微向前倾斜了一些，却没有和盘托出；她敢肯定瞧见了情人自私为己的勾当，类似于这种的盘算他可不算是少的，不用怎么讲，还会有其他类似这样的场合在等待着他，他即便心里有些可怜的心气儿，内心世界里也感觉有些可耻，却已经拿定好了对策，就仰仗着这些泪水，立刻分道扬镳！所有的事情一刹那在脑海里渐次明朗起来，当这种甩不掉的困扰再一次侵袭她，她就会感到全身已经没有了一点力气，整个头都昏沉沉的。

她赶快逃离了那间房子，将门快速地锁紧。

她忽然记起了一件小事：一个名叫小玛丽埃特的女仆人，就在半年前她无奈地把这个仆人辞退了，她知道她现在住在哪里。她强制将自己心底里的厌烦按压住，没有徘徊不定，直接一个箭步就朝着那个方向去了。

第五层是一个厨房，仆人走的楼梯就是直接通向那边的。过来开门的姑娘名叫玛丽埃特，一头金色的秀发，脖颈的后面，散落着一些头发丝，两只眼睛里满是天真善良，其实她还只是个小孩儿。独自一个人，脸颊上有些羞红，可是眼神无比清澈透明。

"能够再次见到太太我真的是太开心了！贞妮小姐，她应该一直都在长高吧？"

丰塔南太太有些犹豫不定，看起来笑得有些难受。

"玛丽埃特……把我先生的住址给我。"

那小姑娘的脸红透了，眼泪在眼眶里打转，可是看起来还是一双水汪汪的大眼睛。"什么住址？"她一个劲儿地晃着头，她不晓得什么住址，换句话说她什么都不晓得：老爷从来没有在那个酒店里住过……老爷差不多很快就把她给甩了。

丰塔南太太早已经把眼帘垂下了，向着门口走了过去，她不想再听到其他一些事情。静默了一刻钟，只听到水滴答滴答地溅到锅里一个劲儿地发出响声，丰塔南太太麻木地摆了个手势。

"水开了。"她轻声说道。她朝着后面退去。之后又补充了一句：

"你在这里过得应该还可以吧,小姑娘?"

玛丽埃特一声不吭,可是等到丰塔南太太将头抬起来的时候,与她目光相对,却看见了某种扎根在内心里野性的味道:她如同幼童一样的小嘴唇半闭着,略微露出了一点牙齿。这片刻的犹豫两个人都感觉像过了半个世纪,最终那个姑娘磕磕巴巴地讲道:

"能否去问一下……珀蒂-迪特勒伊太太?"

丰塔南太太没有听到她大声哭叫。当她走下楼的时候感觉就像是逃离火场一样。这个名字一下就可以解释出有太多次不久才留心到却又不久忘记的偶然,这一刻忽然变得有些存在的价值了。

她一下就跳进了一个空的出租马车,这个时候的她想赶快回到家里。可是当她刚把家里的住址说出来,忽然一种无法抑制的欲望一下掐住了她的咽喉,她认为这是上帝的旨意。

"去蒙梭路。"她对马车师傅说道。

不久,她就出现在她的表妹诺艾米·珀蒂-迪特勒伊家门口。

过来给她开门的是位有着一头金色秀发、皮肤白皙、一双热情待客大眼睛的十五岁左右的姑娘。

"嗨,尼科尔,你妈妈现在在家里吗?"

她能感觉到这个孩子正用惊异的眼神在上下打量自己:

"我现在去叫她,苔蕾丝姨妈!"

丰塔南太太一个人待在前堂,她的心跳得厉害,她将手压在心脏的位置没放下来。她逼迫自己冷静下来去看看周边的环境。这个时候门开了,阳光洒进来,瞬间将整间屋子照得明亮起来。这间屋子就好像是一个单身贵族的小窝一样,随意中透着精致。"据传说自从她离婚之后整个人就变得郁郁寡欢。"丰塔南太太独自思索着。这个想法点醒了她，就最近这两个月以来她的丈夫没有给她一分钱，对于家里支出这一块，她实在是不知道怎么办才好。或许是瞧见了诺艾米如此华贵的生活，更激发了她的这种感叹……

尼科尔并没有转过身来，整个屋子里静悄悄的。丰塔南太太愈加感觉喘不过气来，想走到客厅里坐一会儿。钢琴没有合上，沙发上散落着一张《时装报》；桌子上散落着一些香烟，花瓶里插了很多红色石竹花。四周看了一圈，她越发感觉有些不自在了，这到底是因为什么？

哎，他就在这里，每一处都有他的痕迹，他将钢琴靠在窗子旁边，就和在自己家里的格局一样！肯定是他没把钢琴的盖子合上，假设那要不是他，那也是为着他才把这些曲谱散落着的。他钟情于这些宽宽大大的矮沙发，身边的香烟伸手就能够得着，那一刻她好像已经看见他随意地靠在那里：衣服干净利索，眉梢里满是笑意，手上拿着一支烟。忽然她感觉到地毯上传来轻微的声响，让她一颤。诺艾米过来了，身上穿着带碎花边的衣服，手搭在女儿的肩膀上。这个女人三十多岁的样子，有着一头栗色的秀发，身材有些发福，高高大大的。

"你好，苔蕾丝，很抱歉，自从今天早上开始，我的头就一直在疼，床都起不来，尼科尔，去把窗帘拉低一点。"

她的眼睛和皮肤的光泽出卖了她，然而她一直都说个不停，正好泄露了这次登门拜访给她造成了困窘，困窘最后演变成忐忑不安。苔蕾丝姨妈轻声和孩子说，声音里满是温柔：

"我想和你妈妈单独聊一会儿，亲爱的，你愿意回避一下吗？"

"去吧，去你自己的房间里做功课！"诺艾米大声嚷道。之后就露出一个十分丰富的表情,"这个年龄阶段的孩子几乎是让人忍受不了的,已经想在客厅里撒欢儿了!贞妮也这样吗?可以这么讲,我之前也是这样的,记得吗?这让妈妈非常头疼。"

丰塔南太太这次拜访的最终目的是想要拿到她想要的住址。可是自从来这儿之后,明白热罗姆已经非常强烈地压抑着她,耻辱就在跟前,诺艾米喜庆却又俗气的美丽,在她看来感觉十分刺眼。她再次输给了自己的一时冲动,做了一个十分感性的决定。"快坐呀,苔蕾丝。"诺艾米说。

苔蕾丝并没有坐下,相反却向着她表妹的方向走了过去,朝着诺艾米伸出了手。她整个动作自然不做作,很沉稳。

"诺艾米……"她讲道,之后就全部说了出来,"把我的丈夫还给我。"珀蒂-迪特勒伊太太脸上优雅的微笑一下僵在了那里。丰塔南太太握着她的手一直都没有松开,"不用辩解,我没有责怪你的意思,我知道问题在他那里……我很清楚他是什么样的人……"她顿了一下,没接话。诺艾米并没有设立防备。丰塔南太太对于她的静默不语还是很感谢的,这样并不是承认,却是说明了她并不是那种过于精明滑头的家伙,立刻躲避掉忽然降临的打击。"听我说,诺艾米。我们两家的孩子都已经长大成人了。你的女儿,我两个小孩儿也全都长成大人了,达尼埃尔也已经十多岁了,这样会树立坏例子,不好的习惯是会传染的!我们绝对不能容许这种情况持续下去,是不是?过不了多长时间,就不会是我一个人遇见这种状况……和忍受这种痛苦了。"她的声音有些断断续续,后来就变成了哀求的语调,"请将他还给我吧,诺艾米。"

"但是,苔蕾丝,我可以对你担保……你绝对是疯了!"年轻的

31

少妇冷静了下来,眼神里写满狂躁,嘴唇紧紧地闭着,"就是,你真的疯了吗,苔蕾丝?我允许你为自己辩解,一时半刻搞不清楚你的脑袋是在做梦还是现在你的脑子已经完全混乱,思维混乱,你得把这件事情交代清楚!"

丰塔南太太并没有回她,只是用凝重、柔情的眼神看着她的表妹,就好像是在说:"让人怜悯的冷漠的灵魂!你看起来比实际上的样子更美!"忽然,眼神滑落到了凸出来的肩膀的那个地方,细嫩的肌肤如此丰满,像花枝乱颤般地隐藏在衣服下面,就像是困在铺设的网里的猛兽一样。眼下的一切是这般真实地存在着,这让她不由得将眼睛闭上,愤怒、仇恨,却又瞬间闪过的凄苦的情绪显现在她的眉梢,她想有个结果,可是貌似她的勇气已经全部消耗殆尽。

"或许是我弄错了……只要把住址拿给我。不然的话,这样也行,我不强迫你一定要把他的住址给我,但请你代为转达,我一定要见到他……"

诺艾米将身子挺了起来。

"代为转达?我哪里晓得他现在在哪里啊?"她的脸几乎都红透了,"你就这样胡乱揣测还像不像话?是,热罗姆有时候是会过来看看我,可是之后呢?也没必要对我们俩姐妹隐瞒这些啊!真的是!"她很自然地提醒她,讲出了一些刺人的话语,"等我要是见到了他,就会跟他说你在这里胡搅蛮缠,他才真的会开心死呢。"

丰塔南太太朝后退了两步。

"你讲话还真是像个小孩子一样。"

"啊,那你让我说什么?"诺艾米回辩道,"如果一个女人连自己的丈夫都看不住,那是她自己没本事!假如热罗姆从你身上看到了他想寻觅的东西,你也就不用追在他后面赶来赶去的了,亲爱的!"

"真的?"丰塔南太太不由得陷入了思考。她全身一点力气都没有。她想要尽快离开这里,可是她又很担忧,担忧会只剩下她自己,找不到热罗姆住在哪里,没有办法让他回家。她的眼神开始温柔了些:"诺艾米,刚才我说得太冒失了,你别介意,其实事情是这样的:贞妮生病了,两天两夜都烧个不停。我自己一人。你也是母亲,你应该能够懂得在生病的小姑娘身边一直守着是一种什么滋味……热罗姆已经半个多月没回家了,连一次都没回过!他现在在哪儿?他在做什么?应该让他知道他的闺女生病了,他应该回家!你和他说说吧!"诺艾米顽固而心狠地摇了摇头。"哎,诺艾米,你没有这么狠心的吧!听着,所有的我全都说了。贞妮现在还在发烧,这是千真万确的,我都着急死了,可是还有比这个更严重的事。"她的声音越加低声下气,"达尼埃尔离家出走了,他失踪了。"

"失踪了?"

"我要找到他。在这种状况之中,我不能再这么孤单一个人……身边只有一个发烧的小姑娘……是不是?诺艾米,你就跟他说要他回家就行。"

丰塔南太太以为这个少妇会妥协,可是她的眼神里闪现出的只有同情。她转过身,将手臂举起来大声说道:

"天啊,你到底想让我怎么做!我老早就和你说过了,我真的没办法啊!"这个时候丰塔南太太没有回应。诺艾米很气愤地忽然转过身去,脸上像火烧云似的:"你难道不信任我吗,苔蕾丝?算了吧,你一清二楚!他骗了我不止一次两次,你懂吗?他跑了,不知道去了哪儿,和另外一个女人私奔了!喏!你现在相信我了吧?"

丰塔南太太脸色刷白刷白的。她机械地重复道：
"跑了？"

少妇扑倒在沙发上，哭了起来，头枕在靠垫上，"啊！你知不知道他真是折磨我！我太容易原谅他了，他可能感觉我一直都会原谅他的过失！不可能了，再也不可能了！他拿最下流的方式侮辱了我，就在我眼皮底下，就在我自己的家里，他勾引我随手使唤的一个十九岁的女用人，就在半个月前，女用人拎着衣服偷偷溜走了！可是他呢，他却在门外的车里等她！就是这样的。"她忽地站起身来大声嚷道，"就在这条路上，就在我家大门口，青天白日的，在所有人的面前——只是为了这个女用人！你可以想象得出来吗？"

丰塔南太太将身子靠向钢琴的一边，试图站稳一点。她瞧着诺艾米，却冷漠无视。眼前飘过一个幻象：她又瞧见了之前的玛丽埃特，楼道里发出窸窸窣窣的响动。她悄悄溜到七楼，不得不看个明白，被辞掉的那个小姑娘现在十分后悔，想要求得女主人的谅解，她一眼便看到了那个坐在凳子上一袭黑色衣服哭天抹泪的女工，之后她发现了坐在她身边的诺艾米，她转过身子。可是她的眼神又不自主地放到了这个扑倒在沙发上的精致的女人这里。

肩膀半裸着，因为哭泣的原因整个肩膀在微微颤动，这让她衣服的花边有些飘动。眼下的形象真的是让人无法容忍。

可是诺艾米的声音一下调高起来嚷道："啊，一刀两断，和他一刀两断，这样他就会回来，杵在那里，我正眼都不会瞧他！我真是恨透了他，看不起他。他说谎已经被我逮住多少次了，理由都编不出来，耍滑头，一味地寻花问柳，他本性如此，但凡一张嘴就是谎话连篇，这个骗人精！"

"你讲得有些不公平,诺艾米!"

少妇跳了起来:

"你为他辩护?是你?"

但是丰塔南太太冷静了下来,用另外一种口气说道:

"你没他的住址吗?……"

诺艾米默不作声,思考了一会儿,之后热情地将身子前俯:"没有。但是那个女门房,曾经有几次……"

苔蕾丝示意她先停一停,向门口走了过去。少妇为了掩饰尴尬,将整个脸埋在靠垫里,假装没有见她走开。

正当丰塔南太太在前堂想要把门口的帘子掀起来的时候,尼科尔一下拉住了她,她的眼睛里溢满了眼泪。丰塔南太太还没说什么,这个孩子便发疯一样吻着她,之后就跑开了。

女门房有些模糊不清地说道:

"我啊,我将她的信退到了她老家,布列塔尼的佩罗-基雷克;她爸妈指定让人看着点她。假如您对这些感兴趣的话……"她将身边的一个用了很久的发着油光的登记册掀开说道。

回到家之前,丰塔南太太进了家邮局,拿过来一张电报纸,写下了一些话:

佩罗-基雷克小镇(北滨海),教堂广场,维克托里娜·勒·加德。

请代为转告丰塔南先生,他儿子达尼埃尔周日失踪,至今音信全无。

之后她又问邮局的人要了一张明信片:

塞纳河畔的纳伊，比诺大街二号乙，基督教科学协会，格雷戈里牧师先生收。

亲爱的詹姆士：

就在两天之前，达尼埃尔离家出走，毫无音信，我很挂心，再加上我的女儿贞妮也生病了，毫无缘由地发起了高烧。我不知道去哪里能够找到热罗姆，告诉他这件事。我孤单一人不知道怎么办才好。我的朋友，请过来看看我吧。

苔蕾丝·德·丰塔南

5

就在第三天晚上六点左右的样子，一个个子很高、有些笨拙的精瘦男人出现在天文台的林荫大道，几乎看不出他的具体年龄。

"太太不方便出来见客。"门房回道，"几位大夫就在楼上，小姐已经没气息了。"

牧师上了楼。正对着楼梯的门敞着，有很多件男人的衣服挂在前堂的衣架上。一位女护士跑了过去。

"我是格雷戈里牧师。怎么了？贞妮是不是很难受？"

女护士看着他。

"她不行了。"她悄声说道，之后便走了。

他整个人都僵在了那里，就像是脸上突然被人电了一样。他感觉空气瞬间变得让人喘不过气来，阵阵眩晕。他走进客厅，将客厅里的窗户打开了。

过了十来分钟的样子。走廊上人们来来去去，楼里传来房门开开关关的声音和人们讲话的声音。丰塔南太太出来了，身后有两位有点年纪的老男人，全都是一水儿的黑色衣服，朝他走了过来。

"詹姆士，你可来了！啊，我的朋友，千万别扔下我一个人。"

他小声念叨着：

"我今天才从伦敦赶回来。"

她带走了他，留下两个医生自己商量。在前堂里，昂图瓦纳没有披外套，女护士帮他端脸盆，他在那边洗自己的指甲。丰塔南太太自始至终都紧紧握着牧师的手不放。她已经完全变了样子：面色苍白而无血色，就好像整个肉都被抽走了一样，嘴也一直抖个不停。

"啊，待在我身边陪我，詹姆士，不要再让我一个人了！贞妮已经……"

从房间里传来声音，她的话还没说完，就径直奔向了里面。

牧师朝着昂图瓦纳走了过去，他没有说什么，可是眼神里写满不安想要问些什么。昂图瓦纳将头摇了一下。

"她已经不行了。"

"啊，怎么这么讲？"格雷戈里语气里含着责怪的口气。

"脑膜炎。"昂图瓦纳将手放到额头那里，一字一顿地讲道，"真是怪家伙。"他自语道。

格雷戈里的脸已经变了颜色，黑色的头发没有一点光泽，就像是死去了一样，一绺一绺地耷拉在额头旁边。鼻子整个下垂，看起来有些充血，眼睛躲在眉毛的正下面，闪着光芒就像是抹了磷粉似的，眼珠乌黑，眼白都很少能看到，经常潮湿的眼睛透着灵性，这很容易让人想到某种猴子的眼睛，渗透着一股懒散与严肃。更加让人无法理解的是脸的下半边：没有声响的微笑，这种佯装出来的笑意不代表所有人们所了解的情感,却能从多个角度拉扯一下下颚,他没有留胡子,整个看起来干瘪瘪的,脸上的皮肤紧紧地贴着头骨。

"突发性质的吗?"牧师问。

"周末开始发高烧,但是有明显预兆是在昨天,周二的早上才下了定论,之后马上进行诊断,尽所有的努力尝试。"他的眼神一下黯淡了下去,自己思索着。"我们可以过来听一下这几位医师是怎么看的,可是就我来看的话,"他下结论说,神情开始更加严肃了,"照我来看,这个可怜的小家伙是真的不行了。"

"天啊,不!"牧师一下打断了他的话,嗓子开始有些沙哑。牧师的眼睛望着昂图瓦纳,眼神里透出来的怒火几乎很难与嘴部的笑容交融在一起。空气像是凝聚在一起让人无法呼吸,他将那骨瘦如柴的手抬到衣领的地方,在下巴那里来回摩挲着,就像是恐怖梦境里的蜘蛛。

昂图瓦纳拿着自己职业特有的眼神上下打量着牧师,心里想道:"实在是不协调,这来自内心的笑容,这让人无法用言语讲述的鬼脸。"

"请问,达尼埃尔现在回家了吗?"格雷戈里绅士地问道。"到现在还没有任何的消息。"

"真的是可怜的女人,可怜的女人!"他用抚爱的语气喏嚅道。就在这个时候,医生从里面出来了,昂图瓦纳走了过去。"她治不了了。"上了年纪的那位医师将手搭在昂图瓦纳的肩上,用鼻音说道。昂图瓦纳立即将身子面向了牧师。

女护士路过时走了过来,将声音拉低,说道:"真的,大夫,您是否相信她……"

这次,换作格雷戈里转过身子不想往下听了。窒息的空气让人十分难受。门半开着,他一眼看见了楼梯,快速地朝着楼下走去,穿过林荫大道,开始在树下疯狂地跑了起来,脸上一副奇怪的笑容,整个头发都是乱糟糟的,将那双蜘蛛触角一样的手环抱在胸前,大口大口地呼吸着这座城市暮色下的空气。"该死的医生!"他埋怨着。他和丰塔南家的关系亲近得就像是一家人。想起十六年前,他口袋里一分钱都没有,只身来到巴黎,他受到苔蕾丝父亲佩里埃牧师的热情款待,他终生不会忘记佩里埃牧师的恩情。再到之后,当恩人病危之际,他抛开一切,一心守在恩人的身边,直到老牧师离去的时候,一只手握着女儿的手,另一只手握着他的手,恩人把他称作儿子。这个时候,回想起这段记忆始终让他锥心地疼。他转过身子,大步往回走,停在门前那辆医师的马车已经不见了,他飞奔似的上了楼。

房门半掩着,不断的呻吟声把他引到了房子里,窗帘全都拉上了,昏暗的房子里到处都是喘息声和呻吟声。丰塔南太太、女护士、女仆全都将身子靠近了那张床,一个劲儿地按着小姑娘的身子,她就像是掉在草丛里的小鱼那样一抽一抽的。

格雷戈里静默了很久,将手托着下巴,脸上写满愤怒。最后,他朝着丰塔南太太倾下身子:

"他们这样会把您的女儿给杀了的!"

"什么?会杀了她?怎么可能?"她叨咕着,紧紧抓着贞妮的手臂,贞妮一个劲儿想将她挣开。

"假如说您不把他们赶出去的话,"他坚定地说道,"他们就会把您的孩子给杀了的。"

"把谁赶跑?"

"这里所有的人。"

她困惑地看着他,她听的是这样的吗?格雷戈里的脸紧贴着她,让人感觉有些畏惧。

他一把抓住贞妮来回晃动的手,俯下身子声音柔和地轻声唤着她:

"贞妮,贞妮!我的宝贝,还认识我吗?认识吗?"

她的眼珠茫然不定,直直地望着天花板,之后缓缓地看向了牧师。他的身子弯得更低了,坚定地、深情地看着她,孩子的呻吟声忽然停住了。

"你们给我走开!"他对床边的那三个女人说。没人听他的话,他头都没抬,拿出震慑的语气说道,"你们把她那只手递给我。好的,现在你们离这里远一点。"

她们走了,只剩下他一个人压低身子面对着这张床,将他富有磁场的意念灌输进那双濒临死亡的眼神里。他握着的那两只手臂有相当长的一段时间都在空中乱抓着,之后便一下落了下来。两条腿还在挣扎,之后也伸开了,眼睛也闭上了。格雷戈里自始至终都弓着腰,朝着丰塔南太太示意可以走近他。

"您看看,"他轻声说道,"她开始静下来了,也不呻吟了。让他们走,我的意思是,把这些贝利亚尔的子孙全都赶走,他们只会让事情变得更糟!他们这样会害死您的女儿的!"他轻声地笑了一下,是那种自己持有永世不变的真相,世上所有其他人全都是丧失了理性的智者所拥有的无声的笑。他没有将眼神移开,一直看着贞妮的眼睛,将声音压到最低,轻声说道:"女人,女人,痛苦原本是没有的!痛苦是您自己所创,痛苦能够作乱是由于您的支持啊,由于您惧怕它,由于您应允了它如此做啊!您看看他们,任何一个人都不怀有期望。他们说着同样的话:'她已经不……'可是您呢?您也如此想,刚刚您几乎也说出了'她已经不……'。啊,上帝!就让看守人看紧我的嘴,让看守人看紧我的嘴吧!唉!令人怜爱的女人,我刚到时,她的四周有的仅仅是空虚,仅仅是否认。"

"我就是要说:'她没病!'"他大声说。他的语气中饱含着满满的信心,非常具有渲染力,三个女人同样都获得了激励。"她身体很好,换我来照看吧!"

他如同魔术师一样,谨慎小心,慢慢地将她的手放松打开,随后,向后退一步,将她的四肢放轻松,她的身体就平静地在床上躺着了。

"人生是如此美!"他用悦耳的腔调说,"所有的事物是如此美!智慧是如此美!爱是如此美!基督给了我们强壮的身体,基督就在我们身边!"

他朝向已经站在屋子里另一边的女护士和女仆人说:"麻烦你们出去,我自己在这里就可以了。"

"都出去吧。"丰塔南太太说。格雷戈里站直了身,用胳膊指向桌子上胡乱摆放的医药瓶、敷布和用来盛放冰碴的桶,责令地说:"全部都拿出去!"

女仆们按照他说的做了。

房间里只有他和丰塔南太太了。

他兴奋地大喊:"此刻把窗户全部打开!打开,亲爱的,再把它开大点!"

一股清爽的风将街道上的叶子刮得沙沙响,吹到房间里,似乎是要将房间里浑浊的空气,由下方卷起来,赶出房间。清爽的风轻

41

抚着病人热烫的面颊，令她一阵打战。

"她会受凉的……"丰塔南太太低声说道。

神父起初仅仅是愉悦地笑了一下，过了些时间才开口道：

"将窗户关闭吧！是的，关闭窗户，非常好！然后将灯全部打开！丰塔南太太，每一处都要亮光，有快乐！在我们的内心也一定要装满亮光、装满快乐！上帝就是我们的光亮，上帝就是我们的快乐，我们还有什么好恐惧的呢？"紧接着他举起手说："上帝啊！在这将要被咒骂时，你同意我提前到达这儿！"他将座椅搬到病人的床前："麻烦坐在椅子上，保持沉默，要很沉默，要将自己压制住。只可以服从基督对您的启示。我告诉您：基督让她重新有个强健的身体！我们要和基督一同帮助达成她的期望！祈祷善的强大威力，物质仅仅是权利的奴仆，精神才是全部。这两天，令人怜爱的孩子没有丝毫保护，完完全全被消极的思想所操纵。唉！我讨厌这里的所有人。他们所能做的只是向不好的方面思考，只是会引发让人不愉快的感情！只要他们渺小细微的信心缺乏希望时，他们就会觉得什么都结束了！"

叫喊声再次响起。贞妮再一次挣扎起来。忽然她将头往后仰，嘴唇半合半开，就像是要死亡一样。丰塔南太太往床上扑去，利用自己的身躯保护着病人，向病人大声喊：

"不可以……不可以……"

神父走向她，似乎是要对她此次的挣扎负责一样。

"恐惧？您已经不相信了？在上帝跟前是不会令人恐惧的，惧怕的仅仅是肉身。将肉身撇开吧！这肉身怎么会是真正的您。《马可福音》中讲过：'只要是你们祈祷的，不管什么事，如果坚信可以，就一定可以。只要相信他说的成功，就一定会让他成功。'可以了，祷告吧！"丰塔南太太跪在地上，他再次使用认真的语调反复说道，"刚开始先帮您自己，帮您那太柔弱的心灵祷告！希望上帝首先帮助您重拾自信与安静！您的自信只要完好无损，贞妮就会成功！向上帝祈祷吧！我们心连心，一同祷告吧！"

他安静地思考了一下，开始祷告。刚开始仅仅是低声。他双脚合并在一起站立着，将双臂盘在一起，仰起头，双目紧闭；额头上的发髻盘旋着，就好像是戴着黑色焰火的光环。低声的话语渐渐能够分辨；病人规律的喘气声似乎是应和着他祷告的管风琴。

"赋予了生命能力的上帝啊！在你造出的所有事物中，无论是在哪一小片里都因你而聚居。我，我深深地在心里对你呼喊。在这遭受苦难的家中，希望你能赋予安宁！只要是和生命无关的事物，希望你让它逃离病床。痛苦只是出现在我们的懦弱里。啊，主啊，将我们心中的消极因素驱除吧！

"仅仅是你拥有无穷的智慧，你对我们的安置都是遵循规则的。于是，这个女士想将她在死亡门前的孩子托付于你！她遵循你的意念将孩子托付于你，与她的孩子分离，离弃她的孩子！假如你定要将这孩子从这个女人身边抢走，她允许，她允许！"

"啊，不要这样说，不可以，不可以，詹姆士！"丰塔南太太断断续续地说。

格雷戈里纹丝不动，但是将像铁一样坚固的手放在她的肩上，说道：

"您是缺少信仰的人吗？上帝的信念浇灌在您的内心很多次了！"

"啊，詹姆士，这三天内我非常难过，詹姆士，我无法支撑了！"

"我注视着她，"神父向后退并说着，"现在已不是她，我无法再认得出了！她令痛苦的意念进到了她的脑中，进到了本是上帝的宫殿。祈求吧，令人怜爱的太太，祈求吧！"

病人因为神经性的抽动，身子弯曲不已，在被子下晃动：双眼再次打开，露出害怕的眼神瞧着屋里的灯光。格雷戈里却丝毫不放在心上。丰塔南太太用双手用力地压着病人，希望能克制住她的扭动。

"高高在上的主啊！"神父就像是在歌唱圣诗，"真理！你以前说过：'假如其他人愿意跟着我，就应当舍弃自我。'好，假如这位太太一定要离弃她的孩子，她允许，她允许！"

"不可以，詹姆士，不可以……"

神父俯下身讲道：

"放弃吧！放弃如同酵母菌，如同酵母菌可以膨胀，放弃也可以在魔鬼中膨胀，让善良膨胀出来！"紧接着他再次站直身："主啊，假如你定要夺走她的女儿，你就夺走吧！她舍弃了，她离弃了！假如你还想要她的儿子……"

"不行……不行……"

"假如你还想要夺走她的儿子，也同样夺走吧！令他再也不能进入这位太太的家门！"

"达尼埃尔……不可以！"

"主啊，她愿意将她的儿子托付于你的大智，假如你还要将她的丈夫从手中夺走，也将他带走吧！"

"不可以，热罗姆！"她跪行了两步，呢喃着。

"将他也同样夺走吧！"神父更加高亢地祷告，"夺走吧！没有丝毫的争论，因为你独特的意念。光的本源！善的本源！圣的空灵啊!"

他暂停了一下,没有看她,问道:

"您舍弃了吗?"

"同情同情我吧,詹姆士,我不行……"

"祷告吧!"

几分钟之后。

"你舍弃了吗?全部舍弃?"

她默不作声,瘫在床边。

将近过了一个时辰,病人仍未动,仅仅是又红又胀的面颊来回摆动,喘息声已经沙哑,双眼没有再合上,目光杂乱。

丰塔南太太一动不动,但是神父忽然颤抖了一下,似乎听见太太叫他的姓名了,于是就走到她的身边跪着。她站起身,神色已经不太拘谨了。她盯着枕在枕头边的面容,观察了一段时间,伸出手臂说:

"主啊,希望不要以我的意念,而是以你的意念加以完成。"

格雷戈里没有动,他一直相信,这个时刻她能够讲出如此的话。他紧闭双目,一心一意地祈祷着上帝的慈爱。

又过了几个时辰。一会儿,病人就像是要死亡一样,拥有的一点点活力仅仅在她的眼神里飘忽不定。一会儿,病人抽搐时,格雷戈里就按着贞妮的一只手,使用恭顺的语调说:

"我们即将成功,我们即将成功!不过,要祷告,我们祷告吧。"

快要到早晨五点时,他站起身,将掉到地上的被子帮孩子重新盖好,把窗户推开。凉爽的夜风冲进屋内。丰塔南太太始终跪着,未有任何阻碍神父推开窗的行为。

他来到阳台。拂晓还未至,天空仍然是昏暗的,楼下的林荫道就像是一条墨色的沟道。

然而,在卢森堡公园的上方,天边已经慢慢变白,大雾在道路上飘动,就像是棉絮一样缠绕在林荫道上的顶端。格雷戈里为了避免打冷战,就挺了挺胳膊,攥紧双拳在护栏上搭着。微风吹动着早晨的凉爽,这凉爽的风飘过他汗涔涔的前额,清洗着由于一夜未睡和祷告而显现出的疲惫的脸。房顶早已变蓝,百叶窗的形状在每户人家房顶被熏黑的石墙的映衬下,逐渐变得清晰。

神父面对着东边。在灰暗夜色的映衬下,对着他缓缓升起无限的光亮,瞬时间,犹如玫瑰色的光亮充满了天空。大自然都醒来了,在早晨的空气中,无数个愉悦的分子光芒四射。忽然,一阵清爽的气息充满他的怀抱,一种强大的能量贯穿于他的身体,将他举起,令他越来越强大。瞬间他觉得自己有无限的力量,他的意念能操纵宇宙,他能够突破所有。他能够大喊那棵树:"晃动吧!"那棵树就能够晃动。他跟病人说:"站起来吧!"她就能够恢复。他抬起臂膀,随着他的指向,林荫道的叶子突然抖动起来,由他脚下的树中,飞出成群的小鸟,愉悦地歌唱着。

他来到床前,将手放到跪在地上的丰塔南太太的发丝上,叫道:"哈利路亚!亲爱的!心灵的洗涤都已结束了!"

他朝贞妮走去。

"已把黑暗驱逐了!亲爱的,你把你的手伸出来交给我。"这两天没有意识的孩子竟然将双手伸出来。"注视着我!"孩子的双目似乎是有些害怕地注视着他。"'他将你由死亡里解脱出来,大地上的野兽会和你友好共处。'您恢复了,孩子!黑暗彻底离去!荣耀属于上帝！祷告吧！"孩子的双眸再次精神起来：她的嘴一张一合就好像确实在奋力祷告似的。"亲爱的，此刻，将双眸合上吧。缓缓地……对……入睡吧，我的小宝贝，您不会再有忧愁了，要快快乐乐地睡觉！"

过了几分钟，贞妮在五十个小时以来首次进入了梦乡。她的脑袋纹丝不动地躺在枕头上，睫毛的阴影倒映在面颊上，嘴里有规律地呼吸。她安全啦。

6

这个灰皮的笔记本是雅克和达尼埃尔在课上用来传信的，目的是不让老师察觉到。在前几张零乱地书写着此类的话：

"恭敬而又真诚的罗贝尔，生卒于哪一年？"

"行吟诗是书写成 rapeodie，还是 rhapeodie？"

"eripuit 该怎么译？"

其他几页写着某些注解和订正，应该与雅克书写在活页上的诗有关系。

之后两位学生就一直传信。

首封长点的信是雅克所写：

巴黎，阿米奥中学，三年级一班，在外号称为老猪毛的某人猜疑的视线下，三月十七日，星期一，白天，三点三十一分十五秒。

你的精神状况是可有可无，是感官的受用，或者说是爱呢？我更加钟情于最后一种，因为它与那两个相比更加自然。

说到我，我对自己的感情钻研得越深，我就更加感觉出人是一种兽性动物，唯有爱可以将它提升。这些是我悲伤的内心在呐喊，它是不可能瞒骗我的！假如不是你，啊！我亲爱的，我只会成为一个差生，只会成为笨蛋。假如说是梦想震撼了我的内心，那都是因为你的功劳！

我一生都不能遗忘我们两人的默契之时，令人悲叹的是时间如此短暂易逝。你是我的挚爱！我以后也不可能会有其他的爱，原因是会有上千个关于你的热烈的记忆冲向我的内心。再见啊！我发烧了，太阳穴在蹦跳，我的双目已经模糊。无论是什么都不可以将我们分开，是吗？唉！我们什么时候能够获得自由？何时能够共同生活，一起去远方旅行？我会对异乡抱有热情！我们共同去搜索恒久的印记吧！当印记还是清晰新鲜的时候，我们共同将它化成诗吧！

我讨厌等候，尽量早回信。假如你爱我就像我爱你一样，我会要你在四点之前回信。

我们心连心，就像是佩特罗纳紧追十全十美的厄尼斯似的！

再见，请爱我吧！

J.

达尼埃尔的回复在下一页上：

我认为，就算我单独一人生活在一个陌生的世界里，无论你会变成什么模样，连接我们心灵的独特的联系也都会让我想出你的样子。在我们亲近的友情上，岁月似乎停下了脚步。

你的来信让我非常开心，以至于我都不能给你讲述我这高兴的心情。你原本就是我的朋友吧？此时应该要比朋友还要亲近吧？你真的不是我的另一半吗？我为了成就你的心灵就好像你在成就我的心灵一样。上帝啊！就是由于你的爱，我会坚信不疑的爱，所有事物才会在我的内心里存活，我的躯体、精神、灵魂和思想力！噢，我最真诚和独特的朋友！

D.

附带再提一下：我早已让我母亲做出将我的自行车卖出的决定，它已经很旧了。

致以诚挚的敬意。

D.

雅克写的另外一封书信：

噢，亲爱的！

是什么原因让你时而开心，时而难过呢？当我欣喜时，我还会偶尔沉浸在苦涩的记忆中。不，以后不可能再有了，我认为以后再不可能有开心与闲暇的时间！我的身边，总是有可望而不可即的梦想。

啊，有些时候我非常明白那些面无血丝的修女无精打采的状况，她们的生命是在这个如此现实的尘世外度过的。希望会带有翅膀，向铁笼的窗子砸去，将它砸开！我是个孤独地存在于四处充满敌意的世界中的人，我爱的父亲不理解我。我仍未老，可是我度过的生命里，很多事物早已面目全非，多少露水早已成为雨水，多少欢快理想早已无法实现，又有多少酸涩颓然的失望！……

亲爱的，希望你能谅解我此刻如此感伤。毫无疑问，我一定在长大：我的脑袋翻腾着，我的血液也在翻腾（如果有机会，会更加激烈）。我们将永远相伴，我们会一同躲避暗礁，一同躲避被人类称为享受的旋涡。

我的掌中只有忠诚于你的开心快乐，其他的全已消失。噢，我选择的人!

J.

附带再提一下:由于我着急于背诵,所以匆忙将信写好,我仍然背不出呢!唉!

啊,亲爱的,假如我失去了你,我认为我会自杀的!

J.

达尼埃尔立刻回复:

你悲痛吗,朋友?

你还如此年轻,为何如此呢?噢,我最亲爱的,你还如此年轻,为何咒骂日子、冒犯神灵啊?你不是讲过会将你的心灵紧密地与土地相联系吗?因此,振奋吧!期望吧!爱吧!读书吧!

在你的灵魂被忧愁打扰的时候,我应该怎样安抚你呢?那些失望的叫喊该用何种药品治疗呢?不!我的朋友,理想和世人的脾性是可以融合的。理想不一定非要来自诗人美好的想象。就我而言(想要把这说明白不是那么简单的),理想其实是将宏伟和世界上非常轻微的东西连接在一起,其实是将人类做出的全部打上宏伟的烙印,其实是上帝赋予我们的天资得到全方位发展。我的想法你清楚了吗?理想会是这样,扎根于我心里最深地方的理想。

行啦,假如你信任你最真诚的朋友,他经验丰富,原因是他的理想很丰富,同时吃过很多苦,假如你信任你的朋友,他只希望你快乐,其他的什么也不想,此时你一定要了解:令人怜爱的孩子,你存在的目的是因为一个人,始终记着你的人,所有事都与你心心相印的人,那就是我啊,你存在的目的不是因为不理解你的人。

噢，希望我们之间存在的深厚友谊的温馨能够变成安慰你的药品。啊，我的朋友！

D.

雅克马上书写于可以写字的地方：

谅解我吧，亲爱的，都怪我性格火暴，言过其实，调皮怪癖！我心情阴暗，却会再次变得毫无意义地充满期望。原本就是无路可走了，但有时却会飞上云端！我说过以后任何事物也不爱了吗？（当然不包括你和我的文艺！）请信任我所说的吧，我的生命会是这样。

我敬佩你的宽容，你年轻的敏锐，你在所有想法中、行为中始终严谨地对待爱的态度。你所有的温暖、激情，我和你一起体会着。感激上天让我们恋爱，让我们遭受孤单寂寞的心灵可以紧密地连接起来！

无论何时我们都不分开！

希望我们长久地知道，我们都是彼此的强烈的爱慕者！

J.

达尼埃尔书写了两页的长度，字迹优雅遒劲：

我的朋友：

今天，四月七日，星期二。

过了今天我就十四岁了。上一年我想过：十四岁……似乎是一个既美又虚幻的梦。光阴似箭，让我们变得枯槁。但是，怎么能说任何事都未变化。我们还是我们。任何事都未变，只是我觉得失望与衰弱了。

昨天夜晚睡下后，我将缪塞的诗拿出来看。最后一次读时，我才开始看前几行诗句，就全身颤抖，而且还会泪流满面。但是昨晚，我有很长一段时间似睡似醒时却非常兴奋，而我察觉不出为何。我仅仅是看到了某些声韵协调而又不连贯的诗句。啊，太冒犯了！后来，我心中的诗意情感清醒过来了，愉悦的泪水涌出来，我还是非常兴奋。

啊！我希望我的内心永远都不枯涸！我害怕日子会将我的内心和感觉化成坚石。我衰老了，上帝那强大的意念、圣灵和爱，都不能再像原来一样在我心中晃动了，但那令人厌烦的困惑竟然来打扰我。唉！为何不用理性，却用我们思想的所有能力来过日子呢？我们想得过多了！我允许有年轻时活泼的朝气，让我们不东张西望，畏首畏尾，而是奋力前进，不畏艰难！希望我可以紧闭双眸将自己奉献于那高高在上的梦想，奉献于那十全十美的女人，释放自己！唉！如此渺小的希望，那么令人害怕！……

你很开心我一本正经，但是相反，这恰恰是我的灾难，恰恰是我悲痛的生命啊！我不似蜜蜂，只需要摘完这一朵花，就可以去摘别的花。我很像是墨色的金龟子，将自己囚禁在唯一的玫瑰花中继续生命的延续，等到玫瑰关闭它的花瓣将它囚住时，它可以死在那个最崇高的拥抱里，在那朵自己选择的花中。

我给予你的依恋也犹如这般真挚，噢，我的朋友！在这荒芜的宇宙中，你就是为我而绽放的柔情玫瑰。将我的忧伤掩埋在你善良的心底吧！

D.

附带提一下：在复活节放假期间，你不用害怕任何事，放心地将信邮寄到我家里。我的母亲不会私自打开我的信件。(但是，那些很特别的话就别写了！)

我将左拉的《崩溃》阅读完，就能够借给你看了。一直到此时，我仍被它触动，强烈而美好。我正在阅读《少年维特之烦恼》。啊，朋友，它是精华中的精华啊！我还借了吉普的《她和他》，然而我还是会先看《少年维特之烦恼》。

D.

雅克为他回复了严谨的简讯：

恭祝我的好友满十四岁。

世上存在这样一个人。他白天忍耐无名的悲伤，夜不能寐；他的内心察觉到令人害怕的寂寞，这寂寞是快乐填充不了的。他的思想中，无数想法在翻滚；在消遣时，在身边围绕着快乐的人里，他会忽然觉得寂寞带着墨色的翅膀飞进他的内心。在世上存在着一个没有希望，没有害怕，厌恶生活，但是无力丢弃的人。而对上帝不抱有信任的，就是这个人！

又写道：你收好此信。如果你遭遇了痛苦的时候，当你在灰暗中徒劳大喊时，你一定要再次阅读。

J.

"放假期间你仍旧在写作吗？"达尼埃尔在纸的上方问道。

紧接着，雅克回复道：

我创作了一首诗，是《哈莫第乌斯和阿里斯托基通》，一首组诗，诗的前边运用的方法非常好：

致敬，恺撒！瞧瞧这位蓝眼睛的高卢女人……
因为你，舞动起她早已灭亡的国家喜欢的舞蹈！
犹如在纯白天鹅的飞翔下绽放在水中的荷花。

她扭动的腰在抖动……
皇帝啊！……他那闪着亮光的重剑……
注视吧，她家乡的舞蹈就是这！……

稍等，稍等。结局是：
啊！啊！恺撒！你的面容惨白！
她的喉部被重剑刺中三次！
盛酒的器皿掉下……她的双眸合上……
瞧，她全身是血，
是在这月光衬托下的裸体之舞！
是在这湖水光亮的篝火之前，
是在恺撒的酒宴之间，
在此时此刻，
这位金色头发女战士的舞蹈彻底完结！

我将它称作《红色的祭献》，我给诗匹配了相应的舞蹈，想将它送给洛伊·福勒，让洛伊·福勒将它带进"奥林匹亚"音乐剧院中表演。你觉得她会同意吗？

经过这几天，我决定重新写格律诗，遵循古典名家的入韵法则。（总而言之，我觉得原来我不喜欢这样做的原因是它太难。）我早已书写了与殉道者有关的赞扬诗，是由押韵诗节合成的。此人我和你提到过。开头如此写道：

献给圣拉撒路修道会传教士佩博瓦尔。

一八三九年十一月二十日传教于中国，逝世于中国。

一八八九年一月被崇奉为列真福品。

对伟大的神父，致以崇敬，

你动人心魂的灾难，

让惊恐的宇宙震惊！

允许我弹奏我的竖琴，

为基督中的豪杰歌颂。

可是到了昨晚，我再次觉得我真实的职责不是作诗，是书写短篇故事，而且，假如说我仍有耐心，仍能够书写长篇故事。我正因宏伟的主旨而兴奋着。你看看：

有一位漂亮的女孩儿，出生在画室的偏角中，她是著名艺术家的孩子，她同样身为艺术家（简单地讲是行为有点轻浮，但是，她的梦想是为了凸显美，而不是家庭）。然后有一位非常看重情感但又拥有资产阶级身世的年轻人被她的原始之美所吸引，对她产生了爱慕。可是没过多久，他们就愤怒地厌恶着彼此，最终两人分离。男青年为了寻求纯真的家庭享受，和一个其他省的小女人在一起了；女青年由于情场伤心，沉溺于豪放不羁的生活（也可以说将天分交于上帝，我仍未决定好）。大概会如此写。你认为怎么样，我的朋友？

哎！你瞧见了吗？一点都不虚假，顺其自然。在你察觉到存在的目的是要写作，在你自己觉得承担着世上非常庄严而又美妙的任务时，你会有一项非常重要的义务需要达成。是的，需要真挚！对待什么都要真挚！唉！这些思想一直无情地缠绕着我的心！好几次我都察觉到自己存在着虚假艺术家的虚假与矫揉造作的能力。就像是莫泊桑在《水上》中说的那样。我内心里翻滚起憎恨的情感。噢，亲爱的，我很感激上帝将你赐予了我。我们想要更好地了解自己，对自己真正天分的所有想象都不让存在，我们就必须要在一起。

我爱你，就好像今天清晨一样，我深情地拉着你的双手，你了解吗？我的人，百分之百，充满愉悦，全部是你的。

注意，有些人看我们的眼神不友好。他不可能知道在他磕磕绊绊地叙述他的萨吕斯特时，其他人恰好产生出很多高尚的思想，而且将思想说与自己的朋友听！

J.

接着的仍是雅克的书信，通过字体的潦草可以看得出写得较急：

朋友！

我内心的情感早已涌出，我竭尽所能地将翻滚的心情倾诉在纸上：

活着是因为接受磨难，因为爱情，因为期望；我确实是在期望，在爱，在接受磨难。我的生存能够用两句话总结：让我生存的是爱情，我的爱只对你。

我年幼时就开始将自己内心那翻滚的思想倾诉于十分明白我的人的内心之中。原来我给予设想中的人书写了许多信呢！他与我的相似犹如我的亲兄弟。我满怀享受的快乐对着自己的内心讲话，也可以讲我是在与我的心来往信件。忽然，上帝将我设想出来的人变成了人身，就是你，啊！我最亲爱的。全部是怎样发生的？早已讲不明白。一处连着一处，在思绪的迷宫里找不到出路，彻底地失去了方向。如此强烈而又绝妙的爱，人类还会设想得到吗？我找寻能够和我们对比的爱，但是没寻找到。所有和我们这热烈的爱情相比都相形见绌！它好像是阳光，融化并点亮了我们的人生！但是，都不能够叙述得出！因为书写，犹如给一朵花拍照！

可是，不愿意讲了！

可能你有得到帮助、抚慰与期望的需求，可是我对你态度严肃，这不过是我生存着的自利的心的哀鸣。很抱歉，唉，我的爱慕，怎么可以对你写其他的呢！我在遭受着危险，我的心已经比布满石头的峡谷的河流还枯涸！任何事物都不相信，甚至自己也不相信，难道不是非常残忍的痛楚吗？

藐视我吧！不要再与我信件来往了，去追逐别人吧！我与你不般配。

唉，已经不能回转的天意的嘲笑将我引往何地？何地？虚幻！！！

赠予我信件吧！假如没有你，我将会死去！

假如你不在我身边，我最爱的！

J.

比诺神父将小纸片放进本子的最后，小纸片是在孩子逃跑时的前一天晚上被老师发现的。

笔迹是属于雅克的，铅笔字体，一点也不工整：

心惊胆战又无佐证来诬陷的人们，你们这些人，非常卑鄙！

卑鄙并且不幸！

用这些不能见光的手段，仅仅是因为卑劣的好奇心！他们打算在我们的友情中折腾出一些事情，他们的行为是如此卑劣！

不用委曲求全！坚持住狂风的呼啸！坚贞不屈！

我们的友情是脱离污蔑与恐吓的！

我们会证明出的！

一辈子在一起！

J.

7

在星期天的夜晚，他们进入马赛时早已过了夜里十二点，激情澎湃的心早已沉静。两个人在昏暗车厢中的凳子上蜷缩着。他们被火车轮到站时哐当哐当的声音给震醒了，然后迷迷蒙蒙地往站台上走去，不说话，如坐针毡，但是思想已经清醒过来。

一定要睡会儿。车站对面有一个"酒店"的牌子在白色球形的灯下坠着。店长审视着客人。他们两人中，达尼埃尔显得非常冷静，他索取两张床铺睡觉。店长遵循着规则讲了些事项。谎言早已想好了：他们的父亲在巴黎站时还有物品没带，就上了车，他将在明天坐早班车赶到。店长微微地吹出哨音，狠毒地审视着他们，最终将记录本拿出：

"把你们的姓名登记好。"

店长是对着达尼埃尔讲的，因为他稍显年长些，别人有可能认为他已经十六岁了。而且他的容貌和仪表非常出众。他进入酒店时将帽子拿下，原因不是害怕，而是平常他拿帽子和将胳膊放下时的样子似乎是在说："我拿下帽子的原因不是因为你，仅仅是为了遵循礼节而已。"他乌黑的发丝生长得非常均匀,他那白净的前额上长出一点尖,鹅蛋脸的下巴勾画出坚毅、冷静、深沉和温柔。眼神不胆怯,也不冲动,承受住了店长的审视。他轻轻松松地在记录本上写道:乔治·勒格朗和莫里斯·勒格朗。

"房费七法郎。我们这里是交款才能入住。早班车是凌晨五时三十分,到时我会到房门前喊你们的。"

他们很饿,可是没有勇气讲出来。

屋子里有两张床铺、一张座椅、一个水盆。进入屋内后,他俩同时感觉到非常害羞:肯定是要面对着彼此将衣服褪去。困意一下子不见了。他们在床边计算着资金,目的是将这困难的时间再延迟会儿。两个人的资金加起来总共是一百八十八法郎,一人带着一部分。雅克将自己口袋中的物品清空:摸出一把微型的科西嘉短剑、一把奥卡利那笛、一本价值二十五生丁的但丁的译文,其中也有一个将要融化的巧克力,他一分为二,将一半分与达尼埃尔。往后该怎样,他俩没了主意。达尼埃尔松开高筒鞋的鞋带,目的是节约时间,雅克也像他一样做。最终达尼埃尔决定,他将烛火吹灭,然后说:"我将烛光熄灭了……睡吧。"他俩快速地睡在床上,默默无语。

凌晨五时之前,他们的门被晃得不断地响着。他俩如同幽魂似的,没有点亮烛光,仅仅是趁着慢慢发亮的光将衣物穿好。他们因为担心与店长讲话,就连泡好的咖啡都没喝,战战栗栗,饿着肚子跑到车站里的小饭店。

中午时,他们已将马赛逛完了。了无牵挂,而且还是在白天,他们的勇气再次强大起来。雅克购置了一个记录本,是为了记录他的随想。他一会儿站住,眼神里噙满了想法,随性地记录两行。他们购置了些面包和煮熟的猪肉,到了渡口,坐到绳索较多的地方上,看着纹丝不动的大船和摇摇摆摆的小船。

一个水手让他们起身,因为他需要将绳索打开。

"那么多的船是要去什么地方啊?"雅克鼓起勇气问。

"那要知道是哪艘,你想知道哪艘?"

"最大的一艘。"

"去马达加斯加。"

"是吗?能够瞧它起航吗?"

"不可以,它星期四会起航,假如你要瞧它起航,就夜晚五时来。这个拉法耶特号会去突尼斯。"

他们心中清楚了。

"突尼斯,"达尼埃尔提出,"不是阿尔及利亚……"

"都属于非洲。"雅克依靠着篷布,一边吃面包一边说,褐色的发丝,乱糟糟的,犹如野草般在扁平的额头前竖立着。消瘦的头上安着两只大耳朵。他的颈部消瘦,鼻子小小的不怎么美,有时还皱缩着,样子真像是一个吃坚果的松鼠。

达尼埃尔停下吃东西。

"要不……离开前在这里寄封信件送与他们,行吗?……"

雅克盯了他一下,立刻制止了他的话。

"你发疯了吗?"他吃着食物讲道,"我们才刚到,就立刻允许他们安排人来接我们吗?"

他十分生气地看着他的朋友。雅克的容貌能够用让人厌烦来形容,并且都是雀斑,觉得更加不美。蓝色的双眸小而深邃,但是凸显出刚毅,让人不自觉地想看。他的眼色不断更改,令人难以猜透:

一会儿严厉，一会儿变成淘气；又时而温柔，更甚充满柔情，时而就能充满坏想法，将近残暴；时而噙满眼泪，可是大多数是枯涸，散发着大火，似乎一辈子都没有柔情。

达尼埃尔原想争辩，可是他沉默以对。对于雅克的发怒，他没有准备。他显出亲切温顺的样子，带着微笑，似乎是向人赔不是。他的笑容十分特殊：他的嘴唇非常小，稍厚，突然打开噘向左边，显现出他的牙齿。如此突然的微笑在他严肃的脸上平添了几分奇异的吸引力。

他那么有想法，为何在遭受如此调皮孩子的熏陶后却不抵抗呢？他不仅被教导过，还无人约束，不是恰好能够对雅克使用无异议的兄长权利吗？而且在他们遇见的中学里，达尼埃尔成绩很好，雅克可是个差生。达尼埃尔智慧过人，每件事做得都比其他人期盼的要好。可是雅克，功课很差，也可以说是一点也不努力。是因为无智慧吗？不。令人难过的是他的智慧经常向学习之外的方向延伸，似乎是头脑中有坏人经常帮他想办法，让他来做无数种荒谬之事。他从未禁住过诱导，仅仅是服从坏人的随意掌控，他却什么义务也不承担。而且越加奇特的是：虽说他是班级的最后一名，可是他的校友更甚于教师都会下意识地呵护他。那里儿童的性格在习性与规则里朦朦胧胧，他的先天聪资早已因生活的陋习而消失殆尽。与他们在一起，如此难看的差生很多时候也会忽然显现出坦率与坚强，如同生存在自己给自己编织的梦幻之中。他可以瞬时进入到十分荒谬的危险的事里，什么也不害怕。他让人恐惧，但同样令人敬佩。达尼埃尔是第一个受到这种美丽诱惑的。他没雅克狂野，雅克的个性是那么多样，令他一直惊奇，令他得到启发。而且，他同样存在着激情，向往无人约束与抵抗。雅克属于天主教学校中的半寄宿生,他的出生环境是天主教家庭,宗教法式在家庭中十分重要。他刚开始仅仅是因为贪玩,想要逃脱约束他的羁绊,才会去吸引新教徒的注意。在他身上,达尼埃尔察觉到了和自己以前全然不同的生活。可是,过了几个星期,他们从校友的关系像大火一样快速地演变,变成排斥他人的热情,他们在其中都寻求到可以医好令他们悲伤而察觉不到的寂寞的好药。如此纯真而又难以捉摸的爱,让他们年轻的心交会,一起期望将来,一起受用着这多样的、让他们十四岁的心灵烦恼而犹豫不决却又危险的情感:由儿童喜爱蚕宝宝、喜爱文字游戏的情感,直接到心中十分隐晦的忧虑和平常生活对他俩内心荡起的享用生活的沉醉。

达尼埃尔安静的笑让雅克变得冷静,雅克再次吃起面包。他下半部分脸非常一般——属于蒂博之家的下巴——大嘴,嘴皮破裂。虽然嘴不好看,但是神情优裕,既果断又严肃。

他将头仰起坚定地说:"你可以看见的,我明白,在突尼斯生存很简单。稻田里会雇人,来多少要多少。能够吃贝特尔,非常符合口味。薪资立马结账,饭食是任意吃,椰枣、橘子、番石榴……"

"我们到达后就写信回来吧?"达尼埃尔探寻着讲道。

"可能吧。"雅克摇晃着褐色的脑袋回答,"但是需要在我们扎下根后,要让他们明白,我们缺了他们同样可以生活。"

他们安静下来。达尼埃尔不吃东西了,盯着前方墨色的大船,看着在太阳照射的石板道路上来来回回的搬运工,穿过杂乱的桅杆向天水一处的光芒看去。他强迫自己不去想母亲,借欣赏美景来分散注意力。

首要目的是天黑以前乘坐拉法耶特号。

咖啡店员工和他们说了邮船办公室在何地。船费全在房外公布着。达尼埃尔靠近窗口：

"你好，先生，我的父亲让我购买两张去突尼斯的三等舱的票。"

"你的父亲？"老头子一边说，一边仍旧写着字，仅仅是瞧见在纸中显现出的灰白发。他写了很长时间，他们的心脏马上就要休克了。

"可以！"最终那个老头儿仍旧工作着说，"你和他讲，让他自己拿着证件过来购买，知道了吗？"

他们认为屋内的人全部在注视着他俩。两个人默默无语，快速地离开了。雅克怒火中烧，将手放进衣兜。他早已想出十种方法：充当实习水手，也可以是当成行李，将备好的食物搭到储物仓里去，再者说租条小船，无论哪一天都沿着海岸划去，直到直布罗陀与摩洛哥。任何一天的夜晚都到码头停靠，然后上岸去酒店前面的露天座椅上演奏口笛换取钱财。

达尼埃尔考虑着。在他逃脱之后，许多次他都觉察到有个猜不透的语音警示着他，此刻他再次觉察到。可是，此次他不可以闪躲了，一定要想到这个：心底有一个愤恨的声音责怪着他。

"不如我们就藏匿在马赛，你认为如何？"他建议道。

"不出两天，他们就可以找到我们的身影了。"雅克晃了晃肩反对说，"你不用想那么多，他们现在早已四处搜寻了。"

达尼埃尔似乎已经见到母亲的焦急，刚好在询问着贞妮；而后，又找到学校里的监督管理人员，询问儿子的消息。

"听我说，"他开始喘息，他们瞧见有条凳子就坐上去，"此时需要仔细思考思考，"达尼埃尔坚持说着，"无论怎样讲，让他们搜索两三天，可能就将他们惩治够了。"

雅克紧握双拳。

他大喊道:"不可以,不可以!"他浑身反射性地开始着急,不能再坐着,站直身,用凳子当靠背,似乎是一块木材在那儿。他的双眼中冒出愤恨的火焰,他怨恨教会学校,怨恨神父,怨恨中学,怨恨学校的监督管理人员,怨恨父亲,怨恨社会,怨恨世界上的不公正。他沙哑着声音大喊着说:"你遗忘了吗?他们再也不可能信任我们!他们将我们灰色的笔记本盗走了!他们任何事都不明白,也不会明白。神父费尽心机让我们认可,他的那模样你看到了吧!他那虚伪的模样!原因是觉得你属于新教徒,任何事你都会做得出!……"

因为难以启齿,他将眼神看向其他地方。达尼埃尔向下看,考虑到母亲大概会遭到居心不良的猜度,感到了揪心的痛。他低声说:"你觉得他们会和母亲说吗……"

雅克压根儿就没听。

他再次提出:"不可以,坚决不可以!你忘了我们是如何说好的吗?任何事都未改变!残害已超过了极限!再见吧!等到我们用实际行动说明我们是怎样的人,说明我们可以离开他们,你瞧着,那个时刻,他们必然会尊敬我们。唯一的方法:去外国,自力更生,不依赖他们,如此做!那时,确实需要给他们邮寄信件,在信中让他们知道我们身处何地,讲出我们的要求,和他们讲明我们不要约束,我们要一直做朋友,这些对我们来说是人命关天的事!"他先暂停一下,控制着自己,随后换用十分冷静的声调说:"如果不这样,我与你谈到过,我会去死。"

达尼埃尔惊恐地瞧了他一眼。雅克满是雀斑的脸显得惨白,但是看上去非常坚毅，一点都不认为在说假话。

"我对你起誓，我需要首先表明，我早已决定了，再也不要回到他们的手中。逃离，也可以利用它……"他在内衣里显现出科西嘉匕首的把柄，他是在星期天的早晨匆忙进入兄长的房间将它带出来的。"也可以利用这……"他再次由口袋中找出一个被纸包裹、系着绳的小瓶。"此时假如你不想和我同船了，那不用很长时间，啊！"他做出喝下药品的姿态，"我立刻就结束了。"

"这是什么？"达尼埃尔断断续续地说。

"碘酒。"雅克讲得明明白白，眼睛都不眨。

达尼埃尔请求着："瓶子由我保管吧，蒂博……"

虽说他感觉到恐惧，但是心中下意识地生出一阵温柔、一阵崇拜。他再次感觉到雅克那神奇的魅力，因此他愿意再次去探险。雅克早已将小瓶放到衣兜中。

"散散步吧！在这儿坐着只会浮想联翩。"他眼神忧郁地说。

四点时，他们再次来到港口。

拉法耶特号的四周十分热闹，搬运工的队伍连成一条线，搬运着货物，在甲板上走着，如同蚂蚁拉着卵。雅克走在前面，随着搬运工向上走。刚刚清洗过的甲板，有几个水手通过绳索将包裹从大洞口放进货仓里，由身穿蓝色上衣、袖子上戴金色带子的人指示操纵着。此人个矮又胖，长着鹰钩鼻，弯曲的胡子，剪成马蹄状，黑亮的头发，脸色光滑又红。

但是紧急时刻，雅克避开了。

达尼埃尔缓缓地将帽子摘下问："先生，请问，船长是您吗？"

这个人笑起来："你为何想知道？"

"先生，我和我的弟弟想麻烦您……"没讲完话，达尼埃尔已察觉到方向错误。他们要结束了。"麻烦……让我们和你们一同……去突尼斯……"

"难道？只有你们俩？"这个人不停地眨着眼睛，红红的眼中显露出老练与冒失，比他那没有水准的话更加严重。

达尼埃尔想不出其他主意，只能接着讲他们的谎言。

"我们来此是为了找父亲的，但是他被别人介绍到突尼斯种稻，他寄信说要我们去投奔他。我们有船费。"他自己又补充说道。说起来，如果他提前说出付船费，和别的谎话是同样愚笨，还不如跟随他的思绪，不那样做。

"可以，但是，你们在哪里居住？"

"我们没住在任何人的家里，从火车站出来就来了。"

"在马赛没有熟人吗？"

"没……没有熟人。"

"这样的话，你们是想今晚坐船？"

达尼埃尔很想答"不"，接着就溜走，可是他仍旧小声地说：

"是的，先生。"

"可以，我的小鸽子，"船长无情地笑起来，"你们很幸运，没有被老头儿抓到，他讨厌开玩笑，他能直接将你们抓入他的手中，然后押送于警署分局里，查清事情的来龙去脉。而且你们这样的小孩儿，必须要这样做！"突然他牢牢握住达尼埃尔的胳膊，大叫道：

"来，沙尔洛，你握住小的，我……"

雅克看见这个行动，奋力一跳，从箱子上方越过去，一躲就闪开了沙尔洛伸出的手，跑了三大步就跑到甲板，如同猴子钻进搬运工里,向岸上跳去,然后朝左边逃。达尼埃尔呢?他转过头:达尼埃尔同样逃脱了!雅克瞧见他同样躲到搬运工的蚂蚁队伍中,跑下甲板,蹦上岸边,朝右逃开。此刻他们认为的船长正在桅杆上兴奋地笑,注视着他们逃走。

雅克再次逃开。他们可以再次见面吧,此刻需要躲在人多的地方,远离港口。

一小时后,他独自逃到郊区的一条人迹罕至的道路上,喘着气,站住不动。他思考着达尼埃尔可能已被抓到,先涌上来的情感是一股歹意的愉悦。如此更好!他们全部方案的失败,难道不都是他的错吗?他怨恨达尼埃尔,希望自己躲进荒野中,再也不考虑他。雅克购置了几根烟,开始吸。然而他通过新区走了一个大圈子,还是走到了码头。拉法耶特号仍旧未动。他在很远就瞧见了三层的船上全是密集的人,拉法耶特号快要出发了。雅克将牙齿咬得咯吱咯吱作响,转过身就往来的方向走。

他想要发泄怒气,决定找寻达尼埃尔。他走街串巷,来到麻绳路,走在人堆中,一段时间后再次按着那条路回来。狂风暴雨之前的燥热压制着整个城市。雅克全身是汗。那么多人里如何能看见达尼埃尔呢?越想看见朋友就愈加着急,愈加着急就越想看见。他不仅吸过烟还发烧了,嘴因为干裂而炽热。不在意可能会吸引别人的注视,也不在意远处轰隆隆打着的雷,他变为四处乱窜,看得双目直痛。忽然全城都不一样了:仿佛路面往上升,映衬着紫色的天的亮光显现出来。狂风暴雨来了。天空不断下着大雨点。离他很近的地方突然响了一个大雷,让他吃了一惊。他在存有圆柱形的三角房檐下随着台阶前行,他跑进一座未关门的教堂里。

他的走路声在拱形屋顶下不断作响。一阵熟识的香味飘过他鼻前，他立马觉得慰藉，恢复了安全感。他已经不孤单了，有一种超乎寻常的能力出现在他的周围。可是这个时候，他的内心却出现了不一样的害怕：他离家出走后，思想中从未显现过上帝。他瞬时觉察出那不能对视的眼神，那可以看穿和扰乱非常秘密的想法的眼睛在上方注视着自己！他觉得自己有大罪，纵使是在教堂中也是会侵犯圣洁之地，上帝可以在天上将他用雷劈死。雨水在房檐上不断地流下来，闪电一次次照在后面大殿上彩色玻璃的窗户上，雷声一直轰隆隆的，似乎是在搜索有罪之人，环绕着他在昏暗的拱形屋顶的下方轰隆隆地发出响声。雅克在祷告垫上跪下，蜷缩在一起，不敢抬头，磕磕巴巴地赶忙嘟囔着祷告文，说一些《吾父》《你好，玛丽亚》。

过了一段时间，雷声次数慢慢减少，整齐的亮光穿过彩画大玻璃洒下来，狂风暴雨离开了。此时的险情躲过了。雅克察觉出做了有罪的事，但是逃脱了。他往下坐，心底仍有罪恶感，但却因为成功躲避了惩治而感到骄傲。虽然说骄傲中仍存有怯弱，然而也不能说没有甜蜜的心情。天渐渐暗下来，为何仍在这里呢？他冷静下来，变得麻木。他将大殿里摇曳的蜡烛放稳后，朦朦胧胧地感觉到寂寞与不知足，认为教堂没有之前的能力了。圣器的管理者来锁门，他犹如盗贼一样逃出，没有祈祷，没有叩头。他明白，上帝不会谅解他的。

凉风将路面吹干，路人很少。达尼埃尔在何地呢？雅克假想着他遭遇了磨难，热泪盈眶，以至于觉得路都模模糊糊的。他回转身，步伐加速。假如此刻瞧见达尼埃尔对着他走过斑马线，他一定能兴奋地倒下。

阿库勒钟楼在八点时发出响声。每户人家的窗户都泛着光。雅克有些饥饿，购置了一些面包，没有方向地走着，内心很烦，不想再去看路人。

两小时后，他没力气了。他瞧见一条凳子放在安静的道路旁的树下。他朝下坐，梧桐树还在滴着水。

警察毛糙的手晃动着他的肩部。他睡着了吗？他累坏了，双腿不断地哆嗦。

"快回家！"

雅克跑了，他不考虑达尼埃尔了，任何事他都不考虑了。脚很疼，他逃离开警察，再次走向港口。现在是十二点了，风也安静了。多彩的亮光成对地在水中晃动着。港口无人，雅克几乎要碰到睡在两个货物中打呼噜的乞丐的腿部。此刻的他，想不到恐惧，想到的仅仅是：不管是何处，赶快睡一会儿。他走了几步，将大篷布的边缘揭开，一下子倒在散发着湿木头味的货箱之间，入睡了。

此时的达尼埃尔仍在搜寻着雅克。

他围绕着车站旁边来回地走，随着他们居住过的酒店和卖船票房间的边缘来回地找，可没见到他。他再去到港口处。拉法耶特号已经开走了。码头十分寂静，大雨已将行人全部逼回了家。

他头也不抬地进了城。他的肩膀被雨水击打着。他为自己与雅克购置了些食物，进入到他们清晨来过的那家咖啡店，坐在桌子旁。外面大雨不断地下着，窗子全被帘子盖上。咖啡店的员工用纸巾遮住头，将店外座椅上的遮阳布收回来。电车不断地经过，全都未拉笛。电线上碰撞出火光，向铅青色的天中跑去，雨水犹如犁将土犁开那样，由轨道上往四周飞溅。达尼埃尔双脚全湿，头昏昏的。雅克如何了？

虽然没找到雅克但并不是很伤心，而是想到雅克一人而悲伤焦急，他感觉到非常难受，很难受。他认为雅克肯定会忽然出现在面包铺的边缘。他眺望着，好像早已瞧见他，衣物早已浸透，穿着一双鞋在水洼里走，惨白的脸上，目光悲伤地看来看去。几乎要喊出雅克的姓名已超过二十次，然而那些男孩儿都是不熟悉的。他们跑到店里，买好面包，放到衣物里，就跑开了。

过了两个时辰，雨停了，天也黑了。达尼埃尔害怕离开，因为他害怕他刚走，雅克就来了。最终，他再次往车站走去。他们待过的酒店前的白灯亮着，可是周围仍旧是看不清楚。这种时候，就算是他们碰到了，也不敢相认。有人在喊："母亲。"他瞧见和他差不多大的男孩儿，越过街道，闯进一个妇人的怀中，那妇人抱住了男孩儿，他们路过达尼埃尔身旁，那妇人撑开雨伞，挡着从屋檐上滑下的水滴，男孩儿用手拉着她，二人在漆黑里说着笑着离开了。有一辆汽车拉着响铃，达尼埃尔掌控不了内心的难过。

啊，和雅克一起离开就是错的！他刚开始就想到了。他们早晨在卢森堡公园见面时，已经想到了。他们如此莽撞的计划就是在卢森堡公园中说好的。他任何时候都信任他的母亲，假如他没有逃跑，到母亲跟前将事情说明，母亲一定不会责罚他，并且还会帮助他，抵制所有人的抨击，这样的话，任何坏事也不可能出现了。为何退步了？他自己都不了解自己。

达尼埃尔记起周日的清晨，在客厅，贞妮听到声音知道是他，于是跑到他身边。盘子里放着一封信，封面是黄色的，烙上了学校印章的印记，肯定是让他退学。他将信件掩藏在桌子下的地毯下，贞妮什么也没说，只是用尖利的眼神注视着哥哥，她察觉到是什么事了。她随着他走向屋内，瞧着他找出钱夹，那里存放的是他积攒的资金。她对着哥哥冲上去，双臂用力地抓紧他，让他快窒息了。"出什么事了？你要干吗？"因此，他告诉了贞妮他要离开，他被人污蔑，此事是学校里的事件，所有老师都一起跟他作对，他一定要离开几天。她大声说道："你独自一人吗？""不是，同一个校友一起。""是谁？""蒂博。""我和你一起。"他将她抱起，将她如同原来那样放在腿上坐着，低声和她说："如果这样，母亲该如何呢？"她抽泣着。他跟她说："不要恐惧！其他人跟你讲的事情都别相信。等几天，我给你寄信，我肯定回家。但是你要给我立誓言：不管是母亲，或是其他人，你一辈子、一辈子都不要讲我回来过，讲你见到我了，讲我离开，你清楚……"她狠狠地点点头。他打算亲亲她，但是她喑哑地哭着跑进了自己的房间。那嘶哑的声音就算是此时似乎也在冲击着他的耳膜。他的步伐变快了。

他一直往前走，没注意路，原来早已离马赛城区很远，进入郊区了。街道上都是泥，没有多少灯光。路的两面，黑夜里存在着黑乎乎的闲地，院门，有臭味的走廊。房间里的孩子在大叫。残破的小酒屋中，留声机发出呲呲声。他扭了一下身，往反方向走得非常远，最终瞧见发信号的光，距离车站很近了。他已经没力气了。亮着的钟指向一点，距离天明仍旧有很长时间。怎样做呢？他要搜寻一个能够停靠的地点。一盏煤油灯在冷清得只有一个个出入口的巷子里呲呲地响着，他赶忙跑离被灯光照到的区域，钻进黑暗里。工厂的墙壁竖立在左侧，他靠着墙壁，将双眼合上。

他被一个女声给吓醒了。

"你家哪里的？不可以在这里入睡的！"

他被她牵引到亮处,他不知要怎样讲。

"我说你是和父亲吵闹了吧,对吗?你害怕回去了?"

她轻声细语。他接着撒谎,将帽子拿下,非常有礼地回应道:

"不错,夫人。"

她开始笑。

"不错,夫人!好呀,你需要回去,这种事,我比你清楚。不管哪一天,你总要回家的。等着干吗呢?你越是不回,他就越加生气。"这个女人瞧见他不讲话,于是换为轻声,显现出关爱、柔和,和他一队的语气问,"你害怕被打?"

他仍旧不说话。

"你真奇怪!"她说,"如此顽固,情愿在这里睡。好了,随我一起,我家里没有人,我帮你铺个被子放地上。我怎么可以看着一个小孩儿露宿街头而不问呢!"

她不像是盗贼,他不会孤单了,感受到非常大的慰藉。他打算说:"感谢您,夫人。"然而他未说出口,已经和她一起离开了。

没多长时间,他们走近一个矮小的屋前。她将门铃摁响,等了一段时间门才被打开。廊房中充满洗衣服水的味道。他跟跟跄跄地上了阶梯。

"我走得很熟悉了,"她说,"把你的手交给我。"

她的手上戴着手套,热乎乎的。他愿意被她牵引着走。楼道中同样非常温暖。达尼埃尔可以不用睡在路上了,十分开心。他们走了两三层,她找出钥匙将门打开,开了一盏灯。他瞧见屋子中杂乱无章,床同样不整齐。他站着不动,在光下眨着双眼,浑身无力,似乎就要睡着。她没拿下帽子,直接由床上拉下一条被子,放进别的屋内。她出来后笑着说：

"很困啊，怎么说，也要脱鞋吧！"

他将鞋脱掉，手已经软得无力了。他想明天清晨五点就去车站的小饭店。他期望雅克和他想的一样。这个想法就好像定时一样，再次充斥着他的思绪。他低声说：

"一定要早些叫我起来……"

"嗯，嗯……"她说的同时还笑着。

他感觉到她似乎给他解掉了领带，脱下了衣裳。他一头躺到被子上，然后就没感觉了。

他睁开双眼时，已是天亮了。他认为自己仍在巴黎自己的屋里呢。在瞧见穿过帘子洒进的有色光亮时，他觉得惊讶；当听到女人歌唱的嗓音时，他才幡然醒悟。

旁边的屋门没关，一个女孩儿对着洗脸盆弯下腰，冲水洗脸。她回过头来，瞧见他用手臂撑着身体，不自觉地笑了。

"哎，你睡好了？好了吧……"

昨晚的夫人是她吗？身着单衣与短裙，露着手臂，露出小腿，简直就是个小孩儿。他之前没看到，她的帽子下，头发非常短，和男孩相似的棕色发丝被梳子梳到后方。

突然想到雅克，这让他不自觉猛地吃了一惊。

"呀，我的天，"他说，"我原本是很早就要到车站的小饭店的啊。"

但是这个女孩儿在他熟睡时帮他盖上了棉被，热乎乎的；而且，门开着，他胆怯地起了身。此时，她来了，拿着一个热气腾腾的水杯，还有一个大块的黄油面包。

"过来,将它们都吃掉,而后赶紧走！我不愿意与你父亲有拉扯！"

他仅仅穿了一件单衣,衣领也没扣好,让别人瞧见这个样子,他非常不舒服。再加上这个女孩儿颈部露出,双臂也露着地走向他,他的难堪就愈加严重。她弯下腰。他低下双眼,拿过水杯,就开始吃,目的是掩饰尴尬。女孩儿脚穿拖鞋,轻轻地唱着小曲,在两个房间来来回回地走。他的双眼害怕离开水杯。然而,在她经过身旁时,他由坐着的角度无意地恰好看见她光滑的腿,不仅细还长,血管都看得清,发红的脚跟露出拖鞋外,行走在金黄色的地面上,他的喉咙被面包卡住了。这充满未知的一天将要开始,他害怕了。他思索到,家中早餐桌旁没有他。

突然,由于这个年轻的女孩儿打开了百叶窗,光亮冲进了屋内,她响亮的声音飘荡在阳光中,犹如鸟儿在歌唱:

"噢,……假如爱可以发芽,我就在花园里栽培它……"

太难过了!如此明媚的天气,如此欢快的心情,此时此刻,他却在不幸与失望里抵抗……泪水忽然冒了出来。

"好了吗?赶快!"她愉悦地喊道,进来端走空水杯。

她瞧见他在哭,问道:

"你心中不舒服?"

她嗓音温和犹如一个大姐姐,他不自觉地开始哭泣。她在被子旁边坐下,抱住他的颈部,犹如母亲那样给他慰藉——任何女人都会的最强的方式——他的头部被她放在她的胸脯上,他没有动的勇气,通过单衣,他的脸部察觉到她的乳房上下波动,察觉到她体温的热度。他不敢呼吸。

"笨蛋!"她往后一步走,用裸露的胳膊压住乳房说,"你是因为瞧见了我的这个,而觉得尴尬的?看你那么小,已经有这种想法了？你几岁了？"

　　这两天来，他同样是不假思索直接讲出谎言。他含糊不清地说道："十六岁。"

　　她非常吃惊，又说一次："已经十六岁了？"

　　她将他的手抬起，心不在焉地瞧了瞧，然后将他的袖子捋上去，显露出他的胳膊。

　　她笑着低声说："这男孩儿肤色犹如女生一样白。"

　　她将达尼埃尔的腕部拉起，把自己得脑袋往下压，用脸颊轻柔地碰触着。她安静下来，发出喘气声，将他的手放下。

　　他仍未了解，她低声说着："你帮我将身体捂热！"同时钻进了被窝里。

　　雅克睡在湿透变硬的篷布下非常不舒服。天还没亮，他就离开了这个避身所，在清晨的阳光中晃荡。他思考着："假如达尼埃尔没被抓住，肯定能够考虑到和昨天同样去车站的小饭店。"他在五点之前就赶到了，到六点，他还不想离开。

　　有什么办法呢？该怎样做？他回到了监狱的地方，并且来到门前，他心惊胆跳，吓得几乎不敢仰起脑袋瞧关闭的大门。

　　——看守所。

　　达尼埃尔可能进去了……他围绕着那长长的墙走了一圈，察看了一下铁窗距地面有多高。最后，他开始恐惧，于是逃跑了。

　　整个上午，他一直在城区里晃来晃去。太阳火辣辣的，巷子里住户稠密，每户都在窗子上晒出多种颜色的衣裳，就像是挂的万国旗。每家门前，女人们说笑着，就像是在争吵。街道上的景物，无忧无虑，有可能出现意想不到的事情，这样的想法有时会将雅克吸引到其中。

75

可是，他马上又记起达尼埃尔。雅克将手放到衣兜中，用力抓住碘酒瓶：假如到晚上仍未找到达尼埃尔，他就去死。他大声说着誓言，目的是让自己被诺言所束缚，然而他心底里，还是不确定自己是不是真的可以做到。

十一点时，差不多这是他第一百次路过咖啡馆了——昨晚，这里是他们探询到卖轮船票的位置——呀，看见他了！

雅克没考虑桌子和座椅撞腿，快速地向他跑去，达尼埃尔倒是比较稳重，站直身："嘘……"

其他人全在看他们，他们相互伸出手。达尼埃尔结了账，他们离开之后，走到第一条街道上晃悠。此时，雅克抓起他朋友的手臂，用力地抓着，用力地抱着，将头放在达尼埃尔的肩头，突然哭了。达尼埃尔没有哭，一直向前走。他脸色惨白，坚强的眼神看向身前的远方，用力地钳住雅克的小手，他斜着嘴，颤抖着。

雅克说：

"我犹如一个盗贼，睡在港口，睡在篷布下。你呢？"

达尼埃尔慌乱了。他很敬重他的朋友，敬重他们之间的友情。他这次也是第一次决不能和雅克说，并且此事也比较重要。他们中间的这件事如此神秘，压抑得他快窒息了。他打算还是将事情全部说出来吧，可是，他做不出来。他唯一做的只能是沉默不语，傻乎乎的，仍没有从刚才发生的事情中解脱出来。

"那你呢，你睡在哪儿了？"雅克再次问道。

达尼埃尔不清不楚地指了一下：

"在那里的凳子上。但是，大部分是四处走。"

他们刚刚吃完午餐，就开始商量。一直在马赛并不好，走的次数多了会让人起疑心的。

"该怎样做？"达尼埃尔想回去了。

"有办法，"雅克回应道，"我早就想好了，我们去土伦，那儿和这儿相差二三十公里。由这儿转向左，随着海岸走着去，就好像是小孩儿漫步一样。那里有许多船只，我们肯定可以想到方法坐上的。"

雅克说着，达尼埃尔目不转睛地瞧着他友爱的再次相见的朋友的面容，那张脸上布满了雀斑，耳朵通透，蓝色的双眼。这双眼中，出现了他讲到的所有事物的影子：土伦、轮船、大海。虽然他非常想像雅克那样坚持，可是他的知识让他不再坚定不移地相信。他清楚他们俩是不可能坐上船的，但是无论如何，他仍未敢确定，有时还会期望自己判断失误，期望想象可以战胜知识。

他们购置好食品后，开始朝目的地出发。有两个女孩儿笑着观察他们，达尼埃尔害羞了。他知道，裙子已经遮蔽不住他了解的身子的私密……雅克吹出哨音，任何事也没察觉到。达尼埃尔觉得，因为发生了那件扰乱他心灵的事件，自此他和朋友有了隔阂。雅克再也不完全是他的朋友了：他仍旧还是个小孩儿。

走出郊区，他们走到了必经之路。这条路随着海岸，犹如玫瑰红的笔勾勒出了一条线，弯曲地向前延伸。清风拂过，留住的是清凉的淡淡的咸味。他们漫步在金黄色的尘土里，阳光炙烤着他们的肩膀，海洋的味道让他们沉醉。他们偏离道路，冲向海洋，并且叫道："大海！大海！"他们将手抬起，打算要融入蓝色的海洋里，然而，海水竟然不愿被人触摸。当他们接近大海时，海岸根本没给他们幻想。细沙坡慢慢向海水里斜去。原因是那里是一个狭深的通道，前后宽度相同。通道中，水由直立的石头中冲进。它的底部，一个坍塌的石块往前伸,犹如堤坝那样,像神话人物打造的堤坝。海浪击打到那块岩石上,被劈裂、撞碎、失去了势力,带着白沫,失意地随着石头滑的那一面慢慢流走。他们握着彼此的手,同时俯身往下瞧,注视着在太阳的照耀下闪耀着亮光的翻滚的海水,他们沉醉了,他们沉静的激情里,同样存在着一些害怕。

"瞧。"达尼埃尔喊道。

在几百米之外,一艘白色的小船尤其闪亮,航行在青蓝色的海面上。载重线下面的船体被涂成绿色,是那种灼眼的嫩绿。船桨一滑动,小船就连续地晃动着朝前行去,船首被晃得脱离水面,并且船首一翘,就显现出绿色船体湿滑的光芒,快速得就像是一闪即过的火苗。

"噢,将这全部叙写出该多好啊!"雅克边轻声说话,边在衣兜中找记录本。"但是,你等着,非洲比这儿要美!我们走!"他再次耸耸肩喊道。

他们穿越石块,跑向道路,达尼埃尔和他一起跑。他此时没有后悔,没有悲伤,觉得非常轻松,疯狂地渴求探险。

他们走到一个区域,道路往上延伸,有一个直角,通往住宅区。当靠近转弯处时,他们因为恐怖的声响而停下:马叫声、车轮、木桶声,相互交会,由道路的另一边传过来,直直地朝他们的方向滚,飞快的速度让人眩晕。他们还没有时间躲避,硕大无比的东西就由五十米之外飞来,重击在护栏上,将护栏整个击碎。路坡过于陡立,有一辆装满物品的大马车未能及时刹住,因此它将拉车的四匹佩尔什马给拖拽下去。四匹马相互挤着,惊恐地竖立起前蹄,混在一起,滚下的同时还挣脱着,如山般的酒桶砸向马身,酒涌出来。许多人在后方跑着叫着，发狂地晃动着手。血从马的鼻孔中流出，马鞍与马蹄全部在尘埃中颤抖。马叫着，铃声杂乱地响着，有些马胡乱地踢着铁门，链条哗啦啦的，司机叫喊着，嘈杂中，忽然出现另一种声音，可以听得很清晰，是马喑哑的喘息声。它的毛发是灰色的，它被那几匹马压着，四个蹄子弯曲在身下，它的喉咙被套索套住，喘息着。有个人拿着斧头，冲进马堆，只见他摔倒再站起，抓住灰色马的耳朵，用力地拿斧头砍那轭圈。可是那轭圈的材料是铁，刀刃砍出了口。那个人站起来，面带愤怒，将斧头丢向墙边。灰色马的喘息速度越来越快，声音变得尖起来，似乎是口哨的声音，它的鼻子里冲出大股的血。

  雅克感觉什么都在晃动，打算握住达尼埃尔的袖子，可是他的手指僵住了，双腿直软，突然倒下去。人群涌来，将他扶到小园中，把他放在花中的水泵旁坐下，然后用凉水按摩他脸的两边。达尼埃尔和他一样脸色惨白。

  他们回到道路上时，全村人都在移动酒桶，马也被拉起了。其中三匹马负伤了，三匹中有两匹前蹄被砸变形，腿断了。第四匹死了：它在满是酒的洼坑里躺着，灰色的脑袋挨着土地，舌头露在嘴巴外，深蓝色的双眼仅仅合着一半，腿依旧在身下弯曲着，似乎是想在死之时再摆出个姿态，希望屠户抬走它时更加容易些。毛乎乎的肉，纹丝不动，沙土、血液与酒混合在一起，脏乱不堪，和那三匹活马形成鲜明的对比。那三匹马用力地呼吸着，在马路中间躺着，不停颤抖着。

  他们瞧见一个司机向死马走去。黑皮肤的脸上满是愤怒，发丝由于汗而卷绕，但是因为严肃的脸色，变得很神圣，证明了他十分了解此次不幸的深重性。雅克一直看着他,注视着他将手中的烟往嘴里送,接着他就对着死马弯下腰,拉起满是苍蝇的胀大的舌苔,用手指将马嘴中的黄牙显露出来。他俯下身一小会儿,触碰着死马变紫的牙床。后来他站直身,搜寻着怜悯的神色,看到孩子正在用怜惜的眼神注视着他。他没有擦除指头上的唾液与苍蝇,直接将嘴里的烟拿下来。

他耸了耸肩跟雅克说:"仍未满七岁啊!所有马匹中,就数它最能干。如果它可以再站起来,我心甘情愿砍掉这两个指头。"他转过脸,无奈地一笑,吐了口痰。

他们心情沉重,有气无力地离开了。

雅克询问道:"你见过死人,真正的死人吗?"

"没见过。"

"噢!朋友,真不能理解!……很长时间,我都思考到此事。某个周日,是在讲教理,我去了那里……"

"去了哪里?"

"去了莫尔格。"

"你独自一人?"

"当然。唉,朋友,死人非常白,你想不到,如蜡一样,也如面团。那里有两具尸体,其中的一人脸被划开,另外一个眼睛还未合上,似乎仍活着,还有生命。"他接着说,"然而不知为何,很容易就可以判断他是死的……而马呢?你瞧见了,同样的……噢,到我们有时间就能去,"他决定着,"周日,我肯定将你领到莫尔格……"

达尼埃尔没听他讲,他们经过一套别墅的阳台,恰好有小孩儿在练音阶。贞妮……他好像瞧见了贞妮好看的脸,还有专心致志的眼神。她大声说："你去哪里？"他睁大的灰色的双目中噙满了泪花。

他等了一下问："你没有姐姐和妹妹，不感觉可惜？"

"对于没有姐姐肯定有点可惜！因为我也算有一个妹妹。"达尼埃尔吃惊地瞧着他。他说明道："家中有一个老小姐抚育的小侄女，是孤儿……仅仅十岁……名叫吉丝……她说吉赛尔才是她的名，可是所有人都唤她吉丝……她犹如我的妹妹。"

突然他的眼眶中出现了泪水。他又继续说，但是思绪已经和前面没有关系了。"我们接受的教育不同，第一，你不在学校里住宿，你和昂图瓦纳几乎都是无拘无束的，你的确非常明智。"他悲伤地说道。

达尼埃尔神情庄重地问："你和我们不一样吗？"

雅克眉毛忧郁地皱着说道："我啊，我明白我的性格让人难以忍受，可是无法改变了。唉，我时常大闹，不在意任何事，乱砸乱敲，讲些难听的话。甚至我可以直接由窗户跳下，也可以杀掉一些人！我和你讲的目的是为了让你可以对我了解得更加详细些。"很清楚，他在讲述自己的不好之处时，得到的是忧郁的快感。"我不清楚这样是我的错，或是怎样。我认为假如我们在一起过日子，是不会出现这种情况的。但是也不一定……"

"天黑时我回到家，你看看他们的模样！"他停顿了一下，朝远处眺望，又接着说，"父亲从没有重视过我，学校中的神父为了套近乎，装作在传授蒂博先生的儿子知识时，很努力似的，就跟他讲我是古怪人。你了解吗？我父亲还是有威严的，在总主教区中。"突然他情绪非常高昂地说，"父亲非常好，而且能够用百分之百的好来形容，我对你发誓，但是我无法向你形容。他一直在办他的组织、演讲，全部属于宗教。老小姐同样如此，令我非常讨厌，是天主在惩治我呢！"

你了解吗？吃完饭之后，父亲就待在办公房间里，老小姐在吉丝屋内，让小女孩儿睡着的同时要求我背书，我经常记不住。而且她竟然不希望我独自在我房内！你能想得出吗？他们不希望我有意碰到电，就将我那些灯的开关全部拆除。"

达尼埃尔问道："你哥哥如何呢？"

"昂图瓦纳很好，但是他很少在家。你了解吗？而且，他从未和我聊过这些，但是我猜，他同样不是很喜欢家。母亲去世时他早已长大，我和他相差九岁。因此，老小姐从不敢束缚他。但是，我是被她养育大的，你了解吗？"

达尼埃尔没有说话。

雅克再次说道："我们不相同，他们明白要如何与你相处，你接受的教育和我不同。例如读书，他们任何书籍都同意你阅读，你家的书籍是不对你限制的。但是我呢？他们仅仅让我阅读些红色或金色书皮的旧书，书里还有图片，如儒勒·凡尔纳这类的书籍，全是无用的文字。我作诗的事情他们根本不了解，他们会讲诗的坏处，他们对任何事都不了解。他们可能还到学校讲我的坏话了，让他们严加看管我……"

他们沉静了好一会儿。道路远离了岸边，通向一座树木群。

达尼埃尔突然靠近雅克，晃了晃他的臂膀。

"你注意我所说的话，"他的嗓音中夹杂着低音，因为他正处于换声期。他严肃地讲道，"我觉得未来的事情，何人可以讲清楚呢？可能我们会分离。因此我原来就考虑到跟你索要一个物件，当作凭证，当作我们友情永久的标记。你要对我承诺，将你的第一本诗集题送与我。不用写名，只需要写：赠予我的朋友。你同意吗？"

"我对你发誓，我会这么做的。"雅克抬起胸脯说。他感觉自己已经不是小孩子了。

走进了林子，他们就歇息在树下。夕阳如火般燃烧在马赛的天空中。

雅克感觉脚踝胀痛，于是将长靴脱掉，在草上躺着。达尼埃尔看着他，头脑中未考虑任何事。突然，他瞧见了雅克光着的小脚，脚后跟发红，他赶忙将目光看往别处。

雅克抬起胳膊说道："瞧，是灯塔。"达尼埃尔颤抖了一下。遥远的海边上，出现了忽明忽灭的灯光，刺向硫黄色的天空中。达尼埃尔没说话。

他们接着走路时，天已经变凉。他们俩原本想睡在矮树中，可是晚上似乎会非常冷。

他们走了三十分钟，一直没说话。最后他们走近一家新开的酒店，还可以看见面朝海洋所建造的棚子。厅堂中很亮，似乎没人，他们俩商议着。女人看见他们俩在门前踟蹰不前，于是拉开门，将透明的油灯照向他们，油光如黄玉般闪闪发光。她的个子比较矮，年纪比较大，两个耳朵上戴着金耳坠，直直地坠到颈部。

"夫人，"达尼埃尔喊道，"您是否有两张床铺的屋子，能够留我们住一夜？"她还没问他，他就赶忙说明："我们俩是兄弟，父亲在土伦，我们去投靠他。我们由马赛来时太晚，今天夜里不能安睡在土伦了……"

"嗯，我明白！"女人笑着说。她的目光有神，显得很开心，讲话的同时还晃着手。"走着去土伦？你们愚弄我的吧！不用在意，没事。只要一间房吗？可以！房费两个法郎，现在交费……"达尼埃尔将钱包掏出来。"仍烧着汤呢,需要我端两碗吗?"他们答应了。

住的地方在阁楼,屋内仅仅有一个床铺,被单也是没洗过的。两个人心有灵犀,一声不吭地赶忙将靴子脱掉,背对着背,和衣而睡。过了一段时间两个人仍旧醒着,月光恰好将窗户点亮。屋子上方,老鼠跑着,叫出的声音很低。雅克瞧见令人害怕的蜘蛛,攀爬在发灰的墙上,然后在暗中不见了。达尼埃尔决定一夜不眠。他的思绪里再次想起那肉欲的罪行,回想的情景更加充裕。他没有翻身的勇气,身体在不断地流着汗。因为惊奇、憎恨与愉悦致使他不断地吸着气。

第二天清晨,雅克依旧睡着,达尼埃尔不再睡是因为他想逃离那想象,此时他听到酒店中有嘈杂的声响。因为一夜都想着那件事,他首先想到的是有人要逮捕他,将他拉去惩罚,惩罚他作风不正。真的,未上锁的屋门已被打开了:有一个警察,被老板娘带着往屋内走。走到门口时,脑袋撞到了门梁上,他摘掉警帽。

"他们在天快黑时来的,全身布满尘土,"女人说道,依旧笑着,摇晃着耳坠,"你瞧他们俩的鞋,他们俩还和我说些荒谬的事,讲的是打算走着去土伦,我不可能相信他俩的话!"她对着达尼埃尔抬起手,胳膊上的镯子撞得当当响,"房费和汤是四个半法郎,他竟然拿给我一张一百法郎。"

警察就好像突然了解了,擦擦警帽。"好了,站起身来,"他大叫道,"给我讲清楚你们的姓和名,再加上别的。"

达尼埃尔犹豫着,可是雅克由床铺上蹦下来,身着短裤和袜子,犹如斗鸡站直身体,似乎是要向前冲,压倒那个笨警察,他对着警察大声说:

"我是莫里斯·勒格朗,他是乔治,我们是兄弟!我们还要到土伦去找父亲，您不可以阻碍我们，请您离开！"

过了几个时辰，他们在一辆去马赛的货车里坐着，他们的两侧各坐一个警察，车中还有个戴镣铐的痞子。关押所的大高门开启，接着又费力地关闭。

"到里边去！"警察开启了监牢的房门说道，"将你们衣兜中的所有物品全部拿来，你们俩吃饭之前就待在这儿，在这期间我们需要查证你们俩讲的话。"

然而，离吃饭还有一个时辰时，一位下士来见他俩，将他们俩送到了中尉的办公处。

"不承认已经没有用了，总算抓住你们俩了。从周日开始一直搜寻你们俩，你们俩来自巴黎：你，个高的，是丰塔南；你是蒂博。你们俩出生于好家庭，怎么犹如小罪人四处逃跑。"

达尼埃尔装作心事重重的样子，可是由衷地觉得轻松，终于结束了！他的母亲听到了他仍在世的消息，期待着他的归来。他要祈求母亲的谅解，她的谅解能够将所有除去，就算是他现在慌乱中想到的那个事情，也将不再出现。

雅克用力地咬着牙齿，想到他的小瓶和短剑，他失望地在没有物品的衣兜中握紧双拳。他的思绪中再次出现二十个报仇与逃走的打算。此时，警察再次说道：

"你们俩那令人同情的父母已经很着急了。"

雅克凶狠地瞧了瞧他，突然变了脸，开始号啕大哭。似乎他瞧见了父亲、老小姐与小吉丝……他心中溢满了温柔与后悔。

"赶快去睡吧。"中尉接着说道，"明儿，为你们俩筹备点必需品。我等候着指令。"

8

从两天前开始,贞妮都是半睡半醒的样子,很衰弱,还好退烧了。丰塔南夫人在窗前倚着,聆听着路面上的声音,昂图瓦纳早已去马赛带回逃走的两个人,预计今天夜里到家。九点的钟声刚响,他们应该到家了。

她颤抖了一下:在门前好像有车停下了?

她走到台阶口,手抓住护栏,小狗往前跑去,发出声音,迎接孩子回来。丰塔南太太弯下腰,突然,就看见他了。帽子是他的,脸被帽子的边沿遮挡着,身着衣裳摇晃肩膀的样子就是他。他在前面走,后头是昂图瓦纳,他握住他弟弟的手。

达尼埃尔向上看,瞧见了他母亲。台阶处的灯在她的头上方亮着,显得她发丝变白,让她的面容陷在昏暗里。他向下看,接着上台阶,他想得到母亲此时会走向自己,他不能够再往上了。他投入母亲的怀抱中,似乎很难过,他心中的感觉仅仅是悲痛。他原本是如此期盼此刻啊!但是到了这个时候,他却感觉冷淡了。在他脱离母亲怀中时,委屈的面容上丝毫没有泪水。但是雅克倚着台阶的墙壁,开始不停地哭泣。

丰塔南夫人双手托着儿子的脸颊,对着自己的嘴拉着过来。没有责怪,仅有的是长时间的吻。然而,令人害怕的一周内遭遇的多种烦忧让她的声音颤抖了。她向昂图瓦纳询问道:

"令人怜爱的孩子,吃的饭很少吧?"

达尼埃尔低声问道:

"贞妮在哪里?"

"她没有危险了,仍未下床,你去瞧瞧吧,她在等候你……"达尼埃尔打算走去房间时,她再次说道,"要轻轻地,小家伙,注意些,她前几天的病情非常严重,你明白……"

雅克马上就不哭了,他不禁惊奇地看着周围:"达尼埃尔就住在这里?这个台阶是他放学回到家中走的?那前厅是他经过的?她是他的母亲,是如此柔和的嗓音?"

"你同意让我抱抱吗,雅克?"她问着。

"赶快回应啊!"昂图瓦纳笑着说。

他将雅克往前推。她打开双臂,雅克钻进她怀里,脑袋放在先前达尼埃尔依偎过的位置。丰塔南夫人思考着慢慢用手安抚着褐红色发丝的头部,给他的哥哥回以笑脸。昂图瓦纳伫立在门前,似乎是想要赶快离开,她由抱在她怀里孩子的脑袋上方对着他抬起双手,行动里满是感谢。

"好了,我的朋友,你们俩的父亲同样在等候着你们。"

贞妮的屋门没关。

达尼埃尔单膝跪着,头趴在被子上,双手握住妹妹的双手。贞妮啜泣了,双臂抬起来,上身同时也连带地脱离枕头。在她的面部上能够察觉得到她很用劲,仅有双眼的神情显得柔弱,在眼睛里依旧可以察觉出她病还未好,依然存在些僵硬与刚强,成了与妇人同样的像谜似的目光,似乎很早就丧失了年轻与安静。

丰塔南夫人走进来,她打算弯下腰抱住两个人,可是又认为不可以让贞妮过于疲劳,她强迫达尼埃尔起身,随她一同去她的屋里。

屋内满是亮光,欢欢喜喜的。壁炉前,丰塔南夫人已经安置好茶桌:上面放着面包片、黄油、蜜汁,纸巾的下方,摆放着滚烫的板栗。

全部是达尼埃尔喜爱的。铜茶炊具中咕噜咕噜地发出声音，房内暖融融的，氛围温柔亲和。但是达尼埃尔感觉不舒服，他将母亲递给他的盘子拿开，她马上就显现出是如此失落。

"为什么？孩子，今晚你不会还是不同意我和你一同饮杯茶吧？"

达尼埃尔瞧向她。她的改变很大！但是，她仍旧和以前一样，小口地饮用着烫嘴的茶水，她的面部没有光照，在缓缓的茶气后笑着，显现出慈祥，确实，和往常相比有点疲惫，可是依旧是之前的模样啊！啊，如此的笑意，如此关注的眼神……他不能够承受住如此多的慈爱。他向下看，抓住一片面包，故作冷静，假装吃的模样。她的笑意越加深了，她感觉到愉悦，可是她没有说话，揣着满心的柔情来安抚裙子上面趴着的小狗的头部。

他将面包再次搁下，双眼仍旧盯着地面。他的脸面发白，问：

"学校和你讲了是什么事吗？"

"我告诉他们全是假的！"

达尼埃尔的眉头终于不皱了，他往上看的双眼与母亲的眼神相遇，的确，那是相信的眼神，可是还存有质疑，期望她相信可以被证明。达尼埃尔用很坚定的眼神回应了那没有声音的质疑。她喜笑颜开地贴近他，轻声说：

"你为何，为何没有提前和我说？我的儿子，你为何偏偏……"

可是她话没说完就起身了，前厅发出一串钥匙撞击的声音。门被打开，她扭过身，直直地站着。小狗没叫，只是晃着尾巴，跑到这个熟悉的客人身边表示欢迎。

热罗姆回来了。

他笑着。

他没穿大衣,没戴帽子,表情很自在。被其他人瞧见,一定认为他就在家中居住,才出房间。他瞧了达尼埃尔一下,直接走到夫人身边,吻着夫人被他抓住的手,马鞭草与柠檬的味道飘向他的四周。

"朋友,我到家了!出了什么事?我确实担忧,确实……"

达尼埃尔带着愉悦的表情朝父亲身边走。达尼埃尔爱他父亲早就是因为习以为常,尽管他由小时候开始,一向显示出对母亲挚爱的情感。到目前,他同样怀着下意识的心满意足,对于他们亲近的日子里经常不见父亲的情况有着认同。

"噢,你在呢?其他人和我讲什么事了?"热罗姆说话的同时抬起孩子的下巴,眉毛拧着,随后将他抱着。

丰塔南夫人仍然在那儿直立着。原来她就考虑过:"假如他到家,我会将他驱逐走。"她心中的恨意与决定从未改变,可是,他忽然来到她的身旁,而且是以如此洒脱的样子让人迎接他!她的眼神难以逃离他。她否定他的到来让她如此慌张,否定他的每个动作、笑容、温情眼神的吸引力仍旧能够牵动她。她生活中的男人是他。她突然想到钱。她用力锁住这种想法,谅解了自己。今早,唯一的资金已被她花费了,她不可以继续等了。热罗姆能够了解,他一定会为她拿来这个月的开销。

达尼埃尔无言以对,看向母亲。他吃惊地察觉到母亲十分纯净的面孔上有他不能够用言语表达的,一种尤其独特、尤其亲近的神情,因此,他害羞地转过脸。他目光里曾经的纯洁无瑕已经消失在马赛。

"需要责备他吗,朋友?"热罗姆轻轻一笑,亮白的牙齿闪着光。

她没有立即回应。最终她夹杂着要复仇的语调说:

"贞妮几乎死了。"

他松开孩子,向她走了一步,神色如此慌张,令她立刻认为,她要立即答应谅解一切,目的是去除她原本期望带给他的难过。

"她没有危险了,"她说,"你不用担心了。"

她强迫自己微笑着,希望他可以尽快不担心。这种笑其实就是临时的妥协。她发现了,她的自尊似乎被任何事危害着。

"你去瞧瞧她吧!"她察觉到热罗姆的手在颤抖,于是又说了一句,"但是别吵醒她了。"

几分钟之后。丰塔南夫人早已坐着,热罗姆蹑手蹑脚地出来并轻轻地把门带上。他神情中那担忧才去除,就满面春光。他再次笑着,眨眨双眼说:

"她睡得很香啊!她侧着,用手扶着脸。"他用肢体语言描述着孩子美丽的睡姿,"她消瘦了,但是很好,反而越加美丽了,您认为呢?"

她没说话,他盯着她,想了一下,突然喊道:"苔蕾丝,为什么你的发丝都白了?"

她站起来,差不多是跑到壁炉前。的确,只是两天而已,她的发丝就开始变白,不过依旧是金黄色的发丝,双鬓与脑门儿旁全白了。达尼埃尔此时清楚了,为何他回来后感觉到母亲有些无法形容的异样。丰塔南夫人看着镜中的自己,不知所措,还带着感伤。她从镜中瞧见了热罗姆在她的后边,给她以笑容,她仍未防备,他的笑容似乎对她起到了抚慰作用。他似乎非常开心,用指腹触碰着飘浮在光中的一根白发丝,说道:

"任何适合你的都不能和它相比,朋友,不会有比它——该怎样说呢?——愈加可以显现出你眼中的年轻了!"

她似乎是抱歉的样子,尤其想掩藏心中的愉悦,说:

"唉，热罗姆，这几个白天黑夜很难熬啊！周三时，所有方法全用了，无法再奢求任何期望了，家里仅仅是我独自一人，我非常不安啊！"

"令人怜爱的朋友！"他情绪波动地大声说，"我很悲伤，我原本能够非常轻松地回来。谈的生意您清楚，那个时候我正在里昂。"他的语气非常镇静，她一瞬间真的开始回忆。"您没有我的住址，我真的忘了。而且，我离开时，计划二十四个小时就回来，我把返程票都浪费了。"此时，他想到很长时间没有给苔蕾丝钱了。但是，三星期前，他没拿到任何钱。他清算了一下衣兜中的资金，不自觉扮了个鬼脸。不过他又立刻说明：

"事实上，这也不是因为什么重要的事，未做成一桩大买卖，就算是世界末日我也仍旧怀着期望。我只能一无所获地回家了。里昂的大银行家谈买卖太放不开了，非常多疑。"他又接着讲述他的旅行，夸夸其谈，也不觉得慌张，就像是讲故事那样欺瞒人。

达尼埃尔听他说着，有史以来首次面对着父亲觉得惭愧。然后，不知为何，外表上看没关系，他想到那个马赛女人和她提起过的一个男人，她叫他"老头儿"，是个已婚男，生意人。此人经常下午去，原因是此人夜晚只和他"名正言顺的妻子"出去。他的母亲同样在听着，此时，他认为母亲同样难以捉摸。他们的眼神交会了。母亲瞧见了儿子双眸中有什么东西呢？达尼埃尔仍未讲述的想法，她难道早就察觉出了？她语气中夹杂着生气，赶忙说道：

"好了，你该入睡了，孩子，你很疲劳了。"

他顺从了她的话。可是，在他弯腰抱母亲时，他面前突然显现出假如贞妮去世，她这个孤单女人会被任何人离弃的样子。并且是由于他的过失！因为他带给了母亲那么多不幸，他内心的温柔变强烈了。他抱住母亲，在她耳旁轻声说：

"请谅解我。"

从他到家以来，丰塔南夫人想听的就是它，可是此时听见，不如之前听见的开心。达尼埃尔体会到了，在心里他责怪自己的父亲。丰塔南夫人同样感受到了，她怪罪的是她儿子，怪他不在仅有他们俩时讲这话。

多半是假装淘气，多半是贫嘴，热罗姆走到盘子旁，非常开心地撇着嘴，慢慢看着所有物品。

"如此多的美味为谁安排的啊？"

他的笑很假：往后仰着脑袋，眼球转到眼角，而后一顿一顿，有些生硬地笑出"哈！哈！哈！"。

他拉来一张椅子放到桌子旁，将茶壶端起。

"不要喝，还不热。"丰塔南夫人说话的同时将铜茶炊点着。热罗姆仍显示着客套。"我来吧。"她很认真地说道。

看护茶壶的只有他们俩，丰塔南夫人走过来，嗅到由他身上散发出的带着酸的薰衣草香料和柠檬的香味。他看向她，带着笑容。他的神情柔和，夹杂着愧疚。他犹如一个小学生，一只手抓着面包片，一只空闲的手臂放在夫人的腰间，很自然，感觉他谈恋爱的次数比较多。丰塔南夫人忽然摆脱开，她不希望自己不坚持。他把手臂移开，她立即跑去烧茶，而后又移开。

丰塔南夫人维持着自尊与悲伤的模样；看着他如此不放在心上的样子，她强烈的幽怨已经消失了。她从镜中偷看着他，脸是琥珀色的，如杏仁的双眼，身躯的线条，还有追求他国风情的穿着，都令他透露出一种东方的慵懒的韵味。她记起了订婚时,她在记录本上曾写过:"我的爱人如印度王子般英俊。"此时她瞧着他,依旧是原来的眼神。他歪身坐上相比之下更加低矮的椅子,双腿向火旁伸开。他通过修理过的光滑的指尖,一片接着一片地将蜂蜜涂在面包片上,送进嘴中,而后将身体倾倒在盘子上方,有滋有味地大口吃着。吃好后,一鼓作气地饮完一杯茶,犹如跳舞的人敏捷地起身,走到安乐椅旁躺下,似乎任何事都没发生过,似乎这就是他原来的生活。他触摸着蹦到他膝上的小狗皮斯,玛瑙戒指在他左手的无名指上,是他母亲送给他的,是用一块古老的玉雕刻出的,底衬是深黑色的,上面存有乳白色的加尼梅德像。时间久了,戒指变薄了,只要手动一下,它在手指上就动一次。她认真地注视着他所有的行动。

"我可以抽一根烟吗,朋友?"

他依旧是原来的模样,细致典雅。他讲"朋友"二字,有特别的方法:将字的尾声放在嘴边,似乎在和谁亲吻。他手中的银色烟盒泛着光,对于那清亮的声音与他的喜好,她知道:他会将烟首先放在手背敲打敲打,接着再放进小胡子下方。对于那双暴起青筋的长手,她是如此熟识,火柴点燃的一瞬间,那两只手似乎成了两个通透的贝壳,如同火光一样泛着红光!

她努力地保持着镇静,将茶桌整理干净。这星期让她非常疲惫,在需求力量之时,她感觉到了。她往下坐,没有方向,听不见上帝的指令。不就是上帝将她安放在他这个有罪之人的身旁的吗?他放纵沉沦时,可能仍有一些善心,将来,她可以在他回归正途时拽他一下啊。不行,现在的事情是要维持家庭和保护两个孩子。她的想法渐渐明朗,认为自己意想不到地坚毅,这给了她安慰。热罗姆离开时，她被祷告点亮的心底有了决定，是依旧不会更改的。

热罗姆用深思的神态一直凝视着她，此时，他的目光显得非常诚恳。如此犹豫的笑容，如此严谨的眼神，她都很熟识，她畏惧了，原因是，虽然她任何时候都可以或是不自觉地看透他多变的神情中的意思，可是她的感觉常常碰到一种局限，超出这种范围，她的直觉似乎就消失在流沙中。她经常猜疑："他的心底，究竟是什么样的？"

"是的，我知道了。"热罗姆稍微带着骑士般的忧伤说道，"您是在严酷地判决我啊，苔蕾丝。噢，我明白您，我十分明白您。假如是别人，和我无关，我同样会如您那样给他判决，我会如此想：'他是坏人，对，坏人。'最起码，我们要有胆量使用这些词。啊，所有的，我该如何向您说明呢？"

"讲这些话都没有用，都没有用……"令人怜惜的女人打断他的话语，她诚实的面容上透露着乞求。

热罗姆面朝上地躺倒在安乐椅中，跷着腿，露出脚脖，抽着烟，慵懒地晃动着。

"您不用担心，我没打算解释。真相都在，真相给我做出评判。但是，苔蕾丝，如此真相里，可能并不是所有都可以一望而知，也能够有另一种说明。"他悲伤地笑了。他对于自己的过失总是喜爱做出不符合事实的分析，借用点德育的根据。或许，他就是利用这种方式让自己思想中的信教精神得到满足。他再次说道："坏的行动，不代表它的动力全是坏的。简单来看是想办法让陋俗的本能得到知足，事实上，一些时候或是常常忍受一些原本的善心，例如同情心，这令他爱的人遭遇不幸，一些时候正是由于同情一个被冷落的、地位较低的人，认为仅仅轻轻地安慰一下，就能够救赎……"

丰塔南夫人似乎瞧见河边路上抽泣的小女工。其他的记忆接踵而至：玛丽埃特、诺艾米……他的双眼注视着那不断摇晃的漆皮鞋，因为灯的光照，皮鞋上的亮点忽明忽暗。她记起自己仍是漂亮的新娘时，他经常说夜晚在外面吃饭做买卖，提前不告知，急忙就离开，到早晨才进家门，将自己锁在房内，睡到天快黑。再加上很多不认识的人的来信，她快速地瞧过后，就撕掉，烧毁，用脚踩踏着，可是仍未减少她内心强烈的愤恨。她原来亲眼见到过热罗姆不断地戏弄她的女仆人，一个接一个地哄骗她的女朋友，令她孤零零的。她记起刚开始她鼓起勇气对他责备时，一些时候会小心地争论，讲出的言辞仍旧诚恳殷切、不计较，但是，她却碰到这种人：胡作非为，有心计，难以猜测，就算是真相摆在眼前也不承认，而且犹如一个新教徒感慨万千，紧接着又犹如一个顽童，带着笑容承诺着发誓他不会再做这种事了。

"如此说，"他再次接着说，"我没有好好对待您，我……是的，是的！不需要避讳语言。但是，我对您的爱不变，苔蕾丝，用我的全部心灵爱您，我敬重您，同时也怜悯您。一次也没有……我能够立誓言，一次也没有，一分钟都没有，从未存在过可以和我们的爱相比的事情，唯一在心里扎根的仅仅是给您的爱！

"啊，我不争论，我的日子是非常罪恶，我同样觉得惭愧。可是，真的，朋友，信任我吧，您一直很公平，但是给我的是不公平，您仅仅是依据我的行动来对我做出评判。我……在我的过失中那个人根本就不全是我。我讲不明白我的意思，我认为您不了解我……所有与我可以解释明白的相比要难上一千倍，我呢，仅仅是同样借由一些光亮才可以稍微看见……"

他闭了嘴,颈部弯曲着,双眼向远方眺望,就像是用尽全身的力气打算稍微讲讲日子里隐蔽的真理还未实现,就已无力了。然后,他仰起头,丰塔南夫人感觉到他的眼神拂过她的脸,虽然仅仅是稍微看了一下,但是有将其他人的眼神顺势抓住、吸引住,犹如抓鸟儿那样的效果,抓住一段时间,再令其他人的眼神逃脱开,犹如吸铁石吸着再松掉一块重铁。他们俩的眼神相交,接着再分离。"因此你,"她思考道,"和你的日子相比你不是尤其好吗?"

但是,她仅仅耸了耸肩。

"我说的话您不信任。"他低声道。

她尽量使用不在乎的语气说:

"噢,我非常想信任您说的话,我信任过很多次了。但是此时,已经不重要了。热罗姆,您是有罪过或是没罪过都可以,有义务或是无义务都可以,错事以前发生了,如今依旧发生着,将来同样会发生——这样的事情可以停止了。我们在此分离吧,一次断绝干净。"

四天中,对于这个问题她思考得非常多,因此讲得冷酷死板,热罗姆会正确理解的。她瞧见他的惊讶、悲痛,于是抓紧接着说:

"现在我们有孩子。他们俩年龄不大,任何事都不理解,仅仅是我独自一人……(她准备说'忍耐不幸',可是感觉害羞,连忙封住嘴)你给予我的伤害,热罗姆,现在危害不了我了,危害不了我独自一人的情感,可是伤害跟随你一同到来了,它存在于我们家的空气内,存在于我孩子要吸取的氧气里。我忍耐不了了。您审视一下达尼埃尔这星期做的事情吧。上帝谅解了他,犹如我谅解他给予我的痛苦!他依旧刚正的心已经对此过错觉得懊悔了。"她眼睛里发出一种自豪的光亮,差不多是在挑衅,"我确定,是因为有您这样的模范才让他干了错事。如果没因为瞧见您经常出门——做您的买卖,他是不可能如此随便地逃离家,一点都不考虑我的担心的。"她起来,踟蹰地朝壁炉去,从镜子里瞧见了自己白色的发丝,而后她对着他往前倾身,可是没瞧他,"我想好了,热罗姆。这个星期,我遭遇了很大的不幸,我祈求过,我思考过,我都已经不愿意再责怪您了。而且,今晚,要责怪您我已无力,我精疲力竭了。我仅仅希望的是您面对事实,您会认为我说得对,没有其他可以处理的方法。"她停顿了一段时间后接着说:"一起过的日子,我们剩余一起过的日子,我们剩余的那些,依旧是过多了。热罗姆!"她站直身体,将手放到大理石材料的架子上,跟随着身体与手的行动,她一字一顿:"我——再——也——忍——耐——不——了。"

热罗姆没说话,直接跑到没及时逃开的夫人脚旁,将脸部挨在她的大腿上,如同一个孩子,为了得到谅解而纠缠不休。他结结巴巴地说:

"我们不能分开呀!我和我的孩子分开该怎样生存啊?我会拿枪自杀的!"

他对着太阳穴模仿着,犹如小孩儿玩耍,她几乎就笑了。他握住苔蕾丝放在裙旁的腕部,连续地吻。她将手抽出,随便地,疲劳地,如同一个母亲拿指尖安抚着他的前额,表示了她没有一点触动,已经无法挽回。但是他误解了,仰起头,可是看清她的脸时,才知道自己误解了。随即她就离开他,将胳膊向上抬,指向床柜上的旅行钟。

"已经两点了!"她说道,"很晚了,麻烦你明天再说。"

他瞧了一下钟,接着瞧向大床。床铺早已整理好,但床上仅有一个枕头。

此时,她接着说道:

"这个时候你去叫车吧。"

他模糊地摆了一下手,非常吃惊。他从未猜想到今晚回到家还要离开。这的确是自己的家啊。他的屋子一直是干净的,在迎接着他,只需要走过廊房就到了。很多次,他四五天,或是接连六天离开家,夜深时才到家。在吃早餐时,他身穿睡衣,走出来,刚刮的胡子,讲着玩笑话,大声笑着,去除孩子们对于他自己都不清楚的怀疑与沉寂。丰塔南夫人非常了解这全部。刚刚,注视着他的面容,她同样了解他的想法。可是,她没有妥协,将通往前厅的门拉开。他往前走,事实上很窘,不过依然维持着作为朋友离别时的神态。

他将大衣穿好时,记起她早已没有钱了。他没有考虑,将衣兜中的几张钱票全部拿出,尽管他不能再得到其他的钱财,可是他考虑到,这样做,至少可以稍微缓和一下他走的氛围,她拿了钱,可能就不会如此随便地下决心将自己赶出门了。这种想法与他高洁的情感相悖,而且,他特别担心苔蕾丝能够想出这之中的打算。他只是讲:

"朋友,我仍有太多事想和你说呢……"

她考虑到自己要分手的决定,同时想起大致上早已讲好,于是赶快回复道:

"明儿,热罗姆。假如你明儿来,我会和你见面。我们明儿聊。"

此刻,他方决定大方地离开。他握住夫人的指头,一吻。两个人中间再次显现出一瞬间犹疑的场景。但是,她将手拿回来,拉开了阶梯口的门。

"那好,再见,朋友……明儿见。"

而后她瞧见他将帽子放在头上方，边下几阶阶梯，边回头给她笑容。

关上门，仅剩丰塔南夫人自己。她将脑袋倚在门边，屋外大门重重的声音令入睡的屋子猛地一惊，就算是她的脸孔也觉得颤动。她的眼前有单只淡颜色的手套在地面上躺着，她没有考虑就将它拾起，放在鼻子下嗅着，打算由烟与皮子的交会味道中探寻熟识的令人心旷神怡的香味。她通过镜子瞧见了自己的行为，害羞了，手套由于手的打开而掉到地板上。她用力地将灯关闭，情愿沉寂在夜里。她探索着，直到进入孩子们的屋内，长久地听着他们俩熟睡的呼吸响声。

9

昂图瓦纳与雅克再次坐进马车里。马走得不快，蹄子踩在碎石路上犹如打响板。路面上很黑，在无光的车厢内，被子飘散着一阵霉味。雅克哭着。他觉得疲劳，还有是那位如慈母一样笑着的夫人给了他怀抱，最终令他后悔莫及。他要如何回应父亲的话呢？他感觉头晕，显现出痛苦的表情，就依靠着哥哥的肩头。哥哥拥着他。

昂图瓦纳打算讲话，可是，他脱离不了人类心中的尊严，他尽量令自己的语调温柔点，不过依旧有点呆板：

"好了，伙伴，好了。事情已经过去，为什么还要如此呢……"

他不再讲话，仅仅是将弟弟抱在怀中。可是他想知道情况是什么。

"你讲述一下那时是为什么？"他的语调愈加柔和，接着问，"出了什么事？是他诱惑你的吗？"

"噢,不对。他不想离开,因为我,就我一个人。"

"原因呢?"

没有回应。昂图瓦纳愚笨地接着问:

"你了解,在学校里你有朋友,我清楚,原本你能够将很多事跟我讲的,我明白是什么原因了,别人把你教坏了……"

"我们是朋友,就这样。"雅克依旧在哥哥的肩上依偎着,低声讲。

"不过,"哥哥尝试着问,"你们俩……一同做了什么事?"

"我们交换想法,他给我慰藉。"

昂图瓦纳害怕继续问。"他给我慰藉……"雅克的语气令他觉得悲伤,他刚打算说:"你认为你很痛苦吗,小家伙?"雅克又鼓起勇气说:

"并且,假如你想了解所有事的话:他帮我修改诗。"

昂图瓦纳跟着说道:

"非常好啊,我非常开心,你瞧,了解你会作诗,我多么开心。"

"真的?"雅克说。

"确实,十分开心。这件事我已了解过了,我早就阅读过你的诗。有些没放好的,有些时候我可以看到,我没和你讲过。而且,我们从未聊过天,不清楚是什么原因……但是,有一些诗我非常喜爱,你确实有一点天资,需要运用好。"

雅克转过来。

"我很喜爱诗,"他轻声说,"我爱优美的诗,为了它让我怎样都可以。丰塔南借我书读——你不会和其他人讲吧?——他要我读拉普拉德、苏利·普鲁多姆、拉马丁、维克多·雨果、缪塞的书。噢,缪塞,你了解他这几句诗吗?

夜星泛着白光,
使者由远处来。
傍晚的天色中,
你的前额闪烁着光。
仍有:
与我共枕的女友早已离开,
上帝,她远离我的床榻去了您那儿,
我们仍旧是心灵相惜,
我到临终,她又重生……

接着是拉马丁的《十字架》,你也了解,是这句:

在他濒死的唇上我留下了你,
怀着他最终的告别与最终的气息。

"多美呀!是吗?那么流畅自如!每一次读到它都让我有点莫名的难受。"他想将内心的话全部倾诉出来。"在家里,"他又说,"没有人理解我,我敢保证,假如他们知道我写诗的话,一定会让我不好过的。但是,你和他们不一样。"他把昂图瓦纳的胳膊环在自己的脖子上:"我早就已经感受到了。只是你沉默不语,而且你常常不在家。啊!我真高兴,希望你能了解!我如今感到我的朋友马上从一个变成两个了!"

昂图瓦纳微笑着背诵雅克的诗:
"万岁,恺撒,看那碧眼的高卢姑娘……"
雅克从他胳膊中挣脱出来:

"你看了那个笔记本吗?"

"不要急,听我说……"

"爸爸看过吗?"雅克大声地问道,嗓音非常刺耳。昂图瓦纳结结巴巴地说:

"我不清楚……也许……看过一点……"

没等他说完。雅克就扑在车厢最里面的坐垫上,打着滚,把头埋在胳膊里。

"真的卑鄙啊!神父是密探,是个浑蛋!我一定会和他这样说,我一定会在他上课时冲着他喊出来,我要吐他一脸唾沫!就让他开除我吧,我不会在乎的!我会逃走,我要自杀!"

他两脚用力蹬着。昂图瓦纳大气不敢出一声。突然,雅克安静了下来,缩在那个角落里,捂着眼睛,牙齿咬得咯咯作响。他此刻的沉默可比他的愤怒更让人感到可怕,幸好,这时马车已经到了圣徒神馆路,他们到了。

雅克首先下了车。昂图瓦纳一边付钱,一边紧紧盯着弟弟,生怕他此时趁黑跑掉了。但这时雅克的神情呆滞,那野孩子一样的脸上满是沮丧,因为旅途的缘故更加显得疲惫不堪,而且上面还堆积着苦恼,看上去冷淡麻木,低垂着眼睑。

"帮忙按下铃,可以吗?"昂图瓦纳说。

雅克没说话,一动不动。昂图瓦纳推了他一下,他听话地走了进去。他甚至没有注意到守门女人弗吕林大妈对他的好奇。他根本没有任何办法,因为他有点力不从心。他坐上电梯,感觉自己就像一根麦秸一样,被抛在父亲的家法之下,他感到自己被家庭、警察、社会这些机构包围住了,他如同一个囚徒,没有反抗的机会。

但是，等他走到楼梯台的时候，看到前厅灯火通明，好像父亲在宴请宾客一样，周边的一切是那么熟悉，无论如何，他都觉得很温暖。他看到韦兹小姐从前厅一拐一拐地走过来，看上去比平时更加矮小，颤颤巍巍得厉害。这时，雅克真的想扑过去，没有任何怨气地扑进那朝他张开的穿着黑色毛衣的枯瘦手臂中。她一把搂抱住他，亲密地抚摸着他，好像怎么爱抚都不够似的，而且她那颤悠悠的嗓音尖厉地响个不停：

"真是造孽啊！你这个没心肝的，你想让我们担心死吗？上帝！真是造孽啊！你的心肝都不见了吗？"她那羊驼一样的眼睛里满是泪水。

书房的双扇门开了，父亲站在门口。

他一见到雅克，马上有点激动。但是他控制住了，没有向前，而是闭上眼睛，好像等着这个不肖子扑倒在他的膝下，就好像格勒兹画中那样，而这幅作品现在就挂在客厅之中。

儿子不敢这么做，因为书房内也如同过节一样灯火通明，两个女仆出现在餐具室的门口，虽然已经是晚上，可以穿便装，但是蒂博先生还是穿着燕尾服。这一切不同寻常的事让雅克惊呆了。他挣开韦兹小姐的拥抱，后退了几步，低着头站在那里，不知在等着什么，此刻他心中已经不知道充溢着多少柔情，他想痛哭，但又想哈哈大笑。

但当蒂博先生说出第一句话时，雅克觉得自己几乎被扫地出门了。而且当着这么多人的面，看到雅克这副模样，他心里那一点点的宽容之心都消失了，他决定狠狠教训一下这个不孝子，所以摆出一副极度冷漠的态度，只是对昂图瓦纳一个人说：

"啊，你回来了？我一开始觉得很惊讶。那边的事进行得都还顺利吧？"

昂图瓦纳肯定地点了点头，他走过去握住父亲伸过来的软乎乎的大手。

"谢谢你，亲爱的，你代替我跑一趟……这种事真丢脸啊！"

他又踌躇了一下，希望这个犯错的孩子能有点反应。他瞥了女仆们一眼，又转身瞥了一眼雅克，他此时正脸色阴郁地盯着地毯。于是，他火冒三丈，大声呵斥道：

"从明天起，我们得想想办法，不能让这样的丑事再出现！"

韦兹小姐朝雅克走近一点，想把他推到他父亲那边去。雅克知道她的用意，但还是低着头，等着父亲原谅自己的最后一次机会。没想到蒂博先生举起手来，威严地打住了韦兹小姐：

"随便他！随便他！这是个浑蛋，铁石心肠！他值得我们为他担惊受怕吗？"他又朝打算插话的昂图瓦纳说："昂图瓦纳，亲爱的，麻烦你再替我们看管这个浑蛋一个晚上。到了明天，你就不需要理他了。"

停了一会儿，昂图瓦纳走近他父亲，雅克也胆怯地抬起头来。但是，蒂博先生用不容置疑的口吻继续说：

"好了！你都听到了吗？昂图瓦纳！把他带到房里去吧。这件丢人的事已经丢够了！"

昂图瓦纳带着雅克从蒂博先生面前走过，女仆们赶紧闪到过道的两边，好像给去刑场的人让路一样。他们俩一下子消失在走廊中，蒂博先生一直眯着眼睛，回到书房里，随手关上房门。

随后他穿过房间，走进自己的卧室。这曾经是他父母的卧室，在他还小的时候，他父亲的工厂在卢昂附近，那时候他看到父亲在工厂内的那个小宅子就是这样布置的，他按照原样继承了下来。后来他去巴黎学法律的时候，又按照原样搬到了巴黎：桃花心木的柜子，伏尔泰式的安乐椅，蓝色棱纹布的窗帘，在那张床上，他的父亲母亲先后过世，祈祷跪凳上的小毯子是蒂博太太亲手绣的，祈祷跪凳前挂着基督受难像，他曾亲自把这个受难像放在父亲和母亲合拢的手掌中，前后只差几个月。

回到自己的卧室，他恢复了自己的本来面目，这位胖胖的先生耷拉着双肩，那副疲倦的假面具好像从脸上揭掉了，显出朴实的表情，好像自己孩童时的模样。他走近祈祷跪凳，扑通跪下。两只胖乎乎的手迅速地交叉在胸前。在这个房间内，他所有的动作都显得随性、隐秘、孤独。他抬起那毫无生气的脸，眼光在睫毛下透射出来，直视着基督受难像。他把自己的失望、这次新的考验全托付给上帝；他从那已经摆脱了所有怨恨的心底祈祷，如同一位父亲在为自己那迷途的孩子祈祷一样。他从椅枕下，从那祈祷的经书中拿出一串念珠，那是他第一次领圣体时的念珠，已经经过了四十年的摩挲，光滑得在他的指间滑动着。他又闭上眼睛，但是仍旧面对着基督像。在他的一生中，没有任何人看到过他这种发自内心的微笑，这种没有任何伪装的幸福脸孔，他的嘴张动着，默默祈祷，让那下垂的腮帮子颤动着。他的头有节奏地晃动着，脖子露出衣领外边，好像一个在上帝的宝座下摇动的香炉。

第二天，雅克独自一人坐在乱糟糟的床上。这是星期六的早晨，没有放假，但他在自己的房间里度过，不知道该怎么办。他想起了学校、历史课，还想起了达尼埃尔。他听外边清早的各种陌生的声响，觉得都对他充满了敌意：扫帚扫过地毯的声音，房门被风吹得砰砰声。不过他并没有垂头丧气，反而更加斗志高昂。不过，他总归还是找不到事做，感觉整个家都被一股神秘的压力笼罩着，让他感到难受。他原本是可以找一个机会来表现自己的勇气和献身精神的，这样能让他彻底解脱。但是，那些温情一下子塞满了他的心头，他不得不喘口气，让这些温情消失掉。有时候，他也会怜悯自己，他抬起头来，在刹那间，他品尝到了那种反常的快感，那是一种未曾体验过的爱、恨和骄傲组成的邪恶的快感。

有人在转动门把。这是吉赛尔。她刚刚洗过头发，乌黑的鬈发披散在肩上。她穿着内衣和长裤，脖颈、手臂和小腿都是棕褐色的，裤子鼓鼓的，眼睛像小狗一样，嘴唇娇嫩，头发蓬乱，看起来就是一个小阿尔及利亚人。

"你来做什么？"雅克不悦地问。

"我来看看你呀。"她看着他说。

她已经十岁了，这个星期发生的很多事情她也能猜个大概。雅克终于还是回来了。但是家里还是乱糟糟的，因为她姑母正给她梳头的时候，蒂博先生叫姑母去房间了，把她留在这里，披着头发，乖乖地等着。

"是谁在摁铃？"他问。

"神父先生。"

雅克眉头紧皱。她爬上床去，坐在他旁边。

"可怜的小雅克。"她小声地说。

这种神圣的友爱让他感到很舒服，为了感谢她，他把她抱在膝头，亲了她一下。但他还是竖起耳朵听着外边的动静。

"快走吧！有人来了！"他低声说，一边把她往走廊上推。

他才刚刚跳下床，打开一本语法书。韦卡尔神父的声音就在门后面响了起来。

"你好啊，小乖乖！雅克在屋里吗？"

他走了进来，在门口站着没动。雅克低垂着眼睛。神父走过来，揪住他的耳朵说：

"你干的好事！"

但当他看到孩子倔强的脸时，马上就改变了态度。在和雅克打交道的时候，他总是小心谨慎。他对这个常常误入迷途的小羔羊带有几分偏爱，也掺杂着一些好奇心和欣赏。他好像感觉到孩子身上潜伏着的巨大能量。

他坐了下来，叫孩子去他面前。

"你至少去跟父亲道歉了吧？"他说，虽然他知道得很清楚，但还是这样问。雅克对这种虚伪非常不满，他沉默地白了神父一眼，摇了摇头，又沉默了一会儿。

"我的孩子，"神父犹豫着，用难过的声音继续说，"发生这些事真的让我很为难啊！我并不想隐瞒，直到如今，尽管你胡闹，但是我还是一直在你父亲面前给你做担保。我对他说：'雅克是一个心地善良的孩子，非常有潜力，咱们就耐心等等吧！'但到了今天，我不知道该怎么说才好，更严重的是，我都不知道该怎么想。关于你，我知道了那些我从来想不到也不敢想的事。我们等会儿再谈这个吧！我本来是这样想的：'他还需要时间来考虑，过不了多久，他就会来向我们忏悔的；只要有一颗真正忏悔的心，就没有什么过错是不能弥补的。'可是你却没有这样做，反而摆着这副难看的面孔，没有一丝悔恨,也没有一滴眼泪。你那可怜的父亲这次是真正失望透顶了。我感到很为难,他在想,你到底有多坏呢! 是不是真的已经铁石心肠了呢? 天啊! 这些问题我也不知道怎么回答。"

雅克的拳头在裤兜内攥得紧紧的,下巴紧紧地抵着胸脯,不能让哽咽从喉咙里发出来,也不能让脸上的一丝肌肉泄露自己的情绪。心里明白,没有去请求原谅是多么心痛,假如他受到达尼埃尔那样的欢迎,他会流出多么痛快的眼泪啊! 不! 既然事已至此,他可决不能让任何人察觉到自己对父亲的那种出自本能的眷恋,那里面还夹杂着怨恨,并且因为根本觉得自己不会从对方那儿得到回应,这种怨恨更加强烈了。

神父沉默了下来,脸色安详,让这种沉默变得更加压抑。随后,他的眼睛瞧着远处,没说任何过场话,朗诵了起来:

"从前有一个人,他有两个儿子……但他的小儿子卷走他的所有,去了远方。在游荡,在浪费钱财,最后变得贫穷。他醒悟了过来,就说:'我要站起来,我要到父亲面前去,跟他说,父亲,我触犯了天条,又冒犯了您,从此以后,我不配做您的儿子。'于是,他站起来,走到父亲面前。相距很远的时候,他父亲就看见了他,马上动了怜悯之心,跑过去抱紧他、亲吻他。但儿子说:'父亲,我触犯了天条,我又冒犯了您,从此之后,我不配做您的儿子……'"

这时,雅克的痛苦比他的意志更加强烈:他大声地哭了起来。

神父换了一个语调:

"我的孩子,我一直知道你的本心是善良的,今天早上我给你做了弥撒,你就像那个浪子,去找你的父亲吧! 他一定也会因为怜悯而原谅你的。他也会对你说:'我们照旧吃喝玩乐吧! 因为我的儿子就在这儿,他失而复得啊!'"

这时,雅克想到了灯火通明的前厅,也许是为了庆祝他的归来,蒂博先生穿上了燕尾服。他想起自己也许辜负了家人为他准备的接风宴,他的心更软了。

"我还想告诉你一件事,"神父抚摸着孩子那棕褐色的头发,又说,"对于你,你父亲做出了一个非常重大的决定……"他犹豫了一下,又字斟句酌地,又使劲揉着那对招风耳,它们如同弹簧一样,压下去又跳起来,通红得像火烧一样;雅克一动不动,神父将食指贴着嘴唇,紧紧盯着孩子的眼睛。"一个我赞成的决定,"他又强调,"他想要你去外边一段时间。"

"去哪儿?"雅克用哽咽的声音问。

"他跟你说的,我的孩子。不管你之前是如何想的,如今都必须带着一颗后悔的心去面对处罚,要知道这是为了你好。一开始,你也许需要独自待几个钟头,你可能会觉得太残酷,但是那时候你要记住,作为一名真正的基督徒,是没有孤独的,因为上帝永不会抛弃信仰他的人。就这样吧,我们拥抱一下吧,然后去请求你父亲的原谅。"

过了一会儿之后,雅克回到了他的房里,脸都哭肿了,眼睛通红。他走到镜子前面,凶巴巴地瞪着里面的那个自己,好像需要找一个发泄自己怒火的对象,他听到有人在走廊走过的声音。他门上的钥匙已经取走了,他赶紧把椅子都堆在一起,堵住房门。然后扑到桌子上,用铅笔在纸上写了几行字,然后把这张纸装进信封里,写上地址,再贴上邮票,接着站起来。他不知所措,这封信交给谁呢?他周围全部是敌人啊!他打开一点窗户。外边是灰蒙蒙的早晨,大

109

街上没有人。但是在那边,一个老太太和一个孩子慢吞吞地走了过来。雅克赶紧把信扔下去,当信回旋着落到人行道上时。他赶紧退回去。当他再一次鼓足勇气把头伸出窗外时,发现信已经不见了;而老太太和孩子走远了。

这时,他已经精疲力竭,好像陷阱中的困兽一样哼唧着,一下扑到床上,把脚搁在床架上,气得他浑身颤抖,但是又无可奈何。他咬着枕头,竭力不让自己叫出声来,他还仅有的那点意识就是不让其他人看到他现在这副绝望的模样。

当天晚上,达尼埃尔收到这样一封信:

我的朋友:

我唯一的爱,我的慰藉,我的生命之花!

我如同写遗嘱一样给你写下这封信。

他们就要将你我拆散了,要将我同这一切分开,要马上把我送到一个地方去,我不敢向你说那是个什么样的地方,也不敢告诉你我会去哪儿!我为我父亲感到羞耻!

我觉得我可能不会再和你见面了,你是我唯一的人儿,只有你能让我感到美好。

别了,我的朋友,别了!

如果他们让我陷入不幸,太糟糕的话,我一定会自杀的。那时你就可以告诉他们,就是因为他们的原因,我才选择自杀的!但是,我也曾爱过他们!

但是,当我在世界的另一边,我最后的思念属于你,我的朋友!

永别了!

第二卷　教养院

1

　　一年前，昂图瓦纳曾把试图逃走的两个学生领回了家，自那以后，他就再也没有来过丰塔南太太家。但即便如此，丰塔南太太家的女仆还是一眼认出了站在门外的昂图瓦纳。这时已是晚上九点，但女仆没多说什么就开门让昂图瓦纳走了进去。

　　卧室的壁炉前，丰塔南太太正挺直上身坐在那里，手捧着一本书在灯光下高声朗读，两个孩子围绕在她身边。贞妮躺在一张安乐椅里静静地听着，两只手不时地玩着辫子，眼睛盯着不远处的炉火。离得远远的达尼埃尔在他跷起的二郎腿上放了一个画夹，正在给他的母亲画一幅素描。在门口的阴影里站了一会儿后，昂图瓦纳发现自己的突然造访是多么不合时宜，但他现在不能就这么转身离开。

　　对昂图瓦纳的到来，丰塔南太太表现得很冷淡，但显然还是有些惊讶。她把孩子们扔在一边，带着昂图瓦纳来到了客厅。得知原因之后，她又转身回房去找达尼埃尔。

达尼埃尔仅有十五岁，但看起来却像是十七岁，嘴巴在一抹胡子的阴影下显得轮廓分明。昂图瓦纳看着面前的达尼埃尔，有些不敢正视，但却表现出一副盛气凌人的样子，仿佛是在说："你知道，我从不拐弯抹角。"就像往常一样，一种难以名状的本能使他一旦站在丰塔南太太面前就摆出这样一副姿态。昂图瓦纳说："事情是这样的，我到这儿来是为了找你。自从昨天见面以后，我想了很多。"达尼埃尔听了显得有些惊讶。

"是的，"昂图瓦纳紧接着说，"因为我们都赶着要去做别的事，只匆忙交谈了几句，但我觉得……怎么说好呢，你完全没有向我打听雅克的情况，那我能不能做这样的猜测，他给你写过信？对不对？我甚至怀疑他在信里告诉了你连我都不知道的事情，而这些恰恰是我需要知道的。不，请让我把话说完。现在快到四月了，而雅克自从去年六月离开巴黎，到现在已经快九个月了。从那时候起，我就再也没有见过他，他也从未给我写过一封信。只有我父亲经常见到他，并告诉我一些他的情况，比如身体很健康、学习非常用功。据父亲说，远离家庭和纪律的约束已经让雅克有了很大的变化。但我想，父亲会不会弄错了？会不会有人在欺骗他？自从昨天见到你，我就感到非常不安。我在想，雅克在那个地方可能正在遭受不幸，而我却什么都不知道。想到这儿，想到不能在他需要的时候帮助他，我感到难以忍受。所以我决定来找你，向你求助，这并不是要你说出些什么秘密的话。如果他给你写过信，肯定会告诉你他在那儿的一些情况。所以只有你能让我安心——或者让我参与其中。"

达尼埃尔听着，却丝毫不为所动。他一开始就拒绝这次谈话。达尼埃尔仰头看着昂图瓦纳，发现他因为慌乱而神情严肃。达尼埃尔有些过意不去，便转身看向母亲。丰塔南太太看着儿子，对他态度的转变有些意外。过了一会儿，丰塔南太太终于很确定地对达尼埃尔笑着说："把真相告诉他吧，达尼埃尔。我相信你不会因为说出真话而感到后悔。"

达尼埃尔于是告诉昂图瓦纳，他经常会收到雅克的来信，但越往后信越短，写的内容越少。达尼埃尔知道雅克住在外地一个正直的老师家里，但至于更具体的地址他也不知道。信封上盖着的是北方城市的平信邮戳，难道雅克会在那里准备中学毕业会考？

昂图瓦纳尽量掩饰住自己的震惊。但雅克为什么要对最好的朋友隐瞒呢？是因为感到羞耻？是的，就是因为感到羞耻，蒂博先生才把雅克被监禁在克卢伊教养院说成是去了"瓦兹河边的教会学校"读书。昂图瓦纳的脑子里突然闪过一个念头：写给达尼埃尔的这些信有可能是别人逼雅克写的。可能有人在威胁雅克吧？这时候他又想起博丰的一份革命报纸曾发动过一场运动，尖锐地揭发了"社会保管车业"：蒂博先生在这起案件中进行了反驳，并获得了完全的胜利。可真相到底是什么呢？昂图瓦纳只相信眼见为实，他问："能不能给我看一看其中的一封信？"

看见达尼埃尔的脸有些红了，昂图瓦纳挤出一丝微笑表示道歉："我只看一封行不行？无论是哪一封都行……"

达尼埃尔没说一句话，甚至没用眼神征询母亲的意见，站起身来，径直走出了房间。

与丰塔南太太单独相处，昂图瓦纳又感到曾经有过的无所适从，心里充满了好奇，并感到自己被强烈地吸引。丰塔南太太似乎没察觉到什么，眼睛注视着前方。而处于她的身旁的昂图瓦纳的内心则始终不能平静。在他看来，丰塔南太太四周的空气有一种奇妙的感染力。此时，昂图瓦纳很确定自己感受到了一种非难的气息。是的，没错。丰塔南太太并不清楚雅克的遭遇，所以也不会责怪昂图瓦纳和蒂博先生。然而，回想起曾经唯一一次走访大学路的经历，她有一个不太好的印象：凡是那里发生的事通常都不是好事。昂图瓦纳猜出了丰塔南太太的心思，且基本认同她的想法。一般情况下，倘若发现有人敢批评父亲的品德，昂图瓦纳通常会气得大声反驳，可是这一次他的心却偏向了丰塔南太太，进而反对起了蒂博先生。去年离开丰塔南太太家后，有好几天他都觉得家里的空气让人感到窒息，这一点他从未忘记。

达尼埃尔这时回到了客厅，并递给昂图瓦纳一封信，信封已破败不堪。

"这是我收到雅克寄来的第一封信，同时也是写得最长的一封。"达尼埃尔说着坐了下来。

亲爱的丰塔南：

我现在是在新的住所给你写这封信。你不用想着给我回信，因为这里绝对禁止与外界通信。除了这一点以外，其他一切都很好。我的老师很不错，对我非常和善，而我也非常用功。在这里，我有很多可爱的同学，父亲和哥哥每个礼拜都会来探望我。你看，我生活得很好。亲爱的达尼埃尔，看在我们友谊的分上，请不要责怪我的父亲，有很多事情你并不了解。我知道他其实很好，让我离开巴黎是一个正确的选择，如果一直待在巴黎的中学，我只会浪费时间，这一点我必须承认。我现在很高兴。但是我不能告诉你我的地址，不然你会写信给我，而这会给我带来严重的后果。一有机会我还会给你写信，亲爱的达尼埃尔。

雅克

昂图瓦纳把手上的信反复看了两遍。他根本不愿意相信信是雅克写的，但看到上面的笔迹分明是他的，又不得不相信。不过，信封上的收信地址完全又是另外一种笔迹：像是由一个没受过多少教育的乡下人写的，歪七扭八，笨拙粗陋。写信的方式和信里的内容都让他百思不得其解。为什么要这样伪装？"我的同学们"，这就是说，雅克生活在"专用楼"，那个蒂博先生专门为有钱人家的孩子在克卢伊建造的终年空无一人的房子里。在那里，除了负责送饭、陪着散步的用人，以及那个从孔皮埃涅请来每星期上两三次课的老师，雅克再也找不到任何人能跟他聊聊天。"父亲和哥哥每个礼拜都来探望我"，每个月第一个星期一，蒂博先生都会到克卢伊主持理事会。每一次，他都会在临走前将儿子叫到会议室里谈谈。昂图瓦纳虽曾在暑假时说过要去看弟弟，但因为蒂博先生始终不同意而未能成行。他说："你弟弟目前正在接受一套系统教育，能够保持安静对他非常重要。"

昂图瓦纳手放在弯曲的膝盖上，不停地翻弄着信。事实上，他已经有很长一段时间没有好好休息了。而这时候，一种强烈的孤独感袭来，他突然感觉到有些失控，想要把所有的一切都告诉眼前这个偶然相识的智慧的女人。他抬头向她看去：她双手轻放在裙子上，目光深邃，脸上一副沉思的模样，仿佛在等待着什么。

"我们能帮您做点什么吗？"她微笑着轻声说。在柔软的有些花白的头发衬托下,她微笑的脸庞显得分外动人。

但话到嘴边,他又迟疑了。达尼埃尔目不转睛地看着他,他心里却担心这样会让自己看起来优柔寡断,担心给丰塔南太太留下一个做事畏畏缩缩的形象。另一个理由则是:不能因此泄露雅克千方百计守护的秘密。为了掩饰尴尬,他站起身,伸出手想要告辞,脸上的表情却不经意间流露出虚假,就像是在说:"不用问我。你们终究会了解我的想法,到时候大家心照不宣就是了。再见吧。"

离开丰塔南太太家后,他一边朝前走,一边心里默念:"要冷静,表现得坚强些。"五六年的科学研究经历让他以简单的逻辑思考:"既然雅克并不抱怨,那就说明他没有遭受不幸。"即便如此,他还是忍不住想到相反的情况。想起在报纸上报道的那场反对教养院的运动,他心情复杂。尤其是一篇题为《孩子们的苦役监》的文章,揭露了教养院里孩子们贫乏的物质生活和精神生活,他们除了吃不好、住不好之外,还遭受非人的肉体折磨和监守者的虐待。这时他不禁想到,不管怎样都要想办法将那些可怜的孩子从教养院解救出来!扮演一个英雄的角色!但具体怎么实行呢?把自己的想法告诉父亲,然后一起协商,这绝对不行。因为昂图瓦纳要反对的就是他的父亲,是他主持并建立了教养院。对昂图瓦纳来说,与自己的家庭对抗是之前从未想过的,他起初感到艰难,但随后又充满了自豪。

一年前和雅克回家发生的事情浮现在他的脑海中。回家第二天,昂图瓦纳一大早就被蒂博先生叫到书房,韦卡尔神父显然也是刚刚赶到。蒂博先生扯着嗓子喊:"真是个坏小子!一定要把他的意志打垮!"说着,他向前伸出毛茸茸的胖手,然后慢慢攥紧,直到手关节不断发出"咔咔"的响声。过了一会儿,他一脸得意地笑着说:"我相信这件事会圆满地解决。"又过了一会儿,他终于慢慢地抬起双眼,嘴里蹦出一个词,"克卢伊。""把雅克送到教养院去?"昂图瓦纳几乎是叫喊着。两父子之间的争论很激烈。"最重要的是打垮他的意志。"蒂博先生不断地重复,并把指关节扳得"咔咔"响。一旁的神父看起来有些犹豫不决。于是,蒂博先生提出了让雅克接受特殊约束的要求。在他看来,这种约束基于父爱,对雅克更是好处良多。他振振有词地得出一个结论:"像这样,他就能远离那些乱七八糟的想法,在孤独中摆脱那些坏习惯,变得用功。不久后他就十六岁了,我希望那时候他能回到我们的身边过上正常的家庭生活,远离危险。"听到这儿,神父插了一句表示赞同:"孤独确实有神奇的治疗效果。"经过激烈的争论,昂图瓦纳逐渐受到蒂博先生和神父的影响,最终认为他们说得不无道理。他就这样同意了把雅克送入教养院,现在的他恨自己,同时也恨父亲。

他目不斜视,走得飞快。但走到贝尔福狮子像前后,他又转身快步往回走,香烟一根接着一根抽,吐出的烟圈在空中随风飘散。必须要有一个回击:偷偷跑到克卢伊,去主持公道……

有个女人走近了,在他耳边轻声说了几句话。他却一言不发,一直朝圣米歇尔大街走去。"去主持公道!"他不断地重复,"我要揭穿校董们的阴谋和监守们的粗暴,然后大闹一场,把雅克接回来。"

但他的热情没有持续多久就中断了,因为他的思路分成了两条线:除了要完成这项重大的计划外,另一个想法也蹦了出来。走过塞纳河,他很清楚这样杂乱无章的心情会把他引到何处。为什么不这么做呢?他不是情绪不稳定,不便趴在床上打盹儿吗?他需要清新的空气,于是挺起胸膛,忍不住笑了。他想:"你必须要像一个男子汉那样坚强！"迈着轻快的步伐，他走进一条幽深的小巷，鼻子闻到一股丰沛的气息，精神也随之振奋起来。此时此刻，他感觉自己的决定正散发出万丈光芒，而且就快变成现实，甚至已经成功。正当他打算用一刻钟好好思考这两个计划之中的一个时，另一个似乎也要实现了。于是，他轻车熟路地推开面前的玻璃门，下定了决心：

"明天是周六，这时候我不可能抛下医院不管，但后天行。星期天一早，我就去教养院。"

2

由于早上的快车路过克卢伊时不停，昂图瓦纳只好选择在孔皮埃涅的前一站弗内特下车。火车到站后，他激动地跳了下来。下一周就要参加考试，他一路上却难以集中精力看一看随身带着的医学书。对于他来说，决定性的一刻就要到来了。这两天，他的脑海里全都是对这次远行取得圆满结果的想象，比如雅克将能结束所受的折磨，他将重新获得雅克的喜爱。

在阳光的照耀下，这条两公里的路平坦宽敞。事实上，前几个星期一直阴雨连绵，能有这样好的天气还是今年第一次。三月的早晨阳光明媚，空气非常凉爽并夹杂着芬芳，春天就这样来临了。走在大路上，昂图瓦纳心情愉快，看那天高云淡，只有天边绵延着薄雾，远处瓦兹山坡上洒满阳光，近处路的两旁已经耙过的田野一片绿油油的景象。突然间，他希望是自己搞错了，心里有些泄气。四周的环境多么安静，一派纯净的感觉。这里怎么可能是一个有儿童苦役监的地方？要走到教养院前，首先必须穿过克卢伊村。走到最后几个拐角处时,他被眼前的景象震住了:虽然从未见过教养院,但他一眼就认出了远处那栋盖瓦的大建筑,每个窗户上钉着一排铁条,钟面在太阳光下闪闪发光。整栋楼就像是一座新坟,在抹了灰泥的围墙里冷清清的,四周光秃秃得没有任何植物,只有一片白垩土的平原。如果没有慈善机构镌刻在二楼石块上的金字招牌"奥斯卡·蒂博建造",人们肯定会认为这是一座监狱。

通过一条两旁没有树木的小路,他往教养院走去。其实,从远处的小窗户里就能很容易看清来访的人。他走到大门口,拉了拉门铃,铃声在休息日的寂静中显得格外响亮。两扇门同时打开了,一直被锁在狗窝的看门犬凶狠地狂叫起来。昂图瓦纳不理会地走进了一个与其说是院子,不如说是一个小园圃的地方。它的中间有一片草坪,四周围着一堆砂砾,呈弧形,一直延伸到主要建筑物的前方。他察觉到有人在看自己,却又找不到任何破绽,只有那条被链子锁住的狗在狂吠。在入口的左边有一座小教堂,屋顶竖立着一个用石头制成的十字架。入口的右边则是一座写着"行政楼"的低矮建筑。他朝着"行政楼"走去,就在踏上台阶时,一直紧闭的大门开了。被锁在一旁的狗这时还在狂叫,他从大门走了进去。一个铺着花砖的前厅,摆着几张刷成红褐色的新椅子,就像是修道院的接待室。站在房间里不一会儿,就会感觉到这里极其闷热。右边的根壁前是一尊蒂博先生的雕塑,严肃而逼真,在矮墙的衬托下显得尤其巨大。在对面墙上,一个镶嵌着黄杨木的普通乌木十字架挂在正中。昂图瓦纳以一种近乎自卫的姿势站着。是的,他没有弄错!所有的一切都让人感觉到这儿就是一座监狱!

最后,属于里面的一堵墙上的窗户打开了,只见一个看守从中伸出脑袋来。昂图瓦纳用枯燥的声调提出要见院长，并把自己和父亲的名片随手扔给了他。

大约过去了五分钟。

昂图瓦纳等得有些不耐烦，正要抬腿往里走，忽然听到过道里传来一阵轻轻滑行的脚步声：一个年轻人朝昂图瓦纳跑来，他头发金黄，鼻梁上戴着一副眼镜，身上穿着一件浅栗色的法兰绒衣服，浑身圆鼓鼓的。蹦蹦跳跳的他脚上穿着一双拖鞋，满面春风地笑着伸出双手：

"很高兴见到您，医生！没想到您会来！您的弟弟该有多么高兴！我对您并不陌生，因为蒂博先生时常会提起他当医生的大儿子！所以我们就像是家人一样……没错，我向您保证！请随我到办公室去谈。请不要介意，我就是院长费斯姆。"

说完，他领着昂图瓦纳往院长办公室走去。一路上，他趿着拖鞋，抬起两臂、张开双掌紧跟在后面，仿佛担心昂图瓦纳踩空，随时准备要在半空中抓住昂图瓦纳似的。

到了办公室，他坐在书桌前，并坚持让昂图瓦纳也坐下。

"蒂博先生的身体最近怎么样？"他的声音甜得能挤出蜜来，"他不显老，这太不可思议了！真遗憾他没能同您一起过来！"

昂图瓦纳满腹狐疑地打量着周围的环境，一脸严肃地盯着金黄色头发下这张圆滑的脸，透过那副金丝边眼镜的玻璃镜片看见两只有蒙古褶的小眼睛正笑眯眯地不停眨巴着。他想象中的这个像苦役监一样的教养院院长的面目应该和便衣警察一样可恨，最起码也应该像个中学校长一样。他完全没料到院长竟然会在接待时说个没完，对院长穿着一身睡衣，露出年轻人一样的笑脸，更是感到难堪。他努力控制住自己，总算恢复镇定。

"哎呀！"费斯姆冷不丁地叫了一声，"您这次来拜访正好碰上做大弥撒！包括您的弟弟在内，所有的孩子都在教堂里。这可怎么办？"说着他又看了看表，"可能还要等二十分钟，如果领圣体的人多，那就要等上三十分钟。可能性很大。也许蒂博先生曾经对您说过，教养院有最棒的布道师，一个年轻积极的教士，他的聪明无人能及！自从他到这里来了以后，基金捐助需要依赖的宗教情感就完全改变了。真是太遗憾了，这可怎么办呢？"

昂图瓦纳心里始终没忘记这次来调查的目的，于是毫不客气地站了起来，对面前的这个小个子说："既然大家都在教堂，那我到教养院参观一下应该不算失礼吧？我很想四处去走走看看。从很小的时候我就经常听人们说起……"

"真的吗？"院长看起来有些惊讶，"这件事很简单。"虽然嘴里这么说着，但他显然没有把屁股从座位上移开的意思。他脸上始终带着笑，做出一副正在思考的模样。"哦，您是知道的，参观这些建筑物实际上没有什么意思。它就像是一个小的营房。当然话说回来，对这里的了解您并不比我少。"

昂图瓦纳站在那儿一动不动。

"您错了，我觉得这会很有趣。"他说。院长那双蒙古褶的小眼睛有些疑惑地盯着他。但他仍旧说："请相信我说的是真话。"

"那好，医生，我很高兴陪您四处转转。请等我把外衣和高帮皮鞋穿上，到时候一切听您差遣。"

院长走出了办公室后，昂图瓦纳先是听到一阵铃声，随后又听到院子里的钟响了五下。他突然想道："啊，天哪，这是有人在报警，表示有敌人闯进屋里了！"他想到这儿就坐不住了，于是跑到窗口试图看看外面的情况，但因为安装的是磨砂玻璃什么都看不见。"一定要冷静，"他思考着，"擦亮眼睛，怀抱信心，果断出击，这才是我现在真正需要做的。"

就在这时候，费斯姆先生再次出现了。

两个人一起下了楼。

"这是我们的迎宾院！"院长一脸仁慈地笑着，但介绍时显然有些言过其实。看门狗这时又狂叫起来，他迅速跑过去，狠狠地在狗身上踹了一脚，并把狗赶回了窝里。

"您对园艺应该有所了解吧？噢，见鬼！看我说的什么话，一个医生在植物方面肯定是个行家。"他神气活现地站在园圃中央，说，"请您给我出个主意吧。用什么覆盖住这面墙好呢？您觉得常春藤怎么样？但这得要好几年……"

昂图瓦纳听了一句话也没说，拉着他穿过底层，往主楼走去。走在前面的昂图瓦纳睁大眼睛在沉默中仔细地看打开的每一扇门，不让任何东西逃过他的眼睛。墙壁上半部分刚粉刷过，在离地面两米左右的地方则涂着黑色的沥青。这里的窗户也都像院长办公室一样被装上了磨砂玻璃和铁条。来到其中的一扇窗前，昂图瓦纳想要打开它，但发现必须用特制的钥匙才行。院长于是从身上的一个口袋拿出一把钥匙，打开了窗。昂图瓦纳发现院长掏钥匙的那双发黄的胖嘟嘟的小手非常灵活。他用警惕的眼神探望空无一人的内院，发现这个长方形的大空地没有一棵树，地上被踩过的烂泥已经风干，高高的围墙上满是玻璃碎片。

一旁的费斯姆先生起劲地介绍着自习教室、细木工、锁匠和电工车间等场所的具体用途……房间普遍很小，但却打扫得异常干净。白色的木头桌子刚被食堂的工人擦过一遍，角落里的洗碗槽发出一股酸腐的味道。

"所有的孩子吃完饭后都是在这里清洗他们的饭盒、水杯和勺子。这里决不允许使用刀子，甚至连叉子也不用……"昂图瓦纳有些不明所以地看着他。他则眨巴着眼睛继续说："这里没有任何锋利的器具……"

二楼是一间连着一间的自修室和车间，其中一间看起来不经常使用的浴室让院长特别引以为豪。他张开双臂，手掌朝前，饶有兴趣地从这个房间走到另一个房间，一边滔滔不绝地说着，一边顺手把身边的一张工作台移到墙角，捡起地上的一颗钉子，拧紧水龙头，把所有东西都放回原位。

三楼宿舍的门是敞开的。这里的宿舍有两种，一种是一排放着十几张小床，上面有灰色的被子，还有放背包的木板放在房间的中央，这看起来就像是小营房，或是少了细铁丝网的铁笼子。

"孩子们被您关在这里面？"昂图瓦纳指着放在房间中央的铁笼子问。

费斯姆听了有些惊慌、滑稽地举起手臂，随后笑了起来：

"没有的事！这是学监用来睡觉的地方。您看这儿：床放在房间的中央，离两边的墙壁的距离一样，这样一来，他在上面就什么都能看到、听到，同时还不会有任何危险。当然他有警铃，电线从地板下面穿过。"

其他的宿舍都是些并列的小屋，水泥结构，同样是用铁栅封住了门，完全就像动物园里一个个笼子。费斯姆站在门口，笑容伴着一种沉思时看破俗世似的表情，这让他的娃娃脸显出一种菩萨脸上的忧郁神情。

"天哪，医生，"他对昂图瓦纳解释说，"这是给闹事者住的房子！他们进教养院的时间短，还没变好，不是优秀的学生……其中有些孩子还有很多恶习，是不是？所以晚上的时候只好让他们在这里单独待着。"

昂图瓦纳走近其中一个栅栏，好不容易在黑暗中分辨出有一张破床，旁边的墙壁上则涂满了污秽的图画和字句。他不觉往后退了一步。

"请不要看，这太让人难过了。"院长把他拉走，叹了口气说，"您看，中间这是走道，学监会整夜来回巡视，既不睡觉也不熄灯。即便是把门都锁上，这些淘气的孩子还是会干坏事……肯定会！"他在摇头，但突然又眯着眼睛笑了起来，脸上的忧郁瞬间消失。"什么人都会有！"他耸了耸肩，单纯地总结说。

昂图瓦纳被眼前的一切吸引住了，早已经把事先准备的各种问题忘得一干二净。但他说：

"他们要是犯了错您会怎么处罚？我非常想去参观一下您的牢房。"

费斯姆听了不禁后退一步，瞪圆了眼睛，轻轻拍了拍手：

"该死，牢房！医生，难道您以为这是在罗凯特监狱？不，不是这样的，这里从来没有什么牢房，感谢上帝！教养院的规章是禁止设牢房的。请您想一想，蒂博先生绝对不会同意这样做！"

昂图瓦纳有些尴尬，不得不忍受镜片后那对眨巴着的小眼睛的嘲弄。一开始他本来是要充当一个充满怀疑精神的人物，而现在他已经因这个角色感到难堪。一路上的所见所闻都让事情难以按照他预想的进行。他甚至有点慌乱地想，院长是不是已经猜到，他正是因为不信任才来到克卢伊的。但他始终很难确定正确的答案，因为费斯姆先生的单纯看起来很像是真的，虽然狡猾的目光时常从他的眼角不小心透露出来。

院长停止了笑，走向前握住了昂图瓦纳的手臂：

"您肯定是在开玩笑，对吧？对极为严厉措施的后果，您和我一样清楚。抗拒，甚至更坏，是虚伪……对此，举办展览会那年蒂博先生在巴黎代表大会上曾经做过很精彩的演讲……"

他放低声音，用一种特别友好的眼神打量着眼前的年轻人，就像是只有昂图瓦纳和他才是精英，有资格讨论教育问题而不会陷入普通人易犯的错误里。受到奉承后，昂图瓦纳的好感迅速增加。

"教养院有一座小建筑就像营房一样，这是建筑师按照'禁闭室'的模式建造并命名的……"

"哦？"

"不过我们只把它用来存放煤球和土豆。有什么必要建牢房呢？"他接着说，"用言语规劝的效果会更好！"

"这是真的吗？"昂图瓦纳问。

院长听了莞尔一笑，再次握住昂图瓦纳的前臂说：

"这些都不成问题。至于规劝的方式，我可以立刻告诉您，不过是取消部分食物的供给而已。这里的孩子都非常贪吃，不过这个年龄段普遍都是这样，我说得对吗？医生，干面包的规劝力量毋庸置疑……不过首先要明白如何使用：最重要的就是别把您想要规劝的孩子隔离。您请看，教养院的隔离方法和牢房是完全不一样的！不!

只要在最美味午餐过程中让他看着别人狼吞虎咽，自己却只能眼睁睁地看着可口的荤杂烩冒着热气，待在饭堂的角落啃面包皮。这就够了！您说呢？这个年龄的孩子不吃饭很快就会变得消瘦！半个月，或者三个星期，时间不会太长；我最后总能把最倔强的孩子制得服服帖帖。不，是规劝！"他瞪圆了眼睛总结道："我从不用其他的方法整治他们，也从来不会打一下孩子们！"

他的脸因为自豪和柔情而容光焕发，看起来他就像是真的很热爱这群顽皮的孩子，甚至是那些总给他惹麻烦的孩子。

两个人慢慢地从楼上走下来。院长从口袋里掏出怀表。

"最后请您看一个很有意义的场景。如果您把这件事告诉蒂博先生，相信他听了会感到高兴。"

说完后两个人穿过花园，走近了教堂。费斯姆先生洒了圣水，昂图瓦纳这时候看到大约有六十个穿着木色布短工作服、整整齐齐跪在地上纹丝不动的孩子的背部，四个满脸胡茬的学监穿着滚红边的蓝布服正来回踱步，眼光没有片刻从孩子们身上移开。祭坛上，两个孩子正在协助教士做祈祷。

"请问雅克在哪里？"昂图瓦纳轻声问。

院长用手指了指祭台，踮起脚尖再次回到门口。两人一走到门外，院长就说：

"您弟弟的位子一直在上面，他独自一人，也就是说只跟伺候他的伙计在一起。对了，请告诉您父亲，我们为雅克重新安排了一个仆人，这件事我们曾经跟他说过。就是一个星期前的事。原来那个莱翁老爹年纪太大了，所以安排他去车间当看守。新来的那个小伙子叫洛兰。您知道，他是个卓绝群伦的老实人。因为上校的命令，他刚从部队回来。据我们了解的情况,这个人很不错。有了他,您弟弟散步时就不会烦恼或孤独了。您说是吗?不过,该死,您看我只顾着说话,竟没看到他们已经出来了。"

门口的狗又狂叫起来。费斯姆先生上前止住狗叫,然后扶了扶眼镜,站在迎宾院的中央。

教堂的双扇门打开了,两旁是学监,中间是孩子们三个一排步伐整齐地列队而出,就像是在参加阅军仪式一样。孩子们光着头,身穿干净的短工作服,腰上扎着的皮带扣在阳光下一闪一闪,脚穿绳底帆布鞋,走起路来迈着软步子,像是体操协会的选手。他们中间最大的有十七八岁,最小的只有十岁,脸色苍白,眼皮耷拉着,没有表情,也没有应有的青春气息。昂图瓦纳目不转睛地注视着他们,却没看到哪怕一瞥含混的目光和一丝恶毒的浅笑,甚至连表情也找不出一分狡猾。孩子们根本不像是会闹事的样子,昂图瓦纳心里不得不承认,他们不像是受折磨的人。

等到这群孩子消失在楼里,木板楼梯响了很久之后,昂图瓦纳才转身看向费斯姆先生,发现对方似乎在询问他。他说:

"看起来有模有样的。"

费斯姆一句话不说,两只胖乎乎的手轻轻地揉搓着,像是在用肥皂洗手似的。他的小眼睛在眼镜片后面因自豪而闪着光,表达着感激。

就在这时,空荡荡的院子里出现了雅克的身影,他正站在教堂洒满阳光的台阶上。

这真的是雅克吗?他面容已经有了很大的改变,个子也长高了许多,昂图瓦纳盯着他,差点没认出来。他头戴一顶毡帽,肩披一件大衣，里面穿的不是制服而是一套毛料西装，紧随其后的是一个二十岁左右的伙计，个子矮壮，一头金发，没穿学监的制服。两人从台阶上走下来，似乎并没有看到站在一起的昂图瓦纳和院长。雅克静静地走着，目光低垂。直到距离费斯姆先生只有几米的地方，他才抬起头，停住了脚步，脸上出现一副惊奇的表情，并马上脱帽致意。他的动作看起来非常自然，但昂图瓦纳却怀疑这副讶异的表情是装出来的。雅克的面容依然平静，但即便微笑着，却看不出一丝真正的快乐。昂图瓦纳伸出双手，他也装出一副高兴的样子。

"真是没有想到，一定很高兴吧，雅克？"院长高声地说，"但是我必须责备你：在教堂必须把外套穿好，系好纽扣。祭台是个很冷的地方，你会着凉的！"

听到费斯姆的讲话，雅克立即转过身去，背对昂图瓦纳。他满脸敬意又有些惶恐地看着院长，似乎想要竭尽全力理解那些话里的所有含义。他一句话也没有说，只是迅速地穿好了外套。

"你长高了也长大了，要知道……"昂图瓦纳喃喃自语。他惊讶地看着弟弟，仔细地分辨弟弟的面孔、外貌和姿态的改变，原有的冲劲已经消失无踪。

"天气这么好，您是不是想要在外面多待一会儿呢？"院长提议，"你们可以绕着花园转几圈，雅克会带您去他的房间看看。"

昂图瓦纳有些犹豫不决，他看着雅克的眼睛，问道：

"可以吗？"

雅克看上去像是没有听到。昂图瓦纳猜测他可能是不愿意待在教养院的窗户底下。

"不，"他说，"最好还是待在你的……房间，你说是吗？"

"您请随意,"院长高声说,"但是,我想请您先看点东西。您得去看看教养院所有的寄宿生。雅克,你也跟着我们一起来。"

院长像个爱玩闹的孩子一样伸出双臂把昂图瓦纳让进入口处靠墙的一间棚屋,雅克跟在后面。棚屋有大约十个兔棚,费斯姆先生喜欢养兔子。

"这窝兔子是星期一才产下的,"他乐呵呵地解释,"您请看,这些可爱的小家伙已经睁开眼睛了!请这边走,这只是雄兔。医生,请您抱一抱这只。"他说着就把手伸进笼子,抓住银白色的香巴涅大家兔的一只耳朵,任凭它在手里拼命挣扎,"您看,这就是最爱闹事的那只兔子!"

他看似无意地说着,爽朗地笑着。昂图瓦纳这时想起了刚刚参观过的宿舍和那些镶上铁条的笼子。

费斯姆微笑着转过身来:

"该死,怪我尽顾着自己说,我能看得出来,您听我说这些是因为良好的修养,我说得对吗?我这就带您去雅克的房间,让你们能在一起。走吧,雅克,你带我们过去。"

昂图瓦纳紧随雅克之后,并把一只手放在他的肩膀上。他努力回忆雅克曾经的模样。记得去年在马赛时,雅克还是个瘦弱、神经质的小个子。

"你现在长得已经和我一样高了。"

他的手从肩膀移到了脖子——像小鸟一样瘦瘦的脖子。四肢好像已经拉伸到了极限:瘦长的手腕从袖管中伸出一大截,脚踝在长裤下若隐若现,行为举止虽有些僵硬笨拙,但同时也富有灵活性和青春的活力,这是以前从未有过的。

享有特殊照顾的孩子的住房安排在院长楼的附属部分，所以要到达那里必须先穿过办公室。五个相同的房间依次排列在赭红色的走廊上。费斯姆先生解释说，只有雅克一个人住在这里，其他房间并没有使用，所以伺候雅克的伙计也住了其中一间，其他的房间通常被用作储藏室。

"这就是教养院囚徒的单身房间。"院长一边说，一边用他那肥胖的手指对着雅克弹了一下。雅克惊慌失措地看着他，避开了手指，让他进了屋。

昂图瓦纳近乎贪婪地把房间查看了一遍。这里看起来像是一个旅馆的房间，陈设简陋，但却纹丝不乱。虽然是从高处装的两扇磨砂玻璃、装了铁丝和铁条的气窗取光，但因为糊了花纸，墙上看起来非常明亮。因为房间很高，天花板下面的窗户距离地面有三米多。太阳并不能直接照到房里，但房间依然很热，加上有暖气，屋里可以说有点太热了。家具是一只北美松木大柜子、两把藤椅、一张乌木桌，桌上整齐地摆放着书籍和字典。那张方形的小床像是弹子台，还没有使用过的被褥露了出来。脸盆放在一块洁净的布上，几条没有丝毫污渍的毛巾挂在一旁让人用来擦手。

仔细观察一遍后，昂图瓦纳的心情变得混乱不已。眼前的一切颠覆了他所有的预想。雅克完全与别的孩子分开生活，这里的人对他既温和又细致周到，院长完全不同于苦役监的看守，看起来是个非常正直的年轻人。蒂博先生说的和自己亲眼看到的完全一样。昂图瓦纳虽然执拗，但也不得不慢慢放弃所有的怀疑。

回过神后，他发现院长的目光正落在自己的身上。

"你在这里确实得到了很好的照顾。"他转身对雅克说。

雅克沉默不语。他脱下外套和帽子,伙计接过去挂在衣架上。

"你哥哥说,你在这里得到了很好的照顾。"院长重复道。

雅克听后迅速转过身来,他神态高雅,彬彬有礼,这是他哥哥从未见过的。

"没错,院长,这里非常舒适。"

"不过也不需要言过其实,"对方微笑着说,"其实很简单,我们只是非常注重卫生。还是应该夸奖一下阿尔蒂尔,"他对那个伙计说,"你把床铺整理得像是要接受检阅……"

阿尔蒂尔的脸上精神百倍。昂图瓦纳看了看,忍不住对他表示友好。他脑袋浑圆,线条细腻,眼睛有些苍白,笑容和目光中带着公正和善。他站在门口,绕着胡须,皮肤因阳光的照射而显得黝黑,胡子没有什么光泽。

昂图瓦纳暗暗想:"在我的想象里,陪伴雅克的这个狱卒本来是待在黑暗无边的地下室里,手里拎着昏暗的提灯,攥着一大串房间钥匙。"想到这儿,他情不自禁地高兴起来,于是向那排书籍走去,并愉悦地翻看起来。

"这是萨吕斯特的作品?难道说你的拉丁文竟有这么大的进步?"他问的时候脸上露出有些挖苦的笑容。

回答问题的是院长。

"在他面前谈论他这样做也许不是很合适,"他装作犹豫不定,对着雅克挤眉弄眼,"不过,我必须承认,他非常用功,他的教师对此非常满意。我们每天要工作八小时。"他一边说话,一边走向挂黑板的墙,竖直了黑板,"不过这些都不能阻挡我们。无论天气怎么样,阿尔蒂尔每天都会和他一起花两个小时散步。您的父亲也非常重视这件事。他们两个人的腿脚都不错,我平常会让他们自由地改变行走的路线。如果是和老莱翁在一起,那就不会是这样了。我认为他走不了多远的路,这样一来,他们可能会在篱笆周围采集草药。您说对不对?我忘了告诉您,莱翁老爹年轻的时候曾经是药剂师伙计,他认识很多草药和拉丁文名称。和他在一起,应该能学到不少知识,但我更喜欢他们能在田野里散步,这对身体更有益处。"

在院长说话的时候,昂图瓦纳几次转身看向雅克。不过,雅克看起来像是在梦游一般,为了能更专心地听,他不得不打起精神。于是,一种若隐若现的烦忧的表情让他的嘴一张一合,眼睫毛也抖个不停。

"该死,您看我只顾着自己说话,雅克和他的哥哥有多长时间没见面了!"费斯姆大声说着,做出一些习惯性动作退到了大门口。"请问,您是要乘坐十一点的火车离开,对吗?"他问。

昂图瓦纳事先并没有思考过这个问题。不过费斯姆先生的语气表达的意思不容置疑。昂图瓦纳很难拒绝这个溜掉的提议。不管怎么样,这里的愁云惨雾、雅克的沉默不语都让他感到无趣。他不能立刻做出决定吗?可是他在这里已经没有什么事可以做了。

"是这样的,"他说,"非常遗憾,我必须早些赶回去参加复查……"

"别错过了,那是傍晚以前最后的一趟火车。待会儿见!"

两兄弟单独待在一起后,场面一开始有些尴尬。

"坐吧。"雅克说着正准备坐到床上,但看到还有一张椅子又改变了主意。他把椅子让给昂图瓦纳坐,用很平常的语调再次说:"坐吧。"他本打算说:"你请坐。"他坐了下来。

所有的一切都逃不过昂图瓦纳的眼睛,他立刻有些怀疑,问道:

"平日里你只有这一把椅子吗？"

"没错，但是，当我有课的时候，阿尔蒂尔会把他的椅子借给我们。"

昂图瓦纳没有继续追问下去。

"你的住所环境真不错。"他环视四周后这样说，随后又指着洁净的毛巾和被褥：

"床上用品会经常换吗？"

"每个星期日都换。"

昂图瓦纳说话像平常一样简洁愉快，但在这间回声很大的房间里，面对雅克不为所动的态度，他的语气显得尖锐，甚至可以说是盛气凌人。

"不知道你想过没有，"他说，"不知道是什么原因，我一直担心你在这儿过得不好……"

雅克看起来有些惊讶，但脸上一直保持微笑。昂图瓦纳的视线始终未从他弟弟的身上移开：

"我说的是真的，能不能悄悄告诉我，你有什么可抱怨的吗？"

"没有，我很好。"

"难道你就不想利用我这次探访，从院长那里获取些什么吗？"

"获取什么？"

"我并不清楚你的需求，你自己好好想一想。"

雅克似乎想了想，然后就笑了，轻轻地摇头：

"真的没有。就像你所看到的，我在这里一切都好。"

他的嗓音就像身体其他部位一样变了，变成一个男人的嗓门，激情、稳重、嘹亮。尽管声音柔和，但是从眼前这个年轻人的身体里发出来却有些出人意料的效果。

昂图瓦纳目不转睛地盯着他。

"你的改变真让人感觉不可思议……我甚至不能简单地说你的模样改变了,你再也不是原来的样子了,已经完全变了,没有一丝一毫像……"

他连雅克的目光也不放过,想方设法要在这副陌生的新面孔上重新找到曾经的模样。头发还是红棕色,只是颜色比以前更深了,接近褐色,发质始终那么硬,长得很低。鼻子依然细长且不端正,嘴唇还是皲裂的,只是现在上面盖上了一层金黄色的汗毛。下颚依然粗大,甚至比以前更粗犷了。那对招风耳依然如故,似乎就要长到嘴边了,让嘴的轮廓看起来延长了不少。不过这一切完全不像以前的那个孩子。他想:"大家可能会说,这孩子甚至连性情都变了。要知道,他曾经是那么活泼而不能安静。现在,这张脸看起来是那么呆板,一副昏昏欲睡的样子……那个曾经神经质的人,现在已经变成了安静内敛的人……"

"别坐着了,站起来吧!"

准备接受检查的雅克面带微笑,但这笑容不但没有让他的眼神变得明亮,反而蒙上了一层雾气。

昂图瓦纳摸摸他的手臂,捏捏他的大腿。

"你究竟长高了多少!这样迅速地成长,难道你不会感到疲倦吗?"

看到雅克摇了摇头,昂图瓦纳伸手抓住了他的手腕,把他拉得更近了。仔细一看,他发现深色的雀斑像是点在苍白的皮肤上似的,而且在眼皮底下浅浅地眍下去一圈。

"你的脸色正常。"他皱着眉头,说话的语气有些严厉,本打算说点别的，最终又陷入沉默。

看到雅克驯服而呆板的脸孔，他突然想起了在院子里见面时曾有过的困惑。

"难道说他们早就告诉了你，我会在弥撒后等着你吗？"他开门见山地说。

雅克看着他，表情有些困惑。

"从教堂出来之前，"昂图瓦纳特意指出，"你是不是已经知道我来了？"

"我不知道。这有什么不对吗？"雅克单纯而惊奇地微笑着。

节节败退的昂图瓦纳嘟囔着：

"我还以为你是知道的……我想抽支烟可以吗？"他试图改变话题。

当昂图瓦纳递过来一盒香烟，雅克显得有些不安。

"不行，我不可以抽烟。"回答时，他的脸已经变得铁青。

昂图瓦纳一时不知说什么好。这情形就像是对话的双方问一句答一句，问的人竭尽全力想要延长谈话的时间一样，他不断地提出问题。

"这是真的吗？"他又说，"你什么都不需要？所有的需要都满足了？"

"对。"

"你睡得怎么样？被子够不够？"

"嗯，很好，我有时候觉得被子有点太热。"

"你的老师怎么样？他对你好吗？"

"他很好。"

"你总是独自一人，这样用功不会感到无聊吗？"

"不会。"

"那你晚上做些什么？"

"吃了晚饭，八点我就上床睡觉了。"

"那你早上什么时候起床？"

"六点半，每天早上这个时候都会打钟，我就会起来。"

"布道师偶尔会来探望你吗？"

"会。"

"他怎么样？"

雅克抬头看着昂图瓦纳，没能明白这句话的意思，也不回答。

"院长平常来吗？"

"对，他经常来。"

"他看起来非常和善。孩子们喜欢他吗？"

"这我不太清楚。对，是这样的。"

"你平常是不是从来不和别人……来往？"

"是的，从不。"

雅克低垂着双眼，每听到一个问题身子都会禁不住哆嗦一下，就像要竭力从现在的话题跳到别的话题一样。

"既然这样，那诗歌呢？你还在写诗吗？"昂图瓦纳用有些调侃的语气问。

"啊，没有。"

"为什么？"

雅克轻轻地摇了摇头，淡然一笑。假如昂图瓦纳问是否还在玩铁环游戏，他也会这么笑。

对雅克的反应，昂图瓦纳有些无奈，于是决定谈论达尼埃尔。雅克没有想到：他的脸上竟泛起一丝红晕。

"我并不了解他的近况。"他说，"这里不允许通信。"

"那么你呢，"昂图瓦纳追问，"你也不给他写信吗？"他紧盯着弟弟。

雅克的脸上再次出现刚才昂图瓦纳提到诗歌时的笑。他无所谓地耸了耸肩：

"那些都是很久以前的事情了……不用再提了。"

他为什么这么说？假如他回答"没有，我从不给他写信"，昂图瓦纳会责怪他，使他感到尴尬，同时会有一丝丝得意，因为弟弟意志消沉已经让他有些恼火。不过雅克回答问题时却用了忧伤和肯定的语气，这让昂图瓦纳一时语塞。这时候，他发现雅克的目光突然转向他身后那扇门的方向。他处于一种敌对状态，怀疑再次萦绕他的心头。那是一扇玻璃门，毫无疑问，是为了方便从外面监视房间里的一举一动。门上还有一个没有装玻璃装着铁丝网的小洞，人在外面很容易听到里面的谈话。

"过道里是不是有人？"昂图瓦纳压低声音但语气强烈地问。

雅克盯着他，想着他可能气坏了。

"什么，过道里有人吗？是的，偶尔……为什么？我刚才看到莱翁老爹恰好路过。"

就在这时候，有人敲门：莱翁老爹想要见一见雅克的哥哥。他随意地在桌边坐了下来。

"您看他的气色是不是不错呢？自从秋天以后，他变得越来越强壮了，对吗？"

他笑着，脸上的两撇八字胡让他看起来像个老兵。愉悦的笑容更让他的两颊变得绯红，一条条细细的红血丝一直扩散到了眼白部分。这让他的眼睛看起来更浑浊了，透露出一种狡黠，不过他的目光还是非常慈祥。

"他们把我派到车间当看守，"他摇了摇肩膀解释道，"我与雅克先生很熟！"他离开时说，"不管怎么说，我不能和自己的生活过不去……向蒂博先生致意，不用特别嘱咐您，这是莱翁老爹致意，我们之间很熟！"

他走后昂图瓦纳说："这真是个正直的老人。"

他还想继续刚才的话题：

"只要你同意，我可以让他把信给你，"雅克还是不明白他的意思，"难道你从未想过要给丰塔南写封信吗？"

他执意要在弟弟毫无表情的脸上看出哪怕一丁点激动的情绪和对往日生活的回忆，不过一切最终都是徒然。雅克摇了摇头，这次脸上没有了笑容：

"不用了，谢谢你。我对他没有什么可说的。而且这都是过去的事了。"

昂图瓦纳还在坚持，但已经感到了乏力。时间一秒一秒过去，他掏出怀表看了看：

"现在是十点半，我五分钟后就要走了。"

雅克突然慌乱起来，似乎想说点什么。他开始询问哥哥的身体状况、火车开动的时间、考察的情况。等到昂图瓦纳终于站起身，雅克长长地嘘了口气，他哥哥对此感到很疑惑。

"这就要走了吗？请再等一等……"

昂图瓦纳认为弟弟对他的冷漠感到失望,不过也有可能是这次的探访引起的快乐弟弟并没有表现出来。

"对我这次来你感到高兴吗?"他的表述有些笨拙。

雅克有些魂不守舍,好像在想些什么。他身体有些颤抖,表情惊讶,仍不失礼貌地笑着说:

"对,你能来我很高兴,谢谢你。"

"那好吧,我争取再来看你。再见。"昂图瓦纳郁郁寡欢地说。他再次端详弟弟,想要看个仔细,最后鼓起勇气轻声说:

"我非常想念你,雅克。长久以来,我都在担心你在这里会不会过得不好……"

两个人走到门口,昂图瓦纳握住弟弟的手:"你会告诉我的,对吗?"

雅克脸上有些为难。他侧过身子,似乎想要说几句悄悄话。最后他终于做了决定,快速地说道:

"我需要你帮我送些礼物给阿尔蒂尔,就是那个和我在一起的伙计……他努力巴结……"昂图瓦纳不明所以,一时间愣住了。"你愿意吗?"

"但是,"昂图瓦纳说,"这会不会招来别人的议论?"

"不,不会的。只要你在走的时候热情地说声再见,并往他手里塞些小费……可以吗?"雅克几乎是在哀求。

"当然可以。那你呢?告诉我实话,你什么也不想要吗?快说呀……这里的生活是不是很差?"

"不差!"雅克用让人难以捉摸的语气反驳,随后又降低声音问,"你可以给他多少钱?"

"我不知道。需要多少?十个法郎够吗?是不是需要二十法郎?"

"啊,对,需要二十法郎!"雅克的脸让人很难猜出他是高兴还是不高兴,"谢谢你,昂图瓦纳。"他紧握住哥哥的手。

昂图瓦纳从房间走出去时,阿尔蒂尔正从走廊过来,接过小费时甚至没有一丝犹豫。他神色坦然,因为高兴脸上红扑扑的,带着些许孩子气。在他的带领下,昂图瓦纳来到了院长办公室。

"十点四十五分了,"院长说,"还有一点时间,但最好还是快动身吧。"

他们穿过前厅,看见竖立在那儿的蒂博先生的塑像。这一次,昂图瓦纳不再用嘲讽的眼神看这尊塑像了。他终于明白父亲因为独自创立这项事业而备感骄傲有合理的成分。作为儿子,他也觉得骄傲。

院长一直把他送到大门口,请他向蒂博先生表示敬意。院长一边说一边笑,金丝边眼镜后面的小眼睛早眯成了一条缝儿。他用像女人一样绵柔而滚圆的双手热情地握住昂图瓦纳的手。最后,昂图瓦纳好不容易才脱了身。阳光下,小个子光着头,举着双臂站在大路上,一直笑着,并友善地晃着脑袋。

"我竟像一个女工一样感情冲动。"昂图瓦纳边走边想,"这个地方看起来井然有序,雅克在这里应该没有受苦。"

"最荒唐的是,"他突然想到,"我还浪费那么多时间想着要扮演一个预审法官的角色,而没有和雅克进行更多的交谈。"他几乎认定,弟弟对他的离去没有丝毫留恋。"这样太不像话了,"他想起来有些生气,"雅克真是冷漠无情!"但无论如何,他还是懊悔没能更亲热地接近弟弟。

昂图瓦纳没有情人,平常只满足于机缘巧合的相遇。不过他只有二十四岁,每当心里感到压抑时,更多的时候是选择怜悯弱者,并尽量提供帮助。随着时间的流逝,他对弟弟的爱不但没有淡漠反而越发增长。什么时候才能再次与弟弟相见呢?因为任何一个无足轻重的理由,他都会立即返回教养院。

阳光强烈,他低着头走路。再次抬起头时,他发现自己迷路了。顺着孩子们指的一条捷径,他加快脚步穿过田野。"假如没赶上火车,"他暗暗假设,"我该怎么办呢?"他想象回到教养院的情景。白天他陪在雅克身边,对他讲述原有的担惊受怕、如何背着父亲来这里。他们将坦诚相见,亲密友好。他将对弟弟讲述从马赛归来时坐马车时发生的事,他原本以为那天晚上他们会成为真正的朋友。他想要错过火车的愿望变得越来越强烈,以至于开始不自觉地放慢了步伐,一时不知道如何是好。突然,一声长长的鸣笛声响起,他看见一缕青烟从左边的树丛上空掠过。于是,他不再有任何其他想法,加快速度继续赶路。远远地,他看见了火车站。揣着兜里的火车票,仿佛只要纵身一跃就能跳上火车,哪怕是坐上相反的方向。他双肘紧挨着身体,后仰着头,深深地呼吸,任凭风吹拂胡须。这时候,他为自己的强健有力感到骄傲,对及时赶到火车站也信心十足。

不过他并没有预料到路上的陡坡。在到达火车站之前,道路拐了个弯,必须从一座小桥底下经过。他加快速度,竭尽所能最后也没能如愿。他从桥底出来时,火车已经开动了。这时候,他离火车仅一百公尺①,最终误了火车。

因为非常爱面子,他根本不承认自己的失败,或者说他宁愿失败。"假如我愿意,其实还是可以跳上火车的。"有那么一瞬间他这样想,

---

①1公尺=1米。

"但如果是那样,我就无法选择了,更没有机会看到雅克了。"他停下脚步,对自己的行为感到非常满意。

于是,刚刚想的那一套迅速在脑子里生根发芽:先去旅馆吃午饭,然后回教养院去,整个白天都陪着弟弟。

3

昂图瓦纳再次回到蒂博先生创建的教养院门口时,还不到一点钟。费斯姆先生走了出来,显得非常吃惊。他先是愣了几秒,然后眼睛就开始在镜片后面眨巴。直到听昂图瓦纳讲述了他的悲惨遭遇后,费斯姆才大笑起来,又开始滔滔不绝。

昂图瓦纳提出下午要和雅克散步。

"这个呀……"费斯姆有些为难,"按照教养院的规定……"

但在昂图瓦纳的一再坚持下,费斯姆做了让步。

"请您以后向蒂博先生说明一下吧……我马上就去把雅克找来。"

"我陪您一起去找吧。"昂图瓦纳说。

他有些懊悔。他们到达的时候,雅克正蹲在教养院称之为"瓦泰尔"的陋室,阿尔蒂尔靠在敞开着的门板上抽烟。昂图瓦纳刚走进过道就看见了眼前这一幕。

昂图瓦纳赶紧躲进了房间。院长看上去却很高兴,他搓着手大声嚷道:

"您已经看见了对吧?即便是孩子们大小便,我们也会有专门的人看管。"

雅克走了过来,昂图瓦纳本以为他会觉得尴尬,但他却静静地扣着纽扣，脸上一副满不在乎的样子，甚至连再次见到昂图瓦纳也没有半点惊讶。院长告诉雅克，他可以和哥哥出去散步到六点。雅克死死地盯着他的脸，想要完全理解他的意思，同时却没说一句话。

"我先走了，请见谅。"院长用抹了蜜的嗓音说，"市委会开会，我是市长必须参加！"他在门口大声地说，并放声大笑，就像这事本来非常可笑一样。昂图瓦纳看了也浅浅地笑了笑。

雅克在有条不紊地穿衣服。昂图瓦纳发现阿尔蒂尔在帮他穿衣服，甚至试图帮他擦鞋。对于这样的殷勤，雅克放任自流。

早上看到的那种让昂图瓦纳意外的干净整洁已经了无踪影。他有些纳闷。午餐时用过的餐盘还留在桌上，里面有一只脏碗碟、一个空水杯、一些面包屑。一尘不染的毛巾不知道跑到哪里去了，取而代之的是一条满是污点的粗抹布。脸盆下压着的是一块破旧又肮脏的漆布，床上雪白的被单变成了原色粗布被单。他突然间醒悟过来，但并没有提出任何疑义。

两个人走到大路上时，昂图瓦纳欢快地问：

"我们这是要去哪儿？你对孔皮埃涅不是很熟悉吧？沿着瓦兹河岸走有三公里以上的路程。你能行吗？"

雅克没有反驳，他似乎在努力不违背哥哥的意愿。

昂图瓦纳挽着弟弟的胳膊往前大步走。

"能不能告诉我，为什么毛巾会被突然换掉？"他笑眯眯地看着雅克。

"你说毛巾被突然换了？"雅克不明所以，重复问道。

"对。早上他们领着我把整个教养院逛了一遍，这期间，他们完全有时间在你的房间换上洁白的被单和干净的新毛巾。不过他们怎么也没想到，我竟然又跑回来了……"

雅克停下脚步，笑得有些牵强：

"这样一来，他们会认为你是在故意挑教养院的毛病。"他严肃地说着，声音有些颤抖。他再次沉默不语，继续往前走去。但过了没一会儿，他又有些刻意地说了起来。这个在一般人看来无关紧要的话题好像给他带来了无尽的烦恼，他只能默默忍受："实际上，这件事比你想象的要简单得多。每个月的第一和第三个星期都会换洗床上用品。阿尔蒂尔到这里来照顾我不过十几天，上个星期日才换了被单、毛巾。他今天早上又把被单、毛巾换了，这样做也没什么不对，因为今天正好是星期日。不过洗衣间的人却告诉他错了，他只好把干净的毛巾、被单又换回去了。所以在下个星期之前，我都不能换新的用品。"他望着田野，再次沉默。

这次的散步没开好头，昂图瓦纳想要试着换个话题。他原打算使用简单、轻松的语调来缓解一下紧张的气氛，但让人懊恼的是怎么也做不到。对于昂图瓦纳提出的问题，雅克总是简单地用是或不是回答，没有半点谈论的兴趣。最后他不假思索地说了一句：

"昂图瓦纳，请你千万不要和院长讨论被单、毛巾的问题。如果你这样做了，阿尔蒂尔会被责备的。"

"好吧，我答应你。"

"也不能和父亲说。"雅克补了一句。

"我保证不对任何人提起，不要担心！就连想我也不会再想。你听我说，我要告诉你我真实的想法。不知道为什么，我总是觉得这里糟透了，你在这里过得很不好……"

雅克微微侧过身，一脸严肃地打量着哥哥。

"今天一大早我把整个教养院查看了一遍,"昂图瓦纳接着说,"于是我终于明白是我错了。所以我假装说要乘火车回去。我不能在和你进行长谈前就匆忙离开,你能明白我的意思吗?"

雅克没有回答。这次谈话的结果会不会让他高兴?昂图瓦纳对此没有任何把握。他担心做错了,于是逐渐安静下来。

通往堤岸的斜坡路走起来毫不费劲。他们很快来到河湾处,面向运河站着。一座小型铁桥横跨于闸门之上,三条大型空驳船漂浮在纹丝不动的水面上,整个褐色的船体都暴露在外。

"你想坐上驳船四处去看看吗?"昂图瓦纳饶有兴趣地问,"船在两岸都是白杨的运河上轻轻漂荡,遇到闸门时停一停。这里早上烟雾迷蒙,傍晚太阳下山的时候坐在船头抽根烟,双脚随意悬在水面上,什么事情都不想……你脑子里会不会经常出现这样的场景?"

这次雅克很明显地抖了一下,昂图瓦纳确信看到他脸红了。

"怎么了?"他的声音充满了疑惑。

"没什么,"昂图瓦纳对他的反应有些惊讶,"这里有驳船、水闸、天桥,把它们放在一幅画里会很有意思……"

拉纤小路变得越来越宽,逐渐成了一条大路。他们走到瓦放河的大支流前面,滚滚河水向他们汹涌而来。

"这里就是我跟你说的孔皮埃涅。"昂图瓦纳说。

他停下脚步,抬起手放在额头前方以遮住阳光。越过翠绿的树木,他在遥远的天边看见钟塔的一个个尖顶和教堂的圆钟楼。就要说出它们的名字之前,他朝弟弟瞟了一眼,发现站在身旁的雅克也把手放在额头前,看起来好像眺望着远方。不过他很快发觉雅克望着的不是远方,而是脚下,就像是在等待自己继续往前走。昂图瓦纳默默地抬脚向前走去。

这个星期日,全孔皮埃涅的人好像都走到了街上。昂图瓦纳和雅克挤在人群中,发现这时候真应该来个征兵检查委员会才是。成群结队身着节日盛装的小伙子,从货郎那里买了许多色彩绚丽的丝带,胳膊挽着胳膊,并排站在一起,唱着军营歌曲,跌跌撞撞地在人行道上走着。在林荫道上,迎面而来的人们相互打着招呼,四处都是衣着亮丽的姑娘和偷溜出营房的龙骑兵。

雅克耳朵开始轰隆隆乱响,他感到头晕目眩,越来越紧张地看着周围的人群。

"我想到其他地方走走,昂图瓦纳……"他恳求道。

穿过林荫大道的中段,他们进入一条逼仄的街道。这条街是上坡、阴凉、安静。来到王宫市场前,眼前的景象让人有点目眩神迷,雅克眨巴着眼睛。两人停下脚步,在尚未完全长大的梅花形的树木下坐了下来。

"我想告诉你,"雅克的手放在昂图瓦纳的膝盖上。就在这时,传来圣雅克教堂的钟声。到了要做晚祷的时候了,钟声和阳光仿佛都充满了默契。

昂图瓦纳以为弟弟正陶醉在早春的第一个星期日而不自知。他鼓起勇气问:

"你想到了什么,雅克?"

雅克一声不吭地站了起来,于是两人静静地往公园的方向走去。

早春时路边的景色迤逦,雅克却视而不见,他好像是在刻意避开有人的地方,向着寂静的宫堡四周和被栏杆围起来的平台上走去。昂图瓦纳走在后面,就所见到的事物侃侃而谈,内容包括草坪上被修剪过的黄杨树、塑像肩膀上的树枝等。然而,他的口若悬河只换来模糊不清的回应。

雅克突然蹦出一句:

"你们是否交谈过?"

"你说的是谁?"

"丰塔南。"

"是,我是在拉丁区见到他的。不知道你是否清楚他目前在路易大帝中学寄宿?"

"什么?"雅克的声音是颤抖的,让人记起他曾经带有强迫意味的语气,"你是否对他说起过我在哪儿?"

"他没有向我问起过。为什么?难道你不希望他知道吗?"

"不。"

"这又是因为什么?"

"没有任何理由。"

"多完美的理由。其实是因为另外一个理由吧?"

雅克木然地看着他,分辨不出昂图瓦纳是认真的还是在开玩笑。雅克没有笑,继续往前走。突然,他问了一句:

"吉丝知道吗?"

"你怎么会这么想?我认为她并不知道。你根本不懂小孩儿在想什么……"他像抓住救命稻草一样揪住雅克的话题不放,接着说,"她有时候看起来像个懂事的大姑娘,睁着两只大眼睛静静地听别人说话,有时候就只是个孩子。你知道吗?昨天晚上她躲在桌子下面玩布娃娃,害得老小姐四处找她。要知道她已经十一岁了!"

他们下了台阶,往紫藤绿廊的方向走去。这时,雅克在满是斑点的玫瑰色大理石斯芬克斯塑像前停下了脚步,用手轻轻摩挲那个在阳光下熠熠生辉的塑像的脑门儿。他是不是在思念吉丝和老小姐呢?是不是突然间想起了前厅的旧桌椅、带穗的地毯以及摆着扑克牌的银托盘?昂图瓦纳心里这样猜测着,于是高兴地说:

"我怎么也想不明白她怎么会有那么多鬼主意!对一个小姑娘来说一栋房子根本没什么吸引人之处!老小姐很爱她,但就像你知道的,她整天担惊受怕,寸步不离吉丝左右,也不让她四处乱跑……"

他看着弟弟笑,心里有种心有灵犀的愉快感受。同时他也确切地感受到,弟弟和自己一样,都很看重这些日常的家庭生活细节。对他们来说,这些都是珍贵的童年回忆,有着特殊的意义,且是无可替代的。不过雅克的反应只是轻轻一笑。

昂图瓦纳接着说:

"我发誓,在一起吃饭也是没一点意思的事。父亲要么一句话不说,要么就对着老小姐把在委员会上的讲话再重复一遍,啰啰唆唆地讲他一天的工作。另外就是法兰西学院的选举非常顺利!"

"什么?"一丝温情让雅克的面容变得柔和了很多,他想了想,笑着说,"这真是太好了!"

"朋友们都很积极,"昂图瓦纳继续说,"神父可不简单,四个科学院他都很熟……三周以后就会举行选举。"他收起脸上的微笑,嘟囔着,"选上学院院士也没什么稀奇,谁都清楚是怎么一回事。我认为父亲会选上,你怎么看?"

"嗯,当然会选上!"雅克不假思索地说,"我们都很清楚,父亲是个好人……"他停了下来,满脸通红,想再说点什么,却又犹豫不决。

昂图瓦纳充满激情地说："真希望父亲能顺顺利利地当选院士，然后能有所改变。住在走廊尽头的那个房间，我真的觉得很压抑，连书都没法摆。吉丝安顿住在你以前的那个房间，你知道吗？我打算说服父亲把底层老来俏的那套房子租下来，他十五日就搬走了。那套房子有三个房间，其中一件可以用作工作室，接待主顾，厨房可以用作实验室……"

一股强烈的羞耻突然袭来，因为他发现自己是在对一个与世隔绝的人描述自己的自由生活和追求。刚才说到雅克住的地方时就好像雅克永远不会再回去一样。发觉到这一点，他闭上了嘴。而雅克也恢复了原来的冷淡。

"这样吧，"昂图瓦纳试图转移注意力，"我们现在去找个地方吃东西，你觉得怎么样？我猜你应该是饿了吧？"

他意识到，要想重建和雅克之间的兄弟情谊已经不可能了。

他们再次回到城里，发现街道上到处都是人，就像蜂窝一样闹哄哄的。糕点屋门前更是挤得水泄不通。站在人行道上，雅克傻傻地盯着全是奶油、糖渍的六层蛋糕一动不动，其实每次看到这样的场景他都会感到有些喘不过气来。

"进去看看！"昂图瓦纳说着笑了。

雅克托住昂图瓦纳递过来的盘子，手有些颤抖。两个人端坐在糕点屋里，目光定格在面前的金字塔一样的蛋糕上。香草和蛋糕的香甜味从半开半闭的服务员进出口飘过来，最终钻进了他们的鼻子里。雅克呆坐在椅子上一声不吭，眼睛都红了，不知道的人甚至会以为他刚哭过。他吃的时候速度很快，每吃完一样点心都会稍作停顿，等到昂图瓦纳再递过来，又狼吞虎咽起来。昂图瓦纳另外点了两杯波尔多葡萄酒,雅克握酒杯的手一直在抖。他轻啜了一口,含有酒精的酒烧得喉咙火辣,忍不住咳了起来。昂图瓦纳自顾自慢慢地喝着,假装什么都没看见。雅克壮了壮胆子,又喝了一口,这一次酒就像一团火球一样滚到了肚子里。紧接着,雅克又喝了一口,最后一饮而尽。昂图瓦纳给他倒第二杯酒时他假装没注意,之后做了一个停止的动作,但酒已经倒满了。

他们从糕点屋出来的时候太阳已经落山了,气温下降了不少,不过雅克却没感到一丁点凉意。他两颊红扑扑的,浑身上下都轻飘飘的,并夹杂着一丝痛苦的快感。

"我们还要走三公里的路赶回去。"昂图瓦纳说。

雅克一听差点哭出声来。他藏在口袋里的拳头紧握,牙关紧锁,头耷拉着。昂图瓦纳偷偷瞄了一眼,这才发现他脸色大变,禁不住害怕起来。他问道:

"走了那么远的路,你是不是已经很累了?"

雅克从这句话里感受到了全新的温情,一时间竟说不出话来,转过正抽搐着的脸面向哥哥。这一次,他眼里饱含泪水。

昂图瓦纳完全惊呆了,静静地跟在后面走着。两个人出了城,走过桥,一直走到拉纤的路上。昂图瓦纳靠近弟弟,轻挽着他的手臂,微笑着说:

"你是否留恋过平日里散步的时光?"

雅克没有回答。不过,在过去的几个小时里,令人沉醉的自由的味道、温暖的关怀、亲切的嗓音,以及波尔多葡萄酒和这个忧伤又温暖的夜晚……他一时情难自禁,放声大哭起来。昂图瓦纳紧搂着他,搀扶他靠在自己坐的斜坡上。昂图瓦纳最终看到弟弟的冷漠无情瓦解了，一种解脱感油然而生。从早上开始，他已经在这份冷漠无情面前碰得鼻青脸肿。他再也不想窥探雅克生活中不可告人的秘密了。

在太阳下山后灰沉沉的天空下，两个人坐在空无一人的河岸边，看着一浪接一浪的波涛逐渐远去。前方不远处，一艘被锁住的小船在芦苇丛中随着波涛漂来荡去。

因为还要赶路，昂图瓦纳想着不能逗留过久。他试着让弟弟抬起头来。

"你怎么了？怎么哭了？"

雅克靠他更近了。

昂图瓦纳尽可能地回忆到底是哪句话让弟弟泪流不止。

"你是因为想到平日里散步才哭的吗？"

"对。"雅克想要遮掩一下，于是承认了。

"这是怎么了？"哥哥追问道，"你每个星期日都是去哪儿散步？"

没有回应。

"难道说你不喜欢和阿尔蒂尔一起出去吗？"

"是的，不喜欢。"

"那你为什么不说出来？如果说你想念莱翁老爹，这件事并不难……"

"不，不是的！"雅克突然强硬地打断了昂图瓦纳。他挺着胸，露出一张常人难以想象的复杂纠缠、苦不堪言的脸，昂图瓦纳被震住了。

雅克好像有些坐不住了，他站起身，拽着哥哥奋力往前走去。过了好一会儿，他还是默不作声。昂图瓦纳想要快刀斩乱麻，笨拙又坚定地说：

"这么说，你也不喜欢和莱翁老爹一起散步，是吗？"

雅克瞪圆了眼睛，紧咬牙齿，依然一声不吭地往前走。

"不过，莱翁老爹看起来好像很和善呀。"昂图瓦纳鼓起勇气说。

依然没有任何回应。他担心雅克再次把自己包裹起来，于是挽住他的手臂。但雅克轻易地甩开了他，迈步向前走去。昂图瓦纳心神不定地跟在后面，想要让弟弟相信依靠自己，却又不知该怎么做。雅克突然间抽泣起来，一边哭一边头也不回地往前走：

"不要告诉别人，昂图瓦纳，你发誓一定不会跟任何一个人说……我不和莱翁老爹一起散步，可以说没有过……"

他又停下来了。昂图瓦纳想开口问，但直觉告诉他这个时候不能说话。果不其然，雅克忧伤沙哑的声音传了过来：

"一开始是和他散步……就是在这时候……他把一些事情告诉了我。他把书拿来借给我看，我怎么也不相信会发生这样的事！之后，他跟我说，只要我愿意，可以写信……就是从那时候开始，我给达尼埃尔写了信。我骗了你，其实我写过信……不过我没钱付邮费。你肯定想不到……他发现我会画画。你知道……他教我做……作为条件，我写信给达尼埃尔时他会帮我付邮费。每次到了晚上，他会把我画的画拿给学监们看，他们都争着要，而且要难度更高的。从那时候开始，莱翁老爹不再缺钱，于是他再也不带着我去散步了。他不去田野，让我躲到教养院背后，从村里穿过……假装在后面追赶……一旦穿过小巷，从内院进入旅店，他就会去喝酒、打牌，或者干些我不知道的事情。这个时候，他就把我一个人锁在……水房……只给我一个破被子……"

"他把你锁在水房?"

"对……那是一个什么都没有的水房……被锁了……足足两个小时……"

"他为什么要这么做?"

"我也不清楚。你知道,旅馆的老板很害怕。有一天水房被用来晾衣服,他就把我丢在了过道。那个女人看见了说……说……"他不停地抽泣。

"那个女人说了什么?"

"她说:'和这些没出息的待不下去了……'"他哭个不停,说不出话来。

"什么叫没出息的?"昂图瓦纳弯下身子追问。

"是没出息的……骗子……"说完这句话,雅克哭得更厉害了。

听了雅克说的话以后,昂图瓦纳因为急于一探究竟,早已把同情心抛在脑后。

"他还做了什么?"他追问道,"继续说……"

雅克突然停了下来,拽住哥哥的双臂请求:

"昂图瓦纳,昂图瓦纳,你发誓什么都不会说,求你了!你发誓绝对不会说!我不能让父亲知道,他……我知道父亲心里其实是爱我的,一旦知道了,他会很不幸。他不可能像我们一样理解这些事情,而且这些都不是他犯的错……"他突然停下,开始说:"天啊,昂图瓦纳,请你……不要离开我,昂图瓦纳,求你了,不要离开我!"

"不要这样,雅克,你一定要相信,我回去以后……什么事都不会提起,你希望我怎么做我就怎么做。但是你必须把所有的真相告诉我。"昂图瓦纳有些不忍心问下去,"他会不会打你?"

"你说谁?"

"莱翁老爹。"

"不,没有!"他莫名其妙忍不住笑了出来。

"确实没有人打你吗?"

"当然没有!"

"你说的都是真的?从来没人打你?"

"真的,没有打我!"

"还有其他的吗?"

有的只是一阵沉默。

"新来的阿尔蒂尔怎么样?他是不是很坏?"

雅克摇了摇头。

"你怎么了?难道他也去咖啡馆吗?"

"没有。"

"原来是这样!那你会和他一起去散步吗?"

"会。"

"那你说他哪里不好?他对你会很粗暴吗?"

"不会。"

"那是怎么了?你讨厌他吗?"

"没有。"

"那到底是为什么?"

"没有为什么。"

昂图瓦纳稍微有些犹豫:

"该死,你为什么就不能抱怨几句?"他忍不住说,"你为什么不把这里发生的一切告诉院长呢?"

雅克瘦弱的身体紧挨着昂图瓦纳，恳求道：

"不行，不行……昂图瓦纳，我要你发誓，你发誓绝对不会把这一切说出去！什么也不能说，对任何人都不能说！"

"好吧，我会尊重你的想法。但你要告诉我：你为什么不把莱翁老爹的事告诉院长？"

雅克什么都没说，只是摇着头。

"你是不是认为这一切院长其实都知道，只是在纵容他，我说得对吗？"昂图瓦纳提醒说。

"不！不是这样。"

"那你觉得院长不好吗？"

"没有。"

"你是不是认为他使其他孩子变得不幸？"

"不是，你为什么这么说？"

"他看起来和蔼可亲，但我猜不出他在想什么。莱翁老爹看着也像个好人！你有没有听别人说过院长哪里不好？"

"没有。"

"学监们是不是怕他？莱翁老爹和阿尔蒂尔呢？"

"对，他们都有些怕他。"

"因为什么？"

"我不知道。可能因为他是院长。"

"那你呢？和他在一起的时候，你有没有发现什么？"

"发现什么？"

"来看你的时候，他是怎么对你的？"

"我不清楚。"

"你是不是不敢随意地谈论他?"

"是的。"

"假如他知道莱翁老爹不是带着你去散步,而是把你锁在水房里自己去咖啡馆,你觉得他会怎么做?"

"他也许会把莱翁老爹撵出去!"雅克非常不安。

"那你到底是为了什么不对院长说这件事?"

"这,昂图瓦纳!"

昂图瓦纳怎么也搞不明白到底是怎么一回事,直觉告诉他,弟弟已经深陷其中,不能自拔。

"你不愿意告诉我不说的原因是吗?还是,你真的不知道?"

"他们……逼我在那些画上面……署名。"雅克低着头嘀咕。他犹豫不决,沉默了好一阵后,突然说,"不仅仅是这个……所有的一切都不能让费斯姆先生知道,因为他是院长。你知道吗?"

雅克声音低沉,且充满真诚。昂图瓦纳没有继续追问下去,开始反思自己:他很清楚自己经常会有些过分地怀疑很多事物。

"听说你很用功?"

两个人很快看到了水闸,走近驳船,船上的小窗已透出灯光。雅克依然垂着头往前走。

昂图瓦纳再次问:

"这么说你的功课也不顺利?"

雅克依然低着头,但否认了功课不顺利的事。

"不过院长说你的老师很喜欢你。"

"那是因为老师是这么对他说的。"

"假如这一切都不是真的,他这么说的目的又是什么?"

听了这句话，雅克看上去有些不安。

"你知道，"他无精打采地说，"老师年纪大了，对我是否用功读书并不关心。他来这里只是因为有人让他来，仅此而已。而且他知道没有人会去关心这是不是真的，所以他也不想帮我改作业。每天来了坐上一个小时，什么都谈……他其实是个不幸的人……我听说他的女儿肚子有病。再婚之后，他经常和妻子吵架。他的儿子是军士，因为一个女出纳员而背债，最后还被革了职……我们只是假装在笔记本上用功，其实什么都不干……"

看他说着说着停了下来，昂图瓦纳也开始沉默不语。在这个已经有很多生活经验的年轻人面前，昂图瓦纳觉得自己有些怯懦，不知还能问些什么。雅克又开始用低沉的嗓音说了起来。让人觉得不可思议的是，他的想法总能连到一起，而且总是克制得恰到好处，不知道是什么让他此时又开始喋喋不休：

"我的意思是，这就像红葡萄酒被掺了很多水一样……你知道吗？我把酒给了他们。不过我并不关心这些，因为我同样很喜欢壶里装了水……我厌烦的是，他们总在过道里走来走去，而且还听不到他们的脚步声。有时候我感到非常恐惧。我不是胆小鬼，但我所有的行为举动他们都一清二楚……我一直是一个人，但又不是真正的一个人。你知道吗，不管是散步的时候还是做其他任何事情的时候都是这样！我明白，其实这也没什么。但时间久了，很多想象不到的事情就会发生，比如随时可能昏倒……有的时候我恨不得爬到床底大哭一场……不，不是这样的，我是不想让人发现我哭了。你知道吗……今天早上你到这里以后，他们早在教堂里就告诉了我。院长让秘书把我的衣服检查了一遍后，又派人把外套和帽子送了来，我当时没有戴帽子……天啊，昂图瓦纳，千万不要误会他们这么做是为了蒙骗你……错了，完全不是这样的，这是惯例。周一，每个月的周一父亲都来开会，他们都是这么做的，用这些小把戏哄父亲高兴……你今天早上看到的白被单一直放在我的大衣柜里，只要有人来，他们就可以迅速把房间布置好……天啊，他们并没有让我睡在肮脏的被单上，他们一直频繁地更换。假使我想多要一条干净的毛巾，他们同样会给。要知道，这是惯例，有人来的时候会显得很好看……

"这些事情我本不应该告诉你的，昂图瓦纳，这不是你想象中的样子。我向你保证，我什么都不抱怨。这里的规章制度并不严，也没有人做任何让我感到不高兴的事情。这才是温和的方式，你理解吗……另外，我根本不需要做任何事。每天都被困在那里，没有任何事可以做，百无聊赖！一开始我觉得时间是那么难挨，你难以想象的难挨。后来我把表上面的发条砸碎了，从此以后就感觉好多了，慢慢地我也就适应了。不过我不知道该怎么表达，就好像在自己的心里睡着了，内心深处……这不是真正的呼吸，即便看起来像是睡着了……仍然感到痛苦，你能理解吗？"

沉默了一会儿，他又时断时续地说了起来，声音里有了更多的犹豫不决：

"昂图瓦纳，我不能告诉你所有的事情……你明白吗……就这样一个人待着，总有一天会胡思乱想……特别是……莱翁老爷的事情就是这样的。你想……画画……其实这件事不过是消遣，你能理解吗？我曾经把它当作消遣，到了晚上我还想画……我很清楚不应该这么做……但我孤零零的一个人，你懂吗？一直是孤零零的一个人……天啊，我不该都告诉你的……我一定会后悔的……今天晚上太疲倦了……我快受不了了……"他突然哭得更凶了。

一种特别的恐惧感袭来,他情不自禁地说谎,越是想要说出一切越做不到。不过,他所说的并不是完全不真实,他发现自己说话的声调、有些不真实的复杂心情,有选择地说出一些事情,描绘了一幅偏离真实生活的图画。事实上,他没有别的选择。

他们没有急着赶路,最多走了一半的路程。五点半了,天还没怎么暗下来,河面上升腾起的一层水汽向田野间弥漫,把他们也包裹在了里面。

昂图瓦纳挽着跌跌撞撞的弟弟,脑子里翻腾着。他并不是在犹豫,事实上,他的想法很坚决,那就是把弟弟从这里接走!不过他首先要想到让弟弟同意的办法,而这并不是一件容易的事。他可以想象得到,只要一开口,雅克就会趴在他的手臂上抽泣,要他说出曾经发过誓什么都不会说。

"弟弟,我不会说的,我发过誓不会做任何违背你意愿的事情。但是你听我说,我怎么也没想到你生活得这么孤独、懒散、混乱!直到今天早晨,我还误以为你过得很好!"

"我过得很好!"顷刻间所有抱怨的事消失得无影无踪,他只专注远离俗世生活有益的一面:碌碌无为、自由自在、远离亲友。

"过得很好?如果这样的生活让你感到幸福,那就是一种羞耻!弟弟!不是这样的,弟弟,我绝不认为你蹲在里面是一件很愉快的事情。长期这样下去,你会变得怯懦、愚蠢。我向你发过誓,除非得到你的允许,不然什么都不会说,我会信守诺言,你不要担心。不过你还是可以想一想,直面现实,我们就像是朋友……我们现在不是朋友吗?"

"你说得对。"
"你相信我吗?"
"我相信。"
"那你还怕什么?"
"我不想和你回巴黎!"
"弟弟,和你在这里的生活比起来,家里的生活要好得多!"
"不对!"

听到雅克声嘶力竭的叫喊,昂图瓦纳惊呆了,一时间说不出话来。

他感到越来越迷惑。"他妈的。"他在心里不断地咒骂着,怎么也想不明白。时间不多了,他就好像在一团迷雾中摸索前行。突然,一丝亮光照了进来,他想到了办法!很快,一个完整的构想在他的脑海里成型了。他满脸笑容,说:

"雅克!请听我说完,不要打断我!你告诉我:如果这个世界只剩下我们两个人,你愿意回来和我一起生活吗?"

雅克没能明白这句话的意思,只是说:

"噢,昂图瓦纳,你这是想干什么?不是还有父亲……"

父亲伟岸的形象浮现在眼前,仿佛连接着充满希望的未来。两个人想到了一块儿:"所有的事瞬间都会安排得井井有条……"昂图瓦纳从弟弟的眼睛里发现了同样的想法,有些不好意思起来,迅速转移了目光。

"噢,是这样的,"雅克说,"要是可以和你生活在一起,只和你生活在一起,相信我会变成完全不一样的人!我会变得更努力,以后都会很努力,也许还能成为诗人……一个真正意义上的……"

昂图瓦纳制止他继续说下去:

"听我说,除了我以外,可能没有人会照顾你,如果我这么跟你说,你会答应我离开这里吗?"

"我……会……"因为渴望爱,因为不想让哥哥失望,他同意了。

"我将帮你安排生活、学习等各方面的事情,就像对待儿子一样对待你,你愿意吗?"

"愿意。"

"那好。"昂图瓦纳没再说什么,开始思考起来。他的想法很坚决,而且从来不去想是否可能会实现。当然,至今为止,他一直在坚持自己想要做的事,而且从未放弃过。他转过身,笑着对弟弟说:

"我想这不是在做梦,"他脸上带着微笑,声音中透露出坚定,"我很清楚自己将要做什么。半个月之后,知道吗,只要半个月……你一定要相信!等会儿你照往常一样安静地回到房间去,别害怕。我发誓,只要半个月,你就会获得自由!"

雅克这时候并没有专心听哥哥讲话,他心里怀揣着突然产生的温情,往昂图瓦纳身边靠近。他只想在哥哥身边蹲着,然后一直动也不动地待在原地,感受着从哥哥身上散发出来的暖暖情义。

"你一定要相信!"昂图瓦纳重复道。

愉悦的心情和饱满的精神让他感到非常舒服。他将雅克的生活和自己的进行了一番比较:"小可怜,他总是有一些别人没有的遭遇!"他想:"我从没有遇到过这样的事。"他为弟弟感到不平,更为自己是昂图瓦纳而感到庆幸,昂图瓦纳之所以能生活得幸福,并成为一个有头有脸的人和有成就的医生,那是因为他冷静机智!他的内心欢快无比,真想吹着口哨快步往前走。相比之下,雅克脚步沉重,显得无精打采。就这样,他们走回了克卢伊。

"振作点!"他小声地嘱咐了一句,把雅克的手臂夹紧了。

在大门口抽烟的院长远远就看见了他们,连跑带跳地往这边过来了。

"我说得一点都没错!这样的散步真是长!我敢说,你们一定是去孔皮埃涅逛去了!"他举着双臂欢快地笑着,"是不是沿着河边走的?天啊,那条路上的景色真是美!我们这里的风景很不错,是吗?"他从口袋里掏出怀表,"我不是在命令您,医生,如果你要赶上火车的话……"

"我必须走了。"昂图瓦纳说着转向弟弟,声音有些激动:"雅克,我走了。"

这时候天已经黑了,在一片苍茫中他看到一张顺从的脸低垂着眼睑盯着地面的目光。他重复了一遍:

"我走了。"

阿尔蒂尔在院子里等着,雅克向院长告辞,院长却背对着他。事实上,院长一直都是这样,每天晚上亲自插上大门的门闩。穿过狗吠声,阿尔蒂尔的声音传了过来:

"你到底来不来?"

他跟在阿尔蒂尔后面静静地走。

回到自己的房间,他稍微放松了些。昂图瓦纳坐过的椅子还在桌子旁边,哥哥的爱还围绕在他身边。他穿上工作服,感到身体有些倦了,但脑子里依然清醒。比起平常,这时候的雅克身上有了一个全新的自我,他看着原来的自己行动并加以控制。

他怎么也平静不下来,于是绕着房子踱步。之后他又停了下来,站在那儿纹丝不动,感到一种强烈的感情,那是一种强有力的支撑。

他在门口处停了下来，额头轻靠在玻璃上，两眼盯着空荡荡的过道和灯。暖气让空气显得更加憋闷，他感觉到疲惫，恍恍惚惚中就快要睡着了。突然，一个影子出现在玻璃的另一边。紧锁的门开了，阿尔蒂尔端来了晚餐。

"接着，迅速点，坏家伙！"

在吃盘里的扁豆前，雅克把托盘里的干酪和红葡萄酒酒杯递了过去。

"这是给我的？"阿尔蒂尔微笑着拿起干酪，为了不让门外经过的人看见，他走到了大柜旁去吃。每次吃晚饭之前，院长都会穿着拖鞋从过道里走一遍。除非令人作呕的烟味从气窗栅栏钻进来，否则没人知道他是什么时候来的。

雅克把面包掰成了小块，然后泡在乌黑的扁豆汁里全部吃掉。这时候阿尔蒂尔说话了：

"你该睡觉了。"

"可是现在还没到八点。"

"行了，动作迅速点！今天是星期天，大家都在等我。"

雅克开始脱衣服，再没说一句话。阿尔蒂尔看着他，双手放在兜里。这个人有着干体力活的人才有的结实身体，那张看似野蛮的脸庞和一头金黄色的头发散发出一种柔和。

"小家伙，"他像是下达命令一样说，"我可是个热爱生活的好人。"他挥挥手，把一枚钱币塞进了口袋，拿起托盘笑着走了出去。

当他再次回到房间，雅克已经上床睡了。

"都好了吗？"他说着将地上的鞋子一脚踢到了梳妆台下面，"难道你就不能在上床之前把东西好好整理一下吗？"他走到床边，"有没有听到,你这个坏家伙……"他两手搭在雅克肩上,怪里怪气地笑着,以致改变了雅克的面容。"我想你应该没有在长枕头底下藏东西吧?有没有蜡烛?有没有书?"说着他的手伸到了被褥下。

雅克猛地挣脱了阿尔蒂尔的双手,身子往后一仰,背靠在了墙上,双眼满是仇恨。

"哟呵,"阿尔蒂尔接着嚷道,"今天晚上大家都发火了!"说完又来了一句,"我这人和气,你得明白……"他压低了声音,用余光扫了一眼房门,不再抓着雅克不放。之后,他点亮了用于监视的通宵照明的油灯,锁了房门,吹着口哨离开了。

钥匙在锁眼里转了几圈之后,阿尔蒂尔拖着一双绳底鞋走远了。雅克回到床中央,伸直了腿仰面躺着,牙齿碰得咯咯响,再没有了信心。回想起白天的事情和自己说过的话,他先是气得跳脚,然后又变得无精打采,心里异常难过。他看到了巴黎、昂图瓦纳、家庭、吵闹、用功、约束……天啊!他竟然加入了敌人的阵营,犯下了不可饶恕的错误!"他们会怎么惩罚我?所有人会怎么惩罚我?"泪水从他的脸颊流淌下来。他坚持认为:昂图瓦纳的计划不可能实现,蒂博先生肯定会反对。父亲就像是个救世主。对,所有的计划都会泡汤,最终他会留在这儿。这就是孤独、麻木、在平淡中的幸福。

长明灯反射的光线在天花板上不停地晃荡着。

这儿是平淡、幸福的。

4

在光线昏暗的楼梯上,昂图瓦纳遇到了父亲的秘书沙斯勒先生。

他本打算像老鼠一样沿着墙角溜走,但看到昂图瓦纳后停住了,目光有些惊慌。

"怎么会是您?"他感叹道,就像对自己的上司说话时一样。"有个坏消息!"他喃喃自语,"大学派在提出让文学系主任做候选人后最少失去了十五票,如果再加上司法界的票数,将达到二十五票。天啊!这可能就是人们常说的倒霉了吧。见到你后,相信老板会和你解释的。"他因为胆小总是会干咳,并误以为自己得了流行性感冒,每天都在嘴里含着薄荷糖。"我必须要走了,母亲会很担心。"看到昂图瓦纳沉默不语,他说了一句,随后掏出表来放在耳边听了听,又看了看,把衣领翻起来离开了。

瘦小的沙斯勒总是戴着一副眼镜,虽然已经为蒂博先生工作了七年,但昂图瓦纳对他的了解并不比遇到他的第一天多。他沉默寡言,说话时嗓音低沉,平常只重复一些人所共知的想法,说些人人都会说的话。有一个特点是,他一直非常守时,关注细节。他与母亲在一起生活,对她的照顾总是无微不至。不知为什么,他穿的鞋总是吱吱响。他的本名叫惯勒,但蒂博先生因为爱面子,总是管他叫"沙斯勒先生"。昂图瓦纳和弟弟给他取了个外号,叫"橡皮球"或"讨厌鬼"。

昂图瓦纳直接往父亲的书房走去,发现他正在整理书桌准备上床睡觉。

"天啊,昂图瓦纳,有个坏消息!"

"对,"昂图瓦纳打断了他,"沙斯勒先生刚才已经把那件事告诉我了。"

蒂博先生猛地把下巴从领口抬起,他很讨厌别人在他要说话之

前知道了他打算要说的话。昂图瓦纳一不小心犯下了这个错误,一时感到有气无力。意识到这一点后,他皱了皱眉:

"我这里也有个坏消息,雅克不能在克卢伊继续待下去了。"他稍微停顿了一下,吸了口气接着说,"我去了趟克卢伊,见到他后知道了一些真相,一些让人心酸的事情。我来这里就是为了说这些。现在最重要的事情是让雅克离开那里。"

蒂博先生听了后动作停滞了好一会儿。他的嗓音暴露了他惊讶的程度:

"是你……去了克卢伊?你吗?是什么时候的事情?你为什么要这么做?为什么不先告诉我一声?你是不是疯了?告诉我。"

昂图瓦纳费了好大力气说了出来,一时轻松不少,但是因为感觉别扭说不出话来。在一阵令人窒息的沉默中,蒂博先生不断地瞪大眼睛又不断闭上,好像有些不受控制似的。他终于坐了下来,放在书桌上的手握成了拳头。

"你告诉我,孩子。"他一字一句郑重地说,"你说你去了克卢伊?这是什么时候的事情?"

"就是今天。"

"什么?你是和谁一起去的?"

"我一个人。"

"他们招呼你了?"

"是的。"

"他们让你见了雅克?"

"我们一整天都在一起,单独在一起。"

昂图瓦纳在每句话的结尾处都特意加重了语气,这激怒了蒂博先生，同时也警告他必须慎重。

"你已经长大了。"他严肃地说，就好像从声音里证实了昂图瓦纳的年纪一样。"你要知道，瞒着我做这样的事情是不恰当的。你到底为什么要去克卢伊，而且还不告诉我？难道是雅克给你写信，让你去的？"

"没有。是我突然觉得很奇怪。"

"奇怪？哪里奇怪？"

"一切都很奇怪……比如说那些规章制度……在过去的九个月里雅克到底忍受了什么。"

"这是真的，孩子，你……你没有任何预兆地伤害了我！"他犹豫着，尽可能克制地说出每一个字，这从他紧握着的双手和不断往前冲的头看得出来。"你竟然这么……不信任你的父亲……"

"所有人都会犯错。这就是事实！"

"事实？"

"父亲，请先不要生气，听我说完。我认为我们都是在期待同一件事：希望雅克变好。如果你知道我看到他有多么萎靡不振，我想你会第一个决定让他早早地离开教养院。"

"这不可能。"

昂图瓦纳尽量不去理会蒂博先生的冷笑。

"必须这样，父亲。"

"我跟你说了，这不可能！"

"父亲，如果你看到……"

"难道你认为我是个傻瓜？你以为我在期盼着你带来消息，告诉我克卢伊正在发生什么事？十几年了，我每个月都会去视察并带回一个报告。如果我不主持讨论会，谁也不能决定任何事。难道你不知道？"

"父亲，我在那里发现……"

"闭嘴。雅克总是会胡思乱想出各种骗人的话，他在捉弄你！对于我来说，完全不是这么一回事。"

"雅克没有任何抱怨。"

蒂博先生愣在原地。

"那又是什么？"他挤出这么一句。

"恰恰相反，最可怕的是他说自己很平静，甚至感到幸福，在那里过得很愉快！"蒂博先生笑出声来，带着一丝满意。但昂图瓦纳却毫不留情面地说："这个孩子到底要有多可怜才会宁愿待在监狱也不愿回家！"

刺激没有达到预想的效果。

"太棒了，我们都非常赞成。你到底想怎么样？"

昂图瓦纳没有了把握，如果把弟弟告诉他的真相全摆在蒂博先生眼前，雅克是不是能重获自由？最后，他决定只是进行一般性的指责，不说出其他事。

"我会告诉你所有的真相，父亲。"他盯着蒂博先生说，"我一直怀疑雅克在忍冻挨饿，遭受一些极恶劣的待遇甚至是监禁。是的，我很清楚，所有的怀疑最后都没有依据。不过更严重的是，我发现雅克的精神生活极度贫乏。他们告诉你，孤独的生活对雅克有益，这绝对是在欺骗你。孤独比他的问题更危险。他每天的生命都耗费在毫无意义的事情上。教他的老师就更别说了。真相是雅克根本不做任何功课，他的智力在明显地退化。你一定要相信我，继续这样下去只会葬送雅克的前途。他已经变得异常冷漠,懦弱无能。如果继续在这种呆滞的状态下过上几个月,他就很难恢复健康了。"

昂图瓦纳目不转睛地盯着父亲,似乎想用他所有的目光压在那张漠然的脸上,使那张脸上发出认同的光亮。但现实是蒂博先生蜷缩着完全不为所动。他的行为让人想起那些皮厚无比的动物,它们的力量总是隐藏极深,一眼看上去就像是睡着了。就像大象,除了拥有宽厚的耳朵,还有眨巴着的狡黠的目光。昂图瓦纳无关痛痒的指责让他稍微放下心来。教养院出现过一些不光彩的事,因此不得不把一些学监辞退,但其中的原因并不需要四处宣扬。蒂博先生原本是在担心昂图瓦纳说的就是这个,发现不是后稍微舒了口气。

"难道说你是在向我通风报信?"他已经平静下来,"这件事更显示出你的善良,孩子。但是,我必须坦诚地告诉你一件事,教养方法是一个非常繁杂的问题,仅仅因为这些材料是不可能迅速地成为业界权威的。你完全可以相信我和专家的经验。你说懦弱无能。上帝啊!难道你不知道雅克是怎样一个人?难道你认为不事先有所限制,他想要干坏事的意志会被摧毁?使用一些手段让一个坏孩子变得温顺,就是为了降低他干坏事的能力,只有这样才能达到预想的效果。这么做是有现实根据的。就像你看到的,你弟弟不是有所改变了吗?他不再发怒,而且遵守规则,对周围的人都表现得非常礼貌。连你都说,他已经变得守规矩,过上了正常的规律的新生活。嘿,在短短一年的时间内就有了这么明显的效果,这不是一件值得高兴的事情吗?"

说完后,他用胖嘟嘟的手指拨弄着胡须的尾端,瞥了儿子一眼。洪亮的嗓音和严肃的说辞让他的话变得掷地有声,昂图瓦纳常常这样被他父亲压制住,并从心里屈服。但是这次蒂博先生不小心出现了一个失误：

"然而我在想，根本没有必要去坚持一种没有也不会成为问题的处罚方式。我只是在做自己认为应该做的事，并没有任何其他想法。一定要铭记我说过的这句话，孩子。"

昂图瓦纳脸色突变：

"我不会因此保持沉默的，父亲！我再对你说一次，雅克不能继续待在克卢伊了。"

蒂博先生冷冷地笑了笑，昂图瓦纳看了竭力克制住自己。

"不要这样，父亲，把雅克留在那里是一种罪恶。那些有价值的品质不应该从他的身上消失。听我说，父亲，你确实误解了他的品行。因为他总是惹你生气，以至于你看不到他的……"

"我到底没看到什么？自从他走了以后，我们在这里一直过着平静的生活，难道不是吗？既然如此，我们可以等他变好了再考虑让他回到这里。而在这之前……"他举起握紧的拳头，好像要狠狠地砸下来一样，但最后还是松开手，将手掌摊开平放在书桌上。他的怒气在积聚，昂图瓦纳这时却爆发了：

"雅克不会继续待在克卢伊的，父亲，我向你发誓！"

"哇哦，哇哦……"蒂博先生不无讽刺地说，"孩子，你早已经忘了自己不是家长了吧？"

"没有，我没有忘。所以我想问：你打算怎么办？"

"你是说我吗？"蒂博先生问得不紧不慢，声音很轻，他带着冷笑眼皮半开半合，"毋庸置疑，我会命令费斯姆先生，在没有得到我允许的情况下，不能接待你，并且永远不准你踏进教养院半步。"

昂图瓦纳抱着双臂：

"你那些小册子和演说呢?你那些华丽的说辞呢?面对大会是一套,现实中又是一套!对退化的智力,即便是儿子的智力,你毫不关心。只要没有麻烦,只要生活平静,其他的你什么都漠不关心!"

"十足的伪君子!"蒂博先生叫嚷着站了起来,"天啊,还是发生了!我早就看出来你变了。很多话你在饭桌上就会说漏嘴,你看的书、读的报……你忘了自己的职责……所有的一切都是联系在一起的。你抛弃宗教原则,很快就会神志不清,最后就要造反了!"

昂图瓦纳摇晃着双肩:

"不要指鹿为马。我们现在说的是弟弟,没有太多时间。父亲,答应我,雅克……"

"从此以后不准再在我面前提起他!你还没明白吗?"

两个人互相打量着。

"没有任何商量的可能了?"

"滚出去!"

"父亲,你听我说。"昂图瓦纳的笑声中带着挑衅,"我向你保证,雅克一定会离开这个苦役监!没有人能阻止我!"

肥胖的父亲突然变得粗暴,他紧咬着牙向儿子走过去:

"滚出去!"

昂图瓦纳打开门,在门口处转身,嗓音低沉地说:

"没有人能阻止我!即便我必须要在报纸上发起一次新的战斗!"

5

昂图瓦纳整夜没睡,第二天一早就在总主教府的圣器室内等着韦卡尔神父从教堂做弥撒回来。一定要让教师了解所有的内情,只有这样他才有可能进行干预,否则雅克就再没有机会了。

谈话进行了很长时间。神父先是让眼前的这个年轻人在身旁坐了下来,就像做忏悔时一样。他全神贯注地听着,身体往后仰,头部习惯性地往左肩倾斜,一次也没有打断过。他鼻子长长的,脸色有些苍白,表情呆滞,但偶尔会向昂图瓦纳投去温和而坚定的眼神。他探访昂图瓦纳比其他家庭成员要少一些,但对昂图瓦纳始终表现得特别尊重。更有意思的是,他在这方面受到蒂博先生很大的影响。因为虚荣心作祟,蒂博先生往往对昂图瓦纳异常敏感,同时也喜欢赞扬儿子。

昂图瓦纳没有为说服神父加以任何评论,他只是把在克卢伊度过的一天进行了详细的描述,对和父亲的争执也未隐瞒。神父一句话没说,以一个耐人寻味的手势表示了责备:他总是将手举至与胸部齐平的高度。两只胖乎乎的手腕轻轻地放下来,没有改变一直以来的位置,突然间又变得兴奋。上天似乎赋予了它们能表达情感的功能,而没有给脸部。

"神父先生手里正握着雅克一生的命运,"昂图瓦纳评论,"能让我父亲变得理智的只有你。"

神父没有搭腔。

他向昂图瓦纳投去阴暗和不在意的眼神,但年轻人没能了解其中的意思,无奈之下他只好面对这个难以克服的问题。

"接下来呢?"神父轻声问。

"接下来?"

"假如您父亲把雅克带回巴黎,那他接下来该怎么办?"

昂图瓦纳有些难住了。他有计划却不知该从何说起，因为觉得计划中很重要的几点很难得到神父的同意：让雅克从家里那套房间搬出来，和他一起住在底层，避免父亲权威的约束，由他单独负责雅克的教育，约束他的行为，监督他的学习。

这次神父忍不住笑了，但并无任何讥讽的意思。

"你要完成的任务不可谓不艰巨，我的孩子。"

"啊，"昂图瓦纳义愤填膺地反驳，"我始终坚持一点，那就是这孩子需要充足的自由！被困在约束中，他永远不可能成长！您可以取笑我，但是神父先生，我始终认为，假如由我单独照顾他……"

他得到的回答是神父再一次摇了摇头，然后投来静观其变、距离遥远的目光，看起来是那么深邃而专注。他带着绝望的心情走了：在遭到父亲野蛮的拒绝之后，神父漫不经心的态度更让他感到心灰意冷。他所不知道的，是神父当天就找到了蒂博先生。神父甚至都不需要特地再跑一趟。

他和自己的姐妹住在离主教府不远处的一套房子里。就像往常一样，他早上做完弥撒后进房喝冷的牛奶。就在这时，他发现蒂博先生正在餐厅等着。肥胖的蒂博先生瘫坐在椅子里，双手放在腿上，心里还在积聚怒气。看到神父走了过来，他站了起来。

"噢，您过来了，"他气呼呼地说，"我突然拜访让您感到有些惊讶吧？"

"没有您想的那么惊讶。"神父回答。心里偷笑使他有些狡猾的目光一闪而过，貌似平静的脸上散发出异样的光彩。"我的消息灵通得很，所有的事情我都知道了。好吗？"他靠近放在桌上的牛奶碗，补了一句。

"都知道了？难道你已经见过……"

神父仔细地喝着牛奶。

"我昨天早上从公爵夫人那里就已经得知了阿斯蒂埃的事情。不过你的对手撤退是晚上才知道的。"

"阿斯蒂埃的事情？这是怎么……我不懂。这些事情我并不清楚。"

"这怎么可能？"神父说，"那把好消息告诉你的快乐要留给我了？"他稍作停顿，"阿斯蒂埃这个老家伙刚刚第四次发病了。这一次，可怜的家伙算是彻底完了。系主任可是个聪明人，所以隐退了，这样一来您就是道德科学院的唯一候选人了。"

"你说系主任……隐退了？"蒂博先生喃喃自语，"因为什么？"

"因为他认为，文学系主任最好的出路是获得铭文和美文学科学院的位子。所以他决定花几个星期的时间获取一个名额，而不愿意和您比运气！"

"您说的这些消息准确吗？"

"这是从正规渠道获得的消息。昨晚我与常务秘书在天主教学院的会议室碰上了。系主任刚好呈退了撤回信。也就是说，二十四小时之内就会举行选举！"

"这么说……"蒂博先生嘀咕着，因为惊奇和愉快而气喘吁吁。他来回走着，手背在身后，走到神父的身边时，几乎要抓住他的肩膀了。最后，他只是抓住了神父的手。

"噢，可敬的神父，我不会忘记您的帮助的。谢谢，非常感谢。"

他的体内被幸福装满了，以至于其他的感情也都倾泻而出：他的怒气也溢了出来。神父把他领到办公室时，用最自然的声音问他时，竟然还要先把他的思路拉回来：

"这么早,是什么风把您吹来了,亲爱的朋友?"

但当他再次想起昂图瓦纳,心里又开始怒火中烧。他来这里是就怎么对待长子的行径征求意见的。昂图瓦纳最近的改变太大了,完全可以感觉到他正处在质疑和反叛的精神状态中。他以后是否还能参加宗教仪式?他是否还在参加教堂的弥撒?以后还参加弥撒吗?他总是说身体不舒服,离开饭桌越来越早,吃饭时的态度也与以前大不相同。他赞成一些不知从哪里听来的自由观点,反对父亲。最近市政府选举,大家在饭桌上讨论时,他不止一次地表现出偏激,让人不得不像对待顽皮的孩子一样让他闭嘴。总而言之,假如想让昂图瓦纳一直走正道,必须要对他采取一些新的预防措施才行,而韦卡尔神父的帮助与干涉是至关重要的。蒂博先生说起昂图瓦纳偷溜到克卢伊的目无尊长,说起了他回来之后的胡乱揣测和之后寻事生非。但他没有意识到,自己恰恰因为这次的单独行动反而看重了昂图瓦纳。神父自然发现了这一点。

他在书桌前百无聊赖地坐着,偶尔从襟饰两边举起手以表示同意。不过,谈到雅克的时候,他把头抬了起来,一副全神贯注的模样。用一套巧妙的、让人难以找到联系的提问,帮助蒂博先生验证了昂图瓦纳刚向他说过的所有事情。

"不过……不过……不过!"他像是在喃喃自语,接着又沉默了一会儿。蒂博先生等待着,显得非常吃惊。最后,神父肯定地说:"亲爱的朋友,至于昂图瓦纳的态度问题,您嘴里告诉我的还不如您本人表现出来的让我有兴趣。要一边走一边观察。如果想研究好奇心重和容易兴奋的头脑,首先要做的事情就是找到方法刺激他的自尊心以及动摇他的信念。一点科学都不懂会远离上帝,多懂一点科学就会回到上帝的身边。您不必感到担忧。昂图瓦纳已经长大了，不会从一个极端滑到另一个极端。您事先把这件事告诉我，这没有错。以后我会常去看望他，和他聊天。事情没有想象的严重，一定要有足够的耐性，他也会重新回到我们身边。

"不过，至于雅克的生活，您的话让我感到更加不安。我怎么也没想到他会这么孤独！在教养院，他过的是一种囚犯的日子！我不认为这样的方式很安全。亲爱的朋友，实不相瞒，我对此非常担忧。不知道您有没有仔细考虑过？"

蒂博先生脸上带着笑。

"敬爱的神父，我真心真意地把昨天和昂图瓦纳的谈话告诉您。难道您认为我们比不上别人，对此毫无经验吗？"

"这一点我承认。"神父平心静气地说，"不过，你们教养别的孩子所必需的方式并不适用于您儿子的特殊气质。如果我没理解错，他们接受的那套制度是不一样的，他们平常生活在一起、玩在一起，还参加一些体力劳动。相信您没有忘记，我是赞同严厉惩罚雅克的，以为这个隐蔽的地方能帮助他变好，学会思考。不过，该死，我并没有想到它会成为一个真正的监狱，还要强制把他关在里面那么久。好好考虑一下吧！九个月了，一个十五岁的孩子一直单独待在那个小房间里，被一个没教养的看守监视着生活。而他的品行到底变成什么样了，您都是从远方获取消息的吧？他确实上了一部分课，但这个在孔皮埃涅的教师每星期只教他三四个小时。这样做能起什么作用？对这些情况，您根本毫不知情。另外，您说您有经验。请允许我提醒您，我和学生们在一起生活了十二年，并不是一点都不了解十五岁的男孩儿应该是什么样子。可怜的雅克现在身体羸弱、精神已陷入崩溃的边缘,这些您都不知道,真是让人看了害怕。"

"为什么连你也这么说?"蒂博先生反驳,"我一直以为您的精神会更健康。"他勉强笑了笑,说道:"不过,现在这件事不止与雅克有关系……"

"我认为,这件事不能牵扯到别的事情。"神父的声音没有太大的变化,只是打断了蒂博先生,"得知这些情况后,我认为雅克现在的身体和心理健康正面临着极大的威胁。"他想了想,接着用清晰的语言不紧不慢地说:"他一天也不应该在那里待了。"

"你说什么?"蒂博先生问。

两人同时沉默了下来。在过去的十二个小时,这已经是第二次有人敲打蒂博先生最敏感的神经了。暴怒淹没了他,但他依然竭力克制着自己的情绪。

"还是不要再说这件事了。"他挺了挺身子,首先做出了让步。

"抱歉,抱歉。"神父有些兴奋异常,"就这件事来说,您的行为还是有些鲁莽……真是造孽。"他故意把某些字的发音拉长,刚柔相济,一脸平静地把食指放到两片嘴唇前,就像是在说:"看啊!"他不断地重复:"真是造孽……"过了一会儿,他又说:"亡羊补牢为时未晚。"

"您在说什么?您这是想让我做什么?"蒂博先生终于忍不住叫出声来。他转身面向神父,气焰嚣张,"难道说要我无缘无故地终止已经产生良好效果的治疗吗?把这个小坏蛋领回家里?让我再次忍受他胡作非为吗?真是谢谢您了!"他双手握拳,关节一阵咔咔响,咬紧的下颚发出的声音非常嘶哑:"说真心话,不行,不行,不行!"

神父做了个少安毋躁的手势,就像是说:"悉听尊便。"

蒂博先生猛地一下直起腰来,这再次决定了雅克的命运。

"敬爱的神父,"他说,"这样看来,今天早上是不能跟您谈正经事了,我现在马上告辞。不过在此之前,我还是想说,您和昂图瓦纳是一样的,都容易冲动喜欢幻想。难道我是一个冷漠无情的父亲吗?难道我不是在竭尽所能地用父爱、包容、身体力行、家庭温情来让这个孩子改过自新吗?这么多年以来,难道我不是委曲求全,受尽了一个父亲所能去忍受的他的无理取闹吗?难道说你可以抹杀我所有的努力吗?幸好我清楚地知道自己的责任不在这里。无论多么严厉,我都会毅然决然地处罚他。当时您是同意我这么做的。是上帝给了我经验。我一直在思考,一定是上帝让我想到要在克卢伊建立教养院的,这是为了让我医治这个坏家伙准备的。既然如此,我为什么不勇敢地接受这个考验?难道说选择像我这样做的父亲不是很多?我又何必责备自己呢?上帝保佑,我问心无愧。"他的语气很肯定,但一种微妙的抗议让他降低了声音,"我希望所有的父亲都能像我这样问心无愧!那就这样吧,我先走了。"

他打开门,脸上满是得意的笑,声调也带着捉弄,有着诺曼底人特有的嘲弄感。

"幸好我的脑袋比你们的都要坚实。"他说着走过前厅,身后跟着沉默不语的神父。

"那好,再见,敬爱的神父。"他站在楼梯台前直言不讳。

他转过身来握手,突然,在没有任何开场白的情况下神父开口了。

"有两个人,他们爬上寺院想要祷告,"神父的声调听起来像梦一样,"一个是法利赛人,一个则是税吏。站着祈祷的法利赛人在心里默念:'上帝,我非常感激您,是您让我与众不同。每个礼拜我都会守斋两次，然后把所拥有的十分之一的财富分发给穷人。'躲在一旁的税吏听了后，再不敢抬头望天，只是痛心疾首地说：'上帝，请可怜可怜我吧，我是个罪人。'"

蒂博先生眼睛半睁着，看见神父把食指放在嘴唇上，站在黢黑的前厅：

"我向您发誓，请求怜悯的人最终得到了宽恕，另外一个却没有。因为骄傲自大的人往往会受到欺辱，而自责的人则会进入天堂。"

受到攻击时，胖乎乎的蒂博先生眉头也没有皱一下，他半睁着眼睛，纹丝不动。两人都在沉默，他又瞟了一眼：神父已静悄悄地推开了门。蒂博先生独自站在关闭的门外，随后耸耸肩转身走了。走到一半的时候，他停住了脚步。他扶住楼梯，感到呼吸急促，下巴下意识地超前探，就像是被勒口折腾得心烦意乱的马一样。

"不可以。"他喃喃自语，说完头也不回地往家里走去。

他一整天都在努力忘记发生过的事。下午，他需要用一个卷宗，但沙斯勒先生久久没能拿来给他，于是他突然怒火中烧，费了好大的劲才又压了下去。晚饭时昂图瓦纳还在医院值班，四周寂然无声。在吉赛尔吃完饭后点心前，蒂博先生就收起餐巾去了办公室。

"晚上有空我要去见神父。"八点的钟声响过后，他在椅子上坐了下来，一边想着绝不能莽撞行事，"估计他会再次向我提起雅克。这件事我说不可以就是不可以。"

"不过他为什么要讲法利赛人的故事呢？"他在心里不止百遍地猜。突然，他的下唇抽搐了起来。蒂博先生还是怕死，他站起身，注视着壁炉的青铜像上面的镜子里的自己。脸上那种看上去如愿以偿的几乎已经定型的自信消失不见了，这是他绝对不愿意看到的，即便在孤独寂寞时或祷告时也是。

他哆嗦着跌坐在位子上,双肩塌下去。恍惚中,他似乎看到自己正躺在灵床上,心里担心自己会两手空空。他拼命回想他人对他的评价。"我可曾做过什么善事?"他不断用疑问的声调说着。处于这个特殊的时刻,他再也说不出空话套话,疑问直达内心的最深处。拳头在扶手上抽搐,他回望以往的生活,始终找不到一项单纯的举动。那些平日被遗忘的记忆纷纷跳了出来,其中的一件平时绝对不忍回想的往事准确而强烈地袭击了他的心,他忍不住用双手抱住头。蒂博先生生平第一次感到羞愧,这种崇高的自我厌恶感是那么不堪忍受。对他来说,这时候不管要付出多大的牺牲都不嫌昂贵。只要能恢复名誉,即便要购买上天的宽恕以使受苦受难的灵魂得到安稳和永生的希望,他也在所不惜。天啊,再次获得上帝的原谅……不过这要先获得上帝在人间的代理人神父的尊重才行……对,我不能在这该死的孤独中、在这永罚之中哪怕多待一刻……

走到屋外,清新的空气让他逐渐安静了下来。他搭上一辆马车,盼望着能早点到达目的地。开门的是韦卡尔神父,他举起灯贴近了,想要辨认出来访的是谁。灯光映在神父的脸上,那是一副冷若冰霜的表情。

"是我。"蒂博先生说着机械地伸出手,一句话不说直奔工作室。"我来这里不是为了和您再次讨论雅克的事。"他一落座便单刀直入地说。神父做了个和解的手势。"听我说,不要旧事重提了。您这次真的做错了。如果您愿意,完全可以到克卢伊去一趟。您仔细想一想,会发现我说的是对的。"他单纯地急着说,"今天早上我脾气有些暴躁,还请您原谅。您是知道的,我容易冲动,我不……总之……要知道,您提到的法利赛人的故事太吓人了,所以我有权利表示抗议。该死!这三十年的时间里,我几乎把所有的时间和精力都倾注在天主教事业上。当然,这也带给我大量的收入。难道因为一个神父,一个朋友对我说……不……不是的……不。天啊,这不公平!"

神父静静地看着面前这个忏悔者,就像在说:"您所有的言语和行为都不自觉地透露出自负……"

停顿了好一会儿。

"敬爱的神父,"蒂博先生的声音里充满了不确定,"好吧,应该是这样的,我确实不是所有的……对,应该是这样的,我平常总是……不过,这也是我的禀性……您应该知道我是个什么样的人,对吗?"他在恳求宽恕,"天啊,获救的道路竟然这么难走……只有您能帮我,指引我往前……"

"我现在年纪大了,开始担心……"他突然呢喃。

蒂博先生不断变化的声调最终打动了神父,让他感到应该尽快结束沉默。于是,他把椅子挪近了一些。

"目前是我犹豫不定……"他说,"但是,我的朋友,您这么坦诚地说出这些圣洁的话,我还能有什么话可说呢?"他想了想,"我明白,上帝赋予您一个让人为难的位置。您为上帝工作,并因此获得人们的尊重以及很多荣誉。但怎样才能分辨上帝的荣誉和您个人的荣誉呢?怎样才能不屈服于您自己的荣誉,而不是上帝的光荣呢?我很清楚……"

蒂博先生眼睛睁得大大的,黯淡的眼神中藏着一种恐惧,同时又有一份天真无邪。

"不过，"神父接着说，"荣誉属于至高无上的主①。只有这个是重要的，其他的都不算什么。我的朋友，您是个强者，属于比较骄傲的那类人。我明白，试图让这种骄傲的品性屈从于理智将是多么难的一件事！您全身心地投入这些善行，而且不为它生活，要想做到不忘记上帝是一件非常困难的事！要想做到不成为这类人很难，上帝对此并不以为然，曾进行过指责：'这种人嘴上说追随我，心灵上却在背道而驰！'"

"天啊，"蒂博先生有些兴奋，抬着头，"真恐怖……只有我才能体会这到底有多恐怖……"

他开始感到一种心平气和的惬意，并朦胧地觉得，唯有如此才能再次说服神父，而不用在教养院的问题上做出让步。一种神秘的力量在推着他往前走，让他展现出令人刮目相看的宽厚，试着用信仰的力量去取得神父的信任：不计一切成本获得他的尊重。

"神父，"他眼神中带着浓厚的诱惑力，那是昂图瓦纳的眼神中常有的。"如果说我现在是个可怜却又骄傲的人，上帝难道就不能给予我一个获得救赎的……机会吗？"他犹豫了一下，看起来像是内心在不停地挣扎。事实上，他的内心确实在挣扎。他用那个肥嘟嘟的拇指在背心上心房的位置迅速地画了个十字，"我想讨论一下选举的事，您能理解吗？我可以做出真正的、剥离了傲慢无礼的献祭。您早上告诉我选举已经成定局了。这样吧，我……您看，这样的行为还是有一定的虚荣心。其实我可悄无声息地把这件事先办了，甚至不和你说一声。对吗？不过算了。神父，我向你保证，明天我会永远撤回学院的候选资格。"

---

① 原文为拉丁文。

蒂博先生转身面向墙上的十字架，因此没有发觉神父做了一个手势。

"上帝，"他喃喃细语，"可怜可怜我吧，我是个罪人。"

他并没有发觉，这个动作其实带着一种扬扬得意的感觉。可以说，骄傲是深入骨髓的，即便是在忏悔的时候他依然带着一种自豪感品味着自己忍辱负重的行为。神父深切地注视着他：这个人到底能坦诚到什么程度？与此同时，蒂博先生因为沉醉在放弃和神秘的气氛中而容光焕发，甚至注意不到他的虚胖和皱纹。他一脸的天真无邪，就像个孩子一样。神父不禁为之着迷，对于自己早上奚落这个虚胖的金融家后扬扬得意更感到惭愧。这时候，他发现两个人的角色完全反了过来，并开始反省自己的生活。他当初那么急着离开自己的学生，想方设法爬到现在这个位置上，难道只是为了享受上帝的荣誉吗？他每天玩弄外交家的手腕为教会服务，这样的快乐不是很罪恶吗？

"请告诉我，您觉得上帝真的会宽恕我吗？"

韦卡尔神父被这个充满不确定的声音拉回来，重新开始履行精神导师的职责。他压低了头，脸上努力露出笑容，双手合十放在下巴处。

"如果我一直放任您这样下去，"他说，"让你自食其果，我相信仁慈的上帝会看到您此时的所作所为。不过，"他说着举起了食指，"有想法就可以了。您没必要为此付出代价。不要辩解了。就是我，您的忏悔师正在解除您的诺言。说实话，比起放弃选举，我认为您还是接受更好，这对得起上帝的荣誉。家庭和富裕程度给您提出了难以拒绝的要求。学院院士的称号让您能和那些非同凡响的极右共和党人站在一起，他们在守卫我们这个国家，是新的重要人物，我们要想实现那些崇高的事业，这些都是必需的。您从来都非常擅长把自己的生命交给教会保护。既然如此,不如利用我的职责让教会再一次为您指出道路。上帝不允许您有所牺牲。我的朋友,无论这有多残酷,都请您接受吧。至高无上的主啊!荣誉属于天堂的上帝,和平属于有良知的人们。"

神父一边说一边观察蒂博先生,发现他神情严肃并慢慢恢复了平常的样子。不过话一说完,胖子的眼皮重新耷拉下来,再也看不出任何的情绪变化。神父把这张他梦想了二十年的交椅还给他,就是归还了他的生命。不过,刚才竭力克制自己本来的想法的行为让他感到吃力,一种非同凡响的感恩之情淹没了他。他们有着相同的想法:神父低下头,开始轻声朗诵一段感恩祷文。等到他再次抬起头,蒂博先生已经双膝跪地,两眼紧闭,一张脸面向天空,因欢喜而容光焕发。他自言自语,两片湿润的嘴唇一张一合。两只胖乎乎、毛茸茸的手摆在桌上,就像刚被蜜蜂蜇过一样,正以感人的虔诚手指交叉在一起。为什么神父看到这一幕,眼睛开始感到不适?为什么他会忍不住张开双臂想要去触摸面前的忏悔者?意识到这一点,他立刻改变了自己的动作,轻轻地将手放在蒂博先生的肩膀上。这时候,蒂博先生站了起来,动作有些笨拙。

"您还没说完的话,"神父脸上始终透露着一种温情,这是他独有的表情,"关于雅克的事,您应该做个决定。"

蒂博先生的身子挺了挺。

神父在一旁坐了下来。

"您不能像那种人一样,有勇气面对未来的困难,却不敢面对近在眼前的职责,以为事情会自己解决。就算您让雅克面对的考验没有像我想象的那么可怕,也不要再持续下去了。回忆一下那个仆人把主人给他的钱埋藏起来的故事吧。好了，亲爱的朋友，在您意识到自己所承担的所有责任之前，请不要离开这里。"

蒂博先生直挺挺地站在那里，头摇了摇，脸上原有的固执消失不见了。神父站了起来。

"问题在于，"他轻声说，"不能让人看出这是在向昂图瓦纳让步。"他很清楚自己猜中了对方的想法，于是挪了几步，突然用欢快的口气说，"我的朋友，如果我站在您的位置，您认为我会怎么做？我会跟他说：'难道你想让你弟弟离开教养院？真的吗？你要坚持这么做吗？好吧，听你的，你去把他带回来，但前提是你必须要管好他。是你坚持要带他回来的，那就请你管好他！'"

蒂博先生一动也不动。神父继续说：

"如果是我，我会做得更多！我会跟他讲：'我不想让雅克住在家里。你可以帮他安排。你一直觉得我们没管好他。那好，这次你来管管他！'我会让他来管雅克，还会把他们安排在离家不远的一个地方。是的，这是为了让他们能和您一起用餐。不过，我会把所有照顾弟弟的事情都推给昂图瓦纳。您先别激动，我的朋友，"蒂博先生还是纹丝不动，他抢着说，"请等一下，我还有话没说完。我的想法不像看起来那么不可理喻……"

他走了几步，重新回到书桌前，双手支撑在桌子上：

"按我说的去做吧。首先，雅克不愿意受制于您的权威，但很有可能会忍受兄长的权威。我觉得，当他感觉到更自由的生活，他现在这种顶撞和不受管教的想法就会改变，这些我们并不陌生。

"其次，关于昂图瓦纳，他处事一向谨慎，您大可放心。说真的，我坚信他会接受用这种方法帮他的弟弟解脱。至于今天早上我们所说的令人生气的倾向，可以说，一件微不足道的小事往往会产生巨大的效果。我觉得，如果把负责一个人灵魂的重任托付给他，就会让他尽可能地取得平衡，十拿九稳地引导他相信不那么……违背社会、道德和宗教的想法。

"再次，这样一来，您作为父亲的权威就可以避免因日常的摩擦受到损害，从而保持崇高的威望，由上而下地管教您的两个孩子。这是父亲所应当享有的特殊权利。该怎么表达你？发挥一个父亲应有的作用。"

"最后，"神父的声音听起来格外坦诚，"跟您说实话吧，您正处于候选的特殊时期，我认为让雅克这时候离开克卢伊，还是暂时不要讨论这件事为好。因为名声的问题，可能会招来各种繁多的访问和调查。报纸会报道您的不小心……这确实是第二位的考量，我很清楚。但是……"

蒂博先生的眼神中透露出一丝不安。毋庸置疑，去掉这个螺母能解脱他思想上的重担。神父给出的方法对他只有好处，因为这样做既不会伤到昂图瓦纳的自尊心，又能让雅克获得合法的地位，而蒂博先生也不必再管教这个孩子。

他最终还是说了："如果说我能确定这个坏家伙出来以后不会给我们惹新的麻烦……"

事情总算定下来了。

神父挺身而出，决定在开始的几个月内会严格地监督两个孩子的生活。之后，他还接受了第二天到大学路吃晚餐，参加蒂博先生和昂图瓦纳之间的谈话的邀请。

蒂博先生起身离开，完全换了轻松愉快的心情走了出去。不过，当他充满热情地握住神父的双手时，忧虑再次爬上他的心头。

"希望上帝能原谅我所有的言行。"他可怜兮兮地说。

神父则用愉悦的眼神盯着他，小声地说：

"你们中间谁拥有一百只羊，如果有一只找不到了，而其他的九十九只不在沙漠里，那就不必再去想把那一只丢失的羊找回来了。"他轻轻一笑，手指举了起来："我告诉你们，对一个忏悔过的罪人来说，天堂会产生更多的快乐……"

6

早上九点，天文台林荫大道那栋房子的女门房来找丰塔南太太。楼下有一个人说是想要见她，不过却不愿意上楼，同时也不愿意通报姓名。

"你是说一个人？是个女人吗？"

"是个姑娘。"

丰塔南太太一听，脚往后退了一步。一定是热罗姆惹出的一件风流韵事。"难道是来勒索的？"

"年纪真小！"女门房添了一句，"她看起来还是个孩子。"

"我马上来。"

见面一看，确实还是个孩子。她藏在传达室的阴影里，慢慢把头抬了起来……

"怎么会是你，尼科尔？"丰塔南太太见她是诺艾米·珀蒂-迪特勒伊的女儿，忍不住叫出声来。尼科尔强压住想要扑在姨母怀里的冲动，脸色有些灰暗，显得有些无精打采。她没有哭，两只眼睛

187

睁得大大的,眉毛上扬,看起来情绪有些过于激动,但神情坚定,情绪完全在控制中。

"亲爱的姨妈,有件事我想告诉您。"

"跟我上来吧。"

"不,我不想上去。"

"这是为什么?"

"我不想上去。"

"这是为什么?这里现在只有我一个人。"她感觉到了,尼科尔在迟疑,"达尼埃尔去上学了,贞妮去上钢琴课了。我告诉你的是,在吃午餐之前,这里只有我一个人。行了,跟我上来吧。"

尼科尔在后面跟着,一句话也不说。丰塔南太太带她进了自己的卧室。

"你想告诉我什么事?"丰塔南太太心里的疑团暴露无遗,"是谁叫你来这里的?你是从哪里来的?"

尼科尔看了看她,眼睛没有躲避,眼睫毛忽闪忽闪的:

"我逃出来了。"

"啊……"丰塔南太太有些难过,但同时也松了口气,"所以说你跑到这里来了?"

尼科尔耸了耸肩膀,就像是在说:"还能去哪里呢?除了您我没有任何一个亲人了。"

"请坐,亲爱的。看……你是那么疲惫。是不是饿了?"

"是的,有一点。"她轻轻地笑了笑,表示抱歉。

"那你怎么不告诉我呢?"丰塔南太太的声音提高了很多,说着把尼科尔带到餐厅。看见这个孩子又猛又急地吃着黄油面包,她从橱柜里拿了一些剩下的冷肉和果酱。尼科尔吃着,一句话也没说,但对自己藏也藏不住的胃口感到有些不好意思。她接连喝了两杯茶,两颊变得红润起来。

"你到底有多久没吃东西了?"丰塔南太太问,看起来要比眼前的孩子激动得多,"冷不冷?"

"不冷。"

"不对,你在冷得发抖。"

尼科尔有些不耐烦,她憎恨自己没有很好地掩饰。

"我走了一个晚上,因此有些冷……"

"走?你到底是从哪里来的?"

"从布鲁塞尔过来的。"

"从布鲁塞尔来,天啊!你是一个人来的?"

"对。"小女孩儿回答得很爽快。她的音调已经说明她的决心有多坚定。丰塔南太太握住了她的手。

"你被冻坏了,去我房里吧。你想不想躺下来睡一会儿?以后再和我解释一切吧。"

"不,不要,必须现在说。正好现在没有人在,我也不累。我可以向您发誓,让我把一切都告诉您吧。"

现在刚刚进入四月初。丰塔南太太燃起火,为这个偷偷跑出来的小姑娘披上围巾,强逼着她在壁炉前坐了下来。小姑娘最初不愿意,但最后还是做了让步,气鼓鼓地睁着双眼,眼神不愿意变得温和。她看了一眼挂钟,想要快点说出一切。这时候她已经安静了不少,反而开始犹豫起来。她的姨妈尽量不去看她,以免她更加不安。这样过去了好几分钟,尼科尔还是没有说话。

丰塔南太太忍不住说:"无论你做过什么事,孩子,都不会有人责怪你。你可以保守秘密,只要你愿意。我很高兴你这时候能想到来找我们。在这里,你就是我家的孩子。"

尼科尔挺了挺胸。不行,这样一来别人是不是会怀疑她犯了什么错以至于不知如何开口?她一挺胸,披在肩上的围巾掉落了下来,健康而富有生机的胸部展露无遗,与她消瘦的脸庞和稚嫩的神情形成了鲜明的对比。

"不是的,"她两眼放光,"我会全部都说出来。"她的态度开始有些盛气凌人,"姨妈……就是您来蒙梭路的那一天……"

"啊。"丰塔南太太叫出声来,脸上的表情极其痛苦。

"所有的事情我都知道了。"尼科尔忽闪着双眼,语速极快。

安静了一会儿。

"我明白,亲爱的。"

小姑娘不再啜泣,整张脸深深地埋在一双手里,似乎已经泪流满面。但她很快又抬起头。她两眼没有被泪水打湿,双唇紧闭,面容已经完全改变,甚至声音也是。

"不要把她想得太坏,苔蕾丝姨妈!她非常可怜,您明白……难道您不愿意相信我说的是真的吗?"

"我相信。"丰塔南太太说,但有个问题困扰着她。她一脸平静地看着小姑娘,但却瞒不过别人:"热罗姆……你的姨父是不是也在那里?"

"对。"她停了停,眉毛向上一扬,"是他让我逃跑……到这里来……"

"你说是他?"

"不是的,我是说……这一个星期,他每天早上都会过来,留给我一些钱,让我能活下去。您知道,我是独自一人待在那个地方。那是前天,他对我说:'如果哪个善良的人愿意收留你的话,你会比在这里好得多。'他一说到'善良的人',我就立刻想到了您,苔蕾丝姨妈。我相信他同样想到了您。难道您不愿意相信这是真的吗?"

"可能……"丰塔南太太自言自语,突然感到一丝幸福,几乎就要笑出来了。她连忙说:

"为什么你会独自一人?你究竟待在哪里?"

"我在家。"

"你是说布鲁塞尔?"

"对。"

"我并不清楚你妈妈已经搬到布鲁塞尔去住了。"

"没有别的办法了,我们是在十一月底搬的。蒙梭路所有的一切都被查封了。妈妈的运气不太好,始终会有烦心的事情,法警会来要钱。不过现在债务都还清了,她可以回来了。"

丰塔南太太抬起双眼,非常想问清楚:"是谁还清的?"她的眼神代替她提问。看到答案显现在孩子的嘴唇上,她又忍不住问:

"他们在一起,都是十一月离开的吗?"

尼科尔沉默不语。苔蕾丝姨妈的声音有些颤抖,听起来是那么痛苦!

"姨妈,"她终于吃力地说,"这件事不是我的错,我根本不想向您隐瞒,但很难一次解释明白。请问您和阿尔韦德先生认识吗?"

"我不认识他。那他是谁?"

"他是巴黎一个有名的提琴手,在教我学琴。对了,他是个杰出的艺术家,能在音乐会上表演。"

"那又怎么样?"

"他住在巴黎,但来自比利时。正因为这样,他不得不回去,于是带我们去了比利时。我们就住在他在布鲁塞尔的一栋房子里。"

"和他一起?"

"对。"她很清楚问题的含义,没有逃避。甚至可以说,她因为克服了所有的隐藏而感到本不该有的快乐。不过她不敢再多说什么,于是沉默了下来。

丰塔南太太停了一会儿,说:

"这些日子你独自一人,热罗姆姨父来看你的时候,你住在哪里?"

"在那儿。"

"你是说那位先生的家里?"

"对。"

"这样你姨父还是会去那儿?"

"是的。"

"你为什么会独自一人呢?"丰塔南太太始终很温柔。

"这是因为拉乌尔先生现在正在卢塞恩和日内瓦做巡回演出。"

"你说谁?拉乌尔?"

"就是阿尔韦德先生。"

"为了和他一起去瑞士,你妈妈把你独自一人留在了布鲁塞尔?"这个孩子表示绝望,丰塔南太太脸红了。"我的孩子,请原谅我,"她嘟囔着,"请不要再提这些事了。既然来了,就待在我们身边吧。"

尼科尔使劲儿地摇头。

"不,不,我就要说完了。"她深呼吸,之后一气呵成地说,"请听我说完,姨妈。阿尔韦德先生现在在瑞士,不过没有跟妈妈在一起。他帮妈妈拿到一个布鲁塞尔剧院的合同,是唱小歌剧的。你知道,她的嗓子还算不错,他帮她练过。她甚至在报纸上获得过很大很大的荣誉。我口袋里有她的简报,您可以看看。"她停顿下来,不知道说到哪里了。"那时候,"她继续说,目光非常怪异,"热罗姆姨父过来是因为拉乌尔先生去了瑞士。不过太迟了。他到达的时候妈妈已经不在家里了。有一天晚上,她拥抱并吻了我……不,"她把声音压低,眉毛紧皱,"因为不知道怎么安排我,她差点打了我。"她抬起头,强装笑脸,"啊,其实不是看上去的那样,她并没有真的怪我。"她的笑阻碍了说话,"她很可怜,苔蕾丝姨妈,您不知道的是,她必须走,因为有人正在楼下等着她。她不知道热罗姆姨父就要到了,要知道他曾经很多次来看望过我们,甚至和拉乌尔先生合作演奏音乐。最后一次他曾说,只要拉乌尔现在在,他就不会再来了。离开之前,妈妈让我告诉热罗姆姨父她会离开很长一段时间,希望他能照顾我。我确定他一定会这么做,但他来了以后,我却又不敢跟他提了。他很生气,我因为担心所以去追。然后我故意撒谎,告诉他妈妈第二天就会回来。我每天都会告诉他,我在等他。他四处找她,以为她依然留在布鲁塞尔。这样做太罪恶了,所以我不愿意再在那里继续待下去。第一是因为拉乌尔先生的仆人,我痛恨他!"她有些发抖,"苔蕾丝姨妈,这个人的一双眼睛啊……我痛恨他!所以,热罗姆姨父和我说起善良的人的那天,我立刻下了决心。昨天早上,我拿了他给的一点钱就走了,决不让那个仆人抢走。我一开始躲在教堂,到了晚上,我坐上了夜班慢车。"

她低垂着头,语速很快。再次抬头时,她看见丰塔南太太温和的脸庞显出反抗和严厉，不禁双手合在一起。

"苔蕾丝姨妈，别误会妈妈，我向您发誓，所有的一切都不是她的错。我有时候会不乖，总是给她惹麻烦，这些都可以理解！不过我现在已经长大了，不能继续这样生活下去了。不能，再也不能，"她紧咬着嘴唇，"我多想工作、挣钱，再也不用依靠别人生活。所以我来了这里，苔蕾丝姨妈。我只有您一个亲人。我该怎么办？苔蕾丝姨妈，您可以帮我几天吗？现在只有您能帮我。"

丰塔南太太情绪太激动，以至于一时说不出话来。她曾经是否想过这孩子有一天会这么亲近她？她充满柔情地盯着这个孩子，心里体会着这种温情，进而平息了心中的苦痛。也许她没有以前那么漂亮，嘴上长的一些热疮让她的嘴变了形。不过她的双眼，一双深蓝色的眼睛，看上去有些太大太圆……清澈透明的同时含有多么正直的品质和勇气！

她俯下身，挤出一丝笑来：

"我的孩子，我明白，所以尊重你的决定，决定要帮助你。现在你先在这里住下来，留在我们身边。你需要好好休息。"她嘴里说的是"休息"，眼里说的却是"关爱"。尼科尔看得清清楚楚，不过还是不肯服软：

"我要工作，不想继续依靠任何人。"

"你妈妈要是回来找你呢？"

清澈的眼神有些模糊了，突然又变成不可思议的严厉。

"那，还是不能继续依赖任何人！"她的声音有些沙哑。

丰塔南太太就像没听见一样，继续说：

"我呢，非常希望你能留下来，和我们在一起……永远在一起。"

小姑娘站起身，有些踉踉跄跄。突然，她俯下身，将头放在姨母的膝盖上。丰塔南太太轻轻抚摸着孩子的脸颊，思考了几个她必然会碰到的问题。

"亲爱的，很多事情在你这个年龄是本不应该看到的，但你都看过了……"她壮着胆子说。

尼科尔想要起身，不过丰塔南太太制止了她。丰塔南太太不想让孩子看见她脸红。她小心地把小姑娘的额角放在膝盖上，用手指头随意地卷着一缕金黄色的头发，同时思考怎么说。

"你发现了很多秘密……这些秘密本来应该被保守……这些秘密……你能理解我在说什么吗？"她低头看着尼科尔的双眼，小姑娘的眼里折射出一束光来。

"啊，苔蕾丝姨妈，放心吧……不会有人……不会有任何人知道！他们不会懂，只会责怪妈妈。"

她想掩饰妈妈的行为，就像丰塔南太太想对孩子们隐瞒热罗姆的行径一样。这真是不谋而合，而且这种状况一下就稳定了下来。尼科尔想了想，脸上满是激动地站起来说：

"听我说，苔蕾丝姨妈，能不能这样告诉大家:妈妈为了生存下去，所以在国外找到一份工作，可以是在英国……因为这份工作她不能带我一起去……唉，是女老师的工作，这样可以吗？"她孩子气地笑了，"妈妈走了，所以我感到犹豫也就不稀奇了，对吗？"

7

底楼的老来俏在四月十五日搬走了。

十六日早晨，两个仆人在前方开路，一个是女门房弗吕林太太，一个干粗活儿的，韦兹小姐跟在后面，一起前来占有这套单身汉房间。要知道，老来俏在邻里之间的名声一直不好。韦兹小姐披着一条黑色的美利奴毛料肩，等着所有的窗户打开后进房。进入前厅后，她小步快走在每个房间转了一圈，发现房间四处空荡荡的，没有什么不干净的地方，这才放下悬着的一颗心吩咐大家仔细打扫，就像是要驱灾辟邪似的。

昂图瓦纳非常奇怪，这位老小姐几乎想也不想就答应了两兄弟住在父亲家里的要求，即便这样的做法可能会扰乱传统的家庭观念和教育观念。昂图瓦纳为了解释这老小姐的态度，想到了雅克回家所带来的愉快，以及她本人对蒂博先生的决定的维护，尤其是这一决定还得到了韦卡尔神父的同意。

事实上，老小姐百般殷勤另有隐情：听说昂图瓦纳要离开楼上的套间，她分外高兴。自从收留吉丝，不幸的老小姐就一直生活在可能得传染病的恐惧中。整个春天，她在自己的房里把吉丝关了六个星期，除了阳台，她甚至不敢让她呼吸别的地方的空气，还推延了全家人一起去拉菲特别墅住的事，原因是女门房的侄女小李斯贝特·弗吕林得了百日咳，出门不是非得经过那间传达室吗？

所以，在她看来，昂图瓦纳身上那股医院才有的奇怪味道、他的箱子和书都可能不断地带来一些危险。她请求他绝对不要把吉丝抱起来放在膝盖上。碰上他回家时一时大意，将外套随手扔在前厅的椅子上，而不是拿回房间，又或者他回来得晚了些，没有洗手便入席（即便她知道他没有穿着那件外套给病人看病，他没进洗手间就不会离开医院），她就会因为担惊受怕而茶饭不思。等到吃饭后点心时,她便带着吉丝回房将鼻子、脖子清洗干净,以免传染。如果把昂图瓦纳安排到底层,那就等于在吉赛尔和他之间有了一个隔了三层的保护区,最大可能地减少平日传染的危险。为此,她分外积极地组织了一个"鼠疫患者防疫站"。三天内,她将这套房间进行了刮洗、裱糊,并安装了窗帘和一些必备的家具。

雅克终于要回来了。

每当想起他,她就会加快安排一切,有时候也会稍微停一停手上的工作,萎靡不振的双眼看着想象中温暖的面孔。她丝毫没有因为对吉丝的关爱而减少对雅克的关心。从他出生以来,她就非常喜爱他。实际上,对他的喜欢还要追溯到更久以前,因为她在他出生以前爱过和抚养过他从未谋面的妈妈。从躺在摇篮里开始,她就取代了母亲的位置。有一天晚上,雅克在过道的地毯上跟跟跄跄地朝她走了第一步,然后扑入她张开的双臂。之后的十四年,她为他提心吊胆,就像现在她为吉赛尔一样。她多么爱他呀,但却丝毫不了解他。对她来说,这个整日待在身边的孩子就像是一个谜团。有些时候,她为自己养育了一个怪胎而感到绝望,想到蒂博太太的童年更是潸然泪下。蒂博太太就像耶稣一般温柔。她搞不清楚雅克的暴躁性格到底像谁,于是把这一切都归罪于魔鬼。还有的时候,因为一个出其不意的、意义丰富的动作,她又会心花怒放,感动到喜极而泣。她习惯了雅克的存在,从来都没想过他有一天会离家出走。这次回来她希望能让他感受到节日的气氛,在新房间里摆满了以前玩过的所有玩具。她让人到房间里把一张她自己喜欢的扶手椅搬了下来,因为他每当赌气的时候总会坐在上面。根据昂图瓦纳的建议,她将雅克的旧床换成了一张崭新的靠背床。白天的时候,靠背床能折叠收起,这让他的房间有了一种工作室才有的严肃气氛。

吉赛尔这两天被关在一间房里做作业,但她的注意力始终不能集中。她想要去看看楼下的安排。她知道她的雅克就要回来了,楼下吵闹个不停都是因为他要回来。为了能安静下来,她不得不在这个牢房一样的房间里不停地转圈。

第三天早上,这样的折磨变得难以忍受。楼下的诱惑力太大了,发现中午姑母没有上楼,她便不计后果地偷溜了出来,飞快地奔下楼梯。这时恰巧碰到昂图瓦纳回家,她看了放声大笑起来。他冷静地、凶狠地看着她的时候,总是能惹得她放肆地大笑。昂图瓦纳严肃的表情保持得越久,她就笑得越久,直到老小姐把两个人都责备一番。不过这次两个人是单独在一起,一定要好好享用利用一下。

"你到底在笑什么呢?"他握住她的手腕,她试图摆脱,却笑得更加厉害了。突然,她停住了。

"我不能再这样笑下去了,你知道的,不然我可能永远都嫁不出去。"

"你想要结婚?"

"对。"她抬起小狗一样温和的眼睛看向他。他盯着这个野孩子一样的胖嘟嘟的小身子,第一次想到这个只有十一岁的调皮的女孩子有一天会成为女人并结婚。他松开了她的手腕。

"你独自一个人,既不戴帽子,也不披围巾,这是要去哪里?就快到吃午餐的时间了。"

"我在找姑母,因为有个问题怎么也想不明白。"她一边说一边撒娇。她的脸有些涨红,走到楼梯昏暗处用手指指着那套单身汉曾经住过的房间,从神秘的房门露出一丝光线。她两眼炯炯有神。

"你要搬进去住?"

她的嘴唇翕动,却没有发出一个"是"字。

"你将会被责备!"

她有些犹豫了,大胆地看了他一眼,想要分辨他是否只是在开玩笑。最后她说:

"不可能!首先,这根本算不上什么过错。"

昂图瓦纳笑了笑,原来老小姐区分好与坏的标准是这样的。他开始思考老小姐是怎么影响孩子的,在看了吉丝一眼后,心放了下来:这绝对是一棵茁壮成长的植物,无论在哪里都能自由生长,摆脱所有的束缚。

吉赛尔的眼睛盯着半开半闭的房门不放。

"那就进去看看吧。"昂图瓦纳说了一句。

她忍住了欢呼,像只老鼠一样溜进了房间。

老小姐独自在房间里。她踩在沙发上踮起脚,把一幅耶稣像挂在了墙上。这是她在雅克第一次接受洗礼时送给他的,现在它应该继续守护这个孩子的睡眠。她感到快乐而幸福,似乎也年轻了许多,嘴里哼着歌手里干着活儿。她听见昂图瓦纳在接待室的脚步声,以为自己忘了时间。与此同时,吉赛尔已经把其他几个房间转了个遍,忍不住快乐地一边拍手一边跳起舞来。

"上帝啊!"老小姐从沙发上跳下来轻声说。风从打开的窗户飘进来,她看见镜子里侄女的头发在风中飘舞,她像头小羊羔一样在原地蹦来蹦去,还扯开嗓子尖声地喊:

"风儿万岁!风儿万岁!"

她不知道到底发生了什么事,也不想知道。小姑娘调皮,她从

199

来没有想过要带这个孩子来这里。六十六年以来,她已经习惯于听从命运的安排。但在这一刻,她解开披风向孩子奔跑过去,紧紧地把她用斗篷裹住,一句责怪的话也没说,只是拉着她上了三楼,这样的速度比小姑娘下来时的速度要快得多。她让吉赛尔钻在被窝里睡下,端来一碗热乎乎的药剂喂她喝下,这才歇下来。

事实上,她的担心并不是毫无根据的。吉赛尔的母亲是马尔加什人,与当时在塔马塔夫的韦兹司令官结婚,后来因患肺病死去,那时候孩子还不到一岁。两年后,韦兹司令官也患上了一种难以确诊的慢性病,大家都说是他的妻子传给他的。老小姐是这个孩子唯一的亲人,于是跑到马达加斯加把她接来照顾。从此以后,传染病的可能一直困扰着老小姐,即便孩子从来没有得过感冒,她健康的身体定期获得所有医生和专家的认可。要知道,医生们每年都定期给她做一次检查。

半个月以后学院就要举行选举了,蒂博先生似乎盼望着雅克归来。事情已经定了,费斯姆先生会在下个星期日把他带回巴黎。

前一天,也就是星期六的夜晚,昂图瓦纳七点从医院离开,之后因为不想在家用餐于是在附近一家饭馆吃了一顿。晚上八点,他自己欢欢喜喜地回到新居。这是他第一次在新家里睡觉。他插入钥匙打开门,然后砰的一声关上门,感觉一切都有意思极了。他把屋里所有的灯开了,迈着小步在房间里走来走去。他给自己留了临街的房间:两间大房和一间书房。第一间房子里的家具不多,只有几张扶手椅围绕在独脚桌四周,这是一间接待室,如果有机会接待主顾的话。第二间房面积最大,里面放着他从父亲所住套房里搬来的家具,如大工作台、书柜、两张皮面扶手椅和所有日常生活要用到的东西。书房放了一张梳妆台和一个壁橱，另外还有一张他的床。

　　在接待室里一堆还没打开的箱子旁，他的书还堆在地板上。暖气散发出一股温暖，新换的灯泡发出的光洒在所有的东西上。这个漫长的夜晚完全供昂图瓦纳自己支配，在这些时间里，他要把所有的箱子打开、安排好，为今后的生活做准备。不用说，楼上肯定已经吃过饭了，吉丝睡熟了，蒂博先生还在不着边际地大发议论。这一刻，昂图瓦纳感到内心从未有过的平静，这种孤独让他感到非常舒服！壁炉上的镜子照出了他半个身子，他自顾自怜地向镜子前走去。关于照镜子，他有一种特别的爱好：双肩挺立，牙关紧闭，正面直视，眼神犀利，直接深入自己的眼里。他试图忽视自己上身太长，下身太短，双臂瘦弱，甚至可以说在瘦骨嶙峋的身躯上，头本来已经显得不成比例，胡子的存在更加强了这种感觉。他希望成为同时也自认为是一个勇猛而充满力量的男子汉，他喜欢自己一脸紧张的表情。由于不高兴而皱眉，似乎要把所有的注意力都集中在生命的每一刻。他眉头突出，目光定在暗影中，有一种固执的闪光，就像是摸不着的意志的标记，让他很是喜欢。

　　"还是先整理书吧。"他将上衣脱下，一边想一边精力十足地将空书柜的两扇门打开，"好……下面放课堂笔记本……字典放在最容易够到的地方……治疗学……行了……哇噢！我终于达到目的了。底楼，雅克……这一切要是放在三个星期之前，谁会相信是真的呢……这家伙身上有种不屈不挠的精神，"他声音充满了愉快，就像是在模仿另一个人说话，"固执己见、不屈不挠！"他朝镜子里的自己看了一眼，脚跟在地上转了一圈，差点把碰到下巴的一摞书掀翻在地，"嘿，悠着点！行！看吧，书架变模样了……现在开始清理废纸……今天晚上必须把纸夹放回匣子里,就像往常一样……然后要开始修改笔记和观察……我已经拥有大量的……理出一个清晰的目录,采用明确的有条理的分类……就像菲力普家里一样……一个卡片目录……不过所有杰出的医生……"

他迈着轻盈的步伐,几乎就要跳起舞来,在接待室和纸盒之间来回穿梭。突然,他天真、出人意料地笑出声来。"昂图瓦纳·蒂博大夫。"他就像是在宣布什么,停顿了一下,又抬起头,"蒂博大夫……蒂博……要知道,他是儿科专家……"他往旁边迈出一小步,微微鞠了一躬,接着又稳重地来回忙碌,"从现在开始要整理柳条箱了……两年之后,我就会取得金质奖章,甚至坐上院长的位子……医院会考,我只会在这儿住上三四年,不可能更久。到时候我会拥有一套舒适的房子,就像老板拥有的那套一样。"他的声音听起来像是在歌唱,"蒂博,最年轻的医生之一……菲力普的左臂右膀……很快我就会在儿科领域成为专家……我想到路易泽、图龙……傻瓜……"

"傻瓜——"他不停地重复,看起来又不像是在思考自己所说过的话。他在为手臂上各式各样的物品寻找合适的摆放地点,看起来有些为难。"假如雅克想当医生,我一定帮助他、指导他……蒂博家有两个人当医生……这有什么不好呢?对蒂博家来说,这确实是个好职业!艰苦,但有奋斗的劲头,有引以为豪的东西,这是多么让人满足!要从事这样一件事需要花费多少精力、记忆力、毅力啊!而且永远也不会到头!能达到终点就能成为一名杰出的医生……就像菲力普大夫一样……可能有温柔、自信的神态……很潇洒,但也非常冷淡……教授……噢,成为一个人物,被同行请去会诊,被大家嫉妒!

"我呢,选择的是最难的专业——儿科。他们往往不知道该说些什么,一旦开口就是在对你撒谎。在这方面,和费尽千辛万苦找到的病患单独接触是必不可少的……好在还有 X 光照片……一个全能型的医生应该是个放射科大夫,同时还要亲自做手术。获得博士学位后,我曾参加过 X 光科实习。之后,我的诊室就是个 X 光车间……与其和一个女护士一起工作……还不如和一个穿工作服的助理一起……每到会诊的日子,每一个病患都有些严重,唉,都是些空话套话……

"我之所以相信蒂博,是因为他一开始就会进行 X 光检查……"

他用微笑赞美自己的声音,对着镜子眨眼睛。"对,我很清楚这有些自高自大,"他思考着,脸上露出笑,"韦卡尔神父:'蒂博家的自大者。'我的父亲,他……是这样。至于我呢,对,自大。为什么不能这样呢?自大,这是我的支点,我所有力量的支点。利用这个支点,我拥有权利。难道问题在于没有首先发挥自己的力量吗?我的力量又是什么?"他笑得露出了牙,"我很清楚自己所拥有的力量。第一,我理解力强,记忆力好。第二,我的工作能力。蒂博工作的时候就像头牛!好吧,随便他们怎么说!他们都梦想着能像我一样能干。第三,还漏了什么?对了,是毅力,就是非同一般的毅力。"他一边慢悠悠地说一边照镜子,"这就像是……存满了电能的电池,随时随地都能让我爆发各种力量!但若是没有一个支点能让我利用,我储存的所有力量又能发挥什么作用呢,神父先生?"他拿着的一个扁平的镍盒在灯光的照耀下闪闪发光,却不知放在哪里比较好。最后,他把它放在了书柜上。"太好了。"他开玩笑时用的嗓音像诺曼底人,这也是他父亲偶尔喜欢用的嗓音。"特拉、拉、拉万岁,神父先生!"

箱子很快空了。昂图瓦纳手里拿着从箱底找出来的两只用长毛绒做的小框架,随意地看着。这其实是昂图瓦纳的外公和母亲的相片:一个漂亮的老头儿身穿燕尾服站立着,手放在堆满书的独角桌上;一个年轻的女人,眉目清秀,身上穿的上衣是方形开襟,两束柔软的卷发垂落在肩上。他平常很喜欢看母亲的这张相片,就像是真的见到了她一样。这张照片是蒂博太太订婚时拍的,之后他再也没见过母亲这样梳妆。雅克出世后她就去世了,那时候他还是个九岁的孩子。他开始缅怀外祖父库蒂里埃,他是个经济学家,也是麦克马洪的朋友,梯也尔垮台的时候差点当上塞纳省省长,还担任过几年学院院长的职务。昂图瓦纳从未忘记过他那副可爱的样子,打着白细布领带,带着放在加吕沙发皮套里的供一周用的螺钿柄刮刀盒。

壁炉上有岩石标本和化石标本,他把两个相框放在其中。接下来要开始整理书桌了,上面堆着各种什物和纸片。他饶有兴致地整理起来。整理完毕环顾四周,他感到满足。一眼望过去,房间完全变了模样。"剩下还有被褥、衣服,这些都是弗吕林大妈要做的事情了。"他慵懒地想着。(为了彻底脱离老小姐的保护,他坚持只让女门房伺候和料理底楼。)他取出一支烟卷,舒舒服服地躺在皮质扶手椅里。很少能有机会像今天这样,没有明确的任务,整个晚上的时间可以自由支配。但他开始感到无聊。时间还早,接下来该做什么呢?难道要一边抽烟一边东想西想?还有几封信没写,算了!

"哦,"他想了想,突然站起身,"我想知道埃蒙是怎么分析儿童糖尿病的……"他拿起一本厚重的精装书,放在膝盖上开始翻看。"对……我早应该知道的,症状很明显,"说着皱着眉头,"我弄错了……如果当时菲力普不在,这孩子可能就完了……这些都是我造成的……都是我,不,毕竟……"他将书合上,并扔到了桌上。"在那样的情况下,指导医生表现得真生硬!他太看重自己的地位生怕会失去!'您制定的食谱只会加重他的病情,可怜的蒂博!'在所有实习医生和护士的面前,多难堪!"

他将手放进裤兜,走了几步。"那时候我应该回敬他几句的,比如说'如果您做好了自己的事情'太棒了。他会告诉我:'蒂博先生,我认为,如果这样做,就不会有人……'这时我会让他闭嘴:'请原谅!假如您早上能按时上班,拿到诊疗结果,而不是在十一点半就偷溜,为了赚外快去照料您的女病号,我就不必做本来应该是您做的工作,也就不会出现危险了!'太好了!就这样当着所有人的面说!他在接下来的半个月一直对我板着个脸,但我根本不在乎。去他的!"

一种恶狠狠的表情爬上他的脸,他耸耸肩,随随便便地开始给挂钟上发条。他忍不住哆嗦了一下,马上披上外衣,回到原来坐过的位子。前一秒钟的所有得意都消失了,他心里留下的都是冰冷的印象。"笨蛋。"他苦笑了一下,不知为何又跷起了二郎腿,接着点了一支烟。他在说"笨蛋"的同时也想着菲力普大夫过人的眼力、经验和本能。这时候,指导医生的天分形成一个庞然大物,让人感到压抑。

"那我呢?那我呢?"他感到有些窒息,"是不是有一天我也能和他一样眼明手快呢?想要成为一名杰出的临床医生,除非拥有这种稳操胜券的洞察力。我是不是……是的,记忆、勤奋、坚持……抛开这些从属的优点,我是否还有别的特长?我已经不是第一次在容易诊断的病例上摔跟头了——对,这非常容易诊断。总之,是个很典型的病例，特征突出……啊，"他猛地伸出双臂，"这不是孤立的一件事：工作，成功！成功！"他脸色苍白。"明天，雅克！"他想着，"明天晚上，雅克就会住进隔壁的房间，而我……我……"

他一下蹦了起来。他预想的和弟弟一起生活的计划突然显露出原有的面貌：这真是无法挽回的疯狂行为！他不再想自己已经扛起的责任，只想今后不管怎么样也要清除前进的阻碍。他想不通，自己怎么会突发奇想决定揽下一份拯救的工作。他还有多少时间可以浪费？每个星期难道只有一小时能远离这个目标？太愚蠢了！都是自己搬起这块石头放在头顶上的！再不能反悔了！

他有些木然地走过前厅，打开雅克房间的门，站在门口，傻傻地盯着幽暗的房间。他泄气了。"他妈的，要是想清净一下，到时候该去哪里呢？哪里能安心地工作，能只关注自己的事呢？最后终归要让步！家庭、朋友，雅克！所有人都联合起来妨碍我工作，让我虚度光阴！"一股热血涌上心头，他的喉咙有些发干。走到厨房取了两杯冰水喝下，他再次回到书房。

他有些精神不振，开始脱衣服，然后发现自己很不习惯现在的房间。屋里所有的日常用品都换了一种奇怪的面貌，他突然间觉得所有的一切都带着一种敌意。

一个小时后，他终于躺下来了，然后又花了更长的时间睡着。他不习惯临近街道的吵闹声，每个人在街上走路的响声都让他发抖。他想着一些不值一哂的事情，比如怎么做才能不被惊醒，有一次从菲力普家的晚会回来，怎么也找不到车……一想到雅克即将回来，越来越清晰，于是越来越烦躁。在狭窄的床上，他绝望地翻来覆去。

"不管怎么样，"他胡乱想着，"我必须安排好自己的生活！其他的事让他们自己去应对吧！既然已经决定了，我就把他安排在隔壁，会监督他用功。其余的时间，我要忙自己的事！我答应要照顾他，这没错，但一切都适可而止！希望这一切不会妨碍我追求上进！我首先必须安排好自己的生活！其他的事……"这天晚上，他对弟弟的爱不见了踪影。他回想起访问克卢伊时的情景。弟弟消瘦，因为孤独而面容憔悴。怎么会这样，难道是得了肺病？如果是这样，他会请求父亲送雅克去一间很好的疗养院，比如在奥韦涅或者比利牛斯山一带，没必要去瑞士。他，昂图瓦纳，一个人生活，自由地支配所有时间，自由地工作……他甚至想道："也许我可以用他的房间做卧室……"

8

第二天，昂图瓦纳的精神状态与前一天晚上相比完全变了。早上在医院工作的时候，他反复地看表，急着想要从费斯姆先生的手里把雅克接回来，表现得既兴奋又不耐烦。他提前到了火车站，一边来回踱步，一边想着就教养院问题要和费斯姆先生说的话。火车进入月台后，他在人群中一眼就看见了雅克的身影和院长的眼镜，于是迅速走上前去迎接。

费斯姆先生穿着讲究，手上戴着浅色手套，脸上刮得有些过火，只好扑上些粉掩盖火辣辣的刀痕。他见到昂图瓦纳时就像见到了最好的朋友，满面春风。他本打算陪着两兄弟回家，所以坚持要他们在咖啡店喝点东西。昂图瓦纳急着分手，于是叫住了一辆出租车。费斯姆先生刚举起座位上雅克的包袱，车已经开动，他漆皮鞋的头差点被车轧坏。他又将上身伸进车门,激动地握住两个年轻人的手,请昂图瓦纳代他向蒂博先生致以最亲切的问候。

雅克泪流满面。

看到哥哥前来迎接,他还没有说过一个字,有过一个动作表示回应。对于昂图瓦纳来说,弟弟这种沮丧的情绪更加让他怜爱,在他心里激发出一种全新的感情。假如这时候有人向他提起前一天晚上的厌恶之情,他会矢口否认,并严正申明弟弟的归来让他空虚无聊至极的生活有了一个目标。

他将弟弟带进他们住的那套房,然后关上门,心里感觉就像是为心爱的情人准备了一套住宅一样欢欣鼓舞。他意识到这一点,暗暗把自己嘲笑了一番,但他丝毫不在乎自己看起来到底有多可笑,只感到从未有过的幸福,心情愉悦。他没有发现弟弟脸上闪过满意的表情,但一点也不怀疑自己很好地完成了任务。

老小姐在他们回来前的最后一刻来过雅克的房间。她生起火,房间里顿时有了浓浓的迎客气氛。她准备了一碟香草糖和杏仁蛋糕,这是本街区有名的点心,雅克以前特别爱吃。床头柜上的一只瓶子里插了一束紫罗兰,上面还有一条纸飘带,吉赛尔用五彩笔在上面写着:

"送给雅克。"

不过雅克似乎并不在意这些精心的准备。进门后,他就坐在门边,手里拿着帽子。这时昂图瓦纳正在脱大衣。

"四处去转一转!"昂图瓦纳大声说。

雅克慢条斯理地跟在他后面,随便看了看其他房间后又返回来坐着。他看起来像是在等什么,有些心神不定。

"你想去楼上看望一下大家吗?"昂图瓦纳发现雅克有些发抖,很清楚他没有记挂别的事。雅克脸色惨白,眼睛低垂,突然又抬起,就像是那要人性命又急切地想靠近的时刻已经到了,把他吓着了。

"我们一起上去吧,一会儿就回来。"昂图瓦纳安慰了一句,想给他补充些力量。

蒂博先生在书房等着他们,情绪很是不错。春天就要来了,天气晴朗,早上参加郊区的大弥撒,他在祈祷凳上兴奋地重复:下周日,坐在同一个位子上的无疑将是一个学院的新院士。

他上前迎接了两个儿子,拥抱并亲吻了小儿子。雅克开始抽噎。蒂博先生从雅克的泪水中看到了悔过自新,他非常感动但并不想表露出来。他让孩子坐在壁炉旁一张高背圈椅里,自己则背着双手踱来踱去,就像平常一样喘气。他简单地责备了几句,言语中夹着挚爱,语气中带着坚定,让人清晰地记得雅克是在什么样的条件下才回家的。他叮嘱雅克要听从和尊重昂图瓦纳就像对待父亲一样。

一个不请自来的客人缩短了结束语。他是蒂博先生未来的同事。蒂博先生不想让他等得太久,于是准许两个儿子早些离开。他送两人到书房门口,一只手掀起门帘,一只手放在悔过的小儿子头上。雅克感觉到父亲的手指在轻抚他的头发,充满爱意地拍着他的脖颈。这种亲切的感觉是从未有过的,他不禁激动起来,于是转身握住了那只柔软的大手,把它送到嘴唇上。蒂博先生吓了一跳,眼睛睁得大大的,表现得并不高兴,有些疑惑地收回手去。

"好吧,好吧……"他嘀咕着,多次把头颈伸出领口。在他看来,这种脆弱敏感不是个好兆头。

两兄弟找来时,老小姐正在给吉赛尔穿衣服,准备去参加晚祷。

看到走进来的不是预想中调皮捣蛋的小鬼,而是双眼哭得发红、脸色惨白的大小伙子,老小姐双手合十,小姑娘头发上打结的丝带也因此从指缝中滑落。她非常吃惊,鼓起好大的勇气才敢拥抱他。

"我的上帝啊!真的是你吗?"她终于说了一句话,随后扑到他身上。她紧紧地把他抱在自己的怀里,过了一会儿才退后几步看他。她用闪烁着光芒的双眼死死地盯着雅克的脸,却怎么也找不到以前那张珍爱过的脸。

吉丝非常失望,她咬着嘴唇,惊恐地看着他,最终还是笑了笑。雅克对她也笑了笑。

"难道你认不出我了吗?"他向她走去,隔阂瞬间打破。她一头扎进他的怀里,像只山羊似的蹦跶起来,紧紧抓住他的手不愿意放开。不过今天她还是不敢说什么话,甚至不敢问他是否看到她的花。

他们一起走下楼。吉赛尔一直抓着雅克的手不愿意松开,默默地紧挨着他,像只小动物一样可爱。走到楼梯底下,他们分手了。在穹顶下,她转过身,隔着玻璃门用双手朝他飞吻,不过他没能看见。

回到房里,昂图瓦纳看了一眼雅克,明白弟弟重新见到亲人后心情很不错,状况有所好转。

"你觉得我们一起住在这里怎么样?说说看吧!"

"好。"

"你自己找个地方坐吧。在这张大扶手椅里坐,你会发现住在这里会非常舒服。我去沏茶。你饿不饿?我去找些点心来。"

"不用,谢谢。"

"但我想吃些点心!"昂图瓦纳兴致盎然。这个整天沉迷于发奋用功的孤独者终于理解了爱、保护、分享的温暖。他没来由地笑着,完全沉醉在幸福中,感觉从未有过的舒畅。

"抽烟吗?不抽?你看着我……真的不抽吗?你一直在看着我,勇敢点,你已经离开教养院了!你是不是还是不相信我?你说话呀!"

"不,不是不相信。"

"那是什么?你担心我会欺骗你,你回家后不能随心所欲、自由自在吗?"

"不……不是的。"

"那你到底是在担心什么?难道是在留恋什么吗?"

"没有。"

"是吗?既然如此,你这么倔强,又是在想什么呢?咦?"

他走到雅克身边,想要放低身体去拥抱他,但最终还是没有。雅克抬起头,用犹豫的眼神看着哥哥,发现他正在等待自己的答案:

"你为什么要问我这些呢?"他微微抖了一下,轻声说,"这是怎么了?"

接着是一阵短暂的沉默。昂图瓦纳充满怜悯地注视着雅克,雅克又要哭起来了。

"你像是生病了,弟弟。"昂图瓦纳满是担忧,"一切都会过去的,你要勇敢。大家都会照顾你……疼爱你,"他没看雅克,有些胆怯,"我们还不够了解。你看,我们的年龄相差九岁,你还是个孩子,这是横在我们中间的一道鸿沟。我二十岁时,你只有十一岁,这太不一致了。但是现在完全不一样了。我从前根本不知道我是多么爱你,甚至从没想过这件事。看吧,我很坦率。现在我知道,情况变了。我非常高兴,非常……可以说看到你能在这儿,就在身边,我非常激动。两个人一起生活会好一些,舒服一些。难道你不这么认为?

你看,每天在医院上班,我会想着要早点赶回来。我会看到你坐在桌前用功。是不是?每天晚上,我们会很早就下楼,回到自己的房间,坐在灯下,房门敞开着,可以随时看到对方,互相陪伴……有的晚上,我们会像朋友一样坐着闲聊,怎么也不舍得去睡觉……你这是怎么了?你是哭了吗?"

他靠近雅克,在扶手椅的扶手上坐下,稍微犹豫了一下,握住了雅克的手。雅克把满是泪水的脸扭过去,抓住昂图瓦纳的手一直不放开,几乎要捏伤昂图瓦纳的手了。

"昂图瓦纳!昂图瓦纳!"过了一会儿他用压抑的声音叫着,"啊,如果你明白这一年来我心里有哪些变化……"

他泪如雨下,昂图瓦纳不好再问他。昂图瓦纳轻搂住雅克的双肩,亲切地抱紧弟弟。在马车的昏暗处,两个人感情激动时他已经经历过这种让人沉醉的怜惜时刻,以及因这种力量和相互情感的突然爆发。从此以后,他偶尔会想起这件事,但让人感到奇怪的是,不知为何这天晚上变得尤其激烈。他站起来,在房间来回踱步。

"你看,"他非常兴奋,"不知道为什么,我今天会和你说起这件事。如果有机会,我们还会再说的。你看,我们是兄弟。这件事看似没什么,但对我来说,它绝对是一件非常新鲜和重大的事。兄弟,不仅拥有同样的血缘,而且一生下来就注定同渊源,就像这两种同时激发出活力和干劲!就是说,我们不只是孤立的两个人,昂图瓦纳和雅克,我们是蒂博家族的人,我们是蒂博家族的。你知道我想表达什么吗?恐怖的是,我们身上都有这种干劲,同样的干劲,蒂博家的干劲。你懂吗?我们蒂博家族的人和别的家族不一样。在我看来,我们比起别人可能具备更多的东西,这都是因为我们属于蒂博家族。我呢,我每到一处，都是一个与众不同的人，我不想说更高级，但这是有可能的，难道不是吗？读中学时，你是个爱偷懒的学生，难道你没感觉到内心有种冲动让你在力量上想要超过别人吗？"

"感觉到了。"雅克停止了哭泣，一字一句地说。他兴致勃勃地盯着哥哥，发现哥哥脸上的聪明、成熟的表情让他看起来要大十岁。

"我很早以前就发现了这一点。"昂图瓦纳说，"我们身上集聚了骄傲、暴烈和执着，当它们混合在一起时发生了奇妙的变化。我知道，但不知道如何表达。所以，看，我想到了父亲……当然，你对他并不了解。但是他又不同。"他停了下来，走到雅克身边坐下，上身前倾，两手支撑在膝盖上，这姿势看起来与蒂博先生非常相似。"今天我想告诉你的是，这种神奇的力量时常会在我的生活中出现，我该怎么表达呢？就像一股浪潮，就像你游泳时下面有一股浪潮突然把你托起，它支撑着你，让你一下就可以到达距离很远的地方！你会看到的，它非常奇妙！不过前提是你必须善于利用它。只要拥有这种力量，就没有什么是做不到的，甚至再没有什么困难的事。我们，你和我就拥有这种力量。你能懂吗？所以，我……我和你提起这件事不是为了我自己。就说你吧,现在正是衡量你身上拥有的这股力量，了解并利用它的时候。以前浪费的时间你可以补救回来，只要你愿意就行。一定要有志向！不是每个人都能做到有志者事竟成的（我明白这一点其实是不久前的事）。我呢，我能做到有志者事竟成，你也可以做到，蒂博一家都可以做到，所以蒂博一家任何事都能做到。赶超别人！让人敬佩！必须这样。必须让这种隐藏在蒂博家族中的力量开花结果！蒂博家族的这棵大树应该在我们身上尽情生长，实现整个家族的繁荣！你懂吗？"雅克的双眼始终没离开过昂图瓦纳的眼睛。"你懂吗,雅克?"

"是的,我懂!"他几乎是在喊叫。他明亮的双眼有一种光芒在闪烁,他的嗓音有一种愤怒在颤动,他的嘴角有一种奇怪的褶皱,仿佛是在怨恨哥哥用这种出人意料的感觉扰乱他的内心。他颤抖了一下,表情随即松懈下来,极度的疲惫爬上了他的脸。

"天啊,你走开!"他突然叫出来,用双手撑着额角。

昂图瓦纳一言不发地上下打量着弟弟。距离上次见面已经有半个月了,雅克看起来更加瘦弱、惨白了!他茶褐色的头发剪得很短,本来就大的头看起来更大了,招风耳也特别引人注目,脖颈则显得更细。昂图瓦纳仔细一看,发现雅克两鬓的皮肤几乎呈透明色,精神萎靡,眼眶有了黑眼圈。

"你都改了吗?"他直截了当地问了一句。

"你说的是改什么?"雅克轻声问。他清澈的目光开始变得浑浊,脸涨得通红,但表现出来的惊讶的表情却是装的。

昂图瓦纳没有回应。

时间有些晚了。他看看表,站了起来,因为五点左右还要去复查。他有些犹豫不定,不知道是否应该告诉弟弟,他将会一个人待着,直到吃晚饭的时候。但他没想到,雅克看到他要走似乎表现得有些高兴。

哥哥走后,雅克一个人待着,这才感到一种轻松。他想在房子里转转,但前厅的门紧闭着,于是他没来由地焦躁起来,只好回到自己的房间关上了门。

哥哥在的时候他只大略地看了一眼自己的房间,这时候才发现紫罗兰花束和带子。白天发生的事纷纷钻进他的脑海:父亲的迎接,昂图瓦纳说的话。他斜躺在长靠背椅里，忍不住哭泣起来。这哭不是因为伤心绝望，是因为疲惫不堪，是因为这个房间、紫罗兰花束，以及父亲在他头上的轻抚、昂图瓦纳的关爱、陌生的新生活。所以，他哭是因为看到周围的人都想要关心他，因为家里人想要照顾他，和他说话，对他微笑，因为他必须对所有人的问题给出回应，因为他再也不能安静地独处了。

9

为了安排好这段过渡期，昂图瓦纳把雅克重新上学的时间推迟到了十月。为了帮助雅克慢慢地恢复智力，他和在大学教书的老同学共同起草了一份重点学习提纲。三个不同科目的老师将承担起这份工作，他们都是年轻人，有的是昂图瓦纳的朋友。温顺的雅克学习时非常用功，昂图瓦纳很快就发现，教养院的孤独尚未使弟弟的智力衰退。在某种程度上，雅克的智力甚至可以说在忍受孤独的过程中成熟了。虽然一开始进行得很慢，但不久雅克的进步就超出了昂图瓦纳的期望，而且他没有因为可以独自行动的自由而胡来。昂图瓦纳虽然事先并没有告诉父亲，但得到了韦卡尔神父的默许，所以并不担心让他自由行动有什么不妥。他发现雅克天赋异禀，如果能够自由发展一定会有所成就。

开始那几天，他躲着不愿意出门，因为街道使人头昏眼花。昂图瓦纳不得不想方设法找些事让他跑腿，让他能呼吸一些新鲜空气。就这样，雅克慢慢熟悉了这个街区。一段时间以后，他开始饶有兴趣地四处转悠。在气候宜人的季节，他喜欢沿着码头一直走到巴黎圣母院或者杜伊勒里宫四周溜达。有一天,他鼓起勇气去了卢浮宫,不过进去以后,他发现不但里面的空气憋闷,尘土飞扬,而且连一排一排的绘画作品也非常枯燥乏味,于是迅速溜了出来,决定以后再也不去了。

吃饭时他战战兢兢,只听父亲不停地讲,一句话也不说。但是,蒂博先生从来都是独断专权,脾气火暴,在他家生活的人只能乖乖地躲在假面具之后。老小姐始终隐藏了自己的真实想法,只是表面上服从。蒂博先生对这样的服从沾沾自喜无所顾忌地夸夸其谈,天真地以为沉默是一种赞美。而对雅克,他尽量克制,遵守自己的诺言,从不过问雅克是怎么安排时间的。

不过有一点蒂博先生没有做出丝毫让步:不允许和丰塔南一家有任何来往。为使事情更为稳妥,他决定今年不带雅克到拉菲特别墅区去度假。每年的春天,蒂博先生和老小姐都会在那里住上一段时间,森林的旁边有一栋小楼房就是丰塔南家。所以,今年夏天,雅克要和哥哥一起待在巴黎。

关于不能和丰塔南一家见面的事,两兄弟之间进行了一次严肃的谈话。雅克表示反对,他认为继续猜疑他的朋友意味着过去的不公平永远难以消除。如此激烈的反应不但没让昂图瓦纳恼火,反而证明了一件事:雅克,一个真正的雅克重生了。一直等到雅克愤怒的情绪过去后,他才开始努力说服弟弟。没有费多大的劲他就得到了雅克的承诺:不会再试图去见达尼埃尔。这样看来,雅克并没有预想的那么执拗。他还是喜欢独处,跟别人的接触较少,哥哥的陪伴已经足够了。特别是昂图瓦纳和他亲密地生活在一起,竭尽全力避免年龄上的距离,更没有摆出一副居高临下的样子。

六月初，雅克回到家里时看见便门旁边有一堆人围在那里，走过去一看，原来是弗吕林大妈发病了，正躺在传达室内。晚上，她终于恢复了意识，但右臂和右腿还是不听使唤。

又过了几天，昂图瓦纳早上正要出门时听到有人按铃。一个穿着粉红色短袖衬衫和黑围裙的德国女孩儿站在门口，她涨红了脸，鼓起勇气笑着说：

"我是来干活儿的……昂图瓦纳先生，你不认识我是吗？李斯贝特·弗吕林……"

她说话时带着阿尔萨斯口音，像孩子一样天真的嘴唇把字音扯得特别长。昂图瓦纳想到了"弗吕林大妈的孤女"，以前总是一个人孤零零地在院子里。她继续解释，自己是特地从斯特拉斯赶来照顾姑母的，帮着姑母干点家务。说完，她就开始干活儿了。

之后，她每天都这样敲门，然后手捧托盘伺候两兄弟吃早饭。昂图瓦纳看到她脸突然红了就逗她，问她德国的生活方式是怎样的。她今年十九岁，离开这里后的六年一直住在叔叔家，她叔叔在斯特拉斯堡车站周围开了一家饭店。这种时候，如果昂图瓦纳也在，雅克偶尔也会加入谈话。如果是雅克和李斯贝特独处，他就会躲着她。

不过，遇上昂图瓦纳值班的时候，她会把午饭送到雅克的房里。这时候他会问她姑母的病情，李斯贝特没告诉他太多：弗吕林姑妈康复了，虽然速度有点慢，胃口慢慢变好了。李斯贝特非常感激她把自己养大。现在的她个子不高，身体丰腴而富有弹性，平时喜欢唱歌、跳舞、玩乐。笑起来的时候，她会大大方方地看着雅克。她小脸蛋和短鼻子看起来总是很警觉，两片嘴唇颜色鲜艳，看起来嘟嘟的，一双眼睛有着瓷器般的亮度，蓬松地散落在额角的头发不是金黄色而是苎麻色的。

　　李斯贝特闲谈的时间一天比一天多,雅克也不像开始时那么害怕了,他开始全神贯注地听她说。而这种倾听的态度总是会让人说出心里话,比如仆人、同学,甚至是老师的秘密。比起和昂图瓦纳谈话,李斯贝特和他说话时要轻松得多。和他哥哥在一起的时候,她看起来更像个孩子。

　　有一天早上,她发现雅克在看一本德语词典,于是她仅存的一点矜持也消失殆尽。她想看看他翻译出来的文字,发现是歌德的一首浪漫曲子时心动不已。她不但记得这首曲子,而且还会唱:

流淌吧,流淌吧,可爱的河流!
我再也不会感到开心……①

　　德国的诗歌让她有些心荡神驰。哼唱几首浪漫的曲子后,她对开始的几句诗进行了解释,认为最动人的诗句是天真忧伤的:

假如我是一只小燕子,
啊,我会向你飞奔去……

　　她特别喜欢席勒②的作品,低声吟咏了几句后,一口气把钟爱的《玛丽·斯图亚特》③的片段背了出来。这是记述被囚禁的年轻的皇后得到在监禁地的花园中散步的允许后,向洒满阳光、充满青春的

---

①原文为德文。
②席勒:德国著名的剧作家,诗人。
③玛丽·斯图亚特是苏格兰的女王,后来被斩首,席勒用她的故事为题材创作了这部同名悲剧。

醉人气息的草坪奔去。雅克没能听懂所有的，她翻译出大概之后，为了表达对自由的向往，她用了一种十分稚气的嗓音。雅克不禁想起克卢伊，顿时充满柔情。

最初他还有所保留，慢慢地，他开始讲起自己遭遇的不幸。事到如今，他还是孤孤单单一个人，很少说话。这样的嗓音，连他自己听着也醉了。很快，他激动起来，开始任意更改事实，叙述时添枝加叶，对一些模糊不清的回忆进行了文学加工。两个月以来，他如狼似虎地翻看昂图瓦纳书柜里的小说。他认为，相比乏味的现实，这种浪漫的加工对李斯贝特敏感的心会更有用。当他看到美丽的女孩儿擦拭眼泪，就像米格侬为祖国痛哭一般，他感到从未有过的艺术家的快感。他强烈地感受着，心里猜测这会不会是爱情，因为渴望不禁颤抖起来。

第二天，他心急火燎地等着她出现。也许李斯贝特发觉了，她拿来一本贴满了明信片、照片和干枯的花的纪念册给他。这是她三年来的少女生活，所有的生活。雅克问了她很多问题，他容易感到好奇，所有不知道的事都让他惊讶万分。李斯贝特身世的每一个细节都非常真实可信，没有半点值得怀疑的，但当她满脸绯红、嗓音拉长的时候，所有的一切看起来都像是在撒谎，就像一个在叙述梦想的人一样。

说起舞蹈学校的冬季晚会时，她快乐得手舞足蹈。整个街区的青年男女聚集在舞蹈学校，舞蹈老师手拿一把非常小的提琴，一边打拍子一边跟着一对对舞伴，他的太太则根据自动钢琴的节拍跳着最新的维也纳华尔兹。午夜时大家一起吃夜宵，之后，疯狂的大家一群群在黑夜中吵闹着从这家走到那家，不愿意就此分开。那时候，脚下踩着的雪是那么绵软，头顶的天空是那么纯净，轻轻拂过脸庞的风儿是那么清冽。有时候，下级军官也会加入跳舞的队伍中，其中一个叫弗雷第，另一个叫维尔。李斯贝特踌躇了好久才在一堆军官的合影中认出这个名叫维尔的大块头。

"啊，"她说着用袖子去擦照片，"他多高贵，多忧伤啊！"也许她曾去过他家，因为她提到齐特拉琴、覆盆子酒和凝乳，说到一半时突然发出奇怪的笑声中断了话题。她一会儿叫维尔为未婚夫，一会儿说到他的所作所为，好像他为她献出了所有一样。

雅克最后才懂得，他因为一件滑稽甚至不可思议的理由被派到了普鲁士驻守。说起这件事，她一开始怕得颤抖，接着又朗声大笑。在旅馆走廊的尽头，有一个房间的地板总是吱吱乱响，大家一直找不到原因。由于这间房靠近弗吕林的府邸，所以年迈的叔叔半夜在院子里追上了穿着袜子没穿上衣的下级军官，并把他赶到了街上。

据李斯贝特说，她叔叔本想聘用他当管家，她却说他不但是兔唇，而且从早到晚都叼着根香烟，满嘴的烟油味道。笑过之后，她又哭了起来。

李斯贝特坐在圈椅的扶手上，雅克坐着，纪念册在他前面的桌上摊开，很容易闻到她俯下身时的气息，感觉到她的卷发挨到他的耳朵。他的感官没有任何异样。他懂得那堕落的行为，但眼下更关心另一件事，就是他从最近看的一部英国小说中发现的，他认为在这片天地发现了纯洁的爱和丰富的感情。

他每天都在脑海中思考最小的细节，不停地为第二天的见面做准备：两个人在房间里单独相处，整个早上都没有什么事情能打扰他们。他让李斯贝特在右边的长靠背椅上坐着，额头前倾，他站着看到她内衣领口长着柔软毛发的颈部。她不敢抬起双眼,这时他俯下身说:"请不要再离开我家……"只有这时候她才会抬起头,眼里全是疑问。他的回答则是在脑门儿上一吻,就像订婚时一样。"五年以后我就二十岁了,那时候我会跟父亲说'我已经长大了'。如果他们说'她是女门房的侄女',我就会……"他做了一个不可一世的动作。"未婚妻!未婚妻!您是我的未婚妻!"房间太狭小了,根本容不下那么多的快乐,于是他出了门。天气炎热,他在阳光下激动万分地走着。"未婚妻!未婚妻!您是我的未婚妻!"

第二天他睡得很沉,铃响了也没听到。后来听到从昂图瓦纳房间传来她的笑声,他一下就从床上蹦了起来,飞奔过去看他们。昂图瓦纳已经吃完了饭,正准备要离开,双手握住李斯贝特的肩膀。

"听明白了吗?"他威吓道,"假若你还让她喝咖啡,我就拿你是问!"李斯贝特发出独特的笑声,她怎么也没想到,德国式的牛奶咖啡加糖后热乎乎地喝下竟然会伤害弗吕林姑妈的身体。

房间里只有他们两个人了。她往托盘上放上昨天特地配制的茴香绞花点心,然后恭敬地看着他吃。他故意抱怨肚子饿,因为一切都出乎意料,他不懂该怎么把现实和经过细致准备的场面相调和。更倒霉的是有人在按铃。一切都太突然了:弗吕林大妈一瘸一拐地走了进来,虽然没有完全恢复,但已经好了很多,于是前来向雅克问安。李斯贝特看了后把她带回传达室,并安顿在扶手椅里。过了好一会儿,她还是没有返回。雅克开始为环境的约束感到焦躁难安,他踱来踱去,心里很不高兴,这情形像极了以前恼人的场景。他紧咬着牙,双手放在裤袋里,开始自责起来。

等到她再次出现时,他已经口干舌燥,目光忧郁。因为等待的过程中焦躁不已，他的双手也不停地颤抖，只好假装在用功。她简单地清理了一下房间就和他道别了。他趴在书本上，心就像一片死灰一样，让她自己走了。每当独处时，他就会仰起脸坐着。苦笑着走到镜子前，他想好好地看看自己。他的脑海中无数次出现过这样的场面：李斯贝特坐在椅子上，他站在一旁，看到她细长的脖颈……沮丧一股脑儿地袭来，他用手遮住双眼，趴在椅背上要哭。不过眼泪始终没流出来，他只觉得神经紧张，心里怨恨。

第二天，她进门时神色忧虑，雅克以为这是在责备他，心里的怨恨也消失殆尽。事实上，她刚收到斯特拉斯堡寄过来的一封信：叔叔让她回去，因为旅店住满了客人。弗吕林同意再延迟一个星期，但不可能再久了。

她想过让雅克看这封信，但当他带着怯懦而温柔的眼神走过来时，她克制住了，决定不提这件烦心事。她径直坐在靠背椅上，这个地方正好是雅克想让她坐的。在一个能从镜子里看到自己的位置上，他站住了。当她低着头时，他能看见细长的脖颈哆嗦着从内衣领口里滑出。他僵硬地俯下身，她这时恰巧挺起胸。她讶异地看着他，然后笑着把他拉到身边，倚在靠背椅上，毫不犹豫地将脸贴在雅克的脸上，将发鬓贴在他的发鬓上，将温暖的脸颊贴着他的脸颊。

"亲爱的……我的宝贝……"

他以为自己会瘫倒下去，于是闭上了双眼。他感觉到李斯贝特的手指尖像是被针刺了一般，轻抚着他光滑的脸，然后深入领口。他哆嗦了一下，感到从未有过的舒适。那只手像是有一股魔力，慢慢地滑入衬衫和皮肤之间，轻压在他的胸前。于是，他鼓起勇气也伸出双手，碰到了一只别针。她为他解开，他屏气凝神，用手抚触陌生的肌肤。她动了一下之后，一只温暖的乳房突然滑入他的手掌中。他的脸通红，有些笨拙地拥抱并吻她，她随即做出了热烈的回应。一阵激吻之后，他感到有些窘迫。别人的唾液留在嘴里让他感到既愉快又恶心。她又把脸贴在他的脸上，一动不动。他感到她的太阳穴强烈地跳动并拍打着自己的眉毛。

从此以后，这样的行为每天都会发生一次。

每次走进前厅，她都会扯去别针，进房间后随手插在门帘上。两个人坐在靠背椅里，脸挨着脸，双手热乎乎的，一句话也不说。有时候她会唱几首德国的浪漫歌曲，总让他泪水在眼眶里打转。两个人摇晃着上身，久久地搂在一起，呼吸对方的呼吸，再也不去想其他的快乐。每当雅克的手指在她身上游弋，有时候移开一点，或用嘴去亲吻李斯贝特的脸，她就会盯着他，眼神仿佛是在求他更靠近一些。她感叹地说：

"真希望你能爱得更深沉忧郁一些……"

不过两个人摸到敏感的部位就会清醒过来，就像是心有灵犀一点通，两个人不约而同地避开了进一步的动作。两个人搂抱时不断耳鬓厮磨，不断地慢慢按压，所以每次呼吸时胸部散发出的温度都会使手指感觉到抚摸。李斯贝特总是感到疲惫，她并不刻意避开感官上的要求：她在雅克的怀里，在纯洁和诗情画意中沉醉。而雅克甚至不必回避更清晰的目的：这些纯洁的抚慰已经在他身上达到目的。至于将抚慰变成别的热情的前奏，他一点这方面的想法都没有。即便有时候女人的体温确实让他的身体出现纷乱的感觉，他也几乎没有意识到。因为他一想到李斯贝特可能会发现，心里就会万分羞愧，对自己感到厌恶。和她在一起的时候，所有不纯的欲望都没能进入他的心里。对他来说,精神和肉体是分离的,精神给了喜欢的人,肉体在另一个世界,一个李斯贝特没到达过的黑暗世界中孤零零地生活。某些晚上,他夜不能寐,就会从床上跳下来走到镜子前扯掉内衣,用饥渴的热情亲吻手臂和拍打身体。他经常独自一人,与李斯贝特保持一定的距离,她的形象从来不曾进入他平常想象的队伍中。

离要走的日子越来越近了,李斯贝特决定在下个星期日坐夜班车离开巴黎,但却不敢跟雅克说。

星期天吃晚饭的时候,昂图瓦纳知道弟弟在楼上,于是回到了自己的房间。李斯贝特在等他,哭着扑在他怀里。

"是什么事情?"他笑得有点怪里怪气的。

她否认发生了任何事。

"你等会儿要走了吗?"

"对。"

他看起来有些厌烦。

"这件事他同样有错!"她说,"甚至都没想过。"

"你承诺过会考虑这件事。"

她盯着他,心里有些看不起他。他不会懂,对她而言,雅克,"这是很不一样的"。不过昂图瓦纳长得英俊,他表现出来的神态让她难以抗拒,所以像其他人一样温顺地服从他。

她已经把别针插在了帷帘上,随意地褪下衣物,心里想着要离开的事。昂图瓦纳拥她入怀,她不停地笑着,笑声淹没在喉管里:

"我的宝贝……最后的这个晚上你变得更深沉忧郁些吧……"

这个晚上昂图瓦纳始终没有露面。快十一点的时候,雅克听到他回来的声音,然后悄悄地回了房间。雅克回去睡了,没有去找他。

钻进被窝,他的膝盖碰到了一个硬邦邦的东西,掀开一看原来是个包裹,真奇怪!里面是用锡纸包着的几块加糖的茴香点心,一张淡紫色的小字条放在一块丝手帕里,上面还绣着雅克的字母:

"送给我亲爱的宝贝!"

他从未收到过她写的字条,看来今晚她来过,曾经在他枕边弯下过身子。他把信拆了,开心地笑着:

雅克先生:

在您读到这封信的时候,我已经到了很远的地方⋯⋯

字迹模糊了,他的额头上全是汗。

⋯⋯我已经到了很远的地方,今天晚上我在东站坐十点十二分的火车去斯特拉斯堡⋯⋯

"哥哥!"

这叫声撕心裂肺,昂图瓦纳还以为弟弟受伤了,飞快地跑来。

雅克在床上坐着,两臂张开,两片嘴唇一张一合,眼神像是在哀求:他看起来像是要死了一样,只有昂图瓦纳可以救他。打开的信被丢在被子上,昂图瓦纳平静地看了一遍。要知道,刚才是他把李斯贝特送上火车的。他俯下身,但雅克这时候开口了:

"不要,不要说⋯⋯你是不会懂的。昂图瓦纳的为人,你不会懂⋯⋯"

李斯贝特也说过同样的话。他脸上满是倔强,目光却非常呆滞,这让人想起以前的那个孩子。突然,他的胸口剧烈地起伏,嘴唇开始颤抖,似乎是要拼命地躲避某个人。他转过身,趴在枕头上放声大哭，一只手臂放在身后。昂图瓦纳轻轻握住这只发抖的手时，雅克立刻捉住他的手不放。他不知道该说什么，只是盯着弟弟弯着的后背。因为抽噎，这后背不断地耸动并颤抖。他发现了灰烬下藏着的火苗，它随时都可能会燎原。于是，他开始衡量自己教育弟弟的意图中到底藏着多少虚荣心。

半小时后，雅克的手终于松开了。他不再抽噎，但胸口还在一起一伏。当呼吸慢慢均匀后，他迷迷糊糊睡着了。昂图瓦纳站在那儿没走，犹豫不决是否要走开。他满面愁容地想着这个孩子的未来。又过了半小时，他踮起脚尖走了，门半开着。

第二天，昂图瓦纳走的时候雅克还没醒，当然也有可能是在假装睡觉。

在楼上的饭桌前见面时，雅克满脸疲惫，嘴角有一丝看不起人的褶皱，带着自认为被欣赏、满是骄傲的表情。用餐时雅克不看昂图瓦纳的眼睛，甚至没想过要埋怨什么。昂图瓦纳知道这是什么意思，但始终不提李斯贝特。

很快，两个人的日子又恢复了往日的宁静，就像什么事都没发生过一样。

10

一天傍晚，昂图瓦纳吃晚饭前发现邮件中有一封自己的信，另外还有一封写给弟弟的信。从笔迹上他辨认不出是谁寄来的，看见雅克就坐在那里，他没有表现出犹豫。

"有你的一封信。"他说。

雅克迅速走过来，脸颊变得通红。昂图瓦纳一边翻看一本书，一边头也没抬地把信交给了他。等到抬起头来，他发现雅克已经把信放进了裤袋了。两个人四目相望，雅克的眼神有些不可一世。

"你这样盯着我是为了什么？"他问，"我想我应该有权利收信吧？"

昂图瓦纳一言不发地看着弟弟，随后转身离开了房间。

吃晚饭的时候，他只跟蒂博先生聊了聊天，没搭理雅克。两个人像平常一样一起下了楼，但没有说过一句话。昂图瓦纳回到房间刚在桌子前坐下，雅克门也没敲就走了进来，带着一种挑衅的眼神走上前来，把那封打开的信丢在办公桌上：

"你不是很想知道这封信里写了什么吗？"

昂图瓦纳把信折好递过去，雅克张开手指却没接，信飘落在地毯上。随后，雅克又从地上把信捡起，收好放在口袋里。

"既然如此，那就不用对我板着个脸。"他嘲讽道。

昂图瓦纳不屑一顾。

"如果你想知道，我难以接受！"雅克的声音突然提高好几倍，"我已经长大了。我认为，我有权……"昂图瓦纳专注而冷静的眼神激怒了他。"我告诉你我难以接受！"他大声嚷道。

"到底是什么让你难以接受？"

"所有的一切。"他的脸有些扭曲。愤懑而呆滞的眼神、大大的招风耳、一张一合的嘴让他看起来有些傻乎乎的，另外他的脸颊也涨得通红，"但是，这封信是有人写错了地址所以寄错了！我已经告诉他们，凡是我的信，以后我会自己去邮局取！这样做，我至少不必向任何人报告！"

昂图瓦纳一直盯着他看，一言不发。就现在的情形来看，沉默是最好的选择，掩饰了诸多的窘迫。要知道，这孩子从未用现在这种口气和他说过话。

"第一，我希望能够和丰塔南见面，你懂吗？没有人能拦得住我！"

昂图瓦纳眼前突然感到灵光一闪。啊，那本灰色笔记本的字迹！雅克曾经承诺过，但他还是和丰塔南通信了。那她呢？丰塔南太太是不是了解这件事？她会同意他们这样偷偷通信吗？

昂图瓦纳第一次感受到自己所承担的家长的责任。雅克现在对待自己的态度，和自己对待蒂博先生的态度完全一样，两者相隔的时间并不太长，但事情已经完全颠倒过来了。

"这么说你已经给达尼埃尔写过信了？"他双眉紧蹙。

雅克承认了，继续和他对抗。

"你竟然不告诉我一声？"

"你想怎么样？"

昂图瓦纳气得差点跳起来给这个淘气的孩子一个重重的耳光，但他最终只是攥紧了拳头，因为这样的争论继续发展下去可能会损毁他最重视的东西。

"你走吧。"他假装泄了气，"你不知道自己现在到底在说些什么。"

"我是告诉你……我难以接受！"雅克一边嚷一边跺脚，"我已经长大了，我要去见我想见的人。这样的日子我过腻了。我要见丰塔南，他是我的朋友。这就是为什么我会写信给他。我很清楚自己在干什么。我和他见面，你可以把这一切报告……报告给所有人。我受够了，受够了，受够了！"他捶胸顿足，身上散发出怨恨和对抗。

有一件事他没说，而昂图瓦纳也没想到的是，自从李斯贝特离开以后，这个可怜的孩子心里感到强烈空虚和沉重，所以不得不向这样的需求妥协：把自己青春年少时候的秘密告诉一个同龄人，更重要的是，这样一来达尼埃尔就分担了很多压在他心头的重负。在一个人待着的时候，他已经体会过这种坦诚相对的感觉，他请求朋友分担一半他对李斯贝特的感情，而李斯贝特也让达尼埃尔承担这一半感情。

"我告诉过你，你走吧。"昂图瓦纳假装若无其事，享受着自己看似超脱的态度，"等你恢复理智以后我们再讨论这件事。"

"胆小鬼！"哥哥冷漠的态度把雅克刺痛了，他叫喊着，"迂腐的家伙！"他随手砰的一声带上了门，拂袖而去。

昂图瓦纳起身去锁门，随后倒在一把扶手椅里，脸已经气得惨白。

"迂腐的家伙！傻瓜！迂腐的家伙！他这么做会受到惩罚的。假若他以为自己能恣意妄为，那他就错得太离谱了！今天晚上算是完蛋了，根本不能工作，他会得到惩罚的。他必须补偿我以前有过的宁静。为了这个小傻瓜，我做了一个多么愚蠢的决定！迂腐的家伙！尽是为他们着想……蠢的是我，我为了他牺牲了这么多时间，耽误了这么多工作。现在一切都结束了。我要过自己的日子，做些检查，而不是整天担心这个小傻瓜……"他坐立难安，在房间不停地踱来踱去。

突然，他想到丰塔南太太走到了面前。他的神情一下坚定了不少，所有的事都看透了："我已经尽了全力，太太。我曾经试着温存、关爱，我帮助他获得自由。但看看现在的情形。相信我，太太，你根本无法改变一个人的本性。对待这种本性，社会只会用一种办法，那就是不让它们有为害的机会。所以教养院被称为社会保险事业是有根据的……"

一阵沙沙的响声让他回过头来,原来关着的门下塞进了一张字条:

"请原谅我叫你迂腐的家伙。我已经冷静下来了,让我回到你身边吧。"

昂图瓦纳忍不住笑了,心中有一股温情在流动。他不假思索地向门口走去,打开了门。雅克两手下垂,站在那里等候。他还是处在混乱之中,头耷拉着,嘴唇咬紧,忍着不笑出声音来。昂图瓦纳神色愤怒而冷漠,他走回去坐了下来。

"我要开始工作了。"他硬邦邦地说,"你今天已经浪费了我一整个晚上。你到底还想做什么?"

雅克抬起头,笑眯眯地盯着他哥哥。

"我希望能和达尼埃尔见面。"他说。

一阵短暂的沉默。

"你明知道父亲不同意。"昂图瓦纳说,"而且我曾经跟你做过解释,难道你不记得了吗?那天我们说好了,你会接受这个决定,不再和丰塔南家发生任何关系。我相信了你说的话,但现在得到的却是这样的结果。你骗了我,只要有可能你就会毁了当初的约定。现在一切都结束了,我再也不会相信你了。"

雅克抽噎起来。

"请不要这么说,昂图瓦纳。这不公平。你不清楚原因。是的,我错了。我不应该不告诉你就写信给他。不过我是因为有不得不说的事情,这件事已经快让我承受不了了。"他轻声说,"李斯贝特……"

"和这件事没有关系。"昂图瓦纳阻止他继续说下去,可以回避弟弟说出一切,因为这会让他比弟弟更尴尬,于是他想让雅克换个话题,"我答应你重新做一次,也是最后一次尝试。你要发誓……"

"不要,昂图瓦纳,我不能发誓说再也不去见达尼埃尔。是你要向我发誓,说可以让我去见他。请听我说,昂图瓦纳,不要生气了。我在上帝面前向你发誓,从此以后我不会隐瞒你任何事。不过我依然想见达尼埃尔,我不想背着你去看他,他也不想。我已经写信告诉他回信时我会去邮局取信,他不同意。你听听,他是这样写的:'为什么要自己去邮局取信?我们之间没有任何事需要隐瞒。你哥哥总是站在我们这一边。这封信写给他,然后经过他转交给你。'他最终拒绝了我提出在先贤祠后面约会的想法:'我已经把这件事告诉了妈妈,你尽早来我家过一个星期天,这是一件很简单的事情。妈妈很喜欢你和你哥哥,是她让我向你们发出邀请的。'你瞧,他非常坦荡。父亲不用怀疑,他对达尼埃尔根本一点都不了解就假意归罪。其实我也不怪他。但你,昂图瓦纳,你就不一样了。你和达尼埃尔是认识的,你很清楚他是什么样的人,你见过他母亲,没有理由像父亲一样。我能拥有这份友谊,你应该为我感到高兴才对。很长一段时间以来,我都是孤孤单单一个人!对不起,我这样说不是要怪你,你知道的。不过你是一个人,而达尼埃尔是另一个人。相信你也有很多年龄相当的朋友吧?难道你不知道拥有一个真正的朋友的意义吗?"

"其实,我不懂……"昂图瓦纳在沉思,他发现雅克说到"朋友"这个词时脸上出现了少有的快乐与柔情。突然间,他很想走到弟弟身边去拥抱他。不过雅克的眼神里有种难以驾驭与好斗的东西,这严重地伤到了昂图瓦纳的自尊。想要直面这种执拗并把它碾碎的念头闪过他的脑海，但最后被雅克的毅力镇住了。

他没说一句话，伸了伸腿脚，想着："其实，我思想开放，应该承认，父亲的禁令是荒唐的。这个丰塔南对雅克的影响只会是正面的，那儿舒适的环境能替我完成任务。对，毫无疑问，她一定会帮我。从某种程度上说，她看得比我更明白，很快就会对这孩子产生巨大的影响。要知道，这是个第一流的女性。但是，假若父亲知道了……我该怎么办？我已经成年了。是谁在对雅克负责呢？对，是我，所以有权利做这个决定。在我看来，父亲的禁令严格说来是荒唐的、没有根据的。不管了，不过如此。第一，因为这件事雅克会更亲近我。他会觉得：'昂图瓦纳和父亲不一样。'第二,我很确定,那位母亲……"他脑海中再次浮现出丰塔南太太微笑时的样子，"太太，我一定会把弟弟送来……"

他起身走了几步，然后来到雅克身边。雅克站在那里纹丝不动，神经紧绷，一心想要反抗昂图瓦纳的态度，进而战胜他。

"既然如此，那我就告诉你，不管父亲怎么吩咐，我一直坚持让你和丰塔南一家见面，甚至想过要亲自带你去。你觉得怎么样？不过我认为还是等你恢复理智以后再去为好，我本打算等到开学的时候。现在看来，你和达尼埃尔的信加快了进程。是的，我来承担所有的责任。我不会让父亲和神父知道这件事。如果你愿意，我们可以星期天就去。"

"有一点必须说清楚，"他稍作停顿，然后用关爱又责备的口气说，"你不相信我这就太离谱了，这是不对的。我和你说过多少次，我们之间必须推心置腹、互相信任。不然的话，我们所有的希望都不过是泡影而已。"

"你是说星期天?"雅克嘀咕。不战而胜让他有些不知所措。他认为自己确实被某些诡计欺骗了,却又不知道到底是什么诡计。接着,他对自己的猜疑又惭愧不已。昂图瓦纳确实是最亲密的朋友。只不过他比起自己,年纪大了很多,这真是太遗憾了!但是,他说星期天去?为什么要这么急?这时候他开始想,自己是否真的有那么想重新见到朋友。

11

星期天,达尼埃尔正在他母亲身边画画,这时候小母狗叫了起来。接着有人按铃,丰塔南太太放下书要去开门。

"让我去吧,母亲。"达尼埃尔抢在母亲前面向门口走去。由于手头拮据,家里早已将女佣辞退,上个月又将厨娘辞退了,现在是尼科尔和贞妮在做家务。

丰塔南太太仔细一听,发现是格雷戈里牧师的声音,脸上随即露出了笑容,急忙赶上前去迎接。这时他正抓着达尼埃尔的肩膀端详,笑声沙哑:

"怎么了?今天天气这么好,我的孩子,为什么不去外面散散步呢?难道法国人永远不划船,也不打板球,不做运动吗?"他的上下眼皮间被虹膜填满了,一双小小的黑眼睛几乎看不见眼白。他两眼炯炯有神,靠太近的时候让人难以抵挡,达尼埃尔有些窘迫地笑着转过头。

"请您不要怪他,"丰塔南太太说,"他正在等一个同学。相信您应该听说过蒂博一家吧?"

牧师做了个鬼脸，努力地回想。突然，他激动地用力搓揉干枯的双手，就像是手里会蹦出火花来一样。他咧咧嘴笑了，没有声音而且看着古怪。

"噢，对。"他说，"是不是那个留着胡子的医生？对，他是个心地善良的青年。不知道您是否还记得，他在看望我们九死一生的小女儿时，脸上的表情有多惊奇？他想用温度计检测康复的程度！多么可怜的人！我们的可爱的孩子，她现在在哪里？这么阳光灿烂的日子，难道她也躲在房间里吗？"

"没有，请不要担心。贞妮和她表姐刚吃完午饭，现在正在外面。两个人想试一下新的照相机……那是贞妮收到的生日礼物。"

达尼埃尔为牧师搬来了一把椅子，他抬头看着母亲，发现她说到这件事时嗓音有些变了。

"尼科尔最近有没有什么新消息？"格雷戈里坐了下来，"难道说一点消息也没有吗？"

丰塔南太太说没有。事实上，她不想在儿子面前说起这件事。听到尼科尔名字的时候，达尼埃尔朝牧师看了一眼。

"请告诉我，我的孩子，"牧师猛地向达尼埃尔转去，"你那个留胡子的医生朋友什么时候会来找我们呢？"

"我不太清楚。大概是三点吧。"

格雷戈里挺起胸膛，从背心里摸出一块茶碟一般大小的怀表看了看。

"太棒了，"他大声说，"还有将近一小时的时间，你这个偷懒的小家伙！把你的外衣脱下来吧，然后立刻沿着卢森堡公园跑一圈，创造一个新的跑步纪录。快去吧！"

小伙子和母亲交换了一个眼神，站起来狡猾地说：

"行，行，那我先走了。"

"狡猾的家伙！"格雷戈里抡起拳头吓唬他。

只剩下他和丰塔南太太单独相处了，他刮得光滑的脸庞非常温和，目光也温柔了很多。

他说："好吧，我想和您开诚布公地谈谈，亲爱的。"他沉默半响，看上去像是在祈祷。接着，他有些神经质地捋了捋自己的黑发，从旁边搬来一张椅子骑坐在上面。"我和他见面了，"他单刀直入地说了一句，然后发现丰塔南太太的脸色瞬时间变得惨白，"我是从他那里过来的。他现在很后悔，非常不幸！"他紧盯着她，似乎想用快乐抚慰他给她带来的痛苦。

"你是说他现在在巴黎？"她喃喃地说，没有仔细思考过自己所说的话。前天是贞妮的生日，她知道热罗姆来过，而且还将送给女儿的照相机放了女门房那里。似乎无论他在哪里，都从来不曾忘记在亲人生日时送上祝福。"您真的和他见面了？"她假装不经意地问，以便使自己看起来不那么呆板。已经好几个月了，她不断地想他。事到如今，一旦有人提及他，一种特别的昏沉感就会席卷她的心房。

"他非常不幸。"牧师再次强调，"他非常懊悔。那个可怜的女人一直曲不离口，不过他还是厌倦了，不愿意再见她。他说他的生活不能缺少妻子和孩子。我觉着他说的是真心话。他想请您原谅他，请求您忘记离婚的事情，他什么都愿意做，仍然想要当您的丈夫。我看见他的脸，是一张正直的面孔：他确实是个义人。"

她沉默不语，有些恍惚地望向远方。她面颊丰满，下巴稍微有些臃肿，两片嘴唇看起来非常柔软可人、非常敏感，透露出仁慈敦厚的性格。格雷戈里看着她,以为她已经原谅他了。

"听他说,你们这个月会上民事法庭办理和解手续,"他紧接着说,"在和解不成功的情况下才会开始进入真正的离婚程序。他真的改变了。他说当时他苦苦地哀求,不只是表面上看上去的那样,要比我们想象的好得多。我也是这么认为的。如果找得到工作,他现在非常想工作。只要您同意,他将回到您身边,改过自新,重新开始。"

他发现她的嘴唇在发抖,脸的下半部分也在抽搐。但她突然耸了耸肩:

"不。"

声音里满是决绝,眼神绝望而骄傲。她的决定看上去不可能更改。格雷戈里仰着头,两眼紧闭,沉默了很久。

"听我说。"他一反常态,用一种冷漠而悠扬的声音说,"如果可以的话,我想讲一个您从未听过的故事,一个男人深爱一个女人的故事。听着。他还非常年轻的时候就和一个惹人怜爱的姑娘订了婚。姑娘美丽善良,虔诚地信仰上帝,所以,他也热爱上帝……"他的目光越来越严肃庄重。"……一心一意地爱。"他抑扬顿挫地说。

他就像是在努力回想自己到底说到哪里了,很快又接着说:"两个人结婚以后,这个男的发现一件事情:他的妻子在爱着他的同时还爱着另一个人。这个人是他们家的朋友,平日里像兄弟一样常来他们家。于是,丈夫决定带妻子进行一次长途旅行,以便让她忘记另一个。不过他早就知道,事到如今她还爱着另一个朋友,但不再爱他。所以他们的生活就像是在地狱。这个男的看到奸淫欲望折磨着妻子,慢慢地深入她心里,最后进入她的灵魂。她已经变得轻浮而堕落。是的。"他意味深长地说:"这确实非常恐怖:她因为爱情遭遇挫折而开始堕落，而他也很不幸，因为他们四周都是污浊的空气。您认为这时候他会做些什么？他在祈祷。他想：'如果我深爱一个女人，就应该让她远离邪恶。'他欢欢喜喜地邀请妻子和她的朋友到自己的房间，然后面对《新约》说：'请允许我在上帝面前庄严地祝福你们结合。'三个人都哭了起来。他接着说：'请不要担心，我离开，再也不会回来打扰您的生活。'"

格雷戈里把手放在眉眼上，低声说：

"噢，亲爱的朋友，上帝这是给了他什么样的补偿啊：奉献了自己所有的爱情以作纪念！"

他抬起头："他说到做到：他本来非常富有，而她穷困潦倒，所以他把自己所有的财产留给他们，然后远走他乡。就我所知，他独自一人隐姓埋名过了十七年。为了生活他努力工作，就像我一样，就像所有'基督教科学协会'的救护信徒一样。"

丰塔南太太看着他，情绪有些激动。

"请听我说完，"他兴致高昂，"我告诉你故事的结局。"他的脸有些抽搐，手依在椅背上，瘦弱的手指忽然交叉在一起。"这个可怜的男人想，为了他们，他抛弃了幸福带走了厄运。所以上帝的秘密就在这里：邪恶与他们同在。他们出卖了圣灵，嘲笑他，抽噎着接受他的奉献，心里却在嘲笑。他们在绅士们耳边捏造他的坏话，甚至糟践他的信，污蔑他的好心不过是惺惺作态。他们甚至宣称，他走的时候没有给妻子留下一个便士，还去占有了默洲的一个女人。他们在胡说八道，是的，甚至还买了一份对他非常不利的离婚判决书。"

他双眼低垂，很久才发出一阵苦涩的嘀咕声，站起身，然后又蹑手蹑脚地坐回去。他脸上的痛苦表情不见了踪影，俯身对一动不动的丰塔南太太说：

"爱情需要原谅。如果这个背信弃义的、我曾爱过的女人有一天突然回来对我说：'詹姆士，我想回到您身边，您再次做被我使唤的仆人。如果我想的话，我还会嘲笑您。'这时候，我会告诉她：'回来吧，把我仅剩的这点东西都拿走吧。我感激上帝让您回到我身边，我会竭尽全力让您看到我真正的好，让您也跟着变好：因为世上没有所谓的邪恶。'是的，恕我直言，亲爱的朋友，假若我的宝贝有一天要回到我身边，我会好好地对她。我不会对她说：'亲爱的，我宽恕您。'只是说：'上帝保佑您！'只有这样，我的话才会实现：因为只有善能止恶！"他停了下来，抱着手臂，托着瘦骨嶙峋的下巴，用牧师特有的动人嗓音说："您，您也可以这样做，丰塔南太太。您是全心全意地在爱这个人，爱情就是正义。基督说过：'如果说你们所谓的正义不过是一般犹太法律家的正义，或者是法利赛人的正义，那么你们不可能进入天国。'"

这个可怜的女人摇了摇头：

"您有所不知，詹姆士，他四周的空气让人感到窒息。他将恶带至所到之处，将来也会重新摧毁我们的生活，还会教坏孩子们。"

"基督用手抚摸麻风病人的伤口时，基督的手没有变成传染的手，只是麻风病人的病菌被清除。"

"您说我爱他，不是的，事实并非如此！对于他，我太了解了，我很清楚他的承诺有何价值。我对他的原谅已经太多了。"

"彼得问基督，他是否应该原谅兄弟七次。基督告诉他，不过七次而已。我呢，我认为可以有七十个七次。"

"我想告诉您，您对他并不了解，詹姆士！"

"谁能说:我非常了解我的兄弟?基督说过,我不会说死任何一个人。至于我,我想说:一个人过着罪人的生活,心里却始终没有不安和痛苦,那是因为他还没真正领悟真理。不过他已经接近了,他在抽泣,生活在罪恶中。我想说,他非常后悔,他的脸像一个正直的人。"

"您了解得不够深入,詹姆士。您可以问他,当这个女人不得不逃到比利时,不得不躲着包围她的债主时,他在做什么。她和另一个男人走了,他却抛下所有跟着他们去了,答应做所有的妥协。他甚至还在她唱歌的剧院当了两个月的查票员!我想说的是,这是莫大的耻辱。她继续和那个提琴手同居,他接受所有的一切,包括在他们家吃饭,和情妇的情人一同演奏。正直的脸!您有所不知。如果今天他在巴黎忏悔,说他已经离开了这个女人,不会再和她见面,那么,他为何要帮她还债,难道不是想要破镜重圆吗?要知道他偿还了诺艾米所有的债。对,这就是他待在巴黎的原因!您知道这钱是从哪里来的吗?那是我的钱,是孩子们的钱。看吧,三个星期过去了,您知道他都做了些什么?他把我们在拉菲特别墅区的不动产典押了,然后将换来的两万五千法郎给了诺艾米的一个没有耐性的债主!"

她低垂着头,没有说出所有的事。想起那次公证人事务所召见,她什么都没想就赶过去,在门口遇到热罗姆,他正在那里等着她。他若想典押必须得到她的同意,因为不动产是继承的财产,归她所有。他苦苦哀求她,借口说已经身无分文,已经到了要自杀的地步。在人来人往的人行道上,他竟然掏出了自己衣服的口袋。而她,几乎没有做任何反抗。她陪他来到公证人事务所,目的是让他不再在大街上骚扰她，也因为她自己也一样缺钱。她同意让他从存款中提取几千法郎，这样可以维持半年的生活，然后再等着离婚后账目的具结。

"我再和您说一遍，您真的不了解他，詹姆士。他向您发誓他改变了，希望能留在我们身边一起生活。我想告诉您的是，前天贞妮生日的时候他送礼物来，离我们家门口大约一百米的地方有一辆车……他不是独自一人来的！"她在颤抖。突然，她仿佛再次在杜依勒里宫码头的长凳上看到热罗姆和那个啜泣的穿着黑色衣服的小女工。说着她站了起来。"他就是这样一个人，"她的声音很大，"身上所有的道德都泯灭了。即便是女儿生日的那天，遇到一个情人，他也会带在身边！但您却告诉我，说我还在爱着他。不是的，绝对不是这样！"她挺起胸脯，似乎对他恨得咬牙切齿。

格雷戈里看着她，一脸严肃。

"有个真理您还没明白，"他说，"即便只是在精神上，我们难道应该以彼之道还施彼身吗？精神就是全部。物质只是精神的奴隶。基督说过……"小母狗的吠声打断了他的话。"看，那个该死的留着胡子的大夫来了！"他扮鬼脸嘀咕，于是回到位子上重新坐下。

门开了，雅克在前，昂图瓦纳在后走了进来。他脚步平稳，早已接受了这次拜访可能产生的后果。阳光透过打开的窗户洒在他的脸上，他的头发和胡子成了黑乎乎的一团，光线都集中在白皙的长方形脑门儿上，所有天才般的闪光都积聚在上头。虽然只是中等身材，猛一看却显得非常高大。看到他走了进来，丰塔南太太复苏的所有好感瞬间膨胀起来。他向她鞠躬，在她握住他的手时，他认出了格雷戈里。对于格雷戈里的到来，他自然是很不高兴的。牧师在座位上向他高傲地点了点头。

一旁的雅克惊奇地看着这个有些怪异的老人：格雷戈里骑坐在椅子上，下巴趴在环抱着的手臂上，鼻子红彤彤的，嘴巴露出一个不可思议的笑容，友好地上下打量这两个年轻人。这时，丰塔南太太走到雅克身边，眼里全是柔情。这让雅克想起那天晚上她把自己搂在怀里哭泣。她似乎也回忆起了这个场景，于是喊了起来：

"他长得实在是太快了，我已经不敢再……"她一边说话一边给了他一个拥抱，并有些风雅地笑起来："看来我真是一个母亲，我看着你，总觉得你很像达尼埃尔的兄弟……"这时她看到格雷戈里站起身准备离开："您这是要走了吗，詹姆士？"

"很抱歉，"他说，"我现在就得走了。"他用力握紧两兄弟的手，往她的方向走来。

"多说一句。"丰塔南太太陪他走出房间，对他说，"请诚实地告诉我，在我向您说了这么多以后，您是否还坚持认为热罗姆适合留在我们身边，回到他原来的位置？"她的目光里满是询问，"请好好想想您的答案，詹姆士。假若您还是对我说'请您原谅他吧'，我就原谅他。"

他一个字也没说，眼中的目光、脸上的神情都投射出一种怜悯。这是那些自认拥有真理的人会引以为傲的。他以为丰塔南太太的双眼曾有过一丝希望之光，但基督所期望的并不是这种原谅。他将头扭过去，笑声中夹杂着一丝责备和讥讽。

她挽着他的手臂，假装热情地和他道别。

"谢谢您，詹姆士。请转告他不可能。"

他在为她祈祷，没有听她说话。

"愿基督深入您的心里。"离开时，他没有再看她一眼。

她回到客厅时,昂图瓦纳正在那里观察四周。想起第一次拜访时的情景,丰塔南太太不得不努力克制自己激动的情绪。

"能和您的弟弟一起来,这真是太棒了。"她大声地说,尽量地表示最热情的欢迎,"请这里坐。"她为昂图瓦纳指了指靠近她身边的位子,"今天我们根本不指望他两个人会陪着我们,这样也很好……"

达尼埃尔这时候早已挽着雅克的手臂,把他拉到了自己房里,两个人已经差不多高了。达尼埃尔没有想到朋友的样貌会改变这么多:他的友情更加坚定,他的信任更加强烈。两个人单独在一起的时候,达尼埃尔的脸看起来很激动,有一种神秘的表情:

"我想告诉你,你一定要去看望她:一个住在我们家里的表妹。她是那么……神圣!"从雅克的反应中他捕捉到了一丝窘迫。难道他本来打算谨慎一些,却因冒失而感到不安?"还是说说你吧。"他轻轻一笑,在所有的朋友关系里,他始终保持着一些客套,"已经过去一年了,你试着想想!"雅克还是一句话没说。"噢,始终没有一点消息。"他说着,身体也往前倾,"不过我还是抱着一丝希望。"

这种执着的眼神和声音让雅克感到有些僵硬。他这时才发现,达尼埃尔早已不是原来的样子,不过他又说不出具体是哪里不同。达尼埃尔的脸庞还是那样,也许原本椭圆的脸更长了,但嘴巴还是那种复杂的三角形。由于长了一整圈的胡须,这个三角形就更突出了。他一直都是只有半边脸微笑,这种笑容会扰乱线条原有的次序,以至于左上方的牙齿也露了出来。可能他的眼神不再那么干净;可能他的眉毛在伸向两鬓时更顺从了,以至于有了一种光滑的柔润感;可能他在自己的声音和举止中掺入了一些潇洒的气质,放在以前,这是他所不容许的。

雅克看着达尼埃尔,没有想要回应他。可能是因为这种既让人气愤又让人着迷的懒散随意的态度,雅克突然感觉到对朋友热烈的感情复苏了。这是他在中学时曾感受过的。想到这儿,泪水已经在他眼眶里打转。

"那好。嗨,都过去一年了,聊聊吧!"达尼埃尔嚷道,他坐立不安,强迫自己集中精神。

一股最真切的感情从他的态度中倾泻而出。不过雅克看到他如此认真,反倒不好意思说了。不过他最终还是说起自己在教养院寄宿时的生活。有一次,他忍不住用起那种文学模仿的方式,他曾经也在李斯贝特身上试过。一种强烈的羞耻感使他没有把在教养院的生活和盘托出。

"但是,为什么你给我写的信那么少?"

为了避免父亲遭受一切恶意的批评,雅克没有说出真实的理由。在他看来,这并不影响他在其他方面反对蒂博先生。

"是孤独,知道吗?它会改变很多事情。"他稍作停顿,每当想起孤独,他的表情就会很呆滞,"你会因此变得对所有的事情都毫无兴趣。另外还有一种模糊的恐惧感,始终缠着你。你在不停地动,但什么都不想。时间久了,你就再也不知道自己是谁了,甚至不知道自己是否还存在。到最后,可能会抑郁而死,要知道……或者会发疯。"他用询问的目光盯着前方,稍微哆嗦了一下,然后变了声调说起昂图瓦纳到克卢伊探望时候的情景。

达尼埃尔静静地听着,没有打扰他。但每次看到雅克说完了,他的脸便会显出激动的神情。

"我还没告诉你她的名字,"他心直口快,"尼科尔,你是否喜欢?"

"非常喜欢。"雅克第一次想到李斯贝特的名字。

"这个名字和她很配,我认为。你会见到的。不是很漂亮,但假如你喜欢,就非常漂亮。远远不只是漂亮,她稚气、意气风发,还有一双特别的眼睛!"他踌躇着,"很诱人,你懂吗?"

雅克可以回避他的目光。他是那么想要说起自己的爱情,而且也是为此而来。但当达尼埃尔说起这些隐私,他觉得不太自在。事实上,他听的时候一直低垂眼帘,以一种压抑、几乎是羞耻的心情。

"就是今天清晨,"达尼埃尔有些难以控制自己的情绪,"母亲和贞妮很早就出门了,只剩下我和尼科尔在喝茶。我们单独待在房间里,她没有穿衣服,这多有意思。我跟着她到了贞妮的房间,你知道她们俩是一起睡的。我的朋友,在这个房里,这张少女的床上……我将她紧紧地拥在怀里,过了好久,她一边挣扎一边笑。她真的很灵活!最后她逃走了,躲在母亲的房间,怎么也不愿意把门打开……天啊,我怎么告诉你这些事情,真笨。"他站起身想要微微一笑,但嘴唇却发生了痉挛。

"你是否想过要娶她?"雅克问。

"你是说我吗?"

雅克感到有些不自在,似乎被冲撞了。两个人越来越话不投机。达尼埃尔以一种惊奇的、有些嘲弄的眼光看着他,这让他感到心灰意冷。

"那你呢?"达尼埃尔凑近了问,"从你给我的信上看,你似乎也,你……"

雅克一直耷拉着眼皮,他摇摇头,就像是在说:"没有,算是完了。

我的事情，你不会再知道任何消息。"不过达尼埃尔没等他回答就站了起来。一个年轻人的声音传了过来。

"你下次再告诉我……她们回来了，请过来！"他瞟了一眼镜子，然后昂着头冲进过道。

"可爱的孩子们，"丰塔南太太呼喊着，"假若你们想要试试……"餐室内茶已备妥。

一踏入门口，雅克就开始心猿意马，他发现桌旁坐着两个美丽的姑娘。她们戴着帽子和手套，因为刚散完步脸色绯红。贞妮来到达尼埃尔身边，拉着他的胳膊。他似乎并不在乎，将雅克往尼科尔身边推，用随意、诙谐的口气介绍。雅克发觉尼科尔对他很好奇，贞妮则对他报以审查的目光。他转眼看着丰塔南太太，发现她正站在餐厅的入口处，昂图瓦纳在一边，谈话刚结束。

"要不厌其烦地教育孩子们，"她苦笑，"世界上没有什么东西比生命更珍贵，但生命却异常短暂。"

有很长一段时间没有这样待在生人中间了，这个场面让雅克十分兴奋，所有的胆怯瞬时消失不见。他发现，与其说贞妮长得小，不如说长得有些丑。尼科尔则优雅大方，神采奕奕。这时候她正在和达尼埃尔说话，笑眯眯的。雅克听不到他们在说什么，只见她偶尔会挑眉表示惊讶和愉快。她的双眼呈深灰蓝色，陷得不是很深，但却离得太远又长得太圆。即便如此，乍看上去还是亮闪闪的，带着一股喜气。她肉嘟嘟的脸蛋非常白皙，头发金黄，编成一条粗辫子盘在头上，让头部看上去沉甸甸的，同时也焕发出一种不断更新的生活气息。

她喜欢将身体前倾，神情像是要赶到朋友的身边，遇见人就笑呵呵的。雅克上下打量着她，不禁想起达尼埃尔的话，这句话让他很不喜欢：诱人……她发觉有人在盯着自己看，立刻变得不自然，有些矫揉造作起来。

雅克从不在乎是否要掩饰一下对别人的兴趣。他就像孩子一样单纯，张开嘴盯着看，脸上一副傻乎乎的模样，眼神呆滞。在以前，在从克卢伊回来之前，他不会这样做。和别人一起走路，他从来都不认人，淡漠异常。现在，无论他走到哪里，在商店或大街上，他的眼睛会突然盯着某个行人看。不过他并不去想在他们身上发现了什么，他的思绪悄然运转。只要找到一个特殊的脸庞或神态就足够了，这些不期而遇的陌生人在他的脑海中成了特殊的人，他会赋予所有人以独特之处。

丰塔南太太抓住他的手臂，将他从幻想中拉回现实。

"来我身边喝茶吧。"她对他说，"以后你要经常来看看。"她递给他一杯茶、一只碟子。"非常高兴见到你。贞妮，亲爱的宝贝，帮我们拿些糕点过来。你哥哥刚才把很多事告诉了我，听说你们生活在小套间里。太好了！兄弟俩像最好的朋友那样相处，这真是一件乐事！达尼埃尔和贞妮也相处得非常好，这让我感到非常高兴。说这些让你见笑了，我的大孩子，"她对和昂图瓦纳一起靠过来的达尼埃尔说，"他肯定是在取笑自己的老母亲。我要惩罚你，过来拥抱我一下吧，在所有人面前。"

达尼埃尔脸上露出笑容，但多少有些尴尬。他俯下身用双唇在母亲的发鬓处轻轻地吻了一下，动作非常优雅。

贞妮在桌子的另一边看见这个场景，扑哧笑了一下，昂图瓦纳看了乐陶陶的。贞妮禁不住又挽住达尼埃尔的手臂。"这儿还有一个。"

昂图瓦纳想着,"她给予别人的总是要比得到的多得多。"还记得第一次来拜访时,这个女孩儿脸上发出的女人的眼神就让他惊呆了。他发现她每隔不久就会做出一个好看的耸肩动作,这使得她刚发育的胸部在内衣内拱了起来,然后再恢复原状。她既不像母亲,也不像达尼埃尔。这并不稀奇,她好像生来就是为了过与众人不一样的生活。

丰塔南太太小口地啜着茶,杯子停在笑眯眯的脸旁,穿过水汽,她向雅克表示友好。那目光明媚温暖,给人留下了强烈闪光的印象。她白发如盖,就像是精致闪亮的皇冠;她额头宽阔,散发出强烈的青春气息。雅克的目光从母亲转移到了儿子身上。这时,他真心喜爱这对母子,渴望能够经常见面,因为他比任何人都希望得到他人的了解。他对人的好奇心已经到了这一步:想在别人的心灵深处占据一个位子,希望能将自己的生活融进他们的生活中。

尼科尔和贞妮争了起来,达尼埃尔也走到窗前加入。他们一起堵在照相机前,想要搞清楚是否还有一张底片能拍。

"让我玩一下!"达尼埃尔高声地嚷起来,这是以前没有过的。他用柔情、焦急的眼神盯着尼科尔:"别!你戴着帽子,让我的朋友蒂博站在你一旁!"

"雅克!"他叫了一声,然后压低声音,"我一定要请你与我们一起拍张照片!"

雅克和他们站在一起,达尼埃尔坚持要把孩子们带到客厅里,他说那里的光线不错。

丰塔南太太和昂图瓦纳在餐厅坐着。

"对于这次的突然拜访,希望您不会有什么误会。"昂图瓦纳突然蹦出一句，他觉得这样才够坦诚，"假若他得知雅克来过这儿，而且还是我将他带来的，我敢肯定他不会让我再管弟弟。这样一来，所有的事情就要重头来过。"

"可怜的家伙。"丰塔南太太嘟囔着，说话的嗓音逗得昂图瓦纳笑了起来。

"难道说您是在可怜他？"

"是的，我在可怜他，没能得到和您一样的、父亲对儿子的信任。"

"错不在他，也不在我。我父亲是个如假包换的受人尊敬的优秀人物。我很尊敬他，但这又有什么用呢？不管是哪一件事，我们的想法都不同。我说的不只是一件事，我是想说：意见不同。不管是什么话题，我们的观点从来不能达成一致。"

"所有人都没有彻底领悟。"

"您这是想到宗教了吧？"昂图瓦纳接着说，"我的父亲异常虔诚！"

丰塔南太太摇了摇脑袋。

"在使徒保罗看来，能在上帝面前做到纯洁的人不是那些听取戒律的人，而是那些将一切付诸行动的人。"

她发自内心地责怪蒂博先生，对他有一种强烈而本能的反感。因为他，不准孩子们接近她的儿子或者拜访她家。在她看来，这样的行径近乎荒谬，理由极为卑劣。她不愿想起这个胖子的容貌，不愿原谅他质疑她最重视的东西：她的精神信仰，她的新教信念。所以她非常感激昂图瓦纳不去理会他父亲的要求。

"那您，"她突然有些担忧，"您还信教吗？"

看到他否认，她的脸上马上变得阳光灿烂。

"其实，我很晚才信教。"他认为有丰塔南太太相伴，自己的头脑清醒了许多，于是讲起来没完没了。而她在听别人说话时总是和蔼可亲，对说的人极为尊重，这使得他们为她超出了日常的水准。

"我是按常规行事，没有多么虔诚。在我看来，上帝就是一个中学校长，任何事都逃不出他的眼睛，必须谨小慎微地用某些行为以及纪律来满足他的需要。我百依百顺，但只觉得厌恶。不管在哪一个方面我都是个好学生，在宗教上同样也是如此。我怎么可能会失去信仰？我什么都不知道。等到我发现的时候，在四五年以前，我已经学到很多科学知识，留给宗教信仰的空间已经很小了。我其实是个讲求实际的人。"他有些扬扬得意。不过他确实是想到哪里就说到哪里，之前没有机会也没有时间这样进行自我剖析。

"我没有说科学能够解释所有的事，不过它可以证明。对我来说，这就足够了。关于'怎么回事'我很有兴趣，因此从不后悔放弃了徒劳地寻找'为什么'。不过，"他压低了声音，"难道这两种类型的解释，或许只存在程度的差别？"他笑了笑，像是在自说自话，"关于伦理这件事，我并不关心。这些话您恐怕并不认同吧？您看，我喜欢我的工作，热爱生活，我有决心，积极上进，我感觉到这种活力本身就是人品质的一种尺度。总的来说，到现在为止，我从来没怀疑过自己需要完成的事。"

丰塔南太太一句话也没说，她没有因为昂图瓦纳的意见不同而责怪他。但与此同时，她内心深处也更加感激上帝时常在她心中出现。从这次的谈话中，她感受到了充足、愉悦的信任，这让她真正地神采奕奕。虽然坏事一件接一件地发生，她比很多人要不幸，但她始终拥有一种天赋，那就是成为别人坚强、平衡和幸福的源泉。

昂图瓦纳这时就体会到了这种感觉。在父亲的交往圈子里，他从没有遇上一个能让他觉得令人鼓舞、值得敬重的人。待在这种人周围，感受到的气息也是纯净的，这让人振奋。他希望能朝她更进一步，即便有些夸大其词。

"我一直被新教吸引。"他肯定地说，即便在遇到丰塔南一家人之前他从没想到过新教徒，"那些改革是宗教领域内的革命。在你们的宗教里，有一些关于解放的原则……"

她怀着越来越强烈的好感倾听他讲话。他是那么年轻、激情，有绅士风度。她喜欢他生动的脸庞和脑门儿因为专注而出现的褶皱。她在他抬起头的时候发现了一个有意思的地方，这使得他的目光徒增味道，于是感到一种孩子一样的愉快：他有很窄的上眼皮，睁大眼睛时，睫毛几乎和眉毛重叠在一起，所以在眉骨下几乎看不见什么眼皮。"拥有这样一个脑门儿的人，"她暗暗思量，"会做出卑鄙的事情来……"

她脑海中闪过一个想法：昂图瓦纳是值得爱的人的化身。同时因为对丈夫充满怨恨，她非常激动。"把自己的生活和这样一个人联系在一起……"她前所未有地头一次把一个人和热罗姆进行比较。特别是第一次感到一丝悔恨爬上心头，明白了另一个男子能带给她幸福。这种感觉很隐秘但也很强烈，瞬间把她的心搅得乱七八糟，直到内心最深处。她同时又觉得害臊，于是立刻克制住自己，但忏悔和懊悔过后留下的苦涩在慢慢地消失。

贞妮和雅克这时候走了进来，这让她从想象中脱离出来。两个人一进门，她就做了个欢迎的手势，将他们叫到身边，以免他们感觉到莽撞。不过她一下就察觉到，两人之间似乎发生了什么事。

事实果真如此。达尼埃尔为尼科尔和雅克拍完照后,便提出要马上证实一下是否拍得成功。今天一早,他曾答应教贞妮和表妹怎么显影,她们则已经在走廊尽头一个不再使用的壁橱里准备好了物品。达尼埃尔还曾用这个壁橱当暗室。由于太窄,超过两个人就会觉得伸展不开。所以,达尼埃尔让尼科尔先进去了。他跑到贞妮身边,一边将手轻轻地放在她的肩膀上,一边在她耳边轻声说:

"你先在这里陪一陪蒂博。"

她眼含责备,但还是同意了。哥哥的威严对她有很大的作用,他用犀利的眼神或焦急的态度表达的要求让人难以抵抗,最后总会顺从他的想法。

在这段短暂的相处中,雅克站在客厅的一个玻璃柜前。贞妮来到他身边,误以为他对达尼埃尔的行为方式不会感到惊奇,于是嘟着嘴问:

"怎么样,您也拍照吗?"

"不。"

察觉到他回应时细微的尴尬,她想也许不该这样问。这时,她想起他曾经被关在一个监狱一般的地方很久。因为思维的连贯性,同时也为了圆场,她又开始说话了:

"听说您和达尼埃尔已经很久没见面了,是吧?"

他眼帘低垂。

"没有。很长时间了。自从……大约一年了。"

贞妮的脸上掠过一丝忧虑。第二次尝试并不比第一次幸运,她的原意是要让雅克想起逃到马赛的事情。放弃吧。她长久以来都在责怪他引发了这件可悲的事。她认为,这件事他是要负全责的。这么久了,她一直不自觉地恨他。那天傍晚喝茶的时候看到他,她就忍不住想起因为他的缘故,她家里遭受的不幸。经过一番观察,她更是开诚布公地厌恶他。

以前,她一直认为他长相丑陋,甚至可以说不堪入目。因为他不但头很大,脸长得难看,而且还是阔腮,双唇皲裂,有一对招风耳,任由红棕色的头发一缕缕乱披在脑门儿上。她很难理解达尼埃尔为什么会喜欢这样一个同学。她在嫉妒时高兴地看到,唯一能和她争夺骨肉情义的人竟然是这样缺乏吸引力的一个人。

她把小母狗放在膝盖上,随意地抚摸它。雅克看着她,同时也想到那次的逃跑。就是那天傍晚,他第一次越过这栋房子的门槛。

"你是不是觉得他变了很多?"她试着打破沉默。

"没有,"但他很快又改了主意,"确实,还是变了很多。"

她看到了这种谨慎的态度,并感激他的真诚,一转眼的工夫,她已经觉得他不那么让人讨厌了。不知道这种暗暗原谅的行为他看出来了吗?他不再去想达尼埃尔,盯着贞妮暗暗揣度着她。他看不出她到底是怎么样的一个人,她的面部表情丰富却又深不可测,眼珠好动却又不显山露水。通过这些细节,他看出了不安的情绪以及不断改变的感受力。他希望能更进一步地了解她,看懂这颗有些封闭的心灵,甚至和她成为好朋友。估计这是一件非常愉快的事情吧?爱她?他想到这儿,感到无比快乐。他把曾经的不幸抛诸脑后,觉得自己以后不会再这么倒霉。他环视房间的四周,带着饶有兴趣却又有些胆怯的复杂感情朝贞妮瞥了一眼。这样的心情导致他没有发现,年轻姑娘的态度是那么矜持和傲慢。突然,他的思绪完全颠倒过来,李斯贝特浮现在他眼前:这个小家伙亲近、顺从、卑微。难道要娶李斯贝特?他心头第一次掠过这个想法。这么一来,事情会变成怎样呢?生活突然出现了空白,他必须努力填补这让人恐惧的空白。很显然,贞妮已经填满了。不过……

"上学了吗?"

他打了个激灵。原来是她在说话。

"不好意思。"

"您去上学了吗?"

"目前还没有。"他的心里又如小鹿乱撞,"我耽误了很多时间。老师和哥哥的朋友都在帮我补课。"他毫无恶意地问了一句,"那么您呢?"

他竟然一脸友好地问起她来,这无意间触怒了她。她语气僵硬地回答:

"没有,我不去任何学校上学,只跟着一个小学女老师学习。"

他接着说了一句更不恰当的话:

"对,对于一个女孩子来说,其实这不是什么要紧的事。"

她回了一句:

"母亲可不是这么想的。达尼埃尔也不是。"

她的眼里满是敌意。他终于发觉自己说的话有多么不合适,于是想要加以弥补。

"对于一个女孩子来说,只要知道一点就足够用了……"

他很清楚自己是在自作自受:既不能理清自己的思绪,也不能理清自己的言辞,教养院已经将他变成了笨蛋。他脸涨得通红,一股冲上脸颊的热气使他有些眩晕。没有更好的办法,他只有着急上火。他想要找到一句话排解自己的怨气,但始终没找到。于是他丧失了

最后的理智,用父亲常用的庸俗不堪的嘲弄口气说了一句:

"很多重要的东西不是在学校里学会的,而是因为有良好的品质。"

她尽可能地克制住不要耸肩,不过皮斯却打着哈欠。

"啊,可恶的家伙,真是没教养!"她已经被气得发抖。"噢,真是没有教养!"她再次扬扬自得地强调,接着将母狗放在地上,然后直起腰走到阳台上靠着。

在令人发疯的沉默中,难熬的五分钟过去了。雅克坐在椅子上纹丝不动,感到有些窒息。在餐厅,丰塔南太太和昂图瓦纳的声音此起彼伏。贞妮背对他哼唱起一首钢琴练习曲,用脚不耐烦地打着拍子。天啊,她要告诉哥哥所有的事情,让他不再和这个没教养的人交往!她厌恶他。她偷偷瞟了他一眼,发现他满脸涨得通红,一脸严肃地端坐在那儿。她冷静了一下,想要找寻一些更恶毒的语言来敲打他。

"过来,皮斯!我呀,我要走了。"

她离开阳台从他面前经过,就像是他并不存在一样,不紧不慢地往餐厅走去。

雅克不知道留下来会怎么样,于是也尾随其后。当然,这不是在陪伴她。

丰塔南太太和善的态度把他的一股怨气化成忧虑。

"是不是你哥哥将你们扔下不管不顾了?"丰塔南太太问女儿。

贞妮看也没看母亲,说:

"我想让达尼埃尔马上把底片冲洗出来。啊,不会耽误他多长时间。"

她故意避开雅克的目光,担心他不会上当,而这种不由自主的复杂心理加强了他们之间的敌意。他觉得她在说谎,对她故意掩饰哥哥的行为感到不满。她揣摩出他的论断,感到自尊心被伤害了。

丰塔南太太对两个人笑笑,让他们坐下。

"我的小可怜变得越来越漂亮了。"昂图瓦纳说。

雅克不说一句话,绝望地盯着地板。他满脸阴霾,觉得自己再也不能回到以前的样子了。他觉得自己生病了,而且已经病入膏肓,以致身体瘦弱,情绪暴躁,容易冲动,成为这无情命运的玩偶。

"你是不是音乐家?"丰塔南太太问。

他看上去好像没有听懂她的意思。当泪水在眼眶里打转,他佯装要系鞋带,慌忙俯下身。他两耳嗡嗡乱响,似乎听到了昂图瓦纳代他做了回答。他真想立刻死去。只是不知道贞妮这时是否在看着他。

达尼埃尔和尼科尔进入暗室已经有十五分钟。

达尼埃尔急忙插上插销,取出胶片:

"不要碰它们,"他说,"哪怕是一点点的光,整卷的胶片都会模糊的。"

尼科尔在黑暗中摸索了一会儿才看见周围白蒙蒙的暗影在提灯的红色光晕里晃动。她慢慢分辨出两只幽灵一般细长的手,在手腕的地方就被切断了,并不停地摇动一只小盆。她看不到达尼埃尔身体的其他部分,只看到两截手在运动。壁橱狭小,她能感觉到他的每个动作,就像他在紧紧地挨着她。他屏气凝神,想方设法要看在房间吻手的那一幕。

"可以……看得到一点东西吗?"她喃喃地说。

他没有立即回答,沉浸在由沉默引发的令人愉快的焦急中。一片黑暗里再也不用谨小慎微,他向尼科尔转过去,贪婪地呼吸她四周的气息。

"不行,现在还看不到。"字一个一个从他嘴里吐出来。

沉默良久。接着,尼科尔全神贯注地看着小盆不再运动,两只火红的手离开了灯光能够照射到的位置,就像是突然消失了一样。忽然,她感觉到被人紧紧地搂住。她不但一点不惊讶,而且因为不用等待而轻松了不少。不过她的上身不断后仰,左避右躲地,想要逃开达尼埃尔的嘴唇,有一种既渴望得到又害怕得到的复杂心情。最后,两个人的脸贴在一起。达尼埃尔火热的脑门儿挨到了富有弹性、光滑冰冷的东西,那就是尼科尔头上盘的辫子。他不禁打了个寒战,稍微后退了一些。她趁机逃离他的嘴唇,找到了呼喊的时间:

"贞妮!"

他慌忙堵住了她的嘴,站立着,将整个身体靠在尼科尔身上,把她压在门上,胡乱挤出几个字,就像是在说梦话:

"别喊,不会有事的……尼科尔……宝贝……听我说……"

看她减少了反抗,他还以为她松懈了。没想到,她已经把手放在了身后,偷偷寻找插销。突然,房间的门被打开了,一片明晃晃的亮光刺穿了黑暗。他放开手,重新将门关上。这时她已经看到了他的脸,已经完全不是平时的那副模样!就像是戴了一个假面具,毫无血色,脑门儿周围满是红斑,延伸到了两鬓。眼珠变得很小,没有任何表情。他的双唇前一秒还是那么薄,现在已经鼓胀、扭曲、一张一合……热罗姆!他和他的父亲其实并不像,但在这一瞬间的光亮中,她看到的却是热罗姆!

"真要谢谢你了,"他气呼呼地说,"整个胶卷都曝光了。"

她冷静地回答:

"我不想离开,想和你说几句话。但是,请你把插销拉开。"

"不行，贞妮会返回来的。"

她犹豫不决，接着说：

"好吧，向我发誓，您不会再碰我一下。"

他真想趴在她身上，用手堵住她的嘴，然后扯开她的内衣。不过，他还是妥协了。

"我发誓。"他说。

"好吧，听我说，达尼埃尔。我……我们已经走得够远，甚至可以说是太远了。今天早上的事是我做得不对。但我要告诉你这次确实不行。我费尽千辛万苦逃出来不是为了今天。"她语速很快，就像是在和自己对话。她接着说："我看这样吧，我将自己的秘密告诉你：我是从母亲那儿逃出来的。啊，她具体怎么不好其实也没什么可说的，不过她真的非常不幸……因为受到引诱。我不能告诉你更多了。"她停了停，令人厌恶的热罗姆的形象在她眼前萦绕。他儿子今天的行为让她想到了热罗姆对母亲的行为。"你对我的了解还太少了。"达尼埃尔的沉默不语让她感到恐惧，于是她急切地说，"不过所有的错都是我造成的，这我很清楚。以前我没让你看到真正的我。对贞妮是推心置腹，对您，我任凭事态发展，您误以为……总之，这次不可以。请不要这样。我不希望生活……生活以这样的方式开始。不然又有什么必要跑到苔蕾丝姨妈这样的好人身边来呢？不要！我猜……也许你会因此而讥讽我，不过我无所谓，只希望以后我可以……配得上一个真心爱我、永远爱我的男人的尊敬……说到底，那会是个认真的男人……"

"你知道我是认真的。"达尼埃尔壮着胆子说，他在微笑，但看起来非常可怜。这一点她能从他的声音中捕捉到。这时候她发觉，危险已经过去了。

"啊,不要,"她有些高兴,"对于我所说的话,请您不要生气。达尼埃尔,请不要爱上我。"

"啊!"

"请不要爱我。要知道您爱的绝对不是我,而是……别的东西。我呢,对您也没有……看,我很坦诚:我认为我永远也不会爱上您这样的年轻人。"

"你说像我一样?"

"我是说,像其他人一样……我会……爱,对,以后会,不过他绝对要是一个……纯粹的人,不会像这样来到我身边……绝对是为了其他的东西……我不知道该如何对你解释。总之,他和您是完全不一样的人。"

"非常感谢!"

他原有的欲望消退了,现在只希望不要看起来那么滑稽。

"好了,"她说,"问题都解决了,我们都不要再提它了。"她把橱门稍微推开了一些,这一次,他让她开了门。"我们可以做朋友吗?"她伸出手问他。他一声不吭,盯着她的牙齿、双眼、肌肤、容光焕发的脸庞,就像是一只鲜美欲滴的果子。他勉强笑了笑,上下眼皮在发抖。她紧紧握住他的手。

"不要毁了我的生活。"她一边娇柔地说着,一边挑了挑眉毛,"这一卷胶卷,恐怕是白拍了。"

他笑了笑表示赞同。她对他没有更多的要求,只是有些淡淡的忧伤。不过总的来说,她为自己的胜利感到骄傲,并相信他今后会对她有美好的印象。

"照片怎么样了？"两个人走进餐厅，贞妮马上叫嚷起来。

"全都曝光了。"达尼埃尔不耐烦地回答。

雅克听了有些幸灾乐祸。尼科尔则露出有些狡猾的笑：

"所有的胶片都曝光了！"

当看到贞妮背过脸去泪如泉涌的时候，她朝贞妮奔过去，紧紧抱住了她。

朋友进来以后，雅克不再想自己的心事：他的注意力完全被达尼埃尔占据了。达尼埃尔的脸完全变了，甚至有些惨不忍睹。脸的上下两部分截然不同，不确定的、忧伤的、不敢直视别人的目光，这一切和噘着的双唇、扭曲的左脸颊极不匹配。

两人四目相对。达尼埃尔紧蹙眉头，迅速转移了目光。这种不亲密的表示比起任何动作都让雅克伤心。自从来到丰塔南家，达尼埃尔的表现一直让他很失望。这时候，达尼埃尔也察觉到了。两个人没有好好相处过一分钟：他甚至没有能找到机会把李斯贝特的名字告诉他的朋友！因为失望他感到痛苦不堪。其实，他是在没有察觉的情况下第一次敢于正视自己的爱情，所以对这份爱感到失望让他更为痛苦。就像所有的孩子一样，他只能看到现在，过去的事他已经忘记，未来的事只会让他感到心乱如麻。不过，"现在"正持续地产生一种让人难以忍受的苦涩。就这样，整个下午在极度的失望中过去了。等到昂图瓦纳告诉他将要离开时，他倒是松了一口气。

达尼埃尔听到昂图瓦纳的话，急忙跑到雅克身边。

"你是不是不会立刻就走？"

"立刻就走。"

"这就要走了吗？"达尼埃尔的声音越来越小，"见面的机会太少了。"

这一天下来,他获得的同样是失望。不过面对雅克的时候,他还有一份愧疚。因为关系到两人之间的友情,他感到特别悲伤。

"请你原谅我吧。"他突然蹦出这样一句话,然后将雅克拉到窗口,神情谦恭和善,让雅克一肚子的怨气顿时消散,往日的情谊让人感到振奋。"今天实在是太糟糕了……什么时候才能和你再见面?"达尼埃尔声音幽怨,"我要和你独处更久一些。我们对彼此的了解还不够,这太奇怪了。已经整一年了,你试着想想,不能继续这样下去了!"

他突然想,他们的友情会变成什么样,分开这么久以后,这份情谊得不到培养,除了那份神秘的忠诚,而且他们刚刚已经感觉到这忠诚是多么脆弱无力。啊,不能让它就这样自生自灭!虽然雅克还是有些孩子气,但他对雅克的关爱始终如一。不过谁又能知道呢?或许是因为觉得自己年纪稍微大一些,所以感觉特别强烈吧。

"我们每个星期日都会在家。"丰塔南太太这时候对昂图瓦纳说,"要离开巴黎,那是在学校举行颁奖仪式以后的事情了。"她悄悄地说,并不掩饰自己的自豪感。她认为儿子正背对着她,不会听到她说的话,于是接着说:"请进来,我想把我的宝库给您看看。"她乐陶陶地直奔卧室而去,昂图瓦纳紧随其后。

在她书桌的一个抽屉里,二十多只彩绘的硬纸制成的桂冠一排一排整齐地摆放在那里。她迅速关上了抽屉,笑着埋怨自己竟然做出这么幼稚的行为,感到有些难为情。"请不要告诉达尼埃尔,"她说,"他并不知道我一直保存着这些东西。"

他们静静地回到前厅。

"准备好了吗,雅克?"昂图瓦纳招呼道。

"今天不算。"丰塔南太太向雅克伸出双手,仔细地端详着他,好像猜到了所有的事,"这里是你朋友的家,我可爱的雅克。只要你愿意来,我们都会非常欢迎。你哥哥也是,这根本不需要说。"她朝昂图瓦纳做了个柔媚的手势。

雅克四处搜寻贞妮的身影,不过她早已经和表姐离开了。于是,他俯下身,吻了吻小母狗绸缎般的额角。

丰塔南太太回到餐厅想把桌子收拾一下。达尼埃尔看着她似乎在思考什么,他倚靠在门上,安静地抽着一支烟。他在想尼科尔对他说的话:表妹为什么要隐瞒从家里出逃的事情,跑到他家找栖身之所呢?她到底在逃避些什么?

丰塔南太太动作轻盈地来回走动,这种轻盈让她保持了年轻妇女的步态。她在想昂图瓦纳的话,他将自己的琐事、研究、将来的计划和父亲的事情都告诉了她。"多么坦荡的胸怀,"她想着,"多么英俊的脑门儿……"她想要找到一个形容词。"思想深刻。"她万分欢喜地用了这几个字。

她回忆起曾经在脑海中灵光一闪的想法:自己是否也曾在精神上犯过错呢?格雷戈里的话萦绕在耳旁,她忽然没有来由地感到神清气爽。她将手里的碗碟放下,用手指轻抚脸颊,就像是在脸上摩挲这种愉快。她走到吓了一跳的儿子身边,欢欢喜喜地把两只手搭在他肩膀上,看向他目光深处,默默地抱紧他,然后迅速走出了房间。

她直接向书桌前走去,用发抖的孩子一样的粗笔体写下一封信:

亲爱的詹姆士:

在您的面前,我一向非常自豪。我们两个人到底谁有资格判断是非呢？非常感谢上帝又一次照亮我的心扉。请您告诉热罗姆，我会放弃离婚。请您转告他……

每一行字句都在一滴滴热泪中流淌。

12

几天后的一个清晨，昂图瓦纳被护窗板上的敲击声吵醒了。捡破烂的人叫门没人答应，他一听见传达室的铃声便怀疑出了事。

果不其然，弗吕林大妈死了。最后一次中风的时候，她倒在了床脚下。

雅克赶到时大家正在把老人放到被褥上。那半张着的嘴露出一口黄牙。这情形让他想起那恐怖的场面：啊，对了，在去往土伦的路上，灰马的尸体横陈在那儿……他突然想到，李斯贝特可能会来一次。

两天过去了，她还没有来，其实也不会来。这样也好。他猜不透自己的心思。自从拜访天文台林荫大道之后，他一直在创作一首诗以赞美他爱的人，为她唏嘘不已。不过他并不是真的想要再见到她。

不过，他每天会经过传达室门口十几次，每次都会担忧地往屋内看一眼，但每次放心地往回走时心里并不高兴。

下葬的前一天，他独自在一家饭馆吃晚饭，然后起身回家。自从蒂博先生去了拉菲特别墅区，昂图瓦纳和他只能在小饭馆吃饭。走到传达室门口，首先映入眼帘的是一个手提箱。他一阵颤抖，额头上满是汗。在闪烁的烛光中，一个孩子跪在了那里。他毫不迟疑地走了进去。两个修女冷漠地抬起头看了看他，不过李斯贝特没有转过头。傍晚的时候刮起了风，就快要下雨了。一股甜腻的热气流淌在整个房间，棺木上的花朵也已经凋谢。雅克呆呆地站在那里，有些后悔闯了进来。这副灵柩让他非常难受。旁边的一个修女起身剪烛花，他不再想着李斯贝特，而是想要趁机溜走。

难道李斯贝特已经察觉到他来了，并听出了他的脚步声？在他还没到达门口的时候，她已经追了上来。雅克听到她走近了，于是转过身来。两个人在楼梯旁昏暗的角落里站着，面面相觑了好一会儿。透过垂落的面纱，雅克可以看到她在哭泣，她却没发现雅克伸出的双手。他也想陪着流几滴眼泪，但除了烦恼和害怕其他什么都没有。

楼上传来"砰"的一声。雅克怕有人看到他们，于是掏出钥匙开锁。不过由于忙乱和光线昏暗，他一直找不到锁孔。

"会不会是钥匙有问题？"她提醒的时候声音拖得很长，这让他心荡神驰。门终于开了，有人正在下楼，她却裹足不前。

"昂图瓦纳在值班。"雅克小声说，敦促她快下决心，脸不由得红了。她大大方方地抬脚走了进去。

关了门开了灯之后，他才发现她已经直奔他们的房间而去，就像以前一样坐在靠背椅上。透过面纱，他看到她双眼已经哭肿了，和以前相比没那么好看了，但这都是因为悲伤引起的。他看到她的一只手用布裹着。他不敢坐下来，脑海中全是她这次回来的凄惨局面。

"天气有些闷热啊，"她说，"估计就快下雨了。"

她挪了挪身子，似乎是在邀请雅克在她旁边挪出的一块地方坐下：这是他的位置。他坐下了，她一句话也没说，面纱也没摘，只稍稍掀起挨着雅克的一角。就像以前一样,她将雅克的脸贴在自己的脸上。但接触到湿漉漉的脸让他心里不太舒服。而且，面纱有一股染料和漆的古怪气味。他有些惊慌失措，不知从何说起，于是握住了她的手，她失声叫了出来。

"您这是受伤了吗？"

"嗯，这是……瘰疬。"她叹了口气。

这一声叹息有太多的含义：她的痛苦、烦忧、无法排解的情感。她随意地解开包扎，手指露了出来，褶皱、惨白，指甲因为脓疮而掉落，雅克一看就屏住了呼吸，一时天旋地转，就像是她不小心暴露了某个隐秘的部位。由于距离很近，她的体温透过衣服传到了他身上。她那陶瓷般光滑的眼睛看向他，就像是在哀求他不要弄疼她。他不顾反胃，想要去吻那长瘰疬的手，希望这样能帮助她痊愈。

不过她站起身，悲伤地裹紧绷带。

"我要回去看看。"她说。

看她神情倦怠，他提议：

"请允许我为你倒杯茶吧！好吗？"

她有些惊讶地看了他一眼，随后露出了笑容。

"好的。我要去那里祈祷一下，然后返回来。"

他急忙烧水煮茶，然后端到自己的房里。他呆坐在椅子上，李斯贝特还没有回来。

他此时盼望她能再回来，心里乱成了一团麻，但也不知道究竟是为了什么。她为什么不再来了呢？他不敢去叫她，不敢和弗吕林大妈争她。不过她还在等待什么，为什么不再回来了呢？时间一分一秒地过去，他偶尔起身走过去摸摸茶壶。等到茶凉了，他已经找不出什么理由再站起来，只好坐着一动不动。透过百叶窗的缝隙，闪电钻了进来，鞭打着他的神经。难道她真的不会再来了吗？他感到有些麻木、悲惨——甚至想要死。

一阵轻微的隆隆声传来。"砰！"这是茶壶炸开了！太好了！茶水像雨水一样滑落，轻拍着百叶窗。李斯贝特被淋湿了，水珠从脸颊和面纱上滑落。隔着的面纱开始变色，越来越白，越来越白，就像是新娘的珠罗纱一样白得透明……

雅克被吓了一跳：她在椅子上坐下后，重新将他的脸贴在自己的脸上。

"亲爱的宝贝，你已经睡着了吗？"

她从未这样称呼过他。他在半梦半醒中，只见她取下面纱，让他看到了李斯贝特那张真实的脸，虽然看起来是模糊扭曲的。她动了动肩膀，好像是累了。

"就是现在，"她说，"叔叔说他会娶我。"

她低垂着头。难道她在哭泣？她的声音幽怨，但在极力控制自己。谁又能猜到她怎么看待这新的前途呢？是悲还是喜？

雅克没有想太远，他反倒希望看到她不幸，就像此时此刻，他怜悯她的身世，并从中得到安慰。他抱住她，越抱越紧，似乎想要融化在她的身体内一样。她在寻找他的唇，贪婪地亲吻着。他从未体会过这样激动的感觉。当然，她已经解除了束缚以便雅克的手能更自由自在地在她身上游移。

"就让我们一起为弗吕林大妈祈祷吧。"她低声说。

他根本没想笑，也几乎相信了自己真的是在祈祷。要知道，在抚摸每一寸肌肤时，他的心里是那么热情而富有诚意。

她突然颤抖着挣脱了。他误以为是自己碰到了长瘰疬的手，或者是她想要逃跑。不过她只往前走了一步去关灯，然后重新回到他

265

身边。但是耳畔飘来一句:"亲爱的宝贝!"紧接着,一张滑嫩的嘴再次寻找他的嘴,纤细瘦弱的手指在解开他的衣服……

一阵雷声把他从梦中惊醒。雨水在院子里的石阶上拍打,发出"啪啪"的声响。李斯贝特……她去了哪里?乌黑的夜晚,雅克独自呆坐在杂乱不堪的长靠背椅上。他想起身去找她,想用肘部支撑起身体,但最终还是抵抗不住睡意的侵袭,重新跌坐在椅子上。

等他再次醒来,天已经完全亮了。

首先映入眼帘的是桌子上的茶壶,然后还有他的外套,被揉成一团丢在地板上。他想起来了,慢慢地站了起来。他很快有了一种难以控制的欲望,那就是要脱掉身上的衣服,用水洗干净汗湿的身体。在他看来,用凉水冲澡就像是在接受洗礼。他湿漉漉地在房里来回踱步,一会儿弯弯腰,一会儿摸摸自己健壮的大腿和柔嫩的肌肤,把裸露的快意引起的羞耻感全都抛诸脑后。

镜子照出他矫健的身姿,长久以来他第一次心平气和地观赏自己身体的特征。想到自己的意乱神迷,他只是耸耸肩,莞尔一笑。"这是毛孩子干的傻事。"他在想:这一篇章总算是合上了,就像长久以来被认识,却始终用得不是地方的力气,这下终于找到了真正用力的地方。他没有仔细回想前一天晚上发生的事,可能连李斯贝特也不会想到,他感到前所未有的畅快,仿佛灵魂和肉体都得到了净化。与其说他内心发现了什么,不如说他感到恢复了往日的平衡。这就像一个大病初愈的人在恢复健康以后变得神清气爽,一点也不稀奇。

他赤裸着身体溜到前厅,只将套房的那扇门打开了一个缝。他相信在传达室幽暗的环境中看到了李斯贝特正戴着面纱跪在那里,就像昨天傍晚时分看到的那样。有几个人站在楼梯上,在给便门挂黑纱。他想起九点要举行落葬仪式,于是迅速穿上衣服,就像是在准备过节。这个早上,他觉得所有的活动都是一种享受。

蒂博先生特地从拉菲特别墅区赶了回来,找到他时,他已经把房间收拾得干干净净。

他站在父亲身边,跟着送葬的队伍走。在教堂,他站在队列中,站在这些不了解内情的人们当中,心情还算平静,以一个主人的心态想了想李斯贝特的手。

传达室内始终见不到一个人。雅克一直在等着李斯贝特归来,没有细想这种焦急的等候蕴藏着什么欲望。

四点钟,门外有人按铃,他急忙跑上去开门:原来是他的拉丁文老师!他已经忘了今天他会来给自己补课。

他三心二意地听着关于贺拉斯作品的讲解,这时候又有人按铃了。这次是她。她走进大门后一眼就看到敞开的房门,以及老师趴在桌子上的背影。这一刻,他们四目相望询问对方。雅克怎么也没想到她是来向他辞行的,下午六点,她将乘坐火车出发。她不敢开口说,微微颤抖了一下,眨巴着眼睛,将那只长瘰疬的手举到嘴边,给了他一个简短的飞吻,就像火车要永远将她带走一样,然后一转身走了。

补课的拉丁文老师继续讲解他的句子:

"绯红色相当于有人呈现出绯红色。你能把两者细微的差别找出来吗?"

雅克淡淡一笑,好像真能分出差别似的。其实他是在想,李斯贝特过一会儿还会来找他。透过前厅昏暗的光线,他仿佛又看到了她掀开面纱后的面孔和那个吻,就像是她用裹着绷带的手指把它们从嘴唇上拉出来抛给他一样。

"接着念。"拉丁文教师说。

第三卷 美好的季节

1

卢森堡公园里,兄弟二人顺着栅栏急行。远处传来参议院的钟声,此刻已经五点半了。

"你可真够激动的,兄弟。"昂图瓦纳有些气喘地说道。雅克走得太快了,昂图瓦纳跟在后面有些疲惫不堪,他抬头看了看天,说道:"这天可真闷热啊,要下雷阵雨了吧?"

雅克回头看了看昂图瓦纳,脚下的步子也放慢了一些,他摘下帽子,帽子太紧了,他的双颊都箍出了印子。"激动?我吗?不不不,我一点都不激动。事实上,正好相反。怎么,你不相信吗?其实我也非常惊讶,此刻我怎么会这么平静。这两天我睡得十分安稳,早上醒来的时候都有些瘫软无力。兄弟,我的确非常平静,你应该相信我。事实上,你没必要跟着我一起跑一趟,毕竟你还有很多其他的事情要忙,况且达尼埃尔也在那儿,那样更好。跟你说件事,你肯定不会相信。今天早上他竟然特意从卡堡回来。就在刚才,他还给我打电话来着,问我什么时候发榜。噢,办这些事情他总是考虑得那么周到。还有,巴坦库其实也应该过来的。看啊,这样一来,我就不是一个人了。"他一边说着一边从口袋里掏出表,"啊,还有半个小时……"

"他的确很激动。"昂图瓦纳在心里这么想着,"连我都有些激动了。好在法弗里已经十分肯定地说过,雅克已经被列入名单了。"昂图瓦纳像平常一样,甩开了所有落榜的假设,深深地看了一眼弟弟,那眼神如同出自一个长辈。昂图瓦纳悄无声息地喃喃自语:

"在我心中……在我心中……噢,早上听了小奥尔加演唱的曲子,那优美的旋律现在还在我的耳边萦绕,我敢肯定,那一定是迪帕克①的作品。希望她没有忘记,她还要去伯兰做第七次穿刺术。在我心中,那——那——那……"

"假如我真的被录取了,"雅克在心里思量着,"我真的会幸福吗?我说的幸福可不是他们那样的幸福。"雅克想说的是昂图瓦纳还有父亲那样的幸福。

"你应该清楚的,"雅克说道,因为想起了一件事情,他有些激动,"前不久我在拉菲特别墅区吃晚饭,当时的情况你应该知道吧。那时我的口试刚刚结束,内心非常烦躁不安。吃饭的时候,你也看到了,父亲就是用那样一种语气对我说:'要是你没被录取的话,我们该拿你怎么办?'"

雅克突然想起了另外一件事,不由得沉默了。"今天晚上我实在有些神经质了。"这么想着,雅克不由得微笑着,伸手挽着哥哥

---

① 昂利·迪帕克(1848—1933),法国著名作曲家。

的胳臂。

"不,昂图瓦纳,这都不算多么不同寻常。看看明天吧,看看今晚过去之后吧……有件事我必须告诉你,因为我一直都很正常。父亲曾经叫我代替他去参加一个葬礼,你想起来了吗?对,克雷斯潘先生的葬礼。就是在那儿,发生了一件完全异乎寻常的事情。那天正下着雨,我很早就到了那儿,进了教堂等候。说实话,一个上午就这么被耽搁了,我感到非常气恼。但你会发现,我的坏心情并不能解释接下来发生的事情。我走进了教堂,找到一个空位子坐了下来。这时一个神父向我走来,在我旁边的位子上坐了下来。事实上,教堂里还有很多空位子,可是他偏偏要挨着我坐下来。他看上去非常年轻,应该是个修道院修士吧。他的胡子刮得很干净,整洁的下巴散发出一股清新的牙膏的味道。可是他的手套却黑乎乎的,让人看着非常不舒服。还有他那把黑柄的大雨伞,湿漉漉的,像只脏兮兮的落水狗,发出一阵阵难闻的气味。噢,昂图瓦纳,你不要笑呀,接着听我说你就会知道发生什么事了。那一刻我脑子里一片空白,什么也没有想,光顾着看眼前的那个神父了。他手里捧着本《圣经》,脑袋深深地埋在书里,嘴唇微微翕动,在默念着什么,大概是在准备待会儿的祈祷吧。好吧,好吧,他在为逝者进入天堂做祈祷。祈祷本应该跪在前面的跪凳上的,我还是知道这一点的,可是他只是跪在地上,在地板上叩头。我跟他恰恰相反,没有跪着,而是直挺挺地站着。当他做完祈祷站起身来时,我们的目光相遇了。我不知道他有没有看到我脸上气势汹汹的表情,然而我在他的脸上却看到了一副完全不以为然的神态,还有他那小小的眼珠藏在眼皮底下,骨碌碌地转来转去,那贼头贼脑的样子让人看着气恼极了!那样子就好像……像什么？我一时也说不清楚。我从口袋里拿出一张名片，在上面写了几个字，然后将名片送到他面前。"不是这样的，雅克肯定当时就想这么做了，可是他为什么要说谎呢？"年轻的神父慢慢抬起头，有些犹豫地看着我。没错，我应该把名片送到他手里的。神父看了一眼名片，然后非常惊慌不安地看着我，突然就夹起帽子拎起伞落荒而逃。没错，他看我的眼神如同在看一个被魔鬼附身了的人。事实上，我也气得不行了，一句话都说不出来，圣体游行还没开始我就离开了。"

"雅克，我想知道，名片上你都写了什么？"

"对啊，名片，我简直太蠢了！我甚至不敢说我写了什么。名片上我写着：'我啊，我不信教！'甚至用上了着重号和感叹号，就那么直直地写在名片上，我简直太蠢了！"雅克瞪圆了眼睛，神情有些呆呆的。"可以这么直白地承认吗？"他停顿了一下，眼睛看向梅迪奇十字路口，那儿有个穿着丧服的年轻人经过，那年轻人的穿着简直完美。"噢，这可真蠢。"雅克又重复了一遍，嗓音有些含混，仿佛他必须承认，可是却有些难以启齿，"就在刚才的一分钟内，你知道我脑子里浮现了什么吗？我居然在想，假如你死了，你，我的哥哥，昂图瓦纳，如果你死了，我愿意像刚才走过的那个年轻人一样，穿一套非常贴身的黑色丧服。我甚至希望你立刻就死去，这希望异常迫切。你肯定不会相信，我竟然有这种荒谬的想法。"

昂图瓦纳没说什么，只是耸了耸肩。

"这听上去十分遗憾。"雅克继续说道，"我只是尝试着分析自己到底能有多疯狂。听着。我一度想写一个疯子的故事，他聪明绝顶，他的行为疯狂至极，可是他一切的行动都经过了严密的思考，他的行事非常符合他的逻辑。你知道吗？我很快就会到达他智慧的正中心，我……"

昂图瓦纳一言不发，他早已养成了沉默的习惯。可是当他沉默时，他的注意力高度集中，其他的想法非但不会枯寂，反倒会变得异常兴奋活跃。

"噢，要是我能有一份工作或者干点其他事情该多好啊！"雅克一阵感慨，"二十年来一直在不厌其烦地考试，我已经受不了了！"

"这个疮都已经涂了碘酒，可是却还在长。"雅克一边想着一边伸手摸了摸颈部，那里长了一个疖子，被领口磨得很痛。

"昂图瓦纳，"雅克又接着说道，"你二十岁的时候早就已经不是孩子了吧？我记性好着呢，我觉得我一点都没变，我感觉现在的自己跟十年前一模一样，你没有这样的感觉吗？"

"不。"

昂图瓦纳心里却在想："雅克说得对。这种连续性，准确地说是这种意识的连续性……那位老人曾说：'我啊，我非常喜欢玩跳山羊。'还是同一个人，还是同样的手和脚。我也是这样，在科特雷的时候，我整晚都在为肚子疼而担心不已，我甚至不敢离开房间一步。是他，正是他，蒂博医生……我们敬爱的院长……一个学识渊博的人……"昂图瓦纳又非常满意地补充了一句，那神情仿佛他正听一个住院实习医生谈论他们的院长似的。

"我的话让你不高兴了吗？"雅克问道，他脱下了帽子，用手摸了摸脑门儿。

"你怎么会这么问？"昂图瓦纳有些不解地看着雅克。

"因为你难得回答我的问题，可是你听我说话时却像一个发高烧的病人一样。"

"不，不是这样的。"

"假如清洗耳朵都还不能降低体温的话……"昂图瓦纳的脑海里浮现出一个小孩儿痛苦的脸，那孩子今天早上刚被送到医院，"在我心中，在我心中，那——那——那……"

"你觉得我现在激动不已，"雅克看了一眼昂图瓦纳接着说道，"我再对你说一遍，你错啦。告诉你吧，昂图瓦纳，有时候，有时候我巴不得我没有被录取！"

"什么？你怎么会有这种想法？"昂图瓦纳有些吃惊地问道。

"因为我想逃避！"

"逃避？你想逃避什么？"

"一切都想逃避！你、他们，还有一切复杂的事，一切的一切我都想逃避，我要离开你们所有人！"雅克语气有些激动地说道。

"简直是在胡说八道。"昂图瓦纳很想这么说，事实上他心里也是这么想的，可是他没有说出来，只是转身看着弟弟，那目光仿佛要重新认识雅克似的。

"置之死地而后生。"雅克继续说，"我要离家出走！没错，必须离家出走，一个人出去闯荡，随便去哪儿都行。也许一个人在异乡的时候我才能静下心来专心工作。"他知道，他压根儿不会离家出走的，可是他仍然沉浸在强烈的幻想中。他一言不发，可随即又有些无奈地笑着说：

"独处异乡，没错，也许只有独处异乡的时候我才能真正原谅他们。"

"你还介怀那件事？"昂图瓦纳对雅克的话有些吃惊，不由得停了下来。

"介怀哪件事?"

"刚才你说原谅他们,原谅谁?原谅什么事?你还在介怀教养院的事吗?"

雅克用眼角扫了一眼昂图瓦纳,耸耸肩,没有说话,继续往前走。是的,他的确是在说住在克卢伊时候的那些事。可是他不想解释什么,况且昂图瓦纳也不会明白的。

可是,他是如何会有这种要原谅些什么的想法的呢?雅克自己都说不清楚,虽然他总是遇到这样的问题:原谅,或者更加怨恨;接受,将自己融合进去,变成无数齿轮中的一个,或者将自己身上的力量激活,将这毁灭的力量,将这所有的怨恨,投向……投向什么?他也说不清楚,投向现实、道德、家庭、社会……这怨恨始自童年,那不被人理解的复杂感情有时候倒是能够引起别人的重视,但是大多数人对这种感情总是看不起。是啊,如果他能逃离这一切,他一定能找到内心的平静,他怨恨别人阻碍他得到这种平静!

"一个人去远方,我会在那个陌生的地方潜心工作。"雅克下意识地又重复了一遍。

"远方?你要去哪儿?"

"去哪儿?是啊,我要去哪儿呢?你不会理解我的,昂图瓦纳。你向来能够跟周围的人和平相处,你总能喜欢自己选择的道路。"雅克一边说着一边突然想起了哥哥,因为他几乎从未想过哥哥是什么样的人。雅克眼里的昂图瓦纳对一切都十分满意,学习勤奋,工作努力,又有毅力,真是个不错的人!对了,才智呢?昂图瓦纳有着一个杰出的动物学家的才智!他的这种活跃的才智在科学研究中得到了完全的施展！这种才智总是按照单一的概念而活动，它为自身制定了一门哲学，并且对这门哲学感到满足！然而这种才智还有一个更加严重的方面，那就是它将一切事物的内在价值都抛弃了，它将宇宙中一切事物的真正价值和美都抛弃了！

"我可跟你不一样。"昂图瓦纳十分肯定地说道。昂图瓦纳与雅克稍稍拉开了一点距离，独自沿着人行道的边缘缓缓地走着。

"在这儿我几乎无法呼吸。"雅克心里想，"我讨厌他们让我做的事，简直厌烦极了！还有那些老师和同学，他们沉迷的事物，他们热衷的书籍！还有那些所谓的现代作家！一切都令人厌烦！上帝啊，在这个世界上，有谁会了解我，有谁会关心我喜欢做什么？不，没有一个人都没有，甚至达尼埃尔也没能做到。"渐渐地雅克已经不再那么生气了，也没有听到昂图瓦纳的回答。"将一切既成的历史都遗忘吧！"雅克在心里呐喊道，"摆脱凡俗的束缚！透视自己的内心！将一切都呼喊出来吧！从来没有人敢如此直言不讳。而现在这个人终于出现了，这个人就是我！"

此刻兄弟俩的心境令他们爬上苏弗洛路倍加吃力，两人不由得放慢了脚步。昂图瓦纳还在说话，而雅克却沉默不语了。注意到昂图瓦纳仍在不停地说话，雅克心里暗暗地窃笑："无论如何我都没办法和昂图瓦纳讨论什么，要么我说服他，可这会让我发狂；要么我只能沉默，任凭他旁征博引，高谈阔论，就像现在这样。可是这样着实有些心口不一，因为昂图瓦纳向来喜欢把别人的沉默当成默认和赞同。事实上，断然不是这样的！根本不会是这样的！我有自己的想法，愿意为之坚持不懈，尽管在别人看来我的想法十分混乱，毫不清晰，可是我一点都不在乎。我知道它们有多么重要的价值。

现在的问题只是我该如何将这价值阐述出来。总有一天我可以做到的！因为到处都是支撑我想法的论据！可是昂图纳瓦啊，他只顾着埋头走路，从不认真地思考一下我的想法里是不是还有些非常有道理的东西。天哪，我还是孤零零的一个人！"又一次雅克迫切地想要逃离这个家。"果断逃离这一切，离家出走多美好；逃离这些房间，离家出走多美好。①"这么想着，雅克露出了狡黠的微笑，望着昂图瓦纳的背影，高声背诵道：

"家庭，我是如此憎恨你！你紧锁门户，与世隔绝！"

"这是谁写的？"

"纳塔那埃尔。"雅克回答道，继续背诵，"一边走一边看吧，你会了解到一切的，一刻也不要停留，一处也不要徘徊。"

"这又是谁写的？"

"啊，"雅克收起了笑容，加快了步子，"在这本书里什么都讨论到了。在这本书里达尼埃尔找到了所有的理由。更为糟糕的是，他借此大肆赞颂了他的犬儒主义。达尼埃尔对这本书倒背如流，可是我……"雅克的声音有些颤抖，继续说道，"不，我并不十分厌恶这本书。你看啊，昂图瓦纳，拿起这本书时我的手会有灼烧般的疼痛，它实在太可怕了，我甚至不愿意埋头去读它。"雅克不由自主地又背诵了一遍，神情悠闲，"逃离这些房间，离家出走多美好！"突然，雅克的声音变了调，用有些沙哑的嗓音喊道："我要离家出走！可是现在已经太晚了，我根本不可能离家出走了。"

"离家出走，离家出走，你总是这么说，仿佛别人说的'背井离乡'。你还是不要想这么复杂的事情了。不能离家出走，但是可以旅行啊。"

①法国作家纪德（1869——1951）的作品《地粮》中的句子。

假如你被录取了,你可以向父亲申请暑期旅行,我想父亲是会答应的。"昂图瓦纳顶了上去。

"不,太晚了。"雅克有些无奈地摇了摇头,叹道。

昂图瓦纳有些不理解雅克的意思,问道:"什么太晚了?你不去拉菲特别墅区吗?在那儿陪着父亲和老小姐度过两个月的暑期不好吗?"

"我会去那儿。"雅克做了个手势,有些含糊地说道。

这会儿兄弟俩已经穿过先贤广场,走到了乌尔姆大道。雅克用手指着高师门口拥挤的人群,脸色不由得阴沉了下来。

"真是个性格古怪的家伙。"昂图瓦纳心里暗自说道,而这也是他一贯对雅克的评论,宽容之中带着不自觉的骄傲。尽管他对不同寻常的行动深恶痛绝,尽管雅克时常令他窘迫不已,但昂图瓦纳还是竭尽全力地试图了解弟弟的心思。雅克时常透露出只言片语,昂图瓦纳的思维和智力就在这些对话中不断地得到锻炼。这种锻炼令昂图瓦纳感到十分愉快,因为这让他觉得自己能够更深地了解弟弟的性格。然而实际情况却不是这样的。每当昂图瓦纳自以为是地觉得自己已经达到了最高的心理证明,雅克总是又会有新的表现,而这全新的表现总会将昂图瓦纳先前的结论推翻,使得昂图瓦纳不得不再次另起炉灶,重新审视雅克,而重新得到的结论往往是与先前的结论完全相反。因此,同弟弟雅克的谈话在昂图瓦纳看来就是连续不断地提出前后矛盾的判断,而最后往往是昂图瓦纳做出最后的结论。

兄弟俩一起来到高师的正门口,那是一座十分粗劣的建筑。昂图瓦纳转身凝视着雅克,目光深邃。"当事情渐渐显出底蕴时,"昂图瓦纳这么想着,"就会发现雅克这孩子对家庭生活有更多的兴趣,只是他自己没有察觉到罢了。"

这时高师的大铁门打开了,露出了院子里拥挤的人群。

达尼埃尔·德·丰塔南站在前厅门口,他正在和一个金发的年轻人谈话。

"假如最先看到我们的是达尼埃尔的话,那我肯定就被录取了。"雅克这么想着。可是听到昂图瓦纳的喊声后,丰塔南和巴坦库一起转过身来了。

"是不是非常激动?"达尼埃尔问雅克。

"不,一点也不激动。"雅克回答道。"假如达尼埃尔提到了贞妮,我肯定就被录取了。"雅克心里想着。

"张榜前的十分钟可真难熬啊!"昂图瓦纳感叹道。

"您是这么认为的?"达尼埃尔面带微笑地反问道。达尼埃尔常常恶作剧般地反驳昂图瓦纳,他称他为"大夫"。昂图瓦纳有些早熟,脸上时常一副严肃的神情。达尼埃尔看着昂图瓦纳的神情觉得十分有趣。"我以为等待总是有些快感的。"

昂图瓦纳没有接话,不以为然地耸了耸肩。

"你听见他说什么了吗?"他问弟弟,"这种等待我已经经历过十四五次了,可我始终也没办法适应。不过我发现了,这种时候,只有庸俗之人才会装出一副苦行僧的样子。"

"面对焦急的等待,并不是每个人都能感到愉悦的。"达尼埃尔继续说道。在看向医生时,达尼埃尔总是一副戏弄人的目光,而一转向雅克,达尼埃尔却是一副柔和的目光。

昂图瓦纳顺着心里的想法继续说道:"我很认真地对你说,在没有把握的状态中,即使是强者也会感到窒息。真正的勇气,真正的真情实感,并不是平静地等待揭晓事情结果,而是奔向前方,尽早了解真相,主动接受真相。我说得对吗,雅克?"

"不,我更愿意同意达尼埃尔说的。"雅克回答道,没有继续听昂图瓦纳说话。达尼埃尔同昂图瓦纳的谈话还在继续:"您母亲和妹妹一直住在拉菲特别墅区吗?"雅克觉得自己这个时候插话显得十分虚伪,而达尼埃尔显然也没有听到雅克的话。"我肯定会被录取的。"雅克这么想着,他发现自己对于考上高师的信心非常坚定,"父亲一定会高兴坏了。"这么想着,雅克的嘴角上扬,露出一个灿烂的微笑,和善地看着对面的巴坦库。

"您能到来,真是万分感谢,西蒙。"巴坦库看向雅克的目光透着友好,毫不掩饰自己对达尼埃尔这位好友的热情赞扬。可是雅克却没办法欣然接受对方的赞赏,因为他没办法也对巴坦库报以同样的赞赏。

就在这时候,熙熙攘攘的院落突然安静了,雅克看到一楼的一扇玻璃窗上贴上了一张长方形的白纸。潮水般拥挤的人群将雅克推向了那张白纸前,雅克慢慢地接近那张决定自己命运的白纸,耳朵里如同有成千上万只蜜蜂在嗡鸣。

"录取啦,录取啦!雅克,你是第三名!"挤在人前的昂图瓦纳兴奋异常地高声喊道。

昂图瓦纳的喊声在雅克的耳朵里盘旋了好久好久,雅克的脑子里乱哄哄的,胸腔里活泼泼的。有些胆怯地,雅克缓缓转身,直到看清楚了哥哥那张容光焕发的脸,他才真正弄明白了昂图瓦纳所喊的那句话的意思。雅克的手有些瘫软无力了,他费力地摘下帽子,露出了被汗水浸湿的额头。这时,达尼埃尔和巴坦库已经从人群中挤回来了,回到了雅克的身边。雅克看着缓缓向自己走来的达尼埃尔,目光有些呆滞;达尼埃尔则满脸笑容地看着雅克,上扬的嘴唇露出整齐洁白的牙齿,整个院子都被阵阵细语声充盈着。生命仿佛又重新绽放开来。深深地呼了一口气,雅克感觉自己身体内的血液又重新开始循环流动了。突然,雅克仿佛看到了一个陷阱,还有一个捕兽夹。"我被抓住了。"雅克突然有了这种想法,随之而来的又是其他各种奇怪的想法。好半天,雅克又经历了一场希腊文口试,也正是在这个时候,他犯了错:他又看见了绿色的毯子,还有老师的手指,那手指像角一样弯曲着,沉沉地压在《祭酒人》①上面。

"谁是第一名?"

巴坦库说了一个名字,可惜雅克并没有听清楚。"原本我可以成为第一名的,可是我却没能弄明白栖身地、圣殿还有家中圣堂的守护神的含义……"雅克不断地努力试图将那一连串的想法连接起来,这些纷繁的想法曾经令他产生了无法挽回的误解。

"得了,医生,您应该高兴满意才对。"达尼埃尔拍拍昂图瓦纳的肩膀说道。终于,昂图瓦纳舒心地笑了。在昂图瓦纳身上,高兴与讶异几乎是如影随形的,因为他神情严肃庄重,一切的快乐都无法找到宣泄的出口。而达尼埃尔却恰恰相反,他任凭快乐随意地流露。当他打量周围的人、他的朋友,还有来这儿的女人、母亲或姐妹时,他的目光甚至有些带着追求肉欲的快感,而那些女人总是在细微的音调以及动作中将自己的脉脉温情表露得毫无保留。

① 古希腊悲剧之父埃斯库罗斯(公元前525—公元前456)的三部曲《俄瑞斯忒斯》中的一部。

昂图瓦纳看了看手表，回头问雅克：

"你还有其他事情要办吗？"

不明所以地，雅克有些颤抖，有些沮丧地说道：

"我吗？不，没有，没什么事。"

直到这时雅克才发现，嘴唇边的一个疖子已经挤出了血，毫无疑问，肯定是在刚刚张榜的时候挤破的。这一个星期以来，他的脸色因为这个疖子变得十分难看。

"没事的话我们就走吧。"昂图瓦纳说道，"晚饭前我还有个拜访。"

一行人走出院子时碰到了法弗里，他是特意来了解情况的。看到昂图瓦纳一行人，法弗里有些得意地说道：

"你们看，早就有人告诉我了，雅克的法语作文写得非常棒！"法弗里就是高师毕业的，毕业一年后为了留在本省，他就去了圣路易中学，当起了临时代课老师。为了享受巴黎的夜生活，空闲的时候他也会去给学生补课。然而法弗里实际上非常看不起教书的生活，一心憧憬着新闻事业，暗中他还对政治非常感兴趣。

听到法弗里的话，雅克这才想起来，法弗里和希腊文批卷教师非常熟悉。再一次，雅克的眼前又出现了绿色的毯子，还有弯曲的手指，不由得羞愧得满脸通红。他从没想过，自己会被高师录取，此刻他也没有任何解脱的舒心感，唯一的感觉只是厌倦。他时不时地会想起自己的误解，还有脸上的疖子，就禁不住有些生气。

达尼埃尔和巴坦库一起挽着雅克的手臂，踩着轻快的脚步，拉着他兴高采烈地奔向先贤祠。昂图瓦纳和法弗里紧跟其后。

"我把闹钟放在茶碟里，茶碟平稳地放在茶杯上，每天六点半闹钟准时响起。"法弗里兴奋地笑着，大声解释道，"听到闹铃，我有些不高兴地嘟囔几句，奋力睁开一只眼睛，摸索着把灯打开，将指针调到七点，然后抱着闹钟，任凭它像炸弹一样闹腾，我只管呼呼大睡。没过多久，一阵猛烈的摇晃仿佛地震一般将整个楼房和街区都震动了。可是我却像疯了一样就是不肯起床。五分钟，十分钟，十五分钟，我一点一点地挨。已经挨了二十分钟，离上班的时间也已经过了两分钟，我还没有起来，因为必须是整点十分我才会起床。最后，我终于从被窝里爬了出来。所有的衣物都已经准备好了，放在三张椅子上，像消防队员的装束一样整齐。七点二十八分，我来到街上。当然，我不可能有时间洗脸刷牙吃早餐。我只有四分钟时间走到地铁站。当八点的钟声敲响时，我准时登上讲台，又开始了一天的填鸭教学。你也知道学校的下课时间，我还得泡个澡、穿衣打扮，吃晚餐，会朋友。你觉得我能几点上班？"

昂图瓦纳并没有专心听法弗里说话，而是张望着寻找车子。

"雅克，晚饭你是跟我们一起吃吗？"昂图瓦纳问道。

"不，他和我们一起吃晚饭。"达尼埃尔回答了一句。

"不，不，不。今晚晚饭我要和昂图瓦纳一起吃。"雅克连忙说道，心里却在想："他们就不能让我安静一下吗？脸上的疖子还要涂碘酒呢。"

"要不今晚我们就一起吃晚饭好了。"法弗里提议道。

"好啊，不过要去哪儿吃呢？"

"随便哪儿都行，要不就去帕克梅尔那儿吃吧。"

"不，我不去了，今晚太累了，我想休息。"雅克反对道。

"你不喜欢我们吗？"达尼埃尔挽着雅克的手，开玩笑地说道。他转向昂图瓦纳轻声说道："大夫，晚上到帕克梅尔来找我们吧。"

昂图瓦纳拦了一辆出租车，扭转身子，有些犹疑地问道：
"帕克梅尔？那是什么地方？"

"噢，帕克梅尔啊，不是你想象的那样。"法弗里脱口而出。

昂图瓦纳不得不用询问的眼光看向达尼埃尔。

"帕克梅尔嘛。"达尼埃尔解释道，"不好解释对吗，我的小巴特①？帕克梅尔可不是那种传统的夜总会，有点像家庭式酒店。那儿有一个酒吧包间，愿意的话可以容纳五到八个人。等到八点的时候去那儿洗澡的人都离开了，只剩下老熟人。搬几个大桌子拼在一起，铺上朴素的大桌布，大家围着帕克梅尔大妈坐着，一起享受温馨的晚饭。那儿有很不错的乐队，还有美丽的姑娘。怎么样，很不错吧？您还需要什么吗？就在帕克梅尔那儿约会吧。"

昂图瓦纳晚上几乎不出门，白天工作太累了，晚上还要准备医院的考核。可是今天他忽然对血液学毫无兴趣，明天又是周日，周一又要上班。他想在周六的晚上享受一下那些一直想尝试的东西。帕克梅尔对他充满了吸引力，还有美丽的姑娘……

"如果你们非要拉上我一起去的话。"昂图瓦纳努力装出一副毫不在意的样子，"帕克梅尔在什么地方？"

"就在蒙西尼大道。八点半之前我们会一直等你。"

"我会早到的。"昂图瓦纳大声回答，"砰"的一声随手关上了车门。

对于这个提议，雅克并没有拒绝。昂图瓦纳都同意去了，雅克的心情似乎好了点。更何况，向达尼埃尔一些任性的想法妥协让雅克心中有种暗暗的快感。

---

① 巴坦库的昵称。

"我们走路过去吗？"巴坦库问道。

"我嘛，我要坐地铁过去。"法弗里用手摩挲着下巴，"我还要回去换衣服，一会儿我去找你们。"

接近七月的末尾了，巴黎的上空闷热而压抑，一场雷阵雨似乎就要下来了。晚上，天色晦暗，灰蒙蒙的空气让人分不清楚是水汽还是尘埃。

去帕克梅尔要将近半个小时。巴坦库走近雅克，略带讽刺意味地说道："你前途一片光明啊！"

雅克挥了挥手，有点不耐烦。一旁的达尼埃尔笑了。在达尼埃尔看来，尽管巴坦库比自己大五岁，可是还像个孩子。有时候巴坦库惹雅克不高兴的方式实在太天真了，不过达尼埃尔倒是无所谓。他不由得想起了以前大家捉弄巴坦库，让他背诵点什么。巴坦库总会走到壁炉前，一本正经地背诵起来：

噢，科西嘉噢，平头发！愿太阳下的法国在稽月更加美丽！[①]

巴坦库怎么也不明白，为什么在念到第二个"噢"字时大家会笑得直不起腰。

那个时候，西蒙·德·巴坦库刚搬过来，他的家乡在北部的一个城市，父亲是那儿的一个上校。刚来的时候，巴坦库穿着一件黑礼服，上面钉着闪亮的纽扣。在巴黎上神学课穿这样的黑礼服才显得有礼节。巴坦库这位未来的牧师是丰塔南太太家的常客。巴坦库

[①] 法国诗人奥古斯特·巴比埃（1805—1882）的讽刺诗《偶像》里的诗句。这首诗抨击了拿破仑，原诗为"噢，平头发的科西嘉人"，被巴坦库改动后就变成了以头发为重点，而不是人了。

夫人和丰塔南太太曾经是儿时的伙伴,因此丰塔南太太将邀请巴坦库看作一项责任。

"算了吧,我可怕你这个拉丁区。"前神学家说道。巴坦库目前住在星形广场区,穿着一身淡颜色的衣服。因为一门不理智的婚事,巴坦库和父母闹翻了。达尼埃尔给他找了一份书店的工作,白天他就在吕德韦格松书店里整理一些极为庸俗的版画,一个月能挣四百法郎。

雅克抬头朝四周望了望,看到一个卖玫瑰花的老女人蹲在花篮后面。刚才他和昂图瓦纳经过这儿时已经看到她了,只是雅克当时心里在想事情,卖花的女人并没有引起他太大的注意。想起刚才爬上苏弗洛大道,雅克突然有种丢失了某种常用的东西,如同丢了每天都戴着的戒指一般。几个星期以来,惆怅感一直压着他,就在一个小时之前,这惆怅感还压抑着他,令他每走一步都十分艰难。而如今这惆怅感陡然消失,徒留一片空虚,这空虚是如此痛苦、如此难挨。张榜后,头一回他感受到了自己的成功,却如同一头栽倒地上一般莫名地头晕目眩、疲劳至极。

"海水浴你洗过吗,达尼埃尔?"巴坦库问道。

听到巴坦库的问话,雅克也转过身来。

"海水浴吗?非常不错。"达尼埃尔目光柔和地说。

"听说你是为了我才回来的,在那儿洗海水浴愉快吗?"雅克问道。

"简直超乎想象!"达尼埃尔回答道。

"通常都是这样。"雅克有些苦笑地说道。

雅克和达尼埃尔目光交错,在这目光里隐藏了过去的许多次争论。雅克热爱达尼埃尔,他的爱是严肃认真的。达尼埃尔对雅克十分亲密，与雅克对他的爱完全不同。"你对我要求太严苛了，甚至超过了你对自己的要求。"达尼埃尔经常这么对雅克说，"你从没想过要过我这样的生活。""是的，你说对了。"雅克回答道，"你的生活我非常赞同，可是你对生活的态度我却非常不赞同。"

像这样的论题他们很早以前就开始争论了。

中学毕业以后，达尼埃尔没有走别人为他想好的道路。达尼埃尔的父亲不在家，几乎没有管教过他。而母亲则给了他充分的自由去选择人生的道路。一切强有力的意志，这位母亲都十分尊重。对于任何关系到孩子的事情，尤其是关系到孩子的将来，她心中就会有一种莫名的信赖。对于达尼埃尔，母亲并不希望靠他来养家糊口，她只希望儿子能够自由自在地生活，无须承担生活的责任。然而达尼埃尔却无法抛开养家这个念头。这两年他都没能帮到母亲，对此他时常痛苦不已。他一直在等待一个机会，他有养家这种高尚的责任，他还有更加迫切的需要，他在等待一个能够将二者结合起来的机会。达尼埃尔的这种态度是如此谨慎和复杂，雅克一直没法弄明白。达尼埃尔开始学画画了，没有老师的指导，达尼埃尔完全依靠本能作画，仿佛完全随着自己的兴趣作画。他不怎么画油画，倒是经常画素描。有时候他从早到晚都跟模特儿一起待在画室里，将版本素描本画得满满的。在他人看来，达尼埃尔的这种作画方式近乎懒散，因而人们相信达尼埃尔对未来的确是有着美好的想法。这种自豪是静默无声的，没有一丁点的骄傲自负。达尼埃尔一直在等待，等待那一天的到来。等到那一天，依靠着相互贯通的命运的法则，凝聚在他身上的最高级的东西就会找到自我表达的方式。他坚信，自己的命运会是一流艺术家的命运。只是他需要走什么道路、通过什么方式、什么时候可以到达艺术的顶峰,对此他一无所知,但却无所顾虑。他行动着,他宣称要融入生活,事实上他的确融入了生活。有时他也会感到内疚,想到母亲对自己的伦理教训时,他会十分不安。但这种内疚和不安往往只是一瞬间的事,根本不能阻止他继续往前走。"这两年来,种种顾虑一直困扰着我,在这种顾虑达到最严重的时候,"当时他十八岁,达尼埃尔给雅克写信时有时候会这么说,"我发誓,我从未真正地对自己的行为感到羞愧可耻。事实上,情况比这要好得多。当我为自己的冲动而自责,对自己表示怀疑的时候,事实上我对自己并没有多少愤怒。而且事后我会经常回想这些,只要生活再次占据了优势。"

这封信寄出去没多久,达尼埃尔就坐着郊区火车去旅行了。在火车上,达尼埃尔遇到了一个人,后来他们称这个人为"火车里那个人"。这一次短暂的聚会对两个年轻人的成长产生了十分重要的影响,对此,达尼埃尔并不否认。

那时候,达尼埃尔刚从凡尔赛回来,在那里,在公园里的一片树荫下,达尼埃尔度过了一个午后,一个专属于十月的下午。在火车即将开出的最后一分钟,达尼埃尔跳上了火车。十分偶然地,他发现坐在对面的老人有些面熟。对了,就是在那一天,在大特里阿农宫堡的树丛中,他见过这个人。他仔细看了几眼,果然认出来了。能如此自在地观察这位老人,达尼埃尔感到十分高兴。如此近距离地观察,这个老人看上去倒是显得非常年轻。虽然他的头发都白了,但看上去只有五十岁左右。椭圆形的脸上长着雪白的短胡子,五官十分端正,面色有些柔媚。他的皮肤,走路的姿势,他的手,他的淡色衣服,领带的罕见色调,特别是那双蓝眼睛在环顾四周时放射出来的热烈而活跃的目光，使他看上去完全就是个年轻人。他的手上拿着一本精装书，那书有着旅行指南一样柔软的书脊，却没有书名。他的手指熟练地翻阅着那本书。火车行到叙雷斯纳和圣克卢之间时，那个人站了起来，穿过走道，来到火车过道，俯瞰巴黎的全景，余晖给这座城市染上了金光。之后，他便走到达尼埃尔的座位旁，靠在车窗玻璃上。那个人两手之间只隔着大约一块玻璃的厚度，手里拿着那本不给他人看的书，举到面前。他的手微微张开，显得既无力又有些神经质，让人相信那双手一定非常灵敏。他的手微微一动，紧紧压着玻璃的书页打开了一点点，达尼埃尔隐隐约约看到了几行字：

噢，纳塔那埃尔，让我告诉你热情……
一种鲜活跳跃的、肆意放荡的生活……
一种鲜活生动的生活，纳塔那埃尔，胜过平静的生活……

那个人把书拿开了，达尼埃尔只来得及看清楚标题，在书页的上面两个字一晃而过：《地粮》。

出于好奇，下火车的当天达尼埃尔就去了好几家书店询问，可是店员都不知道那本书。火车上的那个人有什么秘密要保守吗？"一种鲜活生动的生活，"达尼埃尔在心里默默地重复着，"胜过平静的生活……"第二天一大早，他就跑到奥台翁长廊[①]去查阅书目。几个小时之后，达尼埃尔口袋里揣着这本书，跑回家后把自己关在了房间了。

达尼埃尔花了一个下午，一口气看完了这本书。傍晚时分，达

[①]奥台翁长廊是书店的集中地，人们可以自由翻阅陈列的书籍。

尼埃尔走出家门，此刻的达尼埃尔心中充溢着从未有过的狂热，充满了从未有过的得意和激动。他昂首阔步，像个征服者，大踏步朝前走去。直到夜幕降临，达尼埃尔一直沿着码头走着，他已经离家很远了。达尼埃尔晚饭就吃了一个半月形的面包，然后就回家了。房间的书桌上还放着那本书。达尼埃尔翻了翻书，却再也不敢看一眼。躺在床上，他辗转反侧，难以入眠。最终他投降了，披着大衣下了床，打开那本书又从头细细读了一遍。达尼埃尔感觉眼前此刻是如此庄严，他甚至能感受到内心正在孕育着一项全新的工作，那是一种神秘异常的萌芽状态。黎明时分，他终于读完了最后一页，达尼埃尔觉得自己再次看向生活时的目光是完全崭新的。

我大胆地把手放在每一样东西上，我自信地渴望每一样东西……

欲望对人来说是有益的，对欲望的满足也是有益于人的，因为每一个对渴望的满足都会令下一个渴望变得更加巨大。

教育曾使他对思索充满了兴趣，而如今这兴趣也被他抛弃了。"过错"这个词如今已有了新的含义。

无论好坏对错均可行动，无论孰优孰劣均可钟爱……

尽管他只是不由自主地陷入了这种情感之中，可如今这情感却一下子全都解放出来了，兴奋地占据了他所有情感的首位。就在今晚，仅仅几个小时之内，从童年时代就树立的价值观顷刻间崩溃，曾经他以为这个价值观是不可推翻的。翌日清晨，达尼埃尔犹如被洗礼了一般，曾经一度认为不可辩驳的真理都被推翻了，曾经各种力量都在分裂着他，而如今种种力量居然达到了一种平静。

对于这个发现，达尼埃尔除了雅克，谁都没告诉。即使是对雅克，也是过了很久才告诉他的。这是两个好朋友之间的秘密。这件事甚至被他们当成了一个宗教奥秘，只能隐隐约约地暗示。无论达尼埃尔如何努力，雅克一直固执地坚持不被这种狂热所感染。这是一个极易令人沉醉的源泉，雅克拒绝在这源泉里止渴，他在顽强地抵抗着自己的欲望，他不要为这种狂热所感染。但雅克的确感到达尼埃尔已经找到了自己的原则，而雅克只能在歆羡与绝望中抗拒着这股狂热。

"你觉得吕德韦格松算得上是天赋异禀的一类人吗？"巴坦库问道。

"吕德韦格松吗？这个嘛，我的小巴特……"达尼埃尔缓缓解释道。

雅克不以为然地耸了耸肩，让两人能走到前面一点。

几天前吕德韦格松刚刚聘用了达尼埃尔。这个欧洲最厚颜无耻的艺术品商人在各国首都都建立了商行。长期以来，达尼埃尔和巴坦库争论的焦点都是吕德韦格松。当然，达尼埃尔同吕德韦格松企业合作，雅克是坚决不赞同的。松散的合作也好，紧密的合作也罢，即便是为了生计而合作，雅克都不赞成。但这个冒险令达尼埃尔异常振奋，雅克或是其他人都不敢说能够让达尼埃尔放弃这项合作。然而，吕德韦格松非常睿智，他不知疲倦地活动以至于形成了失眠的习惯，他厌恶奢侈，这个富豪在某些程度上只对冒险和成功感兴趣，对金钱只有蔑视。这个忙忙碌碌的人如同一个迎风摇晃的火炬，明亮的火焰冒着青烟。这火把能让人思路清晰，这火把还拥有巨大的权力。正是这一切使得达尼埃尔产生了巨大的兴趣。达尼埃尔愿意为这个大盗工作，更多是因为好奇，而不是光耀。

雅克想起了达尼埃尔和吕德韦格松第一次见面时的情景，那是两个不同种族、两个不同社会圈子的对峙。那天早上雅克正好也在达尼埃尔的画室里，看着达尼埃尔和几个同样领着单薄薪资的同事一起为画室工作。吕德韦格松进来了，也没有敲门，达尼埃尔咒骂了一句，吕德韦格松只是微微一笑，算是回应。吕德韦格松没有做自我介绍，也没有任何开场白，甚至都没坐下来。仿佛一个有名的演员把钱袋扔给仆人一般，吕德韦格松从口袋里抽出皮夹，拿出六百法郎定金给"那个叫丰塔南的先生"。合同期为三年，从即日算起。条件，达尼埃尔在这段合作期内创作的所有作品的专利权都属于他，吕德韦格松，属于吕德韦格松画廊，属于吕德韦格松艺术事业有限公司。而达尼埃尔必须在每一份作品上标明日期还有他的名字。达尼埃尔并没有画多少画儿，也没有出售过任何素描作品，他不明白为什么吕德韦格松会对自己的才能如此赏识，还提出这么丰厚的条件。可是达尼埃尔希望自己有权利处置自己的作品，他很清楚，一旦他接受了这个合作条件，收下了吕德韦格松的定金，他就必须每个月都交出一定量的作品，起码要与这个商人出的价钱对等的作品量。可是他有自己的准则，他希望自己能够不受任何约束地、自由自在地、高高兴兴地创作。因此，他礼貌却又冷冰冰地请吕德韦格松离开这里，所有的同事都目瞪口呆地看着达尼埃尔把吕德韦格松送到了楼梯口，来访者甚至都没回过神来。

不过这件事并未到此结束。后来吕德韦格松又来了，这一次他显得格外谨慎。几个月后，达尼埃尔在哄骗之下与吕德韦格松达成了真正的合作关系。吕德韦格松出版了一本豪华的杂志，该杂志集合了三种语言，主要评论雕塑作品。其中法文评论部分的挑选工作他交给达尼埃尔来主持。从第一天他就喜欢上了达尼埃尔的性格，也看准了达尼埃尔稳妥的鉴赏力。这份工作事实上并不令人讨厌，达尼埃尔只用了空闲的时间就完成了。而且没过多久，这份杂志的法文部分实际上已经是达尼埃尔在领导了。吕德韦格松并不计算自己的花销，他的原则就是精心挑选很少的合作者，将他们联合起来，付给他们丰厚的酬劳，好让他们能够最大限度地发挥主动性。达尼埃尔想不到没过多久，他竟然能够拿到和另外两个编委一样的薪资了，那两个编委一个是英国人，另一个是德国人。达尼埃尔喜欢与其他艺术家迥然相异的事业，而且他懂得生活。吕德韦格松甚至为达尼埃尔举办了一场私人画展，一些收藏家已经开始囤积达尼埃尔的作品了。同画商交往的好处，就是达尼埃尔能够让母亲和妹妹过上更加优越的生活，并且能让自己过上悠闲自在的生活，没有任何严苛的创作任务，也不会占据他创作中必不可少的私人空间。

雅克赶上了和朋友们一起穿越圣日耳曼大街。

"到那儿后给你介绍吕德韦格松太太，你会非常吃惊的！"达尼埃尔正在说话。

"什么，吕德韦格松还有一位母亲？真想不到！"雅克插入他们的谈话。

"我也非常惊讶。"达尼埃尔继续说道，"那是一个什么样的母亲啊？你们可以这么想象，要勾勒出一个大致的形象。我曾经给她画过几幅画像，但因为不是现场临摹的，所以我一点都不满意。你们可以这样想象，一个木乃伊，只要被小丑膨胀起来就足够去马戏团表演节目了！或者可以这么想象，一个埃及的至少有一百岁的老犹太女人，肥胖硕大的体形因为风湿病而异常丑陋，身上弥漫着炸洋葱的味道，戴着露指头的手套，用'你'称呼她的随从，称呼她的儿子为'bambino'（小乖乖），喜欢吃葡萄酒泡过的面包屑，还给客人递香烟……"

"怎么，她还抽烟吗？"巴坦库问道。

"不，那是用来吸的。黑乎乎的烟末儿撒在胸前的钻石项链上。我真不明白，吕德韦格松怎么会要她把项链挂在胸前……"达尼埃尔停了停，因为自己刚才的想法而笑个不停。"那样子就像把一盏点燃的汽油灯放在一堆残砖碎瓦上面。"他补充道。

雅克被达尼埃尔的话逗笑了，他向来喜欢宽容达尼埃尔的玩笑。

"他让你发现这么一个令人厌恶恶心的家庭秘密，你能给他带来什么好处吗？"

"你无意中说的话却很好，他的确又有新的计划了，他是一位不错的上司。"

"他之所以是一个不错的上司，是因为他有亿万资产，假如他一无所有，他就会是……"

"你应该很高兴地说出这个词。我不讨厌他，况且他的计划也不错，搜集所有相关作品制成一本《大师画像册》。他很擅长出版这种复制品的作品集，而且标价高得惊人。"

雅克没有继续听达尼埃尔说话，他心情忧郁，感觉很不好受。为什么会这样？是因为疲惫，还是因为白天张榜时太激动？今晚他的确希望能一个人待一会儿，可是大家却把他拖走了，难道是因为这个而不高兴？还是衣领摩擦脖子太难受了？

巴坦库插进了雅克和达尼埃尔之间。

巴坦库一直在寻找机会让他们做自己的证婚人。这几个月以来，他日思夜想的都只是他的婚事。他实在太狂热了,以至于任何人只要看一眼就会断定,那狂热会耗尽他的精力。如今他的目的终于达到了。父母亲能够表示反对的合法期限刚刚过去,婚期今天早上就已经定下来了,只要再过两个星期……一想到这件事巴坦库的血液就充满全身,涌上他的脸。巴坦库只好扭过头去掩饰自己脸上的红晕。他摘下帽子,将额头上的汗水擦干。

"不要动。"达尼埃尔喊道,"我的天哪,你的侧面简直就是只羊羔!"事实上的确如此。巴坦库的鼻子很长,和嘴唇非常近,鼻尖呈鹰钩状,眼睛圆圆的,汗水打湿了两鬓深褐色的头发,一绺头发卷成了一个尖尖角。

巴坦库有些郁闷地重新戴上帽子,他的目光越过骑兵竞技广场,看向杜伊勒里宫花园,那里已经被夜晚的尘埃染成了一片红。

"噢,这咩咩叫的可怜的小羊羔。"达尼埃尔心里想着,"谁想得到他会这么痴情呢?为了一个女人,一个大他十四岁的半老徐娘,一个尽管还秀色可餐但毕竟已经人老珠黄的女人,他竟然丢弃了自己的原则,跟所有的亲人都闹翻了……"达尼埃尔嘴角露出一个不易察觉的微笑,他想起了去年秋天的一个下午,他的好朋友西蒙一定要介绍他认识那个漂亮的寡妇,终于说服他在下个星期跟那个寡妇见面。不管怎么说,达尼埃尔至少想到要去尽力阻止巴坦库,不让他做出太疯狂的行为。可是巴坦库盲目的热情令达尼埃尔无所适从。达尼埃尔尊重巴坦库的激情,他想如果遇到那个女人,他只要避开他们,远远地看这场男女恋情如何发展就好了。

"你都上榜了还这么愁眉苦脸的。"巴坦库对雅克说道。达尼埃尔的讥笑令巴坦库很不高兴，所以他想在雅克那儿得到一点弥补。

"难道你不知道，其实他希望落榜吗？"达尼埃尔非常微妙地插了一句。雅克看向达尼埃尔的目光充满了沉思，达尼埃尔有些吃惊。他走到朋友的身边，手搭在他的肩膀上，微笑着轻轻说道："……因为每一件东西都有自己不同的价值。"

仅仅这一句就足够让雅克想起来达尼埃尔非常喜欢并且经常背诵的那一整段文章：

"假如你说你的幸福已经逝去，那么就让不幸降临在你的身上吧。因为你那样的幸福从不曾是你的憧憬。明天的梦幻是欢乐的，这欢乐却是另一种欢乐。幸运的是，没有任何事物跟做过的梦是相同的，因为每一样东西都有自己不同的价值。"

雅克露出了微笑。

"请给我一支烟。"雅克说道。他要摆脱自己现在这种迷迷糊糊的状态，他要达尼埃尔高兴。明天的梦幻是欢乐的……明天！明天到来时，打开窗就能看到树梢上的太阳！明天到来时，拉菲特别墅区和树荫浓密的公园凉爽而舒适！

2

歌剧区的那条街道人烟稀少，死气沉沉，人行道旁停放了几辆车，人们的注意力都转到了一家酒店的正面，那家酒店没有挂招牌，窗帘也低垂着。他们来到酒店门口，旋转门被一个仆人推开了，达尼埃尔往后退了一步，如同在自己的家里一样随意，他把雅克和巴坦库让进了酒店。

达尼埃尔的到来引起了一阵低声的欢呼和惊叹。很显然,大家非常欢迎他。他被称为"先知",他的真名只有很少的几个熟客才知道。酒店里人并不多。酒吧间的后面有一个凹进去的地方,那里有一道小小的螺旋楼梯,白色的木头镶着金边,像极了护壁板。小楼梯一直通向帕克梅尔太太的房间。一架钢琴、一只小提琴,还有一把大提琴就组成了一支乐队,演奏着时下流行的华尔兹舞曲。大家已经将桌子推到一边,紧挨着灰色的长板凳。红色的大地毯上已经有几对舞伴在跳着波士顿舞。太阳就要落山了,余晖透过镂空花边的窗帘显得格外柔和。几个吊扇在天花板上呼呼地响着,风吹动了吊灯的玻璃坠子,摇晃了绿色花卉的枝叶,拂动了舞伴的纱巾。

全新的场合,令人耳目一新的气氛,雅克不禁陶醉其中了。达尼埃尔将他拖到桌边,那个角度可以看到左右相通的客厅。巴坦库已经开始跳舞了,一帮女人簇拥着他去了走廊尽头的房间。

"总要我一遍一遍地邀请你,你才来。"达尼埃尔说道,"现在来了,我一定会让你玩个痛快的。怎么样,这里的气氛很融洽很活泼吧?"

"我要一杯鸡尾酒。"雅克突然说道,"加牛奶、醋栗还有柠檬皮。"

穿着白色衣服的年轻姑娘负责招待客人,人们称她们"护士"小姐。

"介意我给你介绍那边的几个熟客吗?他们经常来这里。"达尼埃尔挪了挪位子,凑到雅克的旁边说道,"首先是那边那个穿蓝色衣服的女人,她是这里的女老板,大家亲切地叫她'帕克梅尔大妈',虽然她还不老,你也看到了,她还是一个有着金黄头发的迷人的女人。事实上,她整个晚上都笑容满面,穿梭在女顾客之间。那样子就像一个女时装设计师,在查看那些木制模特儿。还有那个黝黑的家伙,他在向帕克梅尔大妈问安,还有那个苍白的女人,就是现在正在跟那个黝黑男人谈话的女人,就在刚才她还跟巴坦库跳舞来着。看到更靠近我们的那个小个子女人了吗?她叫波尔,金黄色的头发看上去像个天使,不过更像一个堕落的天使,当然,她只是有一点点堕落而已……瞧,她现在就在大口大口地喝一种非常吓人的毒药,应该是绿柑香酒一类的……还有那个站着跟她说话的家伙,他叫尼沃尔斯基,是个非常有趣的人,喜欢说谎、弄虚作假,有着火枪手般的骑士风度。每次约会迟到了,他就说自己是去决斗了,这么说着的时候,他自己都相信了。他穷得叮当响,跟所有的人都借钱,不过他很有才华,所有的欠债都是靠画画来还的。为了图方便,你猜他想出了一个什么主意?他竟然在夏天跑到乡下去,铺上一条五十公里的画布,在上面画了一条大路。那是一条真正的大路,上面有树,有手推车,还有骑自行车的人,甚至有夕阳。到了冬天,他就按照欠债的人数还有欠款的数目,将这条大路分段出售。他说自己是俄国人,还说自己有几千个'灵魂'①。当然啦,日俄战争的时候,大家就跟他开玩笑,要他留在蒙马特尔②喝咖啡,以此表示他的爱国心。可是你猜怎么样?他居然一整年都不见踪影了。直到阿瑟港被攻陷了他才重新露面。还带回了一大堆战场上的照片。他揣着满满的口袋,向人们炫耀道:'亲爱的,看见了吗,那个严守阵地的炮台?炮台后面的那片岩石看到了吗?你仔细看那岩石后面,那儿有个露出一点点炮口的大炮!亲爱的,你再看呀,我在这儿呢。'当然,他也带回

---

①在沙俄时代,灵魂指农奴。
②蒙马特尔高地为巴黎的一个街区,是劳动者和艺术家的集中地,有很多娱乐场所。

了好几箱作品。在后来的两年里,他就是靠那些西西里的风景画偿还了所有的债务。噢,瞧,他已经发觉了我在谈论他,他又该高兴了,他喜欢炫耀自己。"

雅克用手托着脑袋,沉默不语。这个时候,他的脸呆呆的面无表情,半开半合的嘴唇微微颤动,黯淡无光的眼神注视着前方,他像野兽一样粗野,像睡着了一样呓语。雅克一边听达尼埃尔说话,一边看着正在谈话的尼沃尔斯基和年轻的波尔。波尔的手里握着一只唇膏,正嘟着嘴唇涂唇膏,她的手迅速地转动唇膏,好像在钻洞一样。画家望着那个年轻的女人,用手指轻轻地转动着波尔的手提包。很显然,他们只是在酒吧偶然遇见的陌生人。波尔轻轻地抚摸着尼沃尔斯基的手和膝盖,帮他系好领带。没过多久,尼沃尔斯基俯身向着波尔,仿佛要对她说些什么。可是波尔笑嘻嘻地把他推开了,用她苍白的小手托着尼沃尔斯基的脸……雅克看着那两个人不由得有些心慌意乱。

离波尔不远的地方坐着一个棕色头发的女人,她一个人坐在长凳的尽头,紧紧抱着黑色的披肩,仿佛有些畏寒,她的眼睛紧紧地盯着波尔,可是波尔好像并没有发觉。

雅克把所有的人都看了一遍,他是在观察还是在想象?这些人雅克已经看了好一会儿了,很快他就在他们身上猜出了那些复杂的感情。雅克并不打算去分析他看到的这些东西,他也没办法用文字把自己的直觉书写出来。更何况眼前的这幅景象带给他的印象实在太深刻了,以至于他没办法多出时间和精力来记录一点什么。不过,与其他人的接触,无论这些人是他想象的还是真实存在的,这种接触本身就已经使得雅克感到了无法言语的快乐。

"那个女人是谁?就是那个跟酒吧男服务生说话的高个子的女

人。"雅克问道。

"你是说那个衣服上印有蓝色孔雀图案、三角形的围巾都拖到膝盖上的女人吗？"

"是的，就是那个女人，那女人的脸可真冷酷！"

"啊，她叫玛丽-约瑟夫，这是一个皇后的名字。她可是个大美人。关于她的珍珠还有一个非常有趣的故事呢。你想听吗？"达尼埃尔微笑着又继续说道："她是雷韦尔的情妇。这个雷韦尔的父亲是个香水商人，家里还有一个合法的妻子。这个雷韦尔太太跟银行家约斯合伙欺骗了雷韦尔。你有兴趣听听吗？"

"是的，我想听听。"

"可是你看上去好像睡着了……那个有钱人约斯有一天想送一串珍珠项链给他的情妇雷韦尔太太。可是要怎么做才不会引起雷韦尔的怀疑呢？约斯想到了一个非常安全的办法。他编了一个帮助从良妓女的精彩故事。他想办法让雷韦尔买了十张二十苏的彩票，让他赢得了一串珍珠项链送给他的妻子。可是这里面有更复杂的故事。中奖后雷韦尔给约斯写信感谢他，可是在信的结尾雷韦尔请求约斯不要把彩票的事告诉自己的妻子雷韦尔太太，因为他刚把这串珍珠项链送给了自己的情妇玛丽-约瑟夫……你继续听我说，这个故事的结果最妙。收到信后约斯生气极了，他的脑子里只想着一件事，那就是夺回他的项链，要么就把戴项链的女人夺过来。因此，三个月之后约斯就把雷韦尔太太给甩了，从他的好友雷韦尔那里把玛丽-约瑟夫夺走了。就这样，约斯用一个没有戴珍珠项链的女人换了一个戴珍珠项链的女人。可是老实的雷韦尔根本不记得那项链实际上只花了他十张二十苏的钱币，他对所有遇见的人抱怨，一个劲儿地骂妓女的心思摸不透，骂妓女太过粗野……噢,你好吗,维尔夫?"达尼埃尔握住了一个年轻小伙子的手问道,这小伙子长得十分俊秀,他刚走进这间酒吧。人们在大厅的另一头向这个小伙子喊着"杏子",欢呼声阵阵。"你们彼此认识对方吗?"小伙子问雅克。雅克非常不愿意地伸出了手,神情有些不客气。"噢,我漂亮的姑娘,你好啊!"达尼埃尔又对从旁经过的波尔问候道,一边弯下腰亲吻波尔的手。波尔脸色十分苍白,现在她是俄国画家的好朋友。"请允许我为您介绍,这是我的朋友蒂博。"雅克起身点头向波尔问候。年轻的女人用毫无生机的眼光迅速地扫了一眼雅克,之后就一直停留在达尼埃尔身上,她好像要说些什么,然而最终什么也没有说就走过去了。

"你是这儿的常客吗?"雅克问道。

"也不算吧。不过我的确经常来这儿。一个星期会来好几次。来这儿已经成了习惯。对于同一个地方和同一群人我很快就会厌烦的。我喜欢变动不居的生活……"达尼埃尔说道。

"我考上高师了。"雅克突然想起了这个。他不由自主地挺起了胸脯,一个想法突然浮现在脑海中。

"拉菲特别墅区的电报几点钟会关闭机器,你知道吗?"雅克问道。

"现在已经关闭了。不过如果你今晚发电报的话,明天一早你父亲就可以收到电报。"

雅克向男服务生做了个手势:"给我拿份纸笔。"

雅克开始起草电报,他的手有些使不出力气。雅克有些着急,当然相对于他榜上有名来说现在才发电报其实有些晚了,这种着急也非常符合雅克的性格。看到雅克在写电报,达尼埃尔不由得微微笑了起来,靠在他的肩膀上看。可是刚一看到电报内容达尼埃尔就连忙挺起身子，大吃一惊，并对自己无意中的冒失而后悔不已。他看到电报的地址不是写给蒂博先生的，而是写给丰塔南太太的。地址上显示森林路，拉菲特别墅区。

这时酒吧走进来一个老太太，她是这里的常客。老太太的身边陪伴着一个漂亮的小姑娘，在他们的周围升起了一阵骚动。小姑娘神情专注，眼神中没有一点胆怯，人们很容易想到她应该是第一次来这里。

"你看，又有新鲜事儿了。"达尼埃尔悄声说道。

维尔夫正好从旁走过，笑着说："你难道不知道？茹茹大妈刚刚宣布了一个消息。"

"小姑娘可真漂亮。"达尼埃尔下了结论。

听到达尼埃尔的话，雅克不由得转过身来。小姑娘果然非常漂亮：明亮的眼睛闪着光芒，细腻的脸庞没有搽一点胭脂水粉，看她的神情并不像个仆人。她的衣服做工精细，闪着淡淡的玫瑰色，没有一件装饰品，也没有戴一件首饰。可是即便是最年轻的姑娘站在她的旁边也会马上黯然失色。

达尼埃尔又坐到雅克的身边，对雅克说道："你应该走近点自己看看茹茹大妈。我非常了解她，她可是个奇怪的人。现在的她有着相当高的社会地位，她有一套非常漂亮的房子，她有固定的日子会客，她经常举行晚会，对那些刚刚出道的人们提供庇护。茹茹大妈最特别的地方就在于她从来都不愿意被人供养。她是一个非常正直的妓女，从没有想到要往上爬。三十年来她就在玛德兰区和德鲁奥路之间的马路上闲荡，过着妓女的生活。但是她的全部生活被分成了两个部分。每天早上九点到下午五点，她是巴尔班太太，是个小资产者，住在里欢尔大道的一个小公寓里，房子里有吊灯，还有女仆，她也有小资产者的烦恼，为她的开销簿烦心，为交易所里的牌价烦心，她需要照顾好自己的投资。她也有家庭烦恼，也有亲戚关系要操心，要操心巴尔班家的侄子侄女们的事，要操心生日，甚至还要操心一年一度的圣诞节为孩子们准备点心和礼物。我可没有瞎说。每天下午五点，无论晴天下雨，她都会脱掉绒布短上衣，熟练地干起缝纫的活计，并对此毫不厌倦。这时她已经不再是巴尔班太太了，而是茹茹姑娘。她的生活一丝不苟，十分快乐，毫无厌倦，在这一带有家具出租的旅馆里，茹茹大妈非常有名，大家十分尊重她。"

雅克睁圆了眼睛盯着茹茹大妈看。茹茹大妈有着一张神父般正直的脸，显示出非凡的毅力，脸上始终笑眯眯的，也透着点狡黠。雪白的短头发上戴着顶钓鱼时戴的帽子。

"毫不厌倦……"雅克重复了一遍，陷入了沉思。

"的确是那样的。"达尼埃尔顶了雅克一句，用眼角看了一眼雅克，那眼神中带着点狡黠和盛气凌人。达尼埃尔的嘴里轻轻地念着惠特曼的两句诗：

妓女的生活使你在人行道上打扮得花枝招展，
你在房间里干着下流的勾当。我是谁？怎敢自称没有你淫荡？[①]

达尼埃尔很清楚，自己触犯了雅克的羞耻心。达尼埃尔是故意触怒雅克的，因为几个月来达尼埃尔过着放荡的生活，而他的朋友雅克就像是故意与他作对似的，竟然非常自然地就过上了一种近乎圣洁的生活，对此，达尼埃尔非常生气。天真的达尼埃尔甚至有些担心了。因为他很了解雅克，有时候雅克自己都会对那种快乐的麻

---

① 摘自《秋天的小河》，原文是英文。

木感到不安，而雅克这种古怪的脾气在以前就已经预示他对生活有更多的要求。达尼埃尔和雅克之间只有唯一一次触及了这个敏感的问题。那还是在那年冬天的一个寒冷的夜晚，两人刚从剧院出来，走在林荫大道上，恶作剧般地紧跟着路上成双结对的情侣。雅克的态度十分冷淡，达尼埃尔对此感到非常诧异。"可是。"雅克回答道，"我的身体非常健壮。征兵体检的时候，体检委员会可以证明我的确是个强壮的小伙子……"可是达尼埃尔想到了雅克颤抖的嗓音，以及话语中透露出来的难以言说的惆怅。

法弗里的出现将达尼埃尔拉回了现实。远远地达尼埃尔就看到了背对着他们俩的法弗里。法弗里故意摆出一副俊朗潇洒风度翩翩的样子，随手将帽子、拐杖和手套都交给女服务生送到衣帽间。法弗里笑眯眯地走过来，柔声问雅克："昂图瓦纳还没到吗？"

法弗里的新衣服看上去应该是向别人借来的，而且假领也太高了，他刚刮过胡子，光洁的下巴微微上翘，仿佛早已经饿了。看着法弗里的样子，维尔夫不禁笑着说道："看样子，高师要征服巴比伦了。"[1]

"我考上高师了。"雅克在心里又重复了一遍。此刻他真想逃离这里，坐火车今晚即刻前往拉菲特别墅区。昂图瓦纳说过要来的，可是等了这么久也不见他的踪影。雅克一想到哥哥，便提不起精神了。"算了吧。"雅克想着，"还是等明天吧，明天清晨。"这么想着雅克仿佛已经感受到了清晨空气的清新，朝阳晒着林荫大道，晶莹的露珠也已被蒸干……帕克梅尔餐厅慢慢地消失……

天花板上的吊灯一起发出耀眼的光彩，雅克被灯光拉回了现实。"我考上高师了。"雅克还在沉思，似乎想立刻就能回到现实。他巡

---

[1] 根据《圣经》记载，巴比伦是个淫荡的城市，这里暗指帕克梅尔餐厅。

视着大厅，想要寻找达尼埃尔。终于，雅克看到了坐在角落里的达尼埃尔。此刻他的朋友正在和茹茹大妈轻声交谈。斜靠着转椅的达尼埃尔正高兴地侃侃而谈，他姿势优雅，目光聪颖，脸庞俊朗，笑容温暖，举到半空中的手打着潇洒的手势，嘴唇翕合，谈笑自如。看着达尼埃尔，雅克感觉不到任何厌倦。"他可真俊美！"雅克心里这么想着，却没敢说出声来，"年轻的小伙子性格活泼，行动自然，处事专心，这是多美的画面啊。我在看着他，可他并不知道，他也不可能知道，因为他讨厌一切约束。这是一个不知道自己正被别人关注的人，这是一个沉醉于人性本真的秘密状态的人。真的有人能够在公共场合忘记四周的一切吗？达尼埃尔在说话，他沉浸在自己的话语之中了。可是我呢？我大概永远都不会如此无拘无束。这种忘我的境界我永远都不可能达到。除非我一个人待在一个封闭的小房间里，逃离所有人的关注。噢，不，即使这样我也不可能做到的。"沉思片刻，雅克想道："达尼埃尔并不善于观察，所以周围的事物只能吸引我，却无法吸引他，他可以在这场景中保持本真的自我。"雅克又沉思了片刻。"可是我呢？我被外界吞噬了。"对自己下了定论后，雅克便站了起来。

"噢，不，年轻漂亮的先知，你不用再坚持了。这个小姑娘来这儿并不是为了你。"此刻茹茹大妈对达尼埃尔说道。达尼埃尔的眼睛闪着狂热的光，茹茹大妈禁不住笑了："坐下吧，年轻人，你知道，一切都会过去的。"

当然，茹茹大妈还有很多别的惯常用语，比如"我的孩子，你是我的偶像"，又或者"这件事任何人都干涉不了"，再或者"万事都无关紧要，身体健康才最要紧"——每一句话都是茹茹大妈随口说出来的,并没有特别的含义,而且会因场合不同而说不同的话。经常来这儿的人们就是这样面带笑容,回敬彼此的。

"您和她是怎么认识的呢?"达尼埃尔固执地询问茹茹大妈。

"不,年轻人,我必须告诉你,她来这儿并不是为了你。这是个好姑娘,一个优秀而突出的姑娘,她对家务活很有一套,她是颗灿烂的珍珠。"

"请告诉我,您和她是怎么认识的?"

"你不能让她一个人安静地待会儿吗?"

"当然可以。"

"好吧,我告诉你吧。那还是我得了胸膜炎的时候。你记得那件事吗?这个好姑娘知道我的事之后,什么都没说就过来了。当然,我们并不是这样才认识的。她曾经获得过我一两次的帮助,当然,都是举手之劳。我必须很负责任地告诉你,这个姑娘遇到了难以解决的事情,一件非常严重的事情。她爱上了一个上流社会的男人,然后怀孕了,嗯,我该怎么说呢,没过多久这个孩子就死了。所以可怜的姑娘一听别人说孩子,她就忍不住哭泣。那个时候我患有胸膜炎,她如同我的亲姐妹一样照顾我,她住在我家里,夜以继日地照顾我,甚至比我的亲生女儿照顾得还要细致入微。一个多月来,她一直在照顾我。二十四小时之内她竟然为我拔了上百次的火罐。这个小家伙,是她救了我的命。这似乎是件很简单的事,况且她也没有花费什么。她简直是颗璀璨的珍珠。她救了我,我发誓一定要帮助她克服困难。她是个年轻的姑娘,无知而单纯。我打算让她重新开始,你知道重新开始意味着什么。也许你能帮我一把,待会儿我再告诉你原因。我跟她待在一起三个月。我想,首先她需要一个名字,我给她取名维克托丽娜。是的,维克托丽娜·勒·迦德。勒和迦德是分开的,现在很流行这样取名。但是我觉得维克托丽娜这个名字太艳丽了,我又改成了丽内特。怎么样,还算是个不错的名字吧?我请科兰来给她上发音课,她那布列塔尼口音听起来非常可笑。不过现在她的发音已经非常不错了,尖尖的嗓音听上去像个英国人,又像个外国的小孩儿,总是非常吸引人。她只花了半个月就学会了波士顿舞,动作轻盈得像根羽毛。而且她脑子很机灵。唱歌时声音充满激情,一点也不媚俗,从不走音。正好是我喜欢的类型。现在她已经准备好了,今晚我就会帮她找个好主顾,就差一个契机了。噢,不,在这个契机上你正好可以帮助我。我曾经向吕德韦格松提到过她,自从被丽内特缠上之后,吕德韦格松就像燃烧的火焰一样跳动不已。我跟他约好了,今晚就可以和这姑娘见面。我需要你的帮助,你只要对吕德韦格松说,你很喜欢这个姑娘,他肯定会愤怒不已的。我想你应该清楚,这个姑娘需要的正是吕德韦格松这样的人。那姑娘只想着一件事,就是存下一笔钱回布列塔尼。你没办法的,她就喜欢这个。所有的布列塔尼人都这样。布列塔尼只不过是拍卖会上的一座破房子,一顶白帐子,一组宗教仪式队列!她并不奢求能有一大笔财产,假如有人指点,她很快就可以爬得很高。新年礼物不算在内的话,她现在已经有了二十多张股票,当然,那都是我给她买的,股票方面我可是专家。金矿的行情你也懂一点吧?"

"请各位入座!"大厅里吵吵闹闹的。

达尼埃尔回到了雅克的身边。

"昂图瓦纳还没过来吗?走,坐到我们的座位上去。"

长长的餐桌周围坐着高矮不齐的人群,餐桌上摆放了二十多份餐具。达尼埃尔把雅克安排到丽内特的左边坐好。茹茹大妈一刻也不离开丽内特,坐在了丽内特的右边,达尼埃尔没办法插进去。等到所有人都入座了,雅克也坐下来了,达尼埃尔连忙推了推雅克:"来,我们换个位置。"达尼埃尔有些迫不及待了,他一把抓住雅克的手臂,着急把他拉开,手指把雅克的手腕抓得生疼,而雅克却没办法,只好忍住疼痛,没有喊出声。

不过达尼埃尔看上去并没有道歉的意思。

"茹茹大妈,"达尼埃尔说道,"我想,把我介绍给这位可爱的姑娘应该不是一个过分的要求吧。"

"哎,你真是!"老女人抱怨了一声,她已经发现了达尼埃尔的小伎俩。茹茹大妈接着便对就餐的所有人说道:"请容许我为大家介绍,这位是丽内特小姐。"然后又用一种不容置疑的口吻说道:"我在保护她。"

"快给我们介绍介绍!快给我们介绍介绍!"几个人几乎同时脱口而出。

"鬼点子可真多。"茹茹大妈说道。她有些无奈地站起身,脱下帽子递给一旁的"护士"女服务生。

"这位是'先知'。"茹茹大妈指着达尼埃尔说道,"像你们看到的,他是个英俊的年轻人。"

"你好,很高兴见到你,先生。"可爱的姑娘向达尼埃尔问候道。达尼埃尔握住她的手,温情地亲吻,表示问候。

"接着介绍呀!"人群中又发出一阵喊声。

"这位是'先知'的朋友,不过我不清楚他叫什么。"茹茹大妈指着雅克说道。

"见到你很高兴,先生。"丽内特向雅克问好。

"接下来是波尔、西尔维娅、多洛雷斯太太,还有一个陌生的孩子,大家称他为奇迹之子。这是维尔夫,大家喊他杏子。这是加比。这是葫芦……"茹茹大妈为大家一一介绍。

"非常感谢!"茹茹大妈的话被一个略带嘲讽的嗓音打断了,"不过我想我祖先的名字更好,请叫我法弗里。可爱的小姐,我是您最热烈的追随者。"

"你是我的骄傲,孩子!"人群中响起了一句嘲讽。

"这是莉莉,这是阿莫妮卡,她们是形影不离的好朋友。"茹茹大妈没有理会那句捣蛋的话,继续为大家介绍,"这是上校。美丽的摩德。我并不认识的一位先生。这两位太太我倒是认识,不过很遗憾,我忘记她们叫什么了。这是一个空座,这还是一个空座。这是巴坦库,也叫小巴特。这位是玛丽-约瑟夫,还有她的那串珍珠项链。这是帕克梅尔太太。"茹茹大妈躬身行了个礼,"最后就是我茹茹大妈。"

"先生,您好,小姐,您好,你好,先生,小姐。"丽内特不停地向大家问候,嗓音如银铃般清脆,面带微笑,举止大方自然。

"我们不该叫她丽内特的,该叫她'你好'小姐。"法弗里开玩笑地说道。

"谢谢,这个称呼挺好的。"可爱的姑娘微笑着回答。

"让我们把最热烈的掌声献给我们的'你好'小姐!"

人群中响起一片掌声,丽内特笑眯眯地点头致意,显然,她很喜欢这种欢迎方式。

"可以上汤了。"帕克梅尔太太说道。

雅克用手肘碰了碰达尼埃尔,把被他捏红的手腕递给他看。

"天哪,这是谁捏的?"达尼埃尔吃惊地问道。

雅克用眼角看了达尼埃尔一眼,快乐而无责备的意思,眼神中透着热烈和粗野。

"我为爱情所摧残!"

雅克悄声说道。他转过身子看向丽内特,正好遇到丽内特投向他的目光,他看到了她的眼睛,绿莹莹的眼眸,水汪汪得宛如一只鲜活的牡蛎。

达尼埃尔继续说道:

"我们的地球难道不是在转动吗?一切物质与物质之间难道不是都会因为相互间的引力而转动吗?因此我的身体也会被我所遇到或认识的事物而吸引。"

雅克紧锁双眉。达尼埃尔饱含歉意,沉浸在欲望的海洋中无法自拔,雅克已经不是第一次看到达尼埃尔这样了。而每次发生这样的情况,雅克就会不由自主地减少他同达尼埃尔之间的友谊。这时,雅克突然发现了一件有趣的事,他的注意力一下子全被吸引了。他看到达尼埃尔的鼻腔里长满了乌黑浓密的鼻毛,看上去简直像一个假面具的鼻孔。雅克的目光又投向了先知的双手,那是一双纤细而柔美的手,上面也长满了棕色的绒毛。"毛发浓密的人。"这么想着,雅克禁不住要笑出声了。

达尼埃尔躬身凑到雅克的耳边,仍旧用很轻的声音继续引用惠特曼的诗句:

"亲爱的,请倒满你邻座女士的酒杯。"

"帕克梅尔太太,晚餐的菜单一点也看不清。"有人隔着长长的桌子小声嘀咕道。

"帕克梅尔太太，这儿什么也没有。"法弗里十分肯定地说道。

"没关系，身体健康才是最重要的。"美丽的金发女郎说了句充满哲理的客套话，对法弗里的话表示反对。

雅克的旁边坐着波尔，那个脸色苍白的堕落天使。波尔的旁边坐了一个有着美丽丰满的胸部的女人，那姑娘似乎十分拘谨，喝一勺汤就拿餐布擦擦嘴。拘谨姑娘的旁边，差不多是雅克的对面，坐着一个有着一头棕色头发的太太，她的额头留着卷曲的刘海，茹茹大妈称她为多洛雷斯太太。多洛雷斯太太的旁边坐着一个小孩儿，七八岁的样子，闪亮的眼睛顽皮地眨动，聚精会神地凝视着来客们的每一个动作，脸上不时地闪过一个狡黠的笑容。

"侍应生没有给您端汤吗？"雅克看了看波尔的盘子，询问道。

"不，谢谢，我不需要汤。"波尔回答道。她总是低垂着眼睛，偶尔抬头时，目光也总是聚焦在达尼埃尔的身上。就座的时候她曾试图坐在达尼埃尔的旁边，可是最后达尼埃尔却把雅克拉到自己身边坐着。因此，波尔在心里埋怨着雅克。这讨厌的家伙是从哪儿冒出来的？瞧他脸上长着小疱，脖子上还长着疖子，一头惹人讨厌的棕色头发乱糟糟地盖在脑袋上，尤其是那对招风耳和翘起的下颌，使他看上去简直就是个野人。

"我的天啊，你怎么把餐巾披在身上了？"多洛雷斯太太不停地摇晃身边的小男孩儿，尖着嗓子喊道，一边展开餐巾系在小男孩儿的脖子上，宽大的餐巾几乎把小男孩儿整个人都遮住了。

"我说，当你听一个女人介绍自己的年龄时。"法弗里正在和玛丽-约瑟夫高声交谈，"你应该知道，她远远不止那个岁数。告诉你吧，四十五年前她进入音乐学院时就是年纪最大的，那时候她还是用她妹妹的年纪，她妹妹比她小两岁，也就是说……"

"谁都管不着那件事。"茹茹大妈的话并没有针对谁而说。

"法弗里的脑瓜非常机灵，他可以一边跟人聊天，一边回想起巴黎人的体重都是要加九点八公斤的。"说话的是维尔夫，他曾经准备报考中央艺术工程学院。长期的户外运动把维尔夫的皮肤晒得黝黑，并且长了雀斑，因此他被大家戏称为"杏子"。维尔夫是个体格健美的小伙子，肩膀宽阔厚实，腰身细而有力，脸颊圆润，嘴唇饱满。白天的运动强壮了他的身体，晚上他的蓝眼睛发出闪亮的光，脸颊的肌肉焕发出迷人的光彩，看上去非常舒服。

"不知出于何种原因，他竟然死了。"一个声音响起来。

"你应该知道是什么支撑着他的生命。"另一个声音针锋相对道。

"我说，你能吃快点吗？"多洛雷斯太太对男孩儿说，"这儿有饭后甜点，不过你是不能吃了。"

"为什么？"小男孩儿眨着忽闪忽闪的眼睛询问多洛雷斯太太。

"只要我愿意那么做，你就吃不到饭后点心。所以你得吃快点。"多洛雷斯太太察觉到雅克正在看着他们，便有些不好意思地朝他笑了笑。"您看到了，他很难伺候。"她说，"这孩子总是害怕一切陌生的事物。饭后点心是烤鸽串，放心，会让你吃的。当然啦，平时他更喜欢吃卷心菜炒肥肉。他简直被宠上天了。像每一个独生子一样，这孩子被所有人宠着，特别是当她妈妈生了那么久的病。"多洛雷斯太太用手轻轻摸了摸小孩儿圆圆的脑袋，继续说道："真是个被宠坏的孩子。这孩子非常调皮。不过现在他的生活就完全不一样啦，他现在跟着他的姑姑生活。一个小男孩儿怎么可以留着小姑娘般的长卷发？再也不能任性啦，再也不会被宠啦。快点吃吧，别人正看着你呢，快点吃。"多洛雷斯太太十分高兴别人能听她说话，朝雅克和波尔微笑。"这孩子现在成了孤儿了。"多洛雷斯太太语气变得谨慎而郑重，"就在这个星期，他的母亲去世了。她嫁给了我的哥哥，可是她却患上了肺病，在洛林的乡下去世了。这可怜的小家伙。"顿了顿她又说了一句，"不过这孩子很幸运，因为他的姑姑也就是我还非常愿意抚养他。他现在一个亲人都没有，只有我这个姑姑了。不过从此以后我就没有安稳日子过了。"

小男孩儿放下勺子，没再吃东西，眨着眼睛看着他姑姑。难道他听懂了？

"我妈妈已经死了？"小男孩儿的语气有些奇怪。

"赶快吃吧，这个问题就不要问了。"

"好吧，那你也别想太多了。"

"您看到了，真是个懂事的孩子。"多洛雷斯太太说，"是的，你已经没有妈妈了，这样你该听话了吧，赶紧吃，不然待会儿不给你吃冰激凌。"就在这时，波尔转过头来看向这边，两个人的目光不期而遇。雅克惊讶地发现，波尔的眼中有着同自己一样的惆怅。这个孱弱的女人有着光滑灵巧、比她的脸更加苍白的脖子，看着她那柔弱妩媚的样子，任何人都容易升起一股怜爱之情。看着波尔细腻光滑、几乎没有汗毛的脖子，雅克觉得嘴唇有种舒适的快感。他想，应该同她说点什么，无奈搜肠刮肚也找不到一个话题，只好讪讪地看着波尔微笑。波尔也在注意雅克，发现他并没有刚才看到时那么丑。突然，心脏打了个盹儿，波尔顿时有些面无血色，苍白得近乎透明。她不得不将手撑在桌沿上，紧咬牙关，高高地昂起头，以免晕倒了。

波尔的样子看上去就像一只躺在桌上等死的鸟儿。看着那女人

313

虚弱的样子,雅克禁不住轻声问道:"您不舒服吗?"

波尔无力地半撑着眼睛,几乎看不到眼仁,身体一动不动,过了好久,仿佛费尽了力气,孱弱的女人才小声说道:"不要告诉其他人……"

听到波尔的话,雅克几乎无法出声,幸好并没有人发现他们的异样。雅克看着波尔的手,苍白得近乎透明的手指头一动不动,像一根根的小蜡烛,指甲盖都泛着紫晕。

"我把闹钟调到六点半,放在杯子上的茶碟里……"法弗里不无得意地同邻座絮絮叨叨。

这时波尔已经好多了,脸上也有了些许血色。她吃力地睁开了眼睛,转过头来给了雅克一个微笑。雅克没有把波尔的异样告诉其他人,对此,波尔十分感激他。

"已经好了。"波尔气喘吁吁地说道,"这已经是老毛病了,通常是从心脏开始的。"女人的嘴唇还在颤抖,她有些忧郁地对雅克说道:"谢谢你,小伙子,坐下吧。"

看着无力的波尔,雅克几乎想要抱着她离开这个喧嚣之地。他想照顾她,他想治好她的病。一切呼唤他、请求雅克帮助的弱者都能激起心中的爱。

雅克甚至忍不住想要告诉达尼埃尔自己的想法,可是达尼埃尔根本没空搭理他。

此刻达尼埃尔正和茹茹大妈侃侃而谈,他们中间坐着丽内特。这个位置可以让达尼埃尔很自然地就面对着丽内特,而且看上去也不会显得过分殷勤。尽管达尼埃尔从一上桌就尽量不同丽内特说话,可是他的心还是一刻都没有离开过她。好多次,丽内特都发现了达尼埃尔投向自己的目光,可是不知道为什么,这目光并没有激起她对达尼埃尔的好感,甚至有种想要逃离的感觉。尽管达尼埃尔的脸充满了男人的气息,可是这对她并没有什么吸引力,相反,这气息甚至让她有些厌烦。

在餐桌的另一头,杏子和法弗里正在激烈地争论。

"自以为是!"杏子冲法弗里喊道。

"啊,你知道的,我经常这么说自己。"法弗里倒也承认。

"那你说话的时候声音肯定太小了。"

杏子的话引起一阵哄笑。维尔夫连忙说道:

"噢,亲爱的法弗里。"维尔夫故意大声说道,"我必须提醒你,你刚才对女人的论调说明你从不曾跟女人们说过话!"

法弗里笑了,达尼埃尔非常肯定法弗里笑了,他更加肯定自己看到了法弗里在偷看丽内特,这个高师的学生居然用一种赤裸裸的、色眯眯的眼光打量丽内特,仿佛她才是这场争论的焦点。达尼埃尔更加讨厌法弗里了。他想起了关于法弗里的几件丑闻,足够让他声名狼藉。想要将这丑闻说出来的欲望一下子就抓住了达尼埃尔,怂恿着他当着丽内特的面说出来。这欲望的诱惑力实在太大了,达尼埃尔根本无法抵挡。他俯身靠近茹茹大妈,声音轻得仿佛只想让这两个女人听到。那情景仿佛丽内特才是这场谈话的局外人。达尼埃尔装作无意间问道:"您知道法弗里跟他的情人,那个荡妇的故事吗?"

"什么,还有这回事?"很显然,茹茹大妈被达尼埃尔的话吸引了,"请给我一根烟,您继续说吧,看来今晚的晚饭是没办法吃完了。"

"那个女人早就和法弗里有苟且之事了。在一个天气晴朗的早上,那个荡妇提着一个行李箱去了法弗里的家。'我简直要疯了,我快受不了了，我要跟你一起生活。'那个女人说了很多话。'那你丈夫怎么办？'法弗里说。'我丈夫吗？我已经给他留了一封信。亲爱的欧仁，对不起，我想我的生活出现了新的转机，我要把我所有的柔情都倾注到另一个朋友的心里，我有权利这么做。一颗能够承载我所有柔情的心，如今我找到了这颗心。我不得不离开你了。'那个女人这么说的。"

"天哪，真肉麻，她居然说她找到了一颗心。"

"这都是那个女人的事。请您继续听。这个女人的到来让法弗里惊慌失措。这个女人会跟着他，而且这个女人还是个不久就要离婚的、拥有自由的女人。她会要求法弗里娶她……就在这时，法弗里灵光一闪，他想到了一个绝佳的办法，这办法让法弗里自己都要称赞自己是个天才。他竟然给那个女人的丈夫写了封信。信里是这么说的：'亲爱的先生，我很抱歉，您的妻子的确是为了跟我而决定和您离婚的。法弗里。'"

"这可真是个好主意。"丽内特小声感叹道。

"事情远远不只是这样。"达尼埃尔露出一个恶意嘲讽的微笑，继续说道，"您很快就会明白是怎么回事了。法弗里十分狡猾，他这么做只不过是在保护自己的前途。他很清楚，他写的那封信会被那个女人的丈夫带上法庭做证据。而我们的法律是严厉禁止情妇嫁给情夫的。'懂点法律总是有好处的。'法弗里在给我们讲这个故事时就是这么说的。"

丽内特沉默了片刻，终于明白是怎么回事了，大声说道："天哪，真是个坏家伙！"

达尼埃尔把头俯向丽内特，感受到了她的气息正拂向自己的脸颊和嘴唇。达尼埃尔沉醉了,忘情地呼吸着她的气息,几乎就要闭上眼睛了。

"他跟她分手了吗?"茹茹大妈问道。

达尼埃尔沉浸在丽内特的气息中无法自拔,没有回答茹茹大妈的问题。丽内特看着达尼埃尔,看到他半开半合的眼睛,看到他几乎无法掩饰的强烈欲望,看清了他光滑细腻的皮肤,看到了他轻抿的嘴角和颤抖的睫毛。丽内特似乎早就看穿了这张虚伪的面孔背后隐藏的秘密,本能地无法抑制地对达尼埃尔产生了反感。

"后来呢?那个女人接下来发生什么事了?"茹茹大妈继续问道。

达尼埃尔最终清醒过来,但仍然控制不了微颤的声音:

"听说她自杀了。"达尼埃尔说道,"而法弗里则认为她死于肺病。"他有些忍不住想要笑出声,不由得擦了擦额头。

丽内特挺直了背坐在椅子上,尽量与达尼埃尔保持距离。为什么她会如此焦躁不安?这种焦躁不安突然之间就侵袭了她。她讨厌眼前这个年轻的男人,讨厌他英俊的脸,讨厌他的笑容,讨厌他优雅的动作,讨厌他修长的双手,讨厌他俯身的姿势,这个男人身上的一切她都感到厌烦。她这是怎么了?她怎么也弄不明白为什么自己会这么讨厌眼前的这个男人,仿佛很久很久以前就已经厌烦他了。

"你的意思是,我是个轻佻的女人?"玛丽-约瑟夫高声询问巴坦库,好像希望所有人都来为她做证。

巴坦库露出一个天真无邪的笑容,回答道:

"这可不能怪我呀。法语中只有这个词能够表达如此迷人的事物,如此令人向往的愿望……"

"噢,天哪,你可真脏!"①多洛雷斯太太尖着嗓子喊道。

大家都被多洛雷斯太太的尖叫声所吸引,不由得转过身来,看到小男孩儿把一大勺冰激凌撒到他黑色的大衣上了,小男孩儿的姑姑有些气恼地拉着他去洗手间。

趁着多洛雷斯太太不在,雅克连忙向波尔搭讪:

"您跟她很熟吗?"雅克问道,能够如此近距离地和波尔谈话,雅克感到很高兴。

"不,不是很熟悉。"波尔几乎不想说话,她并不喜欢跟人聊天,况且她现在心情很不好。但是刚才雅克对她非常友善,所以她只好勉强跟他说上几句。"您知道的,多洛雷斯太太并不是坏人。"停顿了一下,波尔继续说道,"她是个有钱的女人。她曾经很长一段时间都是和一个写剧本的家伙待在一起。再后来她和一个药剂师结婚了,可是药剂师已经死了。如今她手上有项药品专利,每年都能拿到一笔不少的年金。您应该知道'多洛雷斯鸡眼药'吧?什么,您不知道?那您真该问她要一份的。她的包里总会放些样品。您会看到的。多洛雷斯太太非常奇怪,她家里养了一大群猫,是她从各个地方收集来的。她还养鱼,她的房间放着一个非常大的玻璃鱼缸。很显然,她热爱小动物。"

"可是她好像并不喜欢孩子。"

波尔摇了摇头说道:

"她是个喜欢随性而然的女人。"

波尔说话时已经有些气喘了,而雅克显然已经发现了,可是他还想和她聊聊。想到她心脏不舒服,雅克不自觉地竟然说了出来:

---

① 原文含有"真卑鄙"的意思。

"心灵拥有理智所不能理解的智慧。"①

波尔想了想,说道:

"应该是理智没有的智慧。"她把雅克的后半句改了,一边用手指敲着桌子一边说道,"不然这句话就没办法理解了。"

雅克情不自禁地喜欢上了波尔,不过已经不像刚才那样有种要为她付出生命的冲动。"假如有个人愿意把内心展露给我,无论展露多少,我都会爱上这个人的。"雅克不由得陷入了回忆。他想起了上次和昂图瓦纳的散步,那是他第一次有这种领悟。那还是去年的夏天,当时他们在韦罗弗莱森林,还有昂图瓦纳的一个同学,一个医科女学生,瑞典人。他看到她挽着昂图瓦纳的胳膊,给他讲述自己的童年。

突然,雅克发现昂图瓦纳没来。现在已经九点半了!

一股恐惧袭上心头,雅克把所有的事都抛到脑后,只顾摇晃达尼埃尔的手臂。

"天哪,昂图瓦纳还没有来,他肯定出事了!"

"出什么事?"

"昂图瓦纳肯定出事了!"

这时正好大家都吃完了,雅克站起身来,达尼埃尔还不想这么快就离开丽内特,便努力安慰雅克道:

"天哪,你疯了吗?昂图瓦纳能出什么事?他是个医生,只要突然来一个病人就够他忙的了……"

但是雅克没有听达尼埃尔的话就径自离开了。他已经无法思考,也无法摆脱不祥的预感。没有同任何人道别,也没有再惦记波尔,

---

① 摘自帕斯卡尔(1623—1662)《思想集》第二十四节。帕斯卡尔,法国著名散文家、自然科学家。

雅克一个人跑到衣帽间穿上大衣冲出了酒吧。"昂图瓦纳要是发生什么意外就全是我的错。"雅克害怕极了,不断地重复道,"是我的错,都是我的错,我不该希望有一套黑色丧衣的,不该希望能像梅迪奇十字路口时看到的那个小伙子一样,都是我的错……"

乐队演奏起了三重奏,随后又演奏了一曲华尔兹。随着音乐响起,几对舞伴已经缓缓步入舞池。达尼埃尔看到法弗里正昂着下巴,目不转睛地看着丽内特,准备伺机而动。达尼埃尔连忙大步走到丽内特的面前,趁法弗里还没有行动,向丽内特发出邀请:

"能请您跳支波士顿舞吗?"

丽内特早就看到达尼埃尔在向自己走来,看向达尼埃尔的目光中充满了敌意。她故意等达尼埃尔鞠躬伸出手邀请时,一口回绝道:

"不!"

达尼埃尔非常惊讶,但他用微笑很好地隐藏起来了:

"为什么呢?"他用她的口吻问道。他似乎很有信心能让丽内特与他共舞,带着不容拒绝的语气说道,"来吧。"一边说一边向她迈近一步。这过于自信的举动终于激怒了她,她高声说道:

"我决不会同你跳舞!"

"决不?"达尼埃尔重复了她的话,黑色的眼珠带着挑衅的目光看向丽内特,那神情仿佛在说,"我想跳舞的时候没人会拒绝。"

丽内特没有再理会达尼埃尔,她转身看到了正在犹豫不决、试图靠近她的法弗里。她走近他,仿佛他已经向她发出了邀请似的。丽内特静静地和法弗里跳起了舞。

这时酒吧进来了一个人,是吕德韦格松。这个商人穿着无尾晚礼服,戴着扁平的草帽,在酒吧间同帕克梅尔大妈还有玛丽·约瑟夫谈话，他用手摆弄着玛丽·约瑟夫的三角围巾，动作极为亲昵。吕德韦格松的眼睛不时地望向人群中的某个东西和某个人，目光昏沉，厚重的眼皮犹如龟壳。如同用长棍横扫过大厅，吕德韦格松扫视着在场的每一个人。

茹茹大妈穿梭在跳舞的人群中，四处寻找丽内特，终于找到了，她拉着丽内特的手说道：

"快去吧，照着我告诉你的方法做。"

达尼埃尔被波尔逼到了大厅的角落里。年轻的男人带着无所谓的笑容听着年轻女人说话，眼睛却望向大厅，他看到茹茹大妈正和玛丽·约瑟夫那群人待在一起，而丽内特却没有再跳舞，而是一个人去了最里面的一间房间，选了个桌边的位子坐了下来。丽内特刚坐下来，茹茹大妈就带着吕德韦格松从大厅穿过，前去小包间找她。每当感到有人把目光投向自己，吕德韦格松就不由自主地挺起身子走路。可是他哪里知道，上帝已经把他变得像只三桅帆船，他翘起的屁股令他十分痛苦。只要稍微走快一点点，他便像只企鹅一样左摇右晃，以至于他不得不加倍留意脚下。终于，吕德韦格松来到了丽内特的跟前，她把手伸向他，他用厚厚的嘴唇亲吻她的手。这时，达尼埃尔看到这个商人塌陷的脑门儿，看到他漆黑的头发油腻腻地贴在脑门儿上。"不管以什么样的姿势。"达尼埃尔一边观察吕德韦格松一边想着，"这个丑八怪，这个来自地中海东部海岸的商人，有着搬运工的动作，同时也有点奥斯曼帝国首相的姿态。"

吕德韦格松一边走向丽内特，一边摘下皮手套，眼睛不停地上下打量这位漂亮的姑娘，像个久经情场的老手。然后这个商人紧挨着茹茹大妈，坐在了丽内特的对面。吕德韦格松刚坐下，就有人送来一杯饮料。所有人都知道这个老头儿的爱好。他从不点香槟,只喝阿斯蒂莫香白葡萄酒,他喜欢喝不带气泡的酒,不加冰的,甚至不能是凉的,最好是常温的,放置了一段时间的。"瞧,这种温度的酒,"吕德韦格松经常对别人说,"就像阳光照射下的饮料。"

达尼埃尔不再同波尔谈话,夹着一个香烟径自走开,绕着酒吧走了一圈后在第二个大厅里找个位子坐了下来。这个位子是背对着吕德韦格松和茹茹大妈的,但却正好面对着丽内特,尽管和丽内特之间还隔着一个小包间。吕德韦格松一杯一杯地喝着阿斯蒂莫香白葡萄酒,跟茹茹大妈还有丽内特谈得很热烈。丽内特微笑地看着吕德韦格松,对他的把戏了如指掌。很显然,吕德韦格松完全被丽内特吸引了,甚至毫不吝惜金钱去讨她欢心。当发现达尼埃尔在偷偷观察他们时,丽内特高兴极了。

两个大厅之间隔着一扇门窗,透过那扇窗户可以看到人们正在翩翩起舞。一个矮个子妓女站在柜台后面的白色楼梯上,红扑扑的脸蛋活像劳伦斯①肖像画里的人物。她正站在一级楼梯上,两手扶着楼梯扶手,一只脚站在楼梯上,另一只脚晃来晃去,高昂着脑袋,跟着乐队的曲子哼着一支滑稽的歌曲,那是一首这个夏天大家耳熟能详的曲子:

"迪美鲁,拉美鲁,砰砰,迪美拉!"

达尼埃尔嘴里咬着一支香烟,双手撑着脑袋,眼睛一眨不眨地看着丽内特。他的脸上没有了笑容,只是呆呆地看着丽内特,双唇紧紧地抿着。"这个男人我在哪里见过?"丽内特十分疑惑,她肆意地笑着,但是却非常小心地避开了达尼埃尔的目光。可是那目光越

---
① 托马斯·劳伦斯(1769—1830),英国著名肖像画家。

来越吸引她的注意力，越来越使她不自在，那感觉就像一只黄鹂对着一面硕大的镜子飞翔。达尼埃尔还在看着她，那黯淡无神的目光紧紧盯着丽内特，执着而尖锐的目光，热情而充满诱惑力的目光，每次被这目光捕获，丽内特总要费相当大的力量才能摆脱。

突然，达尼埃尔感觉到紧挨着他身后有个东西动了动。他不由得高度警惕起来，甚至有些颤抖了，忍不住回头看了看，原来是多洛雷斯太太的小侄子，这个调皮的小男孩儿正躺在长椅子上，裹着他姑姑的呢子大衣，吮着一根手指，睫毛上挂着泪珠。

此刻，乐队演奏的音乐已经结束了，小提琴手来到桌边向人们索要小费。当他来到达尼埃尔身边时，达尼埃尔将一张纸币塞给了小提琴手，轻声对他说道：

"请再演奏一首波士顿舞曲，演奏十五分钟不要停。"小提琴手眨了眨深褐色的眼睛，点头答应了。

达尼埃尔察觉到丽内特在看他，于是他抬头看向她，迎接她的目光。达尼埃尔很清楚他现在胜券在握，他可以很轻松地控制丽内特的目光，只要他再这样来几次，他就可以任意地抓住或者放开丽内特的目光，完全沉浸在这目光的魔力之中，最后他会缠住这目光不放。

吕德韦格松因为酒劲，脸色越来越红，神情也越来越和蔼，可是丽内特的注意力越来越不在他身上了，偶尔的注意也只是假装的，时不时地她就走神了。音乐声响起，小提琴手开始演奏新的舞曲。她看到达尼埃尔的脸抽搐了一下，她明白了他传达给她的意思，马上就要发生一件意义非凡的事了。果然，达尼埃尔目光平静地盯着丽内特，站起身径自穿过大厅，向他的猎物走来。达尼埃尔甚至来不及想:"此刻我是来代替吕德韦格松的。"欲望驱使着他不顾一切地向他的猎物走去。等到他走近了,丽内特竟然呆住了,她知道已经发生了不可思议的事。看到达尼埃尔走来,吕德韦格松和茹茹大妈一起转身。老商人以为达尼埃尔是朝自己走来的,已经站起身在桌边准备迎上前去。可是达尼埃尔仿佛没看见他似的,只顾低着头看着丽内特那双墨绿的眼睛。她的眼神透露出一丝恐惧,也透露出了同意。最后她只好屈从于他,站起了身。达尼埃尔拦腰搂住了她,一声不响地带着这个女人走向了大厅,消失在了大厅的尽头。

吕德韦格松和茹茹大妈被眼前的这一幕惊呆了,看着那两个人消失了,四目相对,不知道到底怎么回事。

"天哪,真淫荡!"茹茹大妈禁不住骂出了声,肥胖的双下巴因为恼怒而不停地颤抖。

而吕德韦格松抬起头没说一句话,本来就十分苍白的脸此刻显得更加苍白。他伸出苍白的手,那指甲像充血了一样暗红,拿起酒杯将阿斯蒂莫香白葡萄酒一饮而尽。

茹茹大妈喘着粗气,仿佛刚跑过长跑似的。

"总有些不知天高地厚的年轻人破坏您的好事。"茹茹大妈讪讪地笑着说道,带着报复的快感。

"那个年轻人是丰塔南先生,对吗?这是怎么回事?"很显然,吕德韦格松非常惊讶。

吕德韦格松面带微笑,像个高贵的老爷,不愿做出些低贱的事,也不愿屈尊于人。他尽力控制自己的情绪,将手套缓缓地戴好。难道眼前这令人吃惊的情景引起了他的兴趣?只见他从钱包里抽出几张纸币扔在桌子上,站起身来向茹茹大妈鞠躬,便走到大厅,等候在门口。是的,他要看着那对男女经过他的面前。他的目光与达尼埃尔的目光相遇了,那目光里透露出怀恨、妒忌,还有赞赏。吕德韦格松没有说一句话,沿着长廊走到门口,拉开旋转玻璃门便消失了。

达尼埃尔并未理会吕德韦格松的离去,自顾自地跳着波士顿舞。他的上身一动不动,腰背挺直,高昂着头,神情沉着冷静,脚尖贴着地面翩翩起舞。丽内特只顾着配合达尼埃尔的舞步,全身心地沉醉其中,神情有些恍惚,竟忘了自己是高兴还是生气,仿佛从始至终都只同达尼埃尔跳舞似的。十分钟过去了,所有人都慢慢地退出场,舞池里只剩下他们俩,被其他舞伴围绕着。时间又过去了五分钟,达尼埃尔和丽内特还在跳着波士顿舞。终于,最后一个反复结束后,音乐声停,乐队结束了演奏,两人才慢慢停止舞步。

直到最后几个音结束,他们才停止了跳舞。她伏在他的肩膀上,他则神情庄重,低头看着她,火热的眼神将她包围,使得她时而懊悔,时而激动得心跳加速。

人群中迸发出一阵热烈的掌声。

达尼埃尔带着丽内特重新回到刚刚他们坐的地方,很自然地达尼埃尔就在刚才吕德韦格松坐的位置坐了下来,叫服务生另拿了个新的杯子,倒了满满一杯阿斯蒂莫香白葡萄酒。他将酒杯高高举向茹茹大妈,脸上洋溢着兴奋,昂起头一口喝了下去。

"上帝!"达尼埃尔啐了一口,"这是什么酒!"

看到达尼埃尔的样子,丽内特突然像个疯子似的哈哈大笑,眼泪都快流出来了。

茹茹大妈显然吃惊极了,睁大了双眼看着达尼埃尔,她的愤怒

突然就消失殆尽了。茹茹大妈无奈地耸耸肩,站起身,有些可爱地冲他们俩叹了口气:

"算了算了,什么都无所谓了,只要身体健康就行。"

在帕克梅尔餐厅坐了半个小时,达尼埃尔和丽内特一起出来了,这时,天刚刚下了一场雨。

"需要车子吗?"服务生问道。

"不,我们可以散会儿步。"丽内特回答道,声音里充满了甜蜜。达尼埃尔发现了,他感到非常开心。

已经下过一场大暴雨了,可是天气还是非常闷热。夜晚的大街一个人都没有,昏黄的街灯照着他们俩的影子。两人在布满小水坑的人行道上缓慢行走。

一个士兵搂着两个女人同他们擦肩而过。那个士兵似乎在开玩笑,不停地让那两个女人迈正步:"一,二!错了错了,左脚先走,一,二!"

从酒吧出来后,她就一直在等达尼埃尔主动拉她的手。可是达尼埃尔似乎认为这种等待非常有趣,等了很久很久,终于,她受不了了。正好一道闪电在远处划破夜空,她靠近了他。

"刚才那阵雷阵雨似乎还没有结束,看来又要下雨了。"

"下大雨多好啊!"达尼埃尔说道,声音里充满了爱意,这爱意胜过千言万语。丽内特觉得这种爱意非常微妙,达尼埃尔毫无主动的行为,她感到有些害怕了。丽内特说:

"也许你能理解,我总觉得好像在哪儿见过你,可是却想不起来,这种感觉一直萦绕着我。"达尼埃尔在黑暗中窃笑,丽内特说的话都在他的意料之中,他真要感谢她。他根本想不到,她会真的以为他

们曾经在哪儿见过面。他差点想要开个玩笑,对她说:

"我也有这种感觉。"这样他们就会设想出种种曾经在哪儿见过面的情景。不过他没有这么说,他更喜欢这样的沉默,这会让她猜不透他内心所想。

"为什么大家都叫你'先知'?"片刻沉默之后,她又问道。

"因为达尼埃尔是我的名字。"

"达尼埃尔?那你姓什么?"

达尼埃尔有些犹豫,这么快就自报家门,他并不喜欢。可是丽内特只是很好奇,并没有恶意。所以,他并不打算像往常那样谨慎,编个假名字糊弄她。

"达尼埃尔·德·丰塔南。"他回答道。

丽内特耸了耸肩,什么也没说。达尼埃尔以为她被绊了一下,便伸出手去想要扶住她,可是却被她躲开了。丽内特这一躲让达尼埃尔更想抓住她了。他靠近她,试图抓住她的肩膀。可是她一闪身,跳到了路边,然后突然掉转头跑进了一个小巷子。达尼埃尔原本以为丽内特在跟她开玩笑,以为她在跟他闹着玩。可是她看上去的确是想要逃跑。达尼埃尔不得不加快步伐追了上去,否则她会离他更远了。这条街上一个人都没有,这样你追我赶仿佛在玩游戏,想到这儿,达尼埃尔不由得高兴起来。她就要拐进一个漆黑的巷子了,顺着这个巷子绕一圈他们会回到刚才的地方。他感到有些无聊了,便要阻止她进去。可是当他第三次试图抓住她的胳膊时,她又逃跑了。

"真笨!"达尼埃尔有些生气了,"别跑了,你给我站住!"

可是丽内特跑得更快了,不断地转换路线,仿佛真要把自己藏起来，藏在黑暗里。突然，她快步跑了起来，他连忙迈开几个大步追了上去，把她拦在了一扇门前。这一次他看清楚了，她的脸上充满了恐惧，而且那样子不是装出来的。

"你怎么了？"达尼埃尔吃惊地问。

她蜷缩在阴暗潮湿的角落，喘着粗气，肩膀不住地颤抖，连看向他的目光都充满了惊慌。他沉默了。他不知道发生了什么事，但他知道她跟刚才完全不同了。他试图将她抱进怀里，可是她奋力逃脱了，顾不上衣服被刮破了一个口子。

"你到底怎么了？"他又问了一遍，往后退了一步，离她远点，"你是在害怕我吗？你不舒服吗？"

可是她一句话都说不了出来，只是死死地盯着他，不住地颤抖。

他不明白到底发生了什么事，可是他觉得她很可怜。

"你希望我离开你，是吗？"他询问道。

她没有说话，但是微微点了点头。他觉得此刻自己实在太可笑了。

"你真的是这么想的吗？你真的希望我离开你吗？"他又问了一遍，声音十分温柔，仿佛要驯服一个不乖的孩子。

"你走开！"她低吼道。

她是认真的。

他不再坚持，因为继续待下去实在太没有面子了，而且还会令她离他更远。于是他想了一个巧妙的办法。

"好吧，我走。"他说，"可是我没办法把你一个人丢在这里，这里太黑了。这样吧，我们往前走几步，看看有没有车子，等你上了车我再走，可以吗？"

丽内特没有拒绝。于是两个人便朝着歌剧院那条大道走去，那里的灯光比较明亮。刚走到那条大道上,就有两辆出租车迎面开来。达尼埃尔挥了挥手,车子便停在了路边。丽内特仍然不肯抬起头来看看他。达尼埃尔为她打开车门,她站在那里很久很久才决定回头。她看着他的脸,仿佛要更仔细地看清楚他。他尽力给她一个微笑,摘下帽子,做出向她告别的姿势。等到确信他的确不会跟着她了,丽内特才坐进出租车,脸色也变得轻松了许多。她告诉司机去哪儿,然后转身看着达尼埃尔充满歉意地说道:

"非常抱歉,达尼埃尔先生,今晚我必须走,明天我会告诉你原因的。"

"好吧,明天见。"他向她鞠躬,"明天我们在哪儿见面?"

"啊,在哪儿见面呢?"她有些天真地重复了一遍他的问话,"如果你不介意的话,明天我们在茹茹大妈家见面吧。就在茹茹大妈家里吧。明天下午三点整。"

"好的。明天三点见。"

他朝她伸出手,她也伸出了手,他握住她戴着手套的手,轻轻地吻了吻她的指尖。

汽车引擎声响起,缓缓驶向前方。

可是就是这个时候,达尼埃尔却生气了。他本来已经恢复平静了,可是他看到那个年轻的女人又让司机停车了,半个身子探出了车窗,露出浅色的上衣。

达尼埃尔连忙大踏步地来到了车边,丽内特已经打开了车门。他看到她把自己藏在座位的深处,他看到她在黑暗中睁大了眼睛。他明白了,连忙紧挨着她坐了进去,将她紧紧地搂在怀里。他感受到了她紧贴过来的双唇。他清楚地知道,她不是因为软弱,也不是

因为害怕,而是主动要亲吻他。他知道她在哭泣,他能感受到她的绝望。他听到她在低声喃喃细语:

"我愿意的……我愿意的……"

他听不明白,他听得糊涂了。

"我愿意……为你……生一个孩子……"

"女士,还是去刚才那个地址吗?"司机问道。

3

同雅克还有他的朋友们分手后,昂图瓦纳坐车去了帕西,有一个患了肺炎的小女孩儿需要他去看看。之后便从大学路回家了。昂图瓦纳五年来一直和弟弟住在一楼。在回家的车上,他嘴里叼了支香烟,心情很愉快,因为他的小病人就要痊愈了,他也可以休息一段时间了。

"不得不说,我昨晚的表现并不是很好。突然停止咳痰……脉搏和大便都正常,可病人却要死了……这时候一定要防止心内膜炎……小孩子的妈妈还很迷人……今夜的巴黎也别有一番风情……"这一路,他欣赏了特罗卡戴罗宫[①]周围郁郁葱葱的树木,也看到了一对对情侣悄悄钻进了偏僻的小巷子。他还看到了埃菲尔铁塔,看到了大桥上的雕像,看到了玫瑰色的塞纳河。"就在我心中……啊——啊——啊……"昂图瓦纳哼起了愉快的调子,耳畔是轰隆隆的马达声,"就在我心里……安睡吧……"顿了顿他又继续唱道,"没错,就是这样的,就在我心里,在我心里安睡吧……真是让人恼火,我忘了歌词了……是什么在我心里安睡来着?难道是只爱睡的猪?"昂图瓦纳

[①]特罗卡戴罗宫建于1878年,1937年拆除。

微笑着陷入了沉思,他想起了帕克梅尔餐厅晚会,那可真是一场愉快的晚会。或许该说是一场愉快的艳遇?……他感到了生活的乐趣,如同被一个暗藏在心中很久很久的欲望给带走了。昂图瓦纳丢掉了剩下的香烟,跷起腿,大口大口地呼吸车窗外的新鲜空气。"但愿伯兰记得帮孩子拔火罐。可怜的小东西,不需要做手术我们就能救活他。我该把卢瓦济尔的脑疾也给治好的。这些小丑般的外科医生居然会被欢迎,真是可笑!布莱克老爹说得对:'假如我生了三个儿子,直至最差的我会让他做个外科医生,体格健壮热爱体育的我会让他拿手术刀,而最聪明的那个我会让他做个治病救人的医生,救死扶伤,不断钻研医术。'"这么想着,昂图瓦纳感觉浑身轻松,心情又变得好了起来。"看来我生活的方向是对的。"他有些得意地轻声呢喃道。

昂图瓦纳走到自己的房间,经过雅克的房间时,发现房门还是开着的,这才想起弟弟被录取的事情。五年来的督促和照料终于换来了今天的成功。"我还记着呢,那天晚上我在学校里偶然遇到了法弗里,头一回我想要雅克报考高师。那时可不像今天这么热,蒙日①街心公园还盖着厚厚的积雪呢。"昂图瓦纳内心一阵唏嘘。随后便像孩子一样急急忙忙地脱掉衣服,想要来个痛快的冷水浴。

洗完澡,昂图瓦纳换了件衣服,一想到帕克梅尔,他就高兴得禁不住吹起口哨。在昂图瓦纳心中,女人只是第二位的,生活才是第一位的,至于爱情,则压根儿就没有位置。他喜欢这种艳遇,并为之骄傲,因为这种事非常容易碰到,而且也是最现实的。当然,并不是任何时候他都会满足这种艳遇的,某些晚上他会严防这种事。这倒不是因为他非常遵守纪律,也不是因为他的肉体没有任何欲望,

---

①法国著名数学家,此处以他的名字作为公园的名字。

而是因为这种事代表着另一种,这种生活并不是他一下子就能够接受的,因为他是生活的强者。

"丁零零!"门铃声响起。昂图瓦纳看了一眼墙上的壁钟。如果是个非常重要的病人,他还有时间给他看病,之后再赶去帕克梅尔餐厅同那帮人见面。

"谁啊?"昂图瓦纳对着门喊道。

"昂图瓦纳先生,是我。"

听声音是沙斯勒先生,昂图瓦纳把门打开了。沙斯勒先生曾经是蒂博先生的私人秘书,蒂博先生去拉菲特别墅区休假期间,沙斯勒先生仍然留在大学路工作。

"啊,原来是您在家。"沙斯勒先生有些木讷地说道。当他看到只穿着短裤的昂图瓦纳时,神情十分窘迫,只好转过身去,小声地说:"怎么?"他有些不明白眼前的情景。"噢,您在穿衣服。"随即他便指着昂图瓦纳说道,仿佛刚刚发现了一个秘密似的,"但愿我没有打扰您。"

"二十五分钟后我就要出门了。"昂图瓦纳连忙向他说明情况。

"事情有些突然,大夫,您看,"沙斯勒先生摘下帽子和眼镜,朝昂图瓦纳眨了眨眼睛,说道,"您不给我看病了吗?"

"看哪儿?"

"看眼睛。"

"哪只眼睛?"

"这只眼睛。"

"别动,我看看,你的眼睛没什么毛病,只是被风吹了。"

"噢,是吗?也许吧。谢谢您。风沙迷了眼睛不是什么大问题。

肯定是因为我把两扇窗都打开了。"沙斯勒先生轻轻咳了几声，重新戴上了眼镜，"非常感谢您，我感觉好多了，风沙迷了眼睛，没什么大不了的。"沙斯勒先生笑了笑，接着说，"医生，我是不是耽误您正事儿了？"嘴里这么说着，可是沙斯勒先生却并没有戴上帽子离开，而是坐到椅子上，掏出手帕擦了擦汗渍渍的额头。

"这天气可真热啊。"昂图瓦纳说道。

"可不是嘛。"沙斯勒先生眨眨眼睛，狡猾地说道，"这天气看样子是要下大暴雨了。那些四处奔走、出门办事的人真可怜啊。"

"办事？"昂图瓦纳一边系鞋带一边抬起头说道。

"对啊，在这样闷热的天气，去办公室或者去警察局办事，简直要闷死了。消耗的精力恐怕要到第二天才能恢复吧。"沙斯勒先生摇头晃脑地说道。

昂图瓦纳仍然昂着头看着沙斯勒先生。

"啊，对了，"沙斯勒先生一拍脑门儿说道，"差点忘了问您了，关于养老所您知道吗？"

"养老所？"

"是的，养老所，专门收养老人的，不是一般的病人收留所，就在黎明大道。您看这天气，真是糟糕透了。啊，正好我们说起这件事，我想问您件事，昂图瓦纳先生，在这儿您有没有看到过一枚五法郎的硬币？"

"在这儿？在哪里，口袋里吗？"昂图瓦纳一头雾水。

"噢，不，不是口袋里，是花园里，也许是大街上吧。"

昂图瓦纳系好鞋带，站起身，一边去拿裤子，一边看着沙斯勒先生，心里暗暗地骂道："跟这个老家伙待一块儿迟早变成白痴。"

但是还是装出一副认真听的样子，表情严肃地说道：

"沙斯勒先生，我没听明白您的意思。"

"噢，事情是这样的，有人不小心丢了东西，总有人会捡到的，对不对？"

"的确如此。"

"那么，假如您捡到了别人丢失的东西，您会怎么做呢？"

"当然是寻找失主。"

"可是假如您找不到失主？"

"那就要看东西是在哪儿丢的了。"

"假如是在花园呢，又或者是在大街上呢？"

"那我一定会把东西交给警察先生。"

沙斯勒微笑地听着，接着问道：

"可是如果这东西是钱呢？那又该怎么办？比如一枚五法郎的硬币？您怎么知道那些人会做什么？"

"您的意思是，警察先生会将丢失的钱私吞？"

"谁知道呢，说不定真会这样做。"

"不可能发生这样的事情的，沙斯勒先生，因为警察局会有各种字据，会办各种手续。例如，我曾经和一个朋友外出时，在马车上捡到了一个玩具，告诉您，那个玩具看上去非常值钱，是用象牙和珐琅制作的。我们把它交到了警察局，警察先生记录了我们的名字和住址，还有马车夫的名字和车牌号，还给了我们一张失物招领单，我们在上面签了字，领了收据。您觉得很吃惊，是吗？还有令您更吃惊的。一年之后警察局通知我的朋友，因为那个玩具没有人认领，所以归我的朋友所有了。"

"为什么会归他所有?"

"法律是这么规定的,先生。假如您捡到的东西在一年零一天后还是没人认领,那它就属于您了。"

"过了一年零一天就属于捡到的人了吗?"

"是的,法律就是这么规定的。"

沙斯勒先生不以为然地耸了耸肩,说道:

"当然,因为那只是个玩具,假如是钱的话,比如五十法郎……"

"即使是钱也是那样的。"

"我可不相信,昂图瓦纳先生。"

"可是我非常相信,沙斯勒先生。"

这个小矮子坐在凳子上,双腿悬在空中,灰色的汗毛有些汗湿了。他的目光越过眼睛死死盯着昂图瓦纳。过了一会儿他又转过头去,用手捂着嘴,咳了几声,随后说道:

"我问您这个问题,其实是为了我的母亲。"

"您是说,您母亲捡到钱了吗?"

"啊,不,不,不是的。"沙斯勒先生坐在凳子上有些局促不安,脸憋得通红通红,过了好一会儿,似乎还在犹豫是不是要说出来,脸上的表情有些痛苦。随后他又微微一笑,终于说话了:"我是说养老所。"看到昂图瓦纳正要穿外衣,沙斯勒先生连忙从凳子上跳下来,从后面展开外衣,方便昂图瓦纳穿好袖子。"越过海峡。"沙斯勒用了个巧妙的暗喻。站在昂图瓦纳的身后,沙斯勒先生踮起脚尖,伸长脖子,凑到昂图瓦纳的耳边说道:"可是他们要收九千法郎。还有其他乱七八糟的收费,加起来得要一万法郎。天哪,要预先支付一万法郎。可是万一后来不在那儿待了呢?"

"不在那儿待了？"沙斯勒先生说话颠三倒四地，昂图瓦纳感到十分伤脑筋。

"是啊，在那里她住不了三个星期的。要知道她今年都已经七十七岁了。我敢打赌，在家里她肯定没办法花完那一万法郎，您觉得呢？"

"七十七岁了？"昂图瓦纳重复了一遍，不由自主地估算了一下这个岁数。

昂图瓦纳没再去管时间了，"当有个人吸引了你所有的注意力时，"昂图瓦纳这么想着，"你就会发现一种典型。"虽然出于职业习惯，昂图瓦纳的注意力通常只在自己的身上，可是一旦某个人吸引了他的注意力，他就会全神贯注地关注那个人。"这个笨蛋肯定是个吸引人的典型。"昂图瓦纳想着，"应该称他沙斯勒现象。"昂图瓦纳想起当初他和这个小老头儿的相识。当年在学校神父的推荐下，沙斯勒先生成了蒂博先生的补课老师，跟沙斯勒先生一起休假回来后蒂博先生就非常欣赏老头儿严谨的工作态度，便留下他当自己的私人秘书。"十八年来，我几乎天天都看到他，可是对他却毫不了解。"

"妈妈作为一个女人，非常出色。"沙斯勒先生并没有看昂图瓦纳，只顾着说话，"昂图瓦纳先生，我们家其实不应该是这么穷苦的样子，也许我生来就该是个穷人，可是我妈妈却不是，她天生就是个贵妇人的命。圣罗歇教堂的那些神父说得对：'每个人都有自己的命。'这简直是至理名言。您知道的，他们是我们最亲爱的朋友，神父先生非常尊敬蒂博先生。我也很愿意过上富裕的生活，对此我甚至非常有把握，只要有了那一万法郎，我只要有了那一万法郎就再也不用这么贫穷了。可是，妈妈不想再待在养老院了，他们却不把那一万法郎还给我们。您瞧瞧，他们做事多谨慎。刚到养老院的时候，他们就让我们签了一份居住手续，同您刚才说的警察局一样，我在上面签了字。不过他们没有像那些警察那么笨，一年之后他们根本就没有再联系我们，也没有还钱，他们什么都没有还。"说话时，沙斯勒先生的脸上满是嘲讽的神情，接着又问道，"后来您的朋友去领那个玩具了吗？"

"玩具？噢，不，没有，事实上他并没有去领那个玩具。"

沙斯勒先生似乎在思索什么，喃喃细语："那只是个玩具而已，如果是一笔钱的话肯定就不是这样了。但凡在街上丢失过钱的人肯定都会跑到警察局去认领，只怕巴黎所有的警察局都会被挤破了。我敢说，肯定有人多认领了钱。可是认领丢失的钱需要什么证明呢？"

过了会儿昂图瓦纳还没有回答，沙斯勒先生又重复一遍道："去警察局认领丢失的钱需要什么证明吗？您说话呀！"

"认领证明？"昂图瓦纳被沙斯勒先生问得有些烦了，不太高兴地说道，"您得提供一切细节，比如您的钱是怎么弄丢的，是在哪里丢的，您丢的钱是硬币还是纸币，您是否……"

"噢，不不不，他们不会问这个的！"沙斯勒先生有些着急地打断了昂图瓦纳的话，"他们怎么会问钱是硬币还是纸币呢！我知道，他们会问细节，可是他们不会问这个的。不会的。"小老头儿又重复了几遍，"不会的，他们不问这些，他们不问这些。"

昂图瓦纳朝墙上的壁钟看了一眼，时间已经不早了。

"非常抱歉，沙斯勒先生，我不是想赶您走，只是我现在必须出门了。"

听到昂图瓦纳的话后，沙斯勒先生不由自主地颤抖了一下，险些滑倒在地上。

"是的,我向您打听养老院的事,非常感谢您,医生。我现在要回家了,我得包上纱布什么的,或许往耳朵里塞点棉花也行,不会有什么事的。是的,不会有什么事的。"

看着这个小个子老头儿在打了蜡的地板上蹦蹦跳跳,也不怕脚底滑倒,那滑稽的样子引得昂图瓦纳忍不住要笑出声了。沙斯勒先生的鞋子总是咯吱作响,这也是他的命。他走遍了所有卖鞋子的店铺,试过了各种各样的鞋子,高帮鞋也好,橡胶套鞋也好,还有各色各样的皮底鞋、毯底鞋和橡胶底鞋,都没用。他也问过修脚的,甚至在一个地板工人的怂恿下,去找了一个专门为下人制作无声鞋的人,把自己的脚型都给了他,可是还是没用。沙斯勒先生每次走路的时候只好踮着脚尖。再加上他那小脑袋、圆眼睛,还有身后飘荡着的羊驼料子的礼服下摆,使他看上去简直就是一只折了翅膀的喜鹊。

"啊,我想起来了。"已经走到门口了,沙斯勒先生突然说道,"这个时候商店都已经打烊了。您身上带着钱吗?"

"您需要多少?"

"一千法郎就够了。"

"我这儿有。"说着,昂图瓦纳走向桌边,拉开了抽屉。

"您知道的,我从不喜欢随身带那么多钱。"沙斯勒先生解释道,"正好您刚才说到丢钱的事。您介意给我十张一百法郎的纸币吗?二十张五十法郎的也行。您知道,有时候情况就是这样,纸币越多越不可能丢失。"

"这可不行,我就只有这两张五百法郎的支票,没有零钱。"这么说着,昂图瓦纳就准备把抽屉关上了。

"支票就支票吧。"沙斯勒先生上前一步接住了支票,"可是这样就跟零钱非常不一样了。"他从口袋里抽出一张条子,递给了昂图瓦纳,同时把昂图瓦纳递给他的支票往口袋里塞。正在这时,响起了刺耳的门铃声,把两个人吓了一跳。支票还没放好,沙斯勒先生喃喃道:"等一下,等一下,昂图瓦纳先生,请等一下开门……"

可是门铃声变成了沉重急促的敲门声,还有来者的尖叫声,沙斯勒先生听出了这声音是他家门房的声音,突然神色大变。

"沙斯勒先生在这里吗?"

昂图瓦纳连忙将门打开。

"沙斯勒先生在这里吗?"来人上气不接下气地喊道,"快,快,出大事了,小姑娘被车子轧了!"

听到门房的喊声,沙斯勒先生脑子嗡地一响,险些摔倒在地,还好昂图瓦纳及时扶住了他,让他平躺在地上,拿了条湿毛巾不停地给他扇风。慢慢地,老头儿睁开了眼睛,挣扎着想要站起来。

"啊,儒勒先生,快点走吧!"来人说道,"快走吧,屋外停了车子。"

"她还活着吗?"昂图瓦纳问道,根本来不及询问那小姑娘是谁。

"情况很糟糕,恐怕再晚个几分钟人就死了。"门房絮絮叨叨地说道。

昂图瓦纳一把抓起一旁的急诊箱,这是他的职业习惯,总是时刻准备着应对突发情况。正要出门,他突然想到之前雅克把碘酒借走了,便急急忙忙地冲到雅克的房间,一边对门房喊道:

"你扶着沙斯勒先生,我去拿样东西,我跟你们一块儿去。"

沙斯勒一家住在杜依勒里宫附近的阿尔及尔大街,车子在沙斯勒家门口停了下来。门房的叙述有些语无伦次,前言不搭后语,不过好在昂图瓦纳听明白了事情的整个经过。这个小姑娘每天都会去接儒勒先生回家，可是今晚儒勒先生还没有回家，也许小姑娘是打算穿过里伏利大街前去接儒勒先生。可怜的孩子在穿过大街时被一辆运送书籍的三轮车撞到了，车子从她身上轧了过去。围观的人群中有个卖报纸的女人看到了小姑娘的辫子，认出了她，说出了她住在哪里，人们这才得以将奄奄一息的小姑娘送到家里。

沙斯勒先生坐在车子里，头埋在手心里，并没有流眼泪，可是每听门房说一句，他都要痛苦地嘶喊一声，他的手紧紧地握成拳头，牙关死死地咬住拳头，这才不至于喊出声。

下了车，沙斯勒先生家门口已经有一群人在等着了。看到沙斯勒先生来了，围观的人群让出了一条路，昂图瓦纳和门房两人扶着小老头儿走上了台阶。沙斯勒先生步履蹒跚，跌跌撞撞地走到了走廊的最里头，在那里有一扇门吱呀一声被打开了。沙斯勒先生进去后，门房拉住了昂图瓦纳，轻声说道：

"我老婆还算聪明，我去找沙斯勒先生时，她就已经去找另一名年轻医生了，希望那位医生已经到了。"昂图瓦纳点点头，表示对门房妻子做法的称赞，随后便跟着沙斯勒先生进了房间。他们穿过了一个小房间和两个稍大点的房间，小房间里散发出浓重的霉味，湿气非常重，稍大点的房间铺着地砖，房顶非常低矮，房间里乌漆麻黑的，尽管朝院子的方向有两个小窗户，可是房间里仍然闷得人发慌。三个人经过最后一个房间时，看到房间里放着一张小圆桌，桌子上盖着黑乎乎的桌布，桌子上摆着四份餐具。沙斯勒先生走到一扇门前，拉开了木门，里面是一间比较亮堂的房间。看到房间里的情形，沙斯勒先生脚一软，瘫倒在地，嘴里不停地喊着一个名字：

"黛黛特……黛黛特……"

"儒勒!"屋内响起一个女人尖锐的叫喊声。

起初,昂图瓦纳只看到一个女人穿着粉红色的睡衣,手里捧着一盏灯,那灯光照亮了她红色的头发、宽大的脑门儿,还有丰满的胸脯。之后他才看到那张床,在灯光的照亮下,他看到床边俯着几个人影。余晖照进窗户,与昏暗的灯光融合在了一起。房间里不甚明亮,一切都显得不真实。昂图瓦纳扶着沙斯勒先生在床边坐好。他看到一个年轻人戴着眼镜,帽子都还没来得及摘下来,正弯腰俯身用剪刀剪开小姑娘被鲜血浸透的衣裳。昂图瓦纳看清了小姑娘的脸,她的脑袋靠在枕头上,头发已经被汗水和血水打湿,凝成了长条。还有个老妇人跪在一边,给年轻医生帮忙。

"她还有气息吗?"昂图瓦纳问。

年轻医生转身看了看昂图瓦纳,面色十分犹疑,他抬手擦了擦额头,有些毫无底气地回答:

"大概还有吧……"

"门房来找沙斯勒先生时,我刚好同他在一起。"昂图瓦纳解释说,"清理和包扎伤口的工具我都带来了,我是蒂博医生。"随后又轻声地说,"现在是儿童医院的院长。"

年轻的医生挺直了腰身,正准备把位子让给昂图瓦纳。

"不,还是您继续做吧,您继续做吧。"昂图瓦纳连忙示意年轻医生继续处理伤口。他往旁边站了一点,询问道:"病人脉搏怎么样?"

"太微弱了,几乎没办法摸出来。"年轻医生回答了一句,又匆匆忙忙地为小姑娘处理伤口。

昂图瓦纳抬起头看着那个红头发的年轻女人，他看到了她慌张不安的眼神。昂图瓦纳建议她道：

"太太，我认为您最好给急救医院打个电话，这个孩子应该立刻送到我的医院进行抢救。"

"绝对不行。"昂图瓦纳听到了一个坚决的声音。

这声音是站在床头的一个年老的女人说的，很显然，她是小姑娘的奶奶。年老的女人上下打量着昂图瓦纳，清冷如水的目光扫视着昂图瓦纳，鼻子又尖又长，堆满肥肉的脸上显出一副固执的神情，颈部的肥肉已经堆成了一堆褶子。

"当然，我很清楚我们是穷人。"老妇人似乎在竭力地控制自己的情绪，"不过我们情愿在自己的家里死去，黛黛特绝不会去医院的。"

"您这么做没有道理，太太！为什么？"昂图瓦纳一再坚持地问道。

只见老妇人伸长了脖子，肥胖的下巴使劲朝前伸着，用一种悲伤却固执的嗓音喊道：

"我们就是喜欢这么做！"老太太的回答斩钉截铁。

昂图瓦纳向年轻女人投去了询问的目光，可是年轻女人只顾着摇头晃脑，躲开惹人厌的苍蝇，看样子她默许了老太太的话。昂图瓦纳只好寄希望于沙斯勒先生，希望这个老头儿能说句话。可是沙斯勒先生跪在一旁的凳子脚下，脑袋深深地埋在胳膊里，一句话都没说，似乎周围的一切都与他不相干。看到昂图瓦纳的举动，老太太似乎已经猜到他的用意了，连忙赶在昂图瓦纳开口之前对沙斯勒先生喊道：

"是这样的，对吧，儒勒？"

听到老太太的喊声，沙斯勒先生禁不住颤抖了一下，低声回答道：

"您说得对,妈妈。"

显然,沙斯勒先生的回答令老太太非常满意,接着她便像个慈爱的母亲一般柔声对沙斯勒先生说道:

"亲爱的,我的孩子,快到你自己房间去吧,你最好不要待在这里。"

这个可怜的小老头儿脸色苍白,不住地摩挲着脑门儿,小眼珠在眼镜后面不停地转动。对于老太太的话,他没有任何反对意见,从地上站起来,踮着脚尖离开了这间昏暗的房间。

昂图瓦纳紧紧地抿了抿嘴唇,脑子里正在考虑这么做是否合适,但手上已经开始脱掉外衣了,他将衬衣的袖子高高地挽起,然后走到床边,跪在年轻医生的身边。在昂图瓦纳的脑子里,是否应该两人一起护理伤者并不是一个值得思考的问题,况且他也没办法对一个问题做长时间的思考,因为他太着急做决定了。对昂图瓦纳来说,思虑周全并不是最重要的,重要的应该是迅速而应急的行动。思考只是他做出行动的手段,即使思考并不成熟,也不妨碍他立即采取行动。

那位年轻医生还有旁边战战兢兢的老妇人帮着昂图瓦纳一起,费力地脱下了小姑娘的衣服。昂图瓦纳看到,小姑娘瘦弱的身体苍白得几乎成了暗灰色。可怜的孩子被三轮车猛地撞翻了,被车子轧过的身体瘀斑累累,大腿上从胯骨到膝盖被三轮车划了一道深可见骨的伤口。

"这是右腿。"年轻医生向昂图瓦纳指出来。事实上的确如此,小姑娘的右脚向里异常扭曲,血迹斑斑的大腿似乎短了一截,早已没有了形状。

"大腿骨骨折,是吗?"年轻医生壮着胆子问昂图瓦纳。

昂图瓦纳没有回答,他在尽力思考:"小姑娘的伤非常严重,她肯定还有别的地方受伤了,可是伤口在哪里呢?"昂图瓦纳一边思索,一边摸着小姑娘的膝盖骨,然后顺着大腿慢慢往上,突然,就在大腿内侧,离膝盖只有几厘米的地方,他摸到了一个非常隐蔽的伤口,那伤口正在汩汩地流血。

"天哪!"昂图瓦纳不由得惊叫了一声。

"是大腿动脉,对吗?"年轻医生也吃惊地问了一句。

昂图瓦纳猛然站起身来。

昂图瓦纳需要独自做出决定,这给了他巨大的力量。当有其他人在场时,昂图瓦纳总是容易产生逞强的情绪。"把她送去外科医院?"昂图瓦纳思考着,"不,不行,她撑不到送去医院的。可是谁来做手术呢?我可以吗?当然可以!那么我该怎么做呢?"

"您打算给她包扎吗?"年轻医生又询问道,可是昂图瓦纳一直没有回答,这让他多少有些不高兴。

可是昂图瓦纳并不打算回答他,他心里在想别的事:"当然,必须我来给她包扎伤口。时间紧迫,必须赶快行动,否则就来不及了。"这么想着,昂图瓦纳开始扫视周围。

"包扎?用什么包扎?你看看,红头发女人没有腰带,连窗帘上都没有束带。啊,对了,我有背带啊!"昂图瓦纳迅速地脱下背心,将背带取了下来,用力扯断后,跪下来将背带当成止血带紧紧地绑住小女孩儿的大腿根。

"好了,现在可以缓两分钟了。"昂图瓦纳站起身,脸上的汗水不停地往下淌。所有人的目光都集中他的身上。

"必须立刻做手术,否则她会死的。"昂图瓦纳的语气短促而不容置疑,"我们可以一起试试。"

听到昂图瓦纳的话,所有人包括那个举着灯的红头发女人,还有疑惑不安的年轻医生都慌张地离开了床边。

昂图瓦纳紧紧地抿着嘴唇,用紧张的目光有些粗鲁地观察着周围,仿佛要把所有的东西都吸收到眼睛里。"上帝啊,我必须镇定。"他想着,"我需要一张桌子。是的,进门时我看到了外面有张圆桌。"

"给我灯光!"昂图瓦纳大声朝执灯的女人说道。"您跟我过来。"他又对年轻医生喊道,接着便迅速地走到隔壁的房间,"好了,这里就是手术室。"一眨眼间昂图瓦纳就把餐具撂了起来。"把灯放在这儿。"昂图瓦纳像将军在指挥操练场一样,他指挥着周围人布置着这间暂时用作手术室的房间。"接下来就该放置小姑娘了。"昂图瓦纳再次回到昏暗的房间,年轻医生和红头发女人紧随其后,注视着昂图瓦纳的一举一动。昂图瓦纳指着小姑娘,对年轻医生说道:

"小姑娘很轻,我可以抱起她,你帮我托着她的腿。"说完他双手伸到孩子的腰部,将她轻轻地抱起来,孩子因痛苦而发出轻微的呻吟。在年轻医生的帮助下,昂图瓦纳顺利地将小姑娘安置在了圆桌上。随后他拿过红发女人手里的灯,摘下灯罩,将灯放在方才摆好的餐具上。"好极了!"昂图瓦纳甚至有时间思索,打量着周围的情况。餐具上的灯光在黑暗中闪闪烁烁,红发女人的脸被照得亮晃晃的,年轻医生的眼睛也被灯光照得亮闪闪的。他看着眼前这个瘦弱的躯体,小姑娘的四肢因为痛苦而不停地抽搐。雷雨过后,空中布满了嗡鸣的苍蝇。闷热的空气和不安的情绪使得昂图瓦纳汗流浃背。"可怜的孩子能撑到我把手术做完吗?"昂图瓦纳在心里询问自己。可是他心里有一股力量驱使着他,这股力量他无从理解,他只

345

知道自己心里充满了自信,他从未这么自信过。

昂图瓦纳一把抓过医药箱,从里面取出一个氯气瓶子,还有一块用来敷药的纱布,将它们交给了年轻医生。

"把瓶子打开,把缝纫机搬走,去餐柜里找些东西放手术用具。"昂图瓦纳手里拿着瓶子吩咐道。两个老妇人呆呆地站在门口,一动不动。沙斯勒的妈妈看着昂图瓦纳,眼睛睁得大大的,活像一只猫头鹰。另一个老妇人则双手合十,紧抿着嘴巴,不住地祷告。

"你们快离开这里!"昂图瓦纳命令道。两个老妇人连忙退到刚才小姑娘躺着的那个房间。昂图瓦纳手指着房间的另一边,继续说道:"你们得离得远一些。从这边出去。"两个老妇人遵照他的命令,静静地走出房间,离开了。

"请您留下。"发现红发女人也准备跟着两个老太太一起离开,昂图瓦纳有些恼怒地冲着她喊道。

红发女人应声停住了,转身看着他。好一会儿,他都在看着这个女人,漂亮的脸蛋似乎更胖了一些,脸色也因为痛苦而变得更加沉静、严肃,这是一张比较讨昂图瓦纳喜欢的脸。看着面前的红发女人,昂图瓦纳不禁想:"真是个可怜的女人!不过我需要她的帮助。"

"这是您的孩子吗?"他问。她摇着头回答道:

"不是。"

"噢,好极了。"昂图瓦纳一边说,一边用氯仿将纱布浸湿,然后麻利地用纱布盖住小姑娘的鼻孔。"给,拿着这个瓶子,您就站在我身边,"他将氯仿瓶子递给她,"一会儿按照我的吩咐,将药水倒在这块纱布上面。明白吗?"红发女人接过瓶子,点了点头。

一时间房间里弥漫着氯仿的气味。小姑娘躺在圆桌上,起初还呻吟了几声，深深地吸了几口气之后便安静地睡去了。

昂图瓦纳再次审视了一遍这临时的手术室，确定一切都准备妥当了，剩下的就是如何进行这项艰难的手术了。决定小姑娘命运的时刻就要到来了。而此刻昂图瓦纳的不安情绪竟然像被施了魔法一般消失不见了。他来到餐柜前，看到年轻医生已经将医药箱里的工具全都取出来，放在了一条餐巾上。"一切准备妥当。"可是他心里似乎还想再等一等，"工具盒，有了；手术刀和镊子，有了；纱布和棉花，有了；酒精、咖啡因、碘酒，有了。很好，所有的东西都准备齐全了。手术开始吧！"昂图瓦纳不由得有些激动，为了即将开始的行动而陶醉，为了心中无限的信心而快乐，为了这项决定事业巅峰的活动而激动。当然，他的激动还来自自己的庄严和伟大。

昂图瓦纳抬起头注视着那个年轻的医生，眼神仿佛在说："您很勇敢。这项艰难的手术就让我们一起努力吧！"

年轻医生神色平静，正服从地看着昂图瓦纳的一举一动。他很清楚，这手术只有一次成功的机会。假如是他一个人来做，他肯定会害怕，可是当他看到有昂图瓦纳陪在一旁时，竟会觉得任何事都有可能成功。

"这个年轻人还不错。"昂图瓦纳暗暗地想道，"我是幸运的。开始吧。我需要一个脸盆洗手。啊，算了吧，这样也可以了。"昂图瓦纳拿出碘酒，擦拭着整个手肘。

"拿着。"昂图瓦纳将碘酒瓶递给了年轻医生。年轻医生接过瓶子，使劲地擦拭他的镜片。

这时，一道闪电划破天际，紧接着一声雷鸣响彻天空，屋内瞬间亮了起来。

"哼，奏乐欢庆可还早了点。"昂图瓦纳想道，"我还没拿好手术刀呢。瞧，红发女人这会儿不再颤抖了，神情轻松了些，也能凉快一会儿了。啊，我敢打赌，这房间里绝对有35℃。"昂图瓦纳拿起纱布，放在伤者大腿的周围，就像真正的手术台上做的那样。

昂图瓦纳放好纱布后，转身对红发女人吩咐道：

"往纱布上滴点氯仿。好了，可以了。"

"她像战场上的士兵一样服从。"昂图瓦纳想着，"啊，这些女人！"之后他便仔仔细细地查看小姑娘受伤的腿，伤口已经令它肿胀得非常厉害。昂图瓦纳咽了咽口水，拿起手里的手术刀。

"开始吧。"

昂图瓦纳的手术刀精准地切了下去。

"把血擦干。"昂图瓦纳对身边的年轻医生吩咐道。"这孩子可真瘦。"昂图瓦纳想着，"马上就要切到大腿上面了。看啊，小姑娘睡得多熟。得加快动作了。现在该用上牵开器了。该您上场了。"昂图瓦纳轻声对年轻医生说道。年轻医生将手里擦干血的棉花丢掉了，拿过牵开器，开始将切割口撑开。

昂图瓦纳稍微停了停。"很好，"他想，"我的探条呢？对了，在这儿呢。在亨特管里结扎，这非常典型。一切都很顺利。来呀，再来一次闪电哪！刚才那道闪电应该就在不远的地方，或许就在卢浮宫的上空，又或许就在'圣罗歇教堂的绅士们'的头顶上。"此刻，昂图瓦纳十分平静，也不再担心孩子的生命。他十分愉快，脑子里想着："在大腿部的亨特管里结扎。"

"来呀，再来一次闪电哪！雨也快停了。空气闷得人几乎无法呼吸。小姑娘的大腿骨折了，骨头刺穿了大动脉，这很简单，小姑娘也没有大量失血……"昂图瓦纳看了一眼熟睡中的孩子,"噢,我得快点。这手术虽然不复杂,但是却容易导致死亡……一只镊子,很好。再来一只,夹住这儿。哎!这些闪电真让人受不了,一点都不亮。我只有这些丝线了,算了,凑合吧。"昂图瓦纳将血管切断后取了出来,在靠近镊子的地方用丝线缝合好。"太棒了,手术成功了。对这个小姑娘来说,这样的侧动脉血液流通足够了。我简直是个天才!我的事业该往外科发展吗?我具备了一个优秀外科医生该有的所有条件,我可以成为一个伟大的外科医生……"这个临时的手术室内非常安静,远处响起了两声雷鸣,房间里能听到剪刀剪断丝线的声音。"良好的视力,镇静的神态,顽强的毅力,灵活的动作……这就是一个外科医生所有的条件。"突然,昂图瓦纳竖起耳朵,脸色唰地变得煞白。

"真是活见鬼!"昂图瓦纳低声咒骂了一句。

听不到小姑娘的呼吸声了。

昂图瓦纳用力推开那个女人,把小姑娘脸上的纱布掀开,耳朵紧紧贴着孩子的胸腔。年轻医生和红发女人一起注视着昂图瓦纳,等着他说些什么。

"上帝啊,她还有口气儿。"昂图瓦纳自言自语道。

昂图瓦纳握住小姑娘的手腕,脉搏非常急促,根本不用去数了。"该死的!"昂图瓦纳脸都有些抽搐了,神情越来越紧张。昂图瓦纳的目光扫向两个助手,可是并没有看着他们。

昂图瓦纳用简洁明了的语气吩咐下去:

"您把镊子拿掉,把伤口包扎好后就把止血带去掉,快点。……您去给我拿些可以写字的东西。噢,不,我自己带了笔记本。"昂图瓦纳用棉花球将手擦干净,动作有些瘫软无力:"现在几点了?九点

349

不到，药店还没关门。劳烦您跑一趟药店。"

昂图瓦纳看到面前的女人做了个习惯性的动作，她拉了拉睡衣的领口，他明白了，这个女人在犹豫自己这个样子是否适合出门，因为她几乎是裸着的。那一瞬间，昂图瓦纳仿佛看到了她睡衣底下丰满的身躯。昂图瓦纳没说别的，拿出笔记本，写下一个药方，并签了名。

"一公斤安瓿剂。太太，快跑，晚了就来不及了！"

"可是假如……"红发女人犹豫着。

他看了她一眼，明白她的意思。

"要是药店关门了，"昂图瓦纳大声喊道，"您就不停地按铃、敲门，怎么样都行，直到药店把门打开。快去吧！快点！"

等到女人走远了，昂图瓦纳才泄了气般地低垂着脑袋，转身对年轻医生说道：

"我们试试注射血清吧。静脉注射血清。皮下注射已经没什么用了。这已经是最后的机会了。"昂图瓦纳拿起餐柜上的两个小瓶子，问道："止血带已经取下来了吗？很好。我需要樟脑油注射液和咖啡因注射液，准备一半剂量就行了，可怜的孩子……请您动作快点。"

昂图瓦纳来到小姑娘的身边，握着她消瘦纤细的手腕，小姑娘的脉搏跳得更快了，其他则微弱得几乎感觉不到了，"该死的，"他心想，"这脉搏都没有必要数了。"昂图瓦纳沮丧、绝望到了极点。

"啊，该死的！"昂图瓦纳低声咒骂道，"手术成功了，可是却毫无用处！"

可怜的孩子，她的脸色越来越苍白了。她生命垂危。小姑娘的嘴唇翕动着，他看到了两根细细的卷发贴在嘴唇上，那头发比圣母的还要纤细。嘴唇上的两根细发轻微地起伏，显示这个孩子还有呼吸。

"尽管是个近视眼，不过他手脚挺灵活的。"昂图瓦纳一边看着年轻医生装着针管，一边这么想着，"可我们还是救不了她。"对于这个手术，他只是感到后悔，却并不担忧。他跟大部分医生一样有些麻木不仁，伤者的痛苦对于他们来说只是经验、利益、职业兴趣，他们的财富来自别人的痛苦或死亡。

就在这时，他恍惚间好像听到了关门的声音，他确定红发女人回来了，便迅速跑向门口，迎接她。果然，年轻女人跌跌撞撞地跑了过来，努力控制自己，不让自己显得呼吸太过于急促。昂图瓦纳一把抢过她手里的盒子。

"热水。"昂图瓦纳甚至没有说声谢谢，便着急地吩咐道。

"需要烧开吗？"

"不，不用，我需要用它把血清焐热。快点！"

昂图瓦纳刚把盒子打开，红发女人就已经端着一口热气腾腾的锅回来了。这一次，昂图瓦纳没有抬头，只是轻声说了句：

"好。很好。"

时间非常紧迫，昂图瓦纳迅速撕开安瓿剂的尖端，插进橡皮管，并固定好。他看了一眼墙上的木质温度计，把它取了下来，将安瓿液瓶挂到了钉子上。随后，他端过热水锅，犹豫了一下，便将输液的橡皮管按进了热水里。"血清经过时就会被焐热。真是个好方法！"昂图瓦纳一边想着，一边看向一旁的年轻医生，确定他看到了自己刚才的操作。最后，昂图瓦纳又回到了小姑娘的身边，抬起那纤细苍白的手腕，用碘酒擦拭了几遍，便用手术刀切开了静脉管，用探条插到里面，把针插进了静脉管。

"血清已经流进去了,"他大声说,"快看看脉搏,我没办法动了。"手术室内异常安静,漫长的十分钟过去了。

昂图瓦纳已经被汗水浸透了,呼吸也变得急促,眯着眼睛等待着,目光一刻也不离开针。

最后,昂图瓦纳抬头看了一眼安瓿液瓶,问道:

"已经流进去多少了?"

"应该有半公升。"

"脉搏怎么样?"

年轻医生摇摇头,默不作声。

又过去了五分钟,这煎熬和焦虑简直让人无法忍受。

昂图瓦纳又抬头看了看安瓿液瓶:

"流进去多少了?"

"大概三分之二公升。"

"脉搏如何?"

年轻医生有些犹豫地说道:

"我也说不清楚,不过,我认为比刚才要好些了……"

"您能数一下吗?"

年轻医生沉默片刻回答道:

"不能。"

"假如脉搏能够好转……"昂图瓦纳思量着。看着眼前这具仿佛已经死去的躯体,他愿意用自己十年的寿命换取小姑娘的生命。"这孩子多大了?看样子差不多七岁。就算我救了她的命,待在这么个阴暗潮湿的房间里,十年后她也会感染肺病的。可是我能把她救活吗?可怜的孩子现在生命垂危,几乎已经到了极限了……该死的!

我已经尽力了！血清还在往血管里流。可是时间不多了。只能等待，别无他法，也没有机会尝试别的方法，只能等待……这个红发女人看上去不错，一个漂亮的女人。她不是孩子的妈妈，那她是谁？沙斯勒根本就没有介绍这些人。难道这个小姑娘不是他的女儿吗？我都搞糊涂了。还有那个老太太，她的言行太奇怪了……不过不管怎么说，他们并没有阻止我。在他们中我一下子就有了威望。他们很清楚眼前站着的人是谁。瞧啊，一个真正的强者可以有如此大的影响！无论如何我都必须成功！可是我可能成功吗？小姑娘被搬来搬去，可能早就失血过多了。不管怎样，眼前的情况不容乐观，可怜的孩子还没有任何重获生命的迹象。啊，真该死！"

昂图瓦纳低头看着小姑娘苍白得毫无血色的嘴唇，她那两根细发还在轻微起伏。看来，小姑娘还在呼吸，而且看上去呼吸得更有力了。难道是他产生错觉了吗？半分钟过去了，他仿佛看到了小姑娘的胸脯慢慢鼓起随后慢慢平复，如同一个深深的叹息，带走了孩子最后一点生命。昂图瓦纳呆呆地看着孩子，有些不知所措。不，她还有气息，必须等待，等待，还是等待。

又过了一分钟，昂图瓦纳又听到了一声轻微的叹息，这一次可清晰多了。

"血清流进去多少了？"

"安瓿液瓶几乎空了。"

"脉搏怎么样？有没有好转？"

"好多了。"

昂图瓦纳深深吸了一口气，问道："您能数数吗？"

年轻医生从口袋里拿出一块怀表，推了推眼镜，静默了一分钟后说道：

"一百四十下……也许是一百五十下。"

"总比没有脉搏要强。"昂图瓦纳脱口而出。

昂图瓦纳努力控制着自己，不敢有任何松懈，但是他的身体还是不由自主地松弛下来。是的，那不是幻觉，现在小姑娘已经好很多了，连呼吸都变得平稳有规律了。昂图瓦纳非常艰难地控制自己不至于手舞足蹈。他有种高兴得想吹口哨、高声唱歌的冲动。"这可比没有脉搏强得多。啊，啊，啊……"昂图瓦纳在心里默默哼起了一支曲子，那是从早上就一直萦绕在他耳边的曲子："在我心中，在我心中安睡，噢，什么在我心中安睡？对了，我想起来了，夏夜的月光……

"皎洁的月光在我心中安睡，

"就在那迷人的仲夏之夜……"

一时之间，昂图瓦纳感到了从未有过的解脱和无比的快乐。

"可怜的孩子得救了！"昂图瓦纳在心里欢呼，"当然，我必须救活她。啊，迷人的仲夏之夜……"

"血清已经全部流完了。"年轻医生指着瓶子说道。

"太好了！"

昂图瓦纳的眼睛一直盯着小姑娘，注视着她。突然，小姑娘微微颤抖了一下。昂图瓦纳高兴坏了，连忙转向一旁的红发女人。这个漂亮的女人一刻钟以来一直靠着餐柜，一动不动地看着小姑娘，连睫毛都不曾颤抖一下。

"夫人，醒醒，"昂图瓦纳大声地对红发女人喊道，"您睡着了吗？我需要一个热水壶。"昂图瓦纳几乎要高兴地蹦起来了，微笑着对那个女人说道，"您看到了，这个孩子现在非常需要热量。您去找只热水壶过来,这孩子的小脚丫太凉了,需要焐一焐。"红发女人的眼睛闪过快乐的光,连忙出去了。

昂图瓦纳俯下身来,更加小心翼翼地查看小姑娘的伤口,动作轻柔地将针管轻轻抽出来,用纱布将针口轻轻贴上。昂图瓦纳摸了摸小姑娘的手臂,可怜的孩子手掌下垂着,看不到一丝生气。"我们得再给她输一瓶樟脑油溶液,亲爱的,我们的运气似乎不坏,所有可能的机会都要尝试。"接着,他又坚定地说道,"我们一定会成功的,对此我坚信不疑。"昂图瓦纳感到有股新的力量在支撑着他,令他身心都感到轻松无比。

没过多久,红发女人就捧着个小罐子回来了,正犹豫着该不该上前,看到昂图瓦纳什么都没说,她便走过去把罐子放到孩子的脚边。

"不,夫人,不是这么焐的。"昂图瓦纳的声音急促而轻快,"这么焐会烫着她的。来,罐子给我,我教您怎么做。"这么说着,昂图瓦纳扯过一条餐巾,小心地将罐子包好,又用另一条餐巾将罐子绑在小姑娘的两腿之间。红发女人看着昂图瓦纳做这一切,昂图瓦纳的脸因为笑容而显得年轻而有朝气,红发女人大为吃惊。"孩子有救了,是吗?"她壮着胆子问道。

此刻,昂图瓦纳还不敢给她一个十分肯定的答案。

"再过一个小时,我再告诉您答案。"昂图瓦纳轻声回答道。红发女人没有误解昂图瓦纳的意思,内心大胆地相信着,向昂图瓦纳投去了极为赞赏的目光。

"这个迷人的女人在这里干什么呢?"这已经是第三次让昂图瓦纳产生这样的疑问了。随后他指了指门口问道:

"其他人去哪儿了?"

红发女人露出了一个浅浅的微笑：

"他们都在外面等着结果。"

"请您跟他们说，让他们放心点，叫他们去休息吧，夫人，您也去休息吧，您应该去休息了。"

"噢，我也去吗？好吧……"红发女人轻轻应了一声，便出去了。

"来，我们一起把小姑娘再抱回床上去吧。"昂图瓦纳对年轻医生说道，"您就跟刚才那样扶住她的腿，我来抱。对，把枕头放平。接下来我们需要制作一个简易的工具……请把那条餐巾给我，还有盒子和细绳。有了这些我们就可以制作一个扩胸器了。用绳子穿过这根铁条。很好。这铁床再合适不过了。好的。我们还需要一样有点重量的东西。正好，这儿有个罐子。啊，不，用这只熨斗更好。噢，我们运气好极了，这儿什么都有。没错，来，拿着这个。明天我们再把它做好点，今晚只能这样了，能做个简单的扩胸就可以了，您觉得呢？"

年轻医生没有说话，只是愣愣地看着昂图瓦纳，就像拉撒路被耶稣从棺木里召唤出来后，玛尔特看着耶稣一样。①年轻医生翕动着嘴唇，犹疑不决地说道：

"我帮您整理好药箱吧。"年轻医生的声音里充满了胆怯，又充满了要为昂图瓦纳服务并忠于昂图瓦纳的诚心。昂图瓦纳陶醉了，这是一种领袖才有的陶醉。现在房间里只有他们两个人了。昂图瓦纳一边走近年轻人，一边注视着他的眼睛。"这个年轻人非常热心。"

---

①根据《福音书》记载，拉撒路病逝后被埋入土中，他的姐姐不相信他四天后会复活，从盖着石板的坟墓中走出来。耶稣便对着拉撒路的坟墓说道："打开石板。"坟墓的石板便被打开了。耶稣又说道："拉撒路，出来。"拉撒路便捆着手脚从坟墓中走了出来。

而对方已经激动得几乎无法呼吸了。好在昂图瓦纳比年轻医生考虑得更细致入微,没等对方说话,昂图瓦纳便说道:

"您该回家休息了,亲爱的。现在已经很晚了。这里有一个人照顾就可以了。"犹豫了一下,他继续说道:"我想我们应该已经救活了小姑娘,至少我认为是这样。不过我今晚会留下来看护她,如果您不介意的话,万一出了什么事我也可以应付一下。"昂图瓦纳又继续说:"因为我知道您才是她的医生。这非常好。我只是来帮忙的,他们并没有叫我。所以,从明天开始,小姑娘就交给您照顾了,您有这个能力,您完全不需要担心。"昂图瓦纳一边说着一边把年轻医生送到了门口:"明天中午您能够过来吗?您来了,我再去医院,我还会回来的,之后我们再一起商量怎么给她治疗。"

"大师,能够和您一起共事,我,我真是,真是太高兴了……"

这是昂图瓦纳人生中第一次被人尊敬地称作"大师"。他简直要陶醉了,全部身心都沉醉其中,不由自主地向年轻医生伸出了双手,可是他马上就冷静下来了。

"我并不是什么大师,"昂图瓦纳的声音都有些激动了,"我也只是处在学习阶段,亲爱的,跟您一样,我也只是个普普通通的学生。跟大部分人没什么区别,还在不断地尝试、不断地探索。尽自己最大的力量做到最好就很不错了。"

昂图瓦纳甚至有些着急地要把年轻医生送出门了,难道他就这么急着想要一个人留下来?年轻女人的脚步声在门外响起,昂图瓦纳变得异常激动。

"夫人,您怎么还没有休息?"昂图瓦纳对门外的女人说道。

"不,还不想休息,大夫。"红发女人回答道。

昂图瓦纳没再坚持让她休息。

这时，床上的小病人呻吟了一声，打了个嗝，咳嗽了一声。

"好极了，黛黛特。"昂图瓦纳高兴地说道，"好极了！"他握住小姑娘的手腕，数了数脉搏，"一百二十下。情况变得越来越好。"他瞧着女人，这一次昂图瓦纳的脸上没有任何笑容，神情严肃地说道："这次我敢确定，我们已经从死神手里把她拉回来了，我们胜利了。"

红发女人没说什么，他知道她非常信赖他。要怎么开始他心中所渴望的谈话呢？昂图瓦纳有些不知所措。

"您非常勇敢！"昂图瓦纳称赞道。就像平时一样，每当他感到胆怯时，他总是会继续前进。他问她："您在这儿是做什么的？"

"我吗？不，我在这儿不做什么。我只是他们的邻居，也许都说不上是朋友。我就住在六楼的房间里。"

"是这样的。我有些不太明白，孩子的母亲去哪儿了？"

"大概已经死了吧。她和阿莉娜是姐妹。"

"阿莉娜是谁？"

"她是这儿的女佣。"

"就是那个手指一直在颤抖的老妇人吗？"

"没错。"

"这么说来，这个孩子压根儿就不是沙斯勒的亲戚？"

"没错。黛黛特只是阿莉娜的外甥女，放在儒勒先生家里抚养罢了。当然，儒勒先生供她生活。"

红发女人和昂图瓦纳在低声交谈，两人都微微倾斜着身体。如此近的距离，眼前的女人非常清晰，她的红唇、她的脸颊、她富有光泽的皮肤，毫无遮掩地呈现在他的眼前。疲惫使她看上去更加妩媚迷人。尽管昂图瓦纳已经疲惫不堪了,可是却激动不已,本能的欲望在他的体内蠢蠢欲动。

睡梦中的小姑娘似乎并不安稳。他和她一起走到小姑娘的床边。小姑娘的眼睛微微睁开一点,随后又紧紧地闭上了。

"可能太亮了,她睡得不安稳。"红发女人这么说着,便把灯放到角落去了。随后又拿了条毛巾回到了小病人的床边,轻轻地给她擦拭额头上的汗珠。当她弯下腰时,昂图瓦纳看着她,身体猛然颤抖了一下。在灯光的映衬下,隔着轻薄的睡衣,他看见了年轻女人丰满的躯体,轮廓非常清晰,仿佛她突然就裸体呈现在了他面前。昂图瓦纳有些躁动不安了,呼吸都变得急促。他努力地抑制着急促的呼吸,眼睛感到灼热,忽明忽暗中,他看到了女人丰满的乳房,正随着她的呼吸而微微起伏。昂图瓦纳双手冰凉,禁不住哆嗦不止。他从来没像今天这样,对女人有如此强烈的渴望。

"拉雪尔小姐……"门外有人在轻声地喊。

年轻女人挺直了腰,站了起来:

"是阿莉娜小姐。她大概是担心她的外甥女,想来看看她吧。"

她微笑地看着他,似乎在请求他允许女仆进来。尽管他不想有第三个人进来,可是他没办法拒绝她。

"您叫拉雪尔,是吗?"昂图瓦纳小声说道,"好吧,好吧,叫她进来吧。"

老妇人走进房间,跪在了床边。昂图瓦纳走到窗户边,窗户是打开的,却没有一丝风。他感到太阳穴嗡嗡地响个不停。朝窗外望去,不时会有一道闪电在远处划破夜空。终于,他感到累极了。连续三四个小时,他都是站着的,没有任何休息。在两扇窗户之间,有张儿童用的小床垫子折叠好靠墙放着,像个沙发,昂图瓦纳走过去坐了下来。这大概是黛黛特平时睡觉的地方,这儿应该就是阿莉娜的房间了。昂图瓦纳躺在这张小床垫上,背靠着墙,他的身体又开始无法遏止地燥热,欲望正在他心中翻涌。再一次,他看了一眼那近乎透明的睡衣下面坚实而圆挺的乳房,心怦怦怦地不停乱撞。可是,拉雪尔没站在灯光下。

"小姑娘的腿没动一下吗?"他靠着墙,轻声说道,并没有起身。她往床边走了一步,睡衣下的胴体因走动而起伏不定。

"没有。"她回答说。

昂图瓦纳眼睛感到灼热,唇干舌燥,他在想,要怎样才能让拉雪尔走到灯光下呢?

"她一直是这么苍白吗?"

"现在看上去好多了。"

"夫人,把她的头放平,好吗?对,放平,放直……"

果然,她走到了灯光之中,可是只是从昂图瓦纳的眼前忽地走过。但就是这一秒钟的经过,也足够使昂图瓦纳重新迸发出本能的欲望。昂图瓦纳无力地紧紧闭上双眼,脊背用力地靠在墙上,咬紧牙关,尽力不睁开眼睛,偷偷地幻想着。烟味、粪便味、柏油马路上灰尘的味道,所有这一切就混合成了大城市的味道,这夏天的气味令空气变得浑浊,令人呼吸困难。苍蝇不断地撞上灯罩,死死地萦绕着昂图瓦纳汗津津的脸。屋外不时地响起几个闷雷。

燥热,欲望,乱糟糟的心情,昂图瓦纳渐渐地没有了力气,不知不觉中,他便陷入了沉睡之中。全身松弛,肩背靠墙,安稳地睡着了。

一种异乎寻常的激动使得昂图瓦纳醒了过来。他还有些迷迷糊糊,只感到一种快感。好一会儿他都没有完全清醒,浑浑噩噩地发呆。最后他终于发现,这种舒适的快感来自身体的哪一部分。是的,就在脚上。这样感到的同时,他还清楚地感受到旁边坐了一个人。腿上的热量正是从这个活生生的人身上传来的。天哪,这是拉雪尔的热量!这快感是官能的快感,在找到快感的来源后,这种快感便越来越强烈,几乎要遍布全身了。年轻女人可能是睡着了,不小心滑倒在他身边。此刻,昂图瓦纳意识完全清醒了,他知道他不能动弹。他和她的腿只隔着几层布,那距离不超过一只手。顿时,全身的感觉仿佛突然间全都集中到了那个地方。他有些呼吸不过来了,木然不动,脑子却异常清醒。两人的热量之中混合着的这种快感胜过任何一种长吻,这快感让人异常兴奋。

突然,拉雪尔惊醒了,连忙用手臂撑直了身体,镇定地坐好,好离昂图瓦纳远一点。昂图瓦纳也假装被她的动作惊醒了。拉雪尔有些不好意思笑着说:

"我刚才睡着了。"

"我也是。"

"天都亮了。"她用手指梳理了一下头发,指着窗外说道。

昂图瓦纳抬头看了看钟,已经快四点了。

床上的小姑娘正安静地沉睡着。阿莉娜双手合十,仿佛在做祷告。昂图瓦纳走到床边看了看,说道:"没再流血了,情况已经很好了。"他一边留意着拉雪尔,一边握着小姑娘的手腕,脉搏跳动数出一百一十下。

"她的腿可真热啊。"昂图瓦纳不由得想。

墙上有一块破镜子,用三颗钉子固定住了。拉雪尔朝镜子里看了看，不由得笑了起来。她的头发如瀑布般倾泻而下，敞开的领口露出饱满的乳房，手臂裸露着，圆润而壮实，大胆的目光无拘无束地看着镜中的自己，脸上带着一丝嘲弄。那样子像极了共和起义时的女性，那位在街垒上的马赛女人。①

"我可真是个美人儿！"拉雪尔嘟着嘴，自言自语。她很清楚，刚睡醒的她脸色非常艳丽，充满了青春气息。昂图瓦纳脸上的神情也清楚地显示了这一点。这时，他也走到了镜子前，打量着镜子中的她。她惊讶地发现，他的眼睛注视的并不是她的眼睛，而是她的嘴唇。

在镜子中，昂图瓦纳也看到了自己的影像，袖子高高地挽起，手臂上涂抹了碘酒，白衬衣上沾着点点血迹，已经皱得不成样子了。

"我的朋友们还在帕克梅尔餐厅等我吃晚饭呢！"他说。

拉雪尔的脸上露出了一丝惊讶的微笑。

"怎么？您也会去帕克梅尔餐厅吗？"

两人微笑地看着对方。昂图瓦纳欢欣鼓舞，他接触过的女人都是些举止轻佻的女人。此刻看着拉雪尔，他感到拉雪尔离他的欲望更加接近了。

"我得回家了。"拉雪尔说着便转身看着阿莉娜，此刻阿莉娜也正在看着他们俩，"需要帮忙的话尽管找我，不用客气。"

说完，拉雪尔便拉紧睡衣轻手轻脚地走了，都没有同昂图瓦纳道别。

拉雪尔刚走，昂图瓦纳也想走了。"该出去呼吸呼吸新鲜空气了。"

---

① 法国画家德拉克洛瓦（1799—1863）的名作《七月二十八日自由领导着人民》中的女性形象。

昂图瓦纳一边想着一边朝窗外拂晓的天空看了一眼,"然后回家向雅克解释……我还要去医院,然后再过来。回去洗个澡,这个样子可真不像话。也许我可以叫个人去请她帮忙?也许我可以到楼上去找她?可是,我不知道她是不是一个人住着……"

昂图瓦纳跟阿莉娜叮嘱了几句,告诉她假如小姑娘在他来之前就醒过来了,她该怎么做。临走时,昂图瓦纳小心地想到,沙斯勒先生怎么样了?

"儒勒先生的房间对着大厅,旁边有个火炉。"女仆跟他形容着。昂图瓦纳走了出去,果然在火炉旁边看到了一扇小小的房门,打开后是一条狭窄的过道,呈三角形。过道的最里面有一个通气孔,是开在楼梯的板壁上的,一束光透过通气孔照了进来。昂图瓦纳看到沙斯勒先生躺在铁床上睡着了,外衣都没脱,嘴巴微微张开,轻轻打着鼾。

"这个蠢货,居然在耳朵里塞着棉花球。"昂图瓦纳看着沙斯勒先生的耳朵说道。

他打算在这里等几分钟,或许这个小老头儿会醒过来。昂图瓦纳打量着这间房间,看到墙上贴满了彩色的圣画,书架上摆满了宗教方面的书籍,还有一个地球仪,两边是一些空的香水瓶。

"沙斯勒类型。"昂图瓦纳思索着,"我可真喜欢研究典型。这类人非常简单,长得也没有多大意义,一辈子就像个傻瓜一样生活着。只要仔细观察他们,我就能轻易地歪曲、夸张甚至怀疑他们。这种人就像图卢兹的那个女仆。唉,我怎么会想到她呢?是因为她的阁楼里也有个这样的通风口吗?不,是因为她身上也有这股奇怪的肥皂的味道……啊,人就是这么奇怪,总是会浮想联翩……"昂图瓦纳惊奇地发现，在想起那个小旅馆里的女佣时，他竟然如此兴奋。当时，他还是个年轻小伙子，正跟随父亲一起去外地参加会议。有天晚上，他跑到了她的小阁楼，在粗糙的被褥里，占有了那个胖姑娘的身体。此刻，假如能再次占有那个胖姑娘的身体，出多高的价格他都愿意。

沙斯勒先生鼾声不止，没有一点醒过来的迹象。昂图瓦纳决定不再等了，回到了过道，走向楼梯。

刚走到楼梯上，昂图瓦纳便想起来，拉雪尔就住在楼下。他来到楼梯拐角处，找到一扇房门。门是开着的，应该就是她的房门了。可是为什么不关上呢？没有一丝犹豫，昂图瓦纳快速地走下楼梯，来到那扇开着的房门前，看到拉雪尔正站在大厅里。听到脚步声，拉雪尔忽地转过身看到了门口的昂图瓦纳。此刻，刚梳洗过的拉雪尔光彩照人，她已经脱下了粉色的睡衣，换上了白色的绸缎衣裙。头发高高地绾着，衬着雪白的衣服，活像一支燃烧的蜡烛。

他微笑着对她说：

"再见了，夫人。"

她来到门口，对他说：

"我刚热了点巧克力，您不吃点吗，大夫？"

"谢谢，可是我现在实在太脏了，必须回去洗洗了。再见，夫人！"

他朝她伸出手，她笑眯眯地看着他，并没有朝他伸出手。

他又说了一遍：

"再见！"拉雪尔依然笑着看着昂图瓦纳，却并没有要伸出手的意思。昂图瓦纳不得不继续说道："您不想跟我握手道别吗？"

昂图瓦纳看到拉雪尔的脸上已经没有了笑容，连目光都变得严肃起来。年轻女人没有让昂图瓦纳握住自己的手,而是一把抓住昂图瓦纳的手,突然将他拉到自己面前,然后猛然关上大厅的门。两个人面对面站着,一动不动。拉雪尔没有了笑容,翕动的嘴唇能看到雪白的牙齿在发光。他闻到了她秀发的芳香,他仿佛看到了她裸露的乳房和热辣辣的大腿。昂图瓦纳靠近拉雪尔的脸,注视着她的眼睛,看到她的眼睛睁得大大的,他们的眼睛就快要贴在一块儿了。感觉到拉雪尔略微弯曲的腰,昂图瓦纳一把搂住她的腰,将她揽入怀中。拉雪尔也不后退,出乎意料地将嘴唇紧紧地贴上昂图瓦纳的嘴唇,深深一吻后便用力挣脱了他,低垂着头,又露出了一个微笑,轻声说道:

"今晚充满了诱惑……"

拉雪尔的房门是开着的,昂图瓦纳可以一眼望尽,在最里面,他看到了一张床,上面盖着粉红色的绸缎被子。那床近在咫尺,又远在天边,在朝阳的映衬下,仿佛一朵沐浴在阳光中的巨大的花骨朵。

4

这天上午,大概十一点半的样子,拉雪尔来到沙斯勒先生家敲门。

"请进!"沙斯勒太太尖着嗓子回答道。

拉雪尔走了进来,循着声音来到餐厅,餐厅的窗户正开着,沙斯勒太太挺直着腰背,端坐在窗边的餐桌旁,双脚踩在小板凳上,双手跟平时一样什么也没做。"我感到非常惭愧,什么忙都帮不上。"她时常这么说,"人老了,想帮忙都动不了了。"

"黛黛特情况怎么样?"拉雪尔问道。

"那孩子醒过一次,喂了点水,然后又睡了。"

"儒勒先生在吗?"

"他出去了,没在家。"沙斯勒太太耸耸肩,带着忍让的口吻回答道。拉雪尔不禁感到有些失望。

老太太脸上露出一丝忧伤,继续说道:

"一大清早的,他就跟个没头苍蝇一样四处乱撞。天哪,一个家庭里要是有个男人,那星期天简直就是遭罪。我本以为,出了这么大的事,他应该可以跟我好好相处。但是,唉!就在今天早上,他还魂不守舍的,不知道在想些什么。黑着一张脸,五十多年来,他一直是这样,我一直忍受到今天。早上他居然提前了一个多小时去做大弥撒,您不觉得奇怪吗?您瞧,直到现在他都还没回来。"老太太嘴唇紧紧地抿着。过了会儿她听到声音,说道:"说曹操曹操就到了,他回来了……亲爱的儒勒,我求求你了。"老太太转身对着儿子,看到小老头儿正踮着脚尖往里走。"不要这么砰地关上门了,我的心脏实在受不了。更何况现在黛黛特还很虚弱,你这样会吓着她的。"

沙斯勒先生什么也没说,似乎并不想解释什么,只是看上去有些忧郁,心不在焉。

"我们一起去瞧瞧黛黛特吧。"拉雪尔对沙斯勒先生说道。两人一起走到床前,孩子睡得正安稳。"您跟蒂博大夫很早就认识了吗?"

"嗯?您刚才说什么?"沙斯勒疑惑地看着拉雪尔,并没有听清她刚才说的话。随后他便狡黠地笑着又重复了一遍:"您刚才说什么?"就像回音一般,然后便默不作声了。过了一会儿,仿佛下了很大决心一般,沙斯勒先生打算说出心中的秘密。他突然转身对着拉雪尔说道:

"请您听我说,拉雪尔小姐,我知道您一直很关心黛黛特,所以我想您一定要帮我这个忙。这些事情快要把我拖垮了。今天早上我几乎无法控制自己的脑袋。老实说,我现在必须回去,立刻,马上回去。可是……唉,让我一个人再次出现在那个窗口前,我实在没有勇气。请不要拒绝我。"

他哀求着说:"我是个正直的人,您知道的。我向您保证,拉雪尔小姐,这花不了几分钟的。"

拉雪尔微笑地看着他,答应了他的请求,只是对于他说的话,拉雪尔一点都没听明白。老头儿的疯言疯语倒是让她有个机会开开玩笑,况且,她也打算在路上向老头儿打听一下昂图瓦纳的事情。可是一路上沙斯勒先生一句话都没说,仿佛听不到拉雪尔的问题似的。

拉雪尔陪着沙斯勒先生一起来到了警察局。中午已经过去很久了,警察局局长刚刚才离开。沙斯勒先生懊恼不已,连警署职员都有些不高兴了。

"我在这儿也是一样的,您有什么事?"

沙斯勒先生看了一眼小职员,有些害怕似的,过了好一会儿才说道:

"我仔细地想过了,我想在那份声明上面再加点内容。"

"您说什么声明?"

"今天早上我已经来过了的,就在那边的那个窗口写的那份声明。"

"请告诉我您的名字,我去找找资料。"

拉雪尔不明白发生什么事了,便来到沙斯勒先生身边。没过多久,那个小职员就拿着一张纸回来了。他上上下下地打量着眼前的小老头儿:

"您就是沙斯勒？儒勒·奥古斯特？您有什么事？"

"是的。情况是这样的，我有点担心那位局长先生弄不清楚我是在哪儿捡到钱的。"

"上面写着里伏利大道。"小职员看了一眼手中的纸说道。

沙斯勒先生笑了，仿佛打赌赢了一盘似的。

"您听我说，事情并不完全是这样的，所以我又回来了，事实上，我想说得详细些，您知道的，把细节记录下来可能更有帮助，也显得更加正大光明了。"沙斯勒先生捂着嘴咳嗽了两声，又继续说道，"事实上，我并不敢肯定是不是在路上捡到的。倒不如说是在杜依勒里宫附近。没错，当时我在花园里，您知道吗？我就坐在一张石凳上。就是那张从协和广场到卢浮宫的卖报亭过去的第二张石凳。我拄着拐杖在那儿坐着。待会儿您就能明白我为什么要提到这个细节了。我坐在那儿，不久，有一位先生和一位太太带着一个小孩儿从我面前经过。他们随意地说着话。当时，我就在想：'瞧啊，这对夫妻可真幸福，他们有个孩子……'您瞧，我把所有的细节都跟您说了。当时，那孩子在我坐的凳子前摔倒了，哭了起来。而我向来都不习惯帮助弱小，所以我并没有去扶他。一会儿，孩子的妈妈便跑了过来，就在我的面前，几乎是在我的脚下，把孩子扶起来，还帮他擦了擦脸。您知道，这并不是我的过错。那位太太从手提包里拿出一块手帕，也许是手帕，我不清楚那是什么。我还是没动，一直坐在凳子上。然后……"沙斯勒举起一根食指，继续说道，"他们带着孩子离开了，我就坐在那儿，摆弄我的拐杖。拐杖戳进沙子里时，突然，我看到了钱。后来我才想起这一切。熟悉我的人都说我是个谨小慎微的人。您可以问问我身边的这位小姐，她会对您说：

'沙斯勒先生,一个五十二岁的无可挑剔的人。'您看,这很重要。问题不在于我如何说。而我也相信,也许是那位太太在掏手帕时,钱就从她的手提包里掉出来了。我说的这个捡钱的事情,您应该好好考虑。我说的都是实话。"

"可是您怎么不追上他们呢?"拉雪尔问道。

"事实上,他们已经走得很远了。"

小职员停下了手中的笔,抬起头说道:

"至少,您应该说说他们长什么样。"

"先生,我有些说不上来,请让我想想。是的,那位太太穿着一件深颜色的外套,三十来岁。那个孩子有一个玩具火车。是的,我想起来了。那是一个小火车。我说它是小火车,是因为那玩具火车大概这么大,那孩子正在地上拖着它。这些您都记录下来了吗?"

"请放心,我都记下来了。您说完了吗?"

"是的,都说完了。"

"感谢您的配合。"

做完记录后,拉雪尔便走到了门口,可是沙斯勒先生并没有跟上来,反倒双手撑在木板上,脑袋一个劲儿地往小窗口那儿凑。

"事实上,还有一个事情我想说明白。"沙斯勒先生憋红了脸,继续说道,"今天早上我把钱交到这儿的时候,犯了个小小的错误。"他停住了,用手擦了擦脑门儿,继续说道,"我交给您的是两张纸币,对吗?我交了两张五百法郎的纸币,对吗?可是现在我十分肯定,我犯了一个错误,都怪我太大意了。因为,我捡到的钱并不是那两张五百法郎的纸币,事实上,我捡到的是一张一千法郎的纸币,您能明白我的话吗?"沙斯勒先生大汗淋漓,不得不又去擦了擦脑门儿,

"现在我想起了这一点,请您在声明上记下来。虽然在某种程度上来说,这其实并没有什么区别。"

"不,先生,这区别可就大了。"那位小职员不满地说道,"这可非常重要!您知道,假如是这样,那么那位丢失了一千法郎的先生会无数次地到我们这儿来认领,可是我们却不可能把两张五百法郎的钞票交给他。这可真麻烦!"小职员看了一眼沙斯勒先生,不高兴地说道,"您带身份证了吗?"沙斯勒先生在裤兜里掏了掏,无奈地说道:

"对不起,我没带在身上。"

"这可不行。"小职员说道,"我很抱歉,您不能就这样离开了,我们会派个警察跟您一起去您家里看看,您的门房可以证明您是不是假冒了姓名和住址。"

听到小职员的话,沙斯勒先生并没有什么反应,只是一个劲儿地擦汗,但最后他的神情舒缓了不少,甚至微微笑了起来。

"请您按规定做吧。"沙斯勒先生非常礼貌地回答道。

拉雪尔大声地笑了起来。沙斯勒先生看了她一眼,目光中满是忧虑和不满。沉默了一会儿,沙斯勒先生想到了一个主意。他走近拉雪尔,吞吞吐吐地说道:

"拉雪尔小姐,您知道的,有时候一个穿着普通礼服的陌生人也会有一颗高尚纯洁的心灵,不,我是说更加高尚、更加正直。是的。同那些带着各种各样高高的礼帽、备受人们尊敬、名声在外的人相比,的确如此。"老头儿的脸有些抽搐,随后他有些后悔了,对自己刚才那番激动的言论后悔了:"对不起,拉雪尔小姐,您知道的,我并不是在说您。当然,警察先生,我也没有说您。"说完,便大胆地看着正往里走的警察。

到了楼下,沙斯勒先生和警察在传达室说话,拉雪尔独自上楼回家了。

昂图瓦纳正在楼梯口等着她。

拉雪尔怎么也想不到竟会在这儿碰到他。一看到他,拉雪尔就高兴得不得了。可是她低下头,欣喜之情在脸上一闪而过。

"我一遍又一遍地按门铃,几乎要绝望了。"昂图瓦纳自嘲地说道。

两人互相看着对方,高兴地笑了。

"今天上午您去哪儿了?"昂图瓦纳问道。眼前的可人儿穿着一身淡颜色的上衣,帽子上插着一朵鲜花,看上去十分优雅。昂图瓦纳不由自主地笑了起来。

"今天上午?现在都一点钟了,我还没吃午饭呢。"

"正好,我也没吃午饭。"突然,他有了主意,"您愿意和我一起共进午餐吗?说话呀,您愿意吗?您愿意吗?"拉雪尔笑眯眯地看着他,像个贪心的孩子一样毫不掩饰自己的愿望。

"快呀,快说您愿意。"

"好吧,我愿意!"

"噢,天哪!"昂图瓦纳感觉整个胸腔都在膨胀,禁不住欢呼起来。

拉雪尔打开房门,说道:

"不过我要跟我的女仆说一声,好让她回家去。"

昂图瓦纳一个人站在客厅的门口,等了一会儿。他又想起了今天早上的那种感觉。没过多久,她快步朝他走来。

"她会主动吻我的。"昂图瓦纳心里美滋滋的,激动地用拳头用力抵着墙壁。

拉雪尔已经走到他身边了。

"啊！"拉雪尔叹了口气，说道，"我快饿死了。"微笑的脸像只小野兽，内心的情欲呼之欲出。

昂图瓦纳有些笨拙地建议道：

"您是喜欢先走，然后我在后面追上您吗？"

拉雪尔转身笑眯眯地看着昂图瓦纳说道：

"您说我吗？我是自由的，不需要躲躲藏藏。"

昂图瓦纳和拉雪尔一起来到了里伏利大道。昂图瓦纳留心观察着拉雪尔的脚步，那么轻巧灵活，富有节奏感。她每迈一步，他都觉得她是在跳舞。

"我们去哪儿吃饭呢？"他问道。

"要不就去这家吧。现在已经有点晚了。"拉雪尔用伞尖指了指街角的一家餐厅说道。

中午时分，二楼没有什么客人。餐厅里摆着一张一张小桌子，沿着窗边排成一个半圆形。拱形的落地窗敞开着，低矮的大厅出人意料地明亮。餐厅内空气十分清新，也非常凉快。两个人面对面坐着，看着对方，像玩耍的孩子。

"我还不知道您叫什么呢。"冷不防，昂图瓦纳这么说道。

"拉雪尔·格普菲特。今年二十六岁。瓜子脸。鼻子不长不短，刚刚好……"

"牙齿整齐吗？"

"您自己看吧！"拉雪尔大声说着，便扑向了一盘香肠。

"您慢点吃，这儿有酱料。"

"还是算了吧。"她嘴里塞满了香肠，含含糊糊地说道，"我就喜欢乱来。"

格普菲特……这个名字听上去像是以色列人，昂图瓦纳曾经接受的教育此刻翻腾起来了，正好使这场艳遇看上去有了点独立的情趣和异国风情。

"我的父亲是犹太人。"拉雪尔仿佛猜到了昂图瓦纳在想什么，便直率地说了出来，然后便沉默了。

戴着白色袖套的女服务员手里拿着菜单过来了。

"什锦烤肉怎么样？"昂图瓦纳建议。

拉雪尔露出一个古怪的笑容，很显然，她还没办法完全控制自己的心情。

"您笑什么？这可是份非常好的菜。好多好多东西放在一起烤的，有腰花、熏肉、肠子、排骨……"

"还有水田芥和炸苹果做配菜。"女服务员补充道。

"我知道，我就要这个。"拉雪尔说道。好一会儿，她终于把心中的那份欢呼雀跃给压下去了，可是她蒙眬的眼光中似乎还透露着一丝快乐。

"介意喝点酒吗？"

"来点啤酒吧。"

"好吧，喝啤酒凉快些。"

拉雪尔在咀嚼着生菜叶，昂图瓦纳细细看着她。

"我喜欢酸酸的食物。"她坦诚地说道。

"我跟您一样。"

他迫不及待地想要跟她一模一样。她每说一句话，他就有种冲动，想要大声地插一句"我跟您一样"，她的言行举止无一不符合他对她

373

的期望。她的穿着打扮也是他所喜欢的那类女人的打扮。她的脖子上戴着一串有些年头的琥珀项链,一颗颗椭圆形的半透明的大琥珀折射出褐色的光,让人禁不住想起马拉加①大串的葡萄,想起阳光下成熟的麦子。在琥珀项链的映衬下,拉雪尔乳白色的肌肤散发出迷人的光泽。在她面前,昂图瓦纳的饥饿仿佛永远也填不饱。"就像她主动来吻我一样……"昂图瓦纳的脑海中又浮现出了早晨的情景,心中不禁涌起一股冲动。她就坐在他的对面,一切照旧……她在偷偷地笑。

服务员端来了两大杯啤酒,放在桌上,啤酒还在往外冒着白色的泡沫。两人迫不及待地喝了一口。昂图瓦纳高兴地拿起酒杯,同拉雪尔碰杯,眼睛紧紧盯着眼前的这个可人儿。他将浓稠得有点刺激的啤酒含在嘴里,等待不那么冰了再咽下去。拉雪尔将两只杯子倒满了冰镇饮料。紧靠的杯口仿佛他们紧紧贴在一起的嘴唇。有那么一段时间,他的神思只在她的身上飘荡,然后他听到她在说话:

"她们像对待仆人一样对待他。"

昂图瓦纳心思定了下来。

"您说的她们是指谁?"

"就是他的母亲还有他的女仆。"(他总算明白了,拉雪尔是在谈论沙斯勒一家。)"沙斯勒太太一直喊她儿子傻瓜!"

"不可否认,这非常适合他。"

"每次回家,他都会被老太太数落。每天早晨,他都会在楼梯上把她们的鞋子擦干净,连小姑娘的高筒靴都是他擦的。"

"您是说沙斯勒先生吗?"拉雪尔的话让昂图瓦纳感到十分可笑。

---

①西班牙地名。

他好像看到了那个小老头儿在他父亲的口授下写信,或者代替蒂博先生接待道德科学院的同事。

"她们竟然串通起来一起剥削他!她们甚至借口给他擦背,悄悄地拿沙斯勒先生口袋里的钱。就在去年,老太婆竟然模仿儿子的笔迹,签了三四千法郎的支票。所有人都以为儒勒先生会垮掉。"

"那他后来怎么样了?"

"还能怎么样,他把所有的款项都还清了。就在半年内,一点一点地还清了。他又不可能去告自己的母亲。"

"我们每天都能看见他,却对他的事一无所知。"

"您从没有去过他家吗?"

"是的,从没有去过。"

"现在,他们家还不如一般穷人家庭呢。您没有看过他家两年前的情形。那时候,他们房子内铺着地板砖,有护墙板,还有高大的壁橱。看到那些,您甚至会以为自己走进了伏尔泰的时代。家具上都镶嵌有宝石,还有代代相传的名画,甚至有许多古老的银器。"

"后来呢?"

"后来?后来这两个女人把所有的东西都偷光了。有天晚上儒勒先生回来时发现路易十六时代的书桌莫名其妙地不见了。又过了几天,壁毯、高靠背椅、挂钟、工笔画也不见了,甚至祖父的肖像画也不翼而飞了。那是一个穿着军服的英姿飒爽的老头儿,腋下还夹着一顶三角帽。画的前面是一张名片。"

"难道是佩剑贵族?"

"应该是吧。他曾经是拉法耶特的部下,参加过美洲战役。"他惊喜地发现她非常擅长谈话,表达能力很强,讲起故事来绘声绘色。

而且她非常机灵,身上还有一种高贵的气质。他也非常欣赏她观察和记忆的方法。

"可是他从来没有对我们说过这些。"他说。

"我经常看到他躲在楼道里偷偷地哭。"

"天哪,简直难以置信。"昂图瓦纳吃惊地喊道。

昂图瓦纳发出感叹时,目光热烈,笑容灿烂。拉雪尔不得不停下来,一心注意昂图瓦纳了。

"他们真的那么穷吗?"他问道。

"当然不是!偷卖家具的钱都被两个女人藏起来了。她们什么都有,我敢向您保证。可是,儒勒先生稍微买一次润喉糖,都会被她们大吼大叫。天哪,这一家的事情三天三夜都说不完……您猜阿莉娜是怎么想的,她竟然想要嫁给儒勒先生!您不要笑,他们差一点就结婚了,她和老太太早就串通好了。幸亏有一天阿莉娜和老太太闹僵了……"

"那沙斯勒先生呢?他会同意吗?"

"唉,只要有黛黛特,他什么都会同意的。这就是他的弱点。每当她们想要从他那儿拿点什么,她们就拿黛黛特威胁他,声称要把黛黛特送回萨伏瓦,就是阿莉娜的家乡。每次她们这么闹的时候,儒勒先生就只能抹眼泪,她们说什么他都会答应。"

昂图瓦纳并没有认真听拉雪尔的话,只顾着盯着那张亲吻过他的嘴看。那是一张轮廓清晰的嘴唇,略微有些厚实,嘴角却像被削过一样细。不说话时,她的嘴角微微上翘,含笑不露的样子,冷静,愉悦,没有一丝嘲讽的意味。

他并不在意那个可怜的沙斯勒,只顾轻声说:

"我觉得我运气非常好,您应该知道我的意思。"一说完,他的脸就红了。

听到他的话,拉雪尔大声地笑了。昨晚在手术室里,她就发现了他对她感兴趣,他身上这种幼稚的气息非常惹她喜欢,她非常愿意接近他。

"您是什么时候开始这么想的?"她问。

他撒了个谎:

"今天早晨。"

事实上,他没有说谎。他想起了早晨,刚从拉雪尔家里出来,来到布满阳光的大街上,他感到前所未有的振奋。他想起来了,在往家走时,他站在车水马龙的大马路上,一辆辆车子从他身边疾驰而过,他却感到前所未有的镇定。他心里想:"我充满了自信,此刻,我竟然能控制自己的力量!怎么会有人否定自由意志呢!"

"给您烤块牛肝菌怎么样?"他说。

"非常感谢。"①

"您懂英语?"

"当然。我还看过更加奇怪的事情呢。"②

"您还懂意大利语?德语呢?"

"一般般。"③

昂图瓦纳沉思了片刻,问道:"您去很多地方旅行过,是吗?"

拉雪尔收住了脸上的笑容:

"的确去过一些地方。"

①原文是英文。
②原文是意大利文。
③原文是德文。

昂图瓦纳努力地想要对上她的目光,他听出了她语气中的神秘。

"刚才我说什么来着?"他说。

在他们之间,说了什么并不重要,因为他们总是能够通过目光、微笑、声音、一举一动,传达着彼此的意思。

突然,拉雪尔盯着昂图瓦纳看了好一会儿,说道:

"现在的您跟昨晚的您非常不同。"

"我发誓,您现在看到的我就是昨晚的我。"昂图瓦纳一边说着一边举起手臂,上面已经被碘酒染黄了。他调笑着说,"难道您希望我在啃一块排骨的时候还要扮演一位伟大的医生吗?"

"您知道的,我有足够的时间好好观察您。"

"那又如何?"

她停住不说了。

"昨晚的那种场面您是第一次见到吧?"他问她。

她盯着他,没有立刻回答,随后就笑了,反问道:

"您是说我吗?"那种语气,仿佛在说:"那场面我可见多了!"但是她没有继续说下去,而是换了个话题:

"每天您都要像昨晚那样做手术吗?"

"不,从来不会。我从来都不会做外科手术。我是一个医生,是儿科专家。"

"像您这样的大夫为什么不做外科医生?"

"啊,外科医生并不是我的天赋。"

"这样吗?那可实在太遗憾了。"她不无感慨地说道。

之后两人都沉默了,拉雪尔的话令昂图瓦纳感到有些惆怅。

"啊,医生,外科医生……"昂图瓦纳大声地说道,"对于自己的天赋，人们总是存在许多错误的观念，他们以为自己选对了道路，是时势令他们如此……"

又一次，她看到了他脸上出现的男子气概，那样一副面孔昨晚深深地吸引住了她。"已经做过了的事情又何必再非议呢？"他继续说，"目前选择的道路肯定是最好的道路，只要这条道路能让人获得成功！"突然，他想到，此刻他对面坐着一个漂亮的女人，而她坐的那个位子，在几个小时之内就会给她的生活留下深深的烙印。他突然有些忧郁地想："没错，这是对的，这不可能阻止我工作，也不可能阻止我获得成功！"

她看到了，在他的额头上，有一道阴影一闪而过。

"您大概是个非常倔强的人吧？"

他看着她笑，说道：

"您不会是在嘲笑我吧？一直以来我把一个拉丁词当作我的座右铭，Stabo！就是坚持下去的意思。我叫人把这个拉丁词印在我的信纸上，印在书的扉页里……"

昂图瓦纳一边说着，一边掏出了表链："我甚至还叫人给我刻了一只印章，把这个拉丁词刻了上去，我一直带着它。"

她接过表链，在链子的顶端看到了那个印章。

"真漂亮。"

"是吗？您喜欢它，是吗？"

她一下子就明白了他的意思，连忙将它还给了他。

"不，不行。"

可是他已经把印章取了下来。

"这个送给您。"

"天哪，您疯了吗？"

"拉雪尔……送给您作为纪念……"

"纪念？纪念什么呢？"

"纪念所有的事。"

她跟着重复了一遍："纪念所有的事？"脸上洋溢着天真而直率的笑容，直直地看着他。

天哪，他简直要为她神魂颠倒了！他深深地爱上了眼前这个姑娘！她笑的时候毫无约束，仿佛男孩子一样。这个女人是不一样的，与他见过的任何一个妓女都不一样；这个女人是特别的，与他遇到的上流社会的女人或者旅行途中在旅馆遇到的可爱姑娘都不同。那些姑娘对昂图瓦纳一点吸引力都没有，她们只会让他害怕。可是拉雪尔完全不同，在她面前，他毫不胆怯。因为他们是平等的。她身上有股异教徒的迷人魅力。她的淳朴就像一个姑娘天生热爱她的职业那样。她魅力无穷，却毫无暧昧和庸俗之意。他简直太喜欢她了！她是他遇到的前所未有的对手，她是他破天荒头一次想要拥有的女伴或者说女朋友。

从今早开始，昂图瓦纳的脑子里就盘旋着一个想法。他已经有了未来生活的蓝图，在那份蓝图里有拉雪尔的存在。只是要签署这样一份合同，还需要得到拉雪尔的同意。所以，昂图瓦纳像个孩子一样，急切地想要握住她的手，对她说："您就是我心中一直在期盼的那个人。那些偶然出现的艳遇就让它们随风而逝吧，我只想要您。但是这种毫无把握的事情令我厌恶。所以，让我们一起来确定我们未来的关系吧。我希望您能做我的情人，让我们一起规划未来的美好生活吧。"甚至很多次，他都不由自主地表露了自己的想法，有时还会突然说什么要开始规划未来的生活了。但是她好像并没有听明白他的意思。他想，大概她还有些疑虑吧。这让他有些犹豫不决，没有勇气说出自己的打算。

"在这儿吃午饭还真不赖，您觉得呢？"拉雪尔咬着一串醋栗说道，嘴唇被染得红艳艳的。

"的确很不错，令人留恋。巴黎真是应有尽有，连外省的东西都能找到。"然后他又指了指空旷的大厅，说道，"而且还不必担心遇到熟人。"

"怎么？被别人看到您和我在一起是件不光彩的事吗？"

"您怎么会这么想呢？我这话是为您说的。我在为您着想。"

她无所谓地耸耸肩，说道：

"为我着想？"她的话让他十分窘迫，为此她甚至有些高兴，因而她没有马上做解释。她看到了他心里极度的不安，她看到了他探寻的目光。过了好久，她才说道："我再向您声明一遍，我用不着向任何人交代我的生活。我是完全自由的。我的生活很简单，对此我感到很满足。"

昂图瓦纳紧张的神情终于放松了下来。她也终于明白了他传达给她的意思："如果您愿意，我就是属于您的。"如果是别人的话，她早就发怒了。可是她喜欢他，他的追求令她很快乐。而当她发现他误解了自己的意思时，她非常恼怒。

服务生把咖啡送来了。拉雪尔没再说话。说实话，她的确考虑过和他发生某种关系，因为她刚才竟然会有"我得让他把胡子刮掉"的想法。可是，她一点都不了解他。此刻，她的确对他很感兴趣，可是她也对别的男人产生过这样的兴趣。他应该很清楚这一点，所以才会像现在这样注视着她，目光中流露出自信和贪婪……

"抽支烟怎么样？"他拿出了一盒烟。

"不，谢谢，我带了，味道更淡。"说着，她拿出了一盒精致的女士香烟。

他划了根火柴，为她点着了烟。她轻轻地吐了一个烟圈，烟雾轻轻盈盈地萦绕着她。

"谢谢。"她说道。

然而，最重要的是，拉雪尔一开始就想到要避免昂图瓦纳的误会了。特别是当她感到这么做并没有什么危险时，她就更加坦诚了。她推开面前的杯子，双手撑在桌子上，手指交叉托着下巴。缭绕的烟雾令她的眼睛几乎睁不开了，眯成了一条缝。

"我的确是自由的，"拉雪尔一字一顿地说道，"可是我并不是不受约束的。您能理解我的意思吗？"

昂图瓦纳原本轻松的神情片刻间又变得懊恼沮丧。拉雪尔继续说道：

"老实说，生活已经令我遍体鳞伤。我也不是从来都是自由的。两年以前我就不是自由的。现在我自由了,对这份自由,我非常珍惜。"也许拉雪尔自认为自己很坦诚。"我是如此珍惜这份自由，所以并不想轻易地去改变目前的状态。您了解吗？"

"是的，我能理解。"

又是一阵沉默。他在看她，可是她并没有看他，只是微笑着用勺子搅拌面前的杯子。

"我必须向您说明白一点，我不可能成为您的忠实女朋友或者可靠的情人。因为我太任性，而且愿意满足自己任何荒唐的行为，任何荒唐的行为,您能明白吗?因此,我必须是自由的,我享受我的自由,更愿意一直这么自由下去。您能理解吗?"她一边说着,一边不慌不忙地喝了一口咖啡。

听了拉雪尔的话,昂图瓦纳感到无比绝望。一切都坍塌了。可是她还在他面前,她还坐在那个位子上。是的,他并没有失去什么。对于自己强烈渴望的东西,他从来都不会轻易放弃。他的字典里没有"失败"两个字。不管怎么样,现在的情况已经很清楚了。她还值得他去追求。只是他必须好好思考该怎么行动。也许她会逃避他,也许她会一口拒绝同他自由结合,但是他不会让这种情况发生的。他就是这样的人,一旦有了目标就深信自己一定能达到。

现在他需要做的就是更加深入地了解她。她的面前仍然有一道纱,他需要撕开这道面纱。"两年前您还不是自由的,是吗?"他故意用一种探问的语气轻声问道,"那么现在您真的是自由的吗?您真的会永远都是自由的吗?"

拉雪尔目不转睛地看着昂图瓦纳,仿佛在看着一个小孩儿。然后她看他的眼光就带着点嘲讽,仿佛在说:"好吧,我可以回答,因为我是自由的。"

"曾经和我共同生活的那个男人在苏丹安家了。"她向他解释说,"他不会再来法国了。"拉雪尔说完后便没再说话,笑了笑便转移了目光,随意而简洁地说了句:

"走吧。"拉雪尔已经站起来离开了。

从饭店出来后,拉雪尔又走到阿尔及尔大街。昂图瓦纳跟在后面一语不发。他在思考接下来要怎么做,他没办法就这么离开她。

没多久,两个人便来到了门口,拉雪尔打破了尴尬的沉寂。

"您要不要上楼看看黛黛特？"拉雪尔说完之后还没等他回答便又说道，"当然，我只是建议而已，也许您还有其他事要忙。"昂图瓦纳的确答应过帕西路的小病人会去看他，也还要再看看今天早上教授给他的一份报告的检验结果，他需要帮教授再核对一下参考数据。最重要的是，他还要去拉菲特别墅区吃晚饭，因为大家都在那儿等他。他决心不迟到的，他想好好跟雅克聊聊天。可是现在这是个机会，他又可以跟拉雪尔一起了，他高兴得把其他事情都抛到脑后了。

"今天一整天我都是闲的。"昂图瓦纳语气坚定地说道，侧身让拉雪尔先进去了。

只有一秒钟，他的脑子里闪过了自己耽误了工作和对别人的承诺。"算了算了，就这一次。"他甚至这么想着，"这种感觉实在太好了！"

昂图瓦纳跟在拉雪尔的身后，两个人都没有说话，沉默着上了楼。不一会儿就到了拉雪尔家门口，她用钥匙转动门锁，突然转身看着昂图瓦纳，脸上迸发出一种狡猾且毫不掩饰的欲望，一种强烈、热情、快乐、无法控制的欲望。

5

雅克一口气从帕克梅尔餐厅跑回家，女门房告诉他，有人出了事，来找昂图瓦纳先生帮忙。雅克这才稍稍放心一点，因为迷信而带来的恐惧终于消失了。可是他还是非常忧心，始终认为想穿一件丧服这种想法足够使哥哥死亡。脸上的疖子让他非常难受，他需要用碘酒擦一擦，可是翻遍了房间也没有找到碘酒瓶，这让他更加躁动不安。

雅克一边脱衣服，一边感到心里有种莫名的愤恨，尽管他时常会有这种感觉，但是这一次令他非常痛苦，因为这愤恨使他羞愧难当。不知道过了多久，雅克终于迷迷糊糊睡去了。他考上了高师，可他没有感到多少快乐。

第二天早上，在家门口，雅克和昂图瓦纳相遇了。雅克正准备去拉菲特别墅区，没想到会在家门口碰到哥哥。昂图瓦纳简单地说了昨晚发生的事情，但是并没有提到拉雪尔。尽管已经非常疲惫，但昂图瓦纳的眼睛仍然炯炯有神，脸上是惯有的争强好胜的表情。雅克以为是手术太过于困难导致的。

火车在拉菲特别墅区这一站停了，雅克走出火车站，一时间所有的教堂都响起了钟声。没有什么非常要紧的事，雅克可以从容一些。蒂博先生、吉赛尔，特别是德·韦兹小姐，他们从不会错过做大弥撒的时间。在他们回来之前，雅克还有时间在公园里逛逛。走在公园的林荫小道上，和煦的阳光透过树叶洒下一地斑斑点点。这个时候公园里没有一个人，雅克找到了一张长凳，坐下来。身后的草丛中有昆虫在鸣叫，忽而飞起几只虫子，一眨眼就钻到了头顶上茂密的树叶丛中。雅克坐在长椅上一动不动，微笑着，心里什么也不想，就那么坐着，享受此刻的悠然。

别墅区的旧址与圣耳曼·昂·莱伊森林紧紧相依，大银行家拉菲特在复辟时期买下了这块地，建成了一个拥有五百公顷面积的公园，并将公园分成若干个小块出租，自己则住在公园里的城堡中。银行家拉菲特采取了一些措施，使得分块出租也没有损坏他的城堡。站在城堡的高处可以眺望整片森林壮丽的景色，除非万不得已，否则他不会砍伐森林。正是因为拉菲特，这片别墅区才保持了贵族时代的原貌，仍然是个旷阔的公园。这里的菩提树已经有两百年的历史了，林荫小道被划分成了一小块一小块的产业，虽然有界限，但并没有建筑分界墙，浓浓的树荫淹没了房屋。

在拉菲特城堡的东北面，有一座别墅是属于蒂博先生的。这栋别墅建立在一片绿草地上，周围有一圈白色的矮栅栏，房前屋后都有高大的树木，一年四季都为这栋别墅洒下绿荫。草坪中间还有个小池子，池子周围种着一圈黄杨树。

雅克在这片草坪上慢慢地走着。老远他就看到了自己家那栋别墅。在门口的栅栏那儿，他看到了一个女孩儿，穿着白色的连衣裙，眼睛望着远处。那是吉赛尔。她朝着车站那个方向的小路看着，背对着雅克，并没有看到慢慢走近的雅克。看到吉赛尔，雅克不禁高兴起来，快步跑向她。吉赛尔也看到了雅克，远远地挥舞着手臂，双手在嘴边合拢，大声地问道：

"录取了吗？"

吉赛尔已经十六岁了，可是没有老小姐的许可，她还不敢随便走出花园。

雅克想要逗逗她，故意不说话。不过雅克的眼神向她透露了这个好消息。小姑娘高兴地在草坪上跳起了舞，等到雅克近了，她便像个孩子一样扑到雅克的怀里。

"好了好了，别再疯了。"雅克习惯性地说了句。吉赛尔笑了，从雅克的怀里挣脱出来，不一会儿又笑嘻嘻地扑到雅克的身上。雅克看着吉赛尔，小姑娘的眼睛里闪动着晶莹的泪花，脸上洋溢着兴奋的光彩。雅克非常感动，也非常感激，他一把将小姑娘搂过来，抱住了。

吉赛尔笑嘻嘻地轻声说道：

"我跟姑姑编了一个故事，骗她跟我一起去看了小弥撒。我猜十点左右你肯定回家了，就在这里等着。你爸爸现在还没有回来。走吧。"吉赛尔一边说着一边拉着雅克往别墅走。

老小姐在大厅里等着，本来就瘦小的个子如今已经有些佝偻了。她迈着急促的步子向雅克走来，脑袋因为激动而不停地摇晃着。直到走到台阶边上她才停了下来，雅克走到她面前，她伸出僵硬的手臂拥抱他，差点摔倒。

"录取了？亲爱的，你被录取了？"老小姐喃喃细语，嘴里仿佛永远在咀嚼着什么。

"哎呀，"雅克带着欢快的语调说道，"您轻点，我脸上长了个疖子，可疼了。"

"上帝啊，转过来我看看。"在老小姐看来，疖子的痛楚仿佛比高师考试带来的痛楚要轻得多。她不再继续询问雅克考上高师的事了，而是一个劲儿地催他去泡个澡，给疖子涂上药膏，包上纱布。

雅克在老小姐的卧室里包纱布，没多久就听到栅栏口响起了铃声，是蒂博先生回家了。

"雅克考上高师啦！"吉赛尔趴在窗子上，尖着嗓子喊道。雅克已经走到楼下迎接父亲了。

"啊，雅克，亲爱的，你回来了？考了第几名？"蒂博先生有些兴奋地问道，很显然，他非常满意，心情很好，原本有些脸色苍白，此刻精神抖擞、神采奕奕。

蒂博先生对雅克的赞美更加热烈而直接了。他低垂着眼帘，鼻翼翕动，夹鼻眼镜掉了下来，挂在了胸前，他伸手重新戴好。

"啊，好样的！"蒂博先生柔软的手握着雅克的手，喃喃细语。然后略微犹豫了一会儿，脸上有些不自然，嘟囔着："这天气可真热！"蒂博先生将儿子一把拉入怀中。雅克有些紧张，心跳都加速了。他想抬头看看父亲，可是这时蒂博先生已经转身迈着急促的步子离开了。父亲快速走上台阶，回到自己的卧室，将祷告书放在了桌子上，然后在房间里踱步，一会儿又拿出手帕慢慢地擦脸。

不一会儿，老小姐就已经准备好了午餐。

吉赛尔采了一束葵花，摆放在雅克的座位旁，这让午餐看上去有了些许节日的氛围。看着自己的杰作，吉赛尔不由自主地笑了，高兴极了。当着两个老人的面，吉赛尔是一本正经，非常刻板的。可是实际上她非常开朗，毫无痛苦的感受。她在等待幸福的来临，可是难道她还不够幸福吗？

蒂博先生进来了，双手习惯性地搓着。

"好了，"蒂博先生铺开餐巾，双手放在餐具旁，握着拳头，"现在的问题是，不能止步不前。我们蒂博家的人都不是笨蛋。如今你以第三名的成绩考进去了，为什么不勤奋些、努力些，到时候以第一名的成绩毕业呢？"蒂博先生眯缝着一只眼睛，山羊胡子高高翘起，有些狡猾地说道，"在同学之中总得有个第一名，不是吗？"

雅克看了一眼父亲，不置可否地笑了笑。在家里，面对餐桌上的谈话，雅克经常这样，甚至不需要强迫自己，就可以给对方一个虚伪的微笑。他经常为自己的这种习惯而自责，认为是对自己尊严的侮辱。

"以第一名的成绩从名牌学校毕业。"蒂博先生继续说道，"你只需要问一下你哥哥就知道了，这会让你一辈子都获得好处，无论你走到哪里,都能获得肯定和尊敬。对了,你哥哥还好吗?"

"哥哥可能午餐后就回来了。"

从始至终,雅克都没有想过要把沙斯勒先生家发生的事告诉父亲。每个人在蒂博先生身边时都习惯性地保持沉默,从不会贸然地向他说任何事。因为你不知道眼前的这个强壮而活跃的胖子在听了你告诉他的消息后,他会做出什么样的结论,他甚至会认为自己有权利对这件事情进行干涉,写信也好,拜访也好,他总会用某种方式将事情变得更加复杂。

"您看了今天早上的报纸吗?据报道维勒博合作社已经破产了。"蒂博先生问老小姐。尽管他知道她从来都不看报纸,但是老小姐还是明确地表示她知道这件事。蒂博先生只是冷笑了一声,之后便不再说话,仿佛对这个话题已经不感兴趣了,默不作声地吃完了整顿午餐。蒂博先生从不喜欢跟人谈话,也不喜欢听别人谈话,这让他显得同大家格格不入。每次吃饭,他都喜欢保持沉默,只顾着大口大口地咀嚼眼前的食物。他有战士般的好胃口,他需要吃很多很多食物。他喜欢静静地思考问题,对一些非常难处理的事情他需要反复地思考。他就像一只蜘蛛,悄无声息地潜伏在人们的身边。他在等待,等待一番思考之后,能有方法解决他正在思考的某些政治问题或者社会问题。蒂博先生习惯了这种工作方式。他看上去像个木头人,眯着眼睛,只有大脑还在清醒地活动。蒂博先生是个工作非常勤勉的人,他从来都不做笔记,也不写发言稿,因为他的大脑能将一切事情都印刻下来,无论大事还是小事。

老小姐在雅克的对面安静地坐着,专心致志地吃着盘子里的食物。尽管已不再年轻,然而她的手还保持着年轻时的小巧与秀气,因为她经常悄悄地用美容液配合鲜黄瓜汁来保养。现在她双手叠放在桌布上,她已经不怎么吃东西了。饭后点心上来了,她要了一份牛奶和一块饼干,小口小口地吃着,动作十分优雅。她一向反对别人吃得太多,她的眼睛时常盯着侄女的碟子,生怕她吃得太多了。但今天是个例外,为了给雅克庆祝,她居然暂时放弃了自己的原则,用过饭后点心,她竟然对雅克提议道:

"亲爱的雅克,尝尝我最新酿的果子酱怎么样?"

"美味可口,易于消化。"雅克朝吉赛尔挤了挤眼睛,悄声说道。他们经常这么开玩笑,这个笑话更是让他们想起了童年时代的一包果子酱,还有那时候他们欢快的笑声。此刻,两个人也是控制不住地大笑起来,眼泪都快要流出来了。

蒂博先生没有听到他们说什么,只是面容和蔼地跟着他们一起笑。

"两个淘气包,真是可恶得很。"老小姐说,"快看啊,这果子酱酿得多好啊!"

餐桌上放了五十来个小罐子,里面全是亮晶晶的红色的果子酱,罐口贴着一张用罗姆酒浸的纸。一块大纱布盖在这些罐子上,防止苍蝇飞进去。

餐厅有扇宽敞明亮的落地窗,窗外是个小巧的阳台,一只只种满各色鲜花的箱子整齐地摆放在阳台上。阳光穿过窗帘,照到地板上,落下一片片令人目眩的光亮。一只蜜蜂围绕着一只摆放着李子的餐盘回旋萦绕,嗡嗡作响。晌午的气息抚弄着整个屋子,蜜蜂的嗡鸣声萦绕耳际,整个屋子似乎都开始嗡嗡作响了。雅克后来每次想起这顿午餐,就会觉得这是他考上高师后唯一让他感到短暂的快乐的时刻。

吉赛尔内心激动，胸中充溢着幸福，同平时一样一言不发，但会不时地同雅克交换一个毫无目的却又极有深意的眼光。每次听到雅克说话，吉赛尔简直要快乐疯了。

"噢，天哪，吉丝，你的嘴巴！"看到吉赛尔大张的嘴巴，老小姐禁不住颤抖着声音喊道。她简直无法忍受吉赛尔把嘴巴张得那么大，露出整排的牙齿。对于吉赛尔卷曲的黑发，有雀斑的塌鼻梁，还有近乎金色的小麦肤，老小姐已经不太想说什么了。老小姐有些不情愿地看着吉赛尔的皮肤，这令她想起了吉赛尔的母亲，一个马达加斯加的混血儿，韦兹司令官当时在那儿驻守，然后娶了她。基于这个原因，老小姐抓住一切机会想让她的这个侄女记住自己、记住她父亲的直系亲属。"我像你这么大的时候，"老小姐露出一个微笑，说道，"你知道的，我的老祖母是苏格兰人，她对我非常挑剔，总喜欢对我唠唠叨叨。'亲爱的，来两小块都尔的李子干。'"老小姐一边说话，一边用手追打着盘子周围的蜜蜂，因为没打着而哈哈大笑。对于这位老小姐来说，没有什么事情可以使她烦心，尽管她也有过非常艰难的经历，但她仍然有着珠玉般爽朗的笑声，还有那极易传染给他人的青春气息。"我那位老祖母啊，"她继续说，"她在图卢兹的时候同部长大人德·维莱尔伯爵[①]跳过舞。如果她生活在现代，她会很不高兴的，因为她不喜欢大嘴巴，也不喜欢大脚丫。"老小姐小巧玲珑的脚胜过刚出生的婴儿，她喜欢穿方头布鞋，这样可以很好地保持脚趾。

午后三点钟，所有人都走了，去参加晚上的祷告。家里只剩下

[①] 约瑟夫·维莱尔（1773—1854），英国复辟时期保皇派的首要领导，1822年至1827年任议长。

雅克一个人，他便上楼回到了自己的房间。

雅克的卧室在三楼，尽管是顶楼，但是非常宽敞，十分凉爽，墙上还贴着漂亮的墙纸。这里视野非常开阔，可以望见很远很远的景色，但是屋外的两棵栗子树太过于茂盛，树梢挡住了视野，不过那些绿色的枝叶倒也赏心悦目。雅克坐到书桌旁边，看到桌子上还摊开着几本字典和一本语言学笔记，他把这些全都扔到壁橱下面的柜子里，然后又重新坐到书桌旁边。

"现在的我到底是个孩子还是一个成年人了？"雅克突然陷入沉思，"达尼埃尔呢？他得另当别论。我想知道，我到底是大人还是孩子？"雅克觉得自己就是一个独立的世界，同时又是一个充满矛盾的世界、一个充满混沌的世界、一个充满财宝的世界。他看着自己这个广阔无垠的世界，不由得笑了，随后便看到了桃花木的桌面，上面被他打扫得纤尘不染……为什么打扫干净？他的脑子里满是一些想要做的事，几个月来，他每天都要努力打消那些想要干点什么的想法。"等我考上高师了，我就要……"几乎每天他都这么想。可是现在他录取了，这种自由就在触手可及的地方，他却觉得没有什么事情想做的了，不想读《两个年轻人的故事》，不想读《炮火》，也不读《说真话，遭恶报》！

雅克从书桌边站了起来，走到书架前，那上面放了几本书，从去年开始就摆在那儿了，当时打算留着以后有时间的时候再看。他一本本地翻着那些书，在思考着现在该看什么书。最后他不高兴地嘟起嘴，什么书也没拿，和衣躺在了床上。

"书已经看得太多了，也说得太多了，我已经受够了！"雅克心里在呐喊，"Words! Words! Words!（空话！空话！尽是些空话！）[①]"

[①] 选自莎士比亚戏剧《哈姆雷特》第二幕第二场台词。

雅克双手向外伸开，仿佛要抓住什么，他就快要哭出来了。"我是否已经能够走进社会了？"这种想法让他感到压抑。不久他又开始沉思："我长大了吗？还是个无知的孩子吗？我已经是个成熟的大人了吗？"

雅克的内心翻涌着强烈的愿望！他忧郁难当，他什么也不敢说了，只敢原地待命，看看命运会带给他什么。

"投身社会。"雅克喃喃细语，"行动起来。"

"还有恋爱。"雅克补充了一句，慢慢闭上了眼睛。

过了一个小时，雅克从床上坐起来，睡眼惺忪。难道是我睡着了做了奇怪的梦？雅克有些困难地扭了扭脖子，感觉有些酸痛。脑子里充满了莫名的烦恼，思考得太过于用力，此刻他感到有些衰弱无力，不想做任何事情，整个人的思绪也变得暗淡阴沉。他环顾四周，难道接下来的整整两个月都要在这栋房子里度过吗？可是他感受到了一股神秘的命运，这命运正将他送到这里，也会将他的苦闷带到其他各个地方。

雅克来到窗边，双手拄着窗台，忽然，他的所有愁闷都消失了：他看到了吉赛尔，看到她坐在栗子树下，白裙子缩成了一个白点。只要一接近她，他就立刻感到了生活的乐趣和年轻的活力。

雅克悄悄走到吉赛尔身后。也许吉赛尔听力太好了，也许她根本就没在专心看书，她听到了身后雅克的脚步声，便立刻转过身来：

"哈哈，没吓着我。"

"你看什么书呢？"

吉赛尔没有回答，只是双手交叉，将书紧紧地抱在胸前。两个人仿佛要故意捉弄对方，就那么紧紧地盯着对方，谁也不说话。

"一、二、三!"

忽然,雅克抽掉了吉赛尔的椅子,年轻的姑娘摔到草坪上了,可她手里仍然用力地抓住那本书。雅克费了好大的劲,同吉赛尔灵活而温热的身体一番搏斗,才抢到那本书。

"《小萨瓦人》,第一卷。上帝啊,这可有好几卷呢。这是其中的一本吗?"

"是的,总共有三本。"

"恭喜。这本书写得很生动吗?"

"第一卷我都还没看完呢。"吉赛尔笑着说道。

"你怎么喜欢看这种书呢?"

"我只是随便翻翻。"

老小姐曾经试着让吉赛尔看看书,可是试了好几次都失败了。"吉丝不喜欢看书。"老小姐最后只能这么说。

"我可以借几本书给你看看。"雅克说道。他总是喜欢怂恿别人去做些不听话的事,就像他怂恿吉赛尔反抗老小姐一样。

可是吉赛尔看上去并没有在听雅克说话。

"你不要这么快就走了。"吉赛尔躺在草坪上说道,语气有些哀求的意味,"你坐我的椅子吧,或者你就坐在草坪上。"

雅克在吉赛尔的身边躺了下来。午后的太阳有些猛烈,照着不远处的别墅。别墅就在他们旁边大概五十米处,建立在一片沙地的中央,一棵棵种在箱子里的橘子树围绕着别墅。他们躺在树荫底下,草坪上还比较凉快。

"这样一来,你就自由了,对吗,雅克?你完全自由了!"吉赛尔竭力摆出一副轻松的表情,可是很明显,那神情一点都不自然。

她的头转向他，嘴唇翕动着，问道：

"你打算做些什么？"

"你的意思是？"

"我是说，你打算去哪儿？接下来的两个月你是自由的。"

"我哪儿都不想去。"

"你说什么？你还会跟我们待在一块儿吗？"她惊讶地抬起头看着他，眼睛睁得大大的，圆圆的眼珠闪闪发光，那样子就像只可爱的小狗。

"是的。十号得去趟杜兰纳，在那里给一个朋友筹备婚礼。"

"之后呢？"

"之后我也不知道了。"他别过头去，"整个假期我都想待在这片别墅区。"

"是真的吗？"她轻声问道，掩饰不住内心的快乐，她转过身去，寻找雅克的目光。

他微笑地看着她，看到自己能令她这么高兴，他感到非常开心。这个天真温柔的小姑娘就像他的妹妹一样，他喜欢她，能跟她一起度过接下来的两个月，他感到非常高兴，之前的那丝苦闷早已经消失殆尽了。她像他妹妹，但又不仅仅是妹妹。这个女孩儿从没有期盼别人的到来，可是雅克的到来却好像一束光照亮了她的生活，对此，雅克感到非常讶异。知道自己要留下来，她是那么愉悦，他感激她，他握住她放在草坪上的手，细细摩挲着。

"吉丝，你的皮肤像丝绸一样光滑。你也经常用鲜黄瓜汁润肤液吗？"听到雅克的话，吉赛尔忍不住笑了起来，轻轻一滑，便躺到了雅克的身边。这个动作使得吉赛尔的身体看上去更加柔软。吉赛尔像只小动物一样肉乎乎的，笑起来时不像孩子般的疯闹，倒更像是情侣间的打闹。她处女的心灵在这个胖乎乎的身体里自由自在地穿行。她心中有无数个愿望,这愿望令她激动地颤抖,可是她却想不明白这到底是什么样的激动。

"姑姑不肯答应我参加今年的网球协会。"吉赛尔做了个鬼脸,说道,"你呢,你会参加吗?"

"不,当然不会参加。"

"那你会骑自行车游玩吗?"

"自行车嘛,可能会吧。"

"啊,你可真幸福啊!"吉赛尔不由得感叹道。从她的目光中总是能看到一些让人诧异的东西。"你知道吗,姑姑同意我和你一起出去。你愿意带上我吗?"雅克盯着吉赛尔的眼睛看了很久,那是一双明亮晶莹又有些忧郁的眼睛。

"吉丝,你的眼睛可真漂亮。"

他看到了,她的眼珠因为突然而来的慌乱颜色变得更加深了。她笑了笑,将头转到一边。她的身上有种非常吸引人的快乐和欢笑的气质,这种气质从闪烁的目光中流露出来,也从两个可爱的酒窝中流露出来。尽管酒窝只是长在嘴角的两旁,可是它带来的光彩可以蔓延到胖乎乎的脸颊上,蔓延到圆嘟嘟的鼻尖上,蔓延到圆润稚气的下巴尖上,布满整张胖胖的、充满了健康气息的、和善的脸。

雅克没有回答,吉赛尔不禁有些着急不安了:

"说话呀,你愿意吗?"

"说什么?什么愿意?"

"就像去年夏天那样,带我去森林,或者带我去马尔利[1]。"他微

---

[1] 马尔利:一座小城市,也是一个公园,靠近凡尔赛。

笑着同意了，她高兴得快要疯了，欢乐地滚过去紧紧抱住了他。之后两个人便并排躺着，望着天空，目光在枝繁叶茂的树枝间穿梭。耳边传来小喷泉的水流声，水池旁边青蛙在欢快地鸣叫，花园的栅栏旁不时有人走过，能听到他们的说话声。牵牛花快被烈日烤焦了，花萼蔫巴巴的。阳台上的鲜花散发出浓郁的香气，在炎热的空气中弥漫。

"雅克，你可真有意思。你总是在想事情。可是你在想些什么呢？"

雅克用一只手撑着脑袋，眼睛紧紧地盯着吉赛尔翕动的嘴唇，那嘴唇湿答答、皱巴巴的。

"我在想，你的牙齿可真漂亮。"

吉赛尔没有脸红，而是无所谓地耸了耸肩膀。

"我没有开玩笑，我是很认真的。"她说话的语气有点孩子气。

雅克大声笑了起来。

这时，一只雄蜂闪着紫色的光飞到他们身边，不停地转悠，忽然像羊尾巴似的扫在雅克的脸上，然后一头冲进了地上的一个小洞里，那声音活像脱谷机的声音。

"我还在想，这个雄蜂跟你可真像，吉丝。"

"跟我很像？"

"没错。"

"哪里很像了？"

"我也说不上来。"说着，雅克又躺了下来，"它长得圆嘟嘟的、黑乎乎的，跟你真像。它嗡嗡嗡的声音也跟你的笑声很像。"

雅克这么说的时候，神情很庄重，吉赛尔不禁陷入了沉思。

两个人都不再说话。夕阳把周围树木的影子拉得很长，斜斜地投射在金色的草坪上。阳光还照在了吉赛尔的脸上,吉赛尔忍不住又笑了起来。金色的草挠得她的脸颊痒痒的,草尖从她的睫毛穿过,扎得眼睛也痒痒的。

栅栏口响起了铃声,昂图瓦纳回来了。雅克看到哥哥走在小路上,便站起身来,仿佛早已经想过要做什么似的,他朝哥哥跑去。

"今天晚上你还要走吗?"雅克问道。

"是的。晚上十点二十分的火车。"

雅克又一次被昂图瓦纳吸引了。这一次不是他脸上疲惫不堪的神色,而是容光焕发的光彩,这光彩又和他惯有的争强好斗的神态非常不同。

雅克尽量低着嗓音问道:

"晚饭后你能陪我去一趟丰塔南太太家吗?"雅克感受到了哥哥的犹豫,便没有看他,连忙补一句道,"我必须去一趟,明天我不好意思一个人去拜访。"

"达尼埃尔在家吗?"昂图瓦纳问道。

雅克明知道达尼埃尔并不在家,却对昂图瓦纳撒谎。

"当然,他在家。"雅克对昂图瓦纳说道。

忽然,兄弟俩都不作声了,因为他们看到蒂博先生已经走到了客厅的一个窗户前,手里还拿着一张摊开的报纸。

"啊,你回来了。"蒂博先生对昂图瓦纳大声说,"你能回来我非常高兴。"跟昂图瓦纳说话,蒂博先生总是非常客气,"你们不用进来了,我出去找你们。"

"哥哥,就这么说定了?"雅克轻声对昂图瓦纳说,"吃完晚饭,我们就以散步为借口出来怎么样?"

蒂博先生对雅克有一道禁令,即严禁同丰塔南一家有任何来往,只是蒂博先生从没有说过为什么。雅克是个谨慎的孩子,他从没在蒂博先生面前提到过这个犯忌的名字。只是蒂博先生难道不知道,雅克早就违反了他的禁令?在雅克的身上,父亲有着近乎盲目的尊严,所以蒂博先生从没想过,儿子竟会时常违背他的意志。

"雅克考上高师了。"蒂博先生有些步履沉重地走下台阶,说道,"我们总算不用再担心他的未来了。"末了,他又补充了一句,"晚饭前,我们就在草地上散散步吧。"蒂博先生的这个建议并不符合他一贯的行为,于是他解释道,"我得跟你们谈谈。不过,首先我得跟你谈谈。"蒂博先生看向昂图瓦纳,"你看了今天的晚报吗?维勒博破产了,你有什么看法?你看过这个新闻吗?"

"您是说您的工人合作社破产的事情吗?"

"没错,亲爱的,就是它。现在彻底破产了,还传播着各种丑闻。这个合作社已经存在很长时间了。"蒂博先生干笑两声,那声音就像在咳嗽。

"就像她主动来吻我。"昂图瓦纳不由自主地这么想着。他好像又回到了中午的那家餐厅,看到了坐在她对面的拉雪尔。她仿佛站在一个舞台上面,阳光透过落地窗将她照亮。"当我说来份什锦烤肉时,她怎么笑得那么奇怪呢?"

昂图瓦纳尽量使自己表现出对父亲的话题很感兴趣的样子。蒂博先生好像非常轻易地就接受了合作社破产的事实,这让昂图瓦纳非常惊讶。父亲是个慈善家,是一个慈善协会的会员,这个协会曾经给维勒博的纽扣工人们提供资金。可是上次工人们举行了大罢工,为了证明他们能够离开老板,他们就成立了一个生产合作社。此刻,蒂博先生已经开始侃侃而谈了：

"在我看来，这是在为正经事业做必要的投资。我们曾经发挥了很好的作用，我们没有忽视工人们的乌托邦理想，最先给他们提供资金的也是我们。可是你看，才不到一年半，合作社就破产了。看来在我们的工人代表之间确实存在一个完美的中介人，这一点不可否认。你应该很熟悉这个人，他就是费斯姆，他一直在克卢伊。"

雅克在一旁听着，默不作声。

"所有的工人领袖都曾经写信给我们，希望我们能够提供资金，他就是通过这些信件控制了那些善良的信徒。你知道，工人领袖们是在罢工最困难的时候写这些信件的，没有一句牢骚。"蒂博先生又咳嗽了一声，表示对此满意，"不过我想跟你们谈的倒不是这件事情。"他一边往前走，一边继续说话。

蒂博先生的步伐相当笨拙，没走多久他就气喘吁吁，他的脚步在沙地上拖着，身体向前倾斜，双手背在身后，敞开的领结散落在两旁。两个儿子一前一后跟着他默默地走着。这时，雅克忽然想起一个句子，他不记得是在哪里看到的："我碰到了两个人，一个老人，一个年轻人，他们并排走着，沉默不语，我想我知道，一个是父亲，一个是儿子。"

"我要跟你们谈的事情是这样的。"蒂博先生略带忧郁地说道，"我为你们做了一个计划，不过在这之前必须征得你们的同意。"蒂博先生忧郁的嗓音中带着恳切，这在蒂博先生身上显得有些异常。"我的孩子们，你们知道，当你们像我这个年纪的时候，无论如何，都会反思自己做过的一切事情的意义。我记得，韦卡尔神父也时常这么对我说，一切力量如果使用得恰到好处，最终都会指向一个地方，相互之间作为对方的补充。设想一个人努力奋斗了一辈子，可是他的成就却掩埋在下一代的默默无闻之中，这难道不令人痛心吗？作为一个父亲，希望自己的孩子们能够记住他，这难道是个很过分的要求吗？哪怕他只是被当作例子而被后代们提起。"蒂博先生叹了一口气，接着说道，"事实上，在我心里，我更多的是在为你们着想，而不是我自己。我想着，将来，你们作为我的儿子，可以不用跟法国的蒂博家族混合在一起，这应该是件非常令人愉快的事情。法律也证明了，我们有两个世纪都是处在自己的平民历史之中的，不是吗？这是件很严肃的事情。在这方面，我已经特意使用了一些方法，来增加蒂博家这份宝贵的财产。我希望人们能了解你们的出身，我希望我的名字能被你们沿用下去，我希望我的子子孙孙都能流淌着我的血液，这是我的权利，也是对我的回报。司法部早就有了这方面愿望的规定。几个月来，我已经办妥了各项手续，把你们的身份证更改了。不用多久，你们还需要签署几份文件。我估计，我们一回到城里，最晚也会在圣诞节前后，你们就可以合法地获得一项权利，即你们有权利不再姓蒂博了，你们的名字中只会出现蒂博这两个字，而不是姓蒂博。你们的姓将会改为'奥斯卡-蒂博'，是的，奥斯卡和蒂博中间有一横。你就会被称为昂图瓦纳·奥斯卡-蒂博大夫。"蒂博先生搓动着双手，"这就是我要跟你们谈的事情，你们不必感谢我。好了，我们不说这件事了，去吃晚饭吧，老小姐喊我们了。"说完，蒂博先生双手抱着两个儿子的肩膀，像个子孙满堂的老人，"如果这个荣誉称号将来能对你们的职业有所帮助，那简直太好了。我的孩子们，一个人从没有向世俗权力有过什么要求，他只是想要他的后代能够继续享受他所获得的尊敬和荣誉，老实说，这难道有错吗？"

401

蒂博先生的声音都在颤抖,为了不让他们发现他内心的激动,他突然离开了三个人正在走的小路,一个人加快步伐,快速地穿过草坪,摇摇晃晃地回到别墅区了。在昂图瓦纳和雅克的记忆中,父亲从没像今天这样激动过。

"真是件好事!他是怎么想到的?"昂图瓦纳自言自语,看上去非常高兴。

"好了,不要再说了!"雅克反应异常激烈,他看着哥哥,觉得哥哥就像是正在用双肮脏的手去触摸他的心。在谈到蒂博先生时,雅克总是带着万分尊敬,他尽量避免去评论父亲,当他的理智不由自主地反对父亲时,他总是感到万分难过。今天晚上,父亲提到了传宗接代,一想到这儿,雅克就不免忧虑难当,万分痛苦。尽管他现在才二十岁,可是一想到死,他还是无法避免地感到软弱无力。

"我为什么一定要把昂图瓦纳也拖到那里去呢?"一个小时之后,雅克心里这么想着。他和昂图瓦纳两个人沿着林荫大道慢慢走着,大道两边种满了菩提树,那些有着上百年历史的高大树木枝叶依然翠绿。这条大道从城堡出发,一直延伸到森林。雅克觉得脖子很痛,老小姐固执地一定要昂图瓦纳看看这个疖子,昂图瓦纳认为必须开刀。可是雅克非常反对,尽管他并不在乎出门时脖子上缠着纱布。

昂图瓦纳虽然很疲劳,但是仍然滔滔不绝。他的心里只想着拉雪尔。昨天的此刻,他和她还不认识对方;而今天的此刻,他却心心念念地想着她,他的生活处处都有她的影子。

昂图瓦纳内心非常激动,而雅克与他形成了鲜明对比。他平静地度过了这一天,而此刻,在这条林荫大道上和哥哥一起散步,一起去拜访丰塔南太太,雅克心中也是异常平静的。雅克因为这次拜访而生出一种莫名的激动，这激动类似于某种希望。走在昂图瓦纳身旁，雅克心里非常不舒服，各种疑虑不断地往外冒。今天傍晚，雅克对哥哥产生了一种本能的防范心理，这种心理无法用言语表达。尽管他们之间的谈话还是像往常一样和气，可是雅克却感到噤若寒蝉。事实上，兄弟俩的对话还有脸上的微笑，就像两个敌人，在各自的领地铲土，建筑自己的防御墙。而这样一种局面，兄弟俩心知肚明。他们是亲兄弟，彼此对对方都十分熟悉，他们之间没法隐瞒任何事。兄弟俩经过一棵菩提树，晚开的花朵散发出阵阵香气。昂图瓦纳用最平常的语气称赞着花香，因为这香气让他想起了拉雪尔香气扑鼻的秀发。虽然雅克并不清楚发生了什么，可是哥哥的语气像极了情侣间的悄悄话，从中雅克也明白了许多事情。有时，昂图瓦纳会心烦意乱地抓着雅克的手臂，拖着他加快步伐，甚至会对他说起自己心中奇怪的想法还有各种幻觉，对此雅克并没有感到惊讶。昂图瓦纳说话的声音、发出的笑声、谈话时成年人的态度，还有那些与平时作为兄长所特有的矜持态度极为相反的粗俗细节，这一切都令雅克感到不舒服。雅克尽量表现得郑重，对哥哥的话也只是微笑着表示赞同，但是他心里的确非常不舒服。他在心里是责怪哥哥的，是哥哥让他产生了这种不快的感觉，是哥哥让他产生了这种责备兄长的心理。昂图瓦纳向雅克诉说着自己在这十二个小时里感受到的沉醉，他诉说得越多，雅克便越向后退缩，以一种高贵的态度抵抗着昂图瓦纳。雅克心中产生了一种纯粹的渴望。昂图瓦纳在谈论与拉雪尔度过的美妙下午时，不停地说这是"恋爱的一天"，雅克非常吃惊，忍不住反驳：

"啊，不，昂图瓦纳，这不是恋爱，恋爱不应该是这样的。"

昂图瓦纳自信地微笑着，但心里着实大吃一惊，只好默不作声了。

在公园的尽头，靠近森林的地方伫立着一座老房子，紧挨着旧城墙，那儿就是丰塔南家，是丰塔南太太的母亲留给丰塔南太太的遗产。一条沿路种着洋槐的大路通向一扇小门，很少人从这条路上走，路上长满了各种杂草。大路尽头的小门是开在一片围墙之中的，进入小门便是一座花园，花园里有一条林荫小道。

兄弟俩从小门进来时，天已经完全黑了。风中传来一只铃铛的零零声，还有狗吠声，那是贞妮在院子里养的一条母狗，她们喊它皮斯。晚饭后，丰塔南一家人喜欢待在屋子里。屋外有两棵法国梧桐，高大的树冠投下一片阴凉，一条昔日的界沟从上到下贯穿了平台。林荫小路上停了辆汽车，挡住了去路，兄弟俩只好从旁绕过去。

"丰塔南太太有客人。"雅克低声说，不由得对这次拜访感到十分后悔。

然而，丰塔南太太已经出门迎接他们俩了。

"我早就有这种预感了！"丰塔南太太一看到兄弟俩便大声说道。她微笑着张开双手，欢快地向他们俩跑来。"今天早上达尼埃尔给我发了封电报，看到电报我可真高兴！"（雅克站着一动不动，没说一句话。）"可是我早就有预感，你一定会考上的。"丰塔南太太一副严肃的面孔，看着雅克继续说道，"六月的那个星期天，达尼埃尔带着你来我们家，当时我一看到你就知道你肯定会被录取的。亲爱的达尼埃尔，知道你被录取了，他得高兴成什么样啊！他会为你感到骄傲的！听到这个消息，贞妮也会高兴得发疯的！"

"怎么，难道达尼埃尔今晚没回家吗？"昂图瓦纳有些惊讶地问道。

花园里有一处地方围着一圈座椅，他们来到那些座椅旁。还没走到跟前,他们就听到了一阵热烈的谈话声。在这片声音中,雅克一下子就分辨出了贞妮的声音,她的声音非常特别,发颤中略带着沙哑。贞妮的旁边坐着她的表姐尼科尔,还有一个四十来岁的男人。昂图瓦纳有些惊讶地朝那个男人走过去,他是昂图瓦纳之前在内克尔医院的同事,一个非常年轻的外科医生。走到一起时,两人热情地握住对方的手。

"怎么?你们之前认识吗?"丰塔南太太显然非常高兴,转向埃凯大夫,"这是昂图瓦纳和雅克,他们兄弟俩跟达尼埃尔是老朋友了。"她对埃凯大夫解释说,"您介意我把这件事情告诉他们吗?"然后又转身对着昂图瓦纳和雅克两人说道,"尼科尔,我亲爱的,你愿意我向他们宣布你订婚的消息,对吗?当然,今天还不是正式订婚,不过你们看到了,尼科尔已经把未婚夫带给她姨妈看了,只要看一眼他们,便能猜出秘密了!"

贞妮并没有上前热情地欢迎兄弟俩,只是等他们走到跟前了才站起身来,态度冷冷地同他们握了握手。

"亲爱的尼科尔,你跟我来,我养了鸽子,给你看看。"贞妮也不等大家重新坐下,便对尼科尔说道,"你知道吗?我养了八只小鸽子……"

"你还在给它们喂食吗?"雅克贸然地突然说道,语气有些唐突,显得不够客气,有失礼节。话一说出,雅克自己便感觉到了,于是连忙不说话了。可是贞妮仿佛并没有听见,只说了句"小鸽子现在开始会飞了"。

"可是现在小鸽子们该睡觉了。"丰塔南太太想要把她留下来,便插了一句。

"那就更要去了,妈妈。您知道的,白天的时候我们根本无法接近它们。费利克斯,您要不要跟我们一起去?"埃凯大夫已经跟昂图瓦纳相谈甚欢,听到贞妮的话,还是连忙跟了上去。

"这对小夫妻会幸福快乐的。"等贞妮他们走远了,丰塔南太太便俯下身来,亲切地对昂图瓦纳和雅克说道,"亲爱的尼科尔,可怜的孩子,她分不到遗产,却坚持不依赖别人。这三年来,她的生活全靠当护士来维持。但是你们看,她现在交好运了!埃凯大夫在给一个女病人治疗时遇到了尼科尔。他觉得尼科尔是个聪明且忠实的女孩儿,而且勇敢地面对生活。他爱上了她。你们看,这不是金玉良缘吗?"

在回味这段浪漫的爱情故事时,丰塔南太太质朴的感情里只有崇高和美德。信念使得丰塔南太太的脸上焕发着光彩。她喜欢同昂图瓦纳谈话,语气亲切和蔼,仿佛她早就知道他们之间的观点永远不会发生分歧。他的脑门儿,还有那深邃的目光无不令她喜欢,以至于她甚至忘了自己比他大了十六岁,几乎能生出他那么大的儿子了。他称赞费利克斯·埃凯大夫,说他是个有才华的外科医生,前途无量。他的话让她高兴。

雅克没有同丰塔南太太还有昂图瓦纳谈话。"你还在给它们喂食吗?"雅克不停地想着,近乎发狂。自从来到这儿,无论什么事情都会令他冲动,甚至丰塔南太太和蔼可亲的脸。她祝贺他,可他却忍不住回转身,生怕她会为此而奖励自己。他竟然给她发了电报,真是细心的家伙。"至少贞妮没有称赞我。"雅克意识到了这一点,"她是不是已经看出来我对考上高师并不在乎?不,不是的,她只是对我的事漠不关心。我无所谓的态度……还在给它们喂食吗?……我真是个笨蛋!……可是,对于高师学生的地位,她清楚吗?可是她凭什么要关心我的前途呢？我自己呢？我干吗要说那句蠢话？"雅克不禁红了脸，紧咬着牙齿，"她一边和我打招呼，一边还在继续跟她表姐说话……还有她的眼神，真是难以理解……她的脸倒是一个小女孩儿的脸，可是眼睛……"脖子上的疖子又痛了起来，雅克又想起了下午的情景。老小姐和吉丝固执地要他上药、包扎，可是包扎以后却更难受了。他现在的样子肯定难看极了。

昂图瓦纳微笑着和丰塔南太太谈话，并没有理会雅克。

"……如果从道德的角度来看的话……"昂图瓦纳说道。

"昂图瓦纳正在说话，他想要别人注意他……"雅克心里想。突然，雅克变得非常恼怒，哥哥这种和蔼的态度庸俗至极，他嘴里的"道德观点"都是道貌岸然的说辞，特别是他刚才已经对自己说过的那些淫邪的话，这些都让雅克恼怒。天哪，自己和哥哥竟然是如此不同。雅克忽然走入了极端，在自己和哥哥之间，他看不到一丁点的相同之处了。是的，早晚有一天，他们俩会各走各的，他们注定会如此。他们就像两股永远在排斥、永远也无法融合在一起的力量。这么想着，雅克不禁痛苦不堪。他们朝夕相处了五年，可是这五年的生活却无法弥补他们之间的差异，无法阻止他们变成陌生人，甚至敌人！他几乎要站起身找借口离开了。是啊，在这宁静的夜晚，从森林里穿过，在林间游荡！在这个世界上，对他微笑的永远只有一个人，那就是吉丝。他甚至非常愿意放弃考取高师，只为能立刻回到她的身边，和她一起躺在草坪上，紧挨着她的脸，凝视她的眼睛。啊，那么一双清澈透明的眼睛。他想到她会大声问他："说话呀，你愿意吗？"是的，她还会笑，那笑声就像斑鸠。可是他想不起贞妮的笑声，贞妮的微笑都像幻想破灭的样子。"我这是怎么啦？"他心里想，尽力让自己的心情平复下来。然而这种恋家的情感透着点怨恨的味道，使得他对一切都开始憎恨了，他憎恨丰塔南太太的话，憎恨昂图瓦纳的污言秽语，憎恨他自己乏味的青春，憎恨人们，憎恨一切，憎恨贞妮！仿佛他对平庸无奇的生活永远都非常倾心。恋家的情感击败了他的意志！

"接下来的假期，您有什么计划吗？"丰塔南太太问道，"也许您会劝达尼埃尔和您一起离开巴黎，一起旅行几个星期吧。当然，这也会非常有意思，也很有帮助。"（她对儿子的辉煌前途寄有希望，可是她却没办法看清楚儿子的前途，想到这一点她就忍不住独自伤心。她并不想耽误儿子的大好前程。看到儿子的生活太过自由，缺乏规律，她也会很不安。当然，她不敢说他的生活是荒唐的。）

雅克告诉她，整个夏天自己都想在别墅区度过。听到雅克的话后，她非常高兴：

"我简直太高兴了！希望您待在这里也能吸引住达尼埃尔。他从来都不过假期，这样下去他的健康实在令人担忧……贞妮，亲爱的！"年轻姑娘带着客人回来了，她对贞妮说道，"告诉你一个好消息，整个夏天雅克都会留在这里，他是我们的客人！我想，这样你们就能来几场非常精彩的网球比赛了！"丰塔南太太又转身对埃凯大夫解释说，"贞妮今年简直是走火入魔了，每天早上都要去俱乐部。现在这儿有一个非常不错的网球俱乐部。"埃凯大夫坐到了丰塔南太太身边，继续听她说话。"那里都是一群快乐的年轻人，他们每天早上都在那儿聚会。网球场也很不错，经常组织比赛，年轻人之间争夺冠军……当然，这些事情我是不懂的。"丰塔南太太笑着说，"不过看上去非常热闹。他们总是在抱怨，年轻人太少了！您也会参加俱乐部，是吗，雅克？"

"当然,我一直参加。"

"太好了!……尼科尔,暑假一定要带着你的未婚夫过来,在这儿住上一个星期。我说得对吗,贞妮?我敢肯定,埃凯大夫的网球一定非常棒!"

雅克转过身来看着埃凯大夫。丰塔南太太客厅的窗户敞开着,灯光透过窗户照在这位年轻的外科大夫的脸上。那是一张神情严肃的长脸,长着栗色的短胡子,两鬓已经有了不少白头发。看上去他应该比尼科尔大十几岁。他戴着一副夹鼻眼镜,镜片反射着灯光,飘忽不定,让人无法看清他的眼神。不过雅克喜欢他那深思熟虑的表情。

"没错,"雅克心里想,"我只是个幼稚的孩子,这才是真正的男人。一个让人看一眼就会爱上的男人。而我……"

昂图瓦纳已经站起来准备走了,他累极了,不想错过回城的火车。雅克看了他一眼,有些恼火。几分钟之前,昂图瓦纳就想好了找什么借口离开,可是他还在犹豫,该不该就这样离开,因为他得陪着弟弟。

雅克走向贞妮,说道:

"今年在俱乐部,您都跟谁打过网球?"

贞妮看了一眼他,微微皱了皱眉头。

"谁在那儿我就跟谁打球。"贞妮有些冷淡地回答道。

"卡赞兄弟俩、福凯还有佩里戈家那群人吗?"

"是的。"

"他们还是那么有才能吗?"

"您到底想说什么?不是每一个都上过高师。"

"当然,不过说起来,也许真的只有傻瓜才能把网球打好。"

"也许吧。"贞妮抬起头看着他,掩饰不住脸上的傲慢,"不过您不是比其他人更了解这一点吗?以前您就是一个非常棒的网球手。"

随后贞妮便换了个话题,对着表姐说道:"你暂时还是待在这儿吧,尼科尔?"

"这你得问费利克斯。"

"需要问费利克斯什么?"埃凯大夫凑到两个姑娘的身边,笑着问道。

"这个姑娘面色红润有光泽。"昂图瓦纳看着尼科尔,想着。

"不过,要是跟拉雪尔比较的话……"昂图瓦纳这么想着,突然就激动了起来。

"这么说来,不用过多久就能再次见到你吧,雅克?"丰塔南太太对雅克说,随后又转向贞妮,问道,"亲爱的,明天你还去俱乐部打网球吗?"

"我也不知道,妈妈,我明天不太想去了。"

"要是明天不去的话,你们就再找个早上一起去吧。"丰塔南太太和蔼地说道。然后便将雅克兄弟俩一直送到了花园的小门口,尽管昂图瓦纳两个人一个劲儿地推拒。

"亲爱的,我必须说句实话,你对你的朋友实在太不客气了!"昂图瓦纳和雅克刚一离开,尼科尔就对着贞妮大声说道。

"首先,我得申明一点,我跟他们不是朋友。"年轻姑娘也针锋相对。

"我同蒂博医生一起共事过。"埃凯大夫也插进了姐妹俩的对话,"他是个相当优秀的小伙子,医院的人都非常看重他。至于他的兄弟,我不太清楚,不过,"埃凯大夫顿了顿,灰色的眼珠在镜片后面闪着狡黠的光,刚才雅克和贞妮之间简短的几句对话他都听见了,他对着贞妮戏说道,"没有几个傻瓜会一下子就考上了高师,而且成绩还很优异。"

听到埃凯大夫的话,贞妮的脸一下子就红了。尼科尔连忙插了进来。她一直和表妹生活在一起,贞妮性格中的一些怪癖她都非常了解。贞妮就是这样一个古怪的姑娘,内心胆怯,但又不停地同骄傲做斗争,有时候还非常容易发怒。

"可怜的孩子,你看到了吗?他的脖子上长了一个疖子。"尼科尔有些心软地说道,"那个疖子使他动作笨拙。"

贞妮沉默不语。埃凯也没再说话,只是转身对着未婚妻说道:

"我们差不多要走了,尼科尔。"埃凯大夫说话的语气表明他是一个习惯于准确安排自己生活的男人。

丰塔南太太回来了,这场姐妹间的争论也结束了。

贞妮陪着尼科尔回到房间去拿她的大衣。两人好长一段时间都没有说话,最后,贞妮自言自语道:

"这个暑假我肯定没好日子过了。"

尼科尔坐在梳妆台前,认真地对着镜子梳理头发,她要未婚夫喜欢自己。她看着镜子中的自己觉得很漂亮,她在想埃凯大夫对姨妈轻声说了些什么,她还想着在宁静的暗夜里坐着年轻医生的汽车飞驰回家……她想了很多很多,贞妮懊恼的样子并没有引起她的注意。她终于看到贞妮独自生气的样子时忍不住笑出了声:

"真是孩子气!"她笑着说。

她没注意到贞妮瞄了她一眼。

屋外传来了汽车的喇叭声。尼科尔身上有股特别吸引人的气质,那种气质混合了温柔、天真和优雅。听到喇叭声后,尼科尔高兴地转身扑向贞妮表妹,试图抱住贞妮的腰。可是贞妮大喊了一声,非

411

常不情愿地躲到了一旁。

贞妮无法忍受别人触摸她，所以她从不学跳舞，因为光是摸到别人的手臂就让她无法忍受。她很小的时候，有一次在卢森堡公园玩耍，不慎扭伤了脚踝，不得已被别人扶上了车，可是后来这个倔强的姑娘宁肯忍着痛拖着受伤的脚一瘸一拐地走上楼，也不愿意被门房抱上楼。

"原来你怕痒痒！"尼科尔笑嘻嘻地说，随后睁着大眼睛，用明亮的目光看着贞妮。晚饭前，两个姑娘曾躲在玫瑰树的小路上促膝谈心。想到那美妙的时刻，尼科尔忍不住说道："亲爱的，我真高兴能跟你那样敞开心扉地谈话。这几天来我简直幸福得没办法呼吸了。你看到了，只有跟你在一起的时候，我才会那么坦诚；只有跟你在一起的时候，我才是最真实的自我。亲爱的，真希望不久之后你也能……"

汽车停在花园里，车灯照耀下的花园宛如仙境、胜过舞台。埃凯将引擎盖打开，不愧是外科医生，他在捏紧火花塞时动作非常精准。尼科尔本想将大衣折叠好放在大腿上，可是她的未婚夫坚持要她穿起来。在他面前，她就像个小姑娘。也许别的女人在他面前也像个小姑娘。但是尼科尔还是听从了埃凯大夫的话。贞妮看着尼科尔那副心甘情愿的样子，非常吃惊。但是贞妮开始讨厌这对未婚夫妇了。"我可不要。"贞妮摇着小脑袋想着，"我可不要这种幸福……"

汽车开走了，贞妮还没有离开，目光在漆黑的丛林中追寻着那道亮光，直到它消失不见。随后，她靠着花园的围墙，怀里紧紧地抱着她的母狗，心中升起了莫名的怨恨，还有毫无目标的希望。她抬头看着夜空，深蓝的天空布满了星辰。好一会儿，她都在想，真希望在还没有经历人生的痛苦之前就可以结束生命。

6

吉赛尔想不明白,自从雅克回来了,这些天为什么白天会变得如此短暂,夏日会变得如此灿烂。为什么每天早晨,当她打开窗户,坐在窗边梳头时,她都忍不住想要唱歌,看到的一切东西她都想对它们微笑:明亮的镜子,透明的天空,绿葱葱的花园,窗台上的豌豆,院子里的橘子树……她甚至认为应该把橘子树修剪成球形,就像刺猬一样,这样才能抵挡烈日。

蒂博先生在拉菲特别墅区住的时候,每隔两三天就要去一趟巴黎,在那里待一天,处理一些事情。他不在的时候,别墅就沉浸在一片轻松自由的气氛中。吃饭就像玩游戏,雅克还有吉丝总是像孩子一样疯闹。老小姐看上去也非常轻松自在,从餐厅走到更衣室,从厨房走到晾衣间,她总是哼着那些老旧的赞美歌,那些歌曲很像纳多的歌。在别墅的这几天,雅克备感轻松自在,精力也备感活跃充沛。他总是在做些前后矛盾的计划,全身心地投入到自己的兴趣之中。有时一整个下午就在花园的角落里消磨时间,时而站起来,时而坐下去,还不时地拿着笔写写画画。这段时间吉赛尔也正好可以充实自己的生活。她喜欢坐在楼梯上,远远地看着雅克在树底下来来回回地走。她也喜欢静静地阅读狄更斯的《远大前程》。多亏了雅克的一再坚持,老小姐才同意吉赛尔读这本书,当作提高她英语水平的一个机会。看这本书时,吉赛尔高兴得快要哭了,因为从一开始她就猜到,正是皮普把可怜的比蒂丢给了爱丝特尔小姐,那个残忍而古怪的女人。

八月的第二个星期,雅克去杜兰纳参加巴坦库的婚礼,巴坦库坚持要他来当证婚人，没办法，他只好离开别墅区，这样一来，甜蜜的生活就要暂时被打断了。

从杜兰纳回来的第二天，雅克很早就醒了，昨晚睡得很不安稳。他对着镜子小心地刮脸，镜中的人脸色并不见红润，原先长疖子的地方已经痊愈了，只留下了一个非常淡的疤痕。一想到又要开始一天的单调枯燥的生活，雅克就感到非常泄气，也没有心思打扮了，疯了般地一头扑到床上。"已经过去几个星期了。"他想。

这样的假期难道他喜欢吗？突然，他猛地跳下床。"我该去运动运动。"脑子里突然冒出这个想法来。他想，运动时理智的态度与动作的狂热正好成正比。他走到衣柜前，在里面找到了一件领子比较宽松的衬衣，又查看了一下运动鞋和网球拍。没多久，他就已经骑上自行车出发了，他想快点到俱乐部去。

两个网球场已经有人在打球了。雅克看到了贞妮，不过贞妮似乎并没有看到他。雅克在一旁等着，并没有急着去跟贞妮打招呼。一局结束，重新组队，雅克和贞妮分到了同一局，一开始他们是对手，后来两人一组。雅克和贞妮实力不相上下。

借着打网球的机会，两人又像从前那样，说话时友好又随便。雅克对贞妮的照顾细致入微，但有些唠唠叨叨，有时候甚至有些不给贞妮面子。贞妮出现失误时，雅克就会非常高兴，然后很不客气地指出来，顺带着嘲笑一番。而贞妮也不甘示弱，用她惯有的执着的嗓音反唇相讥。本来，贞妮可以找个机会避开这个一点都不友善的对手的，但她好像并不愿意这么做。事实上，贞妮固执地正想跟雅克比一比。其他的伙伴们已经逐渐回家吃午饭了，可是贞妮似乎还没有打够，她叫住了雅克：

"来,我们再来四局单人赛。"

贞妮精力充沛,非常勇猛,顺利赢了四局。

获得胜利的贞妮看上去非常宽容,她对雅克说道:

"这四局不算数,因为你并没有参加过训练,过几天你就可以很棒了。"

贞妮说话时声音又变得像往常一样沙哑。"我们俩都很孩子气。"这么想着,雅克感到非常高兴,因为他和她有着一样的弱点,而这个共同点对雅克来说就是一个希望的曙光。想起自己刚才对贞妮的态度,他并不觉得有什么不好意思的地方。但是当开始考虑应该用怎样的态度单独面对贞妮时,他又开始不知所措了。单独面对贞妮,雅克总是无法做到随意自然,但他又非常渴望和贞妮独处。

两人推着自行车,一起走出了俱乐部,教堂的钟声正好敲响,已经正午了。

"再见,雅克。"贞妮说道,"你先走吧,这会儿太热了,我怕骑车会中暑。"

雅克没说话,仍然推着车子走在贞妮的旁边。

贞妮非常讨厌别人勉强她。现在雅克还缠着她不放,她感到很厌烦。不过雅克并没有察觉到贞妮的异样。他在想,明天还要来打网球。他还在想着要怎么跟贞妮解释之前几天没有来打网球。他还是这样缠着她不放。

"我刚从杜兰纳回来。"雅克说着,语气有些尴尬。当与贞妮独处时,雅克已经不再用嘲弄的语气跟她说话了。(不过,贞妮去年就已经发现了,每当只有他们俩时,雅克就不会戏弄她。)

"你到杜兰纳去了?"她问,寻思着该说些什么。

"是的。前些天去的。有个朋友在那儿举办婚礼。说起来你也认识这个人,我还是在你家里遇到他的,他叫巴坦库。"

"西蒙·德·巴坦库?"贞妮似乎在努力回想这是谁,过了好一会儿,大概想起来了,贞妮语气非常肯定地说,"我讨厌他。"

"是吗?你怎么会讨厌他呢?"

贞妮没有说话,这种紧紧相逼的提问让她受不了。

"贞妮,你对人太严格了。巴坦库可是个非常可爱的小伙子。"看到贞妮没有说话,雅克便接着说,但是随后他又改口了,"不过说实话,你说得对,巴坦库的确太平庸了。"贞妮点了点头,雅克内心欢喜不已。

"我没想到你和他还在联系。"她说。

"不是的,是他先找的我。"雅克微微一笑,纠正贞妮的说法,"事情是这样的,有一天晚上,我正走在回去的路上,事实上,我已经记不太清当时是要去哪儿了。那时天已经很晚了,达尼埃尔先离开了。巴坦库毫不犹豫地就把我当成了好朋友。他把他所有的事情都告诉了我,如同一个人将他平生所有的财产都交给了银行家,并对其说:'我非常信任您,请您来照看我的财务吧。'"

听他这么说,贞妮不禁有些好奇了,也不再想着要怎么摆脱他。

"你经常被别人当成好朋友吗?"她问。

"不,不是的。你怎么会这么问?嗯,也许的确如此吧。"雅克微笑地看着贞妮,继续说道,"事实上,我的确经常被人当成倾诉的对象,这样的事情经常发生。"随后他又不以为意地说道,"怎么,这让你感到非常吃惊吗?"

他在等她的回答。他很激动,因为他听到她说:

"事实上完全相反,我一点也不感到吃惊。"

迎面吹来一阵阵热风,风中夹杂着花园特有的气息,有肥沃的土壤散发出来的湿润的芳香,有花朵在烈日的烘烤下散发出来的淡淡幽香,还有印度石竹花和天芥菜的香味。雅克只顾着推自行车,没说一句话,贞妮只好接着问他:

"最开始是说知心话,渐渐地发展到需要你为他证婚了吗?"

"不,不,不是的,事实上恰恰相反。我是强烈反对这门荒唐的婚事的。那个女人是个寡妇,带着一个孩子,比他大了十四岁!为了这门婚事,巴坦库的爸爸妈妈已经跟他闹翻了。当然,巴坦库也是有自己的苦衷的。"随后他又补充了一句,在说到自己的朋友时,他曾经也用过这个巧妙的词语,"这个女人把巴坦库迷得神魂颠倒。"

"那个女人非常漂亮?"贞妮问道,没有意识到自己用了一个色彩非常浓重的词。

雅克沉默不语,贞妮咬了咬牙,看着雅克说道:

"非常抱歉,我没想到这个问题会令你如此尴尬。"

雅克仍然沉默不语,之后又一脸严肃地说道:

"我不可以说她非常漂亮,不过她的确非常厉害。我不知道还有其他什么词可以形容她。"顿了顿,雅克又喊了起来:"人就是这样充满好奇心的动物!"他朝贞妮看了一眼,贞妮的脸上充满了诧异和惊奇。"的确是这样。"他又说,"每个人都有着强烈的好奇心!即使是那些对别人毫无兴趣的人也是如此。你没发现吗?当两人谈到彼此都认识的人时,人们往往会忽略那些最有意义的、最能说明人的本质的东西,只对一些细枝末节充满了好奇。正因为如此,人们之间没办法相互了解。"

417

说完，雅克又看了一眼贞妮，知道她在听自己说话，并且在很认真地思考自己说的话。他感到高兴极了，之前在面对贞妮时所有的那些不信任感统统消失了。他还想更进一步地吸引住她的注意力，他还想说些什么让这个姑娘感动，他想起了一些宗教仪式的细节，他要讲给她听。

"刚刚我说到哪儿了？"雅克有些糊涂了，"关于这个女人我只知道一点点情况，不过，总有一天，我要根据这些情况给她写个传记！听说，一开始她是商场售货员。可是这个女人一直在努力往上爬。"他想起了自己之前在一个笔记本上记录的一句话，"她是于连·索黑尔的一个姐妹。对了，《红与黑》你喜欢看吗？"

"不喜欢，一点也不喜欢。"

"哦？"雅克略显惊讶地说道，"好吧，我想我明白了你的意思。"沉默片刻，雅克又笑着说道，"我们的谈话好像有点离题了，总是我一个人在没完没了地说。我想我没有占用你的宝贵时间吧？"

为了掩饰内心的窘迫，贞妮不由自主地说道：

"不，没有，因为达尼埃尔的原因，我们打算在十二点半的时候吃午饭。"

"达尼埃尔？他回来了吗？"

贞妮只好撒谎：

"他说可能今天中午回来。"贞妮的脸通红，"你呢？有什么要紧事吗？"

"不，我没什么要紧事，我的父亲去了巴黎。我们往那边的树荫走一点吧。我想跟你聊的只是婚礼结束后的宴席。当然，这没什么好说的，不过确实让人难以忍受，我发誓。你看，我们是在一座古堡里,那座原形的塔楼是古皮约建造的。他是她的前夫,一个非同一般的小老头儿,曾经在服装店当伙计,后来去了商场,非常有才能,他死的时候留下了好几百万的财产,那个老头儿在其他省的所有城市都建了'二十世纪商场'。你肯定见过的。当然,这只是因为这个寡妇,我们就顺便说说这个有钱的老头儿。我以前没有见过那个女人,我不知道该怎么向你描述她。这是一个纤瘦、灵活且风流的女人,正面不是很好看,但是侧面还不错。她有一双灰色的眼珠,略微带着点褐色,看上去有些浑浊,像极了鼹鼠那灰不溜秋的眼睛,毫无生气。你应该见过这样的眼睛。行为举止像个被宠坏了的孩子,明显比她的脸看上去要年轻很多。她说话时嗓门很大,喜欢大笑。还有一点我不知道该怎么向你说明,就是她灰色的眼珠总是在睫毛下面,在眼皮之间骨碌碌乱转。看到这双眼珠,你会突然理解她那幼稚的举止有着让人害怕的含义。你会不由自主地想到那个传闻。她守寡之后,人们盛传,是她下毒慢慢毒死古皮约的。"

"哦,天哪,真是个可怕的女人。"贞妮感叹道。她在不断地努力,想要抵挡住雅克身上的吸引力。而雅克察觉到了这一点,他显得异常兴奋。

"没错,的确是这样的。"雅克重复了一遍,"这是一个让人禁不住有点害怕的女人。我想起来了,在入席的时候,我也有这样的感觉。当时她就站在布满白花的餐桌前,脸上一副严肃的表情……"

"她全身上下都穿着白色吗?"

"差不多吧,那不是一件全新的礼服,是她去花园的时候穿的连衣裙,乳白色,非常抢眼。午餐时,大家坐在一张张小餐桌上。她邀请大家去她那张餐桌吃饭,也不管位子够不够,反正大家就乱七八糟地坐了下去。巴坦库就坐在她旁边,神情非常激动,他对她说道:'你看,你把事情搞得一团糟。'他俩互相看了一眼,啊,那眼神太奇怪了。我在他们之间看不到青春,看不到任何热烈的气息,那感觉就是已经在消失的生活。"

"也许。"贞妮这么想着,"也许他没我想得那么讨厌、那么枯燥、那么……"突然,贞妮发现自己原来早就发觉雅克是那么善良、那么敏感。贞妮的内心开始动摇,一边听雅克说话,一边不由自主地想起了他那些让人产生好感的行为。

"西蒙安排我在他左边坐下。"他继续说,"那么多朋友之中,只有我一个人去了。达尼埃尔原本说要去的,可最后还是没见到他。巴坦库的亲戚一个都没来,连一个堂兄弟都没来。那些和他一起长大的堂兄弟,那些他全身心信赖的堂兄弟,他们一个都没来。真是个可怜的家伙,让人忍不住同情他。巴坦库感情细腻,心思敏感,我了解他,他有很多优秀的品质。环顾四周,在场的宾客他一个都不认识,他开始想念爸爸妈妈。他对我说:'我没想到,他们会这么严厉地对我。他们肯定恨透我了!'过了一会儿,巴坦库对我说:'不要给他们写信,电报都不要发。他们已经没有我这个儿子了。你觉得呢?'我有些不知所措,不知道该说些什么。随后他又连忙说:'噢!我不想为自己辩解什么。这些我都不在乎,我做的一切都是为了安娜。'这时,那个可怕的安娜正好接到一封电报,正准备打开。巴坦库的脸唰地一下就白了。不过那电报是给安娜的,是她的一个朋友发来的贺电。终于,巴坦库坚持不住了,顾不上所有的人都在看他,也顾不上安娜看向他的冷酷的眼神,他放声大哭起来。一旁的安娜非常生气,他也发觉了。他就坐在那个女人的旁边,用手抓着安娜的手臂,像个犯了错的孩子，小声地对她说：'对不起，请原谅我。'天哪，我真是听不下去了，可是她竟然毫无反应。接着，巴坦库便开始非常兴奋地说话。你知道，那种强颜欢笑真是比看他痛哭还要让人心酸。他甚至跟宾客说说笑笑，你能听到他说话时的勉强，甚至还能看到他眼眶里的泪水。可是他抬起手背抹掉眼泪，继续跟大家说笑。"

雅克在叙述这个场面时，语气里充满了不安，这让贞妮内心更加感动，禁不住喃喃自语：

"天哪，真是太可怕了……"

雅克感到非常快乐，这是一种编故事的快乐，也许是他第一次感到这么快乐，他简直要疯了。但是他很狡猾，掩饰得很好。

"但愿我的话没有令你感到不耐烦。"但是贞妮仿佛并没有听到雅克的话。随后，雅克便接着讲那个故事："故事还没完。开始上饭后点心时，其他桌子的宾客喊着：'新郎新娘，快点来呀！'巴坦库和安娜只好站起来，端着一杯香槟，面带微笑，围着大厅绕了一圈。这时候，发生了一件让人非常难受的小事。在他们夫妻俩挨个桌子敬酒时，他们把安娜前夫的女儿忘了，那是个可爱的小姑娘，才八九岁。小姑娘顽皮地跟在他们身后跑。当他们俩回到座位上时，小姑娘的妈妈抱着她随便吻了吻，给她整理了一下连衣裙的领子，然后就把小姑娘推给了巴坦库。可怜的巴坦库围着大厅敬了一圈酒，却没有一个认识的亲朋好友，他的眼里泪水盈盈，他几乎看不见什么东西了。巴坦库抱起小姑娘，让她坐在自己的膝盖上。这孩子是别人的，可他却不得不低头对她微笑，尽管那微笑是那么虚假。小姑娘将脸别向了一边，我永远也忘不了那个孩子忧郁的眼神。最后，他吻了吻她，可是她还是不想走，他便笨拙地用手指摸索她的下巴，就像这样。你能理解吗？我发誓，这实在太让人悲伤了。可是，这个故事仍然很美，不是吗？"

雅克微笑地看着贞妮。尽管这愁绪很浓，但是他更喜欢关注别人的生活，关注别人的思想和情感，所以那点愁绪便显得没那么重要了。贞妮似乎也有同样的兴趣。也许他们都一样，都有着浓厚的不甘寂寞的兴趣。

雅克和贞妮已经走完了林荫道，前面就是森林了。夏日的阳光照射着绿草地，眼前是一望无际的平地。雅克停了下来：

"我一直在唠唠叨叨的。"雅克有些不好意思地说道，"希望你不要觉得烦。"

贞妮没有对他表示一丝不满的情绪。

不过雅克并没有就此离开，而是进一步说道：

"我都走到这儿了，我想去向你哥哥问个好。"

这可不好，贞妮想起了先前自己说的谎。可是雅克竟然相信那个谎话，贞妮不由得非常恼怒。她默不作声，雅克便明白她的意思了。她已经不想再跟他待在一块儿了，不想他继续送她。

雅克感到有些屈辱，可是他不能在离开时给她留下坏印象。更何况今天早上他感到在他们俩之间有某种奇妙的情绪萌发出来了。这种奇妙的情绪就是他期盼了几个月的。也许几年前他就开始期盼这种奇妙的情绪了。

两人走在通往花园小门的路上，看着路旁种满了洋槐树，谁也没说话。雅克走在贞妮稍后点，可以看到她脸颊的曲线，柔美而忧郁的曲线。越是往前走，雅克就越坚定了心中的想法。因为这样半路离开实在说不过去。不一会儿，两个人就到了小门前面。贞妮打开门，雅克跟在后面进去了，穿过花园，露天吧台上没有一个人，客厅也看不到一个人影。

"妈妈！"贞妮大声喊道。

可是没有任何回应。贞妮便直接跑到厨房的窗前，对女仆喊道："达尼埃尔先生回来了吗？"她还在想着刚才说的谎。

"没回来，小姐。不过刚才有封电报。"

"好了，不要吵到你妈妈。"雅克终于不得已地说道，"我马上就离开。"贞妮挺直了身体，固执地看着雅克。

"再见。"雅克轻声说，"明天还能见到你吗？"

"再见。"贞妮站在原地没有动，不肯多说一句话，也没有送他的意思。

雅克刚转身离开，贞妮便跑到客厅，将球拍用力地往衣帽架上一挂，其他东西往箱子上一扔，重重地坐到沙发上，双手粗暴地乱挥一通，如此发泄之后，她才稍微感到轻松一点。

"明天？不，不行，明天肯定不行！"贞妮想着，心里有些焦躁。

丰塔南太太就在自己的房间，她听到了贞妮的喊声，也听到了雅克的说话声。可是她现在烦恼极了，根本没有力气再假装镇定。刚才她收到了电报，是她的丈夫热罗姆发过来的。电报上说，他现在一个人在阿姆斯特丹，束手无策，独自照顾着重病的诺艾米。丰塔南太太在看到电报的那一刻就做出了决定，今天就去巴黎，去银行取出剩下的钱，然后照着热罗姆给她的地址把钱寄给他。

丰塔南太太正在穿衣服，贞妮走了进来。看到妈妈异常的脸色，还有桌上摊开的电报，贞妮不由得担心起来。

"妈妈，你怎么了？"贞妮问道，马上她就在想："我不在的时候肯定发生什么事了,这都怪雅克!"

"不,亲爱的,没什么大不了的事。"丰塔南太太低低地叹了口气,解释道,"你的父亲……你的父亲希望我能给他寄一点钱。"丰塔南太太不由得脸红了,她为自己的懦弱无能而羞愧,更为孩子们的父亲感到羞愧。她双手紧紧地捂着脸,无法平复心情。

7

车厢的玻璃上蒙起了一层水汽,透过朦胧的水汽能看到东升的朝阳。丰塔南太太将自己埋在座位的角落里,眼睛无神地望着窗外荷兰平坦的牧场。

丰塔南太太昨天就到了巴黎,在家里又接到了热罗姆发过来的第二封电报,上面写着:"诺艾米救治无望,我孤立无援,望带钱速至。"丰塔南太太坐夜班火车去了巴黎,在这之前她没能见到达尼埃尔,只好给他留了张字条,告诉他自己已经去了巴黎,希望他照顾贞妮。

火车到站了,她听到列车员喊:

"哈勒姆到了。"

下一站就是阿姆斯特丹了。车厢内的灯已经熄灭了。朝阳还没有完全升起来,整个天空都被霞光映衬得五彩缤纷,呈现出朦朦胧胧的乳白色。旅客们已经醒来,开始活动腿脚,折叠大衣。可是丰塔南太太却一动不动,只想这样昏昏沉沉的状态还能持续下去,因为这样她才能受到保护,不至于非常清醒地意识到自己正在做的事。

诺艾米就快要死了。丰塔南太太试着剖析自己。嫉妒吗?不,一点也不。她只在结婚头几年被嫉妒这种突然爆发的情感所吞噬,那些年她总是在怀疑,拒绝接受眼前的事实,不断地同她面临的困扰斗争着。折磨她的早就不是嫉妒,而是上天对她的不公平。她不想说自己被痛苦折磨,因为她早就经历了太多的痛苦!可是她之前真的是个容易心生嫉妒的女人吗?最让她无法忍受的痛苦就是她总是最后一个知道真相的人。在面对热罗姆的情妇时,她总是用高傲的态度怜悯她、同情她,如同对待一个失足的姐妹。

丰塔南太太开始扣腰带了,她的手指不听使唤地发着抖。她是最后一个下火车的。下车后她看了看四周,目光急切而惶恐,可是她并没有等到那期待与之相遇的目光。她有些疑惑,难道他没有收到她的电报?丰塔南太太挺了挺腰,想着也许周围正有双眼睛此刻就在观察着她。她跟在出站旅客的队伍后慢慢地走着。

她感到有人碰了碰她的手臂,回头便看到了热罗姆。他目光有些飘忽,看到她似乎有些高兴,低垂的脑袋没有戴帽子,脸更加消瘦了,肩膀也有些佝偻,但还有着一股东方王子般的不安和优雅。他刚要开口说些欢迎的话,潮水般的旅客就已经将他们推向前方。他接过她的手提包,动作温柔而殷勤。"她还活着。"丰塔南太太这么想着,也许会看到表妹临终的情景,她害怕了。

出了车站,来到广场,两个人一路上都没有说话。丰塔南太太伸手拦了一辆马车。当她刚准备上马车时,一股幸福感涌上心头,她差点无法呼吸:那是热罗姆的声音!他用荷兰语在跟马车夫说话,简单地吩咐了几句。她已经踩上了踏板,她激动得不敢动一下。好久她终于睁开了眼睛,扶着椅子坐了下来。

这是一辆敞篷马车,他坐在她的身边,扭转身子对着她。再一次,她看到了他温润的带着金色的眼睛;再一次,她被这热烈的感情和气氛所淹没。他触摸苔蕾丝的手臂,想要抓住她的手。他温柔主动的姿态,他精准的动作,他潇洒的态度,他过分的随便和自我放纵,所有这一切都令她不自在,如同她不愿再看到他们之间爱情的标记一样。她感到慌乱不安。

还是她最先开口,打破这尴尬的沉寂。

"……情况怎样?"她没办法说出她的名字,于是马上又说道,"她痛苦吗?"

"不,不,"他说,"现在已经不痛苦了。"

她尽量不去看他的脸,听他回答的语气,她已经明白了,诺艾米已经好了很多。她能感受得到他的为难,让自己的妻子去见自己病重的情妇,实在太为难了。丰塔南太太后悔极了。她不知道是什么样的力量让她这么快就赶到他的身边。现在诺艾米已经好了,一切又要回到过去,那她还在这儿做什么?她想立刻离开这里。

热罗姆嚅动着嘴唇,轻声说道:

"谢谢你,苔蕾丝……"

热罗姆的声音温柔中透着胆怯,感激中怀着敬意。她低头看着他的膝盖,那双放在膝盖上的手纤长消瘦,青筋凸起,无名指上戴着宽玉戒指,正在不停地微微颤抖。她忍住了,没有抬头,目光一直盯着眼前的这双手,先前的悔意消失殆尽。为什么要马上离开呢?她是自己想要来的,是祈祷让她产生了这种冲动,这不会有任何不好的结果。想要立刻离开的念头一旦消失,她又重新获得了自信、获得了强大的力量。她总是有神奇的灵感,以至于她不会一直处于犹豫不决之中。

马车载着两人来到了一座雄伟壮观的大城市里,清晨的空气十分清新。道路两旁是一排排店铺,此刻百叶窗还没有拉开。人行道上已经有三三两两的工人开始了一天的劳作。不一会儿,马车进入了一条狭窄的小路,道路两边是一道道单孔桥,桥下是一道道运河,运河的两边是房屋,那些又高又窄的建筑没有浮雕,大部分被涂成了红色,上面开着白色的窗户。运河的水面静止不动,映射出两旁的房屋和树木的倒影。丰塔南太太感到离法国越来越远了。

"两个孩子都还好吗?"热罗姆问道。

热罗姆在问这个问题时,有些犹豫不决,而她也察觉到了。很显然,他非常激动,而且这一次他并不想向她掩饰自己内心的慌乱。

"达尼埃尔怎么样?"

"他在巴黎工作。空闲的时候会到别墅区来看看。"

"你还住在别墅区吗?"

"是的,还在。"

他不再说话,陷入了回忆,回忆中有那座公园,还有那座森林边上的老房子。

"那么,贞妮呢?她还好吗?"

"她很好。"他看着她,仿佛在哀求她多说一点。她理解了他,便又补了一句:"她长了许多,也变了许多,跟以前大不相同了。"

热罗姆眨了眨眼睛,因为内心激动,声音都有些颤抖了:"是啊,当然,她当然变了很多……"接着又是一阵沉默,热罗姆将头转向一边,使劲擦了擦额头,有些激动地说道:"上帝啊,简直太可怕了。"随后,没做任何铺垫,热罗姆忽然说道:"我几乎身无分文了,苔蕾丝……"然后将头深深地埋在手心里。

"钱我已经带过来了。"她连忙说道。因为她从他的话中已经感受到了许多烦躁和不安。她做了个高兴的动作，不想让热罗姆太过担心，但随即她便伤心地想，诺艾米根本就没有得重病，他们喊她过来只是需要钱！好半响，热罗姆才非常难为情地问道：

"带了多少？"

终于，她发怒了，忍不住地颤抖了。有那么一秒钟，她甚至想把钱说少点。

"我把所有的钱都拿出来了。"她说，"只有三千法郎多一点。"

他似乎有些失望，喃喃道：

"啊，谢谢！……谢谢！……苔蕾丝！……我只是想说，我们欠了医生五百弗罗林……"

马车载着他们穿过了一座石桥，经过了一条大河，河面上挤满了船只。然后来到了一片郊区，在小巷子中左拐右拐，终于来到了一个小广场，广场上看不到一个人影，最后马车在一个小教堂的台阶前停了下来。

热罗姆扶苔蕾丝下车，付了车钱，然后拿起苔蕾丝的手提包，很自然地走在她的后面。热罗姆踏上台阶，将门推开。走进去后丰塔南太太才发现，这不是教堂，也不是庙宇，也许是犹太人的宗庙吧。

"很抱歉，"他轻轻地充满歉意地对她说，"带你来这里是为了避免回家。这里对外国人的监视非常严密，待会儿我再给你解释这个。"然后他稍微抬高声调，像个典型的上流绅士一样，对苔蕾丝殷勤地微笑，说道："走几步路应该没关系吧？今天早上的天气好极了！我来给你带路。"

丰塔南太太跟在后面，沉默不语。马车也已经从广场离开。热罗姆带着苔蕾丝走上一条过道，过道上面是拱形的穹顶。顺着台阶走了一会儿，他带着她来到了一个码头上，这是运河上唯一的码头。站在那里可以看到对岸的房子，墙角全都淹没在水里。清晨的阳光照着砖头和玻璃，闪着明晃晃的光。窗台上摆放着苣荬菜和天竺葵。码头上熙熙攘攘，到处都是人、支架还有篮子。这里俨然是一个露天的大市场。岸边的小货船上载满了鲜花，人们正在往下卸货，那些鲜花都被放在旧衣服和旧家具中，浓郁的花香夹杂着河水的腥臭扑面而来。

热罗姆转身对苔蕾丝说道：

"你累吗，我的朋友？"

他说"朋友"时的语气就像唱歌一般。她低着头，一言不发。

他在她心中挑起了无以言表的激动，可是他却没有发觉。他指了指对岸的一座房子，那房子在桥的那一头。

"马上就到了，就在那儿。"他说，"很抱歉，房屋有点简陋，请原谅我如此寒碜地接待你。"

她朝对岸看了一眼，果然，那栋房子外表非常简陋。不过桃花木刚刚才粉刷过一层石灰，木头被漆成白色，这让人联想起保存得很好的游艇。苔蕾丝看了一眼房子，窗帘都拉得很低，二楼挂着显眼的橘黄色帘子，上面有几个写得非常潦草的字：

罗谢-马蒂尔达公寓。

这是一个相当不起眼的旅馆，热罗姆就住在这里，他把她安排在他们的房间就不会太显眼。苔蕾丝长长地舒了口气。

他带着她走过了长长的栈桥。她注意到二楼的窗帘在动。是诺艾米吗？她在偷看我们？丰塔南太太不由得挺直了腰。走近了她才发现，在一楼的两扇窗户之间有一块招牌，上面画着一只鹤，还有一个裸体的小娃娃。

他带着她走入过道，上了楼梯，楼梯间能闻到一股打蜡的味道。热罗姆在楼梯口停了下来，按响了门铃。在门外能听到屋内有搬动家具的声音，不一会儿，门开了一条缝，主人隔着铁栅门看了看热罗姆和苔蕾丝，终于将门打开一点点，刚好可以让热罗姆进去。

"打扰了，"他说，"我是来跟您说一声的。"

丰塔南太太在门外听到热罗姆在里面用荷兰语同主人进行着简短的对话。随后门被打开了，里面只有热罗姆一个人。他带着她沿着长长的过道继续往前走，过道刚打过蜡，非常滑。丰塔南太太感到非常压抑，害怕迎面就碰上诺艾米。她只能依靠勉强撑起来的自尊，尽力保持镇静。当他带她走进那个房间时，她有些惊讶，里面并没有人居住，非常干净整洁，窗户对着运河。

"你住这个房间，朋友。"热罗姆说。

她想问："诺艾米呢？"但是她控制住了自己。

然而他猜到了她心里在想什么。

"我出去一下，"他说，"去看看是否需要我帮忙。"

出门前，他忽然走到妻子的身边，紧紧握住她的手：

"啊，苔蕾丝，我想对你说，你不知道我经历了多少痛苦！可是现在你来了，你来了……"他用嘴唇和脸颊摩挲着丰塔南太太的手。她忍不住往后退了一步，他也没有挽留。"一会儿我再来找你。"他站在门口对她说，"你想……见见她吗？"

对，她要看看诺艾米，既然她已经自愿地不远千里来到了这儿！然后呢？然后不管怎样都要立刻离开！她朝他打了个手势，表示愿意看看她,然后便低头看着手提袋,无视他轻声说的一声"谢谢",装作在手提包里翻找东西,直到热罗姆离开了房间。

这样,她又是一个人了,孤孤单单。她的自信陡然间消失不见了。她摘下帽子,对着镜子看了一眼,满脸的倦容,抬手擦了擦额头。为什么要来这里?想到这儿,她就无比羞愧。

不过,她并没有时间暗自伤神,因为屋外响起了敲门声。

她还没来得及回答,门就被推开了,外面站着一个女人,穿着红睡衣,看上去有一定岁数了,尽管她的头发还非常黑,脸保养得非常好。红衣女人问了一句话,但是丰塔南太太听不懂她的语言。那个女人便朝门外打了个手势,有些不耐烦了。这时,一个年轻一些的女人走了进来,穿着蓝色睡衣,看来她一直待在走廊里。蓝衣女人颤动着喉咙向丰塔南太太问好:

"您好,太太,您好!"

两个陌生的女人交谈了几句。老女人告诉年轻女人应该怎么说。年轻女人略微沉思了一下,便缓缓转过身,磕磕巴巴地对丰塔南太太说道:

"这位太太说,您应该把生病的太太送走,并把房租付清,搬到另一家去。您明白吗?您能明白我的话吗?"

丰塔南太太打了个手势,支支吾吾的。这一切本来就跟她没关系。老女人看到丰塔南太太的表情,便有些担心,又固执地对年轻女人说了些什么。

"这位太太说,"年轻女人又对丰塔南太太说,"如果您不能马上付清所有费用,您就应该搬到别的地方去,还应该把那位生病的太太也送到别的旅馆去。您明白吗?这比叫警察好。"

就在这时,门突然被打开了,热罗姆站在门外。他笔直地走到红衣女人面前,用荷兰话跟她吵了起来,一边说一边将她往门外推。蓝衣女人一言不发,只是用放肆的目光在热罗姆和丰塔南太太两人身上来回游走。那个年老的女人好像发怒了,不停地挥舞着拳头,手镯叮叮当当响个不停,像个流浪的吉卜赛女人,嘴里还在不停地骂着,不断地重复着几个字:

"明天……明天……警察!"

热罗姆终于把两个女人赶了出去,插上门闩。

"非常抱歉。"他转身对着妻子说道,脸上满是不愉快的神情。

直到这时,苔蕾丝才发现,热罗姆并没有去找诺艾米,而是去换了件衣服,脸上的胡子也刮干净了,还扑了点粉,看上去年轻了很多。"我呢?"苔蕾丝心想,"我坐了一晚上的火车,我怎么样呢?"

"我应该跟你说的,要把门锁上。"他走到她跟前说道,"这个上了年纪的女人是这里的老板娘,心肠挺好的,就是太啰唆了、太不懂礼貌了……"

"她们要我干什么?"苔蕾丝随口问道。她闻到了一股枸橼香水的味道,打扮一新后的热罗姆的周围总是散发出这种香味。好半天,苔蕾丝的嘴唇都无法合拢,眼神也有些迷乱。

"她们的语言一点都不规范,我听不懂。"他说,"也许她们把你当成了其他旅客了吧。"

"那个穿着蓝色睡衣的女人说了好几遍,要我付清费用,然后搬到别的旅馆去。"

热罗姆没说话,耸了耸肩。一瞬间,丰塔南太太仿佛又看到了他曾经特有的那种笑容,那种有点骄傲的假笑,那种脑袋向后仰的大笑:

"哈，哈，哈！……愚蠢透顶！"他大声喊道，"那个老太婆大概是害怕我付不了钱！"热罗姆这么说，似乎对于他来讲，无法偿清债务简直是天方夜谭。"可是这又不是我的错！"他阴沉着脸，继续说道，"我试过了所有的办法，可是没有一个旅馆愿意收留我们。"

"可是她跟我说，会去叫警察。"

"什么？她跟你说会去叫警察？"热罗姆非常吃惊地重复了一遍。

"我想她会这么做的。"苔蕾丝说道。她仿佛又看到了，在热罗姆的脸上，那种让人无法捉摸的天真表情。那回忆提醒她想起了生活中最痛苦的时刻。那回忆压迫着她，连空气里都仿佛充斥着腐臭的气息。

"这都是那些老娘们儿自以为是。警察怎么会来管她这档子破事儿？就因为楼底下有个小诊所吗？不。现在最重要的是把五百弗罗林还给那个小医生。"热罗姆的话丰塔南太太一句都没听懂，但是她又非常想弄明白，所以她心里难受极了。最让她难受的是热罗姆的焦躁不安、手足无措，那样子跟从前把她蒙在鼓里的情形一模一样。

"你在这个小旅馆住了多久？"她问道，她总要弄明白一些事情。

"大概半个月吧，不，没那么久，十二天吧，也许就住了十天。我记不太清了，我实在记不起来这些天是怎么熬过来的……"

"那，她的病怎么办？"她问道，语气有些凝重，这个问题是无法回避的。

"是的，"他回答道，没有丝毫的迟疑，"这里的医生真够难缠的。这个病是这个国家独有的，是一种热病，叫荷兰热病，你听说过吗？就是运河挥发出来的气体……"他在想应该怎么跟她解释，"在这里，到处都是疟疾，到处都是不清楚病因的疫气……"

433

她并没有仔细听他说的话。直到这时,她才突然发现,热罗姆每次在谈论诺艾米时,那种不以为然的态度,那种无所谓的耸肩,那种对疾病的漠不关心,所有这一切看不到丝毫的热情。她甚至不敢想象她看到了他对诺艾米的冷淡。

她在看着他,目光中充满了探寻的意味,可是他并没有察觉。他走到窗边,隔着窗帘细细地查看对面的码头。然后回到她身边,神情凝重,若有所思,非常真诚。她看着他,那样子她再熟悉不过了,她感到恐惧。

"我必须谢谢你,亲爱的,你是个好人。"他真诚而直接地对她说道,"我给你带去了那么多烦恼,可是你还是愿意为了我来,你总算来了,苔蕾丝,我的朋友。"

她向后退了一步,不敢看他。她总是很轻易地就理解了别人的感情,更何况是热罗姆的感情。此刻,她很清楚地感受到了他的激动,感受到了他真诚的敬意,可是她没有回答他,她更不愿意将这个话题继续下去。

"带我……去见她。"她说。

他犹豫了片刻,便同意了。

"走吧,我带你去。"

她一直害怕的时刻就要来了。

"勇敢点!"丰塔南太太在心里反复地鼓励自己。她跟着热罗姆走在昏暗的狭长的过道里。"她还躺在床上吗?她病好点了吗?我该对她说些什么?"突然,她想起了自己充满倦容的脸,不由得后悔了。"我应该戴上帽子。"

热罗姆停了下来,站在一扇紧紧关闭的门前。丰塔南太太整理了一下头发，手指有些颤抖。"她会看到我已经老了。"这么想着，她突然没了勇气。

热罗姆无声无息地打开了房门。"她还躺在床上。"丰塔南太太想。

房间里有些昏暗，窗帘已经拉开，波斯绸缎的窗帘上印着蓝色的花图案。丰塔南太太看到房间里有两个陌生的女人，看到有人进来，两个女人都站起身。个子矮点的女人大概是女仆或者看护，围着围裙，正在织着什么。另外一个女人五十来岁，应该是个做粗活儿的仆妇，戴着一顶紫色的帽子，看着像意大利的农妇。丰塔南太太走到房间中间，老婆子便连忙后退，在热罗姆的耳边轻声说了些什么，便悄悄退出了房间。

老婆子的离开没有引起苔蕾丝的注意，乱糟糟的房间，斑驳的脸盆，床上乱七八糟的毛巾，所有这一切都没有引起苔蕾丝的注意。她的眼睛只看到了床上的病人，躺在那儿，没有枕头。诺艾米会转头看看她吗？丰塔南太太听到了轻微的鼾声，很显然，诺艾米睡着了。丰塔南太太害怕了，她想离开这儿，不想惊扰诺艾米睡觉。可是这时，热罗姆已经带着丰塔南太太走到诺艾米的床前。她没有勇气拒绝。站在床边，她看到了诺艾米睁大的眼睛，翕动的嘴唇，急促的呼吸声正从嘴里吐出来。眼睛适应了房间里的昏暗之后，她看清了诺艾米那充血的脑袋，还有那毫无生气的黯淡的蓝眼珠，整个人看上去就像一只垂死的野兽。顿时，她明白了，床上的这个病人就快要死了！丰塔南太太万分震惊，连忙转身，准备呼救。可是一旁的热罗姆并没有说什么，只是极度忧伤地看着濒临死亡的诺艾米。苔蕾丝知道自己无须再对热罗姆说什么了。

"她已经出过四次血了。"热罗姆轻声解释道，"她还没有知觉，从昨天晚上开始,她就这样喘气了。"她看到他的眼角逐渐湿润,两滴泪在睫毛上抖动了两下,滚落到褐色的脸颊上。

丰塔南太太竭力让自己镇定下来,可是徒劳,眼前的这个场景实在令人无法忍受。就是眼前的诺艾米,就是她,她就要死了,她就要永远地离开他们的生活了。丰塔南太太原本以为会看到一个得意扬扬的诺艾米。看着眼前的这张毫无生气的脸,丰塔南太太不敢挪开视线。她看着她涣散的目光,看着她僵硬的鼻翼,看着她苍白的双唇,她甚至能嗅到一股腐朽的气息,从她身体深处散发出来,断断续续地往外冒的气息。看着眼前的奄奄一息的病人,丰塔南太太怎么也没办法满足自己既好奇又恐惧的心情。眼前的这个人真的是诺艾米吗?这么苍白的毫无血色的皮肤,这么干枯的紧贴着额头的褐色头发,这真的是诺艾米吗?可是她在这张麻木苍白毫无表情的脸上看不到一点点诺艾米的影子。她们多久没见面了?算起来应该有五六年了。她想起了最后一次和诺艾米的见面,她跑到诺艾米那里,冲她嘶吼:"还我丈夫!"有那么一瞬间,她仿佛又听到了诺艾米的冷笑,禁不住吓了一跳;仿佛又看到了那天,这个漂亮丰满的女人斜斜地躺在沙发上,斜着眼角挑衅地看着自己,那一天,尼科尔也在客厅……

"对了,尼科尔呢?"丰塔南太太突然说道。

"怎么了?"

"你告诉她这件事了吗?"

"不,还没有。"

离开巴黎的时候,她怎么就没想到呢?苔蕾丝将热罗姆拉到一边,对他说:

"她有权知道这件事,她是她的母亲。"

他看着她,目光里充满了哀求。她知道他的弱点是什么,不由得有些犹豫了。她想象着尼科尔会来到这间可怕的房间,尼科尔会走进来,尼科尔会在这张床的枕边和热罗姆相遇!哦,不!可是她最终还是对他说了,尽管她的声音并没有很坚定:

"必须告诉她。"

她看到他的脸变成了灰色,脸色更加阴沉。他是被迫的,他看着她勉强笑了笑,仿佛一句残忍的玩笑,翕动的薄唇间露出了牙齿。

"热罗姆,你听我说,尼科尔必须过来。"苔蕾丝慢慢地一字一顿地说道。

他紧锁着眉头,慢慢低下了头。他仍然在抗争。最后,他抬起头,看向她的目光变得冷峻。他向她投降了。

"告诉我尼科尔的地址。"他说。

热罗姆去给尼科尔发电报了,苔蕾丝回到床边,她没办法离开诺艾米。

丰塔南太太站在床前,低垂着手臂,手指交缠在一起。这样一个病入膏肓的人,她竟然会以为她快要痊愈了。可是热罗姆看上去怎么并不十分痛苦呢?接下来他会怎么做呢?他还会回到自己身边吗?啊,天哪,她不会这么对他说的。不过假如他愿意重新有个港湾,她也不会拒绝……

这么想着,苔蕾丝感到有些快乐,也有些柔和的平静,不过她马上就感到十分羞愧。这种羞愧感充溢在心中,使她不得不尽力摆脱,不停地祈祷。可怜的灵魂,她想,不过她的行囊很轻松!每个人都在朝圣的道路上迈进,在这个向善的过程中,人世间的各种化身都标志着一个阶段,在每一阶段中,无论多么微小的努力,对于身体力行地向善的人们来说,难道不都是有益的吗?人在每个阶段受到的苦难难道不都是朝着尽善尽美更进一步了吗?……诺艾米经历过很多痛苦,这一点苔蕾丝毫不怀疑。这个女人一生都很辉煌,但是仍然是不幸的。毫无疑问,她处处感到苦恼不安,她的良心不断地受到自责,当然,这种对自我的约束是自发的,但是如此糟践自己,她的良心一定会感到不安。可怜的灵魂,她经历的所有痛苦都将有利于她的灵魂的升华。她的爱情也是一样,尽管这种罪恶的爱情引发出了很多坏事,可是,此刻苔蕾丝已经非常痛快地原谅她了。她承认,自己这么做并不是什么非常高尚的举动,因为她始终没有认为诺艾米的死是不幸的。她可以跟任何人这么说。她已经同热罗姆一样了,非常自然地就想到诺艾米的死。她的感情正在以一种近乎残酷的速度发展着。她知道现在还不到一个小时,她不用做什么,只需要耐心地忍耐就好了……

两天以后,尼科尔从巴黎坐快车赶了过来。三十六小时之前,她的母亲就离开了人世,明天早上应该会葬到墓地去。

每个人都好像急着要把这件事尽快了结。老板娘是这样,热罗姆是这样,拿到了五百弗罗林的年轻医生更是这样。他甚至都没有上楼去诺艾米去世的房间,只是在一楼的一个小房间里跟热罗姆他们商议了几句,便开了掩埋证明。

苔蕾丝表示愿意给诺艾米化妆,尽管这个责任非常难承担。这样一来,事后也可以对尼科尔说,自己帮她尽孝了。可是,最后苔蕾丝被别人请出了灵堂,化妆的任务交给了护士小姐,他们的借口非常蹩脚。"护士习惯了这项工作。"热罗姆这么跟她说道。护士一个人完成了整个化妆，没有让其他看护帮忙。

尼科尔来了，所有人略微感到安心。

这时候，老妇人、老板娘、医生全都挤在过道里，丰塔南太太简直无法忍受了，自从来到这里之后，她没有一天能够自由地呼吸新鲜空气。尼科尔来了，带着开朗的脸，带着健康和青春的气息来了，她给这里带来了一丝纯净。但当她看到母亲的那一瞬，巨大的悲痛爆发了，热罗姆在隔壁房间焦躁不安。不过，丰塔南太太觉得这个年轻姑娘的悲痛远远大过她对这位断绝了关系的母亲所应有的感情。这个孩子的悲伤来得不假思索，这更让丰塔南太太相信孩子的人品，她就是这样一个有博大胸怀的慈厚的孩子。

尼科尔想将母亲的遗体运到法国，但是她不愿意跟热罗姆说话，因为她始终认为母亲的行为应该由热罗姆来负责，于是尼科尔就让苔蕾丝姨妈帮她说。不过，这个要求被所有人断然反对了，原因有很多，一方面运输的费用太高了，一些必须办理的手续又非常繁杂，最后荷兰的警察肯定会想方设法地从中挑刺，热罗姆也说过，荷兰警察对外国人非常严苛刁难。所以这个想法必须放弃。

连夜的旅行和心中莫大的触动已经令尼科尔疲劳至极了，但是她仍然坚持留下来为母亲守灵。在诺艾米的房间里，三个人沉默地度过了最后的夜晚。诺艾米的棺木被放在两张椅子上，鲜花铺盖着棺盖，有玫瑰花，有茉莉花，浓郁的花香令人心醉，他们不得不将窗户打开。夜晚依然燥热，空气非常纯净，月光如洗，水波荡漾，时不时还能听到水波拍打木桩的声音。附近的钟一起响了起来，为人们报时。一束月光洒落在地板上，慢慢地向前延展，最终落到了洒落在棺木下面的一朵白玫瑰上，半枯萎的白玫瑰因月光而变得透

439

明，闪着淡蓝的光。尼科尔四处打量着这间乱糟糟的房间，目光中充满了仇恨。母亲就在这儿生活，也在这儿受苦。也许就在她数着窗帘上的花朵时，她就已经知道末日即将来临了，然后在脑海里回忆了一番自己荒唐得近乎疯狂的行为。她有没有想过她的女儿？有没有对女儿产生一点点的悔恨和不安？

第二天一大早，下葬仪式就开始了。

送葬的队伍里没有老板娘和护士。苔蕾丝姨妈走在中间，尼科尔和热罗姆跟在两边。送葬队伍中最后一个人是一个年老的牧师，丰塔南太太请他过来做最后的祈祷。

葬礼结束后，丰塔南太太带着尼科尔直接去了火车站，不想再让年轻的姑娘看到运河对岸那栋让人伤心的房子。热罗姆则去旅馆收拾好行李再去追上她们。可是母亲在国外的生活用品，尼科尔一样都不愿带走。她将诺艾米的行李丢下后，便很轻松地同老板娘谈好了费用，并结算清楚了。

热罗姆付清了所有的账目，一个人坐上了去火车站的马车。火车还有好久才会开，热罗姆突然有种冲动，他让马车掉转方向，朝着墓地的方向驶去。他还想看诺艾米最后一眼。

热罗姆在墓地逗留了好一会儿，不敢上前去找那座坟墓。隔得很远很远，他就已经认出了那座坟墓，堆着新翻动的土。他摘下帽子，深一脚浅一脚地往墓地走去。六年同居的生活，也曾有过分手、嫉妒、和好，六年的回忆，六年的秘密，而这是最后一个也是最悲惨的一个秘密，这秘密导致了一切悲剧的发生。如今，一座小小的坟墓便将一切埋葬了。

"不管怎么说，"他暗暗地想，"这也许才是最好的结果。现在，我并没有多痛苦。"他这么对自己说,可是他紧锁的眉头和满脸的泪水却出卖了他。诺艾米死了,他的确悲伤,可是他更高兴,因为他的妻子不远千里赶来了。他这样错了吗?他唯一爱过的人就是苔蕾丝!可是她知道这一切吗?他外表严峻冰冷,可是他所有最幸福的时光都是苔蕾丝给他的,她能明白吗?他有不少艳遇,可是始终深爱着的只有苔蕾丝。他早已经给了她自己全部的爱,其他的言语都只不过是昙花一现,她能明白这些吗?他只爱她,而如今这份爱又有了一个新的证明:诺艾米死了,他却没有感到孤独寂寞,也没有失魂落魄。只要苔蕾丝还活着,即使她远在天边,即使她与他没有任何联系,他都不会感到孤单。有那么一瞬间,他试想着,安息在这堆黄土之下、掩埋在这片鲜花之中的人是苔蕾丝,他连想都不敢想。他从不觉得自己给妻子造成了莫大的困扰,从不为此自责。此刻面对这座新坟,他深深地感觉到,他对她的感情从不曾被人夺走,他心里最珍贵最永久的感情永远给了她,他对她的心从来都没有变。"可是她会怎么对我呢?"他思索着,但是却充满了信心,"她一定会主动要求我回去,回到她和孩子们的身边,同他们一起生活……"他低垂着脑袋,汗水浸湿了脸颊。小小的希望充斥着他的心,他高兴极了。

"假如没有尼科尔,一切都会变得很顺利。"

热罗姆仿佛又看到了年轻姑娘看向他的目光充满了无情,面对他时沉默不语。他仿佛又看到她躬身朝墓穴弯下腰,似乎就要听到她撕心裂肺的哭喊。

啊,一想到尼科尔,他就痛苦万分。不正是因为他,这个孩子才愤怒地逃出了她的家吗?他想起了那句诅咒:行丑事者必遭不幸……"我该怎样洗清身上的罪恶呢？"他思索着，"要怎么做她才会原谅我呢？我要如何让她重新喜欢我呢？"他无法忍受竟然有人会厌恶自己。忽然，他想到了一个好办法："我可以收养她。"

一切都会慢慢地朝好的方向发展。用不了多久，他就会看到尼科尔亲近他，他们会共处一室，她会给他整理房间，她对他照顾得细致入微，她还会帮他接待客人。夏天的时候，他还可以带上她一起旅行。大家会看到自己弥补过错的决心和热情，大家会称赞自己，苔蕾丝也会对自己的做法赞叹不已。

他重新戴好帽子，匆匆离开墓地，快步回到马车上。

热罗姆到了火车站，火车就快要出发了。在一个小包厢里，已经有两个女人坐在那儿了。丰塔南太太非常吃惊，丈夫怎么还没有来。难道他在离开旅馆时碰到了什么不好处理的事情？毕竟什么情况都有可能发生。难道他不能离开了？可是她已经想好了，她要带着他一起回别墅区，她想让他能够很自然地回家。难道这个刚刚才有的梦想就要破灭了吗？当看到热罗姆大步走向自己时脸上的焦虑不安，她就越发地担忧了。

"尼科尔在哪里？"

"在走廊里。"她有些惊讶地回答。

尼科尔正站在窗边，窗玻璃关了一半。她看着窗外那些闪闪发亮的互相交叉的铁轨，目光有些冷漠，疲乏至极的脸上流露着忧伤。她是悲痛的，又是幸福的。此刻内心的悲伤并不能使她心中的幸福感消失。无论母亲是不是死了，她的未婚夫不是一直在等她吗？她使劲晃了晃脑袋，仿佛要努力摆脱某种想法。是的，这个想法在她心中就像一个错误。她甚至觉得，母亲的死亡至少让她的未婚夫得到了解脱,也消除了他们俩生命中的唯一污点。

热罗姆走了过来,可是她没有听到。

"尼科尔,求求你,看在你已故的母亲的分儿上,原谅我吧!"

听到热罗姆的声音,尼科尔禁不住颤抖起来,她转身看着热罗姆,他就站在她的面前,帽子握在手里,看向她的目光充满了谦卑和温柔。悔恨和痛苦使他疲乏而憔悴。这一次,她看着他的脸时已经不再厌恶,而是充满了怜悯,仿佛她一直在等待的就是这样一个宽恕他的机会。是的,她原谅了他。

她没有说话,只是将戴着黑手套的手坦率地伸向他,他一把抓住她的手,紧紧地握在手里,激动使他颤抖。

"非常感谢。"他哆嗦着嘴唇轻声说道,随后便快步离开了。

尼科尔一动不动地站了好一会儿。这一切能办得如此顺利全靠苔蕾丝姨妈了。回去后她会告诉未婚夫,这是一个多么动人的场面。已经开始有人陆陆续续地上车了,行李擦着她的身体。过了一会儿,火车终于开动了。她走到小包间,看到空着的座位上已经有人坐上去了。在列车厢的尽头,她看到了丰塔南太太,还有她对面的一只抓着吊环的手臂,那是热罗姆姨夫,他正看着窗外,啃着一块火腿面包。

8

整个晚上,雅克都在细细地回味同贞妮的谈话,每一句都拿出来品味。他不去想为什么那些话会一直在耳边盘桓,也不去想为什么始终无法摆脱这段小小的回忆。他睡得很不安稳,好几次都惊醒了。然后继续带着浓厚的兴趣将他们之间的对话重新咂摸一遍。所以，翌日清晨，当他匆匆赶到网球场却不见年轻的姑娘时，他的失望无以言表。

有人邀请他一起打球，他只好接受了。但是他打得心不在焉，不时地朝门口看一眼。已经很晚了，贞妮肯定不会来了。可能的话，他准备溜走了。他已经不抱有希望，只是还没有绝望而已。

突然，他看到达尼埃尔正朝他走过来。

"贞妮怎么没来？"雅克问道。在这里见到达尼埃尔，雅克一点也不惊讶。

"今天早上她不过来打球了。你要离开球场了吗？走吧，我陪你散散步。昨晚我就睡在别墅里，是的。"达尼埃尔陪着雅克一起离开俱乐部，接着说道，"妈妈有急事必须出去一趟，将我留在别墅区照顾贞妮，免得她一个人晚上孤孤单单的。你也知道，我们家太偏僻了……更何况是我父亲需要帮忙，我那可怜的妈妈从来不知道拒绝他。"达尼埃尔担忧地说道，好一会儿，他忽然打定了主意，便露出了一个舒心的微笑：既然对他难以忍受，何不斩断联系。"你呢？最近怎么样？"达尼埃尔温柔地看着雅克，关切地问道，"你知道，你的那本《说真话，遭恶报》我反反复复地看了几遍，真是一本好书，我非常喜欢，而且思考得越深就会越喜欢它。书中很多地方的心理描写真是让人意外，虽然略显粗俗，也有点隐晦，但是表达的思想却是非常美好的。书中的两个主人公非常真实，形象也很新颖。"

"不要再说了，达尼埃尔，"雅克控制不住烦躁，不耐烦地打断了达尼埃尔的话，"不要再对我评论那本书了。首先书的形式就令人憎恨！全是废话，语言浮夸，晦涩难懂！"雅克有些生气地大声说道，"跟以前的学者没什么两样……"

"书的内容也是一样。"雅克想了想,继续说道,"太流俗太老套了,对主人公生活细节的描写都是瞎编的,啊,我早知道该怎么办的,可是……"雅克突然不说话了。

"现在你在做什么?已经着手写点东西了吗?"

"没错。"雅克回答道,不知道为什么,居然脸红了。"假期最主要的还是休息。"他又说,"在学校待了一年,比我想得要累得多。更何况前不久我才去给那个可怜的巴坦库当证婚人。那个不讲义气的家伙!"

"贞妮昨晚已经告诉我了。"达尼埃尔说。

听到达尼埃尔的话,雅克又感到脸红了。昨天他对贞妮说的话被第三个人知道了,雅克有些不高兴。可是,很显然,贞妮非常重视昨天的谈话,牢牢记在了心里,晚上还特意跟哥哥说了,雅克又感到非常高兴。

"我们一边说话,一边往塞纳河边走吧,怎么样?"雅克挽着达尼埃尔的手臂,提议道。

"非常抱歉,兄弟。我下午要回巴黎,火车一点二十分开出。你知道的,晚上让我守着家门我倒是愿意的,可是白天的话……"达尼埃尔冲雅克笑了笑,表示他有急事必须回巴黎。这让雅克非常不满,原本挽着达尼埃尔的手也缩了回来。

"不过亲爱的,我想跟你说,"达尼埃尔看着雅克阴沉着的脸,便对他说道,"中午过来跟我们一起吃饭吧。贞妮肯定会非常高兴的。"听到达尼埃尔的话,雅克心中一阵慌乱,只好低头掩饰,假装犹豫。事实上,他回不回家吃午饭根本不重要,因为父亲还在巴黎没回来。雅克感到一阵快乐,连自己都有些惊讶。他强忍住内心的兴奋,对

445

达尼埃尔说道：

"如果你不介意的话，我这就回去跟老小姐说一声。你先走，一会儿我去广场找你。"

过了几分钟，雅克赶上了达尼埃尔，他的朋友正躺在宫堡前的草地上等着他。

"真是个好天气！"达尼埃尔晒着太阳，伸直了双腿，冲雅克喊道，"早上的公园可真美！在这儿生活，你可真幸福！"

"你不是一样可以在这儿生活吗？"雅克反驳说。

达尼埃尔从草地上站起来，拍了拍衣服。

"是啊，你说得没错。"达尼埃尔说道，脸上充满了快乐和憧憬，"可是我和你是不一样的……啊，亲爱的。"他走向雅克，忽然提高音调说道，"我想，我正在进行一项非凡的冒险行为。"

"你是在说那个有着绿色眼珠的美丽姑娘吗？"

"什么绿色眼珠？"

"我是说在帕克梅尔餐厅遇到的那个姑娘。"

达尼埃尔停了下来，目光呆滞，望向虚空，嘴角露出一个古怪的微笑。

"你说的是丽内特？不，我迷上了新的姑娘，一个比丽内特要好得多的姑娘。"达尼埃尔沉默不语，仿佛在思量什么。"啊，帕克梅尔的丽内特，"许久，达尼埃尔终于又开口说道，"那可真是个奇怪的姑娘！我得告诉你，那个姑娘玩弄了我。没错，就在几天前。"达尼埃尔说这一切时都是微笑着的，就像根本没发生过一样，"你觉得呢，小说家，她应该会喜欢你。不过我已经对她感到厌倦了。这样一个令人弄不明白的女人，我还是第一次遇到。我总在想，她有没有爱过我，哪怕只有十分钟？不过我必须跟你说，她在爱上我的时候非常不一样，真是一个神经质的女人。她从前可能有过一些不堪的过往，所以至今那些事情还在令她烦恼。我听人说，她以前参加过黑社会组织，你听说过吗？可是对此，我一点也不惊讶。"

"你现在已经找不到她了吗？"

"是的，我再也没见过她了，甚至不知道她在哪里。那次以后，她再也没去过帕克梅尔餐厅。有的时候我会有点想念她。"过了一会儿，达尼埃尔又说道，"当然，我只是这么说说而已，事实上，我不可能跟她待很久，因为过不了多久，她就会变得让人无法忍受。你不知道她有多失礼。她总是不断地问我一些问题，都是些我私生活的问题。没错。她问我的家庭，问我的母亲，问我的妹妹，她甚至还问我的父亲。"

达尼埃尔不说话了，默默地往前走了几步，又开口说道：

"但是无论如何，现在回想起来，她在我心中还是个非常正直的姑娘。那天晚上她本属于吕德韦格松，可是我却把她抢了过来。"

"那个老头儿呢？他有没有剥夺你的工作？"

"吕德韦格松吗？"达尼埃尔目光炯炯，咧开嘴笑了，雅克看到了他雪白的牙齿，他说道，"至今为止我都还没有机会好好地对我的吕德韦格松做一番彻底的评论。看他那样子，似乎已经彻底忘了那天晚上的事情。不管你怎么想象他，他都无所谓。兄弟，要我说，这老头儿的确是个大好人。"

贞妮今天早上一直待在家里。昨天达尼埃尔邀请她今天一起去打网球，她找了个借口，说她有事，一口拒绝了。可是事实上，她什么事都没有，而且对什么事都提不起兴趣，做事也总是恍惚失神。

贞妮朝窗外望去，正看到雅克和达尼埃尔从花园里走来，贞妮立刻就不高兴了，雅克来了，她和哥哥就不能单独用餐了，因为她唯一感兴趣的也就是这个了。尽管很不愉快，可是当看到达尼埃尔兴高采烈地站在半开半掩的房门前时，她的那点不快也就释然了。

"快猜猜，我带谁过来陪你一起吃午饭了？"

"我得上楼换件衣服。"贞妮想着。

雅克在花园里来回走着。今天早上雅克觉得这个地方比以往任何时候都更有魅力。从别墅公园出来，就看到丰塔南家的房子，这所农舍孤寂地处在森林边缘，看上去倒是别有一番情趣。主楼两旁依偎着高低不一致的副楼，很显然那是从前打猎的亭子，窗户开得很高，看上去起码修葺过十多次了。屋顶上有一块挡雨的屋檐，下面有一个小木梯，应该是通向谷仓的，楼梯将高高的两翼连接起来。屋顶是斜坡的，在上面经常能看到贞妮养的那群鸽子。屋子的墙壁都粉刷成鲜红色，那些灰泥能很好地吸收阳光，看上去已经有很多年的历史了，让人联想起意大利的灰泥。房屋四周都是高大的枞树，树冠遮蔽着房顶，树荫下面十分干燥，阵阵树脂的香味夹杂在风中，树下没有一根杂草。

达尼埃尔的活跃也感染了其他两个人，整顿午餐在轻松愉快的气氛中进行着。整个早上，达尼埃尔都非常高兴，充满希望地期待着下午的到来。贞妮穿了一件蓝色的亚麻布连衣裙，达尼埃尔称赞她，还把一朵漂亮的白玫瑰插在了她的衣服上。他叫她"小妹妹"，任何东西都能引起他的微笑声。达尼埃尔对整顿午饭充满了盎然的兴趣，心情也无以言比地轻松快乐。

达尼埃尔表示，希望雅克和贞妮能一起陪他去火车站，陪他一起等火车。

"晚饭能回来跟我一起吃吗?"贞妮问道。雅克听出了她声音里的忧伤,抑制不住的哆嗦,还有略微不那么谦卑和柔和的声调。

"上帝啊,也许吧。"达尼埃尔回答,"我会尽量赶上七点钟的火车回来,不过无论如何深夜之前我一定会赶回家。我已经给妈妈写信了,告诉她了。"最后几句话,达尼埃尔用的是乖孩子的音调,一个成年男人用这种语调说话,显得非常可爱。雅克忍不住笑了起来。贞妮正俯身给小母狗的项圈上系皮带,听到哥哥的话,也忍不住笑着抬起了头。

火车已经到站了,达尼埃尔离开雅克和贞妮,快速跑到前面几节人比较少的车厢去了,然后俯在窗户上,调皮地挥舞着手帕,远远地跟他们告别。

出乎意料的,现在就只有他们俩了。达尼埃尔带给他们的轻松气氛还令他们沉醉其中。不用做多大的努力,两人之间的语气还保持着刚才的友好。达尼埃尔似乎仍然是他们之间沟通的桥梁。这种全新的和缓的气氛,两人都感受到了,彼此内心也轻松了许多,都努力地保持着这样的和谐。

达尼埃尔这次的离开,令贞妮感到有些伤感,她想到达尼埃尔经常不在家。

"你怎么不劝劝哥哥,好不容易有个假期,还这样来回跑,白白浪费。今年他就没回来过几次,他都不知道妈妈有多难过。当然啦,你肯定会站在他那边的,给他说好话。"贞妮又说了一句,不过并没有挖苦讽刺的意思。

"没有,我压根儿就不会那样做。"雅克反驳说,"他的生活方式你觉得我会认同吗?"

"不管怎样,你总劝过他吧?"

"的确劝过。"

"但是他没听进去?"

"我跟他说的他都听了,但是他好像并不明白我的意思。"

贞妮转身对着雅克大声问道:

"什么,你说他没明白你的意思?"

"大概是这样吧。"

两人之间的谈话忽然变得有些严肃。雅克和贞妮都很喜欢达尼埃尔,而从昨天开始,他们之间也相互有了些好感,只是还不敢大大方方地表现出来。两人回到别墅公园,贞妮先对雅克说道:"走大路回去吧,你陪我一起从森林里走怎么样。现在还早,天气也还不算热。"

雅克承认,此刻他被莫大的幸福包围着,但他不敢过于陶醉。此刻的话题使得他们之间难得地融洽,他可不想就此结束它,便连忙回答道:

"达尼埃尔的身上充满了对生活的迷醉之情!"

"啊,的确如此,"她说,"他生活得无拘无束。可是,无拘无束的生活是非常,嗯,非常危险的。淫荡的生活。"贞妮没有看一眼雅克,补了一句。

雅克神情严肃地重复了一遍:

"淫荡的生活。我同意你的说法,贞妮。"

这个词经常游离在雅克的嘴边,但他一直不敢说出来,如今借着贞妮的嘴,他很激动地说了出来。雅克认为,达尼埃尔的艳遇都是淫荡的,昂图瓦纳的激情也都是淫荡的。所有的肉欲都是淫荡的。

唯一纯洁的只有他此刻心中的情感，这情感几个月前就开始在他心里萌芽生长，这情感说不出名字，但从昨天开始，这情感已经慢慢地开出了艳丽的花朵。

雅克佯装镇定，继续说道：

"对于他的这种生活态度，有时候我会严厉地批评他！这种生活态度简直是……"

"堕落。"贞妮脱口而出，天真的贞妮经常说这个词，在她看来，凡是她认为有问题的行为都是堕落的。

"倒不如说是无耻。"雅克纠正了贞妮的说法，他经常用这个词。但接着便觉得自己有些过分了，便停下来说道："我这么说倒不是意味着偏爱那种能够不断自我检点的本性，我所偏爱的是……"贞妮盯着雅克，仿佛要看清他的思想，那最后一句话对于她来说似乎更为重要。"……我偏爱的是那些能够有决心保持本来面目的本性。难道我还必须……"雅克想到了几个例子，但是他不敢对贞妮说出来，有些犹豫不决。

"没错，"贞妮一字一顿地说道，"我真害怕最后达尼埃尔会完全丧失……嗯，该怎么说呢……完全丧失判断是非的能力。你能明白我的意思吗？"

雅克点点头，表示同意。这次换成了雅克不由自主地盯着贞妮，她若有所思的神情让她的话显得更有深意。"她刚才说的，"雅克思索着，"是发自肺腑的真话！"

贞妮竭力控制自己，但是她呼吸急促，嘴角颤抖，很显然，她在努力遏止心中的热情。贞妮心中常常会突然爆发出一股热情，而她自己则常常竭力压制它，不让它外显。

雅克看着贞妮想着："为什么她的脸上总是这样一副严肃刻板的神情？是因为眉毛太细、脸部线条太僵硬了吗，还是因为她明亮的灰蓝色的虹膜在收缩时看上去就像两个黑洞？"这一刻，达尼埃尔已经不再留在雅克心中了，贞妮完全占据了他的脑海。

有好一会儿两个人都没有说话。沉默的时间事实上很长，可是他们却觉得很短。两个人想接着聊点什么时，却发现也许对方已经在想着迥然不同的东西了，所以谁也不知道该如何开口，打破这片沉寂。

好在他们走的路要经过一个停车场，停了很多待修理的汽车，轰隆隆的马达声阻碍了他们交谈。

停车场上到处都是油污，一只瘦得皮包骨的癞皮老狗从油污中缓缓走来，跑到皮斯的身边转着圈儿。贞妮只好将小母狗搂在怀里。当他们走出工地的大门时，身后传来一阵汽车碾过什么东西的声音，他们不由得转过头去，看到了惊人的一幕：一个大约十五岁的学徒正开着一辆车从车间出来，突然拐了个弯，尽管那孩子已经尖叫出声了，可是还是没赶上。黑毛老狗被撞了个正着。雅克和贞妮看着汽车碾过狗的身子，前后轮都从上面碾了过去。

贞妮被眼前的一幕吓呆了，大声喊道：

"哦，天哪，那只狗会死的，它会死的！"

"还没有，它还能走。"

果然，那条可怜的老狗颤颤巍巍地站了起来，慌乱地逃走了，嘴里汪汪地叫唤着，被汽车碾碎了的后半身拖在了尘土里，走路时腿脚一瘸一拐的，走不到两米就摔倒了，然后再爬起来，再摔倒。

贞妮吓得脸色都变了，只顾着喊：

"它会死的!它会死的!"

最后,可怜的老狗逃到一家院子里便不见了。起初断断续续地还能听到它的呻吟声,最后便什么也听不到了。这个意外就像一个小插曲,将停车场的工人们都逗乐了,他们沿着狗的血迹四处寻找,最后有个人找到了那个院子,冲着其他人大声地喊道:

"那只老狗在这儿呢,它躺地上不能动弹了。"

贞妮这才舒了口气,放心地将母狗放了下来。两个人继续朝森林方向走去。借着这次共同遇到的惊吓,雅克和贞妮变得更加亲近了。

"我无法忘记,"雅克说,"刚才你叫喊时惊恐苍白的脸色和恐惧战栗的声音。"

"当巨大的震惊冲击神经时,人就会有一些愚蠢的行为。刚才我喊了什么?"

"刚才你喊:'它会死的!'你看,汽车把狗碾得血肉模糊,这情景是非常恐怖的。可是真正的恐惧却是从这以后才产生的,也就是说,真正的恐惧是从这样一个悲惨时刻产生的,即原本活蹦乱跳的老狗现在却躺在那儿一动不动地死了。难道不是这样的吗?最让人震惊的就是这样一个时刻,即原本鲜活的生命无法抑制地走向虚无。这个时候,我们往往会感到恐怖,这恐怖是神圣的,仿佛时刻准备着凸显出来……你会经常想到死亡吗?"

"可以这么说,不过也不是经常想到,你是这样的吗?"

"噢,你说我吗,我几乎无时无刻不在想着死亡,几乎所有的心思都在思考死亡的念头,不过,"雅克叹了口气,似乎非常沮丧,"总是想着死亡也没多大用处,你知道,毕竟这种想法……"雅克的脸上洋溢着热烈的反抗的神情,看上去变得俊美了许多。对死亡的畏惧之情混合进了这个年轻人对生活的热情之中。

两人又沉默了,走了一会儿,贞妮忽然有些胆怯地对雅克说道:"嗯,你知道,我也说不上为什么,也许这个事情跟现在并没有什么关系,不过我还是想要说一说这件事情,也许达尼埃尔也跟你说过了,就是我第一次看到大海时候的事情。"

"不,他没有跟我说过。你说吧。"

"噢,这个故事是很久以前的了,那时候我十四五岁吧。事情是这样的,假期快要结束的时候,妈妈带着我一起去特雷波,达尼埃尔会在那儿接我们。他给我们写了信,告诉我们在什么地方下车,然后他会开着大车过来接我们。达尼埃尔为了让我突然就看到大海,他在车子快要转弯的时候拿条绑带蒙住了我的眼睛。这个做法很愚蠢,不是吗?到了后,他扶我下车,牵着我一点一点地往前走。一路上我深一脚浅一脚地走着,我能感受到扫在我脸上的强劲的风,我还听到了风的嘶吼声,还有动人心魄的喧嚣声。我害怕得要命,不停地哀求达尼埃尔把我放开。最后,他带我来到了最高的悬崖边上,一声不响地走到我背后,解开我眼睛上的绑带。就在那一刻,我看到了整个大海!一望无际的海洋包围着我,巨浪在我脚下拍击着海岸。我感到窒息,禁不住倒在了达尼埃尔的怀里。过了好久我才醒过来,不停地哭泣。我坚持要回去休息,我甚至发烧了。妈妈对达尼埃尔非常生气。现在你知道了整个故事了。不过我并不后悔。自那以后,我坚信我已非常了解大海了。"

贞妮此刻的面孔是雅克从来都没有见过的,她的脸上不再有忧愁,取而代之的是奔放锐利的目光,非常怪异。突然,眼前的这团火焰消失了。

眼前的贞妮是雅克所不熟悉的。她时而矜持万分,时而热情奔放,就像一眼充沛的泉水,泉眼被堵住了,可是如注的水流还是会不时地喷发出来。也许他已经接触到了贞妮心中最原初的忧愁的秘密。这份忧愁令贞妮的表情真实地反映了她的内心世界,也使她偶尔露出的微笑显得更加宝贵。突然,雅克意识到他们这次难得的同行就快要结束了,不禁忧从中来。

"要是你没什么急事的话,"两人走过森林里陈旧的拱门时,雅克故意找了个借口,"我们就再兜个大圈吧。我保证这条小路你不熟悉。"雅克指着一条铺满沙砾的小路说道。那小路蜿蜿蜒蜒一直伸向一片矮树林,走在小路上软绵绵的非常舒服。起初,小路的两边还有大片的草地,越走越深,道路也越来越窄。这片树木并不茂盛,枝叶稀稀落落的,可以看到蔚蓝的天空。雅克和贞妮默默地走着,这一次,谁也没有感到窘迫。

"我这是怎么了?"贞妮感到非常奇怪,"他似乎并不像我想象中的那样。不。他是……他是……"可是她找不到一个合适的词语能形容他。"我们俩竟然如此相似。"贞妮注意到了这一点,她的心情明显地快乐起来了。可是随即她又开始有些不安:"此刻他的脑子里在想些什么呢?"

事实上,雅克什么也没想,只是陶醉在这片让人眩晕的幸福之中。只要能陪她一起走着,他就再也没什么奢求了。

"我带你来到了森林里最糟糕的地方了。"雅克有些愧疚地轻声说道。

她听到了雅克的声音在颤抖。两个人都感到,他们都在向往和追求着一种说不出来的朦胧的东西,这份沉默对于这份向往具有重大意义。

"我想你说得没错。"她回答。

"你瞧,这可不是草,这些全是狗牙根。"雅克用脚蹬着地面,说道。

"看哪,我的母狗可真喜欢它们。"

雅克和贞妮随意说着话,现在对他们来说,字面意义的价值已经大大不同了。

"她穿的蓝色连衣裙可真漂亮!"雅克想着,"这种略带灰色的柔和的蓝色怎么和她那么相衬呢?"忽然,他非常直接地大声说道:"告诉你吧,贞妮,我之所以会这样呆头呆脑,是因为我没办法从我正在思考的东西上分心。"

贞妮也十分直接地回答说:

"你跟我一样。我时时刻刻都在想着我的梦想。我非常喜欢这样,你呢?我的梦想只是属于我一个人的,不用与他人分享,这样我才开心。你能明白我的意思吗?"

"当然,我非常了解。"他说。

小路两旁长满了野蔷薇,有些已经结满了小小的果实,盛开的蔷薇花盖满枝头,一束一束地从路边伸向小路中间。雅克差点就忍不住要摘几朵蔷薇花献给贞妮。"看哪,鲜花、枝叶还有果实,看哪……"忽然,雅克不再说了,只是注视着贞妮。他胆怯地不敢再往下说了,从野蔷薇丛经过,雅克经不住感叹:"啊,在文学领域我会是个天才!"

"魏尔伦[①]的诗歌你喜欢吗?"雅克问道。

"非常喜欢,特别是《智慧集》,以前达尼埃尔就非常喜欢。"

[①] 魏尔伦(1844—1896),法国象征派诗人。

雅克随即轻声吟诵起来：

女人的柔美，她们的弱点，她们苍白的双手，
常常与人为善，但也会做尽恶事……

"马拉美[①]你喜欢吗？"停顿了一会儿，雅克又问道，"我有一本诗集，是现代诗人写的，挺不错的。下次我给你送过去吧。"

"好啊。谢谢。"

"波德莱尔[②]呢，你也喜欢吗？"雅克又问道。

"没那么喜欢。他的风格跟惠特曼很接近，但是我并不是很了解他。"

"那么惠特曼的作品你都看过哪些呢？"

"去年冬天的时候达尼埃尔读过几首给我听。我能理解他为什么会那么喜欢惠特曼。不过我嘛……"（两人心照不宣地想到了刚才他们说的"淫荡"这个词。"她跟我可真像！"雅克心里感慨道。）

"你怎么了？"他说，"难道是因为那个所以你才不那么喜欢惠特曼吗？"

贞妮没说话，低下了头。他能读懂她心中的想法，她感到非常高兴。

走着走着，小路慢慢地又变宽了。他们来到一个栅栏前，那儿有两棵橡树，已经被虫子掏空了。橡树中间有一张长凳。贞妮将那顶柔软的大草帽丢到草地上，然后在长凳上坐了下来。

"其实有的时候，"这时候贞妮对雅克说着心里话都显得非常自然了，就像自言自语一般，"当我看到你和达尼埃尔那么亲密的时候，

---

①马拉美（1842—1898），法国象征派诗人。
②波德莱尔（1821—1867），法国诗人，代表作是《恶之花》。

我甚至觉得非常奇怪。"

"怎么会这么认为呢？"雅克微笑地看着贞妮说，"是因为你觉得我和他是两类人吗？""是的，今天的你的确很不一样。"

他躺在一片草坪上，离她很近。

"达尼埃尔有没有跟你提起过我们之间的友谊？"他轻声问，"他有没有时常谈论我？"

"没有，不，有吧，有的时候他会谈谈。"贞妮没有看他，脸已经通红。

"啊，"雅克嘴里咬着一根草说道，"现在的我对生活的热爱是平静的，内心十分安定。但我以前可不是这样的。"雅克停了下来，指了指不远处一个水洼给贞妮看，有一只蜗牛正在草尖上缓缓爬动，透明得像个玛瑙，两只触角轻轻摆动。"老实说，"此刻，雅克非常直接地向贞妮说出了心里话，"记得中学的时候，好几个星期我的脑子里一团糟，总觉得孤单寂寞，那些日子我以为自己已经疯了。"

"可是你哥哥不是一直陪着你吗？"

"多亏是哥哥陪着我，那段时间我非常自由，我是幸运的。不然，我肯定早就疯了，或者逃到什么地方去了。"

贞妮想起了雅克逃到马赛去的那次，第一次，贞妮有些原谅了雅克。

"我总觉得自己是不被人了解的。"雅克声音低沉地说道，"我不被任何人理解，包括哥哥。甚至达尼埃尔也时常无法理解我。"

"这一点他正好和我一样。"贞妮心里这样想着。

"那段时间，我不喜欢听课，觉得学校里的所有课程都没劲。我开始狂热地阅读，像个疯子一样翻遍了昂图瓦纳书柜里的所有藏书，达尼埃尔也尽力给我带来许多书。所有英、法、俄的现代小说基本上我都看了一遍。你无法想象这些书给了我多大的冲击。自那以后,我开始厌烦一切,学校的课程也好,老师对课文复杂的讲义也好,绅士般的美好道德也好,都非常厌烦。我这个人哪,说不定根本就不是为这些东西而生的!"雅克在说到自己时,一点也不骄傲自满,只是如同任何一个年轻人一般自信满满。在贞妮这双聚精会神的眼睛前,雅克觉得如此分析自我简直就是至高的享受,这种自我剖析给了他莫大的乐趣还有极大的感染力。"那个时候,"雅克继续说道,"我给达尼埃尔写了一封信,长达三十多页,我写了整整一个晚上!我将白天生出的所有激情,特别是萌生的怨恨,统统写进了信里。啊,现在的话,我可能会为这种可笑的行为感到可耻吧。不……"雅克双手紧紧地抱住脑袋,继续说道,"这所有的一切都让我痛苦不堪,我无法原谅这一切。那些信我从达尼埃尔那里全都要了回来,一封一封地重新读了一遍。每一封信都像是一个疯子在头脑清醒的时候写下的忏悔。那时候,我每隔几天就要写一封信,有时甚至隔几个小时就要写一封。每写一封信都像是一次内心危机的爆发,而且经常同上一个危机相矛盾。这危机是宗教信仰危机。当时我把整个身心都狂热地投入到了《福音书》中,有时是《旧约》,有时是孔德①的实证主义。上帝啊,爱默生②那些作品后面附上了实训,我全都看过了!青年人最容易患的精神上的疾病我都有过,比如凌厉的达·芬奇式的精神病,比如偏激地赞赏波德莱尔的作品。但是这些狂热都不会持续很久。有时候我早上会沉浸在古典主义之中,而到了晚上,又

---

① 孔德(1798—1857),法国哲学家,实证主义的创始人。
② 爱默生(1803—1882),美国散文家、哲学家,代表作是《人类代表》。

一头扎进了浪漫主义之中。你不知道,我偷偷地溜进了昂图瓦纳的实验室,在那里把马莱伯[1]和布瓦洛[2]的作品都烧掉了。我一个人偷偷地干这一切,像个魔鬼一样狂笑。到了第二天,所有的文学作品都让我感到恶心,我觉得它们都是空泛的。于是我又开始从头学习几何。我下定决心要发现一条全新的定理,要将一切旧的概念全都推翻。再后来我又沉迷于诗歌。我写了一首颂歌献给达尼埃尔,那首诗歌长达二百行,几乎是一气呵成。可是最令人难以置信的是……"雅克突然停了下来,语气也变得平静了许多,"我写了一篇长达八十页的论文,全都是用英文写的,是的,用标准的英文写的。论文题目是"论个人对所属社会关系的解放"。现在我这儿还有当时的手稿。等等,我还需要强调一点,我还写了一篇序言,尽管是篇很短的序言,但却是用现代希腊文写出来的!"(当然,这最后一个细节并不是真的。雅克只记得自己曾经写过这篇序言而已。)雅克随即爆发出一阵大笑。"事实上,我不是疯子。"他停了一会儿又说道。接着雅克便不再说话,神情有些严肃,又有点笑容,最后毫无傲慢之态,他喃喃自语:"毕竟,我与他们是不一样的……"

贞妮抱着小母狗,轻轻抚摸,细细思索。曾经很多次她都想象过雅克,将雅克看成一个让人极度不安、近乎高度危险的人,可是现在她无法否认,她再也不害怕他了。

雅克伸展四肢,平躺在草地上,眼睛望向前方。能这样轻松自然地说话,雅克感到非常高兴。

"这里的树荫很凉快吧。"雅克问道,伸了个懒腰。

---

[1] 马莱伯(1555—1628),法国诗人,古典主义的前驱。
[2] 布瓦洛(1636—1711),法国古典主义理论家,著名讽刺诗人,代表作是《诗艺》。

"的确很舒服。现在几点了？"

两个人谁都没有戴表。从这儿去公园非常近，所以他们根本不需要着急。贞妮坐在长凳上，远远地就能看到那两棵熟悉的栗子树，还有树下的房顶，再往远一点是一棵雪松，那是守林人家的，雪松墨绿的枝叶笔直地伸向蔚蓝的天空。贞妮的小母狗紧挨着她的裙子趴着，她俯身对着皮斯，一面直接看着雅克。她对他说道：

"我知道你的诗，达尼埃尔曾经给我背诵过一首。"

雅克没有说话，贞妮感到非常奇怪，便决定看看他。雅克的脸一直红到了耳根，目光狂乱，四处游离。贞妮也涨红了脸，高声说道："啊，我不应该跟你说这个的！"

雅克有些恼火，但是竭力控制住自己，也为此感到自责。可是他无法忍受有人，特别是贞妮，只是根据他的一些皮毛制作就开始评论他的作品。雅克更加忧心的是，他很清楚自己的全部才能并没有完全发挥出来，这也正是他日思夜想、备感苦恼之处。

"我的诗什么也不是！"雅克突然脱口而出。（贞妮没有同他辩论，甚至没动一下手指头。对此，雅克十分感激。）"那时候看不起我的那些人啊！"终于，雅克高声喊了出来，"所有人对我真正想干的事都非常怀疑！"这个问题非常难处理。此刻贞妮的在场，以及内心的巨大孤独感，都在雅克心中掀起了轩然大波。他的喉咙哽咽了，连眼睛也开始酸痛，眼泪都快要流出来了。"你看，"顿了顿，他继续说道，"如同那些对我考上高师表示祝贺的人，你能想到对他们我有什么感想吗？我感到无比羞愧。没错，就是羞愧。不仅羞愧自己考上了高师，更羞愧自己完全接受了所有人的评价……天啊，你能理解他们是怎么样的一群人吗？他们都是读着同样的书，通过同样的模子刻出来的。书,都是书!可是我却还必须向他们乞求,向他们屈服,啊,我……"雅克已经说不出话了。虽然他知道自己并没有什么充分的理由去怨恨,但是那些动人的话语都是发自内心深处的,这话语如此活跃,以至于已经在他心中深深地扎了根,没办法马上就从心中连根拔起,暴露在现实之中。"啊,我看不起这些人!"他大声说,"我更加看不起自己,居然会与他们为伍!我永远,永远不会……不会原谅这一切!"

贞妮看到了雅克不由自主的冲动,便竭力控制自己。尽管她无法跟上雅克的思维,但却清楚地看到了雅克的表现,时而流露出一种若隐若现的怨恨,时而又显出一副无法原谅的表情。雅克的确遭受了许多折磨,在这方面,他们确实非常不同。但是雅克依然信心满满地期待着未来,对未来的幸福有着明确的信心。他诅咒,可是这诅咒却流淌出一股源源不断的希望和信心。他有雄心壮志,这一点让人无法怀疑。以前,贞妮从来没有想过雅克会有怎样的前途,可是今天,雅克表现出了崇高的目标,贞妮却毫不吃惊。即使当她只把雅克当成一个平庸粗俗的普通人时,她还是在他身上看到了一股巨大的力量。今天,雅克说的这些炽热的话,如同火焰一般炙烤着雅克的心,也在她心中引起了一阵神魂颠倒的感觉,仿佛一股巨大的旋涡将她吞没了。一股强烈的不安全感让她简直无法忍受,她不得不站起来了。

"很抱歉。"雅克憋足了一口气说道,"你瞧,我心中总是郁结着这样一种情绪。"

雅克和贞妮一起走进一条小路,弯曲的小道像条巡逻小路,绕着界沟而行,从森林一直延伸到对面的公园,那里有一道大门,被尖尖的铁栅栏锁住了,嘎吱作响的锁像极了监狱里的门闩。

太阳还没有开始下山,这时候四点钟都不到,他们也没什么要紧事,可是他们为什么急着结束散步,各自往家走呢?

他们来到公园,几个散步的人从身边经过。尽管昨天已经从这些林荫小道上走过了,而且各自心里也没有什么念头。可是今天只有他们两个人,肩并肩地散步,两个人却都不由自主地有些羞涩。

"那么,"他们来到岔路口,两条小径伸向两边,雅克突然说道,"我就不送你回家了,可以吗?"

贞妮连忙干脆地回答道:

"没关系,反正我也快到家了。"

站在贞妮面前,雅克竟然不由自主地感到尴尬窘迫,连脱帽致意都忘了。因为尴尬,雅克的表情有些沉重和粗野。他经常是这样的表情,只是刚在散步的时候贞妮并没有注意到。雅克努力地向贞妮微笑,但是却没有向她伸出手来。正要转身离开时,雅克有些羞怯地看了贞妮一眼,结结巴巴地说:

"为什么——我们不能———直这样——待在一起呢?"贞妮没有回头,笔直地走过了草地,仿佛没有听见一般。从昨天开始,贞妮的脑子里反反复复都是这句话。忽然,贞妮有个大胆的猜测,一个勉强敢有的猜测。也许,雅克只是想跟我说:"为什么我们不能像今天这样总是生活在一起呢?"这个猜测让贞妮坐立不安,脸颊发烫。她快速地逃回房间,脸颊滚烫,双腿战栗,她强迫自己甩开这个假设。

整个下午贞妮都焦躁不安。她时而整理一下房间,时而挪动一下家具,时而清理一下楼梯间的杂物清理,时而修剪院子里的花花草草。有时她就呆呆地抱着她的小母狗,紧紧地搂在怀里,不停地抚摸。贞妮最后看了一眼墙上的挂钟,不由得绝望了,因为达尼埃尔不会赶回来吃晚饭了,而她只能一个人凑合了。贞妮坐在阳台上,将一盘草莓吃光了,算作晚餐。黄昏如此漫长,贞妮不得不跑到客厅,将所有的灯都打开,抱着一本贝多芬的作品集消磨时间。随后又换成了肖邦的《练习曲》,跑到钢琴边。

夕阳已经渐渐落山,时间过得异常缓慢。慢慢地月亮开始出来了,虽然还没有跳上树枝,却已经悄悄地取代了落日的余晖。

此刻,雅克心中也是一片茫然不知所措。他手里攥着一本现代诗集,是他刚才向贞妮介绍过的。今晚家庭气氛的冷漠令他无法忍受,只好出门,去公园散步。雅克脑子里一团糟,根本无法集中精神。走了不到半个小时,他竟然鬼使神差地来到了那条两旁种满洋槐树的小路。"希望她还没有关门。"雅克心里想。

门是开着的,门上的铃铛响个不停。雅克不由得有些哆嗦,仿佛未经允许便闯入民宅一般。一旁的枞树散发出一股热烘烘的树脂味,似乎还夹杂着蚁巢的气息,味道非常怪。远处传来一阵钢琴声,这有些闷的声音使原本沉寂的花园变得活跃了许多。很显然,贞妮正在和达尼埃尔弹钢琴。院子的大门正对着客厅。雅克站的地方正好能看到屋子里。门窗紧闭,屋子陷入一片沉睡之中。一片奇怪的亮光笼罩着屋顶,雅克吃惊地转身,原来是树梢上的月亮洒下一片银辉,将屋脊都染白了,屋顶上天窗的玻璃在月光的照耀下闪闪发光。雅克一点一点地朝屋子走去,心跳慌乱,有些不知所措,他不知道该如何告诉他们他来了。所幸小母狗皮斯一边汪汪地叫着,一边朝他扑过来,雅克这才松了口气。可是屋子里的音乐并没有停下来,可能钢琴的声音盖住了小狗的叫声。雅克俯身抱起小狗,像贞妮一样用嘴唇轻轻地触碰着小狗光滑的额头。随后,雅克绕到屋子的侧面去了阳台,站在客厅前。客厅的窗户还没关上,明亮的灯光从窗户透了出来。雅克慢慢靠近客厅,仔细听着贞妮弹奏的曲子,竭力分辨出是什么曲子。可是那旋律摇摆不定,在欢笑与眼泪之间不停地晃荡,最后在一个更高的境界里消融了,那境界里不再有欢乐和痛苦。

雅克走到了客厅门口,只觉得里面空荡荡的。起初,他只能辨认出钢琴上面的波斯纱罩,和琴盖上面的一些小摆设。突然,他看到了一张脸,就在两只陶瓷大花瓶中间,在蜡烛昏黄的光晕中扮着鬼脸,随后他意识到,那是贞妮因为内心的激动而扭曲变形了的脸。看到这张朴实无华、坦诚直率的脸,雅克如同看到裸体的少女一般慌张地往后退了一大步。

雅克紧紧地抱着小母狗,躲在一旁的阴影里,像个小偷一样不停地哆嗦。贞妮的曲子弹完了,雅克高声喊着皮斯,装作刚从花园里进来。

听到雅克的声音,贞妮猛地站了起来,不住地颤抖,因寂寞而激动的表情还停留在她的脸上。贞妮用恼怒的眼光看着雅克,仿佛固执地要保守一个秘密。雅克问道:

"我吓着你了?"

贞妮没有说话,只是紧锁着眉头。雅克继续说道:

"达尼埃尔回来了吗?"停了一会儿又说道,"今天下午我跟你说过一本诗集,瞧,我已经带过来了。"

雅克有些笨拙地从口袋里拿出那本诗集,递给贞妮。贞妮接在手里，只是随便翻了翻。

贞妮仍然站着，也没有请雅克坐下。他明白了她的意思，知道自己该离开了。雅克往阳台走，贞妮在后面跟着。

"你继续忙你的事吧。"雅克嗓音含糊地说道。

她出来送他是因为她有些不知所措，想不出该如何快点结束，但她害怕向他伸手告别。月亮已经升上了树梢，银辉洒向大地。雅克转身看向贞妮，他看到了她忽闪的睫毛，他看到了她如幽灵般飘忽不定的蓝色连衣裙。

两人谁都没说话，静静地从花园走过。

雅克将小门打开，出来了，踏上回去的小路。贞妮想都没想便也跟着出来，走到小路上，站在雅克面前，月光笼罩着年轻的姑娘。雅克看着花园的围墙，此刻正洒满月光，一个美丽的身影映在墙上。从那影子上他能清晰地辨认出她的侧脸、她的脖子、她卷曲的长发、她的下巴、她的嘴，那完美而清晰的黑影仿佛天鹅绒一般。雅克指着墙上的影子；忽然，他的脑子里闪现了一个疯狂的念头。他想也没想便冲到墙上，忘情地亲吻着那美丽可爱的影子，心中充满了那种只有胆怯之人才会有的勇气。

贞妮震惊了，突然后退，仿佛要将自己的影子夺回来一般，冲进小门，消失不见了。花园里明亮的草坪再也看不见了，因为贞妮锁上了大门。雅克听到了贞妮在沙砾路上逃跑的脚步声，他打起精神，走进了黑夜之中。

雅克开心地笑了。

贞妮拼命地奔跑，仿佛这个死一般沉寂的花园里到处都是幽灵，它们正在追赶她。她一口气跑回了屋里，径直跑到卧室，一头扑到床上。她全身都在冒冷汗，她有些不寒而栗。心里难受极了，贞妮只好用手哆哆嗦嗦地按住胸口，脑袋则艰难地寻找着枕头。她全部的意志都绷得紧紧的，她在竭力控制着自己。

她的心被一种羞耻感压抑着，她强迫自己什么都不要想，强迫自己不流下眼泪。此刻，一种全新的情感压迫着她，这是恐惧，是对自我的恐惧。

皮斯还在楼下不停地叫唤着，贞妮把它忘了。达尼埃尔开门走了进来。

贞妮听到了达尼埃尔的声音，他正哼着曲子往楼上走。他在她的房门前停了下来，可是他不敢开门，因为门缝里看不到一点点灯光，兴许妹妹早就睡着了。可是客厅的灯怎么没关呢？贞妮躺在黑暗中一动不动，她只想一个人待会儿。可是听到达尼埃尔越来越远的脚步声，她又开始有些不安，便跳下床喊道：

"达尼埃尔！"

达尼埃尔手里拿着一盏灯，灯光里他看到了贞妮脸色憔悴、目光呆滞。

达尼埃尔以为是自己的晚归让妹妹担心害怕了，于是正准备向贞妮道歉，可是贞妮却打断了他的话：

"不是的，我只是非常激动。"贞妮的声音有些沙哑，"你的朋友总是跟着我，一刻也不离开我，我摆脱不了他，怎么也摆脱不了！"贞妮的脸因生气而变得苍白，一字一顿地说道。突然，她的脸变得通红，忍不住轻声哭了起来，瘫软在床上："我保证，达尼埃尔，你去告诉他，你去赶走他，我受不了了，我保证，我已经受不了了！"

达尼埃尔静静地看着贞妮,试图猜测他们之间到底发生了什么事。"可是……到底发生了什么事?"达尼埃尔轻声问道。突然,他的脑子里闪过一个念头。他犹豫不决,不知道自己的猜测对不对。达尼埃尔的嘴角斜斜地露出一个苦笑。"雅克,可怜的孩子,"终于,达尼埃尔意味深长地说道,"说不定他对你……"

达尼埃尔的话总是充满了弦外之音,所以他常常不需要将整个句子说完。可是令他吃惊的是,贞妮听到他的话后不再颤抖了,眼睛低垂着,一动不动。她重新变得安静。过了好一会儿,达尼埃尔以为贞妮不会再说什么了,可是她却突然说话了:

"说不定。"贞妮的声音又变得跟平常一样了。

"贞妮爱上他了。"达尼埃尔想到。虽然他只是无意间想到的,可是他还是震惊得说不出话。

这时候,贞妮正抬头看向哥哥,她从他的脸上清楚地看到了他的猜测。贞妮想要争辩,蓝色的眼珠发出一道凌厉的闪光,脸上满是挑战的神情。她紧紧盯着达尼埃尔,坚定地摇晃着脑袋,声音不高却十分坚定,重复着:"绝对不可能!绝对不可能!绝对不可能!"

达尼埃尔犹豫着不知道该怎么做,但是他看向她的目光充满了温情和兄长的关切。可是这种态度令她非常不高兴,她朝达尼埃尔走过来,将他额头上的一绺乱发挑起,轻轻拍了拍他的脸颊:

"你这个疯狂的人,吃晚饭了吗?"

9

昂图瓦纳穿着睡衣,站在壁炉前,拿着一把锯齿刀笨手笨脚地切着一块干葡萄点心。

拉雪尔懒洋洋地打着哈欠。

"面包要斜着切,我可爱的小猫咪。"拉雪尔嗓音缓慢而慵懒。她裸着躺在床上,头枕着双手,显出美妙的胴体。

房间的窗户敞开着,但落地窗帘遮住了窗口,一缕阳光照射下帐篷里才有的那种气味吹进了房间。这是一个星期天,巴黎的八月像火烤一般炙热。大街上一点声音也没有,房间里安静极了。也许人都已经搬走了。除了楼上那一家人。不用说,那么大的读报纸的声音肯定是阿莉娜的。她试图让沙斯勒太太和养病的小姑娘心情舒畅一点。可怜的孩子还要在床上休息好几个星期。

"亲爱的,我想吃了。"拉雪尔说,嘴巴大张着,鲜红的嘴唇像只慵懒的猫。

"可是水还没有烧开。"

"没关系,给我点吃的吧。"

昂图瓦纳将一大块水果蛋糕放在盘子里,端着盘子走到床边,将蛋糕放在床沿上。拉雪尔慢悠悠地支起上半身,半躺着昂起头,用两只手指夹着蛋糕,小口地咬着,细细品尝。

"你吃点什么呢,亲爱的?"

"等水烧开了我喝点茶。"说完,昂图瓦纳便一头倒在长靠背椅的垫子上。

"你很累吗?"

他看着她微笑。

床非常低，一眼望尽。床上挂着一顶玫瑰红的纱帐，圆形的帐顶，一直罩到床脚下。拉雪尔躺在那儿，一丝不挂，一脸扬扬得意的样子，如同寓言故事中的人物，又像一只在水里憩息的透明蚌壳。

"假如我会画画儿……"昂图瓦纳自言自语。

"你看你都那么累了。"拉雪尔微微一笑，说道，"你要是画家的话，你早就厌烦了。"

拉雪尔将头向后仰，她的脸藏在了一片阴影中，闪闪发亮的头发散在枕头上。她的肌肤如玉般光滑，闪着光芒。右腿松松软软地弯着，像把镰刀，脚插在被子里。另一条腿向上拱着，大腿的曲线非常鲜明，髀骨像象牙一般闪着亮光。

"我饿了。"拉雪尔小声抱怨了一句。昂图瓦纳走到床边，正要拿走空盘子，她一把勾上他的脖子，双臂有力地将他的脸拉过来。

"天哪，你的胡子！"拉雪尔惊叫道，却并不把他推开，"你打算什么时候剃胡子？"

昂图瓦纳直起身子，有些不安地朝镜子看了一眼，便走过去又拿了一块水果蛋糕。

拉雪尔大口地吞咽着蛋糕，昂图瓦纳看着她说道："你知道我为什么这么喜欢你吗？就是因为这个。"

"因为我胃口好吗？"

"是因为你很健康。血液在你的身体里奔腾，看啊，你多结实。当然，我也一样，我的骨骼非常健壮。"昂图瓦纳补了一句，又朝镜子里的自己看了看。他挺起胸膛，双肩往后扳，昂首扩胸。可是他却忽略了一点，他的四肢跟他那硕大的头颅比起来，实在有些瘦弱。

他总是想象着自己的身体能像他的脸那样健壮，那样强劲有力。这两个星期以来，他感到自己精力充沛，充满力量，简直达到了极点。也许是因为爱情将他的身体激发起来了。"告诉你吧，"他开始下结论，"我和你都是能活上百岁的人。"

"一起生活吗？"拉雪尔眯缝着眼睛，声音很低，充满了柔情蜜意。忽然，她的脑子里闪过了一个让人忧伤的念头，她非常担心，生怕他带给她的幸福和快乐不能一直保持下去。

拉雪尔眼睛睁得大大的，双手一拍大腿，顺势从光滑有弹性的身体上滑过，十分肯定地说道：

"噢！我呀，假如没有人谋杀我的话，我起码能活到七十岁。我的父亲就活了七十二岁，当时他的身体还很结实，像个五十来岁的人。他是不小心中暑死的。我们一家人都是因为偶然的事故而死的。你看，我的哥哥是不小心淹死的。我总是想，我肯定也会因为意外而死掉，比如中弹身亡。"

"你问我的母亲吗？她还活着。我每次看见她都觉得她又年轻了很多。是真的，她很会生活。"然后她又平静地加了一句，"她现在在圣安娜。"

"在收容院？"

"我没告诉过你吗？"拉雪尔朝他微笑，似乎在表示歉意，接着又可怜巴巴地说道，"她关在里面已经十七年了。我甚至想不起她的样子。她进去的那一年我才九岁，你可以想象一下。她活泼开朗，仿佛从来没有受过什么苦难，她喜欢唱歌……我们家的人都能吃苦耐劳……瞧，水开了。"

昂图瓦纳连忙跑向炉子，把茶泡好后，他就弯腰对着梳妆台，看着镜子中的自己,一只手将胡子遮住,努力地想象自己刮掉胡子会是什么样子。不,他不想刮胡子。黑黢黢的胡子遮住了他大半个脸。他非常喜欢这样。这样,他那白皙的长方形的额头,那浓重的眉毛,还有他的目光,看上去都会更加庄重严肃。而且,出于本能,他担心将嘴巴露出来会很没有尊严。

拉雪尔坐起身喝了一杯茶,又点了一根烟,随后又倒在了床上。

"快到我这儿来,你站在那儿干什么?赌气吗?"

昂图瓦纳笑眯眯地走到她身边,俯身看着她的脸。纱帐保存着些许温热,她将其挽起,浓郁的香气扑面而来。这香气刺激而又柔和,持久不息,又有点令人恶心。他贪婪地闻着,又有些害怕闻到香气。因为长时间地嗅着,他的嗓子里都充满了这种香气。

"你想干什么?"她问道。

"我就想看着你。"

"我的小猫咪……"说着,她便吻上了他的嘴。

他挣脱了她的嘴唇,又像刚才那样,好奇地凝视着拉雪尔的眼睛。

"看什么呢?"

"我想看看你的眼珠。"

"难道很难看到吗?"

"没错,你的眼珠被你的睫毛遮住了。浓密的睫毛使你的眼前仿佛遮了一层金色的薄雾。就是因为这个,你才会是现在这个样子……"

"什么样子?"

"像个让人看不透的谜。"

她耸耸肩,无所谓地说道:

"我的眼睛是蓝色的。"

"你确定吗？"

"嗯，应该是灰蓝色。"

"不对，完全不对。"他一边说，一边把嘴唇贴上她的嘴唇，然后又恶作剧般地马上离开。"你的眼睛有时候看上去是灰色的，有时候看上去却是淡紫色的。就是那种浑浊得一点也不清晰的颜色。"

"谢谢。"她笑了起来，顽皮地胡乱转动着眼珠。

他一言不发地看着她。"我们只相处了半个月而已，可是我却觉得有好几个月之久。我没办法说清楚她眼睛的颜色。我真的了解她吗？在没有认识我之前，她在一个同我完全不同的环境里生活了二十六年！她生活过，也就是说她有着丰富的经验和生活阅历，甚至是非常神秘的生活阅历。这些天，我开始慢慢地了解她了……"对这种了解，他倒没有多大的兴趣，更不会让她发现。她喜欢聊天，他就听她说话，一边思考，一边将她提到的各种细节和日期联系起来，努力发现些什么。可是他吃惊极了，并且越来越吃惊。他尽最大的努力去分析，可是他却没什么发现。难道是她刻意隐瞒了什么？不会的。在别人面前,他一直是博学多识的形象。他从不问别人问题，除了他的病人。尽管他非常好奇、非常惊讶，可是他强烈的自尊心使他能够在听她说话时，用一种理解和聚精会神的态度去掩盖自己的好奇和惊讶。

"今天你看我的眼神仿佛你不认识我似的。"她说，"好了，不要再看了，你走开吧！"

拉雪尔看上去已经非常不耐烦了，把眼睛闭上了，想要逃离昂图瓦纳那探询的目光。可是他仍不罢休，还想用手指把她的眼皮翻起来。

"行啦,行啦,不要弄我的眼睛了。我不喜欢你这样死盯着我的眼睛。"说着,她用光溜溜的手臂把自己的眼睛挡住。

"你有什么想要对我隐瞒的,小斯芬克斯?"他的唇游走在她的肩膀到她的手掌,吻遍了她那美丽光滑的手臂。

"她是故作神秘吗?"他思索着,"不对,她对自己的事应该没有全说,但是没有故作神秘。事实上,她倒是非常高兴对别人讲讲自己的事情。一天一天地,她好像变得喜欢唠叨了。难道是因为她爱我?"这么想着,他高兴极了,"她爱我。"

她伸出修长的手臂,搭在他的脖子上,将他的脸再一次拉过来,跟自己的脸紧贴着。突然,她非常严肃地对他说道:

"是的,知道的,仅仅一个目光就可以将一个人的底细看穿,人们怎么也无法想象。"她不说话了。他从她的喉咙里听到了无声的笑。每当她想要谈谈自己的过往时,她就会这么笑。"瞧,我想起了一件事,正是通过一个目光,一个普通得不能再普通的目光,我看穿了一个男人的秘密。那个男人同我一起生活了好几个月呢。在餐桌上,有时在波尔多的一个餐馆里。我们面对面坐着,聊天。我们时而看看餐桌上的盘子,时而看看对方的脸,有时会突然看一眼大厅。突然,我发现了他的秘密,我永远忘不了那一瞬间。我捕捉到了他的目光,他正专心致志地盯着我的背后看。简直太过分了,我情不自禁地也转过头去,你猜我看到了什么……"

"你看到什么了?"

"没什么,你听听就好了。"忽然,她又换了个语气回答道。

"你应该对他的目光质疑的。"

昂图瓦纳差不多想要追问:"你发现了什么秘密?"但是他不敢

问她，害怕自己突然提出这么一个无聊的问题会让她觉得自己幼稚可笑。他已经有过那么两三次这种行为，要求她做一些解释，结果拉雪尔看着他的目光充满了惊讶，还有嘲笑的快感，她的神态让他感到羞愧无比。

他不再说话，而她则继续说话。

"一想起这些往事，我就无比惆怅。噢，吻我，再吻，更热烈些。"可是她还在想着这件事，她继续说道，"可是，当我说'他的秘密'时并不贴切，我应该说'他的一个秘密'。像他这种人不会把所有秘密都暴露给别人的。"

为了不再回忆这件事，也为了逃离昂图瓦纳无声的询问，拉雪尔缓缓地、一点一点地转过身来，起伏的身体像蠕虫一般一节一节的。

"上帝啊，你的身体真柔软！"他感叹道，并用手轻轻地抚摸她的身体，仿佛在抚摸一只柔软的小动物。

"真的吗？我曾经在歌剧院上过十年课。"

"你吗？巴黎的歌剧院吗？"

"当然，先生。我还是以第一名毕业的呢。"

"很久以前的事了吧？"

"是的，已经过去六年了。"

"可是你为什么不继续留在那儿呢？"

"因为我的腿。"她的脸不由得有些阴沉，"就差一点我就成了一名马戏团女演员了。"她旋即又说，"跟着一个马戏团。你觉得吃惊吗？"

"不，一点也不。"他果断地说，"那个马戏团叫什么？"

"噢，那不是一个法国的马戏团，是一个非常大的国际马戏团，那时，希尔什带着这个马戏团在世界各地巡回演出。我跟你说过希尔什，那个家伙就像吉卜赛人的苏丹。我有非凡的才能，他想从中捞点好处，可是我运气不好。"拉雪尔一边说一边顽皮地将腿一伸一屈，动作控制得精准而迅速，像个优秀的体操运动员。"他曾这么想过。"拉雪尔继续说道，"他曾让我在纳伊利表演过空中杂技。这个表演项目我非常热爱。而且我们的马也非常出色。当然啦，也要充分利用。"

"你在纳伊利也居住过？"

"我没有，是他。当时，他掌管着纳伊利驯马场。对马他一直非常感兴趣。我也喜欢马。你呢？"

"我也骑过马。"昂图瓦纳挺了挺胸脯，说道，"我没有多少机会骑马，也没有什么时间。"

"我倒是有些机会，我曾经连续二十二天都在骑马！"

"在哪里骑马？"

"在摩洛哥地区。"

"你还去过摩洛哥？"

"是的，去过两次。那时希尔什向南部的叛乱部队出售了一把格拉斯型号的老旧的步枪。那真是一次名副其实的远征。我们居住的镇上突然有一天被袭击了，当然，这一点都不意外。那场战斗打了一天一夜，不，不对，打了整整一个晚上。可怕极了，一点都不好看。战斗一直打到了第二天早上。在那里，很少会发生夜间突袭。我们有十七匹运货的马被他们打死了，还有三十多匹马被他们打伤了。发生枪战时，我正好躲在箱子里面，可是子弹还是打中了我。"

"什么,你中弹了?"

"没错。"拉雪尔笑眯眯地说道,"不过只是擦伤,破了一点皮而已。"说着,她便把一侧的腰部给他看,上面有一个光滑的疤痕。

"可是之前你跟我说,那是你从车上摔下来时留下的。"昂图瓦纳神情严肃地问道。

"噢!这个嘛。"她耸耸肩说,"那个时候我们才刚刚认识,我要是跟你说是子弹留下的疤痕,你指不定会认为我在炫耀呢。"

接着他们都没有说话。

"她有没有对我撒谎?"昂图瓦纳思索着。

忽然,他看到拉雪尔的眼睛仿佛在思量着什么,发出明亮的光芒,但这仇恨的火焰瞬间就消失不见了。

"当时他竟然认为我会一直那么盯着他,可惜他错了。"

每当拉雪尔用一种仇恨的心情述说自己的过去时,昂图瓦纳心中就会莫名地感到高兴和满足。他多想看着她说:"亲爱的,让我们携手共度余生吧。"他将脸紧紧地贴在拉雪尔侧腰的伤疤上,很久都没有离开。出于职业习惯,他的耳朵非常灵敏,不由自主地就会去听她胸腔内那些轻微的响声,那些由肺泡发出的回荡的响声,还有心脏发出的沉稳的咚咚声。他的鼻翼轻轻扇动。两人躺着的床此刻温热异常,拉雪尔美妙的胴体发出一股迷人的气息,那是一种和她的长发类似的气息,但略有不同,那气息更加令人沉醉,仿佛胡椒一般刺激着人的感官;那气息中又夹杂着一种奇怪的味道,像汗液的味道,又像各种香水混在一起的味道,令人禁不住想起了黄油、核桃叶、白术、香草糖还有杏仁。事实上,这种味道更像是一种气息,一种挑逗人的气息,一种残留在人的嘴唇上的香料的气息。

"不说这个了。"她说,"请给我一支香烟,不,不是这种,是新品种,就在那个小桌子上,一个朋友给我做的,在马里兰烟草里加了点绿茶,抽的时候会有一股树叶烧焦的味道,那感觉就像在露营,我无法形容,也许更像秋天时打猎的味道。就是那种朝树林里开一枪,然后升起一股浓郁的硝烟,就是那种火药的香味,你能明白吗?"

淡淡的香烟萦绕着拉雪尔,昂图瓦纳重新回到她身边躺着,用手摩挲着拉雪尔的肚子。拉雪尔腹部的肌肤光滑细腻、白里透粉,仿佛是透明的,略显宽大的肚子如同一个盛水盘。她曾去过很多个国家旅游,至今仍然喜欢涂点东方国家的润肤膏,这使得她的肌肤看上去仍然像孩子一样的娇嫩鲜活,还没有青春期的线条分明。

"Umbilicus sicut crater eburneus(你的肚脐真像一只象牙杯)。"昂图瓦纳轻声地自言自语,他在脑子里费力地搜出了这么一段《雅歌》①。他在将近十六岁时,曾因为这段话而终日心神不安。"Venturtuus sicut……嗯……sicut cupa!"

"什么意思?"拉雪尔抬了抬身子,询问道,"等等,先别说,我可以猜出来。culpa,这个词我明白,mea culpa 是罪孽、过错的意思。这句话是说你的肚子是个罪孽?对吗?"

听到拉雪尔的话,昂图瓦纳禁不住哈哈大笑。自从和她一起生活后,他的快乐就再也抑制不住了。

"错了,不是 culpa,而是 cupa,是说你的肚子像一只酒杯。"昂图瓦纳纠正了拉雪尔的错误,脑袋枕着拉雪尔的腰,继续背了一段跟这差不多的话:"Quam pulchraesunt mammae tuae, soror mea! 我的妹子,你有多美丽的乳房! Sicut duo(不知道为何会如此)

---

① 摘自《圣经·旧约》中的一段。都是拉丁文,意思在文中有解释。

gemelli qui pascuntu rin liliis！如同两只小羊羔站在百合花丛中咀嚼青草！"

拉雪尔双手捧起了丰满娇嫩的乳房，脸上带着柔和的笑容，仿佛面对着一对温顺忠实的小动物，她细细地观察着自己的双乳。

"很少有人的乳头会是这种纯粹的粉红色，这粉红色就像苹果树的小花苞。"拉雪尔一边观察一边煞有介事地说道，"作为一名医生，你肯定早就发现这一点了吧？"

他回答道：

"老实说，你是对的。这对小肉芽的表皮没有一丝色素，只有白色，白色，还有一点粉红色的暗点。"昂图瓦纳紧闭双眼，慢慢地靠近拉雪尔，"上帝啊，我真喜欢你的小香肩……"他又发出一阵感叹，嗓音有些含糊，"服装店里那些售货小姐的肩膀单薄又瘦削，我厌恶极了。"

"真的吗？"

"瞧这丰满而圆润的双肩，瞧这些褶子连在一起多漂亮，还有这肥皂一样滑腻的肌肤，我就喜欢这样的肩膀。亲爱的，不要动。让我靠会儿，舒服极了！"

忽然，他的脑子里浮现出了一个让人无法忍受的画面，他的神经仿佛被针刺了一下。"肥皂般滑腻的肌肤……"那是一个晚上，就在黛黛特刚发生车祸后没多久，当时他正和达尼埃尔一起从别墅区回来。他们两人坐在火车上的一个小包间里。当时，拉雪尔占据着昂图瓦纳的整个身心，终于，他屈服了，开始饶有乐趣地向达尼埃尔讲述这次艳遇。那一路，他无法自制地将那个悲惨的夜晚告诉了达尼埃尔，他告诉他那场徘徊在死亡边缘的手术，告诉他自己等在小姑娘床边时的焦灼不安，然后他突然就遇到了这个有着棕色头发的美丽少女，他告诉他这个少女靠着他的肩膀在沙发上睡着了。在向达尼埃尔叙述这段艳遇时，昂图瓦纳用了和此刻一样的词："丰满的圆形……肥皂般的肌肤……"可是他没敢继续叙述。当他从沙斯勒先生家出来时，已经是黎明时分了，在经过拉雪尔的房间时，他看到了她敞开的房门。昂图瓦纳想要向年轻的达尼埃尔证明自己意志坚定，出于这个愚蠢的考虑，而不是出于谨慎，昂图瓦纳对达尼埃尔说道："她是不是在等我？我是不是该利用一下这种情况？可是老实说，我有很强的自控力，于是假装什么都没有看到，从门前走过去了。假如当时你是我，你会怎么做呢？"达尼埃尔一直在静静地听昂图瓦纳述说，听到昂图瓦纳的问话，他便抬起眼睛看了看昂图瓦纳，说道："我想我的做法会跟你一样吧。你这个骗子！"

昂图瓦纳的耳朵里仍然回荡着达尼埃尔的话，那些话透着戏弄、怀疑和嘲讽，但仍然留有些许善意，这使得他无法责怪他。每当他想起这件事时，他的心就隐隐触痛。骗子……是的，有时候他的确是骗子。确切地说，他曾经的确是个骗子。

"丰满的圆形……"拉雪尔喃喃细语，若有所思。

"也许哪一天，我就变成了一个肥胖的老女人。"她说，"一个犹太老女人，你明白的。不过我的母亲并不是犹太人，所以我只能算是半个犹太人。啊！要是你在十六年前认识我就好了，那时我刚要进入预备班。那时候的我可是一只纯正的棕色的小老鼠！"

说完，拉雪尔翻身一滚便落到了床外，昂图瓦纳甚至来不及将她拉住。

"你要干什么？"

"我突然想到了一件事。"

"什么事,先告诉我嘛。"

"还是不要说了,这样更好。"拉雪尔笑眯眯地躲过了昂图瓦纳伸向她的手。

"亲爱的,快点过来睡觉!"昂图瓦纳嗓音温柔地轻声说道。

"不要再睡觉了,快点穿衣服起来。"拉雪尔一边说道,一边已经套上了睡衣。

她快步跑到书桌旁边,拉开一个抽屉,那里面全是相片。她拿着抽屉回到床边坐好,双腿并拢,盛满相片的抽屉就搁在膝盖上。

"我非常喜欢看这些老旧的照片,晚上睡觉时,我经常抱着一堆相片,翻弄几个小时,不时地思索一些事情,这样能让我的心安定下来。瞧,多圆!你不会有些厌烦了吧?"

昂图瓦纳弓着身子躺在拉雪尔的身后,这时他有些惊讶地支起身子,用手肘支撑着脑袋,努力保持一个比较舒适的姿势。他看着拉雪尔的侧脸,此刻她正低头看着手中的相片。那是一张聪颖的脸,弯弯的眉毛伸向脸颊,细长的眼线仿佛一道黄藤镶嵌在脸上。她的长发随意地绾起,逆着阳光看时,那头美丽的橙黄色的头发像极了一顶毛茸茸的丝绒头盔。她低着头一动不动,他看着她的鬓角和脖子,仿佛那里随时会有火花迸出来似的。

"啊,在这儿,我正找着呢。瞧,看到这个跳舞的小女孩儿了吗,那就是我。我记得那天好像被人追赶,因为我把跳舞短裙的花边弄皱了,就是这样靠在墙上蹭坏的,你相信吗?看哪,我的头发散开着披在肩上,那时候手肘还是尖尖的,内衣也平板得几乎没有曲线。我看上去并不开心,对吗?快看这儿,当时我已经念三年级了,小腿肚已经开始变得好看多了。这里是教室。我们正在扶手杠上训练,你看到了吗?你能找到我吗?没错,就是这个,你找到我了。旁边那个就是路易丝。你看不出她有多厉害,是吗?她就是声名赫赫的菲蒂·贝拉,当时她跟我们一起上课,我们图方便,都喊她路易丝。还有人喊她路易宗。所有人都在争抢排名,我当时也是一样。假如那时候我没有得静脉炎的话,说不定今天我就是第一了……对了,你想看看希尔什吗?什么,你对他挺有兴趣?瞧,这就是他。看到他你有什么想法?是不是他太老了,让你惊讶?我保证你是这么想的。不过他非常健壮,尽管他已经五十岁了,这一点我可以向你保证。真是个可怕的人!你看他的粗脖子,紧紧地缩在双肩之中,他转头的时候,全身都会跟着一起转动。猛一看到他,真是弄不清楚他的样子,有点像马贩子、驯兽师之类的,是吗?他有个女儿,那小姑娘经常对他说:'勋爵,你看上去像极了贩卖奴隶的人。'每当听到这句话,他就哈哈大笑,发自内心地笑。我们再看看他的大脑袋,他有一只硕大的鹰钩鼻,他的嘴角全是皱纹。他非常丑陋,当然,这跟别人没什么关系。还有那双眼睛,假如他不长着那双眼睛,他的样子看上去会更像一只野兽,我简直不知道该如何来形容他的眼睛了。他的样子,我是该说他非常自信、非常机灵,还是脾气暴躁?该怎么说?简单粗暴又有些色眯眯?啊,只要他还热爱生活这就足够了!不管我多么憎恨他都没有用,人们一说到他时,就像谈论一切脾气粗暴的人一样,他们会说:'虽然他很丑,但他也有美的地方。'你是不是也这么感觉?噢,快看,这是爸爸,爸爸跟他的那些工人在一起。他一直都是这样一副打扮,穿着内衣,留着白胡子,腰里挂着一把剪刀。他只需要三块破布和几个扣子就能给你做出一套衣服来。这是在他的车间拍的照片。在车间的尽头你能看到几个穿着衣服的模特,墙上还能看到一些设计好的服装,对吗?当时他已经是歌剧院的服装设计师啦,不用再给别人干活儿了。有机会的话你还可以去歌剧院,向那里的人打听一下格普费特老爹是个怎样的人。有时候他必须把我的母亲关起来,这样就只剩下他和我了,这时候他就非常希望我能同他一起干活,这个可怜的小老头儿,他希望我能继承他的针线盒子。这门手艺非常赚钱,瞧,我什么都不用做就能生活得很好,这就是证明。可是,当一个小女孩儿整天待在车间里,看到的全是女演员,你大概能明白结果会是怎样了。是的,我当时只有一个想法,我要成为一名舞蹈家。于是,他就让我去学跳舞了,将我托付给斯托布大妈照顾。当看到我对舞蹈很有天赋时,他高兴极了!他经常跟我谈论我的未来。唉,可怜的小老头儿,假如他看到今天我成了这个样子,一事无成,他该多伤心啊!啊,当他两腿一蹬离我而去,把我一个人留在世上时,你能明白我有多伤心难过吗?大部分情况下,女人是没有什么雄心壮志的,她们生活得很随意。可是在歌剧院却不是这样的,大家都想往上爬,彼此之间互相打压,所有人都在奋斗,并且很快就对这种奋斗充满了兴趣,至少像渴望成功一样充满了兴趣。当你不得不将眼前这条道路放弃,像所有普通人一样生活,再没有什么前途可言时,你会发现那有多可怕!啊,你再看看这张,这是巡回演出时拍的。都是些乱七八糟的照片。还有这张,当时我们正好在吃午饭,我忘了是在哪里拍的了,大概就是在喀尔巴阡山那一带吧。希尔什去那里打猎来着。瞧,他的胡须长得那么长,一直垂了下来,真像个苏丹。他总是被亲王称作穆罕默德。你看到我身后的那个家伙了吗?就是那个晒得黝黑的男人。

当时他是皮埃尔亲王,现在已经是塞尔维亚的国王了。他还把两只猎兔犬送给了我。那两只可爱的狗温顺地躺在我的前面,就像你现在这样躺着。还有这个正在笑的家伙,你看仔细些,有没有发现他跟我长得很像?他可是我的兄弟,没错,就是他。他的头发像爸爸,是褐色的;我的头发像我母亲,是金黄色的。根本上说是金黄色,也许是深黄色。你说什么?你可真笨!棕色就棕色吧,随便你怎么说。不过要是从精神上来说的话,我才像我爸爸,而我的兄弟则像我母亲。看这张,瞧他拍得多好!至于母亲的照片,我一张都没有,爸爸把它们都烧掉了。他从来没向我提起过母亲,也从来没带我去过圣安娜。可是他自己每周都去两次,一连九年从没间断过。后来,我从女看守那里知道,他总是坐在母亲面前,陪她一个小时,有时候会多陪她一会儿,但是跟她说不上一句话,因为她已经完全认不出他了,母亲认不出爸爸,也认不出其他任何人。可是他是爱她的。他比她年长许多。自从那些事发生之后,他便一蹶不振。那天晚上的事情我至今都无法忘怀。就在那个晚上,有人到车间找到爸爸,告诉他母亲被抓起来了。没错,就在卢浮宫的商店。他们说她偷了展览架上的针织品。可是你怎么会相信?她可是格普费特太太,是歌剧院有名的女服装设计师!别人从她的手提包里找到了一双男人的袜子,还有一件小孩子的毛线衫!可是别人立刻放了她,他们说她有偷窃癖。你知道这个吗?这只是她刚刚开始发病。我的兄弟遗传了她很多方面。他总是做一些非常可怕的事情,他甚至抢过银行。那次抢劫希尔什也有份。假如他没有发生意外,他迟早会变得像我母亲那样。这是没办法的事情。噢,这张就不用看了,你只要知道这个不是我就行了。这是一个小姑娘,她已经死了。还是看这张吧。这是一所丹吉尔的民房。不，你不用仔细看。噢，我的小猫咪，可惜已经没了，可是你看，我已经不会再为它哭鼻子了。这张是布巴那草原，当时西·格巴斯的军队就驻扎在那里。这个西蒂-贝尔-阿贝斯的小清真寺附近的人就是我。你在照片的背景中看到马拉凯奇吗？瞧这张，这是在密苏姆旁边，也可能是在东戈旁边，我记不太清楚了。这两个人是德泽姆人的酋长。我费了好大劲才抓拍到的。他们会吃人肉。没错，的确有这样的事。啊，快看这张，太可怕了！你没看出来吗？这里有一堆石头。这回你看清楚了吧？没错，石头堆里有个女人。那个女人是被石头砸死的！噢，天哪，太可怕了！你可以想象一下，一个正直的女人，她的丈夫无缘无故地抛弃了她，三年不见踪影，她以为他已经死了，便改嫁他人。可是两年后，他竟然又回来了。在这些部落里，重婚可是滔天大罪。于是她就被人们用石头砸死了。当时我在梅歇德，希尔什一定要我赶过来看看这场景。我来了，可是只敢离得远远地看，起码隔着五百米。即将行刑的那天早上，我看到人们将那个女人拖到了村子里，这场景已经让我非常害怕了。可是希尔什却看到了整个过程，他甚至想挤到第一排去。你听我说，那些人好像挖了一个洞穴，那个洞穴很深很深。然后那个女人就被带了过来，她自己躺进了洞穴里，什么话都没说。你简直不敢相信，她竟然沉默不语，倒是围观的人群一直在叫嚷。我听到了他们在喊，要把那个女人处死。可是我离他们太远了。最先开始的是他们部落里的大祭司。他先是念了一段判决书，然后带头搬起一块大石头，使足了劲朝洞穴里砸去。后来希尔什告诉我，那个女人连一声都没喊。人群都被大祭司的行为带动了起来。旁边已经有一堆事先准备好了的石头，所有人都跑去搬石头往洞穴里砸。希尔什向我发誓，说他一块石头都没有扔。等洞穴被石头填满了，是的，你看到了，石头都堆到了洞穴的边缘上，所有人都过去在石头上一阵乱踩，嘴里还大声呼喊，之后所有人便离开了。希尔什看到我带着相机，便逼着我拍下了这张照片。我没办法，只能走过去。唉，一想到这个我就心惊肉跳，你看，我的心在扑通扑通乱跳。那个女人就死在了里面。也许……啊，不对，这张不要看！"

昂图瓦纳的脑袋攀上拉雪尔的肩头，只看到照片上横七竖八地躺着一堆赤裸的身体。他还来不及细看，就被拉雪尔的手遮挡住了眼睛。透过眼皮，他感受到了拉雪尔手掌上的热量。拉雪尔的动作让他想起了他们做爱时的情形。那时她也像现在这样用手遮住他的眼睛，身体有些痉挛，因为她不想让她的情人看到自己意乱情迷时狂热的面孔。昂图瓦纳故意逗她，挣扎着要挣脱她的手掌，可是她立马跳开了，将照片一把抓到胸前，紧紧地贴着睡衣。

拉雪尔快步跑到书桌旁边，一边放荡地笑着，一边将照片全都塞进抽屉里，并锁上了。

"首先我要申明一点，这照片不是我的，"她说，"我不能随意把它给你看。"

"那它是谁的？"

"那是希尔什的照片。"

说完，她又重新回到昂图瓦纳身边坐好：

"现在开始你要乖一点了，可以吗？我们继续往下讲，你不会感到厌烦了吧？嗯，这也是一次远征。当时驴子队正行走在圣克卢大森林里。你瞧，所有人都穿上和服了。你看我的和服，多小巧，多帅气啊……"

10

"我一直在自我欺骗。"丰塔南太太心里想着,"假如我对自己能坦率些,我就不会再抱有任何空想的念头了。"

丰塔南太太站在客厅的窗边,隔着纱质的窗帘看着花园,久久地凝视着正在花园里散步的热罗姆、达尼埃尔还有贞妮。

"可是即使是最正直的人也会在自我欺骗之中自由自在地生活!"她在思索着。丰塔南太太总是这样不由自主地微笑,那些不由自主的幸福感总是像潮水一般涌上她的心头。

丰塔南太太从窗边走开,来到了阳台上。这时候眼睛极易疲劳,辨别东西非常困难。远处的天边,夕阳闪烁着微光,黄昏的天空中已经开始陆续地闪现着苍白的星星了。她找了张椅子坐了下来,盯着眼前那熟悉的地平线看了好一会儿,随后发出一声叹息。她心里很明白,这两个星期的生活让她清楚地知道,热罗姆不可能再像从前那样和她一起生活了。她悲伤地发现,这个家虽然破镜重圆,可是这美好的幻象不会持续太久。热罗姆对待她的态度没有变,他急切地表现出对她的温存,可是她心中交织着快乐和恐惧。曾经的热罗姆不是已经再也找不到了吗?他现在的表现不是正好表明他并没有改变,还是会像从前那样离她而去吗?现在的热罗姆已经不再是那个刚被她从荷兰接回来的热罗姆了,他已经不再像个落水之人一般紧紧抓住她不放,已经不再是那个苍老、消沉的热罗姆了。有时候只有他们两个人时,他看着她会像一个犯错受罚的孩子,每当她提起曾经的荒唐和悲伤,他都会唏嘘不已,可是她看到他已经穿上了夏装,那些夏装都堆在箱子里,是他曾经穿过的,他的脸也在不

487

知不觉中开始显出年轻的气息。就在今天上午,还没吃午饭,她让他去俱乐部找贞妮,顺便他还可以去散散步。她看到了他接受她的建议时伪装出来的淡然,她还看到了他起身离开时的迫切,没多久他便离开了,她看到他步伐的轻快,看到他穿着白色的法兰绒裤子、淡色的上衣,看到他挺得笔直的脊背,她还看到他在路边摘了一朵茉莉花,插在纽扣上。

此刻,达尼埃尔过来找她,因为他看到母亲一个人待在房间里。自从丈夫重新回到这个家之后,丰塔南太太就一直无法平静地面对儿子,总感觉手足无措。达尼埃尔也留心到了,因此,他隔两天就回一趟家,尽力表现得比以前更加亲切,他想让母亲明白,自己对整件事情的底细非常清楚,而且非常理解母亲,不会不明是非。

母亲的房间里有一张很低的帆布座椅,达尼埃尔非常喜欢这张椅子,此刻他正夹着一根香烟,斜斜地躺在这张椅子里,面带微笑地看着母亲。他的姿势和动作简直和他父亲一模一样!

"今天晚上你会留在家里吧,我的孩子?"

"恐怕我不能留在家里了,妈妈,我明天一大早和人有约。"

达尼埃尔甚至很少见地同妈妈谈论起自己的工作,谈到自己打算在假期结束后便开始筹划出一期《美育》。这本杂志是专门为欧洲最年轻的绘画学校办的,杂志里有许多插图,都是一些名画的复制品。这项工作令达尼埃尔充满了兴趣。随后他便停止了说话。

屋子一时间陷入了寂静,静到能听到黄昏时分特有的窸窣声,唧唧啾啾的鸣叫声从森林中传来,传到了阳台下面。傍晚的凉风掠过枞树林,习习吹来,夹杂着阵阵香料的气息,吹拂着梧桐树的枝叶和树皮,轻轻扫过砂砾,发出簌簌的响声。丰塔南太太的头发被一只蝙蝠的翅膀急促而轻微地扫过,她禁不住轻轻惊唤了一声。

"周末你还会回来吧?"她问。

"会回来,我明天就会回来,在家住两天。"

"你应该把你的朋友邀请过来一起吃午饭,昨天我还在村子里碰到了他。"丰塔南太太补充道。她的确想邀请雅克来共进午餐,并且她在雅克的身上发现了一些优点,这些优点同样出现在昂图瓦纳的身上,与此同时,她希望这么做能让达尼埃尔高兴。"那个孩子为人真诚,举止大方。我们还一起走了那么长的一段路。"

达尼埃尔不由得阴沉着脸,因为他想起了那个晚上,贞妮同雅克一起散步,从森林回来后便变得非常古怪,情绪激动。

"小姑娘的心灵发展失衡了,开始往歧路上走了。"达尼埃尔忧心忡忡地想着,"这孩子整天都在思考,一个人体会孤独,只知道看书,她的心智过于早熟了,可是对生活却一无所知!可是我又有什么办法呢?她已经不再信任我了。好在她身体结实,尽管有些神经过敏,还有些沉溺浪漫。她自以为是地认为自己是不被人理解的,总是不愿意解释原因。她的眼里看不到任何事物,她甚至懒得开口说话,她把一切都弄得乱糟糟的。她是不是还没有走出青春期?"

达尼埃尔起身换了个座位,来到了母亲的身边。为了使自己看上去问心无愧,他问道:

"妈妈,请你告诉我,你有没有发现雅克对您的态度有什么异常?或者说他对贞妮有没有什么异常的地方?"

"对贞妮?"丰塔南太太重复说。当她听到达尼埃尔说出这两个字时,她突然感到不安。也许不算不安,这感觉没有这么强烈。确切地说是一种飘忽不定的感觉,这感觉只有最敏感的心才能感受并记录下来，可是却无法说出来。丰塔南太太不由得开始有些烦恼，她的心因为一种虔诚的冲动而开始走向圣灵。"噢，不要丢下我们！"她开始在心里祈祷。

屋外有了响声，那几个出去散步的人回来了。

"亲爱的，加件衣服怎么样？"热罗姆的嗓音很大，"你要当心，今天晚上有些凉。"

热罗姆走到大厅，拿了一件披肩给妻子搭上。贞妮饭后喜欢在梧桐树下面的沙地上躺一会儿，热罗姆看到她正在往沙地上搬一条长凳，便连忙跑过去帮她将长凳在树下放好。

贞妮就像一只凶恶的小鸟，热罗姆费了好大劲才将她驯服。整个童年贞妮都是和母亲一起度过的，母亲的痛苦她全都看在眼里，因此从小就对父亲没有任何好感。可是热罗姆看到贞妮却很高兴，他的小贞妮如今已经长成大姑娘了。他对她极为殷勤周到，潇洒而不失谨慎，他对她施展着最微妙的诱惑力。年轻的姑娘也感受到了父亲的心意。现在父女俩已经可以像朋友一样敞开心扉交谈了，对此，热罗姆万分激动。

"亲爱的，今晚的玫瑰花可真香！"热罗姆躺在摇椅里，慢慢地晃悠，"阁楼上的那些'第戎之誉'相比之下就显得太普通了。"

达尼埃尔起身准备离开。

"我该走了。"达尼埃尔说着，走到母亲身边，吻了吻她的额头。

丰塔南太太双手轻轻地捧着达尼埃尔的脸，仔细端详了好一会儿，说道：

"我亲爱的儿子！"

"那我送你去火车站吧。"热罗姆主动提出建议。上午他已经散过步了,现在他想暂时离开这个花园,两个星期以来他都在这里生活,没有走出半步。"你要不要一起去,贞妮?"

"我想留下来陪陪妈妈。"

"来,给我支烟。"热罗姆亲热地挽着达尼埃尔的手臂,说道。自从回家后,他就没有出去买过烟,因此也就省去了抽烟。

丰塔南太太看着两个男人渐渐走远,她还听到热罗姆的说话声:"你觉得我能在火车站买到一包烟吗?"随后两人的身影消失在了枞树影中。

热罗姆紧紧地搂着达尼埃尔的手臂,这个年轻漂亮的男人对他有着莫大的魅力,一种令他无比留恋的魅力。自从他回到别墅区后,他每天都忍受着莫大的痛苦,年轻的贞妮总能让他不由自主地无比怀念自己逝去的青春。今天早上去网球场时,他更是深有感触。那些年轻男女有着那么明亮的目光,尽管他们打球时头发乱糟糟的,敞着领口,衣衫不整,可是他们青春的魅力却无法阻挡。他们的身体是那么柔软,充满了阳光,连呼吸都那么有活力,浑身上下都散发着一种健康的气息。噢,他仅仅在网球场待了十分钟,却已经深刻地感受到了岁月的无情。现在他每天都要同自己做斗争,同年老衰弱做斗争,同自己身上已经开始显露端倪的全面崩溃做斗争,啊,他感到无比羞愧,厌恶至极。同达尼埃尔走在一起,他的呼吸都变得急促,步伐也没那么沉稳,可是他努力让自己看上去依然灵活。可是一看到儿子那富有弹性的步伐,他就泄气了,突然松开了达尼埃尔的手臂,无比羡慕地呼喊着:

"啊,我多么希望自己能像你一样,还是二十岁啊!"

丰塔南太太听到贞妮想要留下来陪自己,并没有反对。"你看上去累了。"当屋子里只剩下她和女儿时,她说道,"你要不要上楼睡觉?"

"最近你睡得不太好,是吗?"丰塔南太太问道。

"是的,不怎么好。"

"发生什么事了吗,亲爱的?"

丰塔南太太的话似乎有别的意思,贞妮不由得吃了一惊,她看了母亲一眼,马上明白了母亲的意思。她想要解释,可是却出于本能地决定回避这个问题。她并不是想要隐瞒什么,只是当有人希望她谈谈时,她反而不是那么想将事情说出来了。

丰塔南太太转身看着贞妮,她并不擅长伪装。此刻,余晖笼罩着母女二人,丰塔南太太坦率地端详着贞妮,她希望贞妮这种倔强强硬的态度能在自己温柔的目光中有所缓和,贞妮的僵硬令母女二人有些隔阂。

"今天晚上就只有我和你。"丰塔南太太有些坚持地说道,父亲的回归扰乱了母女之间的亲密,不过母亲原谅了女儿。"亲爱的,我想跟你谈谈,我昨天碰到了那个小蒂博……"她随即停了下来。丰塔南太太直接挑出了这个话题,可是却不知道该如何继续下去。她侧着身子,态度充满了关切,话音拖得很长,让贞妮明白自己是在盘问她。

可是贞妮一句话都没说。丰塔南太太慢慢地直起身体,眼睛望向前方,此刻花园已经完全被夜色笼罩了。

时间已经过去了五分钟。

夜晚的风有些凉,丰塔南太太留意到贞妮有些颤抖。

"走吧,我们进去吧,你会感冒的。"她说。

丰塔南太太又像平时那样说话了。她已经想过了,贞妮既然不想说,自己又何必一定要继续问下去呢?她已经把这个话题说出来了,她已经很满意了。女儿肯定能明白自己的意思,对未来她充满了信心。

母女二人起身离开,谁都没有说话。她们穿过大厅,走上黑漆漆的楼道。丰塔南太太走在前面,在贞妮房间的楼梯口处停了下来。她试图拥抱女儿,就像她每天晚上做得那样。可是她看不清女儿的脸,当她抱住女儿时,她能感到贞妮对自己的抗拒。好一会儿,她将自己的脸紧紧地贴在贞妮的脸上,然而贞妮却极为抵抗这个表示同情的动作。随后丰塔南太太便温柔地放开了贞妮,朝自己的卧室走去。可是贞妮并没有推门进自己的房间,而是紧跟着丰塔南太太。这时,她听到贞妮在背后说话,语气十分激动,几乎是一口气说完的:

"妈妈,要是你觉得他来我们家的次数太多了,你可以对他冷淡些!"

"对谁?"丰塔南太太转身看着贞妮说,"你是指雅克吗?来的次数太多?不,我都已经大半个月没看到他了!"

的确如此,自从达尼埃尔告诉他丰塔南先生回来了,雅克就知道他们的家庭会因此而发生非常大的变化。出于谨慎考虑,雅克决定不再去他们家。更何况贞妮开始很少去俱乐部了。她尽可能地不和雅克碰面,经常是让雅克先去打一场球,这样便不用和他见面了。两个年轻人几乎不说话了,半个月来甚至很少见面。

贞妮果断地踏进母亲的房间,随手将房门关上。她站在房间里,一句话也不说,非常固执。

丰塔南太太开始有些同情她了,静静地等着她把心里话都说出来。

"亲爱的,我保证,你刚才的话我并不明白是什么意思。"

"达尼埃尔干吗要把蒂博一家往我们家带?"贞妮有些激动地说道,"要是达尼埃尔不那么不可理解地同他们交好,这些事情就不会发生!"

"亲爱的,我不明白,到底发生什么事了?"丰塔南太太问,她感觉自己的心脏简直要跳出来了。

贞妮立刻恼怒了。

"什么事都没有,我不是说这个!可是要是达尼埃尔和您,妈妈,要是你们没有经常让蒂博一家来我们这儿,我就不会,我……"贞妮突然不说话了。丰塔南太太尽量鼓励自己勇敢一些。

"好了,亲爱的,跟我说说,你是不是发觉……他对你有种不一般的感情?"

贞妮还来不及说什么,便默默地低下了头,表示肯定了妈妈的说法。她仿佛又看到了那个夜晚,满园的月光,虚掩的小门,墙上的倩影,还有雅克忘情的亲吻,那让她感觉无比屈辱。那可怕的夜晚不论白天黑夜地困扰着她。她决定不向任何人提起,就这样深深地埋在自己的心里,仿佛这样她就可以获得自由,可以随意支配这个让人厌恶的回忆,或者直接将这回忆当成引发自己激动的契机。

丰塔南太太清楚地感觉到,这个时刻具有决定性的意义,她可不想让贞妮重新回到沉默之中,将自己隐藏起来。这个可怜的女人身子前倾,手臂颤抖地撑着身后的桌子。她整个人都向贞妮倾斜,她模模糊糊地看到月光透过敞开的窗户照亮了贞妮的脸。

"亲爱的,我必须跟你说,"丰塔南太太继续说道,"事情会变得更加糟糕,如果你也,如果你也……"

这一次贞妮非常干脆地否定了,重复了好几次否定的话。丰塔南太太终于长长地舒了一口气,一直紧紧揪住的心终于放了下来。

"对于蒂博一家我一直就非常憎恨!"贞妮突然大声呼喊起来,丰塔南太太几乎认不出来她了,"哥哥爱慕虚荣,而弟弟……"

"亲爱的,你不可以这么说。"丰塔南太太打断了贞妮的话,黑暗中,她的脸涨得通红。

"……弟弟简直是附在达尼埃尔身上的恶魔!"贞妮不顾妈妈的反对,继续说道。她把从前数落雅克的话题又提了出来,她一直都是这么判断雅克的。"啊,妈妈,您不用为他们说好话。他们同您完全不同,您不可能会喜欢他们的。我敢保证,妈妈,我说的都是对的。他们跟我们完全不同。他们是那种人,我该怎么向您说明白呢。就算他们可以像我们一样思考问题,可是我们也不应该看错了他们,因为他们完全是用另一种方式在思考,他们满心想的都是其他东西!啊,他们那种人……"贞妮想着应该用什么词,"令人憎恨!"她总算说出来了,"令人憎恨!"贞妮的脑子有些乱,接着说道,"妈妈,我并不想对您隐瞒什么。是的,我永远都不会对您隐瞒什么。在我很小的时候,我就有一种十分罪恶的感情,我嫉妒雅克。因为我看到达尼埃尔是那么迷恋雅克,这让我非常痛苦。我在心里呼喊,这种人根本就不配获得达尼埃尔的迷恋!那是个自私自利、狂妄自大的人!他举止粗鲁毫无教养可言,还总喜欢戏弄别人!只要一看到他,一看到他的嘴巴、他的下巴,哦,天哪,我尽最大努力地不去想他,可是却总是失败,因为他总是过来挑逗我,让我不得不想起他,我简直要被气疯了!他总是跑到我们家来,还说是特意过来看我的。当然,这都是以前的事情了,我也不知道怎么总是想起这些事情来。从那个时候开始,我就更加细心地留意他。特别是今年,特别是这个月。可是现在我开始对他有点不一样的看法了,当然,我尽量公正地评价他。无论如何,我还是在他身上看到了一些闪光点。妈妈,有件事我必须告诉您。好多次,是的,好多次,我敢肯定,并且我自己也意识到了,我好像……好像被他吸引了……不,不,不对!事情不是这样的,我讨厌他,讨厌他身上的一切!"

丰塔南太太不得不承认。

"雅克的为人我不了解,我想你比我更有发言权。不过昂图瓦纳我还是很清楚的,我可以向你保证。"

"但是,"贞妮语气激动地打断了丰塔南太太的话,"对于雅克,我从不否认他也有非常高尚的品质。"贞妮的语气渐渐地沉着冷静下来,"首先,不得不承认,他说的话非常智慧,表明他很聪明。我甚至还有更多发现。我看到他个性单纯,为人真诚高尚,是个正直的小伙子。妈妈,您看到了,我并没有刻意数落他。而且我非常相信一点,"贞妮开始思索着该用什么词来形容,而丰塔南太太则无比吃惊地打量着贞妮,"总有一天他会做出一番事业,做出一些非常崇高的事业,对此我深信不疑。所以,您看到了,我尽量公正地评价他。所以,我现在可以非常肯定地说,他的身上有一股强大的力量,这力量就是我们常说的天才!没错,就是天才!"贞妮重复着,语气有点咄咄逼人,事实上妈妈对她的话并不想反对什么。突然,贞妮又万分激动地、绝望地大声喊道:

"然而这都是徒劳!因为他是蒂博家的人!蒂博家的本性在他身上根深蒂固!我憎恨他们!"

贞妮的话令丰塔南太太惊呆了,好半天都没有说一句话。

"可是……贞妮……"丰塔南太太终于结结巴巴地开口了。

她从母亲的语气中读出了她的想法，这想法她也从达尼埃尔的目光中读出来过。霎时间，贞妮像个孩子一样扑到丰塔南太太的怀里，用手捂住妈妈的嘴，惊慌失措地喊道：

"不！不！我跟你说，不是这样的，绝对不是这样的！"

丰塔南太太将她拉进怀里，双手紧紧地搂着她，仿佛要保护她一般。贞妮的嗓子仿佛突然挣开了束缚，终于像个烦闷的小姑娘一样哭了起来，喉咙里不断地呼喊着："妈妈……妈妈……妈妈……"

丰塔南太太将贞妮紧紧地贴在自己的胸脯上，轻轻地拍着她的背，轻声安慰道：

"好了，亲爱的，不用太担心，不要再哭了，看你脑子里都想些什么，谁都不会逼迫你的，好在你对他不会……"丰塔南太太忽然想起了那一天的场景，两个孩子失踪了，第二天她前去同蒂博先生见面，那是她唯一一次见到蒂博先生。她来到他的办公室，看到他肥胖的身体陷在办公桌后面，两边站着两个教士。假如雅克向他提出要求和贞妮谈恋爱，她完全可以想象那个男人会如何拒绝他，并且将如何践踏羞辱贞妮的爱情。"天哪，真庆幸事情不是那样！我的孩子，你无须责备自己。我会跟那个小家伙说清楚的，我会让他明白你的意思的。好了，不要再哭了，亲爱的，所有的事情都会过去的，你会忘记它们的，好了，不要哭了，都过去了……"

可是贞妮却哭得更厉害了，母亲说的每一句话都让她感到无比伤心难过。母女二人就这么紧紧地抱在一起，在黑暗中久久地站立着。孩子依偎在母亲的怀里，将所有的痛苦藏了起来，母亲轻声抚慰怀里的孩子，可是却让孩子更加痛苦。丰塔南太太的眼睛睁得大大的，充满了惶恐不安，因为她有一种预感，她仿佛看到了贞妮的命运，那种无法避免的命运会将她的孩子带走，无论她怎样担心、安慰、祈求都无济于事。"人类永远在不停地朝向圣灵，"丰塔南太太不禁难过地想，"在这个朝圣的过程中，每个人都是独自前往的，每个人都会不断地经受各种考验，不断地重复所犯的错误，在自己命中注定的道路上不断前行……"

楼下传来了关门声，还有大厅前地板砖上的脚步声，她们俩知道热罗姆已经回来了，禁不住哆嗦起来。贞妮松开了母亲的怀抱，沉默不语，惊慌失措地逃离了。她已经深陷烦恼之中，谁都没办法拯救她。

11

电影院前挂了一张巨大的海报，街上闲逛的人们不由得都停下了脚步。

你所不知道的非洲——在沃洛夫人、赛雷尔人、富尔贝人、门当人和巴基米人的国度游览。

"影片要到八点半才开始放映。"拉雪尔说道，叹了口气。
"看看吧。"
从那件粉红色的房间离开，从那种亲昵的气氛中抽身，昂图瓦纳感到非常遗憾。不管怎么说，他还是想再回到两人独处时的舒适之中。于是他定了一个包厢，就在楼下大厅的最里头，围着一圈小栅栏。

拉雪尔跑到昂图瓦纳的身边，来在售票窗口旁。

"我看到了一样好东西！"拉雪尔略带兴奋地一边说一边将昂图瓦纳拉到长廊下面，那里的墙上贴着影片的海报，"你看。"

昂图瓦纳看到了海报上的说明："在马约·卡比河边扬谷的门当族少女。"海报上是一个完全赤裸的少女，身体犹如青铜一般，一条用稻草编制的腰带挂在腰间。美丽的门当族少女站在河边，右腿支撑着全身的重量，脸上的神情十分专注，因为劳动，上身拉得很长，她的右手上是一个硕大的葫芦，高高地举过头顶，葫芦里装满了细丝一样的粮食，左手提着一个木盆，放在膝盖的高度。少女正倾斜着葫芦，让那些粮食从高高的右手边一直飘洒到左手的一只木盆里。少女的姿态非常自然，头部微微向后仰，双臂的曲线非常优美。她挺着胸脯，一双少女的乳房高耸而结实。她的腰如波浪，她的臀部在用力，她的左脚脚尖轻轻地点着地，伸向前方。整个画面非常和谐自然，既有劳动的紧张，又有活动的优美。

"快过来看这些！"拉雪尔指着海报对昂图瓦纳说道。海报上是十多个非洲青年，正扛着一只细长的独木舟。"真是个英俊的小伙子，他肯定是个沃洛夫人，你瞧他的脖子，上面挂着一个护身符呢，还有他的腰，缠着蓝色的布腰带，还有他头上那顶土耳其的帽子。"今晚的拉雪尔显得格外激动，说话格外兴奋。她不露牙齿地微笑，两腮的肌肉仿佛固定不动了。她的眼睛发出热辣辣的目光，眼珠骨碌碌地转，昂图瓦纳从她的眼缝里看到了从未见过的银光。

"我们现在就进去吧。"拉雪尔有些按捺不住了。

"可是影片还有一刻多钟才开始呢。"

"不要紧。"拉雪尔像个孩子一样有些不耐烦地说道，"走，我们进去。"

放映大厅里一个人都没有,乐队表演的台子上只有几个乐师在给演奏的乐器做准备。

昂图瓦纳将包厢前的栅栏门抬起来,拉雪尔走了进去,站在昂图瓦纳的身边。

"把领带解开吧。"拉雪尔看着他笑着说道,"你的样子好像上吊的人解下脖子上的绳子似的。"昂图瓦纳不禁做了个有些恼火的动作,只是这细微的动作不易让人察觉。"啊!"拉雪尔连忙轻声说道,"跟你一起来看电影就是为了这一点乐趣!"说着便捧起昂图瓦纳的脸,嘴唇慢慢地凑了上去,"还有,你把胡子刮掉后,我更加爱你了,亲爱的!"

拉雪尔脱下披风,摘下帽子和手套,和昂图瓦纳一起坐了下来。他们的前面是栅栏门,外面的人看不到他们,可是他们却能看到大厅里的一切。短短几分钟后,大厅的穹顶下已经不再寂静,也看不到喧嚣的灰尘和四处照射的红光。起先大厅里只来了几个人,紧接着便涌进来一大群人,乌压压的人群像巨大的鸟笼里叽叽喳喳叫个不停的鸟。乐师给乐器调音的声音不时地压过人群的嘈杂。虽然还是酷热的仲夏,可是许多巴黎人已经在这九月的下旬赶回来了。现在,巴黎已经不像暑假里那样安静了。每年的这个时间是拉雪尔最喜欢的,因为这时候的巴黎总会出现许多值得发现的新事物。

"嘘,你听……"她说。乐队开始演奏《瓦尔基丽》[①]的一段:《春日浪漫曲》。

拉雪尔的头靠在昂图瓦纳的肩上,昂图瓦纳紧挨着拉雪尔。拉

[①] 《瓦尔基丽》是瓦格纳写的著名神话歌剧,共有三幕。威廉·理查德·瓦格纳(1813—1883),德国著名作曲家。

雪尔翕动着嘴唇,牙齿紧咬,一种合声似的声音传到了昂图瓦纳的耳朵里,那声音比提琴声还要大。

"祖科的歌你听过吗?就是那个唱男高音的祖科。"拉雪尔问道,嗓音无比慵懒。

"我听过他的歌,怎么啦?"

拉雪尔继续沉思,并没有立刻回答。最后,她似乎不够谨慎,没有将自己的思想瞒过昂图瓦纳。她细声说道:

"他曾经是我的情人。"

对于拉雪尔的过去,昂图瓦纳虽然充满了强烈的好奇心,但是并不嫉妒。拉雪尔时常说:"我记性不太好。"当然,昂图瓦纳很明白她的意思。可是祖科……昂图瓦纳不由得想起了祖科那个滑稽的样子:上身穿着绸缎的紧绷绷的短上衣,《魔笛》的第三幕开始了,这个矮胖子便爬上舞台上的一堆木头开始唱歌。尽管他头上顶着金黄的假发,在唱二重奏时还用手捂着胸脯,可是这改变不了他有着茨冈人的外貌。昂图瓦纳开始有些生气,责怪拉雪尔居然会看上这么平庸的一个男人。

"他曾唱过这个歌剧,你听过吗?"拉雪尔又问道,手指举到空中,在虚空中画着乐句的装饰音,"难道我从没对你提起过祖科这个人吗?"

"不,你从没提起过。"

昂图瓦纳拉过拉雪尔,将她的脸贴在胸前,只要一低头,他就能看到她。每当她开始回忆过去时,她的脸上就会摆出一副若有所思的神情。她的眉毛微微皱起,眼睛眯成一条缝,嘴角向下微微垂着。昂图瓦纳看着拉雪尔,想道:"她的脸上竟然会出现这种痛苦的漂亮表情。"他看到她不说话,他想向她表明,自己对于她的过去毫不在意,于是他固执地问道:"嗯,那你的祖科呢?"

听到昂图瓦纳的问话,拉雪尔不禁哆嗦了一下。

"你说什么?祖科?"拉雪尔脸上的微笑透着一丝厌烦,"事实上,你会明白的,这根本不值得吹嘘,那个祖科只不过是我的第一个情人,仅此而已。"

"那我呢?我算第几个?"昂图瓦纳努力克制自己。

"你是第三个。"拉雪尔眉头都没皱一下就回答了。

"祖科、希尔什加上我……一共就三个情人?"昂图瓦纳思索了一下问道。

昂图瓦纳的话让拉雪尔莫名地激动起来,她继续说道:

"要不,我给你说说情况?你会发现,事情其实很简单。我父亲刚刚过世,兄弟又在汉堡工作。白天我就在歌剧院演出,晚上不跳舞的时候我会感到非常寂寞。你知道,这对十八岁的姑娘来说很正常。那时候祖科就已经在追我了。在我看来,那是个非常平常的人,但是却非常自负。"拉雪尔有些犹豫是不是该说下去。"还很蠢。没错,那个时候我就已经觉得他很蠢了……可是我却没发现那是个畜生!"猛然间,拉雪尔冒出了这句话。

她朝大厅看了一眼,灯光刚刚暗下去。"现在在演什么?"

"开头要先放一段时事片。"

"接着放什么?"

"接着是一部场面非常豪华的大影片,大概不会很好看。"

"那部非洲影片呢?"

"排在最后了。"

"那好吧。"拉雪尔的长发披散在昂图瓦纳的肩上,发丝间的芳香沁人心脾,"假如有好看的影片你就叫我一声。你这样会累吗?我的小猫咪,我舒服极了!"

拉雪尔的嘴唇翕动着,昂图瓦纳禁不住将嘴唇贴上了她温润的双唇,亲吻着。

"可以继续说说祖科吗?"昂图瓦纳又问道。

拉雪尔听到他的问话并没有微笑,昂图瓦纳有些意外。

"直到现在我都没明白,当初的我是怎么忍受那一切的。你无法想象他是如何对待我的!他就是个车夫!他以前在奥兰省是赶骡子车的。我的朋友们都不明白我怎么会跟那样的人待在一起,她们不停地抱怨我。其实,我自己也不明白。不是有人喜欢这么说吗?总有些女人喜欢被打……"拉雪尔停顿了一会儿,又继续说道,"可是这么说并不对,我相信,我只是非常害怕又变成孤孤单单的一个人。"今晚的拉雪尔说话时透着一股忧伤,昂图瓦纳记忆中的拉雪尔从没有过这种声调。昂图瓦纳伸出手臂将这个年轻的女人紧紧地搂在怀里,仿佛想要保护她。随后他松开了怀抱。他知道自己对弱者很容易被激起同情之心,当然,他对此非常自豪。这也许就是为什么他会那么关爱弟弟。在他遇到拉雪尔之前,他甚至时常怀疑,自己爱别人的唯一方式是不是就是这种同情。

"后来又发生什么事了?"昂图瓦纳继续问道。

"后来他就离开了我,这一点毫无疑问。"拉雪尔说话时脸上没有一丝凄苦的神情。

休息了一会儿,似乎想要打破此刻的沉默无言,拉雪尔又继续低声补上一句:

503

"我已经怀孕了。"

拉雪尔的话把昂图瓦纳吓了一跳。她怀孕了？完全不可能，他可是一名医生，怎么会没发现一丝异常？这不可能！

昂图瓦纳的眼中有一丝不悦，又有一丝不在意。这时，大厅里正在放映时事片：

《先进的科学技术》，
法利埃尔①先生与德国军事人员进行会话。
情报事业未来的发展，
拉唐的单翼机安全着陆，将宝贵的数据带给了总司令，
共和国总统亲自接见勇敢的飞行员。

"当然，他抛弃我也不仅仅是因为这个。"拉雪尔对之前的说法进行修改，"假如我能继续将他的欠债偿还清楚的话……"

昂图瓦纳忽然想起来了，他曾在拉雪尔的家里看到过一张婴儿的照片，当时她从他手里将那张照片抢了过去，她曾说过："她是我女儿，可是已经死了。"

拉雪尔坦白地告诉了他这一切，昂图瓦纳非常吃惊，随即便感到非常难受，他认为自己的职业意识被人极大地侮辱了。

"你说的都是真的？"昂图瓦纳问道，"你真的曾生过一个孩子？"可他马上便非常谨慎地微笑着说道，"我早就怀疑这一点了。"

"不过谁都没有发现！我演过戏，很小心地掩饰着！"

"不过我可是个医生！"昂图瓦纳耸耸肩膀，反驳道。

---

① 法利埃尔，1908年至1913年期间任法国总统。

拉雪尔微笑地看着昂图瓦纳，他的精明让她不禁有些得意。好一会儿她都没再说话，依旧是那副慵懒的姿势。

"你瞧，我时常会想起那段日子，我的小猫咪，我想着，那段时光该是我生命中最美好的了。那是一段值得我骄傲的时光。可是我的肚子渐渐大了起来，我不得不向歌剧院请求离开。你猜我去了哪儿？我去了诺曼底的一个小村庄，在那里有一个我熟识的老用人，我和我的兄弟曾经是她带大的。她曾经把我们照顾得非常好。在那儿我一辈子都会过得很好，而且我本来就应该那么过一辈子。可是你知道的，只要有一天你上台演戏了……当然，我相信自己那么做是对的。我把孩子交给别人收养，这一点我倒是不担心。可是八个月之后，我也病倒了。"拉雪尔停了一会儿，叹口气继续说道，"我的身体在生孩子的时候就坏了，没办法，我只好放弃了歌剧院，那时候我一无所有了。我重新变成了孤零零的一个人。"

昂图瓦纳低头看着她。她的眼睛睁得大大的，没流一滴眼泪，只是呆呆地看着包厢顶上的天花板。但过了一会儿，眼泪就弥漫了她的双眼。他知道她很激动，他尊重她，并没有去亲吻她。他慢慢地回味着刚才她讲的故事。自从认识拉雪尔以后，昂图瓦纳每天都有一个非常明确的目标，他希望能借此大概地了解她的人生。可是往往第二天的时候，拉雪尔简单的一句心里话，一段往事，甚至一个微不足道的暗示就让他出乎意料地看得更远，面对拉雪尔的人生，他仿佛看不到边际。

拉雪尔直起身体，抬起手臂准备将凌乱的头发整理一下。可是她的手臂抬在半空中就停止了，指着大厅的银幕。

"噢，快看！"拉雪尔大声说道。眼泪迷糊了她的双眼，她不由自主地盯着银幕上的一个骑马奔逃的少女。那少女的身后有三十多个骑马的印第安人在追赶，就像猎犬追逐猎物一般。少女骑马爬上了高高的悬崖，悬崖顶上是她美丽的侧影。忽然，她毫不犹豫地骑马跳进了悬崖下的激流。身后的三十多个骑马的印第安人依然紧追不舍，也踏入了滔滔巨浪之中。少女终于奔上了河对岸，骑马继续狂奔。可是无济于事，身后追赶她的印第安人眼看着就要追上她了，紧紧地跟在后面。印第安人的套索已经开始在她头顶呼啸盘旋，差一点就要套住那个少女了。就在这千钧一发的时刻，少女来到了一座铁桥旁，桥下的列车像龙卷风一般飞驰而过。一瞬间，少女已经跳下马，翻过栏杆，向空中扑了过去。

大厅里所有人大气都不敢出一声。

少女马上又出现在了银幕上，她正站在一节车厢的顶上，被列车载着飞驰，少女的短发在空中飞舞，短裙在风中飞扬，她双手叉腰看着那些印第安人，看他们举着马枪瞄准自己，却无济于事。

"亲爱的，你看到了吗？"拉雪尔高兴地喊道，兴奋使得她的身体都有些哆嗦了，"我最喜欢这个了！"

昂图瓦纳一把将拉雪尔重新拉回来，将她放在膝盖上，像抱着孩子一样抱着拉雪尔。本来，他打算说些什么安慰她，好让她能忘掉在他们俩认识之前的所有事情，可是他最终什么都没说，只是用手把玩着拉雪尔的项链，那些如蜜糖似的珠子和浅灰色的琥珀珠子间隔着，握在手里时还会有微微的热感，那浓郁的香气在手心里凝结，过两天你会发现那些香气还在手心里久久没有散去。他解开她的衣扣，将脸贴在她的胸脯上。

"进来！"拉雪尔对门外的人说道。

进来一个女服务员，发现自己进错了包厢后连忙把门关上，出门时她还有时间好奇地瞄了一眼拉雪尔，昂图瓦纳怀里搂着的这个半裸的女人。他试图挣开她，可是已经来不及了。

拉雪尔看着昂图瓦纳大声地笑了起来。

"你可真笨！说不定她正等着你呢……她可真可爱！"

拉雪尔的这几句话让昂图瓦纳非常吃惊，忍不住想要看看拉雪尔的脸，可是她已经转身，将脑袋埋在他的肩头。他听着她微弱的咕噜的笑声，那谜一般的声音让他心里非常不舒服。

在拉雪尔的身上，昂图瓦纳总能发现一些令人捉摸不透的东西，这些东西就像一个深渊，吸引着他，等着他跌落进去。很多时候他都困惑不已，充满好奇，甚至还有点被侮辱的感觉，这使得他心中的感情更加复杂了。至今为止，他作为医生，一直都是他用一种怀疑的微笑和一种预设的暗示使得别人感到惊讶不已。可是自从认识了拉雪尔以后，他感觉这种角色就颠倒过来了，反倒是他显得无比幼稚，在这些方面他对拉雪尔没有一点把握，常常不打自招。有一次，他想要报复一下，便将医院里的事和值班室里的事夹杂起来，编了一个颇为激动人心的故事，说给拉雪尔听，可是他才刚说了个开端，拉雪尔就打断了他，亲昵地笑着说：

"好啦好啦，这种事还用对我说吗？难道你原来的模样我就不喜欢了吗？"他觉得尴尬极了，脸涨得通红，不再继续编故事了。

中场休息时，昂图瓦纳和拉雪尔谁都没想到去打破两人之间的沉默。

非洲的影片马上就要开映了，大厅又暗了下来，乐队也开始演奏黑人音乐了。

拉雪尔起身走开，来到包厢的边上，一个人坐定了。

"希望这是一部成功的影片。"拉雪尔自言自语道。

银幕上闪现着一个又一个景色。粗壮的藤蔓缠绕着参天大树，遒劲的树根弯弯曲曲拱出地面，一条河流从树下流过，水面没有一丝涟漪。一只河马潜在水里，只露出脑袋，仿佛溺水而亡的尸体。小猴子浑身长满黑毛，下巴上却有一撮白胡子，它们如同老练的水手一般在沙地上嬉戏游玩。随后出现了一个村庄，周围是渺无人烟的空旷大地，烈日将土地晒得龟裂。更远处是一片小茅屋，周围是一圈矮栅栏，几个富尔贝"姑娘"正在院子里劳作。她们的上身一丝不挂，只在臀部缠着一圈裹腰布，可以看到鼓鼓囊囊的臀肌。姑娘们正在高高的木臼里舂粮食。一群黑乎乎的小孩儿围绕在四周，躺在尘埃里打滚。院子中还有一些妇女，她们有的挎着篮子，有的盘着腿席地而坐，勤劳地纺纱。她们左手拿着纺纱杆，右手拿着陀螺般的梭子，不停地转动一个小木斗，梭子便将棉花盘绕了起来。

拉雪尔跷着二郎腿，一只手放在腿上，一只手托着下巴，脑袋向前倾，专心致志地望着银幕，轻微的呼吸声传进昂图瓦纳的耳朵里。不时地，她还会晃动一下脑袋，对他轻唤："快看啊，我的小猫咪，你快看……"

影片的最后是一段坦坦舞，黄昏中，一群黑人在棉桐树围绕的广场上跳着这野蛮的舞蹈。他们脸上都戴着面具，无比欢乐地围绕着中间的两个黑人跳着。那两个黑人长得相当俊美，醉醺醺地互相追逐，汗水在身上闪着晶莹的光。他们时而相撞，时而分开，时而凶狠地扑打，时而追逐抚摸对方。好斗淫邪且节奏感强的音乐淹没了他们，因为他们轮流模仿激烈的战斗和肉欲的爱情。那些在旁边观看的黑人时而沉默不语,时而快乐得手舞足蹈。渐渐地,围绕着这两个疯狂的人的圈子越来越小了,人们更加快速地鼓掌,那两个人也更加疯狂了。最后,电影院乐队的演奏停止了。后台响起了非常有节奏的鼓掌声。这掌声使得生活被衬托得更加令人神魂颠倒,也把那份几乎令人厌烦的紧张的快感传染给了每一个人,所有人的脸都因为这狂热而扭曲了。

电影结束了。

观众慢慢地退出大厅,女服务员走到空椅子前,将绒布重新铺平。拉雪尔神情有些沮丧,呆呆地站在那里一句话都不说,仿佛不知道要不要起身离开。昂图瓦纳走到她的身边,将披风递给她。她起身接过披风,将嘴唇凑向他。他们是最后离开的,一路上两人都沉默不语。他拥着她出了电影院,在电影院前站定,街上的新鲜空气鼓动着人们的胸腔,人流从各个娱乐场所涌出来,将他们二人包围,夜晚的巴黎灯火闪耀,透着一股温馨,风中还能看到几片树叶在飘舞。他拉着她的手臂,凑到她的耳边,轻声细语:"亲爱的,我们现在就回家吗,说话呀?"她嚷道:

"噢,不,现在还早,我们再去其他地方逛逛,我想喝点东西。"拉雪尔又看到了柱廊下的橱窗,那里贴着那群黑人青年的海报,她便兜回去又看了一眼。"天哪,"她说,"这可太奇怪了,简直像极了,他看上去真像那个家伙,我们曾一起沿着卡萨芒斯河顺流而下。他是沃洛夫人,叫马马杜·第昂。"

"你还想去哪儿逛逛?"他问她,并没有一丝不满。

"哪儿都行。要不我们去布里塔尼克?不,我们去帕克梅尔餐厅吧,你想跟我一起去吗?我们可以走过去。没错。到帕克梅尔餐厅喝杯冰镇的查尔特勒酒,然后我们就可以回家了。"她紧紧地依偎着他,十分随意,像个温顺的小鸟。

"看了今天晚上的电影,我忽然想起了那个身材矮小的马马杜,"她又说,"你应该还记得吧,我给你看过一张照片,照片上就有这只两头尖尖的小船,当时希尔什就坐在那只小船的后面。你还说过他那个样子简直像个戴着殖民军头盔的菩萨,你还记得吗?当时他就靠着一个小孩儿,那孩子缠着白色的裹腰布,身体黝黑。你记起来了吗?就是那个孩子,他就是马马杜。"

"对你来说,无论谁都值得记住,不是吗?"他这么说道,想要取悦她。

好半天她都没说话,禁不住颤抖起来。

"那个可怜的小家伙,没过几天,我们就亲眼看着他被吞了。当时他在洗澡。不,应该说是希尔什……希尔什打赌,说马马杜不可能一只手游到河对岸,把我刚打到的一只白鹭捡回来。我后悔极了,真不该打下那只白鹭!小家伙非要试一试,我们看到他跳下河往对岸游去……突然,啊,你想象不出那场景有多可怕!仅仅几秒钟,我们看到他跳出了水面,可是身体的下半部分被咬住了……可怜的家伙不住地呼喊!可是希尔什却……简直让人不敢相信!他立刻就明白了,那孩子马上要完蛋了,还会遭受可怕的痛苦。可是他只是耸耸肩。咔嚓!我看到那孩子的脑袋像个葫芦似的裂开了。唉,也许这样还要好些,不是吗?可是我却觉得眩晕,要昏倒了。"

拉雪尔没再说话,只是把整个身体都依靠在昂图瓦纳的身上,手脚酥软无力。

"第二天,我想到那里去拍一张照片。水面非常平静,你根本就不会想到……"

拉雪尔的声音都变了，随后她又沉默了，过了好长时间，她又开口了：

"啊！在希尔什看来，一个人的生命真的没什么大不了。他非常喜欢那个小家伙，可是他却无动于衷。他就是这样的人，就算出了那样的事，他还是许诺，谁捡到我的白鹭，他就把闹钟奖励给谁。说实话，我非常不愿意这么做。可是他不许我说话。你知道，我只能服从他。后来，那只白鹭终于到了我这里。是一个搬运工捡到的，他比那个小家伙幸运，顺利地到达了对岸。"拉雪尔露出微笑："这只白鹭我一直都保存得很好。那年冬天，我将羽毛插在了一顶灰色尖顶小圆帽上，用它代表爱。"

昂图瓦纳静默地听着，一言不发。

"啊，你没去过那儿，实在太可惜了！"她大声说，突然从他身边走开了。

可是她马上就后悔了，连忙靠近他，亲昵地挽着他的手臂。

"请不要介意，今晚这样的情形，我想我会生病的。我现在肯定有点发烧了，唉……你瞧，法国简直会把人闷死。只有到了那边，才算是真正的生活！你得知道，身处黑人当中，有多么自由！可是在这儿，人们无法想象那是怎样一种自由！无拘无束，自由自在！你都不用在意别人会对你议论纷纷！你能明白我的意思吗？你能理解吗？你有绝对的权利自我主宰。面对那些黑人，就像面对自己的狗一样，你是完全自由的。与此同时，在你周围生活的人都是些懂分寸、识大体、有意思的人，你简直无法想象。年轻人那快活的脸围绕着你，你能在他们那热情的目光中捕捉到最细微的愿望。我想起来了……这样你会觉得厌烦吗，我的小猫咪？我想起来了，那天傍晚天快黑了，当时我们在内地的一个地方露营，那里有一处泉水，当地的妇女们都去那里取水。希尔什同一个部落酋长正在那泉水边谈话。就在那个时候，两个十分诱人的姑娘走了过来，两人手里扛着一只大羊皮袋。酋长告诉我们，那是他的女儿，别人不会来这里。然后老头子就明白了。就在那天晚上，我和希尔什躺在帐篷里，忽然毫无声息席子就被掀开了，那两个小姑娘朝我们微笑……我跟你说过了，那是最细微的愿望……"她沉默了片刻，走了几步后继续说道，"啊，我还能记得这些，我还能跟某个人谈论这些，我感到痛快极了……我还记得在罗梅的事。那时候正巧也是在电影院，因为在那里，每天晚上人们都会去看电影。那是一个咖啡店的平台，四周被灯照得亮如白昼，售票处被栏杆围着。当所有的灯都熄灭后，电影开始了。观众喝着冷饮。你猜我看到了什么？所有的殖民军统一穿着白色的制服，坐在那里，银幕上的光照到他们身上。身后是繁星闪烁的夜空，深蓝的夜空下站满了本地人，那些年轻的小伙子和姑娘被黑暗笼罩着，你几乎看不出他们的脸，只能看到闪闪发亮的眼睛，就像猫的眼睛一样，漂亮极了！……假如你一动不动地盯着其中一张光滑的脸看，过不了多久你就会和他们的目光相遇……只要这样就够了。过几分钟后，你起身离开，甚至都不用转身。你回到你的旅店，旅店的大门会特意为你敞开。当时我就住在二楼。我刚刚把衣服脱掉，就听到有人在轻轻地敲百叶窗。我关了灯，将窗户打开，就是他！他爬上了墙，像只壁虎一样灵活。他一声不吭，解开裹腰布，任由它顺着他那矮小的身体滑落下来。我至今都还记得，他那湿润的嘴唇，凉丝丝的。"

"噢,天哪,"昂图瓦纳不由自主地说道,"你跟一个黑人……而且事前还没经过检查……"

"啊!你简直想象不出他们有着怎样的皮肤!"拉雪尔继续说,"那皮肤就像果皮一样细腻顺滑!像你们这些人,根本就不会知道那会有多舒服!那干燥滑腻的皮肤就像绸缎一样,仿佛涂过了滑石粉,浑身没有一点瑕疵,也没有一点疙瘩,没有湿答答的汗水,只有温热,不过那温热是皮肤下面的,那感觉就像隔着一层细纱去抚摸发烫的身体一样,你能想象得出来吗?啊,就像鸟儿丰满的羽毛下面温热的躯体!……如果你在白天去看这皮肤,你会在他们的肩部还有臀部发现亮光,仿佛金色的绸缎上闪着幽幽的蓝光。我不知道该怎么向你解释,那亮光仿佛触摸不到的钢粉,又像闪烁不灭的月光……啊,还有他们的眼光!你看到他们眼光中的安抚了吗?他们的眼白就像焦糖一样,他们的眸子在眼眶里灵活地转来转去……还有……啊,我该怎么向你说明白呢?在那里,爱情是静悄悄的行动。当然,这爱情同我们的爱情是不一样的。在那里,爱情是神圣且自然的,非常自然,没有一丝一毫别的意思掺杂其中。在我们这里,寻欢作乐大多数时候都是悄悄进行的。可是在那里,这就像生活一样,是合理合法的,就像生活和爱情一样自然神圣。你能明白我的意思吗,我的小猫咪?……希尔什经常这么说:'在欧洲,你只能得到你理应得到的东西。可是在那里,那才是我们这样的自由人的国度!'啊,他是那么爱黑人!"拉雪尔忍不住笑了起来,"你知道我第一次是怎样感觉到他是爱黑人的吗?我是不是已经跟你说过了?当时我们在波尔多的一个饭店里吃饭。我们面对面坐着交谈。突然,我发现他的目光朝我的身后定住了,好一会儿都没挪动,而且,那目光……

那目光非常锐利！我禁不住突然转身，在我的身后有个餐具橱柜，一个大概十五岁的小黑人捧着一盆子橘子站在橱柜旁边，那小家伙就像一个王子！"拉雪尔的嗓音有些模糊不清，随即又补了一句，"也许就是从那天开始，我才有了想要去非洲的愿望……"

两个人又沉默了，走了几步，拉雪尔突然说道：

"我有一个愿望，我希望在我变成老太婆的时候，我能有一栋大房子……噢，没什么奇怪的。有这么多类型的房子，我肯定要有一栋最好的房子，要让我在那群老人当中显得年轻些……我要让那些年轻人都围绕着我，我要那些年轻自由的、追求享乐的漂亮身体都围绕着我……你不能理解吗，我的小猫咪？"

他们俩走进了帕克梅尔餐馆，昂图瓦纳一直默不作声。他不知道该对她说些什么。拉雪尔那些离奇的经历总是让他惊讶，简直目瞪口呆。在他看来，在法兰西的这片土地上，他是资产阶级，他的工作也好，他的雄心也好，还有他已经安排好了的前途，所有这一切都和她迥然相异！他看到自己被无形的锁链束缚住，可是他从没想过也从不愿意去打破这些锁链。拉雪尔爱的一切他都不爱，这一切同他简直格格不入，他感觉自己就像一只愤怒的看家大犬，对那些在自己住宅附近徘徊的、可能会威胁到住宅安全的人他都仇视警惕。

酒吧大门紧闭，仿佛已经睡去，可是鲜红的窗帘后面透出绯红的条纹，显示酒吧里依然热闹非凡。旋转门吱呀作响，一阵阵风将酒吧里的闷热、香烟的气息还有酒精的怪味吹到了空中。

里面熙熙攘攘，大家正在跳舞。

拉雪尔在大厅靠近门口的地方找到了一张没人坐的桌子，点了一杯加冰的绿色查尔特勒酒之后，她脱下披风坐了下来。服务生端来了酒,拉雪尔坐在桌边,手撑在桌子上,一动不动,眼睛低垂不知道在看什么,嘴里吸着两根麦秆。

"你有些烦闷吗?"昂图瓦纳轻声询问道。

拉雪尔抬起眼睛看了他一眼,嘴里还在吸着酒,朝他微笑,尽量显出一副快乐的样子。

在他们俩的旁边坐着一个日本人,长着一张娃娃脸,牙齿细小发黄,他正文静地抚摸着身边的褐发女人,可是看上去有些心不在焉。那女人有着拳击手一样的手臂,正搁在桌子上。

"你要不要酒?我要一杯查尔特勒酒,跟这一样的酒再给我来一杯。"拉雪尔扬了扬手里的空酒杯说道。

昂图瓦纳忽然感到有人将手轻轻地放在他的肩膀上。

"我一直在犹豫,不敢确认是您,"对方友好地说道,"您把胡子剃掉了?"

站在他们面前的正是达尼埃尔。他弯着腰,显出腰肢的柔软,鹅蛋形的脸被灯光照亮了,他手里还拿着一把扇子,上面印着某个广告。他时而将扇子弯成弓形,然后又像弹簧一样将它放开。他朝他微笑,那得意扬扬的表情使人不禁联想起年轻的大卫在试弹投石器[①]。

昂图瓦纳向他介绍拉雪尔,他想起了达尼埃尔曾对他说的那句话:"我想我的做法会跟你一样吧。你这个骗子!"可是这一次他一点都不感到难堪。达尼埃尔弯下腰亲吻拉雪尔的手,昂图瓦纳有些愉快地发现,达尼埃尔的目光在拉雪尔的脸上、手臂上,还有桃红色丝质胸衣上、白皙的脖颈不停地游走。

[①]根据《圣经》记载,大卫曾与巨人作战,他就是靠投石器杀死巨人的。

515

达尼埃尔看了一眼昂图瓦纳，又微笑着看了一眼年轻的女人，仿佛赞美她就等同于赞美昂图瓦纳的作品似的。

"不错，"达尼埃尔说，"您看上去好多了。"

"只要还活着，人总是会变得更好的。"昂图瓦纳说话的口吻就像一个幽默风趣的医科学生，"假如您能像我一样习惯于摆弄尸体就好了！过两天……"

拉雪尔用手指敲了敲桌子，打断了昂图瓦纳的话。她总是记不起他是个医生。她转身注视着他，自言自语道：

"我亲爱的医生！"

她想起了那天晚上在阴森森的灯光下的那张脸，难道眼前这张熟悉的面孔和那天晚上的脸是一样的吗？难道她永远都不可能接近那张英气勃勃、冷峻俊美的脸吗？特别是现在，她看着这张脸，再熟悉不过了。她看着这张脸上的突出部分和平坦部分，她观察着他极为细微的表情，她还看到他把胡子刮了之后，脸颊有些不平坦，皮肤也有些松弛了，面部的柔和使得他的下颚看上去没那么粗大了。他的这个特征，她再熟悉不过了。多少夜晚，她像盲人一样被他的手臂紧紧地抱住，脸压在他方形的腮边，还有那有些突出的下巴。他的下巴非常平滑，她曾非常惊讶地说道："你的下巴简直像蛇嘴！"当他将胡子剃掉后，她最看不明白的就是这张嘴。他的嘴长且弯曲，灵活极了，可是时常会一动不动，连嘴角都不扬一下，也没有下垂。他的嘴唇紧抿，像极了古代的雕塑，显示出他的无情和坚定。"这意志多么坚强啊！"拉雪尔心中想着。她低垂着脑袋，狡猾地转动着眼珠，眼光从眼角射出，又从睫毛上快速地一闪，那目光就像金子的闪光。

昂图瓦纳任由拉雪尔打量他，如同一个被人深爱的男人，露出幸福的微笑。自从他把胡子刮了之后，他重新认识了自己，也不在乎她犀利的目光。慢慢地，他在自己的身上找到了新的特长，即不断地让她高兴的特长。同拉雪尔相识的几个星期，他觉得自己彻底改变了。他觉得在认识拉雪尔之前他生活中的所有事情都消失在了黑暗之中，它们都是以前发生的。除此以外他无法确定更多的东西。什么以前？在他改变以前。他在精神上已经完全改变了，变得更加温顺、更加成熟、更加年轻了。他总是喜欢重复，自己变得更加强壮有力了，事实上这不可能。或许他只是不再像以前那样犹豫，能够更加迅速地投入到行动当中，并且游刃有余，冲动时的他更加真实、更加感人。这种效果他也在自己的工作中发现了，工作进程一开始被打断，随后又突然继续进行下去，他的生活重新被工作填满了，仿佛一条波浪滔天、水流四溢的河流。

"请别太在意我外表的改变，"昂图瓦纳一边说话一边递给达尼埃尔一把椅子，"我们刚刚在电影院看了场电影，是一部介绍非洲的电影，您听说过吗？"

"您去过欧洲以外的地方吗？"拉雪尔问。

她响亮的嗓音让达尼埃尔吃惊不已。

"没去过，太太。"

"那么，"她举起查尔特勒酒，大口地咽了下去，"您真应该去看看那影片。其中有一个镜头拍的是落日下的一群纤夫，我说得对吗，昂图瓦纳？妇女们正在往下卸独木舟，小孩儿们都在沙地上嬉戏。"

"我肯定会去看看的。"达尼埃尔看着拉雪尔说道，过了一会儿，他又问她，"您跟阿妮塔熟悉吗？"

她摇摇头。

"她是一个美国黑种女人,常来这间酒吧。瞧,您从这儿就能看到她,就是那个站在玛丽-约瑟夫身后的白衣女人,身材高大,浑身戴满了珠宝。"

拉雪尔站了起来,越过一对对舞伴,看到了一个女人的侧影,淡黄的皮肤,戴着一顶巨大的帽子,脸陷入阴影之中。

"那不是黑种女人,"拉雪尔说道,毫不掩饰心中的失望,"她是克里奥尔人。"

达尼埃尔微微一笑,若有所思地问道:

"抱歉,太太。"随后对着昂图瓦纳问道,"您经常到这儿来吗?"

昂图瓦纳准备回答是的,可是一旁的拉雪尔阻止了他。

"几乎从不来这里。"昂图瓦纳回答道。

拉雪尔开始留意观察阿妮塔,看到她开始同玛丽-约瑟夫跳舞。这个美丽的女人身体非常柔软,穿了一件十分合身的裙子,白色的绸缎像羽毛一样发出亮闪闪的光泽,她的腿在这螺钿般的闪光中显得更加修长,每一个动作都显得那么优美。

"您是明天回别墅区吗?"昂图瓦纳问。

"不,我今天晚上就要赶回去。"达尼埃尔说。他想说说雅克,可是他刚一站起来就看到一个西班牙的年轻女人,穿了一件硫黄色的披肩,仿佛在寻找什么人。"不好意思。"达尼埃尔说着就立刻离开了。他走近那个年轻女人,手臂轻巧地伸进她的披肩里,拉着她跳起了波士顿舞,慢慢地朝着乐队的方向走过去。

阿妮塔跳完了一支舞。拉雪尔看着她动作优雅地分开潮水般的人群,像只美丽的天鹅。阿妮塔朝昂图瓦纳和拉雪尔坐的角落走来。

这个克里奥尔女人从昂图瓦纳的椅子边走过,来到拉雪尔坐的那条长凳。坐下来后,她拿出手提包,翻出一样东西握在手心。也许她认为旁边没人,也许她并不害怕被人看见,总之她把长腿放在凳子上,动作灵敏地拉开裙子,快速地挠了挠大腿。拉雪尔从她白色的缎子长裙下看到了浅栗色的肌肤,忍不住眨了眨眼睛。阿妮塔随后将裙子放了下来,慵懒地站了起来,黝黑的脸颊两旁挂着两只亮闪闪的水晶耳坠,耳垂上还挂着一颗珍珠。她慢慢地朝舞伴们走了过去。

拉雪尔的手撑在桌子上,眼睛眯成了一条缝,慢慢地吸着冰冻的饮料。小提琴演奏着轻柔的舞曲,长弓拉出的长音极富表现力,这让拉雪尔既兴奋又慵懒。

昂图瓦纳目不转睛地看着拉雪尔,轻声唤道:

"宝贝。"

拉雪尔抬起头笑眯眯地看了他一眼,一口气把杯子里的冰水吸完了,然后突然放肆地盯着他,问道:

"你从来没有……见过黑种女人吗?"

"是的,从没有见过。"昂图瓦纳摇摇头,很诚实地回答道。

拉雪尔没有说话,嘴角露出一个暧昧的微笑。

"那就跟我来吧。"她突然对他说道。

说着拉雪尔就站起身,穿上塔夫塔的丝绸披肩,仿佛披上了节日里化妆用的长外套。他跟着她朝门口走去。门吱呀一声拉开了,昂图瓦纳又听到拉雪尔那种无声的笑,仿佛从牙缝里挤出来一般,令人有些毛骨悚然。

12

当初,热罗姆还在巴黎居住的时候,曾对天文台林荫大道住着的自己家的门房吩咐过,要将他的信都留下来。他时不时地还会亲自去传达室领取那些信件。只是后来他突然离开了巴黎,也没有留下新的地址,所以这两年积了一大堆他的信件。当丰塔南先生回到拉菲特别墅区的消息一传到门房的耳朵里时,他就将这些信件交给了达尼埃尔,请求他转交给收件人。

当热罗姆看到这堆信件时,有两封很久以前的信件让他吃惊不已。

有一封信件是八个月前寄来的,通知他去领一笔款子,大概有一千六百法郎,已经给他存起来了。这笔款子是清理一件倒霉的生意时获得的,事实上,他对那笔生意早就不存任何幻想了。

看到这封信他不由得开心极了。自从来到别墅区后,他心中就一直积压着一股郁闷的愁绪,这愁绪来自他感觉在家中已经失去了地位,这愁绪更来自缺少金钱而令他的自尊备受折磨。幸亏有这封信的到来,他所有的愁绪都烟消云散了。

五年来,这对夫妻就已经将各自的财产分开了。丰塔南太太没有同热罗姆离婚,但是她当牧师的父亲留给她一笔巨额遗产,她从不让丈夫过问这笔钱。现在,这笔钱虽然少了很多,但好歹还能让她下半辈子活下去,也不用丢掉她的房子,在孩子的教育方面还能很阔绰。至于热罗姆,他的财产尚未全部花完,还能继续做点生意。甚至在他和诺艾米去了比利时和荷兰之后,他还有钱去交易所做点投资,搞点新鲜玩意儿。虽然他是个浪子,但是他的确对市场很敏感,而且敢于冒险，有时候的确能很准地选中一个赚钱的企业。无论每年的收入怎么样，他都还能活下去，而且活得还不错，有时候还能寄几千法郎给妻子，作为贞妮和达尼埃尔的赡养费，如此宽慰自己。可是他在国外居住的最后几个月情况变得很糟糕，他的资金被拴住了，而且苔蕾丝带到阿姆斯特丹的那笔钱他也无法偿还，他甚至需要依靠妻子才能生活下去。这让他心里非常难受，更让他难受的是，也许他的妻子会对他的感情产生误解，误以为他回家只是为了摆脱目前的困境。

突然得到这笔意外之财，热罗姆多少觉得尊严得到了恢复。很快他就可以解脱了。

热罗姆迫不及待地要告诉妻子这个好消息，一边径自朝门口走去，一边将第二封信拆开。信上的字迹非常普通，他一时间还想不起来是谁写的，可是他突然吃惊地停住了脚步。

先生：

有件事我必须告诉您，这件事倒不会让我多么烦恼，不管怎么说我是很高兴的，因为一个人生活实在太痛苦了。可正是因为这个原因我被辞退了。我感到无比绝望，无比伤心。我想，你是不会在这个时候弃我而去，让我一个人面对这困境而束手无策的。我已经找不到工作了，我的生活都快没有保障了。现在我手里只剩下三十法郎零十个苏，再也没办法抚养这个孩子了，虽然我非常愿意亲自抚养她。

我并不是在责怪您，只是希望您在看到这封信的时候能妥当地安置我们。明天，后天，或者星期四，请您无论如何也要过来帮助我，否则我也不知道情况会变成怎么样了。

爱您的忠诚的
维·勒·加德

一开始他感到非常不解,"维·勒·加德是谁?"突然,他想起来了:"维克托丽娜……克莉克莉!"

于是,热罗姆又重新回来了,坐好后就开始来回地翻看信纸。"明天、后天……"他查看了一下邮戳,心里一计算,天哪,可怜的克莉克莉,她写的这封信竟然等了两年!她现在怎么样了?对于他的沉默,她会怎么想?孩子怎么样了?在想这些问题时,热罗姆并没有多激动,他只是习惯性地对人产生怜悯。但是一想到那个颤动的纯洁的小身体,那两只天真无邪的眼睛,还有那张小女孩儿的嘴,他的记忆一下子变得无比清晰,他的心情也变得无比纷乱沉重起来了……

克莉克莉……他们是如何相识的?啊,对了,是在诺艾米家,当时诺艾米刚从布列塔尼将她带出来。后来呢?他已经不太记得是在郊外的哪个旅馆了,在那里他将她藏了大半个月。可是后来他为什么离开了她?至今他都还记得,在那两年之后,诺艾米曾出走,他们就在那里私会。他还记得那个仆人住的阁楼,每到天黑,他便爬上那个阁楼。再后来便是在里什庞斯带家具的旅馆里,他将她藏在那里,并且对她还留有一点温情。那样的日子过了两三个月,也许更久一些。

热罗姆将这封信还有邮戳日期又看了一遍,他感觉脑袋里热烘烘的,连目光都有些模糊不清了。他站起身,喝了一杯水,将克莉克莉的信塞到口袋里,手里攥着那份银行的通知单,打算去找他的妻子。

过了一个小时,热罗姆便踏上了去巴黎的火车。

上午九点他到了巴黎,走出圣拉撒路火车站,九月的阳光照得他有些目眩,他心中抑制不住地快乐。他坐上了一辆去银行的车,在银行窗口前徘徊,收据签好后,他便将钞票塞进钱包里,激动地飞奔回那辆在外等候他的车子。他满心欢喜,这次他终于可以摆脱这几个星期以来的窝囊气了,生活又能回到从前了。

热罗姆在巴黎城里转了不知道多少圈,问了不知道多少门房,找了一遍又一遍,最开始毫无结果,一直到了下午两点多,他都没顾上吃饭。最后他来到了巴尔班太太家,大家都叫她茹茹太太。巴尔班太太不在家,年轻的女仆非常健谈。据她说,她非常熟悉这个维·勒·加德小姐,她改了名字,叫"丽内特小姐"。

"但是她不住在这里,她在旅馆,每周三才会过来,这是她们约定好的出门的日子。"

听了女仆的话,热罗姆不禁脸红了,但只是一瞬间,他便说道:

"我明白,"热罗姆有些不自然地笑了笑,随即便狡猾地说道,"我想知道她另外一个居住的地址。"

女仆和热罗姆看着对方,十分友好。"真是个可爱的姑娘!"热罗姆这么想着,可是他心里只想着克莉克莉。

"她住在斯德哥尔摩大街。"最后,女仆微笑着告诉热罗姆。

热罗姆叫了辆车,来到了那条大街,没走多远便找到了那间旅馆。此刻,热罗姆被一丝忧愁笼罩着,尽管他并不承认,尽管他试图用力摆脱,但不可否认,早晨以来的激动兴奋已经不见了。

外面的太阳很大,猛然间走到这栋房子里,他感到眼前一片昏暗,连方向都搞不清。他被人领着走进了一间房间。这是一间典型的日本式房间,所有的摆设只有一把扇子,展开挂在床头的墙壁上。他摘下帽子拿在手里,毫不拘束地站在房间里,无论他的眼睛看向哪里,他的姿势总是被房间里的镜子无情地映射,最后他只好在沙发边上坐下。

最后,一阵风吹开了房门,门口出现了一个少女,穿着淡紫色的紧身衣。少女愕然地站在门口。

"啊……"她说。热罗姆以为是个走错房间的少女。那姑娘嘴里喃喃自语,走回门口,很显然,刚才她是无意间推开门的。"请问您是?"

热罗姆有些犹豫,显然他没有认出她是谁。

"你是克莉克莉?"

她的眼睛紧紧盯着热罗姆,仿佛等着他掏出口袋里的武器。丽内特走到床边,拉过床单,将自己包裹起来。"这是怎么回事?是谁让您来找我的?"她问。

眼前的这个少女非常漂亮,微微有些胖,头发剪短了,脸上化着妆,热罗姆从这张漂亮的脸蛋上丝毫也找不到克莉克莉孩童般的脸,甚至都听不到克莉克莉那农村少女特有的响亮的口音。

"您来找我有事吗?"她又问。

"我是过来看看你的,克莉克莉。"

热罗姆的声音非常温柔,丽内特几乎相信了,有好一会儿她心中都乱糟糟的。可是最后她不再看他,仿佛已经下定决心要面对即将发生的一切。她说道:

"请您随意。"

她没有解开身上的被单,只是将手臂和胸部松开了一点点。丽内特走到沙发边上坐了下来。

"是谁让您来找我的?"她低着头又问了一遍。

他没听明白她的意思,有些心虚地站在地上,向她解释自己在国外住了很久,前不久才回到法国,她的信也是刚刚才看到的。

"我的信?"丽内特抬起头看着他问。

她的双眸依然闪着灰绿色的光,依然非常纯净,他认出来了。他将信封递给她,她惊讶地看着手里的信。

"真的是我的信!"她突然说道,眼里满是怨恨。她将手里的信看了很久很久,点着头说道,"的确有这回事,"她说,"可是您看看,您竟然都不给我回一封信!"

"可是,克莉克莉,直到今天早上,我才发现你给我写过信!"

"这花不了多少工夫,您最起码也该给我回一封信。"她固执地摇着头说道。

热罗姆耐心地解释说:

"你看,我这不是立马就过来找你了吗?"随后他马上问道,"快告诉我,孩子在哪里?"

他紧紧咬着下唇,咽了咽口水,一副欲言又止的样子,眼泪在眼眶里打转:

"可怜的孩子,她死了,因为早产。"

热罗姆深深叹了口气,仿佛终于放松下来了。他沉默不语,丽内特无情地凝视着他,这让他羞愧到了极点。

"这一切都是您造成的。"她说(她的嗓音不像她的眼神那样锐利),"您知道的,我并不是一个轻浮的女人!我曾经两次相信了您的话，两次都为了能跟着您而抛弃了所有！啊，可是您第二次却丢下我不知所终，您知道我当时有多伤心、有多痛苦！"她继续偷偷地观察他，微微耸着肩膀，嘴角也有些抽搐了。她的眼泪漫过那双炯炯有神的眸子，使得眼眸看上去更加碧绿。他感到非常难受，同时也非常恼火，他不知道该摆出一副什么样的态度，只能假装微笑。（这半真半假的微笑与达尼埃尔的笑容简直一模一样！）

她将眼泪擦干，随后异乎平静地问道：

"太太现在可好？"

热罗姆知道她是在问诺艾米。还没来之前，他就想好了不告诉她珀蒂-迪特勒伊太太死了，他害怕克莉克莉会因此变得激动，并对他产生怀疑，这对他的计划多少是不利的。因此，他不假思索地就说了早已准备好了的谎话：

"太太？她还在国外演戏。"但是他还是需要努力克制一下内心的激动，随后又说了一句，"我想她过得挺好的。"

"演戏？"丽内特又问了一遍，声音中充满了尊敬。

随后两人都不再说话。她转过身来，看着他，仿佛在等着什么。这时候，她已经松开了胸脯和肩膀上的被单，微笑着说道：

"您到这儿来应该不是为了这个吧。"

热罗姆很清楚，只要他露出一丝那种意思，丽内特肯定会屈服。唉！可是他现在已经没有那种令他失魂落魄的愿望了。从今天早上开始，他被这愿望驱使着，像只猎兔犬一样在巴黎所有的街区里搜寻着这只猎物。

"不，也没有其他的事。"他反驳说。

丽内特意外地看着他，觉得有些丢脸：

"可是，您应该了解，我们这儿是不接待一般的来访的……"

热罗姆连忙扯开话题，问道：

"您怎么将头发剪短了？"

"因为这里的人喜欢短发。"

热罗姆微笑地看着她，有些矜持，也有些无言以对。他不知道是不是该起身离开。可是一种不满的情绪在他心里冲荡，使得他不愿意离开这个房间，他觉得自己应该还有更重要的事要去完成。可是是什么重要的事呢？可怜的克莉克莉……我已经犯下了无法弥补的过错……什么，无法弥补？

这沉默让丽内特有些尴尬，她偷偷地注视着热罗姆，与其说怨恨，不如说好奇。他为什么要回来找她？他还爱着她，是吗？一想到这个问题，她的心就乱糟糟的。突然，她的脑海里闪现过一个想法：她还可以为他再生一个孩子。她心中重新燃起了曾经失去的希望，她不由得激动不已。为他生个儿子，这是达尼埃尔的一个小兄弟，这是她的孩子，一个只属于她的孩子。

她几乎就要跪倒在地，抱住热罗姆的膝盖，向他哀求："让我为您生一个孩子吧！"可是这举动太任性了，她好不容易构建起来的前程顷刻间就会摧毁。丽内特哆嗦了一下，轻微得令人无法察觉。她还沉浸在那个不可能实现的梦想之中无法自拔。她双唇紧紧地抿着，思量着："不行，不可以这样。"

"达尼埃尔呢？"她突然问道。

"您说谁？达尼埃尔吗？您在问我的儿子？"他有些尴尬地又问道，"您跟他很熟吗？"

丽内特也不明白为什么自己曾经试图通过达尼埃尔使热罗姆回

到自己身边。刚说出达尼埃尔的名字,她就后悔了。她决定什么都不说。父亲也好,特别是儿子,谁都不会知道这其中的爱情,这种交叉的爱情……

她的回答有些敷衍:

"是的,我认识他,可是这又怎么样?整个巴黎的人都认识他。我只是和他见过面。"

她的话使热罗姆更加忧心,可是他却不敢问她:"在这儿认识他的?"

"您是在哪儿见到他的?"他问。

"我们经常见面,就在夜总会。"

"啊!"他说,"我早就猜到了。我告诉过他,我非常担忧他的生活!"

她连忙补充道:

"啊,这都是很久以前的事了。我也不知道他现在是不是经常去那里。说不定他现在跟我一样是个正经人。"

他看着她,说不出一句话来。他想起了年轻时的放荡和不检点,想到了这所房子,想到了眼前这个深陷堕落之中的女人,他真诚地感到悔恨。

"可是生活怎么会变成这样呢?"他心里想,突然一股压抑的情绪袭上心头,令他后悔不已。

丽内特此刻完全沉浸在她幻想中的未来里,她甚至决定将来要朝这方面发展活动。她一边胡思乱想,一边将吊袜带弹得噼啪响。

"没错,我马上就要解脱了。所以,我对您并没有怨恨。假如我能过上正经的生活,依靠自己的双手,只需要三年我就能离开巴黎了。

离开这肮脏又贫困的巴黎!"

"为什么要等三年以后?"

"当然需要三年,您可以计算一下。我来这儿还不到一个月,每天就能挣五六十法郎了,这样算来一个星期就能挣到四百法郎。那么只要三年,也许三年都不到,我就能挣到三万法郎了。到了那一天,克莉克莉也好,丽内特也好,其他一切东西也好,都将成为过去。到那个时候,维克托丽娜有了足够的钱就可以收拾东西离开这儿啦!她会和朋友们告别,坐火车去拉尼翁!"

丽内特说着禁不住笑了起来。

"事实上,我并没有我的行为那么坏。"热罗姆有些难过,又充满信心地想道,"也许是事情更加复杂,我的内心比我的生活更好。可是,我不在,这个小……我不在!"一句神圣的话语从他记忆深处浮现出来,"让干坏事的人遭受不幸!"

"您的父亲母亲还好吗?"他问。

他心中原本有个非常模糊的想法,他一直试图压抑下去,可是此刻却变得越来越清晰。

"父亲去年在圣伊弗去世了。"丽内特停了下来,在考虑是否应该画个十字,可她最终还是没画。"我只有一个亲人,那就是我的姑母。她有所小房子,坐落在教堂后面的广场上。佩罗-基雷克您认识吗?事实上,除了我,老姑妈也没有其他继承人了。不过她并没有什么财产,所有的遗产就是那套小房子。她的生活全靠每年从别人那里获得一千法郎的年金。她曾经在贵族家里做过很长一段时间的用人。她还出租椅子,也能获得一些收入……"丽内特的表情稍微舒展了一些,"茹茹大妈说了,假如我也能存下三千法郎,那么我每年也能获得同样多的年金。当然,我会更努力,争取多存些钱。过去我和姑妈一起生活得很融洽。在那儿,"丽内特看着自己的缎子鞋,脚趾在鞋子里蠕动,她叹了口气说道,"在那里谁都不知道我的事情,所有的事都会结束,都会被忘掉!"

热罗姆已经起身,在地板上来回走动,他有了新的想法,这想法控制了他。慷慨……豪爽……赎罪……

他起身来到丽内特的面前站定:

"您非常热爱您的布列塔尼,是吗?"

听到他尊称她为"您",她非常意外,不过并没有马上回答。

"算是吧!"终于,她说了一句。

"那您完全可以回去,没错,您听我说。"

他开始来回走动,像个被宠坏的孩子一样有些不耐烦。

"假如她不能马上决定回去,"他想,"那我再也不管她了。"

"您听我说,"他又说道,声音有些急促,"您必须马上回您的故乡去!"他直直地盯着她,突然说道,"您今晚就动身离开!"

丽内特忽然笑了,说道:

"你是说我?"

"是的,就是您。"

"今晚就得走?"

"没错。"

"回佩罗?"

"回佩罗。"

她收住了笑容,有些鄙夷地低头端详了他一会儿。为什么到现在他还在嘲笑她?为什么要跟她开这种玩笑?

"假如您能像您的姑母一样，每年得到一千法郎的收入……"热罗姆开始徐徐说道。

他看着她微笑，并没有恶意。他说一千法郎是什么意思？她在心里计算了一下，将一千法郎分成十二份。

热罗姆不再笑了，继续问道：

"您那儿的公证人叫什么名字？"

"您说公证人？你是说哪一个？伯尼克先生吗？"

热罗姆挺直了胸脯，说道：

"好吧，克莉克莉，我承诺，每年的九月一日您会得到伯尼克先生代我支付给您的一千法郎，这是今年的一千法郎。"他一边说一边将钱包打开，"再给您一千法郎，让您在那里安家，请您收下。"

丽内特的眼睛睁得大大的，双唇紧紧地抿着，没说一句话。在她眼前的是两千法郎，触手可及……她仍然有些天真，对热罗姆的行为她只感到吃惊，而没有怀疑。热罗姆非常耐心地将钞票递给她，最后，她接了过来，折叠好后放在了袜子里。她看着热罗姆，竟不知道该对他说什么好。她甚至都没想过拥抱一下他。她的脑子里已经没有了他们之间的经历，也没有了他们之间的关系。他依然是那个热罗姆先生，是珀蒂-迪特勒伊太太的朋友，就像当初她刚认识他那样令她感到害怕。

"不过您得答应我一件事，"他补充道，"您必须今晚动身。"

丽内特有些困惑，"什么？您说今晚？今天吗？噢，天哪，这可不行，先生，我做不到！"

可是热罗姆宁肯改变承诺，也不愿意放弃这个条件。"听着，小东西，今晚您就得离开，我看着您离开。"

她立刻就明白,他是不会妥协的。这可让她不禁生气了。今晚?这简直太不可理喻了。首先,现在是接客的时间。再说,她在旅馆的事怎么办?那个跟她一起住的女孩儿又该怎么办?还有茹茹大妈呢?还有那些在洗衣妇家里的衣服呢?最起码,这里的人是不会让她就这么走掉的……她就像一只被粘住了的小鸟,她忍不住冲动起来了。

"我去把罗丝太太找过来。"最后她大声喊道,泪水充盈着她的眼眶,她不知道该如何反驳他,"马上您就会知道这简直不可能!首先,我不想离开!"

"去,您快点去!"

热罗姆预感会有一场激烈的争辩,于是做好了提高嗓门的准备。可是当他看到罗丝太太和蔼地对他笑时,他不禁惊讶万分。

"她当然可以离开这里啦。"她明白等着她的是警察设下的陷阱,于是故意这么回答,"在我们这里,任何一个女人都是自由的,我绝不会留她们的。"她转身对着丽内特,胖乎乎的手掌揉搓着,用不容辩驳的语气说,"我的孩子,您赶紧穿好衣服,这位先生正等着您呢。"

丽内特双手紧握,有些不知所措地看着热罗姆还有鸨母。脸上淌着大颗大颗的眼泪,脂粉都被划成了一道一道的。她的脑子很乱,很多矛盾的想法在里面冲荡。她感到无能为力,既吃惊又气恼。她恨热罗姆。最后丽内特有些踌躇地离开了房间,忘了暗示热罗姆别提起她将两张钞票藏在袜子里的事。罗丝太太生气极了,满脸通红地一把抓住丽内特的手臂,推着她去了楼梯口。

"您可要听话,小姐!"("以后你休想再到这儿来,可恶的家伙!"她悄悄对丽内特说道。)

他们叫了一辆出租车，半个小时后便来到了丽内特居住的旅馆，那里还带有家具。

丽内特没再哭了。无论如何，她早就习惯了这样匆忙的离开，因为她不需要办任何手续。可是她还是像唱叠句一样不断地重复着："三年以后，我没说过……不管怎样这是不可能的！"

热罗姆轻轻地拍了拍她的手，没有得到丽内特的回应。他轻声自语道："今晚，就在今晚。"他感到自己有能力将一切抗击得粉碎，可是他也清楚地看到自己的能力是有限的：他已经没有多少时间了。

他已经查看过了日期和火车时刻表，十九点十五分有一趟火车。

丽内特告诉他壁橱下面有一只陈旧的黑木的箱子，里面有一些卷成团的衣服，她让他帮忙将箱子拉出来。

"这些衣服我从良以后可以穿。"她说道。

热罗姆不禁想起了诺艾米大衣柜里的那些衣服，尼科尔将它们都送给了阿姆斯特丹的那个老板娘。热罗姆坐了下来，将丽内特拉到身边，放在膝盖上坐好。他的样子十分庄重，每个句子的尾音都带着近乎颤抖的热烈的感情。他对她说，要将那些妓女的衣服全都扔掉，要过自我克制的生活，要重新回到朴素和纯朴当中去。

她很专心地听着他的话，她心中还有一些往事，热罗姆的话在她心中激起了共鸣。她不由自主地想道："家乡的那些猎犬怎么样啦？做大弥撒时会是怎样的场景？回去后大家会怎样看待我呢？"她看着这些带花边的衣服犹豫不决，这些精致华美的衣服花了她不少钱，她舍不得将它们丢掉或送给别人。她还有两百法郎没有还给同她一起居住的女孩儿。可是她现在就要走了，她便不再关心这笔债了。她会把这些旧衣服留给那个女孩儿，当作还给她的债好了，这样她就不用拿出热罗姆给她的那些钱了。万事俱备。

看着那些皱巴巴的黑乎乎的衣服,一想到她马上就要穿上它们,她就忍不住地拍掌,仿佛要去参加化装舞会。她急急忙忙地跳到地上,疯了一般地哈哈大笑,身体颤抖着,仿佛在哭泣。

丽内特换衣服的时候,热罗姆转身回避,不想让她尴尬。他走到窗边,看着院子里的墙壁发呆。

"事实上,我还是比人们想象中的要好。"热罗姆心里这么想着。在他看来,自己做了一件非常了不起的事,可以赎回自己犯下的错误。当然,他永远都不会向别人坦白地承认,自己犯的这个错误是有罪的。

他内心平静,可是还是感觉缺了什么。他头都没回地冲她大声喊道:

"说你不再怨恨我了!"

"啊,是的,我不恨您了!"

"对我说,您原谅我了。"可是她却不敢说出来。"求求您了!"他有些绝望地呆呆地看着窗外,"就说这一句就好了。"她只好顺从了他:

"毫无疑问,我原谅您了,先生!"

"谢谢您!"

他的眼眶充满了热泪。经过这许多年,他的内心又重新恢复了平静,他仿佛又回到了那种永恒和谐的状态之中了。他往楼下看去,有一只金丝雀站在窗户上鸣叫。"我还是个好人。"热罗姆想道,"别人都不觉得我是好人,真是冤枉人。我的内心可比我的生活好很多了。"一股莫名的怜悯和柔情充盈着他的心。

"可怜的克莉克莉!"他轻声感叹道。

热罗姆转过身来,丽内特已经穿好了衣服,黑羊毛的内衣也已经扣好了扣子,头发向后梳拢,脸上的脂粉洗干净了,看上去更加鲜艳。她又变回了六年前那个胆小又执着的小女仆,诺艾米将她从布列塔尼带了出来。

热罗姆忍不住向丽内特走了过去,伸出一只手将她的腰搂住了。"我是个好人,我比别人想象中的好多了。"仿佛在唱叠句一般,他重复着这句话。他的手指伸向她的裙子,将扣子解开,他的嘴唇凑向她的额头,像慈父一般亲吻她。

丽内特好不容易才变得不像以前那样胆小,可是他的吻让她禁不住颤抖起来。他将她紧紧抱着。

"啊,"她感叹说,"您的身上总是有这股香味,是柠檬的味道,您没发现吗?"她看着他微笑,闭上眼睛,嘴唇向他伸去。

为了表示感谢,这是她唯一能做的,不是吗?而在热罗姆看来,如此神秘而激动的时刻,为了完全表达她心中充满的宗教般的怜悯,这是她唯一能做的,不是吗?

热罗姆和丽内特来到了蒙帕纳斯火车站,此时站台上已经停靠着那辆火车。车厢上那块写着"拉尼翁"字样的牌子让丽内特一下子就意识到了眼前的现实。这可不是梦幻。她多年来的梦想马上就要实现了,可是她为什么会如此忧愁呢?

热罗姆帮她挑了一个座位,然后两个人便在包厢前面徘徊,谁都没说一句话。丽内特不知道该不该打破眼前的沉默。而热罗姆也好像被什么秘密折磨着,好几次他都转身看着丽内特,仿佛有话要对她说,却始终没说出口。最后,他眼睛没有看她,向她坦白:

"我对你隐瞒了真相,克莉克莉。珀蒂-迪特勒伊太太已经去世了。"

丽内特没有问任何细节，只是悲伤地哭了。热罗姆感到了她无法言说的忧伤，不禁难受极了。"我和她都是好人！"他有些高兴地想。

后来他们便没有说话，直到火车开动。假如她有足够的勇气，一件微不足道的事都足够让她将钱还给热罗姆，然后回到罗丝太太的身边，求她收留她。在等待火车开动的过程中，热罗姆感到十分烦躁不安，现在从这项拯救她的壮举中他已经感受不到一丝乐趣了。火车终于开动了，丽内特趴在窗户上，鼓足勇气对他喊道：

"假如您愿意，请代我向达尼埃尔先生问好……"

周围太嘈杂了，热罗姆没有听到她的话。看到热罗姆根本没有在听她说话，丽内特的嘴不住地哆嗦，手按在胸前有些痉挛。他微笑地看着她出发了，高兴地向她优雅地挥着帽子。

就在刚刚，一个新的想法令他迫不及待地想要坐头班车回到拉菲特别墅区，他要扑倒在妻子的脚下，他要向她忏悔，关于这一切的一切，他都想忏悔。他刚产生一个新想法，使他心急如焚：坐头班车回到拉菲特别墅区，扑到妻子脚下，向她忏悔一切——几乎一切。

"最后，"热罗姆点燃一支烟，一边朝车站外面走一边想着，"最好能让苔蕾丝知道这份年金的事，安排事情她非常在行，没有她办不到的事。"

13

一个星期里，昂图瓦纳去找了拉雪尔好几次，邀请她共进晚餐。

有一天，他们傍晚时分正要出门，拉雪尔走到镜子前面，翻开手提包，正往外掏一个粉盒时，一张折叠好的纸掉了出来。昂图瓦纳捡起来递给她。

"啊？非常感谢。"

他非常肯定地发现，拉雪尔的声音有些惊慌失措。而拉雪尔也马上明白了昂图瓦纳心里在想什么。

"你怎么了？"拉雪尔努力以开玩笑的口吻说道，"你以为这是什么东西？给你看吧，这是一张火车时刻表。"

他没有接过那张纸，拉雪尔便将纸重新塞回包里。但他马上问道："你要出去旅行吗？"

这一次，他抓住了她的异常。他看到她的睫毛不自然地抖动，她的微笑也十分笨拙。

"是这样吗，拉雪尔？"

她收起了微笑。"啊，"昂图瓦纳忽然有些烦闷地想，"我不想这样，我无法忍受你的离开，哪怕是最短暂的分离。"

他走到她身边，轻抚她的手臂。她扑到他的怀里大哭。

"怎么了，发生什么事了？"他不禁有些慌乱。

拉雪尔连忙简短地回答说：

"没事。什么事都没有。我只是有些激动。你看，没发生什么事。是为了小家伙的坟墓，你明白的，在盖-拉-罗齐埃尔。我已经很久没有过去看看了，我得去一趟。你能理解吗？请原谅，我让你担心了。"忽然，她紧紧地抱住他，慌乱地说道："我的小猫咪，你真的是我的吗？说话呀。也许你会伤心的，假如有一天，有一天……"

"不要再说了。"他声音模糊地说道。第一次，他发现了拉雪尔在他的生活中的地位，他不禁有些慌乱。有些害怕地问她："你会离开……几天？"

她从他怀里挣脱出来，努力笑出了声，跑去洗手间抹了把眼泪。

"哭成这个样子可真难看，"她说，"有天晚上，同今晚一样，晚饭前我同朋友们在家里，那些人你不认识的。忽然有人按门铃，是送电报的，上面写着："孩子病危，速回。"我立刻就明白了，连忙跑向火车站。那天我像今天这样戴着一顶罗纱帽，上面缀满了亮片，脚上穿着凉鞋。我赶上了第一趟火车。那次我在火车上坐了整整一个晚上，孤身一人，像傻子一样发呆……整晚我都昏昏沉沉的，都不知道是如何到达的。"她转向他，"耐心等我一下，我不会哭了，这样好多了。"忽然，她变得非常激动，"知道这些后，你会不会更加爱我？你跟我一起去吧，只要两天时间就够了，周六和周日。我们可以在卢昂或者科德贝克住一晚，第二天再搭车去盖-拉-罗齐埃尔墓园。我们一起去逛一次的确很不错，你不相信？"

那是九月的最后一个周六，下午风和日丽，他们俩踏上了一辆空荡荡的火车，整个包厢里只有他们俩。

能休息两天，昂图瓦纳感到非常高兴。况且两个人独处时，他的神经都放松了许多，目光中透着年轻，像个顽皮的孩子一样胡闹，他取笑拉雪尔将包裹塞满了行李架，拒绝和她坐在一起，想要更好地欣赏她。

"不要放下来。"再一次他起身想要将窗帘放下来，她忍不住说道，"我不会被晒化的。"

"不。有阳光照着我就看不清楚你了。"的确如此。当阳光照着她的脸，她的头发简直像着火了一般，看得久了眼睛非常疲惫。

"我们从来没有像这样一起旅行过。"他说，"你这样想过吗？"她想笑却笑不出来，嘴角哆嗦着，仿佛过于激动，像个倔强的孩童。

他身体朝她前倾：

"你怎么啦？"

"没什么……旅行……"

昂图瓦纳不再说话了，自己竟然将此次旅行的目的都忘了，也太顾着自己了。然而她向他解释：

"每次远行我都会感到烦闷慌乱。沿途这些一晃而过的景色……所有这一切都是陌生的！"她的眼睛盯着不断向后流逝的地平线，"我坐了无数次火车还有轮船！"她的神情变得有些凝重。

昂图瓦纳跑到她身边，在长椅上躺好，脑袋枕在她的裙子上。

"Umbilicus sicut crater eburneus."他自言自语道。好一会儿他们都没说话，他感觉拉雪尔和他的思路不在一起，便问道："你在想什么？"

"什么都没想。"她努力表现出快乐的样子，"我在想你这像小学老师一样的领带！"她大声喊道，一只手指伸到他的衣服下面，"要出来旅行，你就不能把领结打松一点吗？这样多自由！"伸了个懒腰，她笑着说道，"只有我和你，多幸运啊！跟我说点什么吧！"

他笑了起来。

"还是你说点什么吧，我只有病人、检查……没什么好讲的。我就像个窝在洞里的鼹鼠，是你带着我从洞里走出来，看到了整个宇宙！"

他从没有向她承认过这一点。她弯腰捧起枕在她膝盖上的头，凝视着她心爱的脑袋，说道：

"你说的都是真的吗？真是这样的吗？"

"你明白，"他一动不动地说，"明年我就不能整个夏天都待在巴黎了。"

"那可不行！"

"今年我还没有休假，安排一下的话，我能有半个月的时间。"

"那也好。"

"说不定有三个星期吧。"

"真的吗？"

"到时候我们就一起随便去哪儿旅游吧，怎么样？"

"好极了！"

"我们可以去山里。要是你愿意的话，我可以带你去孚日山区，还可以去瑞士，甚至更远的地方？"

拉雪尔没说话，在思索着什么。

"你在想什么？"他问。

"在想旅行的事。去瑞士也很好！"

"还可以去看看意大利的湖泊。"

"啊，不！"

"怎么了？难道你不喜欢意大利的湖泊吗？"

"不喜欢。"

他就那么躺着，列车摇晃着他。他赞同她的话：

"要不然我们再去其他地方，去你想去的地方。"顿了顿，他有些慵懒地问道，"你为什么不喜欢意大利的湖泊？"

拉雪尔的手指在昂图瓦纳的脑门儿、眼皮还有鬓角上游走。他的鬓角跟他的脸颊一样有些凹陷。她没有说话。他眯缝着眼睛，脑袋昏沉沉的，可是这个想法总是在脑子里萦绕。

"你不喜欢意大利的湖泊，为什么不告诉我理由呢？"

她不禁有些恼火了，尽管不太明显："阿隆就是在那里死的，他是我的兄弟，那个阿隆，就死在帕朗萨。"

他为自己的坚持感到后悔了，于是便又问了一句："他曾经待在那里吗？"

"啊，不是的，他是去那儿旅行的，你知道，结婚旅行。"她的眉头紧皱，没过多久，她仿佛已经看透了昂图瓦纳心里在想什么，便轻声对他说，"反正我已经看过各式各样的湖泊了……"

"你跟你的弟媳吵过架吗？"他问，"你从来都没跟我提过她。"

这时候，火车停了下来，她起身走到窗边，听到昂图瓦纳的问题后她回转身来说道：

"你说什么？弟媳？你是说克拉拉？"

"是的，你兄弟的妻子。你说过他是在结婚旅行时死的。"

"她是和他一起死的。我没有跟你说过这个故事吗？真的没有？"她继续看着窗外的景致，"他和她都是在湖里淹死的，谁都不知道出了事故。"她踌躇了一下，随即说道，"谁都不知道，也许这不包括希尔什……"

"希尔什？"他一只手撑起身体，说道，"当时你也在？你跟他们在一起？"

"啊，我今天不想说这个。"她坐了下来带着哀求的语气说道，"亲爱的，请将我的手提包给我。你饿了吗？"她拿出一块圆形巧克力，咬了一口后递给昂图瓦纳，对于这个新游戏，他微笑着接受了。

"这样多好！"她看着他，眼睛里透着嘴馋，忽然，她出乎意料地说道，"希尔什是克拉拉的父亲。你现在知道了？就是通过女儿我才认识她的父亲的。我没有跟你提起过这个吗？"

541

他摇了摇头表示否定,竭力忍住不向她问问题。他努力把眼前的细节和之前他已经得到的细节联系起来。可是就像平时那样,他没向她问问题,她便自己开口继续说下去。

"我没有给你看克拉拉的照片吗?以后我再给你看。我和她是同学,低年级的时候就认识了。她身体不太好,只在歌剧院待了一年。很可能,希尔什更喜欢把她留在自己身边。我们关系非常好,星期天的时候我就去纳伊利的驯兽场看看她。就这样,我和她一起学会了骑马。后来我们三个人经常一起骑马。"

"三个人,还有谁?"

"克拉拉、希尔什,还有我呀。从复活节那天开始,我每周会去三次,六点钟就开始上课,八点钟赶回歌剧院。这段时间里,我们完全拥有了整个布洛涅森林,那感觉真是好极了!"有一会儿她没说话,昂图瓦纳手撑在长凳上,一动不动地看着她。"她是个喜欢幻想的姑娘。"仿佛重新找到了回忆的思路,她又继续说道,"那是个勇敢善良又有魅力的姑娘,有一点流氓的魅力。有时候还会像她父亲一样眼露凶光。她曾经是我最好的朋友。阿隆喜欢了她好多年,他努力工作也只是为了有一天她能成为他的新娘。克拉拉并不愿意,希尔什更加不会愿意。可是最后,她却突然做了决定。一开始我都弄不清楚是为什么。就算是他们订婚的时候,我也没发现什么。可是等我知道了,已经太晚了。"停顿了一下,她又继续说,"在他们婚后的第三周,希尔什给我发了一封电报,叫我去帕朗萨。我并不知道他已经在那里了。等我知道了,我立刻意识到大事不妙。更何况那已经不算秘密了。克拉拉的脖子上有一圈血瘀,很显然,是他将她勒死了。"

"谁将她勒死了？"

"是她的丈夫阿隆。那天晚上，他一个人租了一只船划到了湖中央。希尔什没有阻止他，也许他有自己的打算，也可能他早就知道阿隆想要自杀。克拉拉也怀疑这一点，于是趁着希尔什疏忽的时候跳上了小船，离开了湖岸。当然，这都是我自己推理出来的，因为希尔什……"拉雪尔禁不住哆嗦了一下，"他做事从来都是滴水不漏。"

她又沉默了，他只好问她：

"阿隆为什么要自杀？"

"阿隆经常说要自杀，很小的时候他就固执地想要自杀。我不敢劝他，只好让他结婚。啊！"她的声音忽然变得无比痛苦，"从那以后我总是深深地自责，如果我当时跟他说了……"她看着昂图瓦纳，仿佛想要他在良心面前为她辩解，"没错，我早就知道了他们之间的秘密。可是我有权利对阿隆说这个秘密吗？你觉得呢？好多次他都声称假如克拉拉不嫁给他，他就自杀。假如我将这偶然发现的秘密告诉了他，他肯定会自杀的。难道你不相信？"昂图瓦纳不知道该说什么，但重复了一遍："你说偶然？"

"没错，完全是偶然发现的。那天早上我去找克拉拉和希尔什一起去布洛涅森林骑马。我直接朝克拉拉的房间走去，忽然我听到了搏斗的声音，便连忙跑了过去。克拉拉的房门没关上，我看到她赤身裸体，只穿着一条骑马短裙，非常尴尬。我走了进去，看到她一把抓起椅子上的马鞭，狠狠地朝希尔什的脸抽了一鞭！"

"她抽了她父亲的脸？"

"没错，我的小家伙！啊！告诉你吧，从那以后我经常思索这件事。"她脸上惊喜交加，大声喊道，"我经常能看到，他那苍白的脸上有着越来越深的伤痕！他也喜欢打人，而且非常凶狠。可是，这一次，天哪，却是他被人抽了马鞭！"

"可是……为什么呢？"

"我始终想不明白那天早上的事。虽然克拉拉已经订了婚，可是她还不能结婚。我的脑子里闪现过这样的想法。有几件令我非常吃惊的事浮现在我的脑海中，我一下子就明白过来了，我看得很清楚……当时，希尔什毫不愧疚地从房间里出来，他没说话，但是脸上的表情却明白地显示，他知道我不会将这事说出去的。他当然可以这么认为，你觉得呢？我也向克拉拉问了很多问题，她都一一向我承认了。可是她对我发誓，我知道她非常真诚，她发誓这一切都结束了，正是为了逃避这一切，她才会选择结婚。可是她要逃避什么？逃避希尔什吗？还是逃避他的激情？那天我本该质疑这些问题的。我早就该明白这一切并不会结束，她谈论他时的态度表明了一切！"她顿了顿，随后轻轻说了一句，"当一个女人无比仇恨地谈论一个男人时，事实上说明她还在疯狂地爱着他！"

拉雪尔好一会儿都在沉思，低垂着脑袋，眼睛盯着地面。随后她又开始说话：

"我在后来又找到了证据。因为克拉拉在结婚旅行的时候，竟然将希尔什叫到意大利去了！你已经知道了，之后的细节我就不知道了。不过阿隆肯定发现了秘密，不然他不会想要自杀。我无法弄明白的是克拉拉的意图。她为什么要跳上小船去找她的丈夫？她想阻止他自杀吗？还是她想和他一起死？还是两者皆有可能？在黑漆漆的夜里，划着小船赶到湖中央，他们之间有那么亲密吗？后来，我时常思索到底发生了什么事。是克拉拉厚颜无耻地向阿隆说出了一切？她的确会这么干。阿隆想勒死她，因为他相信只要她死了一切都会结束吗？他们的空船第二天被找到了，连同两人一起浮上来的尸体。可是最让我感到奇怪的是希尔什会发电报叫我赶过去，而且是在办公室关门之前，在散步的那天晚上进行调查研究之前！"她又沉思了一会儿，继续说："当时的报纸报道了这件事，说不定你已经看过了。当然仅仅是这个并不会让人惊讶。当时意大利的警察已经在对这件事进行调查，连法国的警察也参与进来了。他们去了巴黎，搜查了我和阿隆的住处，可是他们没有找到谜底。我比他们更清楚事情的真相！"

"你的希尔什就不会感到不安吗？"

她挺直了身体，有些激动地说道：

"不安？不，希尔什从来都不会感到不安！"

昂图瓦纳从她的声音还有目光中发现了一种挑战的意味，不过他并没有太在意，因为每当她开始说自己的过往时，声音总会变得咄咄逼人。似乎在拉雪尔看来，眼前的这个男人在他们初次相遇的那天晚上就给了她深刻的印象，能让他吃惊一下也是一件令人开心的事。

"希尔什从不会感到不安。"她换了一种有些嘲讽的语气说道，"可是那一年，他还是觉得不回法国才是谨慎的！"

"你能确定他的女儿，在结婚旅行时……"

"好了。"她扑进他的怀里。他们谈话时，每当他提到希尔什，她就会对他表现出热情，有时候会冲动地亲吻他的嘴，阻止他说话。"啊，你跟别人不一样！"她依偎在他怀里轻声细语，"你多好啊！你刚正不阿，宽容他人！我就是爱你的这些优点！"可是昂图瓦纳始终想着那件事情,仿佛随时还会向她发问,于是她只好说道:"好了,好了,不要再提这个了。是我过于激动了。我想忘了它,最好能永远忘了它。亲爱的,抱着我,亲吻我,没错,摇摇我,好好摇摇我,我的小猫咪,我要忘掉它。"

他将她搂进怀中。突然,他心中仿佛有了一种新的想法,他想要去冒险,将现在这安排好了的生活抛弃,一切都可以重新开始,他想到处去冒险,他有辛勤奋斗的能力,这能力一直是他非常自豪的,他想要无拘无束,自由地行动!

"我们私奔吧!去一个非常非常遥远的地方,开始一段全新的生活。你不知道,我一定可以干出一番大事业来!"

"你?"她看着他笑。

她开始吻他。他醒了过来,露出一个微笑,努力让她相信他刚才只是开了个玩笑而已。

"我是如此爱你!"她看着他,后来他始终难以忘怀她眼中的忧郁。

昂图瓦纳对卢昂非常熟悉。他的父亲曾经住在诺曼底,现在在卢昂还有蒂博先生的几个亲戚,更何况昂图瓦纳还在这里服过兵役。

晚饭前,昂图瓦纳拉着拉雪尔从桥上走过,往郊区走去,那里到处都是士兵,还有无边无际的兵营的围墙,他们俩沿着围墙一直向前走。

"你看,诊所!"昂图瓦纳快乐地喊道,指着前面一栋灯火通明的大楼给拉雪尔看。"看到那里的第二扇窗户了吗?那是办公室。在那里我不知道度过了多少无聊的日子,什么事都不能干,甚至不准看书,我监视着那些士兵,有几个是逃避勤务的,还有几个是谈恋爱而受罚的。"他毫不幽怨地大笑起来,最后感叹道,"你看,现在的我多幸福！"

她走在前面，沉默无语。他没发现她的眼泪都快要流出来了。他们来到一个电影院，墙上贴着《你所不知道的非洲》的大海报。昂图瓦纳指着海报示意拉雪尔来看，可是她摇摇头，拉着他回到了旅馆。

晚饭时，他想让她开心点，可是无能为力。一想到此次旅行的目的，他就为自己的快乐而深深自责。

两个人一回到房间，她就勾着他的脖子。"这不能怪我。"她说。

"怪你什么？"

"怪我怂恿你出去到处逛。"

他刚想说些什么，她又将他的嘴堵住了，喃喃自语：

"啊，我是如此爱你！"

第二天一大早他们就去了科德贝克。

天气异常闷热，宽阔的河面上有一层水汽，发出闪烁的光芒。昂图瓦纳将行李提到了小旅馆，那里可以出租马车。他们预定的马车提前到了，在他们吃饭的那个窗户旁边停着。拉雪尔三口两口就把饭后点心吃完了，将自己的行李放进车厢里，跟马车夫详细地说明要怎么走，然后就高高兴兴地钻进了马车里。

此趟旅行最难受的时刻就要到来了，可是她却显得更加活跃了。一路上她都兴致勃勃，她指出上坡下坡，指给他看耶稣受难像，还有村子里的空场。她仿佛从没到过郊外似的，任何事物都能让她惊奇万分。

"哦，天哪，快看，那些母鸡！还有那个瘫痪的老太婆，她在晒太阳！还有那个栅栏，有块大石头顶着！这里的人发育得有些迟缓了！快看那儿，我得提前告诉你，那可是真正的荆棘林！"

忽然，她站了起来，脸上光彩四射，如同回到了久违的故乡，因为山谷里已经能看到散布在盖-拉-罗齐埃尔小教堂四周的屋顶了。

"左边就是墓园了，在那片白杨树的后面，离村子有点远。等会儿你就会看到了。可以快点了，从村子里穿过去。"当村头上的几间屋子出现时，她对马车夫这么说道。

他们经过一间石板屋顶的房子，房屋两边是水松，百叶窗紧紧闭着，院子里杂草丛生，透过苹果树和杂草能看到闪闪发光的黑白相间的茅草屋。

"那是村公所！"拉雪尔兴奋极了，"一切都和从前一样，所有的证件都是在这里开的。看那边，就是后面，奶妈曾经在那里住过。这里的人都非常正直，可惜他们都不在这里了，不然我一定要下去拥抱他们，那个老太太。看这儿，我曾经住的地方。有户人家能出租床，他们将我安排在那里，和他们一起吃饭，我还嘲笑过他们的土语，他们则认为我是一头没被驯服的野兽。为了给我做睡衣，女人们都过来看我，当时我就睡在床上。这里的人发育得非常迟缓，简直令人无法相信。他们都非常正直。小姑娘死的时候他们对我非常好！后来我走的时候，把所有的东西都给了他们，有糖果，有发带，而饮料则送给了神父。"她又站起来，"墓园在那边，往山坡那边去一点。你仔细看就会发现坟墓，在凹下去的地方。亲爱的，把手伸给我，你瞧，我的心在扑通扑通乱跳，你知道为什么？因为我总是害怕找不到我那可怜的孩子。我们没有付永久的费用，这里的人也说他们从不这么做。可是每次我来的时候就会担心，假如他们把她扔了呢？你知道，他们完全可以这么干！老伙计，在小路前停下来，我们得走到门口去。来，快点过来！"

拉雪尔从马车上一跃而下，迫不及待地往铁门走去，将门打开后便在一堵墙后面消失了，随后又出现了，对着昂图瓦纳大声喊道：

"她还在，一直在这儿！"

她的脸上充满了喜悦，阳光照着她的脸。不一会儿她又不见了。

昂图瓦纳连忙赶到她身边。她站在一片墙角面前，徒然地双手叉腰，那里长满了杂草和荨麻，草丛中还能看到破烂的栅栏。

"她就在那儿，一直都在，可是情况糟糕透了！啊，我可怜的孩子！你也许会说他们把坟墓照顾得很好！我每年都给他们寄二十法郎，拜托他们帮忙照看！"

随后她转身对着昂图瓦纳，有些犹豫，仿佛在为自己的任性而道歉：

"我的小猫咪，脱下帽子好吗？"

昂图瓦纳不由得脸红了，马上将帽子摘下。

"我可怜的孩子。"突然，她说道。她的手靠在昂图瓦纳的肩膀上，眼泪充溢着双眼。"我甚至没能见到她最后一面。"她悲伤地自言自语。

"我去得太晚了。她是天使，一个真正的小天使，苍白的小天使……"突然，她将眼泪擦干，挤出一个笑容，对他说道，"我竟然让你跟着来这里，真是可笑，是吗？可是你能怎么办，虽然这都是过去的事了，可是还是让你激动不已。好在还有工作，能让你不想太多。走吧。"

她们回到了马车里，拉雪尔没要车夫帮忙，自己将包裹搬到了墓园里。她跪在草地上，将包裹解开。她不慌不忙地将东西拿了出来，有铲子、砍柴刀、木槌，还有一个大纸盒，里面放着桂冠，上面结满了蓝白两色的珠子。

"我总算知道这包裹为什么那么沉了。"昂图瓦纳微笑着说。

拉雪尔高兴地站了起来。

"不要站在那里光说话了,快帮我个忙。把外套脱了吧。给,拿着这把砍柴刀,把那些乱七八糟的东西都砍掉。你瞧,墓穴就在砖的下面。可怜的小东西,她的棺木很小,很轻!给你这个,这个桂冠并不完整,是祖科拿来的。'我的女儿已经不小啦,这个送给她。'我和他已经分开一年了,你知道吗?这么做是合情合理的。他穿了一身黑衣过来了。老实说,我非常开心,这样一来我就不用一个人孤零零地看着她下葬了。啊,人可真蠢!等一下,这是十字架,把它扶起来竖着会牢固些。"

昂图瓦纳扒开草丛,内心不由得十分激动:罗克莎娜·拉雪尔·格普费特。一开始他并没有看到碑文,第一个名字有些模糊了,他只看到了拉雪尔的名字。有一会儿他陷入了沉思。

"喂!"拉雪尔说,"干起来吧!从这里开始。"

昂图瓦纳很高兴地干了起来。他只穿了一件衬衣,时而挥动柴刀,时而举起铲子,不一会儿他就出汗了,跟一般的工人一样。

"把那些花冠递给我,"她说,"我把它们擦干净。嗯,好像少了一只。啊,在这里。这是最漂亮的一只,希尔什送的,是瓷花做的。啊,这个可真难看!"

昂图瓦纳满心愉悦地看着拉雪尔。她摘了帽子,乱糟糟的头发被阳光照射得非常耀眼,嘴唇嘟起,有些气恼又有些嘲讽,裙子扎了起来,袖子拉到了手肘,她在墓园里到处乱跑,在每一个坟墓前都看一看,然后气恼地抱怨:

"他们会把我的花冠拿走的,那些贪心的家伙!"

她有些懊恼地走了回来。

"他们会把它拿去当作装饰物,我很清楚这个。你知道,那都是些脑筋迟钝的家伙!不过,"她仿佛疯了一样突然安静下来,"我刚刚在那边看到一些黄沙,可以用来把这里布置得更好看一些。"

时间一点点地过去了,小坟墓焕然一新:十字架已经竖好了,昂图瓦纳用木槌将它敲得更深了,在长方形的砖头墓上牢固地耸立着,四周的杂草也都清理干净了,旁边还用细沙铺了一条窄窄的小路。坟墓终于有了一种焕然一新的感觉。

天上积着黑压压的乌云,他们俩都没注意到,直到几滴雨打在他们脸上,他们才惊觉。此刻,一场雷雨即将在山谷上降落。天空变得灰蒙蒙的,石块看上去更白了,青草也更绿了。

"快点!"拉雪尔对他喊道,朝坟墓慈爱地一笑,"我们干得真棒!"她轻声说道,"现在它看上去像个别墅的小花园了。"

昂图瓦纳看到墙角下有一条玫瑰枝,两朵红色的玫瑰在风中摇曳。他想摘下来,献给小罗克莎娜当作离别的礼物,可是他想尊重别人,这浪漫的举动还是由母亲来做比较好。于是他将玫瑰花摘下来递给了拉雪尔。

拉雪尔接过玫瑰花,匆匆忙忙地别在胸前。

"谢谢,"她说,"我们得快点走了,雨会淋湿我的帽子的。"她头也没回地朝马车跑去,双手将裙子提起来,她的裙子上已经被雨点弄湿了。

马车夫已经将嚼子取了下来,将马牵到篱笆深处。昂图瓦纳和拉雪尔躲进了车厢,用斗篷遮雨,膝盖上还披着围裙,沉甸甸的,发出一股皮革的霉味。她有说有笑的,这场突然到来的雷雨让她非常开心,况且她的任务也已经完成了,她高兴极了。

这场骤雨一会儿就停了,雨点开始少了,乌云慢慢地飘向东边,只过了一会儿,太阳便出来了,发出耀眼的光芒。马车夫开始将马套上马车。有几个顽皮的孩子赶着一群湿漉漉的鹅从前面走过。其中一个最小的孩子,大概不到十岁,跑到马车的翻板上,用稚嫩的嗓音对他们喊道:

"多美好的爱情,先生太太!"然后拖着木底的鞋子嗒嗒嗒地跑开了。

拉雪尔不由得大笑起来。

"你说他们脑子很迟钝?"昂图瓦纳说,"我看希望在年轻人的身上!"

最后,马车终于跑了起来。可是现在已经赶不上去科德贝克的火车了,他们只好直接去最近的火车站。昂图瓦纳希望今晚就能回到巴黎,他可不想星期一的早上让别人代他上班。

马车在圣乌昂-拉-努停了下来,三人在那里吃晚饭。很多人都赶在星期天去旅店喝酒,晚到的人只好去后面用餐。

当晚的饭菜十分可口。拉雪尔停止了笑闹,开始思索。孩子下葬的那天,也是在这一时刻,也是坐着这辆车,也许吧,她来到这里,只不过陪同她的是那个男高音。至今她还清楚地记得,他们之间发生了一场争吵,祖科朝她扑了过来,在木箱前扇了她一耳光。可是当晚她就把自己献给了他,就在这家旅店的某个房间里。之后的整整四个月,他对她蛮横且粗暴,她都忍受了。可是她并不恨他,即使是今天晚上,她依然充满肉欲地想念他,想起他扇她的那记耳光。

当然，她并没有告诉过昂图瓦纳这段经历，她从没有在他面前承认男高音打过她。

可是她的脑海里一直萦绕着一个想法，她也明白，正是为了逃避这种恼人的想法，她才会一直沉溺于回忆当中。

她站起来对他说：

"我们走到火车站去，好吗？"她提出建议，"十一点火车就开动，我们可以让车夫将行李送到火车站。"

"大半夜在泥水里步行八公里？"

"没错，为什么不呢？"

"你简直疯了！"

"啊，"她喃喃自语，"走到火车站，也许我会疲惫不堪，可是这样会让我好受些。"不过她没再坚持，跟着他回到了马车上。

夜晚的空气十分清新，黑漆漆的夜什么都看不见。

她在车上坐好，用阳伞戳了戳车夫的背：

"可以走慢点，时间很充足。"她紧挨着昂图瓦纳说道，"今晚天气真好，舒服极了……"

她的脸贴在他的脸上，过了半晌，他伸手去抚摸，发现泪水布满了她的脸。

"我只是太激动了。"她向他解释，将脸挪开后，依偎在他怀里，靠得更紧了，嘴里絮絮念叨，"啊，我的小猫咪，把我留下来吧，留在你的身边！"

两个人紧紧地搂着对方，相互无言。车灯照着两旁的树木和房屋，宛如静立的幽灵，随后在暗夜里消失不见。他们的头顶上是繁星闪烁的夜空。马车有些颠簸,拉雪尔的头靠在昂图瓦纳的肩上晃来晃去。

不时她会起身亲吻他的情人,感叹道:

"我是如此爱你!"

火车站的月台上,等候开往巴黎的火车的人只有他们俩。他们躲在一个遮雨棚下,拉雪尔默默地拉着昂图瓦纳的手臂一言不发。

车站的工作人员手里挥动着信号灯,在黑暗中跑来跑去,灯光照着雨水打湿的走道。

"直达巴黎的火车到站了!往后靠!往后靠!"

一辆黑乎乎的快车喷着火,从前面奔腾而过,一时间地动山摇,一切能飞起的东西都被掀走了,连空气都被卷走。很快,四周又恢复了寂静。突然,他们的头顶上响起了电铃声,那铃声喑哑得令人讨厌,特别快车就要到站了。

将近半分钟,列车才停了下来,他们俩刚好来得及上车。小包间里已经有三个人坐着了,他们没有其他选择。车厢里的灯用蓝布包住了。拉雪尔将帽子摘了下来,在唯一一个空着的角落里躺了下来,昂图瓦纳在她身边坐了下来。她没有靠着他,而是将脑袋靠在黑漆漆的窗户玻璃上。

车厢里十分昏暗,拉雪尔的长发在白天是橘黄色的,几乎是粉红色,而此刻却无法说清楚是什么颜色,像一种炽热的流质,像金属颜色的丝绸,又像玻璃丝。她的脸上发出磷光一样的白色,看上去非常不真实。昂图瓦纳握住她放在长凳上的手,那手在不停地哆嗦。他轻声询问她发生了什么事,她只是用力地握了握他的手,表示回答,然后转身对着他。她身上发生的事都令他无法理解。他想起了下午在墓园里她的态度,还有今晚这有些神经质的冲动,也许这就是此次旅行的结果?总体来说,她顺利地完成了此次任务。他开始胡乱猜想起来。

火车到站了,他们的旅伴站了起来,抖抖身子,把灯罩摘了下来。他看到她依然低垂着脑袋。

他什么都没问,跟着她穿过人群。

直到上了出租车,他才用力地抓着她的手腕问道:"发生什么事了?"

"没什么。"

"到底发生什么事了,拉雪尔?"

"你不要管了。都过去了,你瞧。"

"不行,我一定要管,我有权这么做。说吧,到底怎么了?"

她抬起头看着他,泪水满溢了她的脸,眼中透着绝望,她对他说:"我没办法对你说。"可是她的毅力不够,没办法控制自己,终于扑倒在他的怀里。"啊,我总是不够有力量,我的小猫咪,总是不够,总是不够!"

当下,他便明白了,自己的幸福就要结束了,拉雪尔要离他而去,他又要变回一个人,孤孤单单,又无能为力,完全无能为力。他不需要她亲口对他说,在她说明原因之前,甚至在这份痛苦来临之前,他便已经知道了会有这个结局,仿佛早就为这个结局做好了准备。

他们来到了阿尔及尔大街的住处,踏上楼梯,走进了拉雪尔的房间,之后两个人都沉默不言。

她将他一个人留在粉红色的房间里,让他等一等。他傻傻地站着,看着卧室的床还有梳妆台发呆,这里也已经是他的卧室了。当她回到房间时,已经脱下了披风。她走进房间,将房门关上,向他走来,眼睛在金色的睫毛下忽闪,嗫着嘴巴,像谜一样令人捉摸不透。

看到她的一瞬间，他便失去了所有的勇气，他走向她，语无伦次地说道：

"这不是真的，对吗？你不会离开我的，是吗？"

拉雪尔坐了下来，她的嗓音断断续续的，她说她需要平静。她得去一趟比利时属刚果，去那里做一次事务性的长途旅行。最后她便向他解释，希尔什将她父亲留给她的全部遗产都做了投资，建了一个榨油厂，经营得不错，收入也很高。可是就在前不久，榨油厂的一个经理去世了，另一个经理主管业务，前不久她刚知道，他竟然联合布鲁塞尔的富商在金沙萨也建立了一个榨油厂，就在同一个地方，与之竞争，想尽一切办法地要将拉雪尔的榨油厂挤垮。（在说这些的时候，她仿佛有那么点信心了。）现在这个问题因为政治原因而变得更加复杂。那些穆勒尔家族的人得到了比利时政府的支持。因为隔得太远了，拉雪尔谁都不相信。可是这事关她全部的财产，关乎她物质利益的安全，会影响她整个未来。她曾为此考虑了很久，也想过一些迂回曲折的办法。可是希尔什去了埃及，同刚果没有任何联系了。她实在没有办法，只能自己去一趟了，要么将榨油厂的员工重新改组，要么将榨油厂以合适的价格卖给穆勒尔家。

昂图瓦纳平静了下来，他眉头紧蹙，他脸色苍白，一言不发地凝视着拉雪尔，不想打断她的话。

"可是，"最后他终于鼓起勇气问道，"这件事很快就可以解决的吧？"

"可能很快吧，也可能会很慢。"

"要多久？一个月，两个月，还是更久？"他不由得颤抖地问道，"难道要三个月？"

"差不多吧。"

"就不能快一点吗?"

"啊,这没办法!到那儿去就差不多要一个月。"

"说不定我能给你找一个可靠的人到那儿去一趟。"

她耸耸肩,说道:

"一个可靠的人?一个月都让他处理?那些竞争者早就准备好了应对各种复杂的情况,难道让他一个人同他们打交道吗?"

拉雪尔说得对,他没办法再坚持。事实上,从一开始他就只想着一个问题,"什么时候离开?"其他的问题都不重要。他想走到她面前,他向来是个敢于行动的人,可是此刻他的声音是那么谦卑,他的脸都有些抽搐。他哆嗦着轻声问道:"亲爱的,你不会立刻就要离开吧?回答我呀。"

"不,不会立刻就走,可是也不会过很久。"她向他坦率地承认了。他惊讶地张大了嘴巴:"什么时候走?"

"等所有准备都做好了就走,我也不知道。"

又是一阵沉默,两个人都有些举棋不定。昂图瓦纳凝视着拉雪尔,她的脸变得疲惫不堪,他自己也是一样,没有了一点点自制力。他走向她,近乎哀求地说道:

"你不会立刻就走的,对吧?说话呀,这一切都不是真的!"

她将他揽进怀里,不停地亲吻他,拉着他跌跌撞撞地走到床边,一起倒了上去。

"不要再说了。"她轻声呢喃,"不要对我要求什么。关于这件事,你什么都不要再说了,否则我立刻就离开!"

他屈服了,忍着不说话,只将脸深深地埋在乱糟糟的头发里,这一次哭泣的人是他。

14

拉雪尔坚持住了,整整一个月,她将所有的新问题都理清楚了。可是昂图瓦纳总是用不安的眼光看着她,她只好扭头不看他。这是艰苦难熬的一个月。他们仍然在一起生活,可是他们所有的行动和思想都透着痛苦和不安。

自从拉雪尔向他解释之后第二天起,昂图瓦纳就发现自己再也没办法重新唤回自己的毅力了。他非常惊讶,自己竟会如此痛苦难过,他甚至感到羞耻,因为自己竟没有办法克服这痛苦。他不禁难过地怀疑:"难道我真的……"马上他便想道:"希望没被别人发觉!"幸运的是,他的生活依然充满了积极的行动。清晨,他穿过医院的院子,身上仿佛有护身符一般充满了力量,很快就完成了一天的工作。每天他都面对着病人,他的脑子里只想着他的病人。可是当他一空闲下来,比如两次拜访之间,比如用餐的时候(蒂博先生已经回到了巴黎,十月开始,家里已经恢复正常),那种泄气感就笼罩着他,简直无药可救了,他变得心不在焉,且容易愤怒。曾经他为自己的精力感到自豪,而如今他所有的精力都用来发怒了。

整晚他都躺在拉雪尔的身边,可是感觉不到丝毫的快乐。难言的苦衷毒化了他们的话语和沉默。他们拥抱,亲吻,可是很快就疲倦了。他们渴望相互敌对,这渴望无法平息。

那是十一月初的一个晚上,昂图瓦纳来到了阿尔及尔大街,看到拉雪尔敞开的房门,随后便看到了空荡荡的大厅和走廊,地毯也不见了……他疯了一般冲到房间,家具也不见了,空旷的房间回音很大,原来这个地方放着那张粉红色的床,如今也已是空荡荡的了……

忽然他听到厨房有声音,连忙冲了进去,看到女门房正跪在那里扒拉一堆衣物。他看到她手里有一封信,便一把夺了过来。才看了几个字,他便热血沸腾:还好,拉雪尔还没有离开巴黎,她就在附近的一个旅馆里等着他。她明天晚上才走,坐车去勒阿佛尔。他马上就想好了一套谎话,他要请假送拉雪尔上船。

第二天白天,他想借着活动请假,可是都没成功。直到傍晚六点,他已经通知了所有人,工作也安排好了,他才离开。

他们在火车站见面。他看到她脸色苍白衰老,换了一套服装,他险些没认出她来。她换了一堆新的箱子。

第二天早晨,他躺在勒阿佛尔旅馆的热水澡盆里,神经激动,久久无法平息。忽然,他想起了一个细节,顿时震惊得如同被雷击了一般。他注意到拉雪尔的行李上写着 R.H. 的字样。

他霍地从澡盆中跳了出来,推门而入,
"你……你要去找希尔什!"
可是更令他震惊的是,拉雪尔竟然对他温柔地微笑。
"没错。"拉雪尔轻声回道。那声音轻得仿佛只是吹了一口气。他看到她低垂着眼帘,点点头表示承认。

他跌进椅子上,沉默了。他没想要责备她。此刻,他缩着肩膀,佝偻着背,他不感到烦恼,也不感到嫉妒,只感到非常无力,他不能过问,生活本身的重担沉沉地压着他。

昂图瓦纳打了个哆嗦,这才惊觉自己赤裸着身体,浑身湿漉漉的。

"这样你会感冒的。"拉雪尔说道。一时间两人都不知道该说些什么。

昂图瓦纳擦干身体穿上衣服,却不知道该干什么。刚才他站在那里把拉雪尔吓了一跳,现在他仍然站在那里,靠着暖气片,手指拨弄着磨光机。此刻两人都不知道该怎样搭话,不过至少他们彼此都感到松了一口气。这一个多月以来,昂图瓦纳时常感觉,拉雪尔并没有告诉他全部事情!而现在,现实就这样完整地摆在他面前。对于拉雪尔来说,她再也不用撒谎了,那种感觉就像乱麻一样纠缠人,如今她重振了尊严,她感到身上仿佛有什么东西已经成熟了。

终于,拉雪尔将这尴尬的沉默打破了。

"是的,我不该对你撒谎。"拉雪尔充满柔情地看着他说道,她的脸上只有怜悯,并没有丝毫悔意,"一般人总是很容易嫉妒,这是非常愚蠢和错误的。不管怎么说,我向你保证,我只是为了不让你嫉妒,才对你撒谎的。可是我比你更加不幸。现在我很高兴,我就要走了,而你也知道了真相。"

昂图瓦纳沉默不语,没有继续穿衣服,找个凳子坐了下来。

"没错,"她接着说,"是希尔什叫我过去的,我就要离开了。"拉雪尔又沉默了,她看到他并不太想说话,并且这么久他一直在努力地压抑着内心的感情,这强烈的感情冲击着她,令她不得不继续说道:

"我的小猫咪,你多好啊,你保持沉默,谢谢。我知道别人会怎么说我,整整八个星期我都在苦苦挣扎。我知道我的行为太疯狂了,没有什么能够阻止我这么做。你可以认为我是被非洲吸引了!啊!的确如此,我深深地迷恋非洲,好几天来我甚至以为自己生病了,得了相思病!可是这仍然不是问题的关键!假如我说我是为了自己的利益,也许你会相信。当然,这也是事实。希尔什说要和我结婚,他有很多很多钱,而且结婚对于我这样的年纪来说的确是一件大事,我可不想一辈子都是单身。可是目前还没到这个地步。也许作为一个犹太人,不,半个犹太人,我的确会算计这些,可是我已经超脱了这些算计。你也很有钱,将来你会更有钱,你可以马上就和我结婚,可是我还是想离开,这就是证明。

"我让你有了烦恼,我的小猫咪。可是请你鼓起勇气听我把所有的事情都说出来,这样我心里会痛快一些,这对你也有好处,让你知道一切会更好。我有过自杀的念头,服用吗啡的话很快就可以结束了,没有一点麻烦和痛苦。昨天我都弄到药了,可是在离开巴黎的时候我却把它扔掉了。我还不想死,你看到了。每当我谈论他时,你从来都不会嫉妒他。当然,你怎么可能会嫉妒他呢,应该是他来嫉妒你才对。因为我爱你,我的小猫咪,我好想从来没有爱过别人,可是我爱你。对于他,我只有恨。我要说出来,我恨他。他简直不是人,他是个……我不知道该怎么说他,总之他是个让人非常恐惧的人。他打过我,而且非常狠,以后他还会打我,说不定还会杀了我。他喜欢吃醋。在象牙海岸时就已经发生过一件事了。他曾付钱请一个搬运工来掐死我。你猜为什么?仅仅是因为他怀疑他的一个伙计有天晚上进了我的房间。对于他来说,没有什么是他干不出来的……"

"没有什么是他干不出来的,"她嗓音阴沉,继续说道,"谁都没办法反抗他……你听我说,我必须告诉你一件事,这件事我总是没有勇气说出来。在帕朗萨,出了事以后,你知道为什么他叫我去我立刻就去了吗?所有的事情都是从那里开始的。我已经猜到了所有

561

的事情！可是在他面前，我简直恐惧到了极点！有一天他递给我一杯药茶，可是我不敢喝，因为我在他脸上看到了古怪的笑容。可是即使是这样，即使是这样，你能理解吗？啊！你不知道这个人有多大的魅力！"

昂图瓦纳又打了个哆嗦。拉雪尔拿起一件睡衣给他披上，然后继续毫无激情地说道：

"噢，他很清楚，他不用威胁我，也不用对我施加暴力，他只需要等待就好，因为他很清楚自己的力量。是我自己主动跑过去敲他的门，而他直到第二天晚上才将门打开……就这样我不顾一切地跟他私奔了！我没有回到法国，我一直跟着他，像一条狗，像一个影子。那两三年里，我的生活简直像在地狱里一般，疲劳、危险、殴打、凌辱，可是这一切我都忍受了。那一切是真正的监狱般的生活。那三年之中，每天我都为第二天的到来而恐惧不已，有时候几个星期我都将自己藏起来，不敢出现……在萨洛尼克的时候，因为一个真正的丑闻，总是有一些伤风化的丑闻，我们被土耳其所有的警察追踪了很久，直到换了五次名字我们才逃到了边境！在伦敦的郊区，他想办法将一家人收买了，那是一个士兵的女儿和她的两个姐姐以及一个年轻的弟弟。他把他们称作他的什锦烤肉……有一天，房子被警察包围了，他们抓住了我们。我该怎么向你说呢？他们把我们关了三个月！不过最后他还是想办法让警察放了我们……啊，我应该早点告诉你这一切的！你不知道我经历了多少事，受过多少磨难！也许你心里在想：'现在我总算明白为什么她会离开他了。'可是事实上并非如此。不是我主动离开他的，我没有向你说实话。我永远都不会自己离开他。我是被他赶走的！他嬉皮笑脸地对我说：'滚开，等我叫你的时候你再回来。'我朝他吐了一脸口水。可是你知道吗?事实上,回来之后我一直在想着他!我在等,等他叫我。现在,他终于叫我过去了。你应该明白了为什么我非走不可了。"

拉雪尔起身走到昂图瓦纳的身边,跪在地上,头挨着他的膝盖,呜呜地哭了起来。

他看到她哭得脖子都颤抖了,两个人都不停地哆嗦。

拉雪尔紧紧地闭着眼睛,不停地呢喃:

"我是如此爱你,我的小猫咪。"

他们俩仿佛达成了某种默契,一整天都没和对方说什么。何必如此呢?吃午饭时他们不得不相对而坐,被对方的目光所吸引,可是他们却心烦意乱地转身背对着彼此。何必如此呢?

拉雪尔要买几件不那么重要的东西,可是她却假装十分感兴趣地挑了很久。风从海上吹来,夹杂着倾盆大雨,雨水淹没了街道,风雨在房前呼啸。拉雪尔一家一家地逛着商店,昂图瓦纳十分顺从地跟在她后面。他们一直逛到了晚饭时分。拉雪尔都不用去邮轮上订位子,因为她坐"罗马尼亚号"过去。那是一艘从奥斯唐德开来的货船,也会载客。大概早上五点钟的时候会到达勒阿佛尔,在这里停一个小时后就起启程。在卡萨布兰卡,希尔什会等她。而关于比利时属刚果的故事都是她编的。

晚饭他们吃了很久,因为他们不得不又要在房间里独处,度过这最后一个夜晚,两个人都感到无比地疲惫。他们吃饭的地方很大,人潮涌动,人声鼎沸。人们在这里吃饭、跳舞、打弹子。这里烟雾缭绕,不时能听到弹子相互碰撞的声音,还有软绵绵的华尔兹舞曲。他们可以在这里过一个晚上。大概十点钟的时候,进来了一队剧团,是意大利人，来这里做巡回演出。总共有十二个人，统一穿着红色上衣和白色长裤，头上戴着一顶拿波里渔夫帽，他们在跳舞时，帽子上的绒球就在他们肩头不停地跳动。他们所有人都擅长一件乐器，有提琴、有吉他、有铃鼓，还有响板。他们边演奏边高声唱歌，到处疯狂地乱窜，像魔鬼一般。昂图瓦纳和拉雪尔看着他们演出，心里既高兴又感激，因为他们可以暂时从这耗尽他们注意力的难堪局面中逃离。

这群小丑得到观众的募捐之后，便将最后几节歌唱完了。这时，场面对昂图瓦纳和拉雪尔来说更加尴尬了。他们不得不起身离开，冒着骤雨，冷得哆嗦，逃回了旅馆。

此刻还是午夜时分，昂图瓦纳要在三点钟把拉雪尔叫醒。

这个夜晚非常短暂，时值十一月，雨水被狂风夹杂着打到阳台的铅皮上。他们俩一夜无话，没有一点点欲望，就像两个被丢在一起的忧伤至极的孩子，共同度过了这一夜。

昂图瓦纳只对拉雪尔问过一句话："你冷不冷？"

拉雪尔整个人都在哆嗦。

"不冷。"她回答，紧紧地贴着昂图瓦纳，仿佛他能保护她、拯救她似的，"我害怕……"

他没说话。他不明白她的意思，可是也不愿意问她。

敲门声刚一响起，她便跳到床下，避免最后一次和他拥抱。他对她非常感激。这种要强的意志支撑着他们俩。

他们俩假装很平静地穿好衣服，不时地还给对方帮个小忙，这种共同生活时形成的习惯一直持续到了最后一刻。她的手提箱太满了，他只好跪在箱子上，用整个人的重量压着箱子，帮她关上，而她则在地毯上蹲着,转动手里的钥匙。最后,所有的准备都做好了,他也无须再说什么,无须再做什么。而她则将被褥卷好,将旅行帽戴好,整理好面纱,将手套戴好,扣好手提包。几分钟后马车就要到了。门前有张矮凳子,她坐在上面,冷不丁地哆嗦了一下。为了不让牙齿颤抖作响,她紧紧地咬着牙关。拉雪尔抱着膝盖,低垂着脑袋。昂图瓦纳不知道该说些什么、该做些什么,也不敢靠近她,只好在最高的箱子上坐着,悬空着两只手。等待的时刻总是难熬,只有沉默。这一刻是如此可怕,令他们难受极了。幸好他们还不至于晕倒,因为彼此都明白,只要再过一会儿,这一切就都结束了。此时,拉雪尔想起斯拉夫的习俗。当地受人爱戴的人即将远行时,周围会围着一群送行的人,大家静静地坐一会儿。她几乎就要大声地将自己的想法说出来了,可是她没办法控制自己的声音。

走廊里响起了脚步声,伙计过来拿行李了,拉雪尔猛地抬起头,转身看着昂图瓦纳,极度绝望、恐惧,又无比柔情。昂图瓦纳禁不住朝她伸出了双手。

"亲爱的!"

可是门被推开了,一群人拥进了房间。

拉雪尔站了起来,她一直在等,等有人进来,她好同他说再见。她朝他走了一步,靠在他的怀里。他双手搂着她,并不想拥抱她,可是却不愿放手让她走。最后一次,拉雪尔将她温热柔软的双唇贴上了他的嘴唇,模糊地呢喃了一句,他猜到了:

"再见,我的小猫咪。"

随后她迅速离开他,穿过敞开的房门,头都没回,在幽暗的走廊里消失不见了。只剩下昂图瓦纳徒然地站在原地,空悬着双手,吃惊而失落。

她要求他答应,不送她上船。可是他坚持要送她到岸堤的尽头,在那座灯塔下,目送"罗马尼亚号"离港。拉雪尔的马车刚一走远,昂图瓦纳便按响门铃,让人将他的行李送到车站的行李寄存处,他再也不想回到这里了。随后他便冲出房间,消失在暗夜里。

整个城市寂静得如同一座死城,浓雾笼罩了整座城市,地上流淌着雨水。头顶上是浓郁惨淡的乌云。远处的天边云雾缭绕。两端的雷雨仿佛要汇合一般,中间的那片天空惨白得仿佛要融化了一般。

昂图瓦纳不认识路。他走到一盏路灯下面,顶着风雨,费力地将一张城市地图打开,随后就在浓雾中消失不见了。耳边是潮水声还有远处的汽笛声,它们指引着昂图瓦纳前进。他顶着狂风前进,大衣被风吹起,不停地拍打着他的腿。走过一段泥泞湿滑的小路,他来到了码头,踏过凹凸不平的水泥地面,他走了进去。

岸堤一点点地伸向海里,路也变得越来越窄。右边是宽阔宏伟的大洋,喧声四起;左边是平静的港湾,被制伏的海水只能发出微弱的拍打声。不知从什么地方传来了喑哑的笛声,渐渐地越来越清晰,最后响彻天宇:"呜!呜!呜!"

昂图瓦纳一直走了十分钟,一个人都没有遇到。浓雾遮住了他的视线,头顶上的灯塔若隐若现地闪着微光。终于,他走完了整条岸堤。

有一道台阶通往平台,昂图瓦纳停了下来,辨认方向。他一个人站在那里,耳边响着风声和涛声。在他的前方有一道白色的光,那是东方,冬天的太阳已经升起来了。他的脚下是一片花岗岩,上面砌着台阶,一级一级的台阶最后没入深不见底的水中。波浪拍打着岸堤,可是他低下身也看不清那些波浪,只在附近听到长长的叹息,伴随着一声轻轻的呜咽,两种声音很有节奏地相互应和着。

时间一晃就过去了,可是他却丝毫感觉不到。慢慢地周围的浓雾被一道耀眼的亮光划破,雾气萦绕着他,将他同四周真实的世界分开。此刻,他能看清南面岸堤上闪烁着的火光,在南北灯塔之间有一片银灰色的地带,他紧紧地盯着那里,因为不久那里就会有一场大雨。

突然,在他的左前方出现了一个影子,冬日的光晕映照着它。这窄而高的影子在乳白色的空气中一点一点地出现了,慢慢地竟变成了一艘巨轮。那巨大的轮船黑乎乎的,闪着星星点点的灯光,一条黑色的浓雾低垂着,拖在巨轮的后面。

"罗马尼亚号"开始转动方向,进入航道。

昂图瓦纳倚着铁栏杆,双手紧紧地握成拳头。他的脸迎着猛烈的雨水,他的眼睛呆呆地辨认着甲板、桅杆、烟囱……啊,拉雪尔!她站在那里,离他只有几百米。毫无疑问,她肯定像他一样俯着身,她想看着他,想盯着他,可是泪水模糊了她的双眼,她什么也看不清。他们之间的爱情结束了,可是却又一次使他向往爱情。他们无法向对方优美地挥手告别,他们无法得到安慰。昂图瓦纳的头顶上闪着一盏灯塔,忽明忽暗的灯光像一支笔,不时地抚摸那模糊的黑影。轮船已经在浓雾中消失了,随之消失的是他们俩之间最后一次目光的相遇,那目光近乎绝望,仿佛将他们之间的秘密也带走了。

昂图瓦纳在那里站了很久很久,久到忘了要离开。他的眼睛模模糊糊,他的脑袋昏昏沉沉。耳旁的鸣笛声已经令他习惯了,他几乎快要听不到这恼人的鸣笛声了。

最后他看了一眼手表,朝城里走去。他有些迟钝了。他的脚步很快,也不看脚下的路,胡乱地踩在水洼里。淡紫色的圆灯在港口前的工地上亮了起来,棉花似的空气中回荡着木槌的击打声。开始涨潮了,潮水击打着海湾,一个梦幻一般的城市在海湾后面浮现了。鹅卵石的小路上行走着一辆辆两轮载重车,不时还能听到几声吆喝,还有鞭子抽打的噼啪声。经过了那么久的静寂,此时听到这喧闹声,昂图瓦纳感到非常放松。他甚至停了下来,专注地听铁轮摩擦石头时发出的嘎吱声。

突然,他恍然想起来,他乘坐的火车十点钟才开车。他没想过还要等将近三个小时。拉雪尔出现后,他再也不能准确地预料任何事了。现在该怎么办?还有好几个小时,而他一点计划都没有。这死一般的空虚令他的烦恼迅速增加,以至于他不知道该如何与之斗争。他靠在了走廊上,失声痛哭起来。

迷迷糊糊地,他又开始朝前走。

前面的街道开始变得热闹了。喷泉附近,一群孩子在玩水,蓬头垢面的。一辆辆近乎堤坝那么宽的卡车从码头上轰隆隆地驶过。昂图瓦纳走了很久,不知道要去哪里。等到天完全亮了,他又回到了旅馆前的广场,那里有一个小摊贩在卖鲜花。昨天晚饭前,他几乎就要挑一束菊花送给拉雪尔了,可是他忍住了。他们之间仿佛有某种默契,真正分离之前,谁都不想有任何言语和举动来将他们的意志粉碎。他们好不容易才将那些烦恼扛住,两个人都不想自己再次被击垮。

这时,他想起来了,还要去一趟旅馆的办公室,那里有他的行李寄存单。他想再看一眼他们住过的房间和床,可是他忍住了。不过那房间已经住上了两个刚刚到来的女旅客。

他走下台阶,有些绝望地在街心公园四处游荡。他看到了那条街,他们曾从那里走过。他还看到了那条路,他们曾一起去了饭店,在那里听了一场拿波里人的演奏。此刻他真想再次走进那饭店。

他的眼睛在寻找他们曾一起吃过饭的桌子,还有曾为他们服务的伙计。可是,眼前的东西令他认不出来了。阳光无情地穿过玻璃天棚,昨日的娱乐场所此刻像个宽敞肮脏的冷冰冰的厂棚。桌子上摞椅子,音乐台也被翻倒了。黑色的木匣子里放着那把大提琴,一块漆布盖在钢琴上。那漆布仿佛一张厚皮动物鳞状的皮,上面布满了灰尘,看上去就像一个装满尸体的木筏。

"不好意思,先生。"

过来了一个伙计要打扫桌底。昂图瓦纳的腿搁在长凳上,眼睛跟着扫把来回地游走:一个瓶盖,两根火柴,一块橘皮……不,橙子皮……大厅里吹进了一阵风,地上的残屑被卷了起来。伙计忍不住开始咳嗽。昂图瓦纳重新打起精神。火车已经开了吗?他站起来寻找挂钟。唉,时间才过去了七分钟而已。

要不再坐会儿?算了吧。他离开了饭店。他很有自信,只要到了车站,他就不会像这样难过了。一辆马车停了下来,他上去到了火车站,如同找到了栖身地。

行李已经登记过了,他还要等一个多小时!

他开始四处走动,顺着月台小跑了起来,仿佛有谁在追赶他似的。

"你打算对我做什么?"他看着一个火车司机,心里想。这个司机站在一辆停住的机车里,惊讶地看着他。他回头看身后,一群车站工作人员也在看着他。

昂图瓦纳挺了挺身体,走了回去。他将候车室的门推开,找了张扶手椅坐了下来。昏暗静默的大厅里就他一个人孤零零地坐着。大厅门口的玻璃门上靠着一个老太太,晃动着灰色的脖子,一边轻轻地摇着怀里的孩子,一边哼着一首歌。她的嗓音十分年轻,没有一点颤抖。这古老的歌曲温柔得令人痛苦,过去老小姐经常为吉丝唱这首歌:

"噢,妈妈,我再也不想去钓蚌……"

不知不觉,泪水充盈了他的双眼,他什么也听不到了,什么也看不到了!他将脸深深地埋进手掌里。然而他马上看到了。他看到拉雪尔靠在他的身上。他看到拉雪尔的项链,他曾那么欢喜地抚摸过它,手指上还残留着香气!他看到拉雪尔将圆润的肩膀紧紧地贴在他的胸脯上!他看到她那温热的肌肤紧紧地贴着他的唇!这打击太猛烈了,他忽地往后一仰,一动也不动了。他松开双手扶住栏杆,脑袋重重地跌到椅子的靠背上。他想起拉雪尔曾说过:"我有过自杀的念头……"是啊,将这一生做个了结!逃出这郁郁寡欢的唯一出路只有自杀……这种自杀的念头不必经过深思熟虑,也不必经过他人同意,更不在乎用什么方式来进行。只要在烦恼到达顶点之前,能让他从这老虎钳般夹紧的痛苦中逃脱出来就够了!突然,他吓了一大跳,猛地跳了起来。一个人走了过来,碰了碰他的手臂,他竟然没看到。差一点他就本能地想要将这个人推开,一拳打倒。

"您怎么了?"那人惊讶地问道。

是个来检票的老头儿。

"去巴黎,火车,在什么地方?"昂图瓦纳语无伦次地问道。

"停在第三站台。"

昂图瓦纳看着眼前的这个人,有些睡眼惺忪地朝站台走去,脚步如同踩在棉花上一般软绵绵的。

"先生,车还没挂好牌子,您还有时间!"那人朝他喊道。昂图瓦纳跟跟跄跄地走向门口,一头撞到了玻璃门上。老头儿耸耸肩。

"还假装自己身体强壮啊!"他咕哝了一句。